野村鮎子著

歸有光文學の位相

汲古書院

歸有光文學の位相　目次

第Ⅱ部　歸有光の古文

はじめに

本書は、著者のこれまでの歸有光文學についての研究と、平成十八年〜二十年度の科學研究費補助金研究基盤研究（C）「明清における非古の文體と家族・ジェンダー」（研究代表者：野村鮎子、課題番號：18520268）の研究成果をまとめたものである。

中國の散文の中には、「非古」あるいは「變體」であることを理由に、從來、古文の道統を重んずる人たちから蔑まれてきた作品群が存在する。たとえば、明清時代に流行した壽序（誕生祝いに贈る文）や自らの身内の女性のために撰した行狀（家狀）などがそれにあたる。(1)「非古」や「變體」という言葉には、いにしえからのものではないというだけではなく、「古雅ではない」とか「本來あるべき文ではない」というマイナスイメージが附與されてきた。中國の文人にとって、文とは天下國家を論ずべき、道を載す（儒教を體現する）べきものであって、應酬の作つまり日常の社交として消費される壽序などは最も卑俗な文體とみなされ、文學者の文集を編纂する際にも無視されるか、收錄されたとしても外集に置かれるのが一般的であった。また、「内言は梱を出でず（家の中のことは敷居の外に持ち出さない）」（『禮記』曲禮上）という儒教規範もあり、中國の古典文學で身内の女性を文學の題材にしたものは決して多くはない。

本書が研究の中心にすえる歸有光（一五〇六〜七一）は、明を代表する古文家であると同時に、「非古」の散文の名手であり、また家庭を舞臺とする抒情散文の名手でもあった。江南の文化の中心、蘇州に程近い崑山城内に生まれた。その家は土地の鄉紳ではあったが、曾祖父が成化年間に擧人となったのみで、祖父も父も叔父たちも仕進できなかった。

歸有光自身の學業も順調だったとはいえない。彼は應天府（南京）の鄉試に五度下第し、六度目の挑戰でようやく第二位の好成績を得て擧人となったものの、その後の會試では八度の下第を重ねた。進士となったのは六十歳の時で、それも殿試三甲の成績であったため、エリートコースにはほど遠く、地方の縣官に甘んじなければならなかった。六十五歳でようやく南京太僕寺丞、纂修世宗實錄を得たものの、朝廷で大筆を揮う機會はついぞ巡ってこず、その翌年、北京で病を得て亡くなる。享年六十六。

彼は家庭的にも坎坷の連續だった。八歳で母を亡くし、二十八歳で元配魏氏、三十二歳で媵妾寒花を、さらに四十三歳で最も期待をかけていた長男子孝を十六歳で喪い、四十六歳のときには繼妻王氏にも先立たれてしまう。これ以外にも、少なくとも三人の娘が夭折している。

彼の作品の多くは、地元である吳の士大夫に乞われて書いた送序・壽序の類、つまり應酬の作である。また、好んで身邊の瑣事に材を取り、とりわけ家庭內の女性や子どものことを敍した文はきめ細やかで抒情性に豊み、讀者の胸を打つ。短い文の中に插入されたちょっとしたエピソードや故人の仕草についての描寫は精彩を放ち、まるで映畫のフラッシュバックを見ているようにその情景が讀者の眼前に立ち現れるのである。(2)

しかし、明代の、彼が生きていた時代に在っては、歸有光はせいぜいのところ、吳の一地方の文學者として評價されていたにすぎない。當時は、「文は必ず秦・漢、詩は必ず盛唐」、「唐以後の書を讀まず」といった古文辭派の復古的かつ排他的な文學理論が文壇を席捲していた時代で、歸有光のように宋・元の大家にも學ぼうとする考え方は受け入れられにくかったという事情もある。

歸有光の死後、歸有光の息子たちが編纂し、明代に最も通行していた崑山本には、今日彼の代表作とみなされている「項脊軒志」や「寒花葬志」「女二二壙志」「女如蘭壙志」などの抒情散文は收録されておらず、壽序に至っては外集に配置されているのである。身内の女性のことを文學の題材にしたものを文集に收めるべきではないという意識も働いていたに違いない。

ところが、明末清初になると、錢謙益をはじめとして黃宗羲、汪琬、方苞といった著名な文學者たちが、相繼いで歸有光文學を再評價し始めた。彼等に共通する特徵は、自らこそが眞に歸有光文學を知るものだと任じていた點にある。清の中期になると、歸有光はついに清を代表する文派である桐城派の始祖という立場に祭りあげられる。桐城派の姚鼐の『古文辭類纂』は中國の名文集として日本でもよく讀まれたが、唐宋八大家以降、明で採るのは歸有光ただ一人である。しかもその收錄作品のほとんどは、家庭を舞臺とする抒情散文や壽序である。

こうした、明から清へかけて起こった歸有光文學評價の急激な轉換は、何を意味するのであろうか。從來、それは古文辭派から唐宋派への轉換として說明されてきたが、果たしてそれだけであろうか。

論者は、この轉換は、單なる流派の興亡によるものではなく、士大夫の文學觀の變化、理想主義からある種の現實主義への轉換によるものではないかと考える。つまり、明清の士大夫にとって、「載道の文」や「天下國家を論ずる文」は文學上の理念ではあっても、創作の場での具體的な指針とはなり得なくなっていた。理念はすでに建前となり、士大夫の現實生活を反映した身邊雜記風の抒情散文が流行するようになるのがこの時期の特徵である。明中期に登場した歸有光文學はその濫觴と位置づけることができる。

本書の構成は、二部から成る。

第Ⅰ部「歸有光評價の轉換」では、まず、第一章「明の文學狀況と歸有光」で歸有光の傳記とこれまでの研究狀況および問題點をおさえたうえで、第二章以下、明末から淸にかけて歸有光文學が再評價されていく過程を、錢謙益、黃宗羲、歸莊、汪琬、桐城派の順に論じる。第一章「錢謙益による歸有光の發掘」では、『列朝詩集』の中で古文辭派を斥け歸有光を明文第一とした錢謙益が、反古文辭の枠組みの中で歸有光像を典型化しようとさまざまな傳記資料の捏造を行ったことを指摘する。第三章「黃宗羲の歸有光評價」では、『明文案』『明文海』編纂の過程で黃宗羲が歸有光をどのように評價したか、錢謙益との違いを考察する。また、彼が歸有光の抒情文に強く引かれ、これを「一往情深」と評し、實作のうえでは自ら「眞の震川」を以て任じていたことを論じる。第四章「歸莊による『震川先生集』の編纂出版」では、今日最も行われている歸有光の文集、康熙本『震川先生集』編纂出版の過程を、歸有光の曾孫で明の遺民となった歸莊の立場から考察する。歸有光の文集の他の版本についても、この章で詳しく論じる。第五章「汪琬の歸有光研究」では、淸初の古文三大家の一人で、歸有光の文を歸文と呼んでそれに心醉した汪琬の歸有光受容を檢討した。康熙本『震川先生集』の校定をめぐる歸莊との論爭、および臺灣の國家圖書館に藏される汪琬批校本『歸太僕先生集』の汪琬批語を通じて、汪琬の歸有光研究の意義と康熙本の問題點について考える。そして第六章「桐城派の歸有光評價」では、歸有光文學を繼承したとされる桐城派ではあるが、實際に歸有光文學のどのような面を評價するかについて、桐城派人士の主張は一樣ではなかった點に注目した。戴名世、方苞、劉大櫆、姚鼐、張士元、吳德旋、曾國藩、吳敏樹、林紓の歸有光評價を概觀する。

第Ⅱ部「歸有光の古文」では、歸有光の作品、特に家族や女性を描いた散文を具體的に分析する。第一章「「先妣事略」の系譜」では、亡母を語る文體である先妣行狀の生成と發展の過程を考察し、歸有光の「先妣事略」の登場はどのような意味をもったのかについて論じる。第二章「「寒花葬志」の謎」では、歸有光抒情文の代表作とされる「寒花葬志」の背景にある謎に迫る。第三章「歸有光の壽序」では、從來、中國散文史の中で「非古」として蔑まれてきた壽序という文體が、家族や女性を語る散文として、どのように生まれ、發展してきたのか、そこで歸有光の作品が果たした役割を考察する。第四章の「歸有光と貞女」は、歸有光が千代の後にも傳わらんと豪語した渾身の作「書張貞女死事」への思いとその執筆動機を考える。最終章第五章の「二つの『未刻稿』」は、上海圖書館と臺灣の國家圖書館に藏されている鈔本『歸震川先生未刻稿』についての調査報告である。

この本の執筆に際しては、國内では國立公文書館内閣文庫、靜嘉堂文庫、尊經閣文庫、お茶の水圖書館、京都大學人文科學研究所附屬漢字情報研究センター、東京大學東洋文化研究所附屬東洋學研究情報センター、國外では北京國家圖書館、上海圖書館、南京圖書館や臺灣の國家圖書館など、多くの研究機關ならびに圖書館より貴重な書物を閲覽する許可を得た。厚くお禮申し上げる。
なお、本書の出版にあたっては、獨立行政法人日本學術振興會の平成二十年度科學研究費補助金「研究成果公開促進費 學術圖書」の交付を受けた。

野村鮎子

註

(1) これについては、歸有光自身が次のように述べている。「余嘗謂今之爲壽者、蓋不過謂其生於世幾何年耳、又或往往概其生平而書之、又類於家狀、其非古不足法也。……雖余之拙於辭、諸公謬以爲能、而請之不置。凡爲之者數十篇、而余終以爲非古不足法也。」(『震川先生集』卷十二「李氏榮壽詩序」)

（2）このことについて、聞一多「文學的歷史動向」（『聞一多全集』開明書局 一九四八所收）はかつて次のように述べた。「明代的主潮是小說、「先妣事略」「寒花葬志」和「項脊軒記」的作者歸有光、採取了小說的以尋常人物的日常生活爲描寫對照的態度、和刻畫景物的技法、總算是黏上了點時代潮流的邊事兒、（他自己以爲是讀史記讀來了、那是自欺欺人的話。）所以是散文家中歐公以來唯一頂天立地的人物」。

歸有光文學の位相

Ⅰ　歸有光評價の轉換

第一章　明の文學狀況と歸有光

小序

時代を劃するような文學が、必ずしも皆その時代から拍手賞讃をもって迎えられたわけではない。唐代、古文を提唱した韓愈然り、柳宗元然り。彼らは、その文學を繼承した後世の人々によって價値を見出され、前王朝の文學を代表する者として評價が定まったのである。

「明文第一」と稱される歸有光（正德元年～隆慶五年、一五〇六～七一）[1]もそういった文學者の一人である。

歸有光、字は熙甫または開甫、號は震川。若い頃には項脊生とも稱した。蘇州府崑山（現在の江蘇省崑山）の人。その文學活動の時期は嘉靖・隆慶年間であるが、それはちょうど古文辭派後七子の隆盛期と重なっている。當時は「文は必ず秦・漢、詩は必ず盛唐」、「唐以後の書を讀まず」といった古文辭の復古的かつ排他的な文學理論が文壇を席捲していた時代である。

また、後七子の領袖であった李攀龍（一五一四～七〇）と王世貞（一五二六～九〇）等がいずれも早々に進士の第を得て官界に進出していったのに對し、歸有光は、三十五歲で應天府（今の南京）の鄉試に第二位として擧げられたにもかかわらず、八度の會試にことごとく失敗し、萬年擧人として私塾を經營する傍ら、賣文で口に糊する日々を送っていた。進士に合格したのは六十歲という高齢に達してからであり、それも三甲の成績であったため、京師で半年近く任官を待ったあげく、ようやく長興（浙江省長興縣）という小縣の知事を拜命している。任官運動に必要な手づるや資金もさほど持ち合わせていなかったのであろう。

長興での歸有光は、裁判の際に婦女子といえども證人として出廷させ、彼らが吳語で話すのに耳を傾けた。また、訴えには迅速に對應し、すぐに判決を下し、胥吏が暗躍して賄賂を取るすきを與えなかったという。

土地の有力者や權門に媚びない歸有光のやり方は、當然彼らの反撥を招いた。彼が次に任命されたのは、順德府（河北省邢台市）の通判であり、仕事は馬政を司ることであった。順德府は直隸地とはいえ、明一代を通じて、一旦縣令となった進士及第者が倅官として馬政に攜わった例はなく、これは事實上の左遷に他ならない。

その後、萬壽節で北京に入覲し、國子監の職を乞うたがこれは叶わず、この時幸いにも知己に見出され南京太僕寺丞を拜命した。そしてそのまま內閣にて制敕を草することになり、纂修世宗實錄を授かった。しかし、これから朝廷で筆を揮わんとした矢先、病を得て長逝してしまう。享年六十六。その官歷は五年にも滿たない。

歸有光の文の大半は、地元である吳の士大夫に乞われて書いた送序、贈序、壽序、墓誌銘の類であり、天下國家や政局を論じて悲憤慷慨するような文は少ない。また、好んで身邊の瑣事に材を取り、とりわけ家庭內の女性や子どものことを敍した文は、「一往情深」と評され、きめ細やかで情緒に富む。今日でも歸有光が多くの讀者をもつのはこのためである。

歸有光研究においてもこれまでは抒情散文についての分析や評論が中心を占めてきた。しかし、生前さほど高くはなかった、歸有光への評價がなにゆえに明末から淸初にかけて轉換したのか、評價する側のどのような意圖が働いていたのか、その文學觀の轉換が何をもたらしたのかについては、看過されがちである。

本章では、第Ⅰ部「歸有光評價の轉換」の序章として、歸有光の傳記とこれまでの研究狀況をふまえて、その問題點を整理する。

一　歸有光の生涯

1　家　世

歸有光には嘉靖二十年（一五四一）、三十六歳のときに祖父歸紳の命で執筆した「歸氏世譜」および「歸氏世譜後」[2]があり、その中で自らの家世について詳しく述べている。それによれば、吳の歸氏の祖先は唐の歸宣公崇敬に遡ることができるという。

> 吾が歸氏の譜 既に亡ぶ。吾が祖の高祖（歸度）、始めて其の里居世次を志《しる》し、而《すなは》ち曰はく、「高祖の罕仁は、唐の太子賓客藹《あい》の十五世の孫にして、宋末、湖州判官に任ぜらる」と。此れを以て吾が家 宣公に本づくを知る。而れども其の世次名諱を得ずして、譜すべからざるなり」と。又た曰はく、「曾祖道隆、自ら居士と號し、祖の德甫、河南廉訪使に任ぜらる。天下亂れ、官を失ひ、提領生と稱す。考の子富は、洪武六年、崑山の東南の門に徙る。此れ其の他の行事は詳らかにする莫きなり」と。（「歸氏世譜後」[3]）

罕仁は道隆を生み、崑山の項脊涇、今の太倉州に居するなり。道隆は廉訪使德甫を生み、德甫は子富を生む。子富は洪武六年を以て崑山の治城の東南門に徙る。子富以下、崑山の族は得て詳なるべし。其の別なる者は、吳縣に居し、或ひは太倉に居し、或ひは嘉定に居し、或ひは湖州に居す。其の長洲に在る者は、婁門に居し、或ひは沙湖に居す。常熟に在る者は白茆に居す。（「歸氏世譜」）(4)

歸有光の祖父の高祖である歸度が記錄したものによれば、一族は唐の太子賓客であった歸藹の末裔ということになる。歸藹の高祖にあたるのが歸崇敬で、蘇州吳の人である。そのため、吳の歸氏はみな歸宣公すなわち歸崇敬をその先と稱していた。(5)「歸氏世譜」によれば、吳の歸氏には歸有光が屬する崑山の一族のほかに、吳縣、太倉、嘉定、湖州、長洲の婁門あるいは沙湖、常熟の白茆がいたという。常熟といえば、のちに歸有光が亡くなったあと、萬曆二年（一五七四）に『新刋震川先生文集』二十卷を刻した歸道傳が常熟の人であったことが思い起こされる。

歸有光の「歸氏世譜後」には、祖父の高祖にあたる歸度、祖父の曾祖である歸仁、歸有光の高祖にあたる歸璿《せん》、曾祖にあたる歸鳳の逸話が記されている。歸璿は無位無官ではあったが、家は榮え、崑山では人望もあり、「縣官の印は、歸家の信に如かず」といわれたという。この歸璿は歸有光が三歲のときに沒している。

崑山の歸氏で最初に官に就いたのは、歸有光の曾祖父にあたる歸鳳、字は應韶である。成化十年（一四七四）に南京の鄕試で擧人となり、弘治二年（一四八九）には擧人の資格で城武（山東城武縣）知縣となった。歸鳳には、紳、綬、綺の三子がいて、歸有光の祖父は歸紳、字は承宗、號は三峰である。祖父は太常卿夏昶《ちょう》の孫娘を娶った。夏昶は崑山の人で、永樂十三年（一四一五）の進士、官は太常寺卿に至り、有名な書畫家でもあった。『明史』卷二八六文苑傳に傳がある。

歸紳には正、中、平、準の四子がいて、歸有光の父は正である。歸有光が家族のために封號を願い出た「請敕事略」(6)によれば、祖父歸紳も父の歸正も縣學生ではあったが、擧業は不首尾に終わり、生涯布衣のままであった。

歸有光の「項脊軒志」には、この間の事情を知る歸有光の祖母夏氏が登場する。

余 束髮自り軒中に讀書す。一日、大母 余に過《よ》ぎりて曰はく、「吾が兒、久しく若《なんぢ》の影を見ず。何ぞ竟日 默默として此に在るや。大いに女郎に類するなり」と。去るに比《およ》び、手を以て門を闔《と》じ、自ら語りて曰はく、「吾が家の讀書久しく效あらず。兒の成らば、則ち待つべきか」と。之を頃《しば》らくして、一象笏を持して至り、曰はく、「此れ吾が祖太常公 宣德の間 此れを執りて以て朝す。他日、汝 當に之を用ふべし」と。（「項脊軒志」[7]）

私は少年の頃からこの項脊軒で勉強してきた。ある日、祖母が私のところへやってきて言った。「わたしの坊や、長い間お前の姿を見かけないよ。どうしてまた一日中ひっそりと聲も立てずにここにいるのかい。まるで女の子みたいじゃないか」。出てゆくとき、手で門を閉めながら、獨り言で「我が家の人は學問をしても長い間ちっとも成功しなかった。この子が成人すれば、期待できるかも」と言っていた。しばらくして、祖母が象牙製の笏を一つもってきて言った。「これは私の祖父の太常公が宣德年間に朝廷にあがるのに使っていたものです。將來、お前はきっとこれを使用できるようにならないとね」と。

崑山の歸氏は、歸有光の曾祖父にあたる歸鳳が擧人となり、息子に地元の名門の娘夏氏を娶らせたまではよかったが、歸有光の祖父の世代、それから父の世代と、いずれの擧業も不首尾に終っていた。官に就くことが多くの經濟的利益をもたらしたこの時代、擧業で成功できなければ、それは家の沒落に直結する。式微の途上であった歸家に歯止めをかける意味でも、祖母の歸有光への期待は大きかった。

家運が傾いた歸家には親族間の不和も存在していた。先に擧げた「歸氏世譜」や「歸氏世譜後」と同時期に書かれたと思われる「家譜記」で、歸有光は次のように述べている。

歸氏は有光の生るるに至りて日び益ます衰え、源遠くして末分かれ、口多くして心異なれり。吾が祖及び諸父自り外、貪鄙詐戻の者、往往にして其の間に雑出す。率《おほむ》ね百人聚まるに、一人の學を知る者無し、率ね十人學ぶに、一人の禮義を知る者無し。貧窮にして恤《じゅつ》を知らず、頑鈍にして敎を知らず。死するも相ひ弔はず、喜あるも相ひ慶ばず。門に入らば其の妻子を私し、門を出づれば其の父兄を誑《たぶら》かす。冥冥汶汶、將に禽獸の歸に入らんとす。平時 友朋を呼召するに、或ひは千錢を費やすも、歳時の薦祭は、輒《すなは》ち杪忽を計る。俎豆壺觴、或ひは靜嘉鮮《すくな》し。諸子諸婦、班行 綴を少《か》く。乃ち戒賓の故を以てして、將事の期を改め、庖下の餕を出だして、以て薦新の品に易《か》ふる者有り。而して歸氏は祀らざるに幾《ちか》し。……有光 家君に侍り、歳時 諸父兄弟に從ひて觴を執りて壽を上り、祖父の皤然として白髪なるを見る每に、竊かに自ら念ふ、吾が諸父兄弟は其の始めは一祖父なるのみ。今 每《おのおの》 相ひ同じうする能はず、未だ嘗て深く自ら傷悼せずんばあらずと。（「家譜記」(8)）

歸氏は有光の生れるころには日増しに衰微していた。祖先はすでに遠く子孫は枝分かれし、族人も多く心もばらばらだった。私の祖父や叔父たち以外のところには、貪婪卑俗で人を騙したり暴虐なふるまいをする者も、往往にして雑っていた。大體百人あつまっても、一人も學を知っている者はなく、十人の學んだ者がいたとしても、禮義を知る者は一人もいない。身内の貧窮は見て見ぬふり、愚昧でしつけもなっていない。死んでも弔いにも行かず、めでたいことがあってもお祝いにも行かない。家の中では自分の妻子を偏愛し、家の外では目上の者を誑かす。無知蒙昧、まさに禽獸に逆戻りといった状況になろうとしていた。ふだん友人を招待するのに、あるいは千錢を費やすこともあるのに、折節の先祖の祭りには、金をけちる。俎豆や壺觴などの祭りの道具には、きちんとしたものがない。子や女たちの竝ぶ順序もなっていない。それなのに友達と約束があるからと祭りの日を變更したり、新鮮なお供えの代わりに臺所の殘り物を供える者もいた。こうして歸氏には先祖の祀りが無いに等しかった。……有光は父上に侍り、折節には叔父たちや兄弟たちに従って觴を執って長壽をお祝いし、祖父の白髪頭を眼にしてきたのだが、そのたびに竊かに思っていた。叔父や兄弟たちはその始め先祖は一緒のはずなのに、今それぞれが仲良くできないことが情けなくてならないと。

貧すれば鈍す、歸氏一族は衰微するにしたがって、先祖の祭りもおろそかにするようになり、一族同士の仲も悪くなっていた。

このことは先にあげた「項脊軒志」の文からもうかがうことができる。

然れども予 此に居りて、喜ぶべきこと多きも、亦た悲しむべきこと多し。是れより先、庭中は南北を通じて一と爲す。諸父 爨を異にするに迨《およ》び、内外 多く小門牆を置くこと、往往にして是《こ》れなり。東犬 西に吠え、客は庖を踰えて宴し、雞は廳に棲む。庭中 始めは籬を爲るも、已に牆と爲り、凡そ再變す。（「項脊軒志」[9]）

しかし、私はここに住んで、喜ぶべきことも多いが、悲しむべきことも多い。以前、庭は南北を通して一つだった。叔父たちが所帯を分けたとき、内外に小さな門や仕切り壁を設けることが往往にして生じた。東の家の犬は西の家にむかって吠え、客人は廚房を通って宴會に赴き、雞は廳堂に棲む始末。庭に最初籬をつくり、それが塀となり、つごう二度變化したのだ。

歸有光の上の世代には分家にともなう諍いがあったことをうかがわせる記述である。「歸氏世譜」「歸氏世譜後」「家譜記」を記した嘉靖二十年（一五四二）、歸有光は三十六歳で突然隣りの嘉定縣安亭に引越しをしているが、その背景には歸氏一族の不和があったと想像される。

崑山歸氏世系表

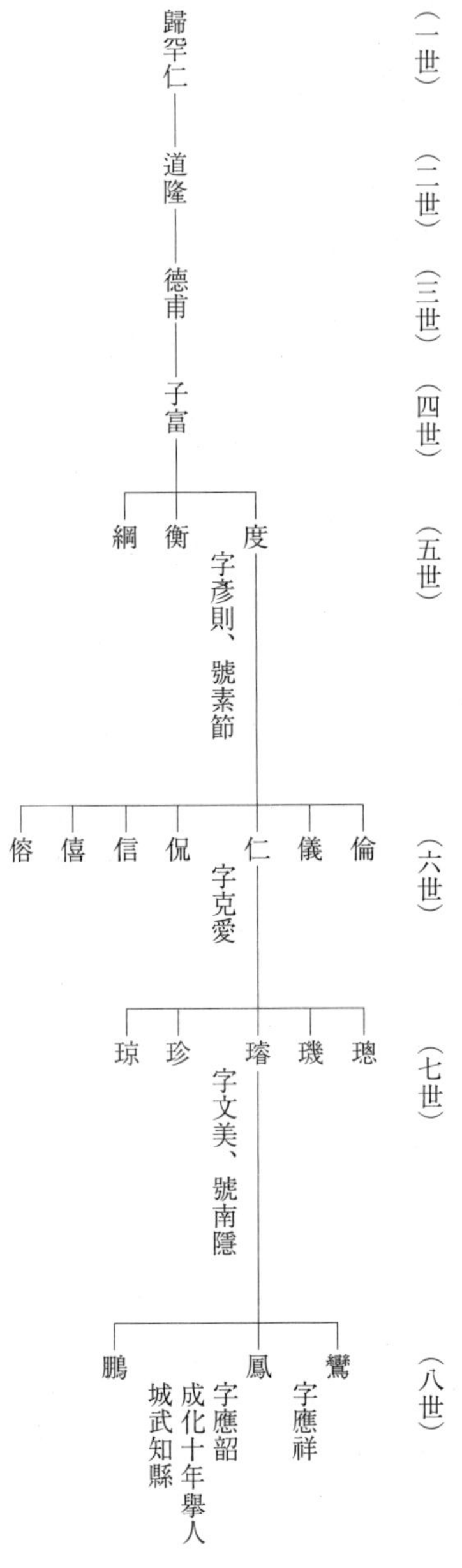

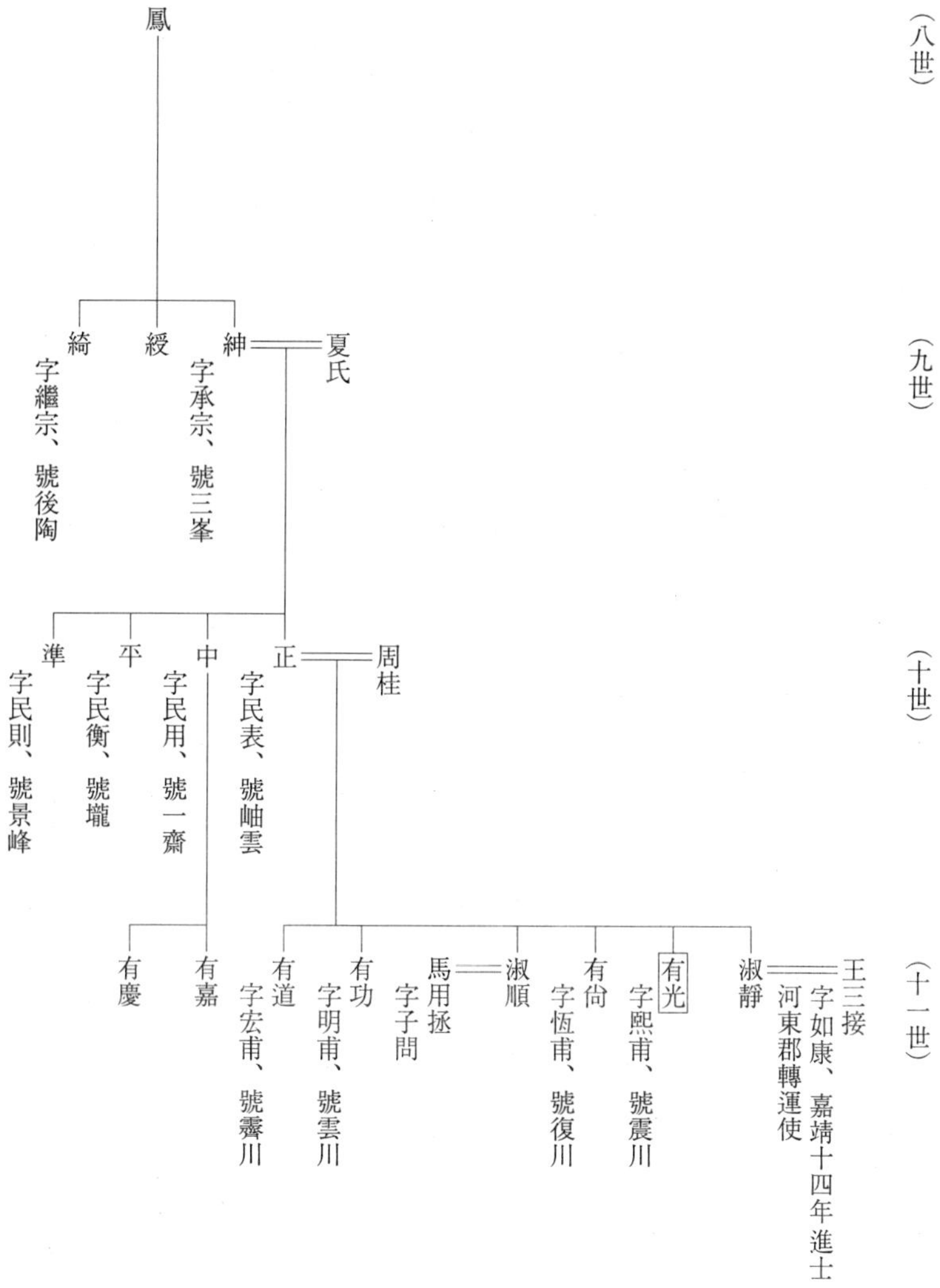
（八世）
鳳
（九世）
紳
夏氏
字承宗、號三峯
綬
綺
字繼宗、號後陶
（十世）
正
周桂
字民表、號岫雲
中
字民用、號一齋
平
字民衡、號壠
準
字民則、號景峰
（十一世）
淑靜
王三接
字如康、嘉靖十四年進士
河東郡轉運使
有光
字熙甫、號震川
有尙
字恆甫、號復川
淑順
馬用拯
字子問
有功
字明甫、號雲川
有道
字宏甫、號霽川
有嘉
有慶

2　名　號

歸有光の父は歸正、母は周桂である。同母の兄弟には、姉の淑靜、妹の淑順、弟の有尙、有功がいる。ほかに季弟有道がいるが、周桂の死後に生れており、有道の生母については未詳である。

その有光という名については、王爵尊の「明太僕寺寺丞歸公墓誌銘」（實際は歸有光の弟子唐時升による代作）[10]には、「先生 孕に在りし時、家に數しば禎瑞見《あら》はれ、虹の庭に起こる有りて、其の光 天に屬《つづ》く、故に先生に有光と名づく」と說明されている。

墓誌銘のこの記述は、歸有光の「重修承志堂記」に基づく。

高大父又た自ら別に宅を須浦の上《ほと》りに創る。吾が生るるの年、高大父 夢に人有りて謂ひて曰はく、「公 何ぞ高玄嘉慶堂を作らざる」と。高大父覺めて喜びて曰はく、「城中必ず孫を得ん」と。城中は、蓋し今の舊宅にして大父の居を指すなり。已にして吾と伯兄と皆《とも》に生れ、高大父 遂に次年を以て堂を須浦に創り、顧太史九和 之が記を爲る。然れども吾が大父 猶ほ自ら城中に居す。是れより先、堂前に嘗て虹起こりて天に屬《つづ》く有り。又た大父 西園を闢《ひら》き、好んで薔薇を植う。須浦創堂の前年の春、花は盛開し、花の中復た蕊有りて、重疊の樓子を作し、週圍滿架、五色燦爛として、未だ有らざる所なり。西園の南に井有り。大旱と雖も竭《つ》きず。人亦た以爲らく井泉の甘美なるは、能く人壽を益すと。是れを以て大父と世父及び先君と、皆な高年を饗す。（「重修承志堂記」）[11]

私が生れた年、高祖（歸璿）は夢の中で、ある人から「高玄嘉慶堂を建てないのか」といわれた。高祖は目覺めると喜んで、「城中には必ず孫が生まれるだろう」といった。城中とは、今、舊宅と呼んでいるもので、祖父（歸紳）が住んでいたところである。しばらくして私と伯兄が生れたので、高祖父（歸璿）はついに翌年須浦に堂を作り、顧九和がその記を書いた。しかし、私の祖父はなおも城中に住んだ。これ以前に、堂の前で虹が出て天につづいたことがある。また、祖父は西園を拓き、薔薇を好んで植えていた。須浦に堂を創る前年の春には、花が咲き誇り、花の中にさらに蕊が有り、幾重にも重なって、あたり一面、棚という棚はどこも五色に輝き、今までにないことだった。西園の南に井戸があって、大日照りのときも涸れなかった。人はまた井泉の水が甘美なのは、人の壽命が伸びると見なした。こういうわけで祖父と叔父および先君（歸正）は、皆な長壽を得たのだ。

歸有光が右の文で伯兄とするのは、おそらく從兄の有嘉のことである。ならば、瑞兆をみて誕生したばかりの子供たちに有嘉、有光と名づけたというのも、頷ける話である。やしゃごの誕生を記念して「高玄嘉慶堂」を建てた高祖歸璿は、歸有光が三歲のときに亡くなっている。

さて、歸有光の號が震川であることはよく知られているが、歸有光自身は若い頃は「項脊生」と署名していた。「項脊生」とは、上述の「歸氏世譜」に「罕仁は道隆を生み、崑山の項脊涇、今の太倉州に居するなり」とあるように、崑山の歸氏一族の祖が最初に住んだ土地の名である。では、「震川」は何に由來するのか。

當初、彼は號をもつことを卑俗だと考えていたらしく、「夏懷竹字說序」には「名有り字《あざな》有りて、又た號有る者は、俗の靡なり、號は近世に至りて始めて盛んにして、山溪水石、閭巷に遍し」(12)と述べている。そのため、震川先生と人に呼ばれることはあっても自ら積極的にこの號を名乘ることはなかった。

彼が始めてこれを自號として用いたのは、晚年六十歲で進士に及第して以後のことである。きっかけは同年の進士の中に同じ號をもつ者がいたことである。歸有光の「震川別號記」は次のようにいう。

余性人の號を稱道するを喜ばず、尤も人の號を以て己に加ふるを喜ばず。往往にして字《あざな》を相して、以て尊敬と爲す。一日、諸公里中に會聚し、以て獨り號稱無きは、不可と爲す。因りて之を謂ひて震川と曰ふ。余大江の東南に生る。東南の藪は唯だ太湖のみにして、太湖亦た五湖と名づけ、『尙書』之を震澤と謂ふ、故に謂ひて震川と爲すと云ふ。其の後人傳へて相ひ呼び、之を久しうして、便ち以て余の自ら號する所と爲す。其の實謾りに之に應じ、受くるを欲せざるなり。今年京師に居し、同年の進士信陽の何啓圖亦た震川と號するを識る。啓圖の何より取るかを知らざるのみ。啓圖は、大復先生の孫にして、汴省の發解の第一人なり。高才にして學を好み、之と居らば、恂恂《じゅんじゅん》然たりて、蓋し余の忻慕する所なり。昔司馬相如藺相如の人と爲りを慕ひ、名を相如と改む。余何の幸ひか啓圖と號を同じうす、因りて遂に自ら之を稱す。蓋し余の自ら稱して震川と曰ふ者は、此れ自り始まるなり。因りて書して以て啓圖に貽《おく》り、余の慕尙の意を發すと云ふ。（「震川別號記」）[13]

私は他人を號で呼ぶのを好まぬたちで、とりわけ人が自分に號をつけ加えて呼ぶのを好まず、よく字《あざな》を稱して尊敬の意を示していた。ある日、里中で諸公が會聚することがあって、獨りだけ號がないのは具合が悪いということで、震川と呼ばれることになった。私は長江の東南の生れである。東南の湖澤といえば太湖だけで、太湖は五湖ともいい、『尙書』はこれを震澤といっている。そこで私を震川ということにしたとか。その後人々が傳えて呼ぶようになり、やがて私が自ら號したものだと思われるようになった。實際は適當に應答していたのであって、それを受け入れていたわけではない。今年、都にいて、同年の進士の信陽の何啓圖を識った。彼もまた震川と號している。啓圖が何から取ったのかは知らないが、啓圖は、何大復先生の孫で、河南の鄉試での首席合格者である。ずばぬけた才があり學を好み、彼と一緒にいると、彼は穏やかで恭しく、私はそれを慕わしく思っている。昔司馬相如は藺相如の人となりを慕い、名を相如と改めた。私はなんと幸いにも啓圖と同じ號である、そこで自らこの號を稱することにした。だいたい私が自ら震川と稱するのは、ここから始まったのだ。そこでそのことを書して何啓圖に贈り、私の敬慕の氣持ちを表すことにする。

歸有光が古文辭前七子の何景明の孫、何洛水（字は啓圖）と同年の進士で、二人の間に交遊があったという事實にも驚くが、兩者が偶然同じ號を有していたことも、ほとんど知られていないことである。

歸有光はこの人を慕って自分でも震川と號するようになったというが、右の文には自分より若い俊才（歸有光が三甲の成績であるのに對し、何洛水は二甲で及第）を前にしたある種の韜晦も感じられる。何洛水の「震川」の由來がわからないといいながら、自らの號の由來を明確に述べていることから考えても、彼が「震川」という號に愛着をもっていたことは明らかであろう。

3　略傳

歸有光の生涯は、坎坷の連續であった。家庭的には幼い頃に母を亡くし、結婚後は最初の妻魏氏、繼妻の王氏に先立たれ、さらに長男と娘二人をも喪っている。舉業では、鄕試で五度失敗し、ようやく三十五歲のときに應天府（南京）試に第二位の好成績で合格する。しかし、その後は、禮部の會試に八度失敗し、進士となったのは六十歲の時である。彼は六十六歲で沒しているので、その官曆は五年にも滿たない。

詳細は本書附錄の「略年譜」を參照されたいが、ここでは彼の生涯を舉業などの面からおおむね次の四つの時期に分けて紹介しておく。

少年期　正德元年（一五〇六）**～嘉靖三年**（一五二四）**歸有光十九歲**

生れてから學官の弟子に補せられるまでの時期である。

明の武宗の正德元年の臘月二十四日に崑山の宣化里にて誕生。父は歸正、母は周桂。七歲で崑山にて書塾に入學。『孝經』を學び、母周氏の求めに應じて暗誦してみせるが、八歲のときその母が亡くなる。父の友人吳純甫、名は中英にその才を激賞され、十歲で「乞醯論」を執筆、周圍に將來を囑望される。項脊軒にて讀書に勵む。嘉靖三年、十九歲で學官の弟子に補せられる。

青年期　嘉靖四年（一五二五）**～嘉靖十九年**（一五四〇）**歸有光三十五歲　南京第二位**

秀才の資格を得て應天府（南京）の鄉試に應じ、六度目の挑戰で南京第二位の成績で合格するまでの時期である。

嘉靖四年、二十歲のとき第一位の成績で蘇州府學の生員に補せられる。秋に應天府（南京）の鄉試に應じたが下第、以後、嘉靖七年（一五二八）、嘉靖十年（一五三一）、嘉靖十三年（一五三四）、嘉靖十六年（一五三七）と計五回すべて不首尾に終わる。嘉靖七年（一五二八）、二十三歲の時に同鄉の魏氏と結婚、翌年、長女が誕生。魏氏は光祿寺典簿魏庠の娘で、太常卿にして恭簡公と謚された魏校のめい。魏校は莊渠先生と呼ばれた、當時の名儒。十二年（一五三三）、長男の子孝が誕生、歸有光の祖父にとっては初めての曾孫になることから、字を翻孫とする。同年の冬、魏氏が亡くなる。十四年、繼妻王氏來歸。王氏の曾祖父は王致謙で、一族は安亭の大族であったが、のちに橫領事件により沒落、その屋敷「世美堂」は歸有光が買い取る。娘の如蘭（生母は寒花）死亡。十六年（一五三七）、魏氏の媵で、如蘭の生母であった寒花が死亡。十七年（一五三八）、娘二二が誕生。十八年（一五三九）、次男子祜誕生、二二死亡。嘉靖十九年（一五四〇）、三十五歳の時六度目の挑戰で南京第二位の成績で合格、擧人となる。

壯年期　嘉靖二十年（一五四一）**～嘉靖四十四年**（一五六五）**歸有光六十歳　進士及第**

嘉靖二十年の一回目の會試に下第して以後、九度目の挑戰で進士に及第するまでの時期である。周圍に期待されながらも、嘉靖二十年、初めての會試に下第し、その後、嘉靖二十三年（一五四四）、嘉靖二十六年（一五四七）、嘉靖二十九年（一五五〇）、嘉靖三十二年（一五五三）、嘉靖三十五年（一五五六）、嘉靖三十八年（一五五九）、嘉靖四十一年（一五六二）と計八回の會試にいずれも落第、失意を募らせた。

嘉靖二十年の初めての會試下第の後、崑山から嘉定の安亭江のほとりに居を移し、そこで學を講ずるようになる。二十一年（一五四二）、三男子寧誕生。二十七年（一五四八）、四十三歳のとき十六歳の長男子孝を亡くす。三十年（一五五一）、繼妻王氏死亡。三十一年（一五五二）、再繼妻費氏來歸。三十三年、四男子駿誕生。この年、倭寇が崑山に襲來、歸有光も防衛に加わる。四十一年、父の歸正死亡。四十二年（一五六三）、五男の子慕誕生。嘉靖四十四年、六十歳のとき九回目の挑戰でようやく進士に及第。ただし、廷試三甲の合格であるため、なかなか任地が決まらず、都に半年ほど滯在したのち、ようやく長興（浙江長興縣）知縣を拜命。

晚年期　嘉靖四十五年（一五六六）**～隆慶五年**（一五七一）**歸有光歿**

長興知縣として出仕し、順德府通判を經て、南京太僕寺丞、修世宗實錄として都で死去するまでの、官に在った時期にあたる。

嘉靖四十五年、六十一歳で浙江の長興縣に知縣として赴任。治めにくい土地柄であったが、權貴に媚びず、正義を貫く。六男子蕭誕生。隆慶三年（一五六九）、順德府（河北省邢台）通判となり、馬政を司る。事實上の左遷であった。隆慶四年、南京太僕寺丞、修世宗實錄となる。五年正月十三日、都にて沒した。享年六十六歳。

4　科　擧

歸有光の生涯は、科擧と切っても切り離せない關係にある。二十歳から六十歳までの四十年間、彼が三年ごとに行なわれる鄕試や會試に赴かなかった年は一度もない。その背景には、「1　家世」で紹介したように衰微した歸家を再興することへの使命感があったろう。しかし、鄕試の合格までに十五年を要し、鄕試合格後は二十五年の長きにわたって萬年擧人という屈辱に甘んじることになった。かつて秀才の集まる南京の鄕試で第二となったという自負は、彼に學業を棄てるという選擇を難しくさせたのである。

王爵尊の手になる墓誌銘（唐時升の代作）には、歸有光が南京の第二に擧げられたときの次のようなエピソードが紹介されている。

歳庚子、茶陵の張文毅公　士を考せしとき、其の文を得て、謂へらく賈・董の再生爲りと。將に第一に置かんとするも、太學に他省の人多きを疑ひ、更へて第二に置く、然れども自ら一國士を得たりと喜ぶ。其の後八たび春官に上るも、第せず。（「明太僕寺寺丞歸公墓誌銘」）(14)

庚子の年（嘉靖十九年）茶陵の張文毅公が（南京の）試驗官を務めたとき、歸有光の文を見て、賈誼や董仲舒の再來だと思い、これを一位合格にしようとしたが、太學には他の省の者も多いから彼もそうではないかと思い、

第二位とした。しかしながら、これで國士を一人得たものと喜んでいた。其の後、八度禮部の會試に赴いたが、
合格できなかった。

これによれば、本來は應天府（南京）試首席合格の榮譽を手にするはずだった歸有光は、張文毅公の誤解から第二位に据え置かれたことになる。

張文毅公とは張治（一四八八〜一五五〇）のことで、字は文邦、號は龍湖、正德十六（一五二一）の進士である。官は南京吏部尙書を經て、文淵閣太學士、太子太保となった。死後は文隱と諡され、のちに文毅と改められた。歸有光の擧業と最も關わりの深い人物である。張治は嘉靖十九年に應天府試の主考をつとめた後、嘉靖二十六年（一五四七）と二十九年（一五五〇）には北京で行われた會試の主考となっている。歸有光は擧人となった翌年の嘉靖二十年から三年毎に行われる會試には必ず赴いているので、張治が主考を務めた年には進士及第の期待を抱いていたにちがいない。また、應天府試は江南の才が萃る土地であり、ここを好成績で通過した者は、會試合格は確實と目されていた。そのため、下第が續いたときの歸有光の落膽も大きかった。ちなみに嘉靖二十六年の會試ではのちに古文辭後七子の領袖として文名をあげる王世貞が二十二歲で登第し、二十九年にはほかの後七子のメンバーである梁有譽、徐中行、吳國倫、後五子の魏裳と余曰德も進士となっている。

張治は二度目の會試主考をつとめた嘉靖二十九年、その年の冬に沒した。

歸有光には繼妻王氏の死から十年後、亡妻にまつわる思い出を書いた「世美堂後記」という作品がある。長い書生暮らしを物心兩面から支えてくれた亡妻に對する思いがにじみ出た、歸有光の抒情文の眞骨頂というべきものだが、その中に次のような一節がある。

庚戌の歳、余 落第して都門を出で、陸道從り旬日にして家に至る。時に芍藥の花盛んに開く。吾が妻 酒を具へて相ひ問勞す。余 謂へらく「恨む所有る無きを得んや」と。曰はく、「方に共に藥を鹿門に採らんとするに、何をか恨まんや」と。長沙の張文隱公薨じ、余 之を哭すること慟す。吾が妻 亦た涙下りて曰はく、「世に君を知る者無からん。然れども張公は君に負ふのみ」と。辛亥五月晦日、吾が妻 卒す。實に張文隱公の薨ずるの明年なり。（「世美堂後記」(15)）

嘉靖二十九年、私は落第して北京を離れ、陸路をとって十日ほどして家に着いた。ちょうど芍藥の花が滿開で、妻は酒を準備して私を慰めてくれた。私は「がっかりしたのではないかい」と聞いたところ、妻は「ちょうど一緒に藥草を鹿門に採ろう（隱遁暮らし）としておりましたのよ。がっかりなどするものですか」と言った。長沙の張文隱公が亡くなり、私はその死を嘆き悲しんだ。妻も涙を流して言った。「世の中にあなたの眞價を知るものがいなくなったのね。けれども、張公はあなたに借りがあるわよ」と。嘉靖三十年五月三十日、妻が亡くなった。實に張文隱公が亡くなった翌年のことである。

右の文には己を見出だしてくれた張治と、己を會試で不合格にした張治に對し、感恩と怨嗟が相半ばする帰有光の心情が表われている。

張治が亡くなった時帰有光はすでに四十五歳、張治の死は擧業から身を引く一つの機會ではあった。帰有光がそれでも擧業を放棄しなかったのは、なぜか。帰有光は後年、「上瞿侍郎書」でこの時の心情について自ら語っている。この書簡は、隆慶二年（一五六八）、長興知縣から順德府通判という事實上の左遷となったとき、帰有光が知己と信じていた瞿景淳にたてまつったものである。

有光 少年たりし時、白下に試みられ、始めて閤下を識り、深く相ひ慕愛す。先後して有司に擧げらるるに及び、閤下は一日 九天の上に奮飛す。顧だ猶ほ布素を忘れず、其の潦倒を見て、常に隱惻せらる。往、張文隱公 考官爲りしとき、閤下與に事を同じうす。榜出でて有光落第し、公に邸第に見ゆ。公 忽忽として樂しまず、客に對して曰はく、「吾れ國の爲に士三百人を得るも、自ら喜ばず。而《すなわ》ち一士を失ふを以て恨みと爲す」と。又た有光に謂ひて曰はく、「吾れ天下の士を閲すること多し。子の如き者は水に入るるに濡れず、火に入るるに爇《や》けざる者と謂ふべきなり。館閣中に在りては、子の鄕は惟だ瞿太史のみ深く之れを知る、成都の趙孟靜 之を知る」と。公 再び考官と爲り、再び之に見ゆるに、其の言亦た是くの如し。又た曰はく、「吾れ子を得る能はず、二君者 終に必ず能く子を得ん」と。文隱公歿し、有光 年往き歲徂きて、仕進の心 落然たり。然れども猶ほ敢て自ら廢罷せざるは、徒だ文隱公 垂歿惓惓の望を以て、亦た朝に在りて閤下の如く相ひ知る者を恃みて、嚮往する所有るのみ。(「上瞿侍郎書」)(16)

有光は若かりしころ、南京の鄕試で、始めて閤下を識り、深く慕うようになりました。我々は前後して鄕試に合格しましたが、閤下はある日 高みに雄飛されました。しかし、布衣だったころのことを忘れず、私の落魄ぶりを見るにつけ、いつもそれを氣の毒に思って下さいました。むかし、張文隱公が會試の試驗官だったとき、閤下は一緒にその仕事をされていました。試驗結果が出てみると有光は落第で、張公にお屋敷でお目にかかりましたところ、張公は不滿のご樣子で、客に對して、「私は今回國のために三百人の士を得たが、うれしくはない。一士をとりこぼしたのが殘念でならない」とおっしゃいました。さらに、有光にむかって、「わたしは天下の士をたくさん見てきたが、君のような者は水に入れても濡れず、火に入れても燒けない者といえよう。館閣中では、君の郷里のただ瞿太史だけが君の價値をよく知り、成都の趙孟靜も知っている」と。張公は再び試驗官となられ、再び張公にお目にかかりましたが、その時のお言葉も前と同じでした。そしてさらに、「私は君を採ることができなかったが、二人がいつかきっと君を採るだろう」と言っておられました。文隱公がお亡くなりになり、有光は年をとって、仕官榮達の心も萎えました。しかし、それでもなお受驗をやめてしまわなかったのは、ただ、張文隱公がお亡くなりになる前に切望されたこと、それから朝庭に在られる閣下のような知己を恃みに思い、敬慕する心ゆえでありました。

瞿景淳は字を師道といい、常熟の人である。嘉靖二十二年（一五四三）に應天府の郷試で擧人となり、その翌年の嘉靖二十三年の會試で第一、廷試で二位となった秀才で、官は禮部侍郎に至った(17)。明末の反清運動に殉じた瞿《く》式《しょく》耜《し》はその孫にあたる。張治が亡くなった後も歸有光が擧業を廢さなかったのは、瞿景淳というもう一人の知己に期するところが大きかったからといえる。

さてここで問題となるのは、歸有光がかくも長い間科擧に合格できなかった理由である。一般に歸有光は制義（八股文）の名手として知られており、『明史』文苑傳の歸有光傳には、「有光の制擧義は、經術に湛深し、卓然として大家と成る。後、德清の胡友信與《とも》に名を齊しうし、世は歸・胡と竝稱す」とあるほどである。

度重なる下第の原因について、歸有光自身が語った文がある。「解惑」と「己未會試雜記」である。嘉靖三十八年（一五五九）、七度目の會試で落第となった歸有光はある噂を耳にした。會試で外簾官（試驗監督や雜務にあたる官）を務めていた同郷のある人物が惡意をもって彼の答案を内簾官（試驗の審査官）に渡さなかったというものである。そこで、歸有光は「解惑」を作り、たとえ邪魔立てする者がいたとしても、下第は天命であり、これに安んじなければならないと自らを誡めた。

嘉靖己未、會闈の事畢はる。予 是に至るまで凡そ七試、復た第せず。或ひと言ふ、翰林の諸學士 素り之を憐み、試に入るに方《あた》りて、之を得んと欲するの甚だしきも、卷を索むるに得ず、皆な缺《けつ》然として失望す。蓋し卷は簾外に格《はば》まれ、入らざるなりと。或ひは又た言ふ、君の名 天下に在り、嶺海の窮徼と雖も、語りて君に及べば、歛衽せざるは莫し。獨り其の鄉人 必ず詆毀を加ふ、未だ試に入らざる自り已に之を毀《こぼ》つ者有るなり。既に第せずして、簾外の人又た其の文を摘みて之を毀つ。聞く者皆な之が爲に平らかならずと。予曰く、然らず。……子路は公伯寮に愬《うった》へらる、孔子曰はく、「道の將に行はれんとするや、命なり。道の將に廢れんとするや、命なり」と。孟子 臧倉に沮《はば》まれ、而して曰はく、「吾の魯侯に遇はざるは、天なり」と。故に曰はく天命有りと。(「解惑」)[18]

嘉靖三十八年、會試が終わった。私はこれまで合計七回受けたが、またもや及第できなかった。ある人がいうには、翰林の諸學士は前から氣の毒に思っていて、試驗に入るや、君をぜひ登第させようとして答案を探したが見つからず、皆ながっかりした。どうやら答案は外簾官のところで阻まれ、採點官の所に屆かなかったらしいと。別のある人はさらにこうも言った。君の名は天下に轟いていて、嶺南の邊境でも、君のことに話が及ぶと、襟を正さないものはいない。ただ君の同鄉人がきまって君のことをあれこれ言う。まだ試驗に入らない段階から君のことを謗る者がいたのだ。落第が決まると、外簾官のその人はさらに文のあら捜しをして謗った。これを耳にした者はみんな憤慨したと。私は、それは違うと言った。……子路は公伯寮に讒言されたが、孔子は、「道がまさに行われようとするのは、天命である。道がまさに廢れようとするのも、天命である」とおっしゃられた。孟子は臧倉に阻まれたが、「私が魯侯に會うことができなかったのは、天命だ」とおっしゃった。ゆえに天命というものがあるのだ。

諸考官 命下るの日、相ひ約して必ず予を得んと欲す。內簾に在るに及び、共に往きて兩主考に白す。常熟の嚴學士訥因りて言ふ、天下 久しく此の人を屈す、文字の格に入らずと雖も、亦た須らく之を第一に置くべし、人必ず異議無しと。金壇の曹編修大章 尤も踴躍し、諸內翰と與に賭を決するに至る、以て摸索して得べしと爲す。然れども盡く落卷中を閱するに、有る無きなり。揭曉の後、曹は人をして來らしめ、具さに道ふこと此くの如し。而して人有りて後に來りて言ふ、予の卷 鄉人の忌む所と爲りて、謄錄所に送らずと。蓋し外簾の同官 之を言ふ。然れども此れ乃ち命なり、「臧氏の子、焉ぞ能く予をして遇はざらしめんや」。（「己未會試雜記」[19]）

試驗官たちに命が下った日、かれらは必ず私を合格させることを約束しあった。試驗の採點に入ると、みなで二人の主査のところに行ってそのことを申し上げた。常熟の嚴訥學士はそこで言った。天下は長い間この人を不當に遇してきた、少々文が規格外でもこれを首席にすべきである、人々にもきっと異議はないはずだと。金壇の曹大章編修はとりわけ踴躍し、採點をする翰林學士とともに賭をしたほどで、私の答案を探し出せると思っていた。しかし不合格答案をすべて調べても見つからなかった。結果發表の後、曹は人を遣わして、このことを詳しく教えてくださった。そうして後になって、私の答案は同鄉の人の忌む所となって、謄錄所（字體から受驗者が特定できないように試驗答案の副本を作成する所）に送られなかったのだと言ってきた人がいた。外簾官の同僚がそう言っていたのだとか。しかしこれも天命というものだ、「かの臧氏の子が私をどうこうしたというわけではない」のだ。

合格不合格は天の定めであり、個人の力がそこに作用したわけではないと自分に言い聞かせるものの、歸有光の屈辱感と憤怒は容易に晴れるものではなかった。特に「己未會試雜記」の文辭は怨言に近い。また「己未會試雜記」によれば、歸有光は北京を出發して歸途に就くとき、外簾官の一人で友人の徐學謨に手紙を書き送り不平を訴えたという。

この問題について、復旦大學の鄔國平教授は近年、徐學謨の『徐氏海隅集』（四庫全書存目叢書）文編巻二十三に「書歸太僕丞解惑篇後」があるのを發見、この文によって「同鄉の外簾官」が沈紹慶、字は子言を指すことが明らかになった[20]。沈紹慶の子堯兪は歸有光の門生であり、また歸有光の文集には嘉靖二十七年（一五四八）に亡くなった沈紹慶の夫人のために書いた「顧孺人墓誌銘」もあることから、當初、歸有光と沈紹慶の關係は良好だったらしい。徐學謨「書歸太僕丞解惑篇後」によれば、この問題がおこって以後、兩家は絕交した。

ただし、徐學謨はこの一件は歸有光の誤解だとして、事の眞相を語っている。それによれば、沈紹慶は歸有光の易解の答案に「齟齬」「牴牾」という四字を見つけてこれが時文（制義）に用いる言葉でないことを心配し、それを書き換えて謄錄所に送ったが結果は不合格、試驗が終わった後、沈紹慶がそれを同僚に語り、自分もその場にいてこれを聞いたが、沈のことを快く思わない者が歸有光に告げ口したのだという。徐學謨はこの時、試驗官が採點し終えた歸有光の答案を自ら確認しており、試驗官のもとに答案が回っていなかったというのは事實無根だとする。さらに、沈紹慶は忠信の人で歸有光に對して何の惡意もなかったのだが、歸有光は自尊心が強く阿諛を好むため、つまらぬ讒言を信じてしまったのだという。

さらに、徐學謨「書歸太僕丞解惑篇後」は、張治の歸有光に對する評價も傳えている。それによれば、張治は、南京の鄉試のとき歸有光の答案に感服したものの、「經書の義 古奧に涉りて識り難い」ために彼を首席とはしなかった。

嘉靖二十三年に歸有光が會試に下第したときは、「どうして世の中にはわたしのように獨自の眼光で歸有光の良さを見拔く者がいないのか」と訝しく思っていた。それで、自ら主任試驗官を務めた嘉靖二十六年の會試でまた不合格となった時には、おそらく經書ごとに分かれて審查する擔當官のミスだろうと考えた。そこで嘉靖二十九年のときには、あらかじめ歸有光と同鄉の試驗官を呼んで注意を拂うように傳えておいた。しかし、擔當官がこれはと思い張治に推薦し、張治もこれこそ歸有光のものだと信じた答案は、蓋を開けてみると別人のものだった。張治が不合格者の答案を探してみると、それは南京時代に到底及ばぬしろもので、歸有光は期待を裏切ってここまで墮ちたかと怒ったという。この話は、先にあげた張治が歸有光を南京で首席としなかったのは他省の出身だと誤解したためとか、張治が一貫して歸有光の支援者であったという歸有光側の主張とはかなり異なっている。

徐學謨は、また歸有光の制義の問題點について、非常に重要な指摘をしている。

> 蓋し熙父 鄉薦自り後、嘗《つね》に以て擧業は無學にして能くすべしと爲し、卽ち棄去して復た習はず、而して益ます古文詞を習ふ。試に應ずるに比《およ》び、篬𥳑の間 已に促辦する能はず、稍や筆に信《まか》せて胸中に自得する所を攄寫するのみにして、有司の繩尺に于いて闊如たり。故に試は輒ち利あらず。予 禮部に在りて久しく科に累す、其の落卷を拾ひ、則ち寄せて熙父に還し、之を慫恿して略ぼ時套を尋ねしめんと欲するなり。（「書歸太僕丞解惑篇後」）(21)

右によれば、歸有光が科擧でかくも長い間失敗を續けた原因は二つで、まず、南京の鄉試で好成績を收めて以後、制義（八股文）を輕蔑して古文に沒頭したこと。二つ目は、そのため試驗で規定の時間內に仕上げることができず、筆にまかせて思いのまま答案を書き、試驗官の判斷規準からかけ離れていたことである。これをみかねた徐學謨は、不合格答案を歸有光に返却し、もう少し時流に沿った書き方を研究するように助言していたというのである。

そもそも、歸有光は當代の科擧の弊害を論じることに熱心で、擧業の學を嫌惡した。


近來一種の俗學、習ひて爲に套子を記誦し、往往にして能く高第を取る。淺中の徒、轉た相ひ放效し、更に通經學古を以て拙と爲す。則ち區區として諸君と與に此れを荒山寂寞の濱に論じ、其の嗤笑する所と爲らざる者は幾ど希なり。然れども惟だ此の學の流傳は、人材を敗壞し、其の世道に於いては、害を爲すこと淺からず。夫れ終日呻吟し、聖人の書の何物爲るかを知らず、明言して公に之に叛《そむ》き、徒《いたづ》らに以て榮利を攫取するの資と爲す。(「山舍示學者」(22))

科擧の學は、一世を利祿の中に驅け、而して一番人材の世道と成る、其の敝已に極まれり。士方に其の間に沒首濡溺し、復た人生當に爲すべきの事有るを知る無し。榮辱の得喪、纏綿として縈繫し、脫解すべからず、以て老いて死すに至りても悟らず。(「與潘子實書」(23))

受驗生にとって科擧が名利を得るための手段になってしまっていること、その科擧對策の勉強も決まりきったことを暗記朗誦するだけのもので、歸有光にとってこれは學問ではなかった。しかし、一方で歸有光が生計を立てていたのは、制義を教える書塾であり、墓誌銘にいうところの「嘉定の安亭江の上りに讀書談道し、四方より來りて學ぶ者常に數十百人」とは、まさに「俗學」によって得た南京第二位という評判によるものであった。

次も門生にあてた手紙であるが、ここにはそうした彼自身の矛盾がよく表れている。

徐生倬は、余に學ぶこと四年なり。世學の卑は、志の科擧を第一事と爲すに在り。天下の豪傑も、方に眉を揚げ目を瞬いて、羣然として是に止まらんことを求む。生　科擧の文を爲《おさ》むるに非ずんば、以て予に從はず。予も科擧の文を爲めずんば、亦た由りて生を得る無し。然れども予の生に期する者は、世　未だ之を知らざるなり。（「示徐生書」）(24)

本書の第I部第三章で述べるように、明末になって、艾南英（字は千子、一五八三―一六四六）が歸有光の時文を高く評價したあたりから彼の制義集が次々と公刊され始め、淸代には八股文の名手としての評價が定まる。實は、『明史』文苑傳の「有光の制擧義は、……卓然として大家と成る。……世は歸・胡と竝稱す」は、明末から『明史』が編纂された淸の康熙年間にかけての制義の流行を反映したものである。しかし、少なくとも彼が生きていた嘉靖年間においては、歸有光の制義は、彼の古文同樣、時流に合ったものではなかったといえよう。

5　子孫

歸有光亡き後の歸家は沒落したようである。

歸有光には元配魏氏の生んだ子祜と子寧、繼妻王氏の生んだ子孝、再繼妻費氏の生んだ子駿、子慕、子蕭と、合計六人の息子がいたが、そのうち周圍から最も將來を囑望されていた長男の子孝は十六歳で夭折する。歸有光は「亡兒䎫孫壙志」を作り、また「思子亭記」でその悲痛を訴えている。

繼妻王氏の出である子祜と子寧は、歸有光が沒した時はすでに三十三歳と三十歳であり、歸有光の文集『歸先生文集』（崑山本）を編纂し、刻行した。子祜と子寧の擧業は振るわなかったようで、子寧は萬曆四年（一五七六）の武科の擧人となったに過ぎない。再繼妻費氏の出である子駿、子慕、子蕭は、歸有光が沒した時、まだ十八歲、九歲、六歲と幼かった。この中では子駿のみが『明史』歸有光傳の附傳に配されている。子駿は萬曆十九年（一五九一）に擧人となり、沒後翰林待詔を贈られている。

歸子寧の「先太僕世美堂未刻稿跋」（臺北國家圖書館藏『歸震川先生未刻集』卷首）によれば、王氏の實家に官物を横流しして罪に問われた者がいて、歸家ではその後始末にずいぶん費用をつぎ込んだという。歸有光の「世美堂後記」にも同樣のことが書されており、これが子供たちの世代の困窮の遠因となったらしい。

孫の世代でよく知られているのは、書畫家の歸昌世、字は文休である。歸昌世は錢謙益とともに『歸太僕集』を編纂した。これがその子の歸莊に受け繼がれ、康熙本『歸震川先生文集』の刻行へとつながった（本書第Ⅰ部第四章）。歸莊は明末の復社の同人で、顧炎武とともに反清運動に身を投じ、明滅亡後は遺民として生きた人であり、詩名も高かった。しかし、事跡を辿ることができるのは歸莊ぐらいまでで、それ以後の末裔については詳しい傳記はわからない。

次の「歸有光子孫世系表」は、『歸氏世譜』二十卷（光緒十四年重刊本）の記述や各種資料を參考に、論者が訂補したものである。

歸有光子孫世系表

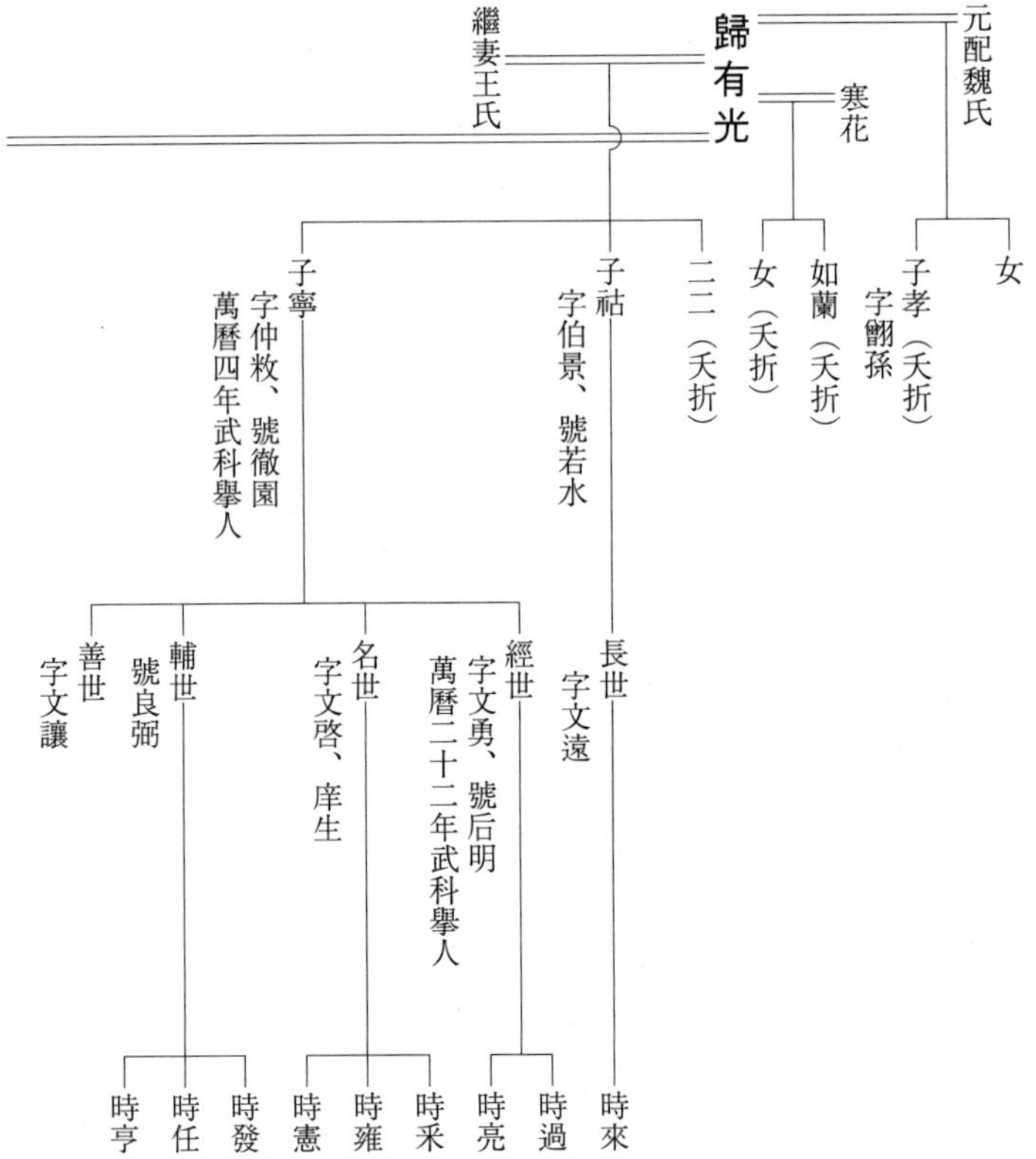
元配魏氏
歸有光
繼妻王氏
寒花
女
子孝（夭折）
字翶孫
如蘭（夭折）
女（夭折）
二二（夭折）
子祜
字伯景、號若水
子寧
字仲敉、號徹園
萬曆四年武科舉人
長世
字文遠
經世
字文勇、號后明
萬曆二十二年武科舉人
名世
字文啓、庠生
輔世
號良弼
善世
字文讓
時來
時過
時亮
時采
時雍
時憲
時發
時任
時亨

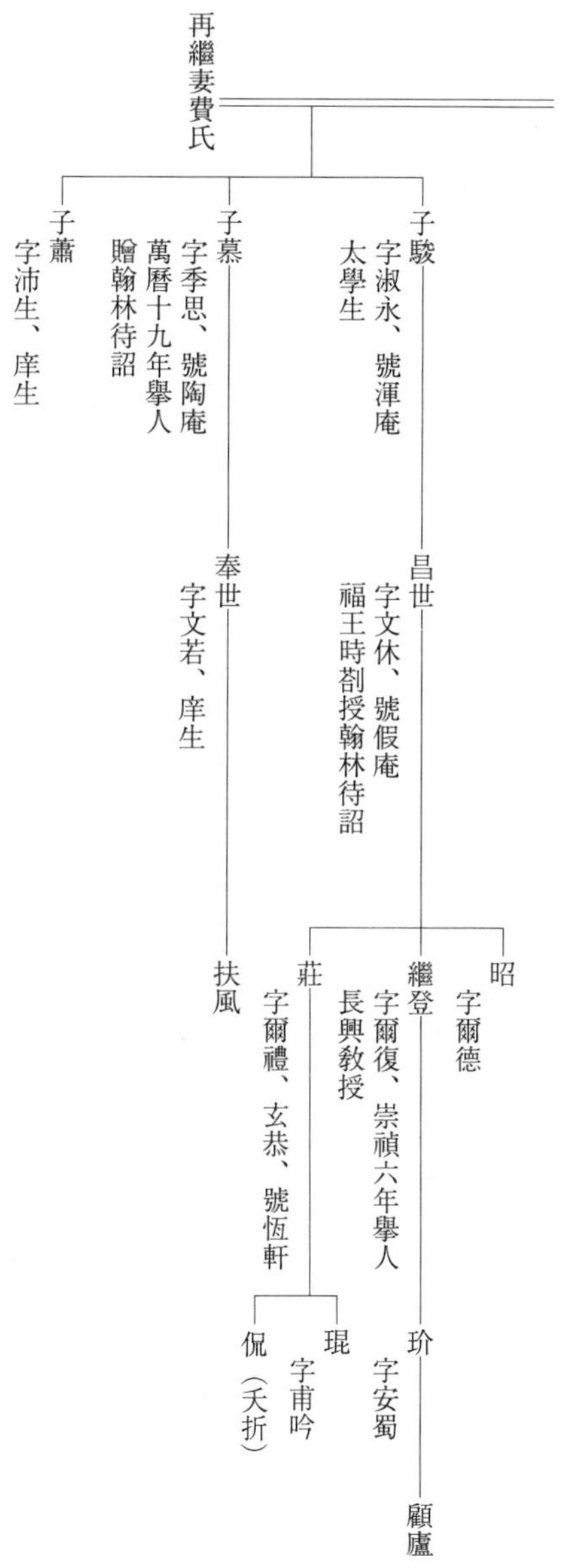

二　著述と版本

歸有光の著作は多く、清の孫岱が編纂した『歸震川先生年譜』（北京圖書館藏珍本年譜叢刊第四十九册所收清光緒六年刻本——以下『孫譜』と略稱）には、歸有光の著述として、三十三種の文獻が擧げられている。左はこれを四部に分類して、解説を加えたものである。譜＋番號は、『孫譜』にあげられている順番を指す。また、『孫譜』に見えないが、一般に歸有光の著述と傳えられるものについても、補としてあげておく。補は通し番號をふっておく。

經部

譜1.『易經淵言』一巻　收四庫經部易類存目
『四庫全書總目提要』巻七經部易類存目一によれば、『明史』の文苑傳や藝文志には著録されておらず、朱彝尊の『經義考』にも著録されていない。易の卦の下に數條の論が書かれているが、舊說をなぞったものにすぎず、新說は少ないという。現在、『四庫全書存目叢書』第七册に收録されている。

譜2.「易圖論」上下編
康熙本『震川先生集』巻一に「易圖論」上下として收入。

譜3.「大衍解」
康熙本『震川先生集』巻一に「大衍解」として收入。

譜4.「尙書別解」
康熙本『震川先生集』巻二に「尙書別解序」があり、それによれば、歸有光二十六歳のときに應天府（南京）の鄉試に下第して歸り、門を閉ざして『尙書』を讀み、思いついたことを書し、「別解」としたという。

譜5.「洪範傳」一巻
『明史』藝文志に著録あり。康熙本『震川先生集』巻一に「洪範傳」として收入。

譜6.「冠禮宗法」
康熙本『震川先生集』巻三の「天下諸侯無冠論」「公子有宗道論」がこれに相當するか。待考。

譜7.「孝經敍録」一巻
康熙本『震川先生集』巻一に「孝經敍録」として收入。

譜23.「孝定武成」一巻

『明史』藝文志に著録あり。康熙本『震川先生集』巻一に「孝定武成」として收入。

譜33.「尙書敍録」

康熙本『震川先生集』巻一に「尙書敍録」として收入。

史部

譜8.『讀史記纂言』十巻

『明史』藝文志には「讀史纂言十巻」とあるが、詳細は不明。待考。

譜11.『兩漢詔令』待考。

譜12.「宋史論贊」

康熙本『震川先生集』別集巻五に「宋史論贊」として二十二篇を收入。

譜13.「壬午功臣記」

康熙本『震川先生集』巻二八に「記壬午功臣」として收入。

譜14.「二孝子傳」一巻

康熙本『震川先生集』巻二六に「歸氏二孝子傳」として收入。

譜17.『三吳水利録』四巻　收四庫史部地理類

『明史』藝文志に著録あり。『四庫全書總目提要』巻六九史部地理類二によれば、吳中の水利は、松江をどのように治めるか、太湖の水をどのように東海に流すかで決まるとし、前人の說を檢討し、自說の水利論二篇を加えたもの。

安亭すなわち松江のほとりに暮らし地勢に通じた歸有光ならではの論で、呉の水利を論ずるのに必見の書とされる。

譜18．「論賦役書」
康熙本『震川先生集』卷八に「論三區賦役水利書」あり。

譜19．「倭寇本末」
康熙本『震川先生集』卷三に「禦倭議」、「備倭事略」、卷八に「崑山縣倭寇始末書」、「論禦倭書」、「上總制書」あり。

譜22．「馬政志」一卷
康熙本『震川先生集』別集卷四に收入。

譜25．『歸氏世譜』二卷
康熙本『震川先生集』卷二八に「歸氏世譜」、「歸氏世譜後」、卷十七「家譜記」あり。

子部

譜9．『六經莊子史記標註』待考。

譜20．『諸子彙函』二十六卷　收四庫子部雜家存目
歸有光蒐輯、文震孟參訂、天啓六年（一六二六）序刋。『四庫全書總目提要』卷一三一子部雜家類存目八によれば、周から明人までの書から數條を摘録したもので、荒唐無稽で卑俗、歸有光の編纂とはとても思えないという。

譜21．「荀子敍錄」一卷
康熙本『震川先生集』卷一に「荀子敍錄」として收入。

譜24．『道德經南華經評註』十二卷

歸有光批閲、文震孟訂正『道德經評註』二卷および『南華經評註』十卷として、明末の天啓四年（一六二四）の笠塢刋本があり、ともに嚴靈峯輯『無求備齋莊子集成續編』に收められている。

補1『評點史記』

明嘉靖六年震澤王延喆覆宋刋本『史記』一百三十卷に、歸有光が五色の筆で圈點をつけ、批文を書き込んだ本が臺北國家圖書館に藏されている。光緒二年至四年（一八七六～七八）に武昌の張裕釗が校刋した『史記』一百三十卷 坿『方望溪評點史記』四卷に、歸有光の注と評點が他注とともに收められている。

集部

〔文集〕

譜28．『震川文集』初刻本三十二卷　子子祜子寧刻爲崑山本　收入四庫集部別集存目

萬曆元年至四年（一五七三～七六）に、歸有光の子の歸子祜と歸子寧が崑山で刻した『歸太僕先生集』三十卷『外集』一卷『詩』一卷。いわゆる崑山本。萬曆十六年（一五八八）の陳文燭の墓表を有するものもある。『四庫全書總目提要』卷一七八別集類存目五に、「震川文集初本三十二卷」として著錄される。現在、『四庫全書存目叢書』集部第一三八册に收入されており、目睹しやすくなった。詳細は本書第Ⅰ部第四章を參照。

譜29．『遺集』二十二卷　待考。

譜32．舊本集二十卷　族弟道傳所爲常熟本

萬曆二年に歸道傳が常熟で刻した『新刋震川先生文集』二十卷。いわゆる常熟本。「海虞蔣以忠閲、宗弟道傳編次」

とある。希覯本で、日本ではお茶の水圖書館の成簣堂文庫、天理大學圖書館古義堂文庫にのみ藏されている。詳細は本書第Ⅰ部第四章を參照。

補2『歸震川先生未刻稿』二十五卷（『世美堂未刻稿』）
ここでいう未刻とは、譜28の『震川文集』初刻本三十二卷（崑山本）を刻行した際に未收錄であったものを指す。現在、鈔本が臺北の國家圖書館と上海圖書館に藏されている。臺北本は卷首に、上海本は卷末に、歸子寧の跋文を收める。二本は同一人物の手になる鈔本であるが、收錄文に出入が多い。また、上海本には、「孫男 濟世集」と署されているのに對し、臺北本はこれがない。濟世は、その名前から歸有光の孫の世代にあたることがわかるが、清・歸衡等撰『歸氏世譜』（光緒十四年重刊本）の世系表に濟世の名は見えない。詳細は本書第Ⅱ部第五章を參照。

譜26．『震川文集』三十卷　收四庫集部別集
康熙年間に歸有光の曾孫歸荘が刻行した『震川先生集』三十卷、いわゆる康熙本を指す。四庫全書、四部叢刊にも入っており、最も通行している版本。周本淳校點『震川先生集』（上海古籍出版社　一九八一）もこの本に基づく。詳細は本書第Ⅰ部第四章參照。

譜27．『別集』十卷　收四庫集部別集
譜26康熙本『震川先生集』の『別集』十卷。應制論、應制策や制誥、馬政志、宋史論贊、紀行、小簡、公移、古今詩から成る。詳細は本書第Ⅰ部第四章參照。

譜30．『太僕集』二十五卷　蔣以忠校定
『增訂四庫簡明目錄標注』にも「蔣以忠校定二十五卷」と見えるが、今、この版本を目睹し得ない。あるいは、『孫譜』が二十卷の常熟本に「海虞蔣以忠閲、宗弟道傳編次」とあるのを混同したものか。待考。

補3『補刊震川先生集』八卷
王標が康熙四十三年（一七〇四）に刻した補遺集である。嘉定の張雲章が康熙本（譜26）の選に入らなかった作品を集めたもの。『續修四庫全書』集部一三五三册所收。
補4『歸震川先生大全集』五十八卷
虞山七世の族孫である歸朝煦が嘉慶年間に刻した本。『震川大全集』三十卷、『別集』十卷、『補集』八卷、『餘集』八卷、『先太僕評點史記例意』一卷、『歸震川先生論文章體則』一卷に、附錄として傳三卷、墓記一卷、壽序答問一卷、墓地碑記一卷を收める。『震川大全集』三十卷と『別集』十卷は康熙本、『補集』は補3の『補刊震川先生集』八卷である。『餘集』は歸朝煦が各種抄本から編纂したものである。

〔選本〕
補5『歸震川文選』八卷
陳維崧評『四大家文選』の一。康熙六年（一六六七）の序がある。ここでいう「四大家」とは、歸有光のほか淸の王猷定・侯方域・程康莊。北京圖書館に藏されている。
補6『歸震川集』十卷
晉江の張如湖、字は夏鍾が、康熙二十一年（一六八二）に編纂したもので、『明八大家集』の一。「明八大家」とは歸有光のほか、宋濂・劉基・方孝孺・王守仁・唐順之・王愼中・茅坤。日本では靜嘉堂文庫に藏されている。
補7『歸太僕公文定』四卷
未見。孫殿起『販書偶記』に「燕南崔徵麟評選、無刻書年月、約康熙間刊、又名歸文定」と著錄されている。

補8『歸震川文選』二卷
未見。『中國叢書綜錄』に劉肇虞選評『元明八大家古文選』の一として著録されている。乾隆二十九年（一七六四）歩月樓刊本。「元明八大家」とは、歸有光のほか、元の虞集・揭傒斯、明の王守仁・唐順之・王愼中・艾南英。
補9『震川文鈔』四卷
歸有光の文に私淑したことで知られる清の古文家張士元が乾隆六十年（一七九五）に編纂した手鈔評點本。刻行されていないが、その評語を抄したものが『歸震川先生文鈔』不分卷として、上海圖書館に藏されている。
補10『歸震川先生文選』六卷
『金元明八大家文選』五十三卷の一。李祖陶評點、劉珪校刊、道光二十五年（一八四五）刻本。北京國家圖書館（古籍館）に藏されている。
補11『歸震川文鈔』一卷
未見。『中國叢書綜錄』に王文濡編輯『明清八大家文鈔』の一として著録されている。民國四年（一九一五）上海進歩書局石印本。「明清八大家」とは、歸有光のほか、方苞・劉大櫆・姚鼐・梅曾亮・曾國藩・張裕釗・吳如倫。
補12『歸震川先生文』二卷
民國二十年（一九三一）に徐世昌が編輯した『明清八家文鈔』二十卷の一。石印本。他に方苞、姚鼐、梅曾亮・曾國藩、張裕釗、吳汝綸、賀濤の文選を收める。
補13『歸震川文粹』五卷
和刻本。村瀨誨輔編、天保八年（一八三七）、大阪河內屋茂兵衞刊。

〔尺牘〕

譜31.『震川尺牘』

『歸震川先生尺牘』二卷を指す。康熙三十九年（一七〇〇）に顧氏知月樓から錢謙益の『錢牧齋先生尺牘』三卷とともに『歸錢尺牘』五卷として刻行されたが、乾隆年間に錢謙益が貳臣とされたことから『禁燬書目』に入れられた。現在、『四庫禁燬書叢刋』第一一一冊に収められ、目睹しやすくなっている。

〔制義集〕

補14『震川先生應試論策集』二卷

北京國家圖書館に清鈔本が藏されている。首に婁堅の序があり、「從季弟有達非聞甫」の校だという。ただし、清・歸衡等撰『歸氏世譜』（光緒十四年重刋本）の世系表に有達の名は見えない。應制論が十一篇、應制策四篇を收める。

補15『歸震川先生全稿』不分卷

すべて康熙本『歸震川先生別集』の卷一～卷二に収められている。

呂留良評點による歸有光の制義集。康熙十八年（一六七九）の天蓋樓刻本。北京國家圖書館に藏されている。

補16『歸震川稿』

東鄉の艾南英選評の歸有光の制義集。明末～清初のものと思われる刻本が北京國家圖書館に藏されている。

補17『歸太僕稿』一卷

清代、固城の陳名夏が編纂した『國朝大家制義』四十二卷の一種。實際は艾南英などの評に自評を若干加えたもの。北京の國家圖書館に藏されている。

〔編纂〕

譜10・『先秦文錄』待考。

譜16・『菟園襍鈔』十巻

希覯本であり、管見の及ぶところ、北京國家圖書館（古籍館）と南京圖書館に刻本が藏されているのみである。書簡や公文書に使う四六文を用途に應じて集めた所謂事類書。首に「菟園襍鈔引」があり、「隆慶三年七月望日京兆《ママ》歸有光書于邢州公署」とある。萬曆七年の顧允熹の跋語によれば、歸有光の子の子祜から、歸有光が邢に在りし時（順德府通判時代）に編纂したものとして讓り受けたという。ただし、「京兆歸有光」という言葉に疑念がないわけではない。「菟園襍鈔引」は、〔文集〕補3『補刋震川先生集』に歸有光の作として收められている。

補18『莊渠先生遺書』十六巻

歸有光が自らの師で、妻のおじでもあった魏校の著作を整理編纂したもの。各巻の巻首に「蘇州知府王道行校刻、崑山知縣淸河張焯同梓、門人歸有光編次」とある。嘉靖四十年（一五六一）の序がある。

譜15・『文章指南』五巻

『四庫全書總目提要』巻一九二總集類存目二によれば、本來、この本には書名もなく、歸有光が同年の進士の詹仰《せんぎょう》庇《ひ》に授け、詹仰庇が友人の黃鳴岐に授けて、黃鳴岐が刻行したときにこの名としたという。四庫館臣は、評說は歸有光のものとは思えず、このように後から登場した選集というのは信用できないとしている。これに對して呂新昌『歸震川及其散文』（第三節、3-a4）は、『提要』の說は根據のないもので、これは安亭で學を講じていたころの教本であり、手稿本でないにしろ、受業生が歸有光が講授したものを書きとめたものだろうとする。鷲野正明「『文章指南』は歸有光の著作に非ず――呂祖謙『古文關鍵』との比較から」（第三節、4－j9）は、『指南』が『關鍵』を剽竊していることを指摘、歸有光の著作とはいえないと結論する。論者も鷲野説に左袒するものである。『四庫全書存目叢書』集部第三一五册に收められている。

補19『四大家文選 唐大家韓昌黎文公文選八巻 唐大家柳柳州文選八巻 宋大家歐文忠公文選十巻 宋大家蘇文忠公文選十六巻』

歸有光編、顧錫疇評として、明崇禎四年（一六三一）の序を有する。日本では國立公文書館內閣文庫や大阪府立中之島圖書館に藏されている。

三　歸有光文學の特徴とその研究動向

これまで歸有光文學研究は、主に抒情散文の研究を中心に進められてきた。傳記研究、文學理論研究、評價史研究、經學や史學、版本についての研究はさほど多くはない。この節では、歸有光文學を研究する際の基本資料とこれまでの研究史について概觀する。

1　基本傳記資料

歸有光の傳記については、行狀・墓誌銘・墓表などの基本的な史料が完備している。ただし1－a3の王錫爵の墓誌銘は、唐時升による代筆。しかも康熙本附錄のものは書き換えがあり（本書第Ⅰ部第二章）、注意が必要である。

a〔傳記史料〕

1-a1　歸子祜「先君述」（崑山本『歸太僕先生集』附錄）

1-a2　歸子寧「先君序略」（崑山本『歸太僕先生集』附錄）

1-a3　王錫爵「明太僕寺寺丞歸公墓誌銘」（『王文肅公文草』卷八、康熙本『震川先生集』附錄、又は唐時升『三易集』卷十七「太僕寺丞歸公墓誌銘代」）

1-a4　陳文燭「明太僕寺寺丞歸公墓表」（『二酉園續集』卷十九、崑山本『歸太僕先生集』附錄）

1-a5　『明史』卷二百八十七　文苑傳

1-a6　『列朝詩集』丁集第十二　震川先生歸有光小傳

1-a7　王鴻緒『明史稿』列傳卷一百六十二　文苑傳二

b〔年譜〕

年譜は、早いものでは汪琬による『歸震川先生年譜』があったとされる（本書第I部第五章）が、亡佚して傳わらない。現存する最も古い年譜は、1-b1の乾隆年間に安亭の孫岱、字は守中が編纂し、嘉慶年間に刻された『歸震川先生年譜』（以下『孫譜』と略稱）である。『孫譜』には歸有光の小像、歸氏の世系表、年譜のほか、墓記や著作目錄などが附されており、左にあげる近人の手になる年譜や評傳はほとんどこれに基づいている。

民國時代に編纂された1-b4は、研究者によく利用されるが、「世系表」では歸有光の曾孫（四男子駿の孫）の歸莊を誤まって歸有光の三男子寧の孫としている。この誤りは後人の論文にも踏襲されている。三三頁に是正後の「子孫世系表」を擧げておいたので參照されたい。1-b3は『北京圖書館藏珍本年譜叢刊』に收入されているが、何かの雜誌に連載されたもののスクラップであり、出版社、雑誌名とも不明である。近年のものでは、1-b5が充實している。

1-b1　孫岱『歸震川先生年譜』（嘉慶五年刻本、および『北京圖書館藏珍本年譜叢刊』第四十九册所收光緒六年刻本）

1-b2　歸衡等『歸氏世譜』二十卷（光緒十四年重刊本）

1-b3　張聯駿『明歸震川先生年譜』（『北京圖書館藏珍本年譜叢刊』第四十九册所收一九二四年剪貼本）

1-b4　張傳元・余梅年『明歸震川先生年譜』（臺灣商務印書館一九三六）

1-b5　沈新林『歸有光評傳・年譜』（安徽文藝出版社二〇〇〇）

2　選註本

a〔標點本〕

標點本は次の一種類のみである。底本は康熙本『震川先生集』（四部叢刊本）であり、校勘に嘉慶年間刻『歸震川大大集』を用いている。最も通行しているが、本書第Ⅰ部第二章および五章で述べるように康熙本そのものに校訂の誤りがあるので、注意が必要である。

2-a1　周本淳校點『震川先生集』上・下（上海古籍出版社一九八一）

b〔中國語選注本〕

管見の及ぶところ、中國文化圏で民國以降に出版されている排印本の選注本には以下のものがある。これ以外にも歸有光の文は明文選注などに收錄されているが、ここでは歸有光と銘打った選注書のみを擧げておく。

2-b1　林紓『震川集選』（林氏選評名家文集 上海商務印書館 一九二四）
2-b2　胡懷琛選註『歸有光文』（商務印書館　學生國學叢書 萬有文庫 一九二九）
2-b3　吳瑞書「歸震川文選：詳註國學讀本」（中央書店 一九三五）
2-b4　曾滌生『歸震川文：音注』（中華書局 一九三六）
2-b5　張家英選註『歸有光散文選註』（上海古籍出版社 一九八五）
2-b6　黃明註譯『歸有光散文選』（香港三聯書店・上海古籍出版社 一九九一）
2-b7　張家英・徐治嫻選註『歸有光散文選集』（百花文藝出版社 一九九五）
2-b8　張伯陶選注『中國古代十大散文家精品全集─歸有光』（大連出版社 一九九八）
2-b9　葉祖興・英子選註『歸有光抒情散文』（作家出版社 一九九八）
2-b10　趙伯陶選注『歸有光文選』（蘇州大學出版社 二〇〇一）
2-b11　段承校選注評析『歸震川詩文選』（江蘇古籍出版社 二〇〇二）
2-b12　鄔國平注譯『新譯歸有光文選』（臺灣三民書局 二〇〇九）

c〔邦譯〕

歸有光は明人の中では日本語の譯注が多いほうで、以下のものに歸有光の文が收錄されている。

2-c1　小川環樹・西田太一郎『漢文入門』（岩波書店一九五七）、「寒花葬志」

2-c2　吉川幸次郎編『中國散文選』（筑摩書房 世界文學體系 一九六五）、都留春雄譯「南京車駕員外郎張君墓誌銘」「撫州府學訓導唐君墓誌銘」「懷德府推官劉君墓表」「南雲翁生壙誌」「亡兒䎘孫壙誌」「女如蘭壙志」「女二二壙志」「寒花葬志」「先妣事略」

2-c3　本田濟・都留春雄『近世散文集』（朝日新聞社 中國文明選第十 一九七一）、「項思堯文集序」「周弦齋壽序」「項脊軒志」「書張貞女死事」「張貞女獄事」「陶節婦傳」

2-c4　前野直彬『漢文珠玉選下』（平凡社 一九七六）、「先妣事略」「寒花葬志」「女二二壙志」「項脊軒志」

2-c5　入矢義高『明代詩文』（筑摩書房 中國詩文選23 一九七八）、「陶節婦傳」

2-c6　本田濟『近世散文選』（角川書店 鑑賞中國の古典24 一九八八）、「書郭義官事」「陳君厚卿墓誌銘」「方母張孺人墓誌銘」「王母孫孺人墓誌銘」「沈引仁妻周氏墓誌銘」「鄭君漢卿壽藏銘」

3　單行研究書

二〇〇九年一月までに、公刊されている専門の研究書は次のとおりである。

a〔圖書〕

3-a1　胡寄塵『描寫人生斷片 歸有光』（上海廣益書局 一九三〇）

3-a2　郭仲寧『歸震川散文試論』（嘉義興國出版社 一九七七）

3-a3　呂新昌『歸震川評傳』（人人文庫 一九七九）

3-a4　呂新昌『歸震川及其散文』（文津出版社 一九九八）
3-a5　沈新林『歸有光評傳・年譜』（安徽文藝出版社 二〇〇〇）
3-a6　黃霖主編『歸有光與嘉定四先生研究』（上海古籍出版社 二〇〇七）
3-a7　貝京『歸有光研究』（商務印書館 二〇〇八）

b〔博士・修士論文〕

3-b1　龔道明『歸有光研究』（國立臺灣大學中文研究所碩士論文 一九八〇）
3-b2　野村鮎子『明末清初の文壇に於ける歸有光評價の位相』（立命館大學大學院博士論文 一九九四）
3-b3　戴華萱『崑山歸有光研究——明代地方型文人的初步考察』（國立臺灣師範大學國文研究所碩士論文 二〇〇一）
3-b4　張愛波『論歸有光的抒情散文』（山東師範大學碩士論文 二〇〇一）
3-b5　崔衡『試論歸有光在散文史上的地位』（華南師範大學碩士論文　二〇〇二）
3-b6　宋菊芬『歸有光散文研究』（中國文化大學中國文學研究所碩士論文 二〇〇二）
3-b7　貝京『歸有光研究』（浙江大學博士論文 二〇〇四）
3-b8　倘振豔『歸有光散文研究』（蘭州大學碩士論文　二〇〇八）
3-b9　陳瑋玲『歸有光抒情散文研究』（東吳大學中國文學系碩士論文 二〇〇六）
3-b10　楊峰『歸有光研究』（復旦大學博士論文 二〇〇六）
3-b11　江青芬『歸有光人情散文研究』（國立彰化師範大學國文研究所碩士論文 二〇〇七）
3-b12　金雲琴『論歸有光古文思想對桐城派的影響』（首都師範大學碩士論文 二〇〇七）

3-b13　張鵬『歸有光與唐順之比較研究』（山東師範大學碩士論文 二〇〇八）

4　論　文

a〔總記〕

4-a1と4-a8は、日本における歸有光研究の草分け的な仕事である。論者も大きな啓發を受けている。

4-a1　橋本循「歸震川」（『藝文』一九一九年、『中國文學思想管見』所收、朋友書店 一九八二）

4-a2　胡懷琛「歸有光的小說世界」（『小說世界』第三期　一九二三年七月）

4-a3　馬厚文「歸有光之生平及其文學」（『光華大學半月刊』第二期 一九三四年四月）

4-a4　許世瑛「歸有光」（『中國文學史論集』一九五八年四月、『許世瑛先生論文集（三）』弘道文化事業有限公司 一九七四）

4-a5　醒園「賈董重生的歸有光」（『人生』第十九卷第二期 一九五九年十二月）

4-a6　佐藤一郎「歸有光の系譜」（『藝文研究』第二十號 一九六五、『中國文章論』所收 研文出版 一九八八）

4-a7　梁容若「歸有光評傳」（『書和人』第一二五號 一九六七年十二月、『文學二十家傳』所收 中華書局 一九九一）

4-a8　陳慶惠「明代散文大家歸有光」（『文史知識』一九八四年第四期）

4-a9　沈新林「歸有光——時代傑出的古文家」（『古典文學知識』一九八八年第五期）

4-a10　劉璞「從歸有光被忽視的文章中看歸有光」（『昆明師範高等專科學校學報』一九九〇年第二期）

4-a11　劉映「從歸有光的文章看歸有光」（中國歷史文獻研究會主編『嘉定文化研究』所收 三秦出版社 一九九〇）

4-a12　于中俊「歸有光論」（『中國國學』二十二期 一九九四）

b〔傳記〕

歸有光はその生涯の大半を擧業についやした人で、華々しい官歴があるわけではなく、その傳記研究も「老擧子」としての生活心情を論じたものが多い。

4-b1　梁容若「歸有光的考運與文運」（『文壇』總第一一五期一九七〇）

4-b2　吳鴻春「歸有光卒於何地」（『復旦學報（社會科學版）』一九九一年第一期）

4-b3　姚玉光「歸有光生平三考——兼與王勉・曹明綱・張傳元商榷」（『山西師範學報（社會科學版）』第二十二卷第一期一九九五）

4-b4　宋龍淵「一生坎坷的歸有光」（『語文語學與研究』一九九九年第三期）

4-b5　李烈輝「歸有光與檔案」（『檔案與建設』二〇〇〇年第十一期）

4-b6　黃明理「尋夢——觀察歸有光應擧生涯的一個角度」（『中國學術年刊』第二十八期秋季號二〇〇六）

4-b7　馬建社「落魄文人歸有光」（『文學敎育（下）』二〇〇七年第五期）

4-b8　金雲琴「纏綿縈繫 欲說還休——歸有光的科擧情結」（『皖西學院學報』二〇〇八年第四期）

c〔交遊〕

傳記研究の一部ともいえるが、歸有光文學を交遊關係から論じた研究もある。特に注目されるのは、4-c3の研究で、これまでの文學史が王世貞すなわち「古文辭派」、歸有光すなわち「唐宋派」として、兩者を徹底的な對立關係としてとらえてきたことに對し、兩者が實は姻戚關係にあり、互いに詩文を贈り合う關係にあったことを考證している。4-c4は、歸有光の文集から交遊のあった人物を丁寧に洗い出しており、「歸有光交遊人物一覽表」と「交遊人物類型分析表」が附載されている。

4-c1 佐藤一郎「同鄉人歸有光と王世貞」(國學院大學『漢文學會會報』第三十一集 西岡弘博士退休記念號 一九八六、『中國文章論』所收 研文出版 一九八八)

4-c2 陳益「共事〝夢鼎堂〟——文學家歸有光與吳承恩的友誼」(『蘇州雜誌』二〇〇〇年第一期)

4-c3 許建崑「《明史・文苑傳》歸有光・王世貞之爭重探」(『東海大學文學院學報』第四十六卷 二〇〇五)

4-c4 黃明理「歸有光的交遊及其人生方向」(北京:淸華大學『中華文化詮釋與發展學硏討會』二〇〇五)

4-c5 沈新林「歸有光上司同僚考」(『淮陰師範學院學報(哲學社會科學版)』二〇〇八年第二期)

d〔散文全般〕

歸有光文學の特徵として、まず擧げられるのは豐かな抒情性である。とりわけ身近な人の死に觸發されて、家族や家庭內のことについて語った文章、たとえば「寒花葬志」や「女如蘭壙志」「先妣事略」「項脊軒志」などは、いずれも短編ではあるが、一讀すれば後々まで心に殘る名篇である。そのため歸有光文學硏究の大半を占めるのは、こうした抒情がどのように構成されているかを分析した硏究である。「3 單行硏究」で擧げた文獻でも、これに章を立てて論じているものが多い。大半は抒情をテーマに總合的に分析した專門硏究、および歸有光が信奉した『史記』との共通點から分析したものである。

4-d1　許世瑛「歸有光和他的記敍文・抒情文」(『文學雜誌』第四卷第二期 一九五八、『許世瑛先生論文集(三)』弘道文化事業有限公司 一九七四)
4-d2　范文芳「歸有光文析評」(『新竹師專學報』第六期 一九八〇)
4-d3　杜若「歸有光的抒情文」(『台肥月刊』第二十三卷第五期 一九八二年五月)
4-d4　章明壽「歸有光和張岱的散文風格簡說」(『淮陰師範學院學報(哲學社會科學版)』一九八三年第四期)
4-d5　趙烈安「氣象不大 意趣不高――讀歸有光散文」(『語文教學與研究』一九八四年第二期)
4-d6　張嘯虎「歸有光政論散文探」(『江漢論壇』一九八四年第五期)
4-d7　周成平「論歸有光的文學創作」(『文學評論叢刊』第二十二輯 一九八四)
4-d8　余崇生「試論歸有光的文章風格」(『古典文學』第九輯 一九八五)
4-d9　蔡信發「析論歸有光的散文」(『中華文化復興月刊』第二十卷第三期 一九八七、『文史論衡:論學自珍集』漢化文化 一九九三)
4-d10　屈小玲「歸有光散文的變異與影響」(『江海學刊雙月刊』一九九一年第六期)
4-d11　馬鴻盛「是〝題材狹窄〟、還是對題材的拓寬――論明代散文家歸有光的創作」(『國際關係學院學報』一九九六年第四期)
4-d12　余昭閎「歸有光抒情散文析論」(『中國文化月刊』第二三一 一九九九)
4-d13　余昭玫「歸有光抒情散文析論」(『大陸雜誌』第九十七卷五期 一九九九)
4-d14　鄭志剛「物是人非 感慨悲涼――歸有光『世美堂後記』賞析」(『閱讀與寫作』一九九九年第六期)

4-d15　趙伯陶「歸有光散文簡論」（『蘇州大學學報（哲學社會科學版）』二〇〇一年三期）
4-d16　王海寧「於平淡處蘊深情——談歸有光散文的人情味」（『文教資料』二〇〇三年第四期）
4-d17　李紹雄「自然平淡、悱惻動人——論歸有光家庭散文的風格」（『雲夢學刊』二〇〇四年第二期）
4-d18　黃湘金「試論歸有光散文中的小說因素」（『邵陽學院學報（社會科學版）』第三卷第五期二〇〇四）
4-d19　高春花「歸有光散文與「莊子」關係談」（『牡丹江師範學院學報（哲學社會科學版）』二〇〇五年第一期）
4-d20　馮豔「論歸有光抒情小品中的史記精神和史記筆法」（『平頂山工學院學報』二〇〇五年第二期）
4-d21　施紅梅「試論歸有光的政論散文」（『蘇州教育學院學報』二〇〇五年第四期）
4-d22　林如敏「歸有光散文的中庸性」（『佛山科學技術學院學報（社會科學版）』二〇〇五年第四期）
4-d23　姜麗華「絢爛之極乃歸平淡——略論歸有光有光懷人散文的藝術魅力」（『佳木斯大學（社會科學學版）』二〇〇六年第一期）
4-d24　貝京「歸有光散文與『史記』關係辨析」（『中國文化研究』二〇〇六年夏之卷）
4-d25　吳永萍「歸有光的〝至情論〟及其散文創作」（『甘肅聯合大學學報（哲學社會科學版）』二〇〇六年第四期）
4-d26　高芳「嘔心瀝血救人倫　淡雅疏放情意深——試論歸有光的傳記文」（『樂山師範學院學報』二〇〇六年第四期）
4-d27　陳瑋玲「歸有光抒情散文之美學呈顯」（『有鳳初鳴年刊』第二期二〇〇六）
4-d28　王玉超「歸有光文的美學因素」（『大慶師範學院學報』二〇〇八年第三期）
4-d29　鄔國平「論歸有光散文創作的兩箇主題」（『蘇州大學學報』二〇〇九年第一期）

e〔項背軒志〕

歸有光の代表作の一つ「項脊軒志」は、中國の中學校「語文」の教材であることから、研究論文が最も多い。

4－e1　黃秋耘「至情言語卽出聲――讀歸有光『項脊軒志』」（『名作欣賞』一九八一年第一期）
4－e2　黃衍伯「『項背軒志』作於十八歲考」（『社會科學輯刊』一九八二年第一期）
4－e3　艾巖「一往情深 疏而不散――也談『項脊軒志』」（『名作欣賞』一九八二年第二期）
4－e4　方伯榮「細膩精妙 娓娓動人――『項脊軒志』的藝術特色」（『承德民族師專學報』一九八三年S一期）
4－e5　羅星明「平淡自然眞摯感人讀――『項脊軒志』」（『承德民族師專學報』一九八三年Z一期）
4－e6　王栩「平易樸實 寄寓深情――歸有光『項脊軒志』試析」（『湖州師範學院學報』一九八三年第二期）
4－e7　韓振西「歸有光和他的『項脊軒志』」（『寧夏大學學報』一九八三年第二期）
4－e8　田璞「不事雕飾 一往情深談歸有光――『項脊軒志』的藝術特色」（『殷都學刊』一九八三年第四期）
4－e9　黃建宏「情眞辭切 別有風韻――『項脊軒志』藝術四題」（『山東師範大學學報』一九八三年第四期）
4－e10　桂心儀「數瓣春蘭 一叢秋菊――重讀『項脊軒志』」（『寧波大學學報（教育科學版）』一九八三年第四期）
4－e11　潘大白「不事雕飾　自有風味――讀歸有光的『項脊軒志』」（『江蘇敎育』一九八三年第十期）
4－e12　張書啓「意境人所有、筆妙人所無――略談歸有光和他的『項脊軒志』」（『安慶師範學院學報（社會科學版）』一九八四年第一期）
4－e13　趙仁珪「說『項脊軒志』」（『文史知識』一九八四年第三期）
4－e14　周寅賓「描寫日常生活的優美篇章――介紹歸有光的『項脊軒志』」（『文藝生活』一九八四年第四期）
4－e15　鷲野正明「歸有光『項脊軒志』の〝追記〟制作年について」（『中國古典研究』第二十九號 一九八四）

4-e16 姜漢林「『項脊軒志』賞析」(『雲南師範大學學報(哲學社會科學版)』一九八五年第一期)

4-e17 鄭榮馨「清水出芙蓉 天然去雕飾――談『項脊軒志』的語言樸素美」(『名作欣賞』一九八五年第五期)

4-e18 田幹生「『項脊軒志』的寫作時間及主題考辨」(『鹽城師範學院學報(人文社會科學版)』一九八八年第一期、『揚州大學學報(人文社會科學版)』一九八九年第三期)

4-e19 郭興良「論歸有光的『項脊軒志』」(『曲靖師範學院學報』一九八八年第一期)

4-e20 張家英「『項脊軒志』劄記」(『綏化學院學報』一九九〇年第三期)

4-e21 周靜敏「平淡中見神韻含蓄中露眞情――談歸有光『項脊軒志』」(『寧波大學學報(教育科學版)』一九九〇年第三期)

4-e22 張漢清・方弢「理趣・情趣・機趣――『項脊軒志』文趣美鑒賞」(『師範教育』一九九一年第四期)

4-e23 羅亞熊「白描繪情 似淡實美――談『項脊軒志』的藝術特色」(『麗水師範專科學校學報』一九九二年第二期)

4-e24 金誌仁「古詩文三名篇補析 《蜀道難》、《前赤壁賦》、『項脊軒志』」(『名作欣賞』一九九三年第五期)

4-e25 李立信「試析歸有光『項脊軒志』」(『國文天地』第十卷六期 一九九四年十一月)

4-e26 江學謙「歸有光『項脊軒志』」(『明道文藝』第二三五期 一九九五年十月)

4-e27 劉發輝・鄧騰燕「承先啓後、文新情眞――讀『項脊軒志』」(『黔東南民族師範高等專科學校學報』一九九六年第四期)

4-e28 吴冰「一枝一葉總關情――歸有光散文『項脊軒志』賞析」(『寫作』一九九六年第十一期)

4-e29 鄭立群「漫不經意――獨具匠心讀歸有光『項脊軒志』」(『湖北財經高等專科學校學報』一九九七年第四期)

4-e30 趙徵溶「詩化的絮語――讀歸有光『項脊軒志』」(『語文教學與研究』一九九七年第十期)

4-e31　楊鴻銘「歸有光『項脊軒志』等文文源論」（『孔孟月刊』第十二期　一九九八年）
4-e32　葉祖興「『項脊軒志』賞析」（『新聞與寫作』一九九九年第一期）
4-e33　顧農「說『項脊軒志』」（『昌濰師專學報（社會科學版）』一九九八年第三期）
4-e34　張承鵠「〝偃仰嘯歌〟〝揚眉瞬目〟——歸有光『項脊軒志』別議」（『安順師範高等專科學校學報』一九九九年第一期）
4-e35　魏煥玲「論『項脊軒志』的語言藝術」（『許昌師專學報』一九九九年第三期）
4-e36　趙明麗「樸實無華的人間至情——試析歸有光『項脊軒志』的情感描寫」（『天中學刊』二〇〇〇年S・期）
4-e37　呂河頻「『項脊軒志』標點異議」（『太原教育學院學報』二〇〇〇年S一期）
4-e38　顧農「『項脊軒志』的寫作年代」（『中國典籍與文化』二〇〇一年第二期）
4-e39　陳曉燕「『項脊軒志』和『祭妹文』比較閱讀摭談」（『寧德師專學報（哲學社會科學版）』二〇〇一年第二期）
4-e40　劉開潔「於平淡中見深情——歸有光『項脊軒志』的寫作特色」（『修辭學習』二〇〇一年第二期）
4-e41　顧農「『項脊軒志』的奧妙」（『古典文學知識』二〇〇一年第六期）
4-e42　朱友祥「清新樸實　感人至深——歸有光『項脊軒志』賞析」（『語文學刊』二〇〇一年第六期）
4-e43　張金烈「悲喜爲此志　情傾項脊軒——歸有光『項脊軒志』賞析」（『語文天地』二〇〇一年第二十一期）
4-e44　曹建國「喜悅與悲愴——『項脊軒志』的感情抒寫」（『黃石教育學院學報』二〇〇三年第三期）
4-e45　陳光「小小情事、淒婉欲絕——『項脊軒志』補記部分的寫情藝術」（『名作欣賞』二〇〇三年第四期）
4-e46　張玉琴「淺論歸有光『項脊軒志』的抒情特色」（『淮海工學院學報（人文社會科學版）』二〇〇三年第四期）
4-e47　姚玉光「歸有光及『項脊軒志』若干問題釋疑」（『語文教學通訊』二〇〇三年第十三期）

4-e48 王福生「言之有物、言之有情、言之有序——從『項脊軒志』看歸有光的散文貢獻」（『山東師範教育』二〇〇四年第五期）

4-e49 貝京「歸有光『項脊軒志』細讀」（『中國文學研究』二〇〇四年第二期、『名作欣賞』二〇〇五年第十一期）

4-e50 趙彥卿「試論『項脊軒志』的抒情特色」（『滄桑』二〇〇四年第六期）

4-e51 于慧「文章三昧者何——讀歸有光『項脊軒志』」（『時代文學（雙月版）』二〇〇六年第三期）

4-e52 劉書芳「由『項脊軒志』看歸有光對家道中衰的慨嘆」（『語文天地』二〇〇六年第三期）

4-e53 王艾「項脊軒就是歸有光——對『項脊軒志』文本解讀的新思考」（『兵團教育學院學報』二〇〇六年第六期）

4-e54 張厚齊「歸有光『項脊軒志』文章特色與寫作技巧」（『中國語文』第五九四期 二〇〇六）

4-e55 徐世英「『項脊軒志』的多重情感」（『文學教育（下）』二〇〇七年第一期）

4-e56 周岳「『項脊軒志』情感內核探微」（『文學教育（上）』二〇〇七年第一期）

4-e57 楊中明「『項脊軒志』的選材藝術」（『文學教育（下）』二〇〇七年第二期）

4-e58 許煒「『項脊軒志』的語言特色初探」（『讀與寫（教育教學刊）』二〇〇七年第三期）

4-e59 倪一清「歸有光的『項脊軒志』附記的寫作時間探析」（『現代語文（教學研究版）』二〇〇七年第四期）

4-e60 何紅兵「『項脊軒志』補敘藝術摭談」（『文學教育（下）』二〇〇七年第五期）

4-e61 唐忠民「『項脊軒志』的抒情藝術」（『文學教育（上）』二〇〇七年第十一期）

4-e62 胡才衆「『項脊軒志』的對比藝術」（『文學教育（下）』二〇〇八年第二期）

4-e63 林旭芳「情到深處歸平淡 平淡之中見至情從——『項脊軒志』看歸有光其人其文」（『宿州教育學院學報』二〇〇八年第二期）

4-e64　高衞紅「不事雕飾而自有風味——重讀歸有光『項脊軒志』」（『濮陽職業技術學院學報』二〇〇八年第四期）
4-e65　張傳良「『項脊軒志』的寫作藝術」（『文學教育（上）』二〇〇八年第四期）
4-e66　呂棟「淺析『項脊軒志』的細節美」（『成功（教育）』二〇〇八年第期十）

f〔先妣事略〕

4-f2は特に「先妣事略」について論じたもの。4-f3は本書のⅡ部第一章に收錄しておいた。

4-f1　江雪芬「從『先妣事略』看歸有光的古文造詣」（『明道文藝』第一一四期　一九八五年九月）
4-f2　徐公超「從胡適論歸有光文說起」（『中國語文』第四〇八期　一九九一年六月）
4-f3　野村鮎子「歸有光「先妣事略」の系譜——母を語る古文體の生成と發展」（『日本中國學會報』第五十五集　二〇〇三）
4-f4　陳雄「歸有光之母爲何早逝」（『新語文學習（教師版）』）二〇〇八年第一期）

g〔寒花葬志〕

歸有光の代表作「寒花葬志」と「女如蘭壙志」の解讀に關する論文である。筆者は4-g4で如蘭の生母は寒花ではないかと推測していたが、4-g8の論文はこれについて新資料を呈示している。詳細は本書のⅡ部第二章を參照。

4-g1　張九峰「從『寒花葬志』談古典文學的批判繼承」（『楊州師範學院學報』一九六四年四月）

4-g2　張漢淸・方弢「不事雕飾　自有風味――『寒花葬志』賞析」（『上饒師專學報』一九八一年第四期）
4-g3　皇甫修文「小荷才露尖尖角――歸有光『寒花葬誌』美學鑒賞」（『名作欣賞』一九八五年第五期）
4-g4　野村鮎子「歸有光『寒花葬志』の謎」（『日本中國學會創立五十周年記念論文集』汲古書院 一九九八）
4-g5　滕福海「『寒花葬志』畫外音」（『閱讀與寫作』一九九九年第五期）
4-g6　何傳躍「淸淡的素描、摯烈的情感――『寒花葬志』賞讀」（『閱讀與鑑賞』二〇〇二年第五期）
4-g7　鷲野正明「『寒花』と『如蘭』――歸有光の文學と花」（『國士館大學文學部人文學會紀要』第三十八號 二〇〇五）
4-g8　黃曼「『寒花葬志』賞析」（『語文知識』二〇〇六年第三期）
4-g9　黃明理「如蘭之生母爲寒花說――歸有光兩篇短文的閱讀策略」（『孔孟月刋』第四十四卷第九・十期 二〇〇六）
4-g10　鄔國平「如蘭的母親是誰？――歸有光『如如蘭壙志』・『寒花葬志』本事及文獻」（『文學研究』二〇〇七年第六期）
4-g11　郭洪新「一二細事 融入眞情――歸有光『寒花葬志』賞析」（『語文天地』二〇〇八年第三期）

h〔壽序・贈序〕

歸有光文學の特徵として、鄕里の師友に贈った送序、壽序、贈序などの類が群を抜いて多いことがあげられよう。これらは士大夫の間でやりとりされる所謂應酬の作であり、古文の正統から見れば「變體」に屬し、文學的評價が低いものとされてきた。しかし、近年こうした應酬の作に注目した研究が出てきており、歸有光文學を特徵づけるものとして、大きな成果をあげている。詳細は本章の第Ⅱ部第三章で論じる。

4-h1　鷲野正明「歸有光の壽序――民間習俗に參加する古文」（『日本中國學會報』第三十四集 一九八二）
4-h2　鷲野正明「壽序における歸有光の詩解釋――引詩による稱譽と載道の兩立」（『國士館大學文學部人文學會紀要』第十六號 一九八四）
4-h3　澤田雅弘「歸有光と壽序――鷲野氏の所説に寄せて」（『大東文化大學漢學會誌』第二十五號 一九八六）
4-h4　賀國強「評說世事、感嘆今昔――歸有光贈序文小探」（『廣州大學學報（社會科學版）』二〇〇二年第十期）
4-h5　沈新林「論歸有光的鄉曲應酬之作」（『南京航空航天學報（社會科學版）』第六卷第二期 二〇〇四）
4-h6　張愛波「論歸有光的壽序文」（『濰坊學院學報（社會科學版）』二〇〇五年第期）

i〔書張貞女死事〕

「書張貞女死事」は歸有光がある女性の慘殺事件に觸發されて書いたルポルタージュである。歸有光自身、畢生の作と考えていたもの。歸有光の意圖は鄉里を蝕む不正義を糾彈することにあり、そこに自ら文學的營爲の意義を見出していたともいえる。

4-i1　庄司莊一「張貞女の死――明代の士大夫歸有光と民衆」（高野山大學『密教文化』第一〇八號 一九七四、『中國哲史文學逍遙』所收 角川書店 一九九三）
4-i2　庄司莊一「歸有光逸事―張女事件をめぐって」（『加賀博士退官記念中國文史哲學論集』一九七九、『中國哲史文學逍遙』所收 角川書店 一九九三）
4-i3　鷲野正明「「貞女」の發見――歸有光の『貞女論』と節婦・烈婦傳」（『國學院大學文學部人文學會紀要』第二十七

號 一九九四）

4-i4　材木谷敦「不良に殺された貞女――歸有光が彼女について書いた理由」（『中國文學研究』第二十五號 一九九九）

4-i5　黃明理「論歸有光的張貞女敍述」（臺灣師範大學國文系『國文學報』第三十五期 二〇〇四）

j〔文學理論研究〕

歸有光にはまとまった形での文學理論書はなく、彼の文學理論は友人に贈った序文や書簡に散見されるに過ぎない。また、鷲野正明氏は4-j5で歸有光の編纂と傳えられる『文章指南』から文學理論を抽出することを試みておられたが、4-j9でこの書を僞託としている。

4-j1　龔道明「歸有光的文學觀」（『國立編譯館刊』第九卷第一期 一九八〇）

4-j2　鷲野正明「歸有光の「文」理論――載道と抒情の融合」（『筑波中國文化論叢』2 一九八三）

4-j3　王開富「歸有光的文論」（『重慶師範大學學報（哲學社會科學版）』一九八八年第一期）

4-j4　田幹生「簡論歸有光的文學思想和文學創作」（『鹽城師範學院學報（人文社會科學版）』一九八九年第一期）

4-j5　鷲野正明「歸有光の「文」理論と古文の修辭法――『文章指南』よりみた」（『國士館大學文學部人文學會紀要』第二十二號 一九八九）

4-j6　李家驤「歸有光文學觀初探」（中國歷史文獻研究會主編『嘉定文化研究』所收 三秦出版社 一九九〇）

4-j7　劉鴻達「歸有光文論思想述評」（『哈爾濱師專學報』一九九五年第二期）

4-j8　何永清「歸有光『文章指南』選文試探」（『中國語文』第四八〇期 一九九七年六月）

4-j9　鷲野正明「『文章指南』は歸有光の著作に非ず——呂祖謙『古文關鍵』との比較から」（『國士館大學文學部人文學會紀要』第三十四號 二〇〇一）
4-j10　李家驤「歸有光的散文理論」（『台州學院學報』二〇〇二年第一期）
4-j11　劉明今「『文章指南』解讀」（黃霖主編『歸有光與嘉定四先生研究』所收 上海古籍出版社 二〇〇七）

k〔思想研究〕

歸有光は朱子學者であり、當時の流行であった陽明學に對しては批判的であった。しかし、歸有光の經術は學業のための經術だとしてこれを評價しないむきもあり、研究もさほど多くない。特に、歸有光は制義（八股文）の名手として知られるが、これまでのところ、まとまった研究は多くない。

4-k1　盧建英「歸有光——命定論的改良主義者」（『食貨月刊』一九七九年五月）
4-k2　鄭鐵巨・董恩林「歸有光水利思想初探」（中國歷史文獻研究會主編『嘉定文化研究』所收 三秦出版社 一九九〇）
4-k3　劉璞・王立秋「簡論歸有光〝全人〞」（『西南師範大學學報（人文社會科學版）』一九九一年第四期）
4-k4　陳志明「歸有光的學術思想」（『故宮學術季刊』第十一卷第一號 一九九三）
4-k5　劉璞「論歸有光的〝全人〞」（『昆明大學學報』一九九七年第一期）
4-k6　王培華「因看吳越譜、世事使人衰——經世學者歸有光」（『文史知識』一九九七年第五期）
4-k7　王培華「歸有光與明中期吳中經世之學」（『蘇州大學學報（哲學社會科學版）』二〇〇一年第一期）
4-k8　周玉琳「時代變化與士人貞節觀念關係探析——以明中期至明末清初的歸有光和歸莊爲個案」（『廣州大學學報

（社會科學版）』二〇〇五年第二期）

4-k9 貝京「歸有光經解文研究」（『湘南學院學報』二〇〇五年第二期）

4-k10 貝京「歸有光倫理價値觀研究」（『湖南師範大學社會科學報』二〇〇五年第四期）

4-k11 黃湘金「歸有光與心學關係初探」（『西南交通大學學報（哲學社會科學版）』二〇〇六年第一期）

4-k12 陳煒舜「歸有光編『玉虛子』辨僞」（『漢學研究』第二十四卷第二期 二〇〇六）

4-k13 黃明理「歸有光的治術儲備——以策問對爲核心的討論」（『國文學誌』第十六期二〇〇八）

4-k14 周曉光・唐萌萌「明代歸有光『三吳水利錄』述評」（『安徽師範大學學報（自然科學版）』二〇〇八年第一期）

l〔史學研究〕

歸有光は『史記』を好み、生前『史記』に評點を施したとされる。史記の評點を研究した論文は以下のとおり。

4-l1 朱仲玉「歸有光與史學」（中國歷史文獻研究會主編『嘉定文化研究』所收 三秦出版社 一九九〇）

4-l2 王培華「歸有光的史學批評及其意義」（『社會科學輯刊』一九九九年第六期 總一二五期）

4-l3 貝京「歸有光『史記』評點研究」（『中國文化研究』二〇〇五年第二期）

4-l4 鄔國平「隨其自爲說與合〝本〟——歸有光的釋義觀和圈點批評」（黃霖主編『歸有光與嘉定四先生研究』所收 上海古籍出版社 二〇〇七）

m〔評價・比較・受容史研究〕

歸有光の文學研究で最大の問題となるのが、評價史の研究である。歸有光はその生前にあっては、一地方の古文家として名はあっても、全國的に名の知られた重要人物というわけではなかった。明末から淸初にかけてその文學が再評價される過程で、歸有光は反古文辭の旗手、もしくは模擬剽竊の古文辭から唐宋古文の傳統を擁護した功勞者として顯彰された。しかし、その評價には評價する側の事情も大きく關わっていた。この評價史は、本書のテーマでもあり、ここではこれ以上詳述しない。

4-m1　張誌中・李障天「蒲松齡與歸有光──淺談蒲松齡的文學繼承」(『蒲松齡研究』一九八九年第二期)
4-m2　野村鮎子「黃宗羲の歸有光評價をめぐって」(中國藝文研究會『學林』第十七號一九九一)
4-m3　野村鮎子「錢謙益の歸有光評價をめぐる諸問題」(『日本中國學會報』第四十四集一九九二)
4-m4　野村鮎子「汪琬の歸有光研究とその意義(上)(下)」(中國藝文研究會『學林』第二十一〜二十二號一九九四〜九五)
4-m5　文基連「朝鮮古文家金澤榮與歸有光的比較研究」(『國外文學』二〇〇〇年第一期)
4-m6　張愛波「古文寓意與小說馳情──歸有光和蒲松齡心態相似論」(『蒲松齡研究』二〇〇一年第一期)
4-m7　孫之梅「歸有光與明淸之際的學風轉變」(『文史哲』二〇〇一年第五期)
4-m8　崔衡「試論歸有光對晚明小品的啓迪」(『惠州大學學報(社會科學版)』二〇〇一年第三期)
4-m9　張愛波「彼皆絕代才　形去留其神──歸有光與蒲松齡古文藝術相通論」(『蒲松齡研究』二〇〇二年第三期)
4-m10　夏元明「汪曾祺與歸有光」(『河北學刊』二〇〇二年第六期)
4-m11　曹虹「歸有光與淸代古文淳雅傳統的形成」(『明代文學與地域文化研究』黃山書社二〇〇五)
4-m12　鮑紅「歸有光與桐城派的淵源關係」(『安慶師範學院(社會科學版)』二〇〇五年第二期)

4-m13　貝京「明清人對歸有光的評價述論」（『湖南工程學院（社會科學版）』二〇〇五年第三期）

4-m14　董說如何論文「從對『震川先生集』的評點中看董說的論文觀點」（黃霖主編『歸有光與嘉定四先生研究』所收　上海古籍出版社　二〇〇七）

4-m15　黃霖「論震川文章的淸人評點」（『上海師範大學學報（哲學社會科學版）』二〇〇七年第一期）

4-m16　張鵬「歸有光與蒲松齡倫理觀之比較」（『安徽文學（下半月）』二〇〇七年第四期）

4-m17　楊峰「董說學術取向和文學識見探析——從董說對『震川先生集』的批點談起」（『山東教育學院學報』二〇〇八年第三期）

4-m18　查桂義「從歸有光之〝白描〟到方苞之〝白描〟」（『齊齊哈爾師範高等專科學校學報』二〇〇八年第三期）

4-m19　蘭石洪・周加勝「桐城派祖述歸有光原因略考」（『黃石理工學院學報』二〇〇八年第四期）

n〔文派檢討〕

明代文學史では歸有光は一般に王愼中、唐順之、茅坤とともに所謂「唐宋派」と目されている。しかし、歸有光はかれらと日常的な交遊があったわけではない。このことから、近年「唐宋派」の枠を越えて歸有光文學を論じようという研究が增えている。これについては次節で詳しく論じる。

4-n1　龔道明「歸有光與明代文壇」（『國立編譯館刊』第八卷第二期　一九七九、『中國文學研究』一九九二年第二期）

4-n2　于培禮「淺談歸有光對中國文壇的貢獻」（『勝利油田黨學報』一九九一年第三期）

4-n3　田口一郎「歸有光の文學——所謂「唐宋派」の再檢討」（『中國文學報』第五十五册　一九九七）

4-n4　黄毅「歸有光是唐宋派作家嗎?」（『中國古籍與文化』一九九七年第一期、黄霖主編『歸有光與嘉定四先生研究』所收　上海古籍出版社　二〇〇八）

4-n5　何天傑「歸有光非唐宋派考論」（『華南師範大學學報（社會科學版）』二〇〇五年第三期）

4-n6　黄毅「唐宋派成員考辨」（『明代唐宋派研究』所收　上海古籍出版社　二〇〇八）

o〔版本研究〕

歸有光の文集の版本についての研究である。歸有光の文集で最も行われているのは、歸有光の曾孫歸莊が康熙年間に刻行した『震川先生集』三十卷『別集』十卷（康熙本）である。これは四庫全書や四部叢刊にも收められたことから、歸有光研究の基本資料となった。4-o1はこの版本の來歷を論じたもの。ただし、康熙本には校勘などの面で問題が多く、この問題は本書Ⅰ部第二章および第五章で詳述する。4-o4は上海圖書館藏の鈔本『震川先生未刻稿』の價値を報告したもので、重要な新發見を含む。

4-o1　野村鮎子「歸莊と『震川文集』」（中國藝文研究會『學林』第十四・十五合併號『白川靜博士傘壽記念論集』一九九〇）

4-o2　楊峰「略談抄本『震川先生未刻稿』的價值」（『文獻』二〇〇七年第四期）

4-o3　邵毅平「『震川先生集』編刻始末」（黄霖主編『歸有光與嘉定四先生研究』所收　上海古籍出版社　二〇〇七）

4-o4　楊峰「歸有光文集的主要刻本和抄本概述」（黄霖主編『歸有光與嘉定四先生研究』所收　上海古籍出版社　二〇〇七）

p〔詩〕

歸有光の詩についての研究は、管見の及ぶところ、左の一篇のみである。

4-p1　陳宜珊「歸有光的詩」（『今日中國』第四十五期　一九七五年十月）

q〔その他〕

歸有光の安亭の世美堂遺址には清代に震川書院が置かれ、民國時代に震川中學となり、現在に至っている。4-q1は中學創立五週年の記念冊子。南京圖書館にて確認。わずか三十四頁の小冊子であるが、震川書院にまつわるエッセイも收められ、趣のあるものとなっている。記念籌備會の出版責任者として譚正壁の名が擧がっている。

4-q1　『崑靑嘉三縣聯立震川初級中學立校五週年紀念刊』（五週年記念籌備會　一九四八年）

4-q2　秋月「歸有光與震川書院」（『古代上海風雲錄』華東師大出版社　一九九二）

4-q3　吳永甫「安亭歸有光遺跡探微」（『上海農村經濟』二〇〇五年第一期）

4-q4　陶繼明「歸有光在安亭」（黃霖主編『歸有光與嘉定四先生研究』所收　上海古籍出版社　二〇〇七）

4-q5　吳義「也說歸有光講學安亭」（黃霖主編『歸有光與嘉定四先生研究』所收　上海古籍出版社　二〇〇七）

四　問題の所在

1　文學觀の變轉

歸有光文學を論じる際に重要になるのが、明末から淸初にかけての文學狀況の變化である。まず、明代の復古主義的文學の主役を擔っていたのは、「文は秦漢、詩は盛唐」を唱道した古文辭派である。なかなか會試に及第できず、一介の老擧子として呉に暮らす歸有光に對する評價は、今ほど高かったわけではない。

歸有光の死後、古文辭から脫却しつつあった晩年の王世貞は「歸太僕贊」（『弇州山人續稿』巻一五〇）を作り、歸有光の古文を韓愈・歐陽脩を繼ぐものとして宣揚したが、古文辭派に對抗して興った公安派や竟陵派から歸有光はほとんど顧みられていない(25)。明末に編纂された科擧模範解答文例集である制義集には、歸有光の制義が多く採録されているが、古文の選集の類には、歸有光の文は全く收録されていないのである。歸有光の古文は、明代文學史の中で半ば埋沒し、忘れ去られようとしていた。

一人の文學者の評價が變わるためには、文學觀の轉換ということが不可缺の要素となる。歸有光の場合、明末淸初がそれにあたる。

明末に登場した錢謙益（一五八二〜一六六四）は、中年に至って、自らがそれまで信奉していた古文辭の學を棄て、これを徹底的に攻擊し、文は六經に基づくべきだという主張を掲げた。そのころ既に古文辭派は往時の勢いを失い、單に言葉だけを秦漢に眞似るという模擬剽竊の學に墮していたのである。錢謙益は、歸有光こそが自らの反古文辭の先覺者であったとし、その古文を「明文第一」であると推賞する。こういった錢謙益の思想は『列朝詩集』の編纂態度によく表れている。この反古文辭の思想は黃宗羲（一六一〇～一六九五）の『明文案』、『明文海』へと受け繼がれた。歸有光は次の、清一代の文學に大きな影響を及ぼすことになるのだが、これは錢謙益の歸有光發掘と表彰の功に負うところが大きいといえよう。現在、歸有光の文集の版本として最も行われている康熙本『震川先生集』三十卷『別集』十卷も、その源流をたどれば、錢謙益が歸有光の後裔とともに編纂した『歸太僕集』に行きつく。

さらに、清初の古文三大家の一人である汪琬（一六二四～九〇）は、歸有光を唐宋八大家の中でもとりわけ歐陽脩文學の眞髓を得た者としてとらえ、これに傾倒、歸有光のために列傳を書き、年譜を編纂した。また、歸有光の曾孫歸莊（一六一三～五三）が康熙年間に刻行した歸有光の文集『震川先生集』の校訂をめぐって歸莊と論爭し、『歸詩考異』『歸文考異』を著した。これらは、現在、最もよく流布している康熙本の誤りを正すものとして大きな意義をもつ。汪琬に至って、歸有光は古文の系譜の中に、唐宋八大家の後嗣としての地位を獲得したのである。

清の中期になると、安徽の桐城を中心とした新しい文派が登場する。その始祖である方苞（一六六八～一七四九）は抒情性を重視する身邊雜記風の散文を得意とし、歸有光の文學を手本とした。そして桐城派の領袖姚鼐が編纂した『古文辭類纂』には、「寒花葬志」や「女如蘭壙志」「先妣事略」「項脊軒志」など家庭內を舞臺とする歸有光の抒情文が數多く收錄されるに至る。『古文辭類纂』は、唐宋八大家の文を中心に名篇を集めたものだが、明以降でここに收錄されている文學者は歸有光一人である。桐城派は清末まで影響力を有し、その結果、歸有光の抒情散文の愛好者が增大した。『椿姬』などのいわゆる林譯小說で有名な林紓（一八五二～一九二四）もまた歸有光文學の信奉者であった。

2　歸有光は唐宋派に非ず

今日の中國文學史ないしは明文學史は、歸有光を論じるのに必ずこれを唐順之（一五〇七～六〇）、王愼中（一五〇九～五九）、茅坤（一五一二～一六〇一）とともに「唐宋派」に分類する。しかし、前節の「4　論文」n〔文派檢討〕であげたように近年、これを再檢討しようとする研究が出てきている。

「唐宋派」という言葉が中國文學史の中でいつごろ登場したのか、その典據については、田口一郎「歸有光の文學――所謂『唐宋派』の再檢討」（前節4‐n3）が詳細な考證を行っており、それによれば、「唐宋派」が使用されたのは、古城貞吉『中國文學史』（一八九七年）の目次に「唐宋派と模擬派の對立」とあるのが最初だという。また、黄毅『明代唐宋派研究』（上海古籍出版社 二〇〇八）は、唐宋派の名稱を中國で始めて使用したのは一九二二年に夏崇璞が發表した「明代古文派與唐宋文派之潮流」であり、歸有光の文學理論を王愼中や唐順之など唐宋派の枠組みの中で說明したのは、一九四七年出版の郭紹虞『中國文學批評史』だとする。「唐宋派」とは、「古文辭派」と同じく極めて曖昧な文學史上の概念だといえる。

しかも、たとえ今しばらく「唐宋派」という言葉をおくとしても、歸有光がいわゆる「唐宋派」の三人と日常的に親交を結んでいた形跡はほとんどみあたらないのが實情である。また彼ら三人が歸有光を同グループの仲間だとみなしたとも考えにくい。歸有光の交遊範圍については、むしろ本書の第Ⅰ部第二章で紹介するように、王世貞、徐中行、兪允文といった「古文辭派」の人々との關わりが注目される。

さらにここで特に強調しておきたいのは、歸有光の文集には唐順之や王愼中が信奉する陽明學への微辭だと思われる表現がいくつか散見されることである。歸有光は陽明學については批判的であった。

次は、歸有光の門人で、同年の進士である王執禮、字は子敬が建寧の縣令として赴任することになったのを見送ったときの送序である。歸有光は朱子の鄕里福建へ赴任する王執禮に對し、朱子學の正統を諄諄と語り、その一方で陽明學について嚴しい批判を展開している。

　朱子既に沒し、……九儒 從祀せられしより、天下以て正學の源流と爲す。而して國家士を取るに、稍く前代に因り、遂に其の書を以て之を學官に立て、異議の有る莫し。而るに近世の一二の君子、乃ち起ちて爭ひて自ら說を爲し、創して獨得の見と爲す。天下の學者相ひ與に立ちて標幟と爲し、號して講道と爲し、而して同時に海內に鼎立し、相ひ下らざるに迄る。餘姚の說 尤も盛んなり。中間暫く息《や》むも、復た大いに昌《さか》んなり。其の之が倡を爲す者は、固り聰明絕世の姿にして、其の中亦た 必ず獨り見る所有り。而るに其の徒爲る者に至りては、則ち皆な一を倡えて十和し、其の成言を剿して、而かも其の然る所以を知る莫し。獨だ先に當世の貴顯高名有る者を以て之が宗と爲し、自足して以て氣勢を鼓舞し、相ひ與に其の間に踴躍す。此れ則ち一時の士の習ひは名高きを好み、其の本心を求めて「遯世して知られざるも悔いざる」（『中庸』）の學を爲《おさ》むるを知らず。則ち流風の弊なり。（「送王子敬之任建寧序」[26]）

　朱子が沒すると、……九聖人が孔子廟に從祀され、天下の正學の源流となった。國家も士を取るのに、おおむね前代の制度を沿用するようになり、かくて朱子の說を學官に採用し、異議は出なかった。それなのに近世の一二の君子が、競って自說を展開し、獨特の見解とやらを創始しはじめた。天下の學者も一緒に立ちあがって旗印をかかげ、講道と稱して、同時期に天下にそれが鼎立し、お互いに相讓ろうとしない。なかでも餘姚（王陽明）の說がもっとも隆盛である。一日暫くの間落ち着いたかのように見えたが、再び大いに盛んになってきている。その倡導者（王陽明）は、聰明なことこの世にたぐいなく、その中には必ず見るべきものがある。しかしながら、その門徒ときたら、皆な一を倡えて十が和すというような狀態で、倡導者のりっぱな言葉を剽竊して、しかもそのなぜそうなのかということはちっとも知らない。ただ先に當世の貴顯や高名な人士を自らの宗旨とし、その氣勢を鼓舞してその間で飛んだり跳ねたりして自己滿足している。これは最近の士風が名が擧がるのを好み、それでいて大本を求めて「遯世して人に知られなくともそれを厭わない」（『中庸』）ような學問をおさめることを知らない。これはつまり流俗の弊害なのだ。

次に歸有光と唐順之の關係であるが、二人は若かりし頃、共通の師である莊渠先生魏校（一四八三～一五四三）を通じて面識はあったものの、唐順之がのちに陽明學へと宗旨替えをしたことから、歸有光と唐順之の關係は微妙なものになっていたようである。魏校は國子監祭酒を務めた當時の名儒で、歸有光の元配魏氏の伯父でもあった。たとえば、次の「周孺亨墓誌銘」は歸有光が魏校の同門生周孺亨（諱は士淹）のために書いた墓誌銘であるが、ここに魏校のもとを離れて行った唐應德、すなわち唐順之への微辭がみえている。

莊渠魏先生、正德嘉靖の間に於いて、明道を以て己が任と爲す。是の時、海內の慕ひて從ふ者少なからず、後二十餘年、能く自ら其の師と名づくる者は、幾んど人無し。孺亨は篤く之を信ずること一日の如し。不幸にして世に用いられず、世も亦た其の人を知らず、其の以て飭躬厲行し、其の孝友忠信を家に脩むること、身を沒するに至りて已む所の者は、此れ先生の徒爲る所以の者なり。……先生……嘗て謂ふ「上天の載は、聲無く臭無し」と。惟だ潛龍のみ之に近づくを爲す、而るに同時の講道の者とは、論じて終に相ひ合わず。是の時 天下尤も陽明を尊び、荊溪の唐應德と雖も、始め先生に事へ、後に復た王氏の學に嚮ふ。惟だ孺亭のみ其の師說を稱して、終に變らず。（「周孺亭墓誌銘」）[27][28]

莊渠魏先生は、正德嘉靖年間に、道を明らかにすることを己が任としていた。そのころ、天下に先生を慕って學びにくる者は多かった、それから二十餘年が經ち、先生のことを師だといえる者は、幾んどいなくなった。孺亭は堅くこれを十年一日のごとく信じ續けた。不幸にして彼は世に用いられず、世もまた君のことを知らない、その身をつつしみ行いを正しくし、死ぬまで孝友忠信を家で實踐したのは、これこそ先生の門生たるゆえんのものである。……先生は……嘗て「天の運行には、音も無く臭いも無い」とおっしゃった。惟だ潛龍のみがこの境地に近づけるのだろう。しかし同時代の儒學を講じる者とは、議論してもずっとかみ合わなかった。このころ、天下はとりわけ陽明を尊び、荊溪の唐應德（順之）すら、はじめは先生にお仕えしていたのに、後に王氏の學に轉向してしまった。ただ孺亭だけが師の說を稱して、終生變らなかったのだ。

歸有光は嘉靖四十一年（一五六二）、八度目の會試に應ずるため周孺亭とともに鄉里を出發したが、途中、周は病のため引き返し、そのまま鄉里で亡くなった。歸有光には長い學業生活をともに過ごし、ついに志半ばで倒れたこの同門生を悼む氣持ちが強く、それゆえに魏校のもとを離れて行った唐順之への恨みが表出したのだろう。

唐順之といえば、陽明學が聯想されるのだが、先に述べたように彼は若い頃は朱子學者の魏校に師事していた。魏校の『莊渠遺書』は、歸有光が編纂したものだが、同書には唐順之にあてた七通もの書簡が收められている。その一部に次のような言葉がある。

應德は聰明なること絶人、更に願はくは志を用ひて分たず、其の全力を以て道に向かひ、世俗の詞章に溺るる勿からんことを。（「答唐應德」）(29)

　道學者であった魏校にとって、唐順之の志向は詞章すなわち「文學」に在るかのように思えたのかも知れない。結局、唐順之は道の探求を説く魏校のもとを離れ、その關心を陽明學や王愼中へと移していくのである。

　なお、唐順之のために辯明するならば、唐順之は魏校の亡くなった後、跡繼ぎのいないこの家のために、その後事についてあれこれと心配りをしている。次は、唐順之が蘇州府の知府王廷、字は南岷、號は北涯に、魏校の後事を委囑した書である。

　　會たま使節して郡中に在らず、我懷ふこと耿耿、遂に往きて莊渠先生の疾に候ふ。謂はざりき 此の翁 館を捐《す》つること三日なるを。……其の家 遺言を以て示さる、敢て兄の覽に奉ず。……西原の死するや、吾が兄 之が爲に力を悉くして其の後事を經紀すること、骨肉の如き有り。是を以て同志中皆な吾兄の高誼を推す。今 莊渠を處する所以の者は、豈に西原に異ならんや。之を其の家に聞くに 此の翁 且《まさ》に死せんとするに、亦た自ら後事を以て之を兄に面託せんと欲す、然れども兄の心 豈に其の嘗て面託すると未だ嘗て面託せざるとを以て爲《ため》に異ならんや。遺言の載する所、吾兄に望むに之が爲に其の間に主張し、朋友の情に本づき、之を行ふに官府の法を以てし、以て久しかるべきの計を爲さんことを。（「與王北涯蘇州」其三）(30)

　　たまたま使いによって郡中を留守にしていましたが、心配になり、莊渠先生のお見舞いにまいりましたところ、なんと莊渠先生は亡くなられて三日經っていました。……その家の者から遺言を見せられました、あえて吾兄にお見せいたします。……西原先生が亡くなったとき、吾兄はそのために盡力し、その後事を處理されて、まるで身內の者に對するようでした。そこで同志は皆な吾兄の高誼を推稱したものです。今莊渠先生も西原先生のときと同じようにお願いしたいのです。遺族にうかがったのですが、莊渠先生がまさに亡くなられようとするとき、吾兄に直接會って後事を託そうとしたということです。しかし、吾兄の心は、直接會っても會わなくても何の違いがありましょう。遺言には、吾兄に後事の處理を主導していただきたいとあります。朋友の情にもとづき、官府の法に準じてやっていただき、將來にわたって安心できるようにお願いしたいのです。

歸有光よりも一歲若い唐順之は、嘉靖八年（一五二九）、二十三歲の若さで會試に首席、廷試で四番目の成績で合格し、中央官界に出て行った。同時期の歸有光はまだ鄉試にも及第していない。魏校のもとで顏をあわせる機會はあったかもしれないが、立場の隔たりは二人を疎遠にしたのかも知れない。歸有光の文集には、「唐應德」という名が三箇所（註27參照）登場するが、かたや唐順之の文集には歸有光の名は一切見えていない。唐順之は、嘉靖三十九年（一五六〇）に通州で沒しており、先に擧げた歸有光の「周孺亭墓誌銘」が書かれたのは、唐順之の亡くなった後にあたる。歸有光が編纂した魏校の遺文は嘉靖四十年（一五六一）に、ようやく『莊渠先生遺書』十六卷として刋行されている。「周孺亭墓誌銘」中の唐順之への微辭には、歸有光の微妙な感情が看取できよう。

「唐宋派」あるいは「古文辭派」として、文人をグループ分けするのは、近代になって「文學史」が誕生して以降に持ち込まれた方式である。あくまで一つの方便であって、文人個人の意識は別のところに存在する。歸有光の場合、いわゆる「唐宋派」の人士たちとの交際はほとんどない。にもかかわらず、「唐宋派」のレッテルは強固に貼りつき、歸有光は「唐宋派」の代表であるかのように喧傳されてきた。魏校の門生でありつづけた歸有光が、もしも、自らが唐順之とともに「唐宋派」に「分類」されていると知ったら、彼は猛反撥するのではないか、論者にはそう思えてならない。

小結

明末清初は、文壇にさまざまな文學觀が竝び立ち、混沌を極めた時期である。しかし、明末清初ほど歸有光文學が論じられた時代はない。個々の文學觀の擡頭は、歸有光に對する評價が急激に高まり、變化していく過程でもある。ある場合は反古文辭の先覺者として、ある場合は唐宋八大家の後嗣として、あるいは抒情散文の始祖として。――歸有光文學の評價はそれを評價する人物の文學思想と密接な關わりをもってきたといえる。

次章からは、個々の文學者がどのように歸有光を評價したか、その轉換點を具體的に考察していく。

註

（1）歸有光は、明の武宗の正德元年の臘月二十四日に生まれ、穆宗の隆慶五年正月十三日に沒している。十二月生まれであることから正確にいえば西暦一五〇七年生となるが、混亂を避けるため、通例にしたがって、正德元年すなわち西暦一五〇六年を歸有光の生年としておく。

（2）歸崇敬、字は正禮、吳の人。天寶年間博通墳典科に擧げられ、對策第一となる。左拾遺を授けられ、代宗が吐蕃の亂を避けて陝州に幸した折、召問に答えて兵を用いることの得失を陳べた。兵部尙書として致仕し、宣と謚された。『舊唐書』卷一四九・『新唐書』卷一六四に傳がある。

（3）康熙本（四部叢刊本、以下同じ）『震川先生集』卷二十八「歸氏世譜後」　吾歸氏之譜旣亡。吾祖之高祖始志其里居世次、而曰、「高祖罕仁唐太子賓客譪之十五世孫、宋末、任湖州判官、以此知吾家本於宣公、而不得其世次名諱、不可譜也」。又曰、「曾祖道隆、自號居士、祖德甫、仕河南廉訪使。天下亂、失官、稱提領生。考子富、洪武六年、徙崑山之東南門。此其所可考者、其他行事莫詳也」。

(4) 康熙本『震川先生集』卷二十八「歸氏世譜」　罕仁生道隆、居崑山之項脊涇、今太倉州也。道隆生廉訪使德甫、德甫生子富。子富以洪武六年徙崑山治城之東南門。子富以下、崑山之族可得而詳焉。其別者居吳縣、或居太倉、或居嘉定、或居湖州、其在長洲者、居婁門、或居沙湖、在常熟者、居白茆。

(5) 『舊五代史』卷六八の歸藹傳には「曾祖は登、祖は融、父は仁澤」とある。この登とは、『舊唐書』卷一四九・『新唐書』卷一六四の歸崇敬傳にみえる、歸崇敬の子の歸登のことである。

(6) 康熙本『震川先生集』卷二十五。

(7) 康熙本『震川先生集』卷十七「項脊軒志」　余自束髮讀書軒中。一日、大母過余曰、「吾兒、久不見若影、何竟日默默在此。大類女郎也」。比去、以手闔門、自語曰、「吾家讀書久不效。兒之成、則可待乎」。頃之、持一象笏至曰、「此吾祖太常公、宣德間執此以朝。他日、汝當用之」。

(8) 康熙本『震川先生集』卷十七「家譜記」　歸氏至於有光之生、而日益衰。源遠而末分、口多而心異。自吾祖及諸父而外、貪鄙詐戾者、往往雜出於其間。率百人而聚、無一人知學者、率十人而學、無一人知禮義者。貧窮而不知恤、頑鈍而不知教。死不相弔、喜不相慶。入門而私其妻子、出門而誑其父兄。冥冥汶汶、將入於禽獸之歸。平時呼召友朋、或費千錢、而歲時薦祭、輒計杪忽。俎豆壺觴、鮮或靜嘉。諸子諸婦、班行少綴。乃有以戒賓之故、而改將事之期、出庖下之餕、以易薦新之品者。而歸氏幾於不祀矣。……有光每侍家君、歲時從諸父兄弟執觴上壽、見祖父皤然白髮、竊自念、吾諸父兄弟其始一祖父而已。今每不能相同、未嘗不深自傷悼也。

(9) 康熙本『震川先生集』卷十七「項脊軒志」　然予居於此、多可喜、亦多可悲。先是、庭中通南北爲一。迨諸父異爨、內外多置小門牆。往往而是。東犬西吠、客踰庖而宴、雞棲於廳、庭中始爲籬、已爲牆、凡再變矣。

(10) 康熙本『震川先生集』附錄　王爵尊「明太僕寺丞歸公墓誌銘」または唐時升『三易集』卷十七「太僕寺丞歸公墓誌銘代」。

(11) 康熙本『震川先生集』卷十七「重修承志堂記」　高大父又自別創宅於須浦之上。吾生之年、高大父夢有人謂曰、「公何不作高玄嘉慶堂」。高大父覺而喜曰、「城中必得孫矣」。城中、蓋指今舊宅大父居也。已而吾與伯兄皆生、高大父遂以次年創堂須浦、顧太史九和爲之記。然吾大父猶自居城中。先是、堂前嘗有虹起屬天。又大父闢西園、好植薔薇。須浦創堂之前年春、花盛開、花中復有葩、作重疊樓子、週圍滿架、五色燦爛、所未有也。西園南有井、雖大旱、不竭。人亦以爲井泉甘美、能益人壽。以是大父與世父及先君、皆饗高年。

(12) 康熙本『震川先生集』卷二「夏懷竹字說序」　有名有字矣、又有號者、俗之靡也、號至近世始盛、山溪水石、遍于閭巷。

(13) 康熙本『震川先生集』卷十七「震川別號記」　余性不喜稱道人號、尤不喜人以號加己。往往相字、以爲尊敬。一日、諸公會聚里中、以爲獨無號稱、不可。因謂之曰震川。余生大江東南、東南之藪唯太湖、太湖亦名五湖、尚書謂之震澤、故謂爲震川云。其後人傳相呼、久之、便以爲余所自號。其實謾應之、不欲受也。今年居京師、識同年進士信陽何啓圖、亦號震川。不知啓圖何取爾。啓圖、大復先生之孫、汴省發解第一人。高才好學、與之居、恂恂然、蓋余所忻慕焉。昔司馬相如慕藺相如之爲人、改名相如。余何幸與啓圖同號、因遂自稱之。蓋余之自稱曰震川者、自此始也。因書以貽啓圖、發余慕尚之意云。

(14) 康熙本『震川先生集』附錄 王爵尊「明太僕寺丞歸公墓誌銘」　歲庚子、茶陵張文毅公考士、得其文、謂爲賈・董再生、將置第一、而疑太學多他省人、更置第二。然自喜得一國士。其後八上春官、不第。

(15) 康熙本『震川先生集』卷十七「世美堂後記」　庚戌歲、余落第出都門、從陸道旬日至家。時芍藥花盛開、吾妻具酒相問勞。余謂「得無有所恨耶」。曰、「方共採藥鹿門、何恨也」。長沙張文隱公薨、余哭之慟。吾妻亦淚下曰、「世無知君者矣。然張公負君耳」。辛亥五月晦日、吾妻卒。實張文隱公薨之明年也。

(16) 康熙本『震川先生集』卷六「上瞿侍郎書」　有光少年時、試白下、始識閣下、深相慕愛。及先後擧於有司、閣下一日奮飛九天之上。顧猶不忘布素、見其潦倒、常所隱惻。往張文隱公爲考官、閣下與同事。榜出而有光落第、見公於邸第。公忽忽不樂、對客曰、「吾爲國得士三百人、不自喜。而以失一士爲恨」。又謂有光曰、「吾閱天下士多矣。如子者可謂入水不濡、入火不爇者也。在館閣中、子之鄉惟瞿太史深知之、成都趙孟靜知之」。公再爲考官、再見之、其言亦如是。又曰、「吾不能得子、二君者終必能得子矣」。文隱公歿、有光年往歲徂、仕進之心落然。然猶不敢自廢罷、徒以文隱公垂歿惓惓之望、亦恃在朝如閣下相知者、有所嚮往耳。

(17) 文淵閣本四庫全書『江南通志』卷一六五 人物志 文苑による。

(18) 康熙本『震川先生集』卷四「解惑」 嘉靖己未、會闈事畢。予至是凡七試、復不第。或言、翰林諸學士素憐之、方入試、欲得之甚、索卷不得、皆觖然失望。蓋卷格于簾外、不入也。或又言、君名在天下、雖嶺海窮徼、語及君、莫不歛衽。獨其鄉人必加詆毀、自未入試、已有毀之者矣。既不第、簾外之人又摘其文毀之。聞者皆爲之不平。予曰、不然。……子路被愬於公伯寮、孔子曰、「道之將行也與、命也。道之將廢也與、命也」。孟子沮于臧倉、而曰、「吾之不遇魯侯、天也」。故曰有天命焉。

(19) 康熙本『震川先生集』別集卷六「己未會試雜記」 諸考官命下之日、相約必欲得予。及在內簾、共往白兩主考、常熟嚴學士訥因言、天下久屈此人、雖文字不入格、亦須置之第一、人必無異議。金壇曹編修大章尤踴躍、至與諸內翰決賭、以爲摸索可得。然盡閱落卷中、無有也。揭曉後、曹使人來、具道如此。而人有後來言予卷爲鄉人所忌、不送謄錄所、蓋外簾同官言之。然此乃命也、「臧氏之子、焉能使予不遇哉」。

(20) 鄔國平「論歸有光散文創作的兩個主題」（『蘇州大學學報』二〇〇九年第一期）及び『新譯歸有光歸有光文選』（三民書局 二〇〇九）「序文」。

(21) 『四庫全書存目叢書』集部第百二十四冊所收『徐氏海隅集』文編卷二十三「書歸太僕丞解惑篇後」 蓋熙父自鄉薦後、嘗以爲舉業可無學而能、即棄去不復習、而益習古文詞、比應試、簷晷間已不能促辦、稍信筆攄寫胸中所自得而已、於有司之繩尺闊如也、故試輒不利。予在禮部久累科、拾其落卷、則寄還熙父、欲慫恿之略尋時套也。

(22) 康熙本『震川先生集』卷七「山舍示學者」 近來一種俗學、習爲記誦套子、往往能取高第。淺中之徒、轉相放效、更以通經學古爲拙。則區區與諸君論此於荒山寂寞之濱、其不爲所嗤笑者幾希。然惟此學流傳、敗壞人材、其於世道、爲害不淺。夫終日呻吟、不知聖人之書爲何物、明言而公叛之、徒以爲攫取榮利之資。

(23) 康熙本『震川先生集』卷七「與潘子實書」 科擧之學、驅一世子利祿之中、而成一番人材世道、其敝已極。士方沒首濡溺於其間、無復知有人生當爲之事。榮辱得喪、纏綿縈繫、不可脫解、以至老死而不悟。

(24) 康熙本『震川先生集』卷七「示徐生書」 徐生倬、學于余四年矣。世學之卑、志在科擧爲第一事。天下豪傑、方揚眉瞬目、羣然求止于是。生非爲科擧文、不以從予。予不爲科擧文、亦無由得生。然予之期于生者、世未之知也。

(25) 管見の及ぶところ、袁宗道『白蘇齋類集』（上海古籍出版社）巻十六「答陶石簣」に「比ごろ『歸震川集』を見るに、亦た見るべし」とあり、袁宏道『袁宏道箋校』（上海古籍出版社）巻十八「敍江陸二公遺稿」に「文辭は甚だしくは奥古ならずと雖も、然れども自ら戸牖を開き、亦た能く言はんと欲する所を言ふ者ない」とあるぐらいである。

(26) 康熙本『震川先生集』巻十「送王子敬之任建寧序」　朱子既沒、……自九儒從祀、天下以爲正學之源流、而國家取士、稍因前代、遂以其書立之學官、莫有異議。而近世一二君子、乃起而爭自爲說、創爲獨得之見。天下學者、相與立爲標幟、號爲講道、而同時海內鼎立、迄不相下。餘姚之說尤盛。中間暫息、而復大昌。其爲之倡者、固聰明絕世之姿、其中亦必獨有所見。而至於爲其徒者、則皆倡一而和十、剿其成言、而莫知其所以然。獨以先有當世貴顯高名者爲之宗、自足以鼓舞氣勢、相與踴躍於其間。此則一時士習好名高、而不知求其本心爲「遯世不見知而不悔」之學、則流風之弊也。

(27) 康熙本が「唐以德」に作るのは誤りである。康熙本では、「周孺亭墓誌銘」のほか「戴楚望集序」と「鄭母唐夫人八十壽序」の合計三篇に「唐以德」という名稱が登場する。これを常熟本に閲するに、「周孺亭墓誌銘」は常熟本に收載されていないが、殘りの二篇はすべて「唐應德」に作っている。この校訂ミスは康熙本が崑山本の誤りを踏襲したために生じたと思われる。そのため、ここでは「唐應德」に訂正しておく。

(28) 康熙本『震川先生集』巻十九「周孺亭墓誌銘」　莊渠魏先生、於正德嘉靖之間、以明道爲己任、是時海內慕從者不少。後二十餘年、能自名其師者、幾於無人。孺亭篤信之如一日、不幸不用於世、世亦不知其人、其所以飭躬厲行、脩其孝友忠信於家、至於沒身而已者、此所以爲先生之徒者也。……先生……嘗謂「上天之載、無聲無臭」。惟潛龍爲近之、而與同時講道者、論終不相合。是時天下尤尊陽明、雖荊溪唐以德（常熟本作「應德」）、始事先生、後復嚮王氏學。惟孺亭稱其師說、終不變。

(29) 『莊渠遺書』巻十四「答唐應德」　應德聰明絕人、更願用志不分、以其全力、而向於道、勿溺於世俗詞章。

(30) 四部叢刊本『荊川先生集』巻六「與王北涯蘇州」其三　會使節不在郡中、我懷耿耿、遂往候莊渠先生之疾、不謂此翁捐館三日矣、……其家以遺言見示、敢奉兄覽。……西原之死也、吾兄爲之悉力、經紀其後事、有如骨肉。是以同志中皆推吾兄之高誼。今之所以處莊渠者、豈異西原哉。聞之其家、此翁且死、亦自欲以後事面託之兄、然兄之心、豈以其嘗面託與未嘗面託爲異也。

遺言所載、望吾兄爲之主張其間、本朋友之情、行之以官府之法、以爲可久之計。

第二章　錢謙益による歸有光の發掘

小序

第一章で既述したように、古文作家としての歸有光への高い評價は初めから存したわけではない。文學史の中で半ば埋沒しかかった存在だった歸有光を發掘し、再評價したのは、明末に於ける反古文辭派の領袖、錢謙益である。錢謙益が歸有光を評價したいきさつは、すでに吉川幸次郎氏や佐藤一郎氏によって論じられている。(1)錢謙益は、歸有光の孫である歸昌世とともに『歸太僕文集』(佚)を編纂する一方、『列朝詩集』で古文辭派を斥け、歸有光文學の正統性を主張した。今日の歸有光に對する高い評價は、錢謙益の功に負うところが大きい。しかし、錢謙益の歸有光像というのは、それをそのまま鵜呑みにするにはあまりにも大きな問題を孕んでいる。すなわち、錢謙益は歸有光を自らの反古文辭の先覺者としてとらえるあまり、歸有光を反古文辭という枠組みでもって典型化しすぎた嫌いがあるのである。

『列朝詩集』歸有光小傳に描き出された歸有光の、古文辭派と眞っ向から對立した人物というイメージは、『列朝詩集』自體の評價の問題と關わりなく、長い間我々の中にあり續けた。(2)そして從來の歸有光研究も、こういった錢謙益が作りあげた歸有光像の範疇を出ることはなかったように思われる。

本章では、まず『列朝詩集』小傳の歸有光像を再檢討し、歸有光墓誌銘の改竄へとつながる錢謙益を中心とした歸有光評價の問題點を考える。

一　『列朝詩集』歸有光小傳と『明史稿』『明史』への影響

錢謙益の『列朝詩集』歸有光小傳は、歸有光の文學を次のように評價する。

有光、字は熙甫、崑山の人なり。九歳にして能く文を屬り、弱冠にして盡く六經三史六大家の書に通じ、浸漬演迤し、蔚として大儒と爲る。……熙甫の文を爲るは、六經に原本して、而も太史公の書を好み、能く其の風神脈理を得たり。其の六大家に於いては、自ら謂ふ、歐（陽脩）・曾（鞏）に肩隨す可く、臨川（王安石）は則ち抗行するに難からずと。其の詩に於いては、工を求むるに意無く、滔滔として自運するに似、要は流俗の及ぶ可きに非ざるなり。（『列朝詩集』歸有光小傳）(3)

右のようにいう錢謙益は、『列朝詩集』に二十一首の歸有光の詩を採る。見たところその數は少ないようにも思われるが、例えば古文辭派後七子の領袖李攀龍の總數千四百餘首に及ぶ詩のうち二十八首（そのうち三首は劣詩と評される）(4)しか採らないのに比べて、詩に長じていなかった歸有光の詩を總數一一九首中、二十一首も採るのは、破格の扱いといえよう。(5)

さらに小傳は、歸有光文學の反古文辭的性格を表すものとして、王世貞（字は元美、號は弇州）との次のようなやりとりを載せている。

是の時に當り、王弇州は二李（李夢陽・李攀龍）の後を踵ぎて、文壇に主盟し、聲華烜赫として、四海に奔走す。熙甫は一老擧子にして、獨り遺經を荒江虛市の間に抱き、牙頰を樹てて相ひ搘拄し少しも下らず。嘗て人の文の爲に序して、俗學を詆排し、以爲らく、苟くも一二の妄庸の人を得て之が巨子と爲すと。弇州之を聞きて曰はく、「妄は誠に之有るも、庸は則ち未だ敢て命を聞かず」と。熙甫曰はく、「唯だ妄なる故に庸なるのみ。未だ妄にして庸ならざる者有らざるなり」と。弇州晩歲、熙甫の畫像に贊して曰はく、千載　公有り、韓・歐陽に繼ぐ。余豈に異趨せんや、久しくして自ら傷む」[6]と。識者謂へらく、先生の文、是に至りて論定まれり、而して弇州の遲暮の自悔、及ぶ可からずと爲すと。（「同右」）

銭謙益がいうところの歸有光の序文とは、次に擧げる「項思堯文集序」を指している。

蓋し今の世の所謂文なる者は言ひ難し。未だ始めより古人の學を爲《おさ》めずして、苟くも一二の妄庸の人を得て之が巨子と爲し、爭ひて之に附和し、以て前人を詆排す。韓文公云ふ、「李杜文章在り、光燄萬丈長し。知らず群兒の愚かなる、那《なに》を用つてか故《ことさら》に謗傷する。蚍蜉大樹を撼がす、笑ふ可し自ら量らざるを」と。文章は宋元の諸名家に至りて、其の力以て數千載の上を追ひ、而して之と頡頏するに足れり。而るに世の直《た》だ蚍蜉を以て之を撼がすは、悲しむ可きなり。乃ち一二の妄庸の人之が巨子と爲りて以て之を倡道する無からんや。（「項思堯文集序」[7]）

この文は、歸有光の文學思想を知るうえでとりわけ重要なものとされている。[8] 歸有光は韓愈の「張籍を調《あざけ》る」詩を引いて、當世の輕薄の徒が宋元の文を輕んずるのは、蚍蜉――大蟻《おおあり》が大樹を撼がすようなものだと批判する。宋元の文を評價しようとする歸有光のこの主張は、「文は必ず秦漢、詩は必ず盛唐」という極端な古典主義の文學理念がまかり通っていた時代にあっては、極めて特異なものであった。さらに歸有光は、蚍蜉が大樹を撼がすような狀況は、妄庸の巨子が唱道しているのだという。

この〈妄庸の巨子〉については、前掲の『列朝詩集』小傳によれば、〈妄庸の巨子〉とは自分を譏った言葉だと思った王世貞が、「妄ではあっても、庸とは身に覺えがない」と反論し、さらにそれに對して歸有光が、「妄だからこそ庸なのである。妄でありながら庸でない人はいない。」とやり返したことになっている。この『列朝詩集』小傳が傳えるエピソードは大變有名なものであり、歸有光文學を論じる際には、「項思堯文集序」とともに必ずといっていいほど引用される資料である。

また、『列朝詩集』小傳の記述は、王鴻緒の『明史稿』や『明史』の歸有光傳に大きな影響を與えている。

有光の古文を爲るは、經術に原本し、太史公の書を好み、其の神理を得たり。時に王世貞文壇に主盟す。有光力めて相ひ觝排し、目して妄庸の巨子と爲す。世貞大いに憾むも、其の後亦た有光に心折し、之が爲に讃して曰はく、「千載　公有り、韓・歐陽に繼ぐ。余豈に異趨せんや、久しくして自ら傷む」と。其の推重すること此の如し。（『明史稿』・『明史』歸有光傳）(9)

『明史稿』及び『明史』は、歸有光と王世貞の論爭の話こそ載せていないが、歸有光が王世貞を〈妄庸の巨子〉と目したこと、王世貞はそれを非常に憾んだものの、晩年には「歸太僕贊」を作って歸有光に心服したことをいう。

右の部分、『明史稿』『明史』とも異同は無い。ただし、『明史』では刪去されているものの、『明史稿』はこれに續いて次のような意見を載せる。

> 銭謙益遂に其の言に卽きて、以て世貞を詆る。然れども操觚の家、此れ從り實學鮮くして、妄りに歐・曾を談ずるは、亦た弊無きこと能はずと云ふ。（『明史稿』歸有光傳）(10)

『明史稿』は、銭謙益が王世貞の自悔の言を逆手にとって王世貞を詆ったことに對して批判的である。また、そのことが契機となって實學に乏しく妄りに歐・曾に追隨するような文學狀況が出現したのだという。これは、『明史稿』の撰者が銭謙益の文學觀に懷疑的であり、その歸有光評價の仕方についてもやや行き過ぎを感じていたことを示していよう。(11)

しかしながら、實は『明史稿』や『明史』の歸有光傳自體は、皮肉にも『列朝詩集』小傳に據っているのである。傳記全體の記述には借辭の酷似が認められるし、就中、歸有光と王世貞の相剋については、『列朝詩集』小傳を資料として用いた節がある。例えば、王世貞「歸太僕贊」の末句は、原文（『弇州山人續稿』）では、「久しくして始めて傷む」となっている。『明史稿』や『明史』が「久しくして自ら傷む」に作るのは、明らかに『列朝詩集』小傳に據ったがために生じた誤りである。つまり、『明史稿』や『明史』の歸有光傳は、先行の『列朝詩集』歸有光小傳を蹈襲したにすぎないのである。この問題について、銭鍾書『談藝錄』は「一字の差、語氣逈かに異なれり」（一九八四年版 頁三八五～三八六）として、銭謙益の意圖的な書き換えの罪を嚴しく非難している。

このように『明史稿』や『明史』が『列朝詩集』小傳の記載を基にしているとすれば、今日明代文學史の上では定說のようになっているところの、歸有光が當時の古文辭の領袖王世貞を〈妄庸の巨子〉と批判して王と論爭したという話や、敢然として古文辭派に立ちむかったという歸有光像は、畢竟錢謙益の歸有光評價に端を發することになる。

一方、淸初、歸有光の文を酷愛した汪琬は、「擬明史列傳」の歸有光傳に次のようにいう。

有光の學は、六經に原本す。而して司馬遷の書を好み、其の風神脈理を得たり。故に文を爲りて超然俊逸、古への大家に配す可しと云ふ。是の時、太倉の王世貞、方に辭章を以て名ありて、海內を傾動す。有光獨り歎じて曰はく、「今の文は言ひ難し。未だ嘗て古人の學を知らずして、苟くも一二の妄庸の人を得て之が巨子と爲し、爭ひて之に附和し、用て以て前賢を詆排す」と。意ふに蓋し世貞を指すなり。其の後世貞之を聞き、亦た媿服す。（「擬明史列傳」歸有光傳）(12)

錢謙益嫌いで有名な汪琬であるが、〈妄庸の巨子〉とは王世貞のことであるという判斷は、錢謙益と軌を一にしている。もっとも汪琬は、歸有光と王世貞の〈妄庸〉をめぐる論爭については、一言も觸れていない。汪琬は『列朝詩集』小傳を見ていたに違いないとしても、この判斷そのものは、歸有光の「項思堯文集序」から汪琬自身が導き出したものである。「意ふに蓋し世貞を指すなり」という言葉は、それが汪琬の推測であることを示している。

さらに、汪琬の歸有光傳によれば、後になって「項思堯文集序」に込められた批判の意を知った王世貞が、媿じて歸有光に心服したのだという。『列朝詩集』小傳の方では、この批判を知った王世貞がそのまま歸有光と論爭することになっており、錢謙益の『列朝詩集』歸有光小傳と汪琬の「擬明史列傳」歸有光傳は、兩者に事實關係の齟齬が認められるのである。

ここで注意を要するのは、『列朝詩集』小傳以前の歸有光の傳記資料には、王世貞との〈妄庸〉をめぐる論爭の話がみえないことである。墓誌銘・墓表をはじめ、歸有光の文集の現存する一番古い版本崑山本（三十二巻本）に附載されている、歸有光の子供達の手になる「先君述」や「先君序略」には、この話は全くみえない。このエピソードは歸有光の死から數えて七十年以上經ってから(13)忽然と現われたのである。

錢謙益は、歸有光の死から隔たること十一年、萬曆十年（一五八二）の生まれであり、歸有光の講筵に連なることはかなわなかった。錢謙益は一體どこからこのエピソードを引き出してきたのであろうか。

二　捏造された「妄庸」論爭

それは、錢謙益の歸有光文學との出會いに大きく關わっている。

錢謙益は、若い頃古文辭に傾倒し、王世貞や李攀龍の詩文を讀みふけっていたが、四十歳ごろになって始めて反古文辭に目覺めたという。「答杜蒼略論文書」（『有學集』巻三十八）で、彼は次のように告白する。「僕、狂易愚魯にして、少くして學を失す。一は程文帖括の拘牽に困《くるし》み、一は王李俗學の沿襲に誤た」れた。「年四十に近づきて、始めて二三の遺民老學に從ふを得、先輩の緒論と夫の古人の詩文の指意、學問の原本とを聞くを得て、乃ち始めて豁然として悔悟」したのであると。

錢謙益が古文辭から反古文辭に轉向したきっかけは、二三の遺民老學すなわち〈嘉定の宿儒〉との出會いである。そしてそれは、歸有光という文學者の發見でもあった。彼は「新刻震川先生文集序」に次のようにいう。

> 余、少壯たりしとき俗學に汨沒す。中年にして嘉定の二三の宿儒に從ひて遊び、（震川）先生の講論を郵傳され、幡然として轍を易へ、稍や向方を知れり。先生實に其の前路を導くなり。啓・禎の交、海內の先生を望祀すること、五緯の天に在り、芒寒色正なるが如し。其の端は亦た余自《よ》り之を發す。（「新刻震川先生文集序」）[14]

俗學とは、古文辭に對する批判を込めた言い方であり、錢謙益がそこから方向を轉じたのは、〈嘉定の宿儒〉から歸有光の說を傳え聞いたことによるという。さらに彼は、天啓の終りから崇禎のはじめにかけて、世に歸有光の價値が認識されるようになったのは、自分が歸有光を發見したためだと公言する。なるほど上述したように、錢謙益が發掘、表彰するまで歸有光は半ば忘れられた文學者であった。

この歸有光發掘のきっかけとなった「嘉定の宿儒」とは、歸有光が最初の會試に失敗してから九度目の會試で進士に及第するまで嘉定の安亭江上で學を講じていた、その弟子筋にあたる人々である。錢謙益は「嘉定四君集序」（『初學集』卷三十二）で、唐時升（一五五一～一六三六）、婁堅（一五五四～一六三一）、程嘉燧（一五六五～一六四三）、李流芳（一五七五～一六二九）の四人を歸有光の遺派として推賞している。ただし、歸有光が嘉定で講學していたのは嘉靖四十三年（一五六四）までであるから、父が歸有光の知友であった唐時升を除いては、年齢からみて他の三人が歸有光の直弟子であったとは考えにくい。

このうち婁堅は、晩年の王世貞と親交があった人物であるが、彼に「歸太僕應試論策集序」と題する文があり、これが錢謙益の『列朝詩集』歸有光小傳の原資料となったと考えられる。

> 崑山の歸熙甫先生、少くして經術に邃《ふか》く、注疏に於いては、讀まざる所無し。時の文を厭薄し、力めて大雅を追

ふ。尤も左氏・太史公の書を好み、平生其の傍に丹鉛し、提要鉤玄は、啻だ數本のみならず。繁簡少しく異なると雖も、先に指歸を求め、次いで菁藻に及ばんことを要す。而して唐宋六氏の作は、則ち皆沈浸して取裁する所なり。……又た言ふ、吾の擧子の業を爲すは、筆に信《まか》せて縱横なるに、世多く以て奇と爲す。古文辭を爲すに至りては、必ず程度に謹み、敢て少しも自ら弛《ゆる》うせず。顧だ其の深く我を知る者は、世を擧げて僅かに數公なるのみと。（a）先生嘗て人の爲に其の文に序し、中に妄庸の譏り有り。或る人曰はく、「妄は誠に之有るも、未だ必ずしも庸ならざるなり」と。先生曰はく、「子未だ之を思はざるのみ。唯だ庸なる故に妄なるのみ。唯だ妄なれば益〻《ますます》庸なるのみ」と。聞く者心に厭《あ》かざるは莫し。（b）是の時に當りて、吳の高文を以て稱せらるる者、王司寇元美と曰ふあり。其の始め異同無くんばあらず。留都（南京）自《よ》り歸るに及び、其の家從り畫像を求め、摹して小幅を爲り、系するに傳贊を以てし、予に屬して之を書せしむ。蓋し曰はく、「千載　公有り、韓・歐陽に繼ぐ。予豈に異趨せんや、久しくして始めて傷む」と。而して司寇の李子、時に予の爲に言ふ、公の歸するや、嘗て蘇の應詔の諸篇を讀み、顧みて之に語りて曰はく、「此れ乃ち策と謂ふ可きのみ。吾が晉楚の錄せし文、豈に能く及ばんや」と。予是れを以て歎服す。司寇晩年、識益ます高くして心益ます下ること、蓋し此の如し。而れども世の君子、或ひは未だ必ずしも之を知らざるなり。（婁堅「歸太僕應試論策集序」[15]）

この文と第一章で揭げた『列朝詩集』歸有光小傳とを比べてみると、重要な違いに氣づく。婁堅は歸有光と〈妄庸〉をめぐって論爭した人物については〝或るひと〟というだけで、王世貞であるとは言っていない。傍線（a）の、〈妄庸〉をめぐる論爭と、これに續く傍線（b）の、王世貞が後に自己の歸有光觀を改めて、彼の畫贊を作ったという話は全く別の事柄である。錢謙益は、歸有光と論爭した〝或るひと〟というのを王世貞に讀みかえて、二つの話を一つの話に仕立て直したのである。さらに彼は、論争の言葉を少しく強い調子に書き改めている。

これがどのような效果を生み出したかは言うまでもない。後世の人々は歸有光を時の文壇のボス王世貞を向うにまわして一歩もひかなかった勇氣ある人物としてとらえ、ひいては、古文辭派全盛の時代にそれと眞正面から對決した反古文辭の先覺者という歸有光像を抱くに至ったのである。

歸有光が當時の文學に不滿を抱いていたことは確かである。彼が「項思堯文集序」に韓愈の詩を引用するのは、それ自體、「古文の法は韓愈に亡べり」(16)という論が行なわれていた時代にあっては、反抗であり、冒險である。しかし、だからといって文學觀の相違イコール人間關係の對立という圖式を描くのは早計である。歸有光周邊の文學環境——地緣(17)、血緣、文緣といったあらゆる面からの考察がなければ、その時代に於ける歸有光の眞の姿を見失ってしまうことになろう。

三　歸有光と古文辭派の人々

そもそも王世貞を中心とする古文辭派の人々と歸有光はいかなる關係にあったのだろうか。

まず王世貞であるが、彼は瑯琊の王氏を名乘る呉の名族である。王世貞が屬する太倉の王氏を東族といい、崑山に住む王氏を西族という。歸有光の姉は西族の王三接に嫁している。また歸氏には二派あって、歸有光の屬する崑山のほかに常熟に屬するものがあるが、常熟の歸百泉は、王世貞の母の實家郁氏から妻を迎えている。極めて遠いものであるとはいえ、王世貞と歸有光は姻戚關係にあったことになる。(18)

さらに歸有光は、嘉靖三十八年（一五五九）に獄死した王忬つまり王世貞の父のために、翌々年「思質王公誄」（『震川先生集』巻三十）を作り、王世貞・世懋兄弟を慰めている。そのためであろうか、嘉靖四十年（一五六五）、歸有光が進士に及第し、太湖のほとりの長興知縣として赴任するにあたり、世貞・世懋兄弟は彼に詩を贈っている。[19]このうち王世貞の詩を擧げておこう。

送歸熙甫之長興令

其一

涙盡陵陽璞始開　　涙は陵陽に盡きて　璞始めて開き
一時聲價動燕臺　　一時の聲價　燕臺《どよ》を動もす
何人不羨成風手　　何人か　羨まざる　成風の手
此日直看製錦才　　此の日　直だ看る　製錦の才
若下雲迎僊舃去　　若下　雲迎へて　僊舃去り
霅中山擁訟庭來　　霅中　山擁して　訟庭來る
莫言射策金門晩　　言ふ莫れ　金門に射策すること晩しと
十載平津已上台　　十載　平津　已に台に上る

其二

墨綬專城可自舒　　墨綬　城を專らにして　自ら舒ぶ可し
應勝待詔在公車　　應に待詔して公車に在るに勝るべし

春山正好時推案　　春山　正に時に推案するに好ろし
化日何妨且著書　　化日　何ぞ且つ書を著すを妨げん
到縣齋宮留孺子　　縣に到らば　齋宮　孺子を留め
詰朝車騎請相如　　詰朝　車騎　相如を請ふ
客星能動郎官宿　　客星　能く郎官の宿を動かし
白雪陽阿興有餘　　白雪陽阿　興餘り有らん

原注：子與時在邑、與熙甫善、故云。

王世貞は、一首目で、楚の卞和が玉璞を得ながらその眞價が認められず、三番目の王の時に初めて陵陽侯に封ぜられたという故事(20)を引いて、長い間の不遇を經てやっと進士となり就職した歸有光を勞《ねぎら》う。〝若〟〝霅〟はともに赴任先長興縣附近の溪谷の名。長興に赴く歸有光に對し、王世貞は、彼と同じく六十にして初めて召された平津侯公孫弘のように十年の後には高位に上るだろうという。二首目では、にもかかわらず當面は長興知縣という地方官しか得られなかった彼に對して、赴任先での閑雅な生活をうたって慰める。〝孺子〟は、度々辟せられるも官に就かなかった漢の高士徐穉の字。ここでは母の喪に服するために山東按察司僉事の官を拜命せず長興に歸鄉していた徐中行(21)（字は子與）を指す。なお原注によれば、二首目は、長興縣に行けばむこうには歸有光と親しい徐中行がいるので、文雅な交際ができようと言っていることになる。徐中行は、王世貞や李攀龍とともに古文辭派後七子の一人に數えられる人物である。歸有光の文集には彼にあてた書簡もあり、古文辭派の徐中行と歸有光は親交があったことになる。

また、歸有光と同鄉で特に親しかった兪允文は、古文辭廣五子の一人である。彼は歸有光の長興赴任に際して次のような言葉を贈っている。

古への人の其の後世に傳はる者、以て今の人の及ぶ可きに非らずと爲すは、皆な過論なり。熙甫は經に明らかにして、古への道を行ひ、其の文を爲るは、司馬遷・劉向・揚雄・班固の徒を以て法と爲す。（兪允文「送歸開甫赴長興序」）(22)

兪允文は、漢代の名文家という極めて古文辭的な規範でもって歸有光を推賞する。もちろん兪允文がこのように述べる以上、歸有光自身がこのような文學觀を幾分なりとも有していたことが前提とならなければならない。

歸有光が『史記』を好んだことはよく知られている。『史記』は古文辭派が最も信奉する書である。隆慶四年（一五七〇）、歸有光は、同年の進士で古文辭派の陳文燭のために「五嶽山人前集序」（『震川先生文集』巻二）を書いている。歸有光は、その中で陳文燭の文は、『史記』の如きものだとして、自分は到底それに及ばない、と彼の古文を推賞する。この『五嶽山人前集』には、隆慶六年（一五七二）王世貞も序文を寄せており、司馬・左氏の法を得たものとして陳文燭を讃えている。(23)ところが、錢謙益は『列朝詩集』陳文燭小傳で、文集『五嶽山人集』を「煩蕪剽擬にして王李の下流」であると攻撃するのである。

本書第Ⅰ部第一章第四節で述べたように、歸有光を呼ぶのに〝唐宋派〟という言葉を以てするのは、近代に文學史が誕生して以降のことである。歸有光の根本は、あくまで『史記』『左傳』にあるのであって、唐宋古文を基本とするのではない。歸有光文學の特徴は、當時の極端な古典主義がもたらした模擬剽竊の文學に対し、唐宋古文を積極的に評價しようとした點にある。ところが、錢謙益が歸有光を發掘する過程で、歸有光が同時代の古文辭派から受けたであろう影響は切り捨てられ、專ら反古文辭的側面のみが強調されることになる。歸有光と王世貞が「妄庸」をめぐって論爭した、という話を錢謙益が捏造したのは、まさに兩者の對立を鮮明にせんがためのことであった。歸有光と古文辭派の關係については、より詳細な檢討を必要としようが、少なくとも、古文辭を全面的に否定し、古文辭派と眞っ向から對立したという歸有光像は、修正されねばなるまい。

四　王世貞の後悔

第二節において、すでに歸有光と王世貞の間には〈妄庸〉論爭が無かったことを論じたが、王世貞が「余豈に異趨せんや、久しくして始めて傷む」といい、婁堅が兩者の間は「其の始め異同無くんばあらず」というように、歸有光と王世貞には當初何らかの行き違いがあったらしい。しかしながら、兩者の異同とは、〈妄庸〉をめぐる論爭ではあり得ない。

これについては、王世貞自身が語ったもの——『弇州山人讀書後』巻四の「書歸熙甫文集後」がある。これは『弇州山人四部稿』及び『續稿』に收められなかったため、從來看過されていたようだが、極めて興味深い文なので、多少長くなるが敢て解說を加えることにする。

余、進士と成りし時、歸熙甫は則ち已に大いに公車の間の名有り。而るに數年を積みて第せず。試の罷《や》む每に、則ち主司相ひ與に咤恨す。歸生を以てして第せざれば、何ぞ名づけて公車と爲さんと。而して同年の朱檢討なる者は佻人なり。數しば余に歸生の古文辭を得たるや否やを問ふ。余、有る無きを謝す。一日、忽ち一編を以て余が面に擲ちて曰はく、「是れ更に崔信明が水中の物に如かざるや」と。且つ謂ふ、「何ぞ歸生をして我に見《まみ》えしめざる。當に李密が秦王を視し時の狀を作すべし」と。余、戲れに答ふ、「子遂に能く秦王たらんか。卽ち李密は未だ易《やす》からざるの才なり」と。退きて取りて之を讀むに、果して熙甫の文、凡そ二十餘章、多くは率略たる應酬の語なり。蓋し朱の見る所の者は、杜德機なるのみ。（王世貞「書歸熙甫文集後」[25]）

王世貞が二十二歳の若さで進士に及第したのは、嘉靖二十六年（一五四七）のことである。その時すでに歸有光は公車の間——すなわち會試に赴く擧人たちの世界では名の知れた人であったという。王世貞より十歳年長の歸有光は、嘉靖十九年（一五四〇）に南京の鄉試で第二に擧げられたものの、その後の會試で下第を繰り返していた。このころ、王世貞の同年の進士で翰林院檢討の官にあった朱某が、歸有光の評判を聞きつけ、度々歸有光の文を借りに來たが、王世貞は持っていないと答えていた。ある日、朱某が一冊の文編を王世貞の面前に投げ出して、「これは、見る所は聞く所に如かずといわれて水中に投げ込まれた唐の崔信明[26]にも劣るしろものだ」と評し、「歸生が私に會えば、李密が秦王（唐の太宗）に會った時のように私に感服するだろう[27]」と壯語して歸って行った。王世貞がそれを見てみると、果して歸有光の文ではあるが、その多くは率略たる應酬の文であった。朱某が見たのは、『莊子』應帝王篇にいう杜德機——本來の才能が發揮されず杜《とざ》されたままのものであった。

而して又た數年、熙甫の客にして中表の陸明謨、忽ち書を貽りて余を責數するに熙甫を推轂する能はざるを以てす。其の說の自《よ》る所を知らざるも、余、方に盛年憍氣にして、漫爾として之に應じ、齒牙の鍔、頗る吳下の前輩に及び、中に謂ふ、陸浚明は差《や》や人の意を強うす。熙甫は小《いささ》か浚明に勝れり。然れども亦た未だ語るに滿たずと。（「同右」）[28]

それから數年して、歸有光の所の客で、王世貞のいとこにあたる陸明謨が、王世貞に手紙を寄越し、歸有光を推轂できぬとはどうしたわけだと責めたてた。當時血氣盛んで己に恃むところの多かった王世貞は、陸明謨と應酬し、激するあまり、文評は呉の先輩達にまで及んだ。陸粲（字は浚明）はまあまあである。歸有光はやや彼に勝るものの、語るほどの價値はないと。王世貞が陸明謨にあてた手紙については後述するが、それはほとんど歸有光に對する侮辱といっていいほどのものである。

又た數年して、熙甫始めて第し、又た數年して卒す。客に其の集を梓して余に貽る者有り。卒卒として未だ展ぶるに及ばざるに、人の持ち去るところと爲る。旋《たちま》ち曇靖に徒處し、復た得て之を讀む。故《もとよ》り是れ近代の名手なり。……嗟乎、熙甫と朱生は皆作する可からず。恨むらくは、朱をして之に見えしめざるを。復た能く秦王の態を作すや否や。熙甫の集中、一篇有りて盛んに宋人を推し、而して我が輩を目して蜉蝣の撼と爲し、口を容《たや》さず。當に是れ陸生の報いられし所の書に于けるべく、故に言の酬せざるは無し。吾れ又た何をか憾みんや。[29]

その後、歸有光は及第し、しばらくして亡くなってしまう。死後、王世貞は歸有光の文集を貽られたが、それを見ぬうちに人に持って行かれた。彼は、王錫爵の娘で觀音を奉じる曇陽子という名の女大師[30]に歸依しており、萬曆八年（一五八〇）九月に曇陽子が物化した後は、一人精舍にこもって三年ばかり修養していた。[31] 王世貞が歸有光の文集を手にし、その全容を知ったのはまさにこの時である。歸有光の死から約十年後のことになる。

そこで集中に、「項思堯文集序」を見つけた王世貞はいう。歸有光の集中に盛んに宋人を推賞して、我輩を蜉蝣（蚍蜉）の撼にたとえた手厳しい一文があるが、それはきっと陸明謨が私から受け取った手紙に對するものであろう。故に歸有光としても應酬しないわけにはいかなかったのだ。今となっては何を憾もうぞと。

陸明謨については知るところが少ないが、歸有光には陸明謨の依頼で書かれた父の墓誌「陸子誠墓誌銘」（『震川先生集』巻二十）があり、それによれば王世貞と陸明謨は緣續きだったことがわかる。陸明謨が王世貞にあてた手紙の方は現存しないが、『弇州山人四部稿』巻百二十八には、その內容から陸明謨に對する返書と推察される「答陸汝陳」三首が遺っている。陸明謨から何故歸有光を推轂しないのだと詰問された王世貞は、それを見當違いだとし、激昂のあまり、言葉は吳の先輩達の批評にまで及んでいる。

震澤（王鏊）以前は、存して論ぜず。足下遠くは楊儀部（循吉）・祝京兆（允明）・徐迪功（禎卿）を見ざるか。近くは黃勉之（省曾）・王履吉（寵）・袁永之（褒）・皇甫の伯仲（沖と涍）を見ざるか。亦た咸な彬彬として聲有らずや。然れども或ひは曼衍にして綿力、或ひは迫詰にして艱思、或ひは淸微にして促に類し、或ひは鋪綴して經無く、或ひは蹈襲して致鮮《すくな》く、或ひは率意して情乏しく、或ひは閑麗にして弱に近し。見る所唯だ陸浚明の差《や》や人を強うする有るのみ。陸の敍事は、頗る亦た典則なるも、往往にして未だ極まらずして盡く。當に是れ才短なるべし。歸生の筆力は、小《いささ》か竟《つい》に之に勝るも、規格は旁離し、操縱は唯意もてし、單辭は甚だ工みなるも、邊幅足らず。其の文を得て之を讀む每に、未だ竟《おわ》らざるに輒ち解し、解に隨ひて輒ち竭《つ》く。若し至法を辭中に含み、餘勁を言外に吐かんと欲すれば、復た累車すと雖も、殆んど其の選に難し。僕、足下の歸文を稱するを恨みず。足下の李于鱗（攀龍）の文を見ざるを恨むのみ。于鱗、生平の胸中に唐以後の書無く、古始に渟滀し、往きて造《いた》らざるは無

く、敍致宛轉、窮極苦心するに至る。（王世貞「答陸汝陳其二」）(32)

王世貞は、歸有光を陸浚明と比較すればやや勝るというものの、歸有光の文は規格からはずれ、ひとりよがりで、一つ一つの言葉は工みであるが、全體の潤飾に缺け、全部讀みおわらぬうちに內容がわかってしまう底の淺いものだと評している。至法を辭中に含み、餘勁を言外に吐くような高い評價基準で衡るならば、歸有光はどれほど多くの作品を書いてもその基準には合格しないだろうという。その批評は非常に手嚴しい。そしてその一方では、唐以後の書物を顧みない李攀龍の文を口を極めて賞讃する。このころの王世貞は、李攀龍に心醉していたのである。

右の「答陸汝陳」と「書歸熙甫文集後」によって事實關係を整理してみると、次のようになる。若いころ李攀龍の文學に心服していた王世貞は、陸明謨に對する返書の中で、歸有光の文をあげつらった。そして歸有光の死後、その文集に「項思堯文集序」をみつけた彼は、これは昔、自分が陸明謨にあてた手紙の中で、吳の前人を譏り、歸有光の文を酷評したのが歸有光の知るところとなり、その結果として「項思堯文集序」が書かれたのだと判斷する。歸有光を近代の名手だと認識するようになった王世貞は、歸有光の批判を憾みとはしていない。

このことは、「項思堯文集序」の批判を知った王世貞が、歸有光に〈妄庸〉の議論を挑んだとする『列朝詩集』小傳の記述とは一致しない。王世貞が陸明謨にあてた三篇の手紙にも〈妄〉や〈庸〉に關する議論はない。歸有光と王世貞の間には〈妄庸〉をめぐる論爭が存在しなかったことはもはや確實といえよう。王世貞晚年の「歸太僕贊」は、『列朝詩集』小傳がいうような〈妄庸〉論爭に對する自悔ではない。嘗て陸明謨にあてた手紙の中で歸有光を酷評した、そのことを自悔したのである。(33)

張傳元・余梅年の兩氏が編纂した『歸震川年譜』（商務印書館一九三六年）は、王世貞の「書歸熙甫文集後」を附錄として收めるが、そこでは最後の「熙甫の集中、一篇有りて盛んに宋人を推し、我輩を目して蜉蝣の撼と爲し……」以下を削去している。ここの部分が『列朝詩集』小傳の記述と一致しなかったため削ったものと思われるが、これは錢謙益の作りあげた歸有光像を拂拭できなかった好例である。『列朝詩集』小傳を鵜呑みにすることがいかに危險であるかが知られよう。

五　『列朝詩集』小傳にみる傳記の潤色――湯顯祖傳の場合

錢謙益が歸有光の傳記について潤色を行なったことは上述したとおりであるが、實はこのような傳記の潤色は、湯顯祖の傳記についても見られる。『列朝詩集』湯顯祖小傳は、湯顯祖が王世貞ら古文辭派と相い容れず、彼らの文を標塗した話を載せている。

又た、獻吉・于鱗・元美の文賦を簡括し、其の中の用事の出處、及び漢史唐詩を增減せし字面を標し、白下（南京）に流傳し、元美をして之を知らしむ。元美曰はく、「湯生吾が文を標塗す。異時亦た當に湯生を標塗する者有るべし」と。王李の興りし自り、百有餘歲、（湯）義仍當に霧雺充塞の時に當りて、其の間に穿穴し、力めて解駮を爲す。歸太僕の後、一人のみ。（『列朝詩集』湯顯祖小傳）(34)

湯顯祖が王世貞の文を標塗したという話は、元來、湯顯祖が王世貞の長子王士騏（字は瀆生）にあてた手紙に見えるものである。

> 弟、少年たりしとき識無し。嘗て友人と文を論じ、以爲らく、漢・宋の文章、各おの其の趣を極めし者は、易《やす》くして學ぶ可きに非ざるなり。宋文を學びて成らざるは、鶩に類するを失せざるも、漢文を學びて成らざるは、虎と成らざるに止まらずと。因りて敝鄉の帥膳郎の舍に於いて李獻吉を論じ、歷城の趙儀郎の舍に於いて李于鱗を論じ、金壇の鄧孺孝の館中に於いて元美を論じ、各おの其の文賦中の用事の出處、及び漢史唐詩を增減せし字面の處を標し、此れを見て道ふ、神情聲色は、已に昔人に盡くされ、今人更に雄とす可き無しと。妙なる者は能と稱すのみ。然れども此れ其の大致にして、未だ深く文心の一二を論ずる能はず。而るに已に司寇公の座に傳ふる者有り。公、微笑して曰はく、「之に隨はん。湯生吾が文を標塗す。他日湯生の文を塗する者有らん」と。弟、之を聞き、憮然として曰はく、「王公は達人なり。吾れ之を愧づ」と。（湯顯祖「答王澹生」[35]）

湯顯祖の右の文によると、彼が王世貞の文についてあれこれ論じたことは、不本意な形で王世貞の耳に入ったらしい。また、それを聞いた王世貞は、微笑しながら、それを輕くたしなめる調子で「どうぞお好きに。湯生は私の文を標塗したが、將來湯生の文も標塗されるだろう」といい、鷹揚な態度をとっている。ゆえに湯顯祖も「王公は達人だ。私は愧ずかしく思う」といわざるを得なかったのである。湯顯祖にしてみれば、自分の意を盡していない文評が、思わぬ反響を呼び、忸怩たる思いだったのであろう。

　ところが『列朝詩集』小傳では、このやりとりは古文辭派の王世貞と反古文辭派の湯顯祖の相剋を示すエピソードとして取りあげられている。湯顯祖小傳は、湯顯祖の釋明の言葉を削去しなかったばかりでなく、王世貞の言葉を「湯生吾が文を標塗す。異時亦た當に湯生を標塗する者有るべし」と憤怒の調子に書き換え、その傲慢さを強調するのである。

『列朝詩集』湯顯祖小傳が取りあげたエピソードは、事實無根とまではいえぬ。しかし、その取り扱いについては、錢謙益の作爲が感じられてならない。

このことは、錢謙益が湯顯祖の文學を評價するのに、「歸太僕の後、一人のみ」という言葉を以てするのに關係があろう。錢謙益は、「湯義仍先生文集序」（『初學集』巻三十二）で、王世貞の『四部稿』を「棟宇に充ち牛馬に汗するも、卽きて之を睎《み》るに、枵然として有る所無し」と攻擊する一方、『列朝詩集』に於いて、時代の異なる歸有光と湯顯祖を同じ丁集第十二巻に收めている。錢謙益にとって反古文辭の正統は、歸有光—湯顯祖—自分なのであって、そのためには、先覺者としての歸有光や湯顯祖が眞っ向から古文辭派と對立する存在であることが望ましい。『列朝詩集』の歸有光小傳や湯顯祖小傳に於ける潤色は、そのために爲されたものであろう。

六　歸有光墓誌銘の改竄

錢謙益によって粉飾が施された歸有光像は、明末淸初、文壇が反古文辭へと轉換し、歸有光に對する評價が高まる中、絕對的なものとなってゆく。

錢謙益が歸昌世とともに編纂した『歸太僕文集』は今日に傳わらないが、康熙年間、歸昌世の子歸莊は、これをもとに校定を加え、『震川先生集』四十巻（以下康熙本と稱す）を上梓した。つまり、四庫全書や四部叢刊に入って現在廣く行なわれている康熙本は、元來錢謙益の手によるものなのである。(36)

この康熙本に附載されている歸有光の墓誌銘には、重要な改竄の跡が見られる。上段が墓誌銘の撰者である王錫爵[37]の文集中にみえるもの、下段が康熙本附載のものである。

王錫爵『王文肅公文集』巻八
歸有光墓誌銘

○萬曆乙亥、熙甫先生葬于崑山東南門之內。其仲子子寧、求予志其墓……

○熙甫眉目秀朗、明悟絕人。九歲能成文章、無童子之好。弱冠盡通六經三史七大家之文、及濂洛關閩之說。邑有吳純甫先生、才聞高識、見熙甫所爲制義、大驚、以爲當世士無及此者。由是名動四方…

康熙本『震川文集』附載
歸有光墓誌銘

○萬曆乙亥、熙甫先生葬于崑山東南門之內。其子子駿、求予志其墓……

○熙甫眉目秀朗、明悟絕人。九歲能成文章、無童子之好。弱冠盡通六經三史大《ママ》家之文、及濂洛關閩之說。邑有吳純甫先生、見熙甫所爲文、大驚、以爲當世士無及此者。繇是名動四方……

まず、墓誌銘の依頼者は、本來仲子子寧であるにもかかわらず、康熙本では、歸昌世の父にあたる子駿に書き換えられている。

次に、吳純甫先生が歸有光の「制義」すなわち八股文を賞讚し、四方に名が轟いたという話であるが、康熙本は「制義」を「文」に改めている。そのため、康熙本附載の墓誌銘だけによると、まるで吳純甫先生が賞讚したのは古文であり、歸有光は若い頃から古文作家として評價されていたかの如き錯覺にとらわれ、歸有光の基本的な傳記研究に大きな誤りを犯すことになるのである。

このような墓誌銘の改竄がいつの時點で行なわれたかについては、銭謙益と歸昌世が編纂した『歸太僕文集』が傳わらないため、特定することはできない。しかしながら、「制義」を「文」に改めるといった墓誌銘の改竄が、銭謙益を中心とする明末清初の歸有光再評價の氣運の中で行なわれたものであることはまちがいなかろう。

また、歸有光に「五嶽山人前集序」を贈られた陳文燭は、歸有光の死後、爲に文集の序文と墓表を書き、それは萬曆十六年（一五八八）に重修された崑山本に附されている。しかし、康熙本は銭謙益の序文を載せながら陳文燭の序文を載せないし、王錫爵の改竄された墓誌銘を収めながら陳文燭の墓表を収めていない。康熙本が墓誌銘を載せて墓表を缺いているのは、文集編纂の體裁上、奇異なこととといわねばなるまい。これはおそらく、陳文燭が銭謙益によって「王李の下流」であると決めつけられたことと無關係ではなかろう。康熙本が種々の問題を抱えた版本であることは、再認識されるべきである。

小結

明文學史の中で半ば忘れられていた歸有光を發掘再評價した銭謙益の功は、認められるべきである。しかし、以上検討してきたように、歸有光の傳記資料については、その過程でかなり手が加えられている。『列朝詩集』歸有光小傳は基本的な傳記資料であり、康熙本『震川先生集』も最もよく行なわれている版本だけに、その粉飾と墓誌銘の改竄が後世に與えた影響は大きい。今日我々が文學史の上で認識している歸有光像は、銭謙益が作り上げた歸有光にすぎず、ありのままの歸有光との間には、ずれが生じている。このずれが確認されない限り、歸有光の研究は、銭謙益の歸有光像を蹈襲するという愚を繰り返すことになろう。

註

（1）吉川幸次郎氏の「錢謙益と清朝〝經學〟」（『吉川幸次郎全集』卷十六所收、筑摩書房、一九七〇）および「文學批評家としての錢謙益」（『同』卷二十六所收、一九八六）、佐藤一郎氏の「歸有光の系譜」（『中國文章論』所收、研文出版、一九八八）。

（2）『列朝詩集』については、錢謙益の人品の問題とも相俟って、古來評價の分かれるところである。清代では王士禛が口を極めてこれを罵ったことで知られる。『四庫提要』は、朱彝尊の『明詩綜』を公平な選評であるとして『列朝詩集』を批判する。また一方で葉德輝などは、『明詩綜』を郷愿の書として斥け、『列朝詩集』を選家の詩史として高く評價する。評價の歷史については、莫伯驥『五十萬卷樓羣書跋文』（一九四八）に詳しい。

（3）『列朝詩集』歸有光小傳　有光、字熙甫、崑山人。九歲能屬文、弱冠盡通六經三史六大家之書、浸漬演迤、蔚爲大儒。……熙甫爲文、原本六經、而好太史公書、能得其風神脈理。其於六大家、自謂可肩隨歐・曾、臨川則不難抗行。其於詩、似無意求工、滔滔自運、要非流俗可及也。

（4）『列朝詩集』丁集は李攀龍の詩二十五首のほかに、「翁離」「東門行」「陌上桑」の三首を附し、これを劣詩の見本として批判している。

（5）『歸太僕集』（崑山本）の卷三十二に九十一首、四部叢刊『震川先生集』（康熙本）のみにみえる三十六首、それに『列朝詩集』が收める逸詩二首を加えた數。ただし、『列朝詩集』に倣い、連作は一首として數えた。

（6）『列朝詩集』歸有光小傳　當是時、王弇州踵二李之後、主盟文壇、聲華烜赫、奔走四海。熙甫一老擧子、獨抱遺經于荒江虚市之間、樹牙頰相搘拄不少下。嘗爲人文序、詆排俗學、以爲苟得一二妄庸人爲之巨子。弇州聞之曰、妄誠有之、庸則未敢聞命。熙甫曰、唯妄故庸、未有妄而不庸者也。弇州晚歲贊熙甫畫像曰、千載有公、繼韓歐陽、余豈異趨、久而自傷。識者謂先生之文、至是始論定、而弇州之遲暮自悔、爲不可及也。『列朝詩集』に先立って、崇禎十六年（一六四三）に『歸太僕文集』（佚）を編纂した錢謙益は、「題歸太僕文集」（『初學集』卷八十三）を作り、そこにこれと同じエピソードを引いている。ただし、歸有光の言葉は「唯庸故妄、未有妄而不庸者也」に作る。

（7）康熙本（四部叢刊本）『震川先生集』卷二「項思堯文集序」　蓋今世之所謂文者難言矣。未始爲古人之學、而苟得一二妄庸人爲之巨子、爭附和之、以詆排前人。韓文公云、李杜文章在、光燄萬丈長、不知羣兒愚、那用故謗傷、蚍蜉撼大樹、可笑不自量。文章至于宋元諸名家、其力足以追數千載之上、而與之頡頏。而世直以蚍蜉撼之、可悲也。無乃一二妄庸人爲之巨子以倡道之歟。

（8）鷲野正明氏は、「歸有光の「文」理論――載道と抒情の融合」（『筑波中國文化論叢』2　一九八三・三）で、「項思堯文集序」中の〝文の永久存立〟の思想について指摘された。ただし氏は、制作年を進士及第の嘉靖四十四年三月～九月とし、歸有光は、同年刊行の王世貞『藝苑卮言』巻三に「唐之文庸、猶未離浮也、宋之文陋、離浮矣、愈下矣、元無文」とあるのを逆手にとって王世貞を批判したのだとされる。しかし、後述するように歸有光はこの年王世貞から詩を贈られており、制作年を嘉靖四十四年とするのは不自然である。「項思堯文集序」制作の直接の契機となった王世貞の「答陸汝陳」は、歸有光の進士及第以前のものである。制作年は嘉靖四十四年以前とするのが妥當であろう。

（9）『明史稿』文苑傳、『明史』文苑傳　有光爲古文、原本經術、好太史公書、得其神理。時王世貞主盟文壇。有光力相觝排、目爲妄庸巨子。世貞大憾、其後亦心折有光、爲之讚曰、千載有公、繼韓・歐陽、余豈異趨、久而自傷。其推重如此。

（10）『明史稿』歸有光傳　錢謙益遂即其言、以詆世貞。然操觚家、從此鮮實學、而妄談歐・曾、亦不能無弊云。

（11）『明史稿』の實質的な撰者は萬斯同であるが、彼の師の黄宗羲は、錢謙益とは異なる獨自の歸有光觀をもっていたと思われる。本書第Ⅰ部第三章「黄宗羲の歸有光評價」を參照されたい。

（12）汪琬『鈍翁續稿』巻五十一「擬明史列傳」歸有光傳　有光之學、原本六經。而好司馬遷書、得其風神脈理。故爲文超然俊逸、可配古大家云。是時太倉王世貞、方以辭章名、傾動海內。有光獨歎曰、今之文難言矣。未嘗知古人之學、苟得一二妄庸人爲之巨子、爭附和之、用以詆排前賢。意蓋指世貞。其後世貞聞之、亦媿服焉。

（13）註（6）のごとくこのエピソードは、崇禎十六年（一六四三）の「題歸太僕文集」にはじめて登場する。

（14）『有學集』巻十六「新刻震川先生文集序」　余少壯汨沒俗學。中年從嘉定二三宿儒遊、郵傳先生之講論、幡然易轍、稍知向方。先生實導其前路。啓禎之交、海內望祀先生、如五緯在天、芒寒色正。其端亦自余發之。この部分、劉禹錫の「柳柳州集序」をふまえている。

（15）婁堅『學古緒言』巻一「歸太僕應試論策集序」　崑山歸熙甫先生、少而邃於經術、於注疏、無所不讀。厭薄時之文、力追大雅。

尤好左氏太史公書、平生丹鉛其傍、提要鉤玄、不啻數本。雖繁簡少異、要於先求指歸、次及菁藻。而唐宋六氏之作、則皆所沈浸而取裁也。……又言吾爲擧子業、信筆縱横、而世多以爲奇。至爲古文辭、必謹於程度、不敢少自弛。顧其深知我者、擧世僅數公而已。先生嘗爲人序其文、中有妄庸之譏。或曰、妄誠有之、未必庸也。先生曰、子未之思耳。唯庸故妄、唯妄益庸。聞者莫不心厭。當是時、吳之以高文稱者、曰王司寇元美。其始不無異同。及歸自留都、從其家求畫像、摹爲小幅、系以傳贊、屬予書之。蓋曰、千載有公、繼韓歐陽、予豈異趨、久而始傷。而司寇李子、時爲予言、公之歸也、嘗讀蘇應詔諸篇、顧語之曰、此乃可謂策耳。吾晉楚錄文、豈能及哉。予以是歎服。司寇晩年、識益高而心益下、蓋如此。而世之君子、或未必知之也。

(16) 何景明『何大復先生集』卷三十二「與李空同論詩書」

(17) 地縁については、佐藤一郎氏の『中國文章論』第二章第三節の「同鄉人歸有光と王世貞」に指摘がある。

(18) 王世貞『弇州山人續稿』卷百十五「太中大夫河東都轉運鹽使司運使少葵公暨元配歸安人合葬誌銘」、および『同』卷百二十八「登仕郎鴻臚寺序班百泉歸君暨配郁孺人墓表」參照。兩者の姻族關係については、管見の及ぶところ、許建崑氏の『李攀龍文學研究』（文史哲出版社、一九八七）第七章「結語」に指摘があるのみである。

(19) 『弇州山人四部稿』卷三十八「送歸熙甫之長興令」および王世懋『王奉常集』卷七「送歸熙甫尹長興」。

(20) 『琴操』卷下「信立退怨歌」にみえる。ただし卞和は陵陽侯に封ぜられたがそれを辭したという。

(21) 『弇州山人續稿』卷百三十四「中奉大夫江西布政使司左布政使天目徐公墓碑」および李攀龍『滄溟先生集』卷二十三「明故封太安人許氏墓誌銘」による。

(22) 兪允文『兪仲蔚先生集』卷十「送歸開甫赴長興序」古之人、其傳於後世者、以爲非今之人所可及、皆過論也。熙甫明經、行古之道、其爲文、以司馬遷・劉向・揚雄・班固之徒爲法。

(23) 陳文燭『二酉園文集』は、隆慶六年の王世貞「五嶽山人前集序」と隆慶四年の歸有光の序文を冠している。

(24) 「書歸熙甫文集後」は、『弇州山人續稿』の目錄では卷百五十七に見えるが、同集中には收められていない。

(25) 『弇州山人讀書後』卷四「書歸熙甫文集後」余成進士時、歸熙甫則已大有公車間名。而積數年不第。每罷試、則主司相與咤恨、以歸生不第、何名爲公車。而同年朱檢討者、佻人也。數問余得歸生古文辭否。余謝無有。一日、忽以一編擲余面曰、是更不如崔信明水中物邪。且謂何不令歸生見我、當作李密視秦王時狀。余戲答子遂能秦王邪、即李密未易才也。退取讀之、果熙甫文、凡二十餘章、多率略應酬語。蓋朱所見者、杜德機耳。

(26)『舊唐書』文苑 鄭世翼傳、『新唐書』文藝 崔信明傳にみえる。

(27)『新唐書』太宗紀に「(李)密見太宗、不敢仰視、退而歎曰、眞英主也」とある。

(28)(29)「書歸熙甫文集後」而又數年、熙甫之客中表陸明謨、忽貽書責數余以不能推轂熙甫。不知其説所自、余方盛年憍氣、漫爾應之、齒牙之鍔、頗及吳下前輩、中謂陸浚明差強人意、熙甫小勝浚明、然亦未滿語。又數年、而熙甫始第、又數年而卒。客有梓其集貽余者、卒卒未及展、爲人持去。旋徙處曇靖、復得而讀之。故是近代名手。……嗟乎、熙甫與朱生、皆不可作矣。恨不使朱見之。復能作秦王態否。熙甫集中有一篇盛推宋人、而目我輩爲蜉蝣之撼、不容口。當是于陸生所見報書、故無言不酬。吾又何憾哉。吾又何憾哉。

(30)『弇州山人續稿』卷六十六「曇鸞大師紀」、卷七十八「曇陽大師傳」參照。

(31)〝曇靖〟は、精舍の名であろうか。待考。『弇州山人續稿』卷二十一の送別詩の前書きには、「余自庚辰來、抱影曇靖、不識城西水面者、三載餘矣」とある。

(32)『弇州山人四部稿』卷百二十八「答陸汝陳　其二」　震澤以前、存而弗論。足下遠不見楊儀部祝京兆徐迪功、近不見黃勉之王履吉袁永之皇甫伯仲耶。不亦咸彬彬聲哉。然或曼衍而綿力、或迫詰而艱思、或清微而類促、或鋪綴而無經、或蹈襲而鮮致、或率意而乏情、或閑麗而近弱。所見唯有陸浚明差強人耳。陸之敍事、頗亦典則、往往未極而盡。當是才短。歸生筆力、小竟勝之、而規格旁離、操縱唯意、單辭甚工、邊幅不足。每得其文讀之、未竟輒解、隨解輒竭。若欲含至法於辭中、吐餘勁于言外、雖復累車、殆其難選。僕不恨足下稱歸文、恨足下不見李于鱗文耳。于鱗生平胸中無唐以後書、渟滀古始、無往不造、至於敍致宛轉、窮極苦心。

(33)朱彝尊の『靜志居詩話』卷十三「歸有光」は、妄庸云々といった話には全く觸れずに、王世貞の自悔を説明している。「弇州早年評震川文、謂如秋潦在地、有時汪洋、不則一瀉而已。晩歳、乃作贊云、千載有公、繼韓・歐陽。予豈異趨、久而自傷。蓋悔之深矣」弇州早年の評とは、『藝苑卮言』卷五　文評を指す。ただし朱彝尊が贊文の本來〝始〟であるべき字を〝自〟に作るのは、『列朝詩集』小傳あるいは『明史』をそのまま引用したためと考えられる。

(34)『列朝詩集』湯顯祖小傳　又簡括獻吉・于鱗・元美文賦、標其中用事出處及增減漢史唐詩字面、流傳白下、使元美知之。元美曰、湯生標塗吾文、異時亦當有標塗湯生者。自王李之興、百有餘歲、義仍當霧雺充塞之時、穿穴其間、力爲解駮。歸太僕之後、一人而已。

(35) 湯顯祖『玉茗堂尺牘』卷一「答王澹生」　弟少年無識。嘗與友人論文、以爲漢宋文章、各極其趣者、非可易而學也。學宋文不成、不失類鶩、學漢文不成、不止不成虎也。因於敝鄉帥膳郎舍論李獻吉、於歷城趙儀郎舍論李于鱗、於金壇鄧孺孝館中論元美、各標其文賦中用事出處、及增減漢史唐詩字面處、見此道神情聲色、已盡於昔人、今人更無可雄。妙者稱能而已。然此其大致、未能深論文心之一二。而已有傳於司寇公之座者。公微笑曰、隨之。湯生標塗吾文。他日有塗湯生文者。弟聞之、憮然曰、王公達人、吾愧之矣。

(36) 歸有光文集の版本および康熙本『震川先生集』の成立については、本章の第四章「歸莊による『震川文集』の編纂出版」に詳述する。

(37) 墓誌銘の實際の撰者は唐時升である。『三易集』卷十七に「太僕寺丞歸公墓誌銘代」とみえる。『王文肅公文集』中のものと比べるに、重要な語句の異同はない。

第三章　黄宗羲の歸有光評價

小　序

康熙十四年（一六七五）、七年前から編纂を續けていた『明文案』の一應の完成をみた黄宗羲（一六一〇～一六九五）は、これに序して、明文に對する總括を行なった。

黄宗羲は、明の國初および嘉靖、崇禎年間を明文の三盛とした後に、續けて明の文學を前代の文學と比較して次のようにいう。

> 某、嘗て其の中の十人を標して甲案と爲す。然れども之を唐の韓・杜、宋の歐・蘇、金の遺山（元好問）、元の牧菴（姚燧）・道園（虞集）に較ぶれば、尚ほ未だ逮ばざる所有り。蓋し一章一體を以て之を論ずれば、則ち有明未だ嘗て韓・杜・歐・蘇・遺山・牧菴・道園の文無きにあらざるも、若し成就して以て一家に名づくれば、則ち韓・杜・歐・蘇・遺山・牧菴・道園の家の如きは、有明固《もと》より未だ嘗て其の一人も有らざるなり。議者、震川（歸有光）を以て明文第一と爲すは、似たり。試みに其の敍事の合作を除去すれば、時文の境界、間《ま》ま或ひは闌入す。之を韓・歐の集中に求むるも是れ無きなり。此れ他無し。三百年人士の精神、專ら場屋の業に注がれ、其の餘を割きて以て古文を爲る。其の盡くは前代の盛んなる者に如《し》く能はざるは、怪しむに足る無きなり。（『南雷文案』巻一「明文案

序上」(1)

明の文學者には前代の如く一家を成す者が存しないと言明した黄宗羲は、歸有光をとりあげて、これを前代に匹敵する名文家とみなすには物足りないと述べている。これは、錢謙益（一五八二～一六六四）の歸有光評價とはやや趣きを異にする。

前章で述べたように、明末から清初にかけて文壇の領袖であった錢謙益は、『列朝詩集』の編纂を通じて古文辭派に鐵槌を下し、一方で歸有光の古文を高く評價した。黄宗羲が「明文案序」を書いた康熙十四年には、錢謙益は既に他界していたが、黄宗羲の右の文は錢謙益の『列朝詩集小傳』を意識したものといえる。

黄宗羲は歸有光の敍事の文が〝合作〟、すなわち法式にかなっていることを認めはするものの、その他の歸文の時文臭を嫌い、これを無條件に明代第一の文學者として評價することに異議を唱えたのである。前掲の「明文案序」は、現存する黄宗羲文集の最も早い刻本『南雷文案』（四部叢刊本）によったものだが、後に編纂された『南雷文約』、『南雷文定』では傍線の部分が、

　之を宋景濂に較ぶるも尚ほ及ぶ能はず。

と改められている。(2) これによれば、黄宗羲は、歸有光を宋濂（一三一〇～八〇）と比較して、その下に置いたことになる。さらに黄宗羲は、自身の弟子である慈谿の鄭梁の文集に序して、次のように言っている。

近時の文章家、共に歸震川を推して第一と爲すは、已に定論に非ず。其の王・李の波決瀾倒に當るを以て、中流の一壺と爲るに過ぎざるのみ。（「鄭禹梅刻稿序」）[3]

黄宗羲は、歸有光を明文第一とすることにはっきりと異議を唱え、歸有光文學は王世貞・李攀龍に代表される古文辭後七子隆盛の時期に、逆流にあらがう小さな葫蘆にすぎなかったというのである。

ところが、奇妙なことに、黄宗羲の晩年の回顧録である『思舊錄』は、徐枋（字は昭法、一六二一～九四）の條に次のような話を載せている。

甲辰（康熙三年）、余 靈巖に上る。繼起（大師）天山堂に館し、一時に來會する者、周子潔・文孫符・王雙白、而して昭法 後れて來る。余 篋中に文數篇有り。昭法 之を見て、嗟賞して已まず。以爲らく此れ眞の震川なりと。（『思舊錄』徐枋）[4]

『思舊錄』は、黄宗羲が最晩年に、今は故人となった師友に關する思い出を綴ったものであり、過去に交遊があったとしても、既に絶交した人物については默して語っていない。つまり『思舊錄』の性格を考えれば、この蘇州靈巖山での文士達との交遊は、黄宗羲にとって良き思い出のはずであり、徐枋から〝眞の震川〟と稱讃されたことを語る口吻には、得意氣なものすら窺えるのである。とすれば、「明文案序」で明文第一の座から歸有光を退けた黄宗羲の眞意はどこにあったのであろうか。

このような歸有光評價における黄宗羲の一見矛盾するが如き言辭は、何を意味しているのであろうか。また、黄宗義は、徐枋の稱讃の言葉、〝眞の震川〟をどのようなものと考えていたのであろうか。黄宗羲は、方苞の「書歸震川文集後」のようにまとまった歸有光論こそ遺していないものの、その實作の中で歸有光に言及することが多く、歸文の長所と短所を辯じて餘す所が無い。そしてそれは、しばしば、時流に乘って歸有光に追隨する同時代の文學者〝震川一派〟を批判するにあたって表出された議論であることに注意を要する。

黄宗羲の文學觀[5]は、彼が明代の文を後世に遺そうとして企てた明文總集の編纂と切り離しては考えられない。そこで本章では、『明文案』『明文海』『明文授讀』にどのような歸文が採擇されているのかを明らかにしたうえで、黄宗羲の歸文評を檢討し、黄宗羲の歸有光觀と同時代の〝震川一派〟に對する批判の問題を考えたい。

一　錢謙益の歸有光觀との違い

1　黄宗羲の明文史觀

歸有光を明代第一の文學者とすることに異を唱えた黄宗羲は、そもそも歸有光を明の文學史の中でどのように位置づけたのであろうか。彼は「明文案序下」に明の文章史を次のように語る。

有明の文章の正宗、蓋し未だ嘗て一日として亡びざるなり。宋（濂）・方（孝孺）より以後、東里（楊士奇）・春雨（解縉）之に繼ぎ、一時廟堂の上、皆質にして其の文有り。景泰・天順稍《や》や衰ふ。成（化）・弘（治）の際、西涯（李東陽）北に雄長し、匏菴（吳寛）・震澤（王鏊）南に發明し、之に從ふ者多く師承有り。正德の間、餘姚（王陽明）の醇正、南城（羅玘）の精錬、前作を掩絶す。嘉靖に至りては、崑山（歸有光）・毘陵（唐順之）・晉江（王愼中）なる者起ち、講究して餘力を遺さず、大洲（趙貞吉）・浚谷（趙時春）相ひ與に犄角し、號して極盛と爲す。萬暦以後、又た稍や衰ふ。然れども江夏（郭正域）・福清（葉向高）・秣陵（焦竑）・荊石（王錫爵）未だ嘗て先民の矩矱を失はざるなり。崇禎の時、崑山の遺澤未だ泯びず、婁子柔（堅）・唐叔達（時升）・錢牧齋（謙益）・顧仲恭（大韶）・張元長（大復）皆な能く其の墜緒を拾ふ。江右の艾千子（南英）・徐巨源（世溥）、閩中の曾弗人（異撰）・李元仲（世態）、亦た一方に卓犖し、石齋（黄道周）理數を以て其の間に潤澤す。（「明文案序下」(6)）

今、『明文案』の目録を見るに、古文辭派の作品を一篇も採らぬというわけではない。しかしながら、黄宗羲はその序文で明の古文史の中から古文辭派を追放し、歸有光・唐順之・王愼中らを古文の道統の上に位置づけたのである。ところで、明代古文史から古文辭派を斥けたことは、實は黄宗羲の獨創ではない。既に多くの研究者が指摘するように、この古文辭批判は錢謙益から受け繼いだものであり、黄宗羲は明文選をなすにあたって、明の古文の道統を明確にしたにすぎない。歸有光自體、錢謙益によって發掘された作家であると言ってよいし、黄宗羲が婁堅・唐時升を歸有光の遺澤として評價するのも、既に錢謙益の文學觀に負う所が大きいのである。

たとえば、前章でも引用したが、錢謙益は歸文との出會いを次のように語っている。

余、少壯たりしとき俗學に汨沒す。中年にして嘉定の二三の宿儒に從ひて遊び、先生の講論を郵傳されて、幡然として轍を易へ、稍く向方を知れり。先生實に其の前路を導くなり。（『有學集』巻十六「新刻震川先生文集序」(7)）

錢謙益は若い頃、俗學（古文辭派）の影響を受けていたが、嘉定の宿儒を通じて歸有光という文學者の存在を知り、反古文辭に目覺めたという。嘉定の宿儒とは、歸有光が安亭で講學した弟子筋を指し、その主な人物としては、婁堅や唐時升の外に、李流芳（字は長蘅または茂宰）、程嘉燧（字は孟陽）がいる。これら歸有光の遺派は、當時あまり著名ではなかったのだが、錢謙益が「嘉定四君集序」（『初學集』巻三十二）で四人を表彰するに及んで、世の知るところとなったのである。(8) 黃宗羲が明の古文史上に〝震川の遺澤〟と呼んだ婁堅と唐時升は、換言すれば、錢謙益の歸有光發見がなければ、共に忘れ去られる運命にあった文學者であった。

2　〝眞の震川〟

黃宗羲が反古文辭の洗禮を受けたのは、おそらく錢謙益の宅においてであったろう。彼は、亡父黃尊素が錢謙益の友人だったということもあって、その宅にしばしば赴いている。黃宗羲自身、『思舊錄』錢謙益の條に、この頃の思い出を次のように語っている。

> 余、數《しばしば》常熟に至る。初め拂水山房に在り、繼いで半野堂の絳雲樓下に在り。後、公、其の子 孫貽と同居し、余卽ち其の家 拂水に住む。時に公、韓・歐は乃ち文章の六經と言ふなり。（『思舊錄』錢謙益）(9)

おそらくは、錢謙益自身から歸文を激賞する言葉も聞いていたに違いない。錢謙益は、崇禎十六年（一六四三）には先述の『歸太僕文集』を編纂しているし、その六年後の順治六年（一六四九）には『列朝詩集』を完成させて、歸有光評價の態度を明らかにしているのである。

しかしながら、明清鼎革の際の銭謙益の去就は、多くの人士の反撥を招いた。黄宗羲は、順治七年三月、銭謙益の絳雲楼を訪れた時のことを次のように回想する。

　絳雲楼の藏書、余の見んと欲する所の者、有らざるは無し。公 余に約すに老年讀書の伴侶と爲らば、我が太夫人の菽水を任《にな》ひて分心せしむる無しと。一夜、余、將に睡らんとするに、公 燈を提げて榻前に至り、七金を袖にして余に贈りて曰はく、「此れ内人即ち柳夫人の意なり」と。蓋し余の來らざるを恐るるのみ。是の年十月、絳雲樓燬く。是れ余の讀書の縁無きなり。（『思舊録』銭謙益）[10]

老いた銭謙益が黄宗羲を手元にとどめようとして彼に母親を扶養するための金銭的援助を申し出たことを述べる右の文には、黄宗羲の銭謙益に對する冷やかな目が感じられる。抗清運動の中で、おそらく黄宗羲は、南京の福王政権の中樞にありながら清に降った銭謙益への反感を募らせたのであろう。

さらに黄宗羲は、同じく『思舊録』に、康熙三年（一六六四）四月、友人とともに銭謙益を臨終の床に見舞った際、むりやり銭謙益の鬻文の代筆をさせられたこと、銭謙益に死後の葬事を託されるもそれを承諾しなかったことなどを暴露している。

　甲辰、余至りて、公の病革まるに値《あ》ふ。一見するに即ち喪葬の事を以て相ひ託するを云ふも、余 未だ之に答へず。公言ふ、「顧鹽臺 文三篇を求めて、潤筆千金、亦た嘗て人をして代草せしむるも、我が意に合はず。固より兄に非ずんば可ならざるを知れり」と。余稍《や》や遲せんと欲するに、公 可とせず、即ち余を導きて書室に入らしめ、外より反鎖す。三文は、一は「顧雲華封翁墓誌」、一は「雲華詩序」、一は「莊子註序」なり。余 急ぎ外に出でんと欲して、二鼓にして畢る。公 人をして余の草を將《もっ》て大字に謄作せしめ、枕上に之を視、叩首して謝す。余 將に行かんとするに、特に余を枕邊に招きて云ふ、「惟だ兄のみ吾が意を知れり。歿後の文字、他人に託さず」と。尋いで其の子孫貽を呼びて、與に斯の言を聞かしむ。其の後 孫貽 別に龔孝升に求め、余をして是非より免かるるを得さしむるは、幸ひなり。（『思舊錄』錢謙益）(11)

黄宗羲は、錢謙益の墓誌銘を書かずにすんだことにほっとした口調である。黄宗羲は、錢謙益に多大な影響を受けたが、また一方では、その存在の大きさゆえに、錢謙益と自分との關係を重荷に感じていたのであろう。黄宗羲が館を去って間もなく、錢謙益は康熙三年（一六六四）五月二十五日に息をひきとる。

黄宗羲はといえば、錢謙益の館を辭した後、蘇州靈巖山に上っている。そこで徐枋と出會い、〝眞の震川〟と稱されたことはすでに述べた。徐枋は、明の崇禎十五年（一六四二）の擧人であるが、父の汧が國難に殉じた後は、門を杜して出でず、沈壽民、巢鳴盛とともに海內の三遺民と稱された人である。黄宗羲は徐枋からの稱讚に對する謝辭として、この時彼に詩を贈っている。

與徐昭法

人傳徐昭法　可聞不可見
我今上靈巖　鐘鼓集法眷
相看盡陳人　不參以時彥

徐昭法に與ふ

人は傳ふ 徐昭法　聞く可きも見《まみ》ゆ可からずと
我 今 靈巖に上り　鐘鼓して法眷集ふ
相ひ看るは盡く陳人にして　參《まじ》ふるに時彥を以てせず

徐子最後來　布袍巾幅絹
儲公覽拙文　珍重壓端硯
徐子翻讀之　喟然而稱善
謂是震川後　敍事無人薦
虞山加粉澤　可謂不善變
落此一瓣香　百年如覿面
出其論文書　幷與他著撰
體裁既整齊　字句亦工錬
夜坐天山堂　諸家評畧偏
人言子寡言　子言如竹筧
乃知世知子　猶爲子之羨

徐子 最も後れて來り　布の袍に巾幅は絹なり
儲公（繼起大師） 拙文を覽じ　珍重すること端硯を壓す
徐子 之を翻讀し　喟然として善しと稱す
謂へらく 是れ震川の後　敍事は人の薦むる無し
虞山（錢謙益） 粉澤を加へしは　善變ならずと謂ふ可し
此の一瓣の香を落とせば　百年覿面する如しと(12)
其の文を論ずる書を出だし　幷びに他の著撰を與ふ
體裁 既に整齊にして　字句も亦た工錬なり
夜 天山堂に坐し　諸家 評すること畧《ほ》ぼ偏《あまね》し
人は子の寡言なるを言ふも　子の言は竹筧の如し
乃ち知る　世の子を知るは　猶ほ子の羨《あまりな》爲るを

（『南雷詩曆』卷二）

右の詩によれば、この時徐枋と黃宗羲の間で話題になったのは、歸有光の敍事の文のすばらしさとそれを善變できなかった錢謙益に對する批判であったらしい。敍事とは事實をありのままに述べるのを主眼とする。文體でいえば、序傳・行狀・墓誌銘の類がそれにあたり、それは書史の法を理想とする。黃宗羲自身、「夫れ銘なる者は史の類なり」（『南雷文案』卷三「與李杲堂陳介眉書」）と明言している。

一方、徐枋には、ある人物の敍事の文を論難した「論文雜語」（九家詩文集『居易堂集』卷二十）という文がある。

> 偶《たま》たま一敍事の文を閱し、其の語句の病を謂ひて六有り。曰はく文、曰はく複、曰はく蕪、曰はく贅、曰はく謏、曰はく習なり。

以下、徐枋は六病について論じているが、この「論文雜語」が、右の詩にいうところの、徐枋が黃宗羲に示した〝論文書〟である可能性は大きい。そして、この六病を有する人物とは錢謙益を指すと考えるのは、おそらく當を失していないであろう。

つまり、徐枋が黃宗羲を〝眞の震川〟と呼んだのは、まさしく錢謙益を對極に置いた謂いなのであった。この稱讃が黃宗羲にとって我が意を得たものであったことは、いうまでもない。

以上を總合すると、錢謙益の最晩年にあたる康熙三年（一六六四）の段階で、すでに黃宗羲は錢謙益の文學觀を離れ、歸有光文學についても獨自の見解を持っていたと考えられる。繰り返すが、黃宗羲は歸有光を評價しなかったのではない。むしろ自分こそが眞の震川の後繼者だと自負していたのである。

それでは黃宗羲が考えていた歸有光文學とはどのようなものだったのか。次節では、黃宗羲の明文選が採錄する歸文をみながら詳細な検討を加えてみよう。

二　黃宗羲の明文選にみる歸有光

1　黄宗羲の明文選

黄宗羲はこのあと浙東の魯王のもとで抗清運動に挺身するが、義勇軍が次々と清兵の前に斃れてゆくのを目のあたりにしては、明の滅亡を實感せざるを得なかったであろう。

明清鼎革と抗清運動の中で多くの師友を失った黄宗羲を支えたのは、明がなぜ滅亡したのか、その歴史・思想・文學について體系的な歴史を遺さねばならぬという使命観であった。そのうち歴史については、息子黄百家と高弟萬斯同を明史の編纂に參劃させたことによってその責を果し、思想については、彼自身の『明儒學案』という専著がある。文學のうち明詩については、既に銭謙益の『列朝詩集』があった。ただ、黄宗羲が『列朝詩集』に滿足していなかったことは、次の言葉にも明らかである。

顧ふに（銭）牧齋の明詩に於けるや、去取 倫を失へり。（「天嶽禪師詩集序」[13]）

また、たとえば、彼は、郷里餘姚の人を表彰するのに熱心で、南齊から明末に至る餘姚の詩人の作品を『姚江逸詩』として編纂し、その序文に次のように記している。

銭牧齋 之（元遺山『中州集』を指す）に倣ひて明詩選を爲る。處士の纖芥の長、單聯の工、亦た必ず震して之を矜す。蓬戸を金閨に齊しうし、風雅と衰鉞と、蓋し之を兼ぬ。然れども天下の大、四海の衆にして、一人の耳目を以て、江湖と臺閣とに遺照無からしめんと欲するは、必ず得可からず。是の故に其の逸する者の多きに勝へざるなり。

（「姚江逸詩序」(14)）

ただし、黄宗羲が『列朝詩集』に全面的な改訂を加えるほどの必要性を感じていたとは思えない。そもそも黄宗羲は一人の手に成った詩の總集に遺漏があるのは仕方のないことだと言っているにすぎない。むしろ、彼の詩選という文學的事業は、第四章に後述する呂留良の『宋詩鈔』への參劃に果たされたといえよう。(15)

文學のうち殘るは明文である。明末には多くの明文選が編纂・出版されていた。艾南英の『明文定』・『明文待』、何喬遠の『明文徵』、沈猶龍の『明文翼運』、劉士鏻の『明文霱』などである。横田輝俊氏は「明末に於ける總集の編纂」（『廣島大學文學部紀要』十一號一九五七年）の中で、明末に總集類の編纂が盛んであった背景として、應社・幾社・復社などといった文社の隆盛をあげ、互に旗幟を鮮明にする手段としてさまざまな形の總集が編纂されたことを指摘される。もちろん先にあげた明文選とて例外ではなかろう。

しかしながら、このように文社の文學觀が色濃く反映され、かつ評選の域にとどまっていた過去の明文選が、黄宗羲を滿足させるものでなかったことは、言を俟たない。黄宗羲は康熙七年から十四年にかけて『明文案』二百七巻(16)を編纂した。黄宗羲がいかに『明文案』に自信をもっていたかは、その序文に明らかである。

試みに觀るに三百年來、集の世に行なはれ家に藏せらるる者千家を下らず。毎家少なき者は數卷、多き者は百卷に至る。其の間豈に一二の情至の語無からんや。而るに應酬訛雜の內に埋沒し、几案に堆積して、何れの人か發視せん。卽《たと》ひ之を視るも、陳言一律にして、旋《たちま》ち復た棄去せん。向使《もし》其の雷同を滌《あら》はば、至情孤露して、溺るる人を援きて之を出だすに異ならざらん。某《それがし》の茲の選有れば、彼の千家の文集は厖然たる無物にして、卽ち盡く

之を水火に投ずるも、過ちと爲さざるなり。（「明文案序上」）(17)

さて右のごとき意思を持って『明文案』を成した黄宗羲ではあるが、その十數年後には『明文海』の編纂を企てている。

『明文海』は、黄宗羲が徐乾學の傳是樓などでより多くの明人の文集を見て作成したもので、その完成は、黄炳垕編の『黄梨洲年譜』では康熙三十二年――黄宗羲の死の二年前とされている。しかし、『明文海』には不明な點が多く、卷數についても、四百八十卷だとする黄百家に對して、四庫館臣は四百八十二卷といい(18)、四庫全書に著録された際、清朝の諱忌に觸れて除かれた文も多い。また、體例や分類の點で問題が多いことは周知の如くで、四庫館臣は黄宗羲に私淑した閻若璩の説を引いて、『明文海』は黄宗羲の手になったものではなく、息子黄百家が編纂したものであろうと言っている。吳光氏の『黄宗羲著彙考』（臺灣學生書局刊　民國七十九年）はこれに對して、閻若璩が實際に黄宗羲を訪れて學を承けた事實がないことを示し、これは閻若璩の憶測にすぎないと反駁を加えている。

筆者は、もとより『明文海』も『明文案』と同樣、黄宗羲の手になるものと考えている。

黄宗羲は、「陸石溪先生文集序」（『文約』卷四、『文定四集』卷一）に、「余、明文を選すること千家に近し」と言っており、これは、『明文海』が千人に近い明人の文を載せているのと合致する。今、『明文案』の方の作者を數えるに四百五十餘名、つまり、黄宗羲が「陸石溪先生文集序」にいう明文選とは、明らかに『明文海』を指しているのである。

この『明文海』について、黄百家は「明文授讀序」で次のように言っている。

又た明文海の選有りて、卷を爲すこと凡そ四百八十、本を爲すこと百有二十、而後　明文始めて備はれり。（「明文授讀序」）[19]

右に從うならば、『明文海』こそが明文選の定稿ということになる。しかしながら、黄百家は、他方「明文授讀發凡」では次のようにも言う。

明文授讀は先遺獻『文案』、『文海』中に於いて更に其の尤を拔き、硃圈を題上に加へ、以て不孝の讀む所を授けし者なり。此れ有明一代の文章の精華に係る。（「明文授讀發凡」）[20]

これによれば、『明文授讀』は、『明文案』『明文海』の雙方から擇んだものということになる。實際調べてみると、『明文授讀』は『明文海』のみを底本としておらず、『明文案』からも文を採っている。もし、黄百家が、『明文海』こそが黄宗羲の明文選の最終決定稿だと考えていたのなら、『明文案』からは文を採らないはずである。以上のことから、少なくとも黄百家は、『明文海』のみを以て明文の精華だと考えていたのではないことが知られよう。

以上は、筆者が黄宗羲がどのような歸文を明文選に採錄したかをみる際に、『明文案』『明文海』のいずれの一方にも偏るべきではないと判斷した理由である。

2　『明文案』『明文海』が採る歸文

さて、本論にもどって、歸文を三つの明文選に求めてみると一二四頁の表のようになる。

底本とした『明文案』は、臺灣故宮博物院現藏二百十六卷本鈔本。[21]『明文海』は、一九八七年中華書局影印北京圖書館現藏本。『明文授讀』は、昭和四十七年汲古書院影印京都大學文學部藏本である。『明文案』と『明文海』『明文授讀』では體例が異なるが、今かりに作表の便宜上『明文案』の順番に沿って『明文海』『明文授讀』のものを竝べ換えた。なお『明文海』所收の歸文については、歸集の崑山本・常熟本・康熙本[22]のうちいずれの版本に據ったのかを調査し、括弧內に**崑**・**常**・**康**の畧稱で示した。また、下段に歸集の三つの版本の卷數對照表を附しておく。

この表を一見すれば、『明文案』から『明文海』への變遷の過程で、いくつかの歸文が捨て去られていることに氣づく。しかしながら、これは、『明文海』が、『明文案』に比べてより廣汎な、千人にものぼる作者の文を採錄していることでもあり、別段これを以て兩本を編纂した間に、歸有光に對する評價を下げたということにはなるまい。むしろ、ここで特筆すべきは、黄宗羲が歸有光の文について、一つの版本に依ることなく、自身で取捨選擇を行なっていることである。

歸震川集の版本については、次章の「歸莊による『震川先生集』の編纂出版」に詳述するが、簡單にいうと、歸有光の死後その子子祜と子寧が編した崑山本、虞山の從弟歸道傳による常熟本（ともに萬曆年間）、および歸有光の曾孫歸莊が家藏抄本（錢謙益と父歸昌世の『歸太僕文集』[23]）をもとに、兩者を校定して編した康熙本がある。康熙本は、康熙十四年（一六七五）一月に、歸莊の遺志を繼いだ歸玠によって完全上梓をみているが、同じくこの年に成った『明文案』は、目錄から推察するに、歸文を採るのに康熙本に據っていない。たとえば「吳母陸碩人壽序」は常熟本にのみ存し、康熙本が載せなかったものである。また、『明文案』の歸文で崑山本にあって常熟本に無いものは四篇、常熟本にあって崑山本に無いものは八篇もあり、黄宗羲は崑山本と常熟本の雙方を參照しながら歸文を採錄したと考えられる。また、『明文海』については、崑山本は往々にしてそのまま康熙本に引き繼がれているという事情があって、特定はし難いのであるが、少なくとも康熙本のみを底本としたわけではないことは、次表に明らかである。おおよそは、崑山本と常

黃宗義採錄歸文

明文案 卷	明文案 體	明文案 題	明文海 卷	明文海 體	明文海 子目	明文海 題	明文授讀 卷	明文授讀 體	明文授讀 子目	明文授讀 題	崑山本 卷	常熟本 卷	康熙本 卷
59	書12	上御史大夫	199	書53	憂讒	王(上)御史王公書(常)					4	16	6
77	傳8	書張貞女死事	414	傳28	列女	書張貞女死事(常)					無	18	4
100	墓文14	李廉甫行狀					52	行狀		在副都御史廉甫李公行狀	20	8	25
		唐道虔墓銘					50	墓文5	雜類	撫州府學訓導唐君墓誌銘(百家私記あり)	21	9	18
		葉良材墓銘									21	9	19
		周孺亭墓銘	442	哀文(墓文)	儒林	周孺亭墓誌銘(崑)					22	無	19
		張鴻臚墓銘	472	墓文41	雜類	張鴻臚墓銘(崑または康)					21	無	18
		趙汝淵墓銘	472	墓文41	雜類	趙汝淵墓銘(崑または康)	50	墓文5	雜類	趙汝淵墓誌銘	21	無	20
		王邦獻墓銘									22	9	20
		沈貞甫墓銘					50	墓文5	雜類	沈貞甫墓誌銘	21	9	19
		劉懷慶墓銘(墓表)					50	墓文5	雜類	懷慶府推官劉君墓表(評語あり)	23	無	23
		從叔父墓表	472	墓文41	雜類	從叔父墓表(常と崑を校勘)					23	10	23
		方思魯墓表									23	10	23
		沈玄朗墓碣									24	11	24
		宣節婦墓碣	468	墓文37	名將(烈女)	宣節婦墓碣(常と崑を校勘)					24	11	24

138	記 14	滄浪亭記	361	記 35	古蹟	滄浪亭記（常または康）	28	記 5	古蹟	滄浪亭記	無	7	15
		思子亭記	335	記 9	居室	思子亭記（常）	27	記 4	居室亭池	思子亭記（評語あり）	無	7	17
		見南閣記	335	記 9	居室	見南閣記（常）					15	7	15
177	序 23	項思堯文集序	245	序 36	文集	項思堯文集序（常）	33	序 3	文集上	項思堯文集序	8	1	2
		戴楚望集序	245	序 36	文集	戴楚望集序（崑または康）					8	1	2
		送蔣助教序	293	序 84	送序	送蔣助教序（常と崑を校勘）					11	2	9
		送張□訓序	293	序 84	送序	送張司訓序（常と崑を校勘）					10	2	9
		送童子鳴序	293	序 84	送序	送童少瑜序（崑または康）	40	序 10	送別	送童少瑜序	11	2	9
		送狄承式序	293	序 84	送序	送狄成〔承〕式序（常と崑を校勘）					11	3	9
		張曾菴七十序	320	序 111	壽序	張曾菴七十序（崑または常）					31	4	13
		魏濬甫五十序	320	序 111	壽序	魏濬甫五十序（康）	43	序 13	壽輓	壽濬甫魏君五十序	無	4	13
		陸思軒壽序	320	序 111	壽序	陸思軒壽序（常または康）					無	5	13
		顧孺人六十序	325	序 116	烈女	顧孺人六十序（崑または常）					31	6	12
		呉母陸碩人壽序	325	序 116	烈女	送母陸碩人壽序（常）					無	6	無
207	銘	書齋銘	124	銘		書齋銘（常）	14	銘		書齋銘幷序（評語あり）	無	12	29
216	誌	項脊軒志	142	諸體	文乙	項脊軒志（康）					無	19	17

熟本を參照しながら獨自に校定作業を行なっている。

ところで、黄宗羲は錢謙益の生前にその宅に出入りしていたので、絳雲樓の『歸太僕文集』を筆寫していた可能性がある、明文選はそれに基づいたのではないかと考える向きもあろう。黄宗羲はおそらく絳雲樓で『歸太僕文集』を目睹したはずである。しかし、黄宗羲が『歸太僕文集』を底本とした可能性は少ない。たとえば、歸文の「陸思軒壽序」は康熙本の歸莊の校勘記によると、家藏抄本（『歸太僕文集』）と常熟本の間に異同があったらしく、康熙本は常熟本に從いながらも、その異同部分を明記している。それによると、『明文海』の「陸思軒壽序」は、常熟本（あるいは康熙本）と等しく、抄本ではないことが知られる。つまり、黄宗羲が歸文を採るにあたって錢謙益の『歸太僕文集』に據った形跡は無いのである。

3　黄宗羲と康熙本『震川先生集』

黄宗羲が『明文海』を編纂するにあたって徐乾學の傳是樓を訪れたことは、先に述べた。徐乾學は、歸莊亡きあとの康熙本の有力な助刻者であり、康熙本は彼の序文を冠している。黄宗羲は『明文案』を成した康熙十四年の時點では、同年に完刻をみた康熙本を見ていなかった、あるいはその機會がなかったとも考えられようが、徐氏の傳是樓に赴くに及んでは、必ずや親しく康熙本を見たはずである。そのことは、右表の如く「魏濬甫五十序」や「項脊軒志」が、康熙本に從っていることからも確認できる。ところが黄宗羲は、康熙本が採らなかった「吳母陸碩人壽序」をそのまま『明文海』に存し、康熙本が〝常熟本は辭太だ峻なり〟として崑山本のそれによった「上御史王公書」(24)を敢て常熟本の方から採っている。通常であれば、歸莊が歸震川文集として自信をもって世に送り出した康熙本に從うところであろうが、黄宗羲は『明文海』に歸文を採るにあたっては歸莊の康熙本を參考にした程度で、全面的に從ってはいないのである。

「上御史王公書」は、『明文海』が「憂讒」に分類する如く、歸有光が自身の不遇を切々と訴えた手紙であり、常熟本のそれは崑山本や康熙本よりも激烈な内容のものとなっている。行動の人、氣概の人である黄宗羲が、言辭穩當な崑山本や康熙本の「上御史王公書」より常熟本のそれを好んだというのは、黄宗羲の文章觀を考えるうえで興味深いことではある。

しかしながら、論者はこれを單に黄宗羲の好みの問題として片附けるつもりはない。問題は、もっと根本的なところにあったと考えられるのである。

歸莊の康熙本は、本論Ｉ部第五章の「汪琬の歸有光研究」で論じるように、汪琬（一六二四～九〇）によってその校定の方法を批判されるのであるが、汪琬の非難の言葉に次のようなものがある。

又た竊かに意ふ　其の家の藏する所の者、或ひは未だ必ずしも果して先生の筆授に出でず。而して其の此の鈔本を校讎するの人も亦た未だ必ずしも親しく先生に事へて、其の書を讀み文を爲るを習見せし者にあらざるなり。

（『堯峯文鈔』巻二十五「歸詩考異序」[25]）

歸莊が校定するにあたって底本としたのは家藏鈔本であるが、それは嘗て錢謙益と父歸昌世が編纂し、絳雲樓と歸家に藏されたという『歸太僕文集』に他ならない。汪琬は、歸莊が底本とした『歸太僕文集』が、歸有光に直接學を受けた者の手によらぬことを指摘しているが、これは錢謙益批判以外の何物でもない。汪琬の錢謙益嫌いは有名である。また、汪琬と歸莊の歸震川文集の校定をめぐる論爭は、當時多くの士大夫の耳目を引いた事件であり、黄宗羲もこのことは承知していたであろう。黄宗羲は、これについて何も發言はしていないし、この論爭に關わったとも思われないが、康熙本の凡例には錢謙益の『歸太僕文集』を底本とした旨が明記してあり、黄宗羲がこの康熙本に對して信頼感を減じたことは想像に難くない。

ここで問題となるのは、黄宗羲と歸莊の關係である。二人はともに復社の同人であり、錢謙益とつながりの深い人物である。また、共通の友人としては、先に擧げた徐枋がいるし、二人につながる遺民も多い。しかしながら現存する兩者の文集には、二人の親交を物語るような詩文は見出せない。僅かに、後年黄百家が『明文授讀』を刻した折、これは先夫子の遺志だとして顧炎武と歸莊の文を採錄し、歸莊の文の末尾に〝私記〟と稱して次のようにいうのみである。

嘗て詩を先夫子に寄す。詩字精到ならざるは無し。（『明文授讀』巻三十四・百家私記）(26)

また黄宗羲の『思舊錄』は、顧炎武を載せているのに對し、歸莊については默したままである。遺民同士の交際には清朝が神經を尖らせていた折でもあり、黄宗羲の生存中は敢えてそれを憚ったのかもしれないが、黄百家の〝私記〟の口ぶりは、二人の交遊が日常的なものではなかったことを窺わせる。そもそも黄百家は、『明文授讀』巻五十歸有光「撫州府學訓導唐君墓誌銘」の〝私記〟には、歸莊の康熙本の校勘記をそのまま引くなど歸莊に對して好意的ではある。

妄斷は愼まねばならないが、歸莊は震川文集の上梓のために、淸に仕えた人、明の遺民となった人を問わず四方の士大夫に助刻を依賴しており、黄宗羲にも助刻を願い出た可能性は大きい。しかし康熙本の助刻者一覽に黄宗羲の名前は見えない。

黄宗羲の文集には、歸荘の康熙本を直接批判するような言辭はみあたらない。しかし、黄宗羲が『明文海』に歸文を採錄した時、既に歸荘の康熙本が上梓されていたにもかかわらず、全面的に康熙本に據らなかったことを思えば、やはり黄宗羲の歸有光觀は、錢謙益につながる歸荘のそれとは一線を劃していたと思われるのである。

また、黄宗羲は康熙本の體例にも少しく不滿を感じていたと考えられる。すなわち、康熙本の體例は、錢謙益の『歸太僕文集』の體例とはやや異なるものの、壽序を內卷に排列している點では等しい(27)。これについては次節に後述するが、黄宗羲の古文觀を以てすれば、壽序を內卷におくことは、受け入れることのできぬものだったのではなかろうか。

三　黄宗羲の歸文評

1　一往情深

さて、先の表を體例別にみれば、壓倒的に多いのは、墓文・送序・壽序であり、經解や奏疏などの議論の文は一篇も採らない。これは自ら黄宗羲の歸有光文學に對する評價を反映している。

黄宗羲の歸文に對する具體的な批評をみてみよう。

震川の文は、一往情深なり。故に冷淡の中に于いて、自然に轉折して窮り無し。一味の冪兀・雄健の氣は、都て用いる所無きなり。其の言に、「文を爲るは六經を以て根本と爲し、遷・固・歐・曾を波瀾と爲す。聖人復た起こるも、斯の言を易へず」と。今の耳食する者、便ち震川を以て根本と爲さんと欲するも、愈《いよ》いよ求めて愈いよ似

ず。（『明文授讀』巻十四評歸有光〈28〉）

然れども震川の世に重んぜらるる所以の者は、其の史遷の神を得たるを以てなり。其の神の寓する所は、一往情深、而して紆迴曲折之に次ぐ。顧《た》だ今の震川を學ぶ者、其の神を得ずして、之を枯淡に求む。夫れ春光の草木を被ふや、其の風烟縹渺の中に在りて、翠艶流れんと欲して、迹の尋ぬ可き無し。而るに乃ち陳根枯幹を執りて、以て春光を覔む。亦た悖《もと》らざるや。（「鄭禹梅刻稿序」〈29〉）

黄宗羲は、歸有光が六經にもとづいて文を作ったこと、司馬遷の神を得たことをいう。黄宗羲が六經にもとづいた載道の文學を希求していたことは、「論文管見」（『黄宗羲全集』第十冊雜文類）に、「文は必ず之を六經に本づきて、始めて根本有り」と言っていることからも知られる。さらに黄宗羲は、同じく「論文管見」に、「敍事は須らく風韻有るべし」として、『史記』の風韻のすばらしさを強調している。つまり、黄宗羲のいう〝史遷の神〟とは理想的な敍事の文を指し、歸有光はまさしくそれに當たると評價されたのである。

もっとも、これは黄宗羲の獨創的見解ではない。錢謙益は既に『列朝詩集』歸有光小傳に、

熙甫の文を爲るや、六經に原本す。而して太史公の書を好みて、能く其の風神脈理を得たり〈30〉。

といっている。しかしながら、黄宗羲はそれに加えて、歸有光の〝一往情深〟を高く評價した。〝一往情深〟とは、『世說新語』任誕篇の「一往有深情」に基づく言葉で、情が一途に深まりゆくことをいう。黄宗羲は錢謙益を反古文辭の

「堂堂の陣・正正の旗」（『思舊錄』錢謙益）として認めながらも、その文の五病の一つとして、「潤大なること震川に過ぐるも、情に入る能はず。」（同上）と、歸有光と比較しての缺點を擧げている。これを逆説的にいうならば、つまり黄宗羲は、歸有光の文に特徴的で、他に追隨を許さぬものとして、〝一往情深〟を評價したのである。(31)

〝一往情深〟は、黄宗羲の文學思想の中でもとりわけ重要なもので、『明文案』の編纂にあたっては、その選擇基準となっている。

夫れ其の人前代に及ぶ能はずして、其の文反って能く前代に過ぐる者は、良《まこと》に一轍に名づけざるに由りて、唯だ其の一往深情を視て、從ひて之を捃摭するのみ。鉅家鴻筆も浮淺を以て黜を受け、稀名短句も幽遠を以て收めらる。今古の情盡くる無し。而るに一人の情は至る有り至らざる有り。凡そ情の至れる者にして、其の文未だ至らざる者有らざるなり。（「明文案序上」(32)）

この〝一往深情〟あるいは〝一往情深〟に代表される黄宗羲の〝情〟についての思想は、彼が『明文案』を編纂するうえでの根幹でもあったのである。

この情とは文を爲るうえでどのような働きを持つのであろうか。黄宗羲は文に於ける情の働きを次のようにいう。

文は理を以て主と爲す。然れども情至らざれば、則ち亦た理の郛廓なるのみ。廬陵（歐陽脩）の交友を誌すは、嗚咽せざるは無し。子厚（柳宗元）の身世を言ふは、悽愴ならざるは莫し。郝陵川（經）の眞州に處し、戴剡源（表元）の故都に入る、其の言皆な能く惻惻として人を動かす。古今自ら一種の文章有りて、磨滅す可からず。眞に是れ

「天若し情有らば天も亦た老いん」（李賀「金銅仙人辭漢歌」）なる者なり。而して世に堂堂の陣・正正の旗乏しから ず、皆な大文を以て之を目す。顧《た》だ其の中以て人の情を移す可き者無きは、所謂劄然として物無き者なり。（「論文管見」(33)）

もちろん文は理が通っていることが要であるが、その中に情がこもってなければ、理屈だけで中身の無いものとなるという。黄宗羲はここでも暗に錢謙益のような文をその例として批判する。黄宗羲にとって文を爲るうえでの情は、六經や理と同樣に缺くべからざるものであり、歸有光の〃一往情深〃をこの點で高く評價したのである。

いったいに、歸有光の文は抒情的だといわれるが、とりわけ親屬のことを描く時、その筆は冴えている。たとえば黄宗羲が明文選に採る歸文（上表）の「思子亭記」は、歸有光が長子子孝を悼んで作ったものである。

嘉靖二十一年（一五四二）、その前年に會試に失敗した歸有光は、隣縣嘉定縣の安亭江のほとりに居を移した。その時崑山から攜えてきたのが亡き妻魏孺人の生んだ子孝（翶孫）である。歸有光の「亡兒翶孫壙誌」（『震川先生集』卷三十二）によれば、子孝は父が答する小者の前でそれをかばう優しい子であり、父の爲る文を朗誦する利發な子であった。安亭に來て七年目、嘉靖二十七年（一五四八）十二月八日、偶たま外氏の葬事があり、一家揃って崑山へ行った歸有光は、その月の二十三日、そこで子孝を亡くす。目疾を理由に行きたがらなかった子孝を無理に連れて行き、旅寓先で死なせてしまった歸有光の嘆きは一入である。子孝は病の床で安亭の家に歸りたがったという。十二月二十七日に子孝を崑山金潼港の墓に葬って安亭に戻った後、歸有光は墓守人の兪老から意外な報せを受けた。

十二月己酉（八日）、家を攜へて西に去《ゆ》く。予 歳に三四月城中に居るに過ぎずして、兒 從ひ行くこと絶えて少なし。是に至りて去りて返らず。毎に念ふ、初八の日、相ひ隨ひて門を出でしとき、意はざりき、足跡の履に隨ひて沒すとは。悲痛の極み、以て大怪 此の事無けんと爲す。蓋し吾が兒 此に居りて七たび寒暑を閲す。山池草木、門堦戶席の間、處として吾が兒を見ざるは無きなり。葬りて縣の東南の門に在り。守冢の人 兪老、薄暮に兒の綠衣を衣て、享堂の中に在るを見る。吾が兒 其れ死せざるか。因りて思子の亭を作る。(『震川先生集』卷十七「思子亭記」)[34]

この後に續く銘文によると、墓守人の兪老が崑山から飛んで來て、墓から子孝の棺が消え失せ、子孝が享堂に居たのを見たと報告したらしい。歸有光は兒が戻ってくるかと來る日も來る日も待ちわびたという。
　この文を讀んだ黄宗羲は、これに特別に評をつけている。

無聊の極み、結ぼれて怪想と爲る。余 迎兒の殤に於いて、坐臥恍忽として此の言辭を作《な》せり。豈に意《おも》はんや、震川先に已に描き出だすとは。(『明文授讀』卷二十七「思子亭記」評)[35]

　迎兒とは黄宗羲の孫娘である。彼が天然痘で迎兒を失ったのは、康熙五年(一六六六)のことである。七歳になる迎兒を亡くした黄宗羲の悲痛は、「女孫阿迎墓磚」(『南雷文案』卷六)によく表われている。彼はこれより先、四男の壽を五歳で亡くしており、以來、壽兒の夢を見ぬ夜はなかったという。五年後孫娘の迎兒が生まれた時には、これを壽兒の生まれかわりだと思い、眼の中に入れても痛くはないほど可愛がった。ゆえにこの迎兒が死んだときの彼の歎きはひととおりではなかった。迎兒を葬った日の天候はちょうど壽兒を葬った日と同じであったという。歸有光の「思子亭記」は、同じ悲しみを經驗した黃宗羲に、歸有光の眞髓——〝一往情深〟を再認識させた一文であったに違いない。
また、歸有光には女性の爲に書いた序傳・墓文・壽序が多いことで有名である。黃宗羲は、これについても次のようにいう。

予震川の文の女婦の爲にする者を讀むに、一往深情にして、毎に一二の細事を以て之を見《あらは》し、人をして涕かんと欲せしむ。(「張節母葉孺人墓誌銘」)(36)

文の中にさりげなく散りばめられた婦人のエピソードは、文全體を情味溢れるものとする。右のようにいう黃宗羲は、女婦の爲にするものとして、上表のように「宣節婦墓碣」「顧孺人六十序」「吳母陸碩人壽序」「項脊軒志」の四篇を採っている。

2　黃宗羲の壽序觀

歸有光の文の大半は、鄕里の人々に乞われて與えた應酬の文——送序・壽序である。歸有光の壽序については、本書の第Ⅱ部第三章「歸有光の壽序」で詳述するが、ここでは黃宗羲が歸有光の壽序をどのように評價していたかをみておく。

錢謙益は、『列朝詩集』歸有光小傳に、徐渭が、雨宿りに立ち寄った家の壁間に歸有光の文を見て、今の歐陽脩だと感心した話を載せている。事の眞僞のほどはともかく、この時徐渭が見た壁間の文とは明らかに壽文を指している。
上表の歸文の「張曾菴七十序」や「陸思軒壽序」によれば、壽誕は吳の習俗であり、五十歲以上、十年ごとに盛大に行なわれたという。壽序や壽詩は、その時壁に張りめぐらされるものである。

　壽序はもとより鬻文であり、歸有光の生活を支えるものであった。歸有光の曾孫歸莊も「吾が家、先太僕自《よ》り文を賣る」（上海古籍出版社『歸莊集』巻十「筆耕說」）といい、これを認めている。この習俗は、明代には盛んに行なわれたらしく、今、明人の文集を見るに、この壽序を書いていないものはない。錢謙益のような大家になると、人から依頼されるものもさばききれぬほどで、彼は胡元瑞（應麟）集を傍らに置き、似かよったものを選んで少しく言葉を換えて作っていたと、歸莊は本人に聞いた話として載せている。（同・巻十「謝壽詩說」）

　壽序は、既に明の時代から老書生の生活の糧であったが、とりわけ明清鼎革後、遺民となった者たちにとっては、賣畫や時文の評點とともに重要な生活の手段となった。それゆえに、經世致用の文學をめざした元《もと》復社の遺民達は、この應酬の文を憎みながらも、自らやめることができなかったのである。

　黄宗羲は、「作文三戒」（『南雷文案』巻十）の中で、應酬の文によって粟を買い、薪を積む――つまり生計を立てることを自らに禁じている。また、彼は、「應酬の中、豈に古文有らんや」（同・巻二「陳葵獻偶刻詩文序」）、「應酬の下、本より所謂文章無し」（同・巻十「七怪」）と、應酬の文を憎むことしきりである。

　しかるに、今、上表の如く應酬の最たるもの――歸有光の壽序を明文選に採るのは何故か。そもそも黄宗羲は、歸有光の壽序をどのようにみていたのであろうか。

摯仲洽（虞）『文章流別集』を撰せしより、其の中の諸體、唯だ序のみ最も寡見の文と爲し、選びし者止だ九篇のみ。唐・宋より下りて、集に序し書に序し、之に送行・宴集を加へ、稍稍《やうやく》煩なり。未だ壽年に因りて作る者有らざるなり。元の程雪樓（文海）・虞伯生（集）・歐陽原功（玄）・柳道傳（貫）・陳衆仲（旅）・兪希魯の集中に至りては、皆な壽序有り。亦た文體の一變なり。歸震川作る所の壽序は、百篇を下らず。然れども終に其の變體の古ならざるを以て、之を外集に置く。近日古文の道熄《や》む。而して應酬の免るる能はざる所の者、大概三有り。則ち皆な序なり。其の一は陞遷の賀序にして、時貴の官階に假りて、多くは門客之を爲る。其の一は時文の序にして、則ち經生の選手之を爲る。其の一は壽序にして、震川の所謂「横目二足の徒、皆な之を爲る可し」。（「施恭人六十壽序」）(37)

壽序を外集に置くとは、崑山本を指す(38)。黄宗羲によれば、壽序は古文そのものではなく、あくまで變體の文學である。しかし、ここで注目すべきは、黄宗羲が上表の明文選に歸文の「張曾菴七十序」や「陸思軒壽序」を採擇していることである。この二篇は、歸有光の壽序に對する考え方を明確に示したものであり、壽序という文體にかかりた歸有光の文章論といってもさしつかえない(39)。

黄宗羲が、歸有光の「陸思軒壽序」の言葉をそのまま引いて、今日の壽序は、〝横目二足の徒〟（目が横についていて二本の足をもつ、すなわち人間、ここでは人間なら誰でもの意味）でも皆作れると非難する時、黄宗羲は歸有光と同一の立場に立つのであり、明らかに歸有光の壽序を一般に彌漫する壽序とは區別しているのである。

先述したように、黄宗羲は應酬の文を激しく憎んだ。しかし、彼は全くそれを作らなかったわけではない。年來の友人や弟子にはそれを與えている。今、黄宗羲の作った壽文をみるに、純粋な頌讃でなく、そこに學術や文學論を展開させているが、これは明らかに歸有光の壽序に觸發されたものと考えられよう。

次にあげる黄宗羲の壽序は、彼の歸有光に對する評價と自身の壽序の文章觀を明確に語っている。

應酬の文は、文を知る者の爲らざる所なり。頌禱の詞は、此れ應酬の尤もなる者なり。然れども震川の壽序に於ける、之を外集に置くと雖も、竟《つひ》に廢する能はざる者は何ぞや。顧だ壽序の震川の如くして、而《しか》も應酬を以て之を目す可きか。余の文、豈に敢へて震川を望まんや。而れども應酬の文を爲るを欲せず。年來啓を刻して文を徵し、門に塡《み》ち戸に排し、零丁榜道に異ならざるも、余 未だ嘗て之に應じず。一二の共學の友の、松欣柏悅は、豈に情無きを得んや。一年の中、壽序は恆に二三に居る。蓋し卽ち藉《か》りて以て交情を序し、學術を論ずれば、今の徵啓に應ずる所の文詞と類せず。（「張母李夫人六十壽序」）(40)

黄宗羲は、歸有光の壽序を低俗な應酬の文とはみなしていなかったのであり、むしろ高い評價を與えていたのである。しかしながら、黄宗羲は、壽序を正統な古文とすることにはためらいがあったと思われる。前掲の「施恭人六十壽序」においても、壽序は變體の古文だと言って、崑山本が歸有光の壽序を外集に置いたのを妥當だとしている。また、黄宗羲自身もこれに倣って自身の作った壽序を『南雷文案』の外巻に置き、他の文學者が壽序を文集内巻の〝序〟の體に排列するのと一線を劃したのであった。この意味で、歸有光の壽序を文集內巻に置いた康熙本に對して、黄宗羲が不滿を抱いたとしても不思議ではなかろう。

今、黄宗羲の文と歸有光の文を較べてみるに、歸有光の平淡に比べて黄宗羲の文は起伏が多く、氣慨が横溢している。しかし、以上みてきたように、黄宗羲の文學觀はほぼ歸有光を繼承したものであり、歸文の〝一往情深〟や壽序觀は、彼に多くの影響を及ぼしているといえよう。

3　歸有光の經學と時文への評價

このように歸有光を高く評價し、その文學觀に多くの影響を受けた黃宗羲が、歸有光を明代第一の文學者と位置づけなかったのは何故であろうか。錢謙益への反撥だとして片附けるのは、あまりに短絡的である。以下檢討してみよう。

歸有光は自ら朱子學者を以て任じた人であるが、黃宗羲の『明儒學案』にその名は見えない。黃宗羲の考えが反映されているといわれる『明史』においても、歸有光は儒林傳ではなく文苑傳に排比されている。黃宗羲は、歸有光の〝文は六經に本づくべし〟という理念を繼承したが、歸有光の經學そのものについては懷疑的であったらしい。彼は歸有光と明代きっての大儒宋濂とを比較して次のようにいう。

> 歐・蘇の後、文章無きに非ず。然れども其の正統を得たる者は、虞伯生・宋景濂のみ。其の一時の師友、生平の學力、皆な他人の能く及ぶ所に非ざるなり。今景濂を舍《す》てて、震川を以て嫡子と爲さんと欲するか。震川の學は、畢竟之を挹《く》みて盡くし易し。（『明文授讀』卷十一評宋濂）(41)

黃宗羲は、宋濂の學に根底があるのに對して、歸有光の學は底の淺いものであると斷言する。また、歸有光には『尙書別解』なる著作があったらしいが(42)、黃宗羲は閻若璩の名著『尙書古文疏證』に序する形で、歸有光が吳澄の『書纂言』を不刊の典とみなしたことに少しく不滿を述べている(43)。

しかしながら、黃宗羲が行なった歸有光の經學への批判は、獨り歸有光に對してのみ發せられたものではない。黃宗羲は、到る處で明代の科擧の弊を説いて明人の擧業の學を批判する。そして、この擧業の學は、歸有光の文章スタイルにも大きな影響を及ぼしているという。

たとえば、黄宗羲は本論冒頭に引用した「明文案序上」に、歸有光が韓・歐に匹敵するほどの文學者となり得なかった理由として、その時文臭をあげている。

　試みに其の敍事の合作を除去すれば、時文の境界、間ま或ひは闌入す。之を韓・歐の集中に求むるも是れ無きなり。

歸文は、敍事の文を除いては、しばしば時文的な筆運びになるというのである。また、徐渭の文と比較しては次のようにもいう。

　夫れ震川の文は淡にして、或ひは時文に落つ。（徐）文長の淡は、淡にして愈いよ濃し。（『明文授讀』巻二十八評徐渭）[44]

確かに歸有光の文にはある種の單調さが存在する。それは型にはまった樣式美であり、穩やかさを感じさせるものではあるが、黄宗羲はそこに時文――八股文の臭いを感じているのである。[45]

この問題に對する黄宗羲の立場は明快である。彼は先の「明文案序上」に續けて、「此れ他無し。三百年人士の精神、專ら場屋の業に注がれ、其の餘を割きて以て古文を爲る。其の盡くは前代の盛んなる者に如《し》く能はざるは、怪しむに足る無きなり」と斷言している。

凡そ清人は明代における科擧の弊を甚だ嫌う。桐城派の祖であり、歸有光から大きな影響を受けた方苞（一六六八～一七四九）は、歸有光文學と時文の關係を次のように說明する。

孔子〝艮〟の五爻辭に於いて、之を釋して曰はく、言に序有りと。〝家人〟の象、之を系して曰はく、言に物有りと。凡そ文の愈いよ久しく傳はりて、未だ此れを越ゆる者有らざるなり。震川の文の所謂序有る者に於いては、蓋し庶幾《ちか》し。而れども物有る者は、則ち寡し。又た其の辭は雅潔と號するも、仍ほ俚に近くして繁に傷ふ者有り。豈に時文に於いて既に其の心力を竭《つく》し、故に兩つながらは精なること能はざるか。抑そも學ぶ所は專ら文を爲るを主とし、故に其の文も亦た是に至りて止まるか。（「書歸震川文集後」(46)）

方苞もまた黃宗羲と同じく、歸有光が大成しなかった理由として、時文に心力を注ぎ、專ら作文を事として學を治めなかったことをいうのである。

また、袁枚（一七一六～一七九七）は『隨園詩話』卷七に友人の梅式菴(47)が語った言葉として、以下のような話を載せている。梅式菴は、歐・蘇・韓・柳および周・程・張・朱といった大家が、少《わか》くして進士に及第し、然る後始めて俗學を棄てて實學を始めたことを說いた後、次のごとく歸有光に言及する。

就中、晚に科第に登る者は、只だ歸熙甫一人のみ。然れども古文に工みなりと雖も、終に時文の氣息を脫せず。而して且つ終身詩を爲る能はざるは、亦た俗學に累せらるるの一證なり。（『隨園詩話』卷七(48)）

歸有光がその一生のほとんどを科擧の受驗勉強に費やしたことは、先述してきたとおりである。黄宗羲は、これら淸人の議論に先立って、歸有光文學と時文の深い關係を指摘していたのである。

そもそも歸有光は八股文の名手として有名で、王世貞の「歸太僕贊」の序も、「制科の業に長ず」と言っている。これは、『明史』になるとさらに強調されている。

有光の制擧の義、經術に湛深し、卓然として大家を成す。後 德淸の胡友信與に名を齊しうし、世に歸・胡と竝稱せらる。（中略）明代擧子の業の最も名を擅にする者、前は則ち王鏊・唐順之にして、後は則ち震川・思泉なり。思泉は友信の別號なり。（『明史』文苑 歸有光傳(49)）

また、王鴻緒の『明史稿』は、歸有光を時文の八大家の一人に數えている。

有光少くして擧子の業に工みなり。胡友信・楊起元・湯顯祖と與に先後して名を齊しうし、世 以て王鏊・唐順之・薛應旂・瞿景淳に配す。所謂八大家なり。（『明史稿』歸有光傳(50)）

今、この〝所謂八大家〟が何に基づく謂いなのか明らかにし難いのであるが、『明史』には黄宗羲の意向が反映されており、また、王鴻緒の『明史稿』も實は萬斯同の手によるといわれているので(51)、黄宗羲らの歸有光觀には、時文作家としての歸有光の姿も意識されていたと考えられる。

四　震川一派と黄宗羲

1　艾南英

ところで、歸有光を八股文の名手として高く評價したのは、艾南英（字は千子、一五八三～一六四六）である。彼は明末、章世純（字は大力）・羅萬藻（字は文止）・陳際泰（字は大士）とともに〝豫章の四子〟と稱せられ、當時の八股文の卑陋を斥けて、成化、弘治年間の地道な學究態度に基づいた八股文を再構築しようとした。また古文においては、韓・歐の文學を唱導したが、これは復古派の張傳・周鍾との對立を招き、終に復社とは軌を異にした。

艾南英について歸莊は次のように述べている。

太僕府君の文章、久しく世の宗師とする所と爲る。制擧の業は則ち艾千子先生推して三百年來第一と爲し、古文は則ち錢牧齋先生推して三百年來第一と爲し、後人更に一辭を贊するを容るる無し。（『歸莊集』巻四「重刻先太僕府君論策跋」）(52)

錢謙益が歸有光の古文を推賞する一方、八股文は艾南英によって高く評價されたのである。この二人は、明末における歸有光再評價のいわば二大功臣であった。

清兵の南下に伴う戰亂のために、艾南英の著作は殆ど亡佚し、現在行なわれている康熙年間の刊本である『天傭子集』には、歸有光の八股文を明代第一とするような言辭はみえない。しかしながら、僅かに『天傭子集』巻三の「王承周四書藝序」に王承周の八股文を賞して「此れ歸太僕の桂北海の遺派なり」とする文が見え、これは歸有光の八股文を尊重した態度であるといえよう。さらに、古文についても艾南英が早くから歸有光を評價する考えを持っていたことは、崇禎元年ごろの古文辭の流れをくむ陳子龍（字は人仲、又は臥子）との論爭にも明らかである。(53) 艾南英は、「答陳人中論文書」（『天傭子集』巻五）の中で、陳子龍が歐・曾・景濂・震川・荊川をなみしたことを責め、彼に歸有光の遺派である婁堅らを師として、學を深めるようにいうのである。艾南英は、崇禎六年（一六三三）、『明文定』『明文待』（佚）を編纂しているが、そこには多くの歸文が採られていたに違いない。

　黄宗羲は、この艾南英を「明文案序下」で明の古文の道統上にはっきりと位置づけ、評價する態度をみせている。さらに彼は若い頃艾南英から贈られた「野園詩稿序」を自身の詩集『南雷詩暦』に冠してもいる。

　しかし、黄宗羲は、艾南英を歸有光の正統的後繼者だとは認めていない。むしろ、僞の〝震川一派〟の端緒を開いたというのである。

> 王（世貞）・李（攀龍）充塞の日に當りて、荊川・道思、震川と與に起ちて之を治むるに非ずんば、則ち古文の道は幾んど絶えん。（天）啓・（崇）禎の際に逮び、艾千子雅《つね》に震川を慕ふ。是に於いて其の文を取りて之を規とし之を矩とし、昔の王・李に摹倣する者を以て震川を模倣す。蓋し千子は經術に於いて甚だ疎なり。其の所謂經術は、蒙存淺達、乃ち學子の經術にして、學者の經術に非ざるなり。今日時文の士は、先入を主とし、改頭換面して古文を爲り、競ひて摹倣の學を爲《おさ》む。而して震川の一派、遂に黄茅白葦と爲る。古文の道、又た絶えざらんや。「鄭禹梅刻稿序」(54)

黄宗羲は、艾南英の古文が歸有光の模倣であるとし、艾南英が最も忌んだ古文辭派を引き合いに出して、彼を攻撃している。黄宗羲は歸有光の文學を好んだが、歸有光を模倣することについては手厳しい批判を加えたのである。

2　呂留良

しかし、黄宗羲の艾南英批判の裏側にはもう一人の人物が見え隠れする。たとえば次の文をみてみよう。

> 爾公（張自烈）『文辯』を選び、多く艾千子の『定待』に駁す。千子大いに怒り、亦た肆ままに訾敖す。余 以爲らく此れ場屋の氣習なるのみ。制義の一途を以て聖學の要と爲すは、則ち千子の作俑なり。其の言ふ所、極まりては歐・曾の筆墨を以て、程・朱の名理を詮するに至る。夫れ程・朱の名理は、必ず力行自得して、而る後に之を發して言を爲す。勃窣たる理窟は、亦た講章の膚說を習ふに過ぎずして、塵飯土羹、焉《いづく》んぞ名理有らんや。歐・曾の筆墨は、心に象りて變化するに、今八股を以て其の波瀾を束ね、前を承け後ろに弔《か》くれば、焉んぞ文章有らんや。……千子は論無し。後來の面牆の徒、其の批尾を讀みて、妄りに理學の文章は、盡く艾に歸すと謂ふ。是に于いて猖狂妄誕して、遂に（陸）象山を罵り、（王）陽明を罵る。天の高き、地の遠きを知らずして、遂に化して時文批尾の世界と爲るなり。（『思舊錄』張自烈）(55)

ここで言われる艾南英批判の論點は、艾南英の作俑（悪い前例をつくったこと）にある。艾南英が制義――八股文を以て經學の要としたことは、後世の時文の士に悪影響を及ぼし、彼らは時文批尾の世界をなすに至ったという。

容肇祖氏が「呂留良及其思想」（「輔仁學誌」第五巻第一・二期合刊　一九三六年）第三章「呂留良與黄宗羲」の中で、右の『思舊錄』の文は、呂留良（字は用晦、號は晩邨、一六二九～一六八三）に向けて發せられた批判であると述べているのは、蓋し卓見である。[56] 呂留良は朱子學者で、強烈な反淸思想の持ち主として知られる。順治十年（一六五三）に淸の諸生となったが、後年これを恥じて、康熙五年（一六六六）にはその資格を返上している。しばしば博學鴻儒科や隱逸の科に擧げられたが赴かず、康熙二十二年（一六八三）、明の遺民としてその生涯を終えた。

呂留良は、初め黄宗羲の弟宗炎の友人だったが、順治十七年ごろ黄宗羲と出會い、以後二人は親しく往來するようになる。二人の文集には贈酬の詩が見えているし、ともに連れ立って錢謙益の見舞いに出かけたりもしている。二人は共同で『宋詩鈔』の編纂も手がけているのである。しかし、二人の友情は、康熙五年あたりを境として急速に冷却し、遂には互いに反目しあうようになる。

二人の對立の直接の原因は、山陰の祁氏からの書籍購入をめぐるトラブルであったと傳えられるが、後にそれは、「陽明學」對「朱子學」、「浙東學派」對「浙西學派」といった様相を呈してくる。二人の關係については、容肇祖氏の前掲論文および湯淺幸孫氏の「『宋詩鈔』の選者達」（一九六五年四月『中國文學報』第二十冊）に詳しく述べられており、ここで繰り返すのは避けるが、注意して黄宗羲の文を讀むと、表向きは艾南英批判の形をとりながら、暗に呂留良を批判している場合が多い。たとえば、本章の第一節にあげた黄宗羲の「鄭禹梅刻稿序」にしても、今日の時文の士とは、明らかに呂留良を指している。

さらに王應奎の『柳南續筆』は次のような話を載せている。

本朝の時文の選家、惟だ天蓋樓の本子のみ海内に風行し、遠くして而も且つ久し。嘗て以て坊間に發賣し、其の價一兌四千兩に至る。錢圓沙集に見ゆ。脛せずして走ると云ふ可し。然り而して浙中の汲古の士、黃梨洲・萬季野の輩の如きは、頗る其の爲す所を薄《うと》んじ、目して紙尾の學と爲すと云ふ。（『柳南續筆』卷二）(57)

天蓋樓とは呂留良の室名である。當時の天蓋樓は、時文や評選本を多く發行していたことで有名であった。しかし、呂留良の死後四十年經った雍正年間に、呂留良の反淸思想に感化された湖南永興の曾靜の言動が問題となり、雍正六年（一七二八）、呂留良は墓をあばかれ、二人の子供も殺された。この時、彼の膨大な著作や評選本、時文評はすべて發禁處分となっている。文字の獄「呂案」である。

包賚氏の「呂留良年譜」（一九三七年商務印書館）は、『淸代禁書總目』から拔き出した呂留良の評選本をあげている。注目すべきはその中に『呂晩邨評歸震川集』『呂選歸震川時文稿』(58)の二種の歸文の評選本があることである。また、呂留良の評選本一覽の中には、艾南英をはじめとする豫章派のものが多く含まれる。(59)呂留良は、艾南英の學を繼承した形で先人の文集の評選を行なっていたのである。黃宗羲が、艾南英を作俑と呼んだ理由は、ここにあったといえよう。

歸有光文學の眞價を知ると自負する黃宗羲にとって、歸有光が呂留良のような時文選家の筆に汚されているのは耐え難いことであったろう。さらに、世の人々が歸文の評選本によって歸有光を一面的にとらえ、模倣に走るのを黃宗羲は〝震川一派〟と呼んだのである。このころになると、歸有光の世間的評價はずっと高まり、康熙二十一年（一六八二）に出版された張汝瑚の『明八大家選』などは、歸有光を明代古文の八大家の一人に數えているのである。

3　汪琬

黄宗羲と同時期に歸有光を信奉していた人物は、實はもう一人いる。太倉の汪琬（字は苕文）である。汪琬については第五章で詳述するが、歸有光に私淑するあまり、歸文の校定の方法をめぐって歸莊と論争したことは上述したとおりである。彼は獨自に『歸詩考異』（存）と『歸震川年譜』（佚）を著している。

汪琬と同時代の朱子學者陸隴其（一六三〇～九二）は、汪琬の歸有光への傾倒について、

　苕文の歸太僕を推重すること至れり。『歸詩考異』を作り、又た『震川年譜』を作る。蓋し其の意中、自ら以て震川の一派に接ぐと爲す。殆ど亦た之に近し。（『三魚堂日記』巻上）[60]

と述べており、當時の人は汪琬を震川一派の後繼と見なしていたことがわかる。

また、汪琬の弟子である薛熙は、歸有光を慕い、自身の文集に『依歸集』と名づけたほどである。薛熙の手になる『明文在』は、『文選』の體に倣って詩と文を併載するが、そこには歸文を五十五篇も採っている。この『明文在』における歸文の選擇が、黄宗羲の『明文案』『明文海』のそれと大きく異なることはいうまでもない。

實はこの汪琬の一派については、青木正兒博士が『清代文學評論史』（一九五〇年 岩波書店刊）の中で、「歸震川は何も錢の一手販賣であったわけではないから、汪琬は又別の筋から震川宗に歸依したのであろうが、其の系統は未だ詳らかではない。」（一〇四頁）と述べられてから現在に至るまで、それが解明されていない以上、黄宗羲が〝震川一派〟と呼んだ中に汪琬が含まれていたかどうかも斷じ難いのである。

ただし、黄宗羲は、『思舊錄』の周茂蘭の條に、

其の著す所の『參同契』、頗る心得有り。而るに汪鈍翁（琬）但だ神仙忠孝の陳言を以て之に序し、其の旨を失す。
（『思舊錄』周茂蘭）[61]

といっており、これは明らかに汪琬の筆力に對する微辭である。黄宗羲にとっては、汪琬もまた〝震川一派〟の一人にすぎなかったのであろうか。

さらに、筆者はこの章で、便宜的に歸有光の文を〝歸文〟と呼んだが、これは實は汪琬のいい方である。黄宗羲は決してこのようないい方をしない。汪琬が〝歸文〟といい、〝歸詩〟と呼ぶとき、それは決して單なる畧稱ではない。おそらくは、〝韓文〟、〝歐文〟といった言葉を意識していると思われる。呼稱の問題ではあるが、兩者の歸有光觀の相違を端的に示しているといえよう。汪琬の歸有光評價については、本書の第Ⅰ部第五章で詳述する。

小結

明清鼎革で多くの師友が國難に殉ずる中、敢て遺民としての道を擇んだ黄宗羲の目的は、明という時代を總決算して次代に引き渡すことであった。そのうち文學においてなされた仕事が『明文案』『明文海』の編纂であったことはいうまでもなかろう。彼は明文の中から何を採擇し、何を次代に傳えるかに腐心したはずである。彼の出した結論は、明の文學者は前代の文學者に及ばぬということである。もし匹敵するものがあるとしたら、それは科擧の弊の少なかった明初の文學である。――以上は彼の文學史觀からみた位置づけである。

しかし、黄宗羲は明を生きた人であり、その根本的な文學觀では明人の影響を強く受けたはずである。それが歸有光なのである。文學史上の位置づけのみを問題にすると、なるほど歸有光は宋濂にかなわない。黄宗羲は、錢謙益のように歸有光を明代第一の文學者として突出させることを嫌った。しかし、歸文そのものや歸有光の文學思想を否定したのでは決してない。むしろ、一文學者としての黄宗羲は、歸有光に影響されるところが多かったのではなかろうか。それは黄宗羲が自作の中で文學論を展開させる時、しばしば歸有光に言及していることからも知られよう。

六經に基づくこと、史遷の神を得ること、とりわけ〝一往情深〟の歸文を彼は好んだ。歸有光の眞價を知っていると自負する彼にとって、うわべだけを模倣する〝震川一派〟は〝僞の震川〟である。〝眞の震川〟たらんとして、錢謙益の作りあげた歸有光像ではなく、自身の目で歸有光をとらえようとした黄宗羲のこの態度は、我々の歸有光文學の研究に重要な示唆を與えている。

註

（1）四部叢刋本『南雷文案』巻一「明文案序上」　某嘗標其中十人爲甲案、然較之唐之韓・杜、宋之歐・蘇、金之遺山、元之牧菴・道園、尚有所未逮。蓋以一章一體論之、則有明未嘗無韓・杜・歐・蘇・遺山・牧菴・道園之文、若成就以名一家、則如韓・杜・歐・蘇・遺山・牧菴・道園之家、有明固未嘗有其一人也。議者以震川爲明文第一、似矣。試除去其敍事之合作、時文境界、間或闌入、求之韓・歐集中無是也。此無他、三百年人士之精神、專注於場屋之業、割其餘以爲古文。其不能盡如前代之盛者、無足怪也。

（2）『南雷文約』巻四及び『南雷文定』巻一では「較之宋景濂尙不能及」に作る。なお、『明文案』の鈔本の中でも最も初期のものと考えられる臺灣故宮博物院藏二一六巻本の序文は、この部分が「求之韓歐集中、造次發言、亦無是也」となっている。

（3）『黄宗羲全集』第十冊 南雷詩文集（上）（浙江古籍出版社 一九九三）序類「鄭禹梅刻稿序」　近時文章家、共推歸震川爲第一、已非定論。不過以其當王・李之波決瀾倒、爲中流之一壺耳。

（4）『黃宗羲全集』第一册 思舊錄（浙江古籍出版社 一九八五）「徐枋」 甲辰、余上靈巖。繼起館于天山堂、一時來會者周子潔・文孫符・王雙白、而昭法後來。余篋中有文數篇。昭法見之、嗟賞不已。以爲此眞震川也。

（5）黃宗羲の文學觀全體を論じたものとしては、福本雅一氏「黃宗羲の文學觀」（關西大學『史泉』二十三・四合併號 一九六二年三月）がある。

（6）四部叢刊本『南雷文案』卷一「明文案序下」 有明文章正宗、蓋未嘗一日而亡也。自宋・方以後、東里・春雨繼之、一時廟堂之上、皆質有其文。景泰・天順稍衰。成・弘之際、西涯雄長於北、匏菴・震澤發明於南、從之者多有師承。正德間、餘姚之醇正、南城之精鍊、掩絕前作。至嘉靖而崑山・毘陵・晉江者起、講究不遺餘力。大洲・浚谷相與犄角、號爲極盛。萬曆以後又稍衰、然江夏・福清・秣陵・荊石未嘗失先民之矩矱也。崇禎時、崑山之遺澤未泯、婁子柔・唐叔達・錢牧齋・顧仲恭・張元長皆能拾其墜緒、江右艾千子・徐巨源、閩中曾弗人・李元仲、亦卓犖一方、石齋以理數潤澤其間。

（7）『有學集』（上海古籍出版社 一九九六）卷十六「新刻震川先生文集序」 余少壯汩沒俗學、中年從嘉定二三宿儒遊、郵傳先生之講論、幡然易轍、稍知向方、先生實導其前路。

（8）嘉定の四君子に關するまとまった研究所としては、黃霖主編『歸有光與嘉定四先生研究』（上海古籍出版社 二〇〇八）がある。

（9）（10）（11）『黃宗羲全集』第一册 思舊錄（浙江古籍出版社 一九八五）「錢謙益」 余數至常熟。初在拂水山房、繼在半野堂絳雲樓下。後公與其子孫貽同居、余卽住於其家拂水。時公言韓・歐乃文章之六經也。……絳雲樓藏書、余所欲見者無不有。公約余爲老年讀書伴侶、任我太夫人菽水、無使分心。一夜、余將睡、公提燈至榻前、袖七金贈余曰、「此內人卽柳夫人意也」。蓋恐余之不來耳。是年十月、絳雲樓燬。是余之無讀書緣。甲辰、余至、値公病革。一見卽云以喪葬事相託、余未之答。公言顧鹽臺求文三篇、潤筆千金、亦嘗使人代草、不合我意、固知非兄不可。余欲稍遲、公不可、卽導余入書室、反鎖於外。三文、一「顧雲華封翁墓誌」、一「雲華詩序」、一「莊子註序」。余、急欲出外、二鼓而畢。公使人將余草謄作大字、枕上視之、叩首而謝。余將行、公特招余枕邊云、「惟兄知吾意、歿後文字、不託他人」。尋呼其子孫貽、與聞斯言。其後孫貽別求於龔孝升、使余得免於是非、幸也。

(12) 〝此一瓣香〟とは錢謙益が「題歸太僕文集」（『初學集』卷八十三）で「今之君子、有能好熙甫之文如熙甫之於子固者乎。後山一瓣香、吾不憂其無所託矣。」と述べたのをふまえている。後山一瓣香とは陳師道（後山）が「向來一瓣香、敬爲曾南豐」（『後山居士文集』卷二「觀兗文忠公家六一堂圖書」）と詠んだことを指す。蓋し黄宗羲は、錢謙益が歸有光に捧げた一瓣香を拂い落とせば歸有光の眞價があらわれるというのであろう。

(13) 『黄宗羲全集』第十册 南雷詩文集（上）（浙江古籍出版社 一九九三）序類「天嶽禪師詩集序」 顧牧齋於明詩、去取失倫。

(14) 『黄宗羲全集』第十册 南雷詩文集（上）（浙江古籍出版社 一九九三）序類「姚江逸詩序」 錢牧齋倣之爲明詩選、處士纖芥之長、單聯之工、亦必震而矜之、齊蓬戸於金閨、風雅袞鉞、蓋兼之矣。然天下之大、四海之衆、欲以一人之耳目、江湖臺閣使無遺照、必不可得、是故不勝其逸者之多也。

(15) 佚書である。康熙年間に刻された『天傭子集』の序文によれば、明末清初の動亂の際、艾南英の著作は殆ど失われたという。

(16) 黄宗羲は、「明文案序上」中に、『明文案』は二〇七卷であるという。ところが黄百家は「明文授讀序」中に、『明文案』の卷數は二一七卷であるといっている。呉光氏の『黄宗羲著作彙考』はこの卷數の異同について、『明文案』の原稿の卷數は二〇七卷であり、その後黄百家が增補して二一七卷としたのであろうと推論する。この問題については、拙論「黄宗羲『明文案』考」（『學林』第十九號 一九九三）にて論じたことがあり、筆者の結論を言えば、『明文案』は元來二〇七卷であり、百家が增補した事實はない。『明文案』は手鈔の段階で卷が誤って寫され二一七卷となったにすぎない。

(17) 四部叢刊本『南雷文案』卷一「明文案序上」 試觀三百年來、集之行世藏家者不下千家、每家少者數卷、多者至於百卷。其間豈無一二情至之語、而埋沒於應酬訛雜之內、堆積几案、何人發視。即視之而陳言一律、旋復棄去、向使滌其雷同、至情孤露、不異援溺人而出之也。有某茲選、彼千家之文集龐然無物、即盡投之水火不爲過矣。

(18) ただし、『四庫全書總目錄提要』は、「四百八十一及八十二卷內文十二篇、有錄無書」という。

(19) 『明文授讀』（康熙三十八年刋、汲古書院一九七二年景印）卷首 黄百家「明文授讀序」 又有明文海之選、爲卷凡四百八十、爲本百有二十、而後明文始備。

(20) 『明文授讀』（康熙三十八年刋、汲古書院一九七二年景印）卷首 黄百家「明文授讀發凡」 『明文授讀』先遺獻於『文案』・『文海』中、更拔其尤、加硃圏於題上、以授不孝所讀者。此係有明一代文章之精華。

(21) この鈔本は註（2）に述べたように、現存する『明文案』の鈔本の中でも最も古いものに屬すると考えられる。『臺灣國立中央圖書館善本書目增訂二版』（民國七十五年）に著録されているが、舊北平圖書館藏書として現在は臺灣故宮博物院に藏されている。なおこの『明文案』鈔本は、最後の第二一七巻を缺いた形の二一六巻本であるが、巻七〇～七三についても缺佚がみとめられる。また、巻一一五～一二四の十巻分が無いが、これについては、全體の體例からみて、手鈔された時に巻を誤ったものと判斷されるので、實際の缺佚は先にあげた五巻分（巻七〇～七三・巻二一七）のみである。幸いこの部分については、臺灣國立中央圖書館藏の陳言揚手鈔本『明文案』によって補うことができる。

(22) 崑山本は尊經閣文庫藏本を、常熟本は天理大學圖書館古義堂文庫藏本を、康煕本は四部叢刊本を用いた。

(23) 錢謙益と歸昌世が編纂した『歸太僕文集』は、順治七年の絳雲樓の火災によって灰燼に歸している。錢謙益は、その後、歸有光の族孫歸起先とともに、歸昌世の子歸莊が藏していた『歸太僕文集』の鈔本をもとに、『新刻歸震川先生集』の刊行を企てた。しかし、康煕三年に錢謙益と歸起先が他界した時、刻了していたのは全體の十分の二三にすぎなかったらしい。

(24) 康煕本（四部叢刊本）『震川先生集』巻六は題を「上王都御史書」に作り、歸莊の校勘記は、「常熟本辭太峻、崑刻當是定本、今從之。」と記す。

(25) 四部叢刊本『堯峯文鈔』巻二十五「歸詩考異序」又竊意其家所藏者、或未必果出於先生之筆授、而其校讎此鈔本之人、亦未必親事先生而習見其讀書爲文者也。

(26) 『明文授讀』（康煕三十八年刊、汲古書院一九七二年景印）巻三十四 歸莊「侯研德文集序」評 百家私記、……嘗寄詩先夫子、詩字無不精到。

(27) 康煕本『震川先生集』歸莊の「凡例五則」參照。

(28) 『明文授讀』（康煕三十八年刊、汲古書院一九七二年景印）巻十四 歸有光「書齋銘幷序」評　先夫子曰、……震川之文、一往情深。故于冷淡之中、自然轉折無窮。一味冪兀、雄健之氣、都無所用也。其言爲文以六經爲根本、遷・固・歐・曾爲波瀾。聖人復起、不易斯言。今之耳食者、便欲以震川爲根本、愈求愈不似矣。

(29)『黄宗羲全集』第十冊 南雷詩文集（上）（浙江古籍出版社 一九九三）序類「鄭禹梅刻稿序」 然震川之所以見重於世者、以其得史遷之神也。其神之所寓、一往情深、而紆迴曲折次之。顧今之學震川者、不得其神、而求之於枯淡。夫春光之被於草木也、在其風烟縹渺之中、翠艶欲流、無迹可尋。而乃執陳根枯榦、以覓春光。不亦悖乎。

(30)『列朝詩集』丁集「歸有光小傳」 熙甫爲文、原本六經、而好太史公書、能得其風神脈理。

(31)葉昌熾の『藏書紀事詩』によれば、天祿琳瑯の明刻『文選』には、「一往有深情」の印があり、これは、歸有光の繼妻王氏のものであるとする。さすれば、黄宗羲のいう〝一往情深〟または〝一往深情〟は、この印文からの連想かもしれない。

(32)四部叢刊本『南雷文案』卷一「明文案序上」 夫其人不能及於前代而其文反能過於前代者、良由不名一轍、唯視其一往深情、從而捃摭之。鉅家鴻筆以浮淺受黜、稀名短句以幽遠見收。今古之情無盡、而一人之情有至有不至。凡情之至者、其文未有不至者也。

(33)『黄宗羲全集』第十冊 南雷詩文集（上）（浙江古籍出版社 一九九三）雜文類「論文管見」 文以理爲主。然而情不至、則亦理之郛廓耳。廬陵之誌交友、無不嗚咽。子厚之言身世、莫不悽愴。郝陵川處眞州、戴剡源之入故都、其言皆能惻惻動人。古今自有一種文章、不可磨滅。眞是「天若有情天亦老」者。而世不乏堂堂之陣、正正之旗、皆以大文目之。顧其中無可以移人之情者、所謂刳然無物者也。

(34)康熙本『震川先生集』卷十七「思子亭記」 十二月己酉、攜家西去。予歳不過三四月居城中、兒從行絶。至是去而不返。每念初八之日、相隨出門、不意足跡隨履而沒。悲痛之極、以爲大怪無此事也。蓋吾兒居此七閱寒暑。山池草木、門堦戶席之間、無處不見吾兒也。葬在縣之東南門。守冢人兪老、薄暮見兒衣綠、在享堂中。吾兒其不死加耶。因作思子之亭。

(35)『明文授讀』（康熙三十八年刋、汲古書院一九七二年景印）卷二十七 歸有光「思子亭記」評 無聊之極、結爲怪想。余於迎兒之殤、坐臥恍忽、作此言辭。豈意震川先已描出。

(36)『黄宗羲全集』第十冊 南雷詩文集（上）（浙江古籍出版社 一九九三）碑誌類「張節母葉孺人墓誌銘」 予讀震川之文爲女婦者、一往深情、每以一二細事見之、使人欲涕。」

(37)『黄宗羲全集』第十冊 南雷詩文集（上）（浙江古籍出版社 一九九三）壽序類「施恭人六十壽序」 自摯仲治撰『文章流別集』、

其中諸體、唯序爲最寡見之文、選者止九篇耳。唐・宋而下、序集序書、加之送行宴集、稍稍煩矣。未有因壽年而作者也。至元程雪樓・虞伯生・歐陽原功・柳道傳・陳衆仲・兪希魯集中皆有壽序、亦文體之一變也。歸震川所作壽序、不下百篇。然終以其變體不古、置之外集。近日古文道熄、而應酬之所不能免者、大概有三、則皆序也。其一陞遷賀序、假時貴之官階、多門客爲之。其一時文序、則經生選手爲之。其一壽序、震川所謂横目二足之徒、皆可爲之。

(38) 崑山本は全三十二卷、そのうち第三十一と第三十二卷は外卷となっており、壽序は外卷の卷三十一に收められている。

(39) 鷲野正明氏には歸有光の壽序を文學にまで高めたものとしてとらえた卓論がある。「歸有光の壽序」（一九八二年十月『日本中國學會報』第三十四集）および「壽序における歸有光の詩解釋」（一九八四年一月『國士館大學人文學會紀要』第十六號）

(40) 『黃宗羲全集』第十册 南雷詩文集（上）（浙江古籍出版社 一九九三）壽序類「張母李夫人六十壽序」 應酬之文、知文者所不爲也。頌禱之詞、此應酬之尤者。然震川於壽序、雖置之於外集、而竟不能廢者、何也。顧壽序如震川、而可以應酬目之乎。余文豈敢望震川。而不欲爲應酬之文。年來刻啓徵文、塡門排戶、不異零丁榜道、余未嘗應之。一二共學之友、松欣柏悦、豈得無情。一年之中、壽序恆居二三。蓋卽藉以序交情、論學術。與今所應啓文詞不類。

(41) 『明文授讀』（康熙三十八年刋、汲古書院一九七二年景印）卷十一 宋濂「孔子廟堂記」 先夫子曰、……歐・蘇之後、非無文章。然得其正統者、虞伯生・宋景濂而已。其一時之師友、生平之學力、皆非他人所能及也。今欲舍景濂而以震川爲嫡子。震川之學、畢竟捐之易盡。

(42) 康熙本『震川先生集』卷二に「尙書別解序」がある。

(43) 康熙本『震川先生集』卷二「尙書敍錄」は、吳澄の『書纂言』を不刋の典とする。これに對する黃宗羲の異論は『南雷文約』卷四、『南雷文定』卷一「尙書古文疏證序」のほか、『南雷文定』卷四の「答萬充宗質疑書」などにもみられる。

(44) 『明文授讀』（康熙三十八年刋、汲古書院一九七二年景印）卷二十八 徐渭「西施山書舍記」評 先夫子曰、……夫震川之文淡、或落于時文。文長之淡、淡而愈濃。

(45) 橫田輝俊氏は「明代の古文と八股文」（『中國近世文學評論史』一九九〇年 淡水社刋所收）で、一般に唐宋派の古文には、むしろ八股文のスタイルを有効に利用した形跡があり、歸有光の古文の中の議論の展開にも八股文に於ける文理の展開に近いものがあることを指摘し、逆に古文辭派の古文が八股文の影響を受けなかったのは、言辭の模擬に終始した結果、文の構成に注意を拂わなかったためだとしている。

(46)『方苞集』(上海古籍出版社 一九八三) 卷五「書歸震川文集後」 孔子於艮五爻辭、釋之曰、「言有序」。家人之象、系之曰、「言有物」。凡文之愈久而傳、未有越此者也。震川之文於所謂有序者、蓋庶幾矣。而有物者、則寡焉。又其辭號雅潔、仍有近俚而傷於繁者。豈於時文既竭其心力、故不能兩而精與。抑所學專主於爲文、故其文亦至是而止與。

(47)『隨園詩話』卷七第三十九條による。なお、同詩話卷八第十六條の記事によれば梅式菴の名は鈖である。

(48)『隨園詩話』(人民文學出版社 一九六〇) 卷七 就中晩登科第者、只歸熙甫一人。然古文雖工、終不脱時文氣息。而且終身不能爲詩、亦累于俗學之一證。

(49)『明史』文苑 歸有光傳 有光制擧義、湛深經術、卓然成大家。後德淸胡友信與齊名、世竝稱歸・胡。(中略) 明代擧子業最擅名者、前則王鏊・唐順之、後則震川・思泉。思泉、友信別號也。

(50)王鴻緒『明史稿』列傳第一百六十三 歸有光傳 有光少工擧子業。與胡友信・楊起元・湯顯祖先後齊名、世以配王鏊・唐順之・薛應旂・瞿景淳。所謂八大家也。

(51)『明史編纂考』(臺灣學生書局刊 民國五十七年) に詳しい。

(52)『歸莊集』(上海古籍出版社 一九八四) 卷四「重刻先太僕府君論策跋」 太僕府君之文章、久爲世所宗師。制擧業則艾千子先生推爲三百年來第一。古文則錢牧齋先生推爲三百年來第一、後人更無容贊一辭矣。

(53)艾南英と陳子龍の論爭については、黄宗羲は『思舊錄』陳子龍の條で陳子龍を辯護している。しかし、黄宗羲は古文辭派の流れをくむ陳子龍の文學については高い評價を與えていない。例えば、「姜山啓彭山詩稿序」(『黄宗羲全集』第十册 序類) では、王・李の古文辭を批判した後に讀けて、「百年以來、水落ち石出づるも、(陳) 臥子猶ほ其の寒火を吹く。顧だ艾千子に絀けられ、陽に距むも陰に從ふ。自後の詩文、稍く其の脂粉を刋る。而れども學を爲めて未だ成らず。天下、名家を以て之を許さず」と述べている。

(54)『黄宗羲全集』第十册 南雷詩文集 (上) (浙江古籍出版社 一九九三) 序類「鄭禹梅刻稿序」 當王・李充塞之日、非荊川・道思與震川起而治之、則古文之道幾絶。逮啓・禎之際、艾千子雅慕震川。於是取其文而規之、而矩之、以昔之摹倣於王・李者倣於震川。蓋千子於經術甚疎。其所謂經術、蒙存淺達、乃擧子之經術、非學者之經術也。今日時文之士、主於先入、改頭換面而爲古文、競爲摹倣之學。而震川一派、遂爲黄茅白葦矣。古文之道、不又絶哉。「黄茅白葦」とは蘇軾が「答張文潛書」（『經進東坡文集事略』卷四十五）中に、王安石の學を譏って使った言葉である。

(55)『黄宗羲全集』第一册　思舊錄（浙江古籍出版社　一九八五）「張自烈」　爾公選『文辯』、多駁艾千子『定待』、千子大怒、亦肆詈敎。余以爲此場屋氣習耳。以制義一途爲聖學之要、則千子之作俑也。其所言、極至以歐・曾之筆墨、詮程・朱之名理。夫程・朱之名理、必力行自得、而後發之爲言。勃窣理窟、亦不過習講章之膚說、塵飯土羹、焉有名理。歐・曾之筆墨、象心變化、今以八股束其波瀾、承前弔後、焉有文章。……千子無論、後來面牆之徒、讀其之批尾、妄謂理學文章、盡歸于艾。于是猖狂妄誕、遂罵象山、罵陽明、不知天之高、地之遠、遂化爲時文批尾之世界。

(56) 容肇祖氏の呂留良關係の研究は、一九七四年香港崇文書店刊の『呂留良及其思想』および一九八九年齊魯書社刊の『容肇祖集』に收められている。

(57)『柳南續筆』（中華書局　一九八三）卷二　本朝時文選家、惟天蓋樓本子風行海內、遠而且久。嘗以發賣坊間、其價一兌至四千兩。見錢圓沙集。可云不脛而走矣。然而浙中汲古之士、如黄梨洲・萬季野輩、頗薄其所爲、目爲紙尾之學云。

(58)『呂留良年譜』は「呂選歸震川詩文稿」に作る。『淸代違礙書目』は、「呂留良評歸震時文稿」とあるので、詩文は時文の誤りと思われる。

(59)『呂晚村評艾千子稿』『呂晚村選羅文子《ママ》稿』『呂晚村選章大力稿』『呂選陳際泰時文』である。

(60) 陸隴其『三魚堂日記』卷上　茗文之推重歸太僕至矣。作歸詩考異、又作震川年譜。蓋其意中自以爲接震川一派。殆亦近之。

(61)『黄宗羲全集』第一册　思舊錄（浙江古籍出版社　一九八五）「周茂蘭」　其所著『參同契』、頗有心得。而汪鈍翁但以神仙忠孝陳言序之、失其旨矣。汪琬『堯峯文鈔』卷三十「參同契衍義序」を指すのであろう。

第四章　歸莊による『震川先生集』の編纂出版

小　序

崑山の歸莊[1]（一六一三〜七三）は歸有光の曾孫にあたり、歸有光の死より數えて四十二年後の萬曆四十一年に生まれている。字は玄恭（康熙帝の諱を避けて元恭とも書される）または爾禮、號を恆軒、明が滅びた後は祥明と名を改め、僧形となってからは普明頭陀とも稱した。[2]

青年時代は復社の一員として進士をめざしたが、三十二歳の時に明は滅亡。南京に逃れた福王の亡命政權も、南下して來た淸の壓倒的な兵力を前になす術もなく瓦解し、江南の諸城は次々と陷落してゆく。亡命政權より官を拜した兄の昭（字は爾德）と繼登（字は爾復）は、任地の揚州、長興でそれぞれ國難に殉じた。歸莊も故鄕崑山を救うべく、同年齡の盟友顧炎武（一六一三〜八二）とともに決起するが、未訓練の義兵は到底淸の敵たりえず、遂に鄕里崑山も兵火に燒かれ、兩兄の妻子は死亡あるいは行方不明、曾祖歸有光の墓も荒らされてしまう。歸莊は僧形に姿を變えて脫出したが、この混亂の中、父の歸昌世も世を去る。以後、歸莊は明の遺民として江南を流寓する身となるのである。

復社時代のことはしばらくおくとして、歸莊はその曾祖歸有光について語ること多く、自ら歸有光の後繼をもって任じている。歸莊の文學が眞に歸有光を受け繼ぐものであったかどうかについては、佐藤一郎氏が「歸有光の系譜」（慶應義塾大學『藝文研究』二十號　昭和四十四年十一月、のち『中國文章論』所收　研文出版　一九八八年）で論じておられるように甚だ疑問であるが、新王朝の科擧に應じて官を拜することを拒む遺民の立場では、曾祖の古文を顯彰することが自身の文學の正統性を世に示す唯一の道だったのである。曾祖の文集の刻行は歸莊の悲願であり、その後半生はまさに歸震川文集成立の歴史そのものといってよい。本章では、現在廣く行われている康熙本『震川先生集』三十巻『別集』十巻の成立事情について、歸莊の立場から考察を加える。

一　歸莊の出自と境遇

もともと歸莊が生まれた頃の歸家は、さほど裕福ではなかったようである。「先妣秦碩人行述」の中で歸莊は次のような母の言葉を記している。

我、汝が家の婦と爲りて六十年、初め家を傳へられし時、僅《ほ》ぼ田百餘畝有り。汝が大父 客を好み、汝が大母 施與を好む。用 給せざれば、我則ち竭蹶として以て供す。中ごろ凶喪及び訟事を更《へ》て、益《ます》ます振はず。汝を生む時に至りては、家に一畝も無し。我 子を擧ぐる毎に、力の乳母を雇ふ能はずして、皆な自ら乳す。（「先妣秦碩人行述」）[3]

歸莊の父[4]である歸昌世（一五七四～一六四五）は字を文休、號を假菴といい、歸有光の第四子子駿の子にあたる。七十一歳の時、福王の亡命政權より翰林院待詔を拜しているものの、それ以前は無位無官の人であった。歸昌世の詩文集は今に傳わらないが、錢謙益（一五八二～一六六四）と親交があったことは、「歸文休七十序」（『初學集』巻四十）、「歸文休墓誌銘（『有學集』巻三十二）などによって知られる。年下の錢謙益はこの中で、古を好み詩文を善くする友として八歳年上の歸昌世を遇し、歸家を太僕（南京太僕寺丞であった歸有光を指す）の遺風を留める家と推賛しているが、江南文壇のリーダーであった錢謙益と一介の老書生歸昌世の仲は詩友というより庇護者と庇護される者の關係に近いものであった。歸昌世の最晩年に得た翰林院待詔の官も、錢謙益の推擧によるものだったと思われる。

歸莊には、父歸昌世の墓誌銘を依頼するため錢謙益にあてた手紙がある。

　又た念ふに 先君子の平日の風流文彩、一世に暎望するも、終身淪落して、志は展ぶるを得ず。頼りて以て名を後世に垂るる所の者は、惟だ墓石の文のみ。（「上錢牧齋先生書」[5]）

この言葉は、僞らざるところであったろう。

この錢謙益と父歸昌世の親交を考えれば、歸莊の錢への入門も極めて自然なことである。歸莊は二十九歳の時、復社の指導者張溥（字は天如）を亡くしており、以後は專ら錢謙益に師事するようになる。

次の「與某侍郎」はその内容から崑山陷落以前に錢謙益にあてた手紙と思われる。

　顧《おも》ふに今 天下 文を能くする者少なからざるも、莊は他の人を師とするを願はず、必ず閣下を以て歸と爲すは故有り。閣下の文、莊は未だ全集を讀まずと雖も、時に一二を見て、則ち竊かに歎ず 以爲らく此れ歐陽永叔の文なりと。又た閣下の本朝に於いて極めて先太僕を推すを見るに、先太僕の文、其の源固《もと》より歐陽氏に出づ。然らば則ち先太僕は歐陽を師とし、閣下は歐陽を師として而して先太僕を尙友す。莊は歐陽に於いては固より敢へて望まず。生まれは先の太僕に後るること且に百年にならんとして、親しく庭除の誨《おし》へを承くるを得ざるを恨むも、猶ほ幸ひに先太僕に繼起して源を同じうすること閣下の如き者と、生を與にし時を同じうするを得たり。而して又た父の執に屬し、且つ近きこと數十里の內に在りて、介紹の難、間關の苦有るに非ず。則ち閣下を舍《お》いて其れ誰にか與に歸せんや。（「與某侍郎」(6)）

錢謙益の門生になることを乞うこの書の中で、歸莊は、錢謙益を歐陽脩や歸有光になぞらえているのである。そもそも錢謙益と歸家の結びつきは、錢の歸有光評價にかかわるものである。錢謙益はその『列朝詩集』歸有光小傳で、次のようにいう。

熙甫（歸有光）の文を爲るは、六經に原本《もと》づき、太史公の書を好み、能く其の風神脈理を得たり。其の六大家に於いては、自ら謂ふ歐・曾に肩隨す可くして、臨川は則ち抗行するに難からずと。（『列朝詩集』歸有光小傳(7)）

錢謙益は歸有光の古文を宋六大家の歐陽脩・曾鞏に連なる正統なものとして位置づけた。しかし、本書の冒頭で論じたように、實のところ、明末にあっては、文壇は古文辭派、竟陵派、公安派と四分五裂して混迷をきわめており、生涯をほとんど吳の一地方で過ごした歸有光など忘れられた存在だったのである。錢謙益による歸有光評價の問題は、本書のI部第二章で詳述しておいたので、ここではこれ以上觸れない。

錢謙益は歸昌世とともに歸有光の遺文を捜求編次し、それに對して「題歸太僕文集」(8)を著して絳雲樓に藏した。歸家ではそれを刻行する心づもりだったが、歸昌世にはそんな財力も手づるもなかった。

このころ、歸有光がその晚年の順德府通判時代に使用していた讀書机を手に入れた歸莊は、「太僕府君讀書几志」(9)の中で次のように告白する。

抑《そも》そも余 嘗て聞く、府君（歸有光）は藏書多く、往往にして手澤有りと。府君 館を捐《す》てし時、先王父尚ほ幼く、獨り得る所無し。惟だ『詩經大全』・『淮南子』の兩部有るのみ。此の書間《ま》ま細字の標識有り。先王父嘗て指して荘に語れり、「此れ汝が曾大父の手跡なり」と。荘の猶ほ府君の手跡を識るを得たるは、獨り此れに頼るのみ。近《ちか》者《ごろ》、頗《すこぶ》る友人の說くを聞く、「某家の某書有り、某家に某書有り、府君の手評爲り」と。力の之を購ふ無きを恨む、然れども謹んで之を識して忘れず。（「太僕府君讀書几志」[10]）

この文にいうところの「先王父」とは、歸荘の祖父歸子駿（字は叔永、號は渾菴）を指す。子駿は歸有光の再繼妻費氏の生んだ子で、歸有光が死んだ時にはまだ十八歳で、同腹の弟である子慕、子蕭はそれぞれ九歳、六歳と幼なかった。歸有光は生涯魏氏、王氏、費氏と、三人の妻を娶っている。元配の魏孺人の出である長子子孝は早世し、繼妻の王孺人が生んだ子祜（字は伯景）・子寧（字は仲敉）は、歸有光が沒した時にはそれぞれ三十三歳と三十歳であった。弱冠にも達していなかった第四子の子駿のもとには、おそらく亡父の藏書はほとんど遺されなかったのであろう。兄達が相續した多くの藏書も、貧に迫られてか、賣却されたようである。

歸荘は、この祖父のために「先王考太學府君權厝誌」[11]を書き、子駿が二人の弟を愛育したこと、太學生となってしばしば擧に應じたが中らず、遂にやめて書に親しんで日を送ったこと、また貧に迫られて崑山城中の故宅をも手放し、江村に住んだことなどを記しているが、祖父の異母兄については全く觸れていない。

歸荘は、子祜と子寧が編次した初本『歸太僕集』の三十二卷本（所謂崑山本）を、

先伯祖某 崑山に刻す。其の人 文を知らずして自ら用い、擅《ほしいまま》に自ら去取し、止だ三百五十餘篇を刻するのみ。又た妄りに刪改を加ふ。（「書太僕全集後」(12)）

と手嚴しく非難しているが、この言には歸有光の子孫でありながら、傍系に置かれた歸昌世・歸莊父子の憤懣も込められているにちがいない。

いったいに歸莊は、この先伯祖を批判する舌鋒極めて鋭く、またこうした歸莊の態度は、後年、汪琬（字は苕文、號は堯峯・鈍翁など。一六二四～九〇）の非難の對象ともなるのだが、これは單に歸有光の文集の編纂にかかわる問題と片付けられない何か別の事情――親族間の不和の存在を暗示しているように思われる。それは、崑山本と同じ頃に刻行された常熟本の編者歸道傳について、歸莊がそれほど嚴しい批判をしていないことと對照的である。

さて、先行する歸有光の文集の刻本に不滿を抱きつつも、錢謙益とともに編纂した『歸太僕集』を上梓できなかった父歸昌世は、子供達にそれを託した。

先君子（昌世）……莊兄弟に語りて曰はく、「汝が曾祖の文章、唐宋八家を繼ぐ可きも、顧《た》だ盡くは世に流傳せず。吾 諸《もろ》もろの刻本と未刻の者とを以て、合はせて之を鋟せんと欲するも、今 窮老して力無し。他日 汝が輩の事なり」と。（「書先太僕全集後」(13)）

南京の亡命政權が瓦解した一六四五年に父と兩兄を亡くしてからは、この『歸太僕集』の上梓の責は歸莊にかかってきたのである。

二　崑山本と常熟本

ここで、銭謙益と歸昌世編纂の『歸太僕集』以前の版本をふりかえっておく必要があろう。

歸有光の文集はこれに先立って次の三刻があった。

①　歸有光の門人王執禮（字子敬）が建寧の縣令となってその地で刻した閩本。

②　崑山本と呼ばれる歸有光の子、子祜・子寧が刻した三十二卷本。

③　常熟本と呼ばれ、虞山に住む歸有光の從弟歸道傳（字宗魯・號は泰巖）による二十卷本。

このうち①の閩本は、歸莊が「書先太僕全集後」で、「文既に多からず、流傳亦た少なし」というごとく、今に傳わらない。また、康熙本の『震川先生集』の「凡例五則」が「復古堂本は止だ上下卷に分かつのみ」というのは、閩本を指しているのであろう。

②の崑山本は、卷一の表題の下に「歸子祜歸子寧編　王執禮校」[14]とあり、萬曆元年（一五七三）～四年（一五七六）に、龍游（浙江）の書賈翁良瑜が刻行したものである。[15]歸子祜の序文と周詩の小引を冠する初刻本のほか、萬曆十五年（一五八七）の陳奎の序文と萬曆十六年（一五八八）の陳文燭による序文と墓表を載せる重修本もある。かつては目睹しにくい本であったが、現在は『四庫全書存目叢書』に所收されていることから簡便に見ることができるようになった。歸有光には「龍游翁氏宗譜序」[16]という作品があり、これは彼が生前この書賈翁氏と交遊があったことを示していよう。

近人の王重民氏は『中國善本書目提要』（上海古籍出版社、一九八三年）で、四庫館臣が『存目提要』でこの三十二卷本を崑山本としていることに反駁、雨金堂の翁良瑜が浙人であることを理由に、これを崑山本とすることに疑問を呈している。しかし、四庫館臣は、王重民氏がいうように、翁良瑜が崑山に旅寓していたことをもって崑山本と認定したのではない。それはあるいは崑山以外の地で刻されたにせよ、子寧と子祜の故籍をもって崑山本と稱されたにちがいなく、のちに歸震川文集の編纂に關わった人々が、常熟本に對して崑山本と呼んだに過ぎないのである。

錢謙益は『列朝詩集』歸有光小傳の中で、この崑山本について次のようなエピソードを載せている。

熙甫（歸有光）歿し、其の子子寧 其の遺文を輯め、妄りに改竄を加ふ。賈人童氏（論者注・翁氏の誤りと思われる）夢む、熙甫の之に趣《うなが》して曰はく、「亟《はや》く之を成せ、少しく稽緩なれば塗乙《とちゅ》し盡くさん」と。刻 旣に成り、賈人 文を爲りて熙甫を祭り、具《つぶ》さに夢みし所を言ふ。今 集後に載す。(17)

この書賈の翁氏の夢枕に立った歸有光が、はやく上梓しないと子寧等が自分の文を盡く改竄してしまうと訴えたという話は、歸莊の記すところでは、

先伯祖某……又妄りに刪改を加ふ。府君 夢に梓人に見《あら》はれ、梓人 言を爲すを以て乃ち止む。故に今 書序の二體中往往にして藏本と異なる者有り。（「書先太僕全集後」）(18)

というように、歸有光が梓人の夢に現れたので刪改が食い止められたという話に變わっている。さらに、歸莊は汪琬との『震川先生集』の校定をめぐる論爭の中で、

夫れ先從祖の太僕の文を改壞するは、翁書賈の祭文、□□□（論者注：錢宗伯）の序傳に見え、太僕集を讀む者、皆な之を知れり。（「再答汪苕文」）[19]

といい、この錢謙益の記した話を子寧らの改竄の證左とまでしている。

しかし、今、崑山本の最後に付されている翁良瑜の祭文には、次のようにある。

萬曆四年、歲は丙子に在り。二月十有六日、旅人太末（浙江・龍游）の翁良瑜、謹んで鵝酒香楮の儀を以て、故太僕丞震川先生歸公の墓に告奠して曰はく、……公 今則ち歿し、遺稿 笥に在り。僭《をか》して鐫行を爲さんとす。冀ふらくは、來裔に開かんことを。惟れ公 神有り、夢に馮りて我に謂ふ、「我が文子鐫す。子愼みて乃ち可なり」と……今 工は完を告げ、布行 日有り。敢へて公の靈に訴ふ。[20]（傍點筆者）

これは、錢謙益が小傳にいう話とはいささかニュアンスを異にする。書賈である翁氏が祭文に自刻本の不備を喧傳するはずもないのだが、錢謙益が小傳に記したエピソードから崑山本の不備をいうのは、おそらく公正さを缺いていよう。崑山本が編纂された時には錢謙益はまだ生まれておらず、小傳にいうエピソードも傳聞に過ぎない。錢謙益の崑山本への微辭は、歸昌世・歸莊父子からの受け賣りの可能性もある。汪琬などは崑山本が詩を採錄し、行述・墓表・誌銘を附することをもって、「道傳の本（常熟本）に視《くら》べて稍《やや》備はれり」（『堯峯文鈔』卷二十五「歸震川先生年譜後序」）と崑山本を評價しているのである。

そもそも歸有光の詩文は死後散佚して、萬曆の當時にあっても非常に集めにくい狀態であったことは、崑山本の序文に子祜が告白するところである。

先君生平著す所の文、脫藁する每に、往往にして門人の持ち去るところと爲る。散軼多しと雖も、然れども意を加ふる所の者は、未だ嘗て家に存せずんばあらず。安亭に在りては「安亭稿」有り。都水に在りては「都水稿」有り。往歲邢州に官し、亦た嘗て自ら揀選す。應酬の作に至りては、刪去する所多し。今、子祜等少しく加增し、益して又入る。（崑山本歸子祜「序文」）[21]

とりわけ注目されるのは、歸有光の晚年の順德府（河北省邢台市）通判時代に、その文が歸有光自身の手によって、選定されていたという事實である。崑山本が歸有光自身によって選定されたものを底本としているとすれば、畢竟、歸莊が家藏抄本と稱する錢謙益・歸昌世編次の『歸太僕集』は、歸有光の遺意と異なるものといわざるを得ないであろう。

しかし、崑山本には、錢謙益が「題歸太僕文集」（『初學集』卷八十三）で具體的に指摘するように、宋人の作が混入するなど粗雜な面もうかがえる。[22]また、そもそも子寧は歸有光の子でありながら、文の才に惠まれなかったとみえ、『歸氏世譜』（光緒十四年重刊本）の「科名記」によれば、萬曆四年（一五七六）の武擧人にすぎない。歸莊の「文を知らず」の非難も首肯できよう。

さらに、崑山本は贈送序などではしばしば執筆のいきさつなどをいう前置きの部分が刪節されている。これは、歸有光自身が選定するにあたってそういう形にしたのか、あるいは、應酬の作を加增したという子祜等の勝手な判斷によるものであろうか。第Ⅱ部第三章「歸有光の壽序」で詳述するが、一般に、歸有光が近隣の無位無官の士に與えたおびただしい應酬の作は、歸有光の文學を考える上で極めて重要であり[23]、彼の文學の特徵の一つである地方作家的狹隘性はここに存するのである。子祜の序文によれば、これが六十歳で登第して後の順德府通判時代に刪去されたというのである。

この崑山本以前にも、複數の刻本あるいは抄本があったことは、同じく子祜の「序文」が、「今、世に行はるる所の者、多くは先君の遺志に非ず。又た率《おおむ》ね贋本多し」といっていることからも知られる。つまるところ、歸莊の側から發せられた子祜・子寧編次の崑山本への過激な非難の言辭は、自分こそが歸有光の文學の後繼者であるとする歸莊の屈折表現ととれぬこともない。一方的な非難の言辭は、今少しく割引いて考える必要があろう。崑山本は、粗漏というそしりは免かれないものの、それ以前にばらばらに行われていた歸有光の文集の一應の定本を作ったという點では評價できよう。

この崑山本の板木は、歸莊の「與某叔祖」によれば、子駿の弟、子慕の子である奉世（字は文若）のもとに置かれ、奉世の死後はその子扶風によって書賈の戈氏に銀十六兩で質入れされたらしい。その後、第三者の手を經て、扶風のもとにかえった時には、十餘塊の板、頁にして三十餘が失われていたという[24]。歸莊は、この賣却は仲和叔祖（子寧、字は仲敉を指すか）の仲介だったときめつけている。

これが事實だとすれば、歸莊の崑山本への反撥も理解しやすい。歸莊はこの手紙の中で、これを補刻するように扶風對して勸告して欲しいと依賴しているのだが、この崑山本は萬曆十六年（一五八八）重修本を最後として、以後補刻された形迹はない。

③の常熟の二十卷本は、前に「海虞蔣以忠閲、宗弟道傳編次」とあり、蔣以忠の萬曆二年の序文を有する。蔣以忠

は、字を伯孝、號を貞菴または存萬という。常熟の人で、隆慶二年の進士である。[26]序文には、歸有光と親戚關係にあり、束髮以來歸有光に師事していたこと、蔣以忠が死の床にあった歸有光を見舞った折、歸有光には人に託そうとする文集があったが、もはや口もきけない狀態であったこと、そのため默って辭したことなどが述べられている。

　蔣以忠は、歸有光の文集の刻本について、次のようにいう。

　先生の文、始め建州に刻し、又た玉峯（崑山）に刻すも、倶に未だ備はらず。是の集 文三百五十篇を得、列ねて二十卷と爲す。先生は著述甚だ富めり。而して太學君（歸道傳）の摭捜の勤、尙ぶ可し。（常熟本蔣以忠「序文」）[27]

この序文にいう建州の刻とは王執禮の閩本を指し、玉峯（崑山）の刻とは先述の子寧・子祜編次の崑山本を指す。また、歸莊は「書先太僕全集後」で、子寧・子祜の崑山本の不備を責めた後に、

　其の後、宗人道傳、又た虞山に刻し、篇數崑山本と相ひ埒するも、文は則ち崑山本に無き所の者百有餘篇、然れども頗る錯誤多し。（「書先太僕全集後」）[28]

といっている。常熟本にあって崑山本にない文が百有餘篇——つまり半分もあるというのは、崑山本が歸有光自選のものによったのに對して、常熟本は江南の諸家に現存していたものを捜求した結果によるものであろう。

　さらに、常熟本の編次は「序」を首とし、他本が「經解」を首とするのと體例を異にしている。常熟本は歸有光の遺意によるものではなかったにせよ、最も歸有光の地方性を示す文集になっていると思われる。

三　『震川先生集』の編纂と刻行における歸荘の挫折

さて、いったんは錢謙益と歸昌世が捜求編次した『歸太僕文集』は、一本は歸家に藏されたのであるが、錢家所有本の方は、順治七年（一六五〇）十月の絳雲樓の火災によって灰燼に歸してしまう。

歸荘は、崑山陷落以來、江南の知友や親族の間を客寓する生活を續けており、一方、錢謙益は、順治七年に死さえ覺悟した南京の獄から釋放され虞山に歸ってからは、門を杜して念佛三昧の毎日をおくっていた。錢は時折ふらりとやってくる歸荘の訪問を樂しみにしていたのであろう。

余《よ》 佛を好み、玄恭 佛を好まず。余 酒を好まず、而るに玄恭 酒を好む。余 衰老して枯魚乾螢の如きも、玄恭は骨騰肉飛、人の難に急すること己より甚だし。兩人相ひ謀を爲さざる者の如し。玄恭 早夜呼憤して、乃祖太僕公の文章を繼述せんことを思ひ、余を以て太僕公を知ると爲す。時時就きて余に問ふ。文を論じて未だ竟はらざるに、輒ち古今の用兵方略の如何、戰爭の棋局の如何、古今の人の才術志量の如何を縱談す。余 几《き》に隱《よ》りて耳を側《そばだ》て、巢車に憑軾して以て戰鬬を觀るが若し。覺えず欣然として日を移す。（『有學集』卷十九「歸玄恭恆軒集序」）(29)

歸荘のために書いた錢謙益のこの序文は、歸荘の狂顚ぶりを描いていて、およそ文集の序にふさわしからぬものでありながら、却って愛情溢れるものとなっている。

錢謙益が、南京の福王政權の要職にありながら、眞っ先に清軍に降伏したことに對する江南の士大夫の批判は嚴しく、歸莊の親友である顧炎武も彼を忌み嫌っている。しかしながら、銭謙益の江南文壇における地位は揺るぎないものであり、歸莊の銭謙益に對する交情は、銭の死まで續くのである。銭謙益の最晩年の作である「贈歸玄恭八十二韻戲效玄恭體」(30)は、歸莊の訪れを心待ちにする老いた文人の心情がにじみ出ている。

衰老寡朋舊　最愛玄恭子　衰老して朋舊寡し　最も愛す　玄恭子
玄恭亦昵余　不以老髦鄙　玄恭も亦た余に昵《したし》み　老髦を以て鄙《いや》しまず
江村蓬藋鄉　一歲數倒屣　江村　蓬藋の鄉　一歲　數しば倒屣す
嬾病常畏人　蛛絲絡巾履　嬾病　常に人を畏れ　蛛絲　巾履に絡《まと》ふ
啄木響倉琅　柴門撼馬箠　啄木　倉琅に響き　柴門　馬箠に撼《うご》く
無乃玄恭乎　招延果然是　乃ち玄恭なる無からんや　延に招けば果然として是れなり
………（中略）………
我年八十一　子亦五十矣　我が年八十一　子も亦た五十なり。

歸莊の方でも銭謙益に贈った詩文は多かったに違いないのだが、今日歸莊の詩の大半は遺っておらず、また乾隆年間に貳臣の烙印を押された銭謙益が、文集の版木を焼かれ、それが他人の文集に見える贈酬の作にまで及んだことを思えば、歸莊の「祭銭牧齋先生文」(31)などは幸運に浴した口であろう。歸莊はこの祭文で、師の死に目に會えずに、弟子として師の手足を啓き、納棺に立ちあえなかったことを嘆いている。

こうした銭謙益との交遊は、歸起先の『新刊震川先生文集』の梓行に結實する。

歸起先は、錢謙益と同じく虞山に住む歸家の親族で、歸有光の姪孫にあたる。字を裔興、鄉を律菴といい、崇禎十六年（一六四三）の進士で、官は刑部主事に至ったが(32)、明が滅んでからは門を杜して出仕しなかった。歸莊は、しばしばこの起先のもとに滞在している。歸起先は、歸莊のもとに遺された錢謙益・歸昌世編纂の『歸太僕文集』をもとに、さらにこれを錢謙益とともに校閲し、四十巻に編次して、順治十七年（一六六〇）『新刊震川先生文集』を刊行し始めたのである。

後に歸莊が編次刊行した康熙本が、この四十巻本にもとづいていることは、歸莊が康熙本の「凡例五則」で語るとおりである。また、現在康熙本の序文として附されている錢謙益と歸起先の「新刊震川先生文集序(33)」及び錢謙益「凡例」も、實はこの時のものなのである。

ところが、經濟的な理由のためであろうか、この刻行は遲々として進まなかったらしい。康熙三年（一六六四）三月、歸莊は崑山の朱氏や陸氏等が重刻した歸有光の論策集の跋で、四十巻本の刻行がはかばかしくは進まないことをしきりに嘆いている。

抑《そも》そも論策は應擧の業と曰ふと雖も、然れども亦た其の人を存す。擧業の手を以て論策を作れば、則ち擧業なり。古文の手を以て論策を作れば、論策も亦た古文なり。……近日、牧齋先生重ねて府君の文集四十巻を選定し、論策皆な各一巻に収入するは、誠に府君の論策の、世人の爲《しわざ》に同じからざるを以てするなり。諸君子の重刻して以て後學に便ならしむるは、甚だ盛心なり。而して府君の文章、亦た稍《やうや》く世に流通す。嗟夫《ああ》、安くんぞ此の四十巻なる者、一旦盡く之を梓に付し、以て之を天下に公《おほやけ》にするを得ん。近世、文集を刻する者、汗牛充棟なるも、或ひは未だ必ずしも以て後に傳ふ可からず。府君の文章を以てするに、力の之を流傳せしむる能はざるは、是れ莊の罪なるかな。（「重刻先太僕府君論策跋」[34]）

歸有光は、嘉靖十九年（一五四〇）南京の鄕試に第二位で合格してから嘉靖四十四年（一五六五）に六十歳で進士となるまで、八度會試に應じて下第し、その間、多くの論策を作っている。歸有光の古文の風格をもって書かれた論策文は、明末に流行し、艾南英（字は千子）が「三百年來第一」と推賞し、[35]『明史』文苑傳が、「有光の制擧の義、經術に湛深し、卓然として大家と成る。後、德淸の胡友信與《とも》に名を齊しうし、世は歸・胡と竝び稱す」というがごときものである。淸朝も入關後は科擧を實施し、このころには漢人の登用に積極的であった。歸有光の時文集は、明末淸初、模範答案集として科擧受驗生の間でもてはやされたのである。

いまや世の中も平穩をとりもどし、抗淸の氣慨を失ってしまったかのように擧業にいそしむ士大夫達。そして、その參考書扱いにしかされぬ歸有光の論策文。曾祖父の文の顯われないことに對する歸莊の自責の念は深まるばかりである。この跋文を書いてからいくばくもたたぬ康熙三年（一六六四）五月二十四日、更に追いうちをかけるように錢謙益が他界、歸起先も同年病のため世を去る。結局、歸起先が梓行したのは、三十餘篇に過ぎなかった。

歸莊は齡すでに五十を越え、崑山の陷落からほぼ二十年。息子は二人、琨と侃がいたが、侃は早世し、琨は順治十八年（一六六一）歸莊が四十九歳の時、西山の荒村に蒙童を訓えに行くとの書き置きを遺して出奔、行方不明のままであった。すでに世は淸の天下であるが、明の遺民として生きることを決意していた歸莊は、科擧に應じず、わずかに筆耕で口を糊する暮らしをしていた。

後に太僕（歸有光）晩に一たび第を得るも、仕へて顯はれず。先の待詔（歸子慕）、先の博士（歸繼登）、僅かに僅かに科に登れども、皆な祿無くして早世す。余に至りては、歸氏の緒絶えざること線の若し。我が先世の令德多きを以てするも、式微すること此くの如きは、則ち又た何ぞや。（「書先太僕東園翁傳後」[36]）

曾祖の文章に接するたびに自分の境遇と衰退してゆく歸家を思い、涙はとめどもない。官を拜することのできぬ歸莊にとって、歸家を再興し、先祖を顯彰する道は、一つしか殘されていなかったのである。

今文章は太僕府君の如くして、而も後の人之を流傳せしめず。父の志を承《つ》ぎ、祖の美を揚げ、以て當世の士の宗仰愛慕の心に副ひ、上は天人才を生むの意に答ふる能はざるは、豈に惟だ罪を先公に得るのみならんや。抑《そも》そも亦た罪を當世の士に得、罪を天に得るなり。顧《た》だ莊自ら罪を負ふを知るも、壁立磬懸、如何ともす可き無し。惟だ朝夕家祠に向ひて叩頭長跪して、冥漠の哀宥を冀ふこと有るのみ。又た自ら念ふに老いて子無く、孑獨一身にして、近日の風波幾んど禍を免かれず。脱《も》し不幸にして溘《には》かに朝露に先んずれば、則ち此の書更に誰にか託さん。此れ其の尤も痛心疾首にして、一刻も寛《ゆる》うする能はざる者なり。既に力の梓に付する能はざれば、且《しばら》く多く副本を世に留め、人の借鈔する者有るに及べば之を與へ、期を刻して還さるるに仍る。此れ亦た已むを得ざるの思ひなり。合錄して以て流傳せしむるが若きは、當に何れの時に在るべきかを知らず。則ち莊の無罪を先世に、天に、當世の士に告ぐ可きは、亦た何れの時に在るをかを知らず。嗚呼、哀しむ可きのみ。（「書先太僕全集後」[37]）

この文は、康熙六年（一六六七）歸莊が五十五歳の時書かれたものであるが、彼の苦惱が最もよくあらわれている。歸莊自身が刊行のための資金を持ちあわせていない以上、他の士大夫の援助を乞うより他に道はない。歸莊は、江南一の藏書家季振宜（字は詵兮、號は滄葦）に助刻を賴み込んだ。かつての錢謙益の詩友吳偉業（一六〇九〜七一）が紹介の勞をとったのである。[38]

しかし、歸莊は元來己に恃む所の多い人物である。曾祖の文を上梓するためとはいえ、權門にへり下るのは屈辱的なことであった。「與季滄葦侍御書」[39]によると、初めこそ自分を手厚くもてなしてくれたものの、季振宜がだんだんと自分を冷遇しつつあると感じた歸莊は、季振宜のもとを飛び出したという。季振宜の朱提銀を送りつけてくるというやり方も、歸莊のプライドを傷つけたらしい。歸莊は、自分は曾祖の文にかこつけて乞食するものではないとして、季振宜を「富貴を以て人に驕る」ものと批判し、「自滿に在る者は必ず以て我を詈ると爲し、虛懷に在る者は必ず以て我を愛すと爲す」と放言して憚らないのである。

歸莊が書物のさまざまな不幸について説いた「雜說」[40]の、「書に富み、緘して啓かざるは、書賈と異なる無く、且つ又た焉《これ》に及ばず」という言葉は、當時江南一の藏書家であった季振宜を意識した皮肉ととれぬこともない。この時季振宜からもたらされた朱提銀を、歸莊は三分の一だけ收めたといっているが、現在康熙本に附載される助刻者一覽に季振宜の名は見えない。この季振宜への手紙をきっかけに、助刻の話は立ち消えになったのだろう。

歸莊はその友人顧炎武とともに「歸奇顧怪」[41]と竝稱されるように、その〝狂〟ぶりは殊に有名である。例えば、『柳南隨筆』には次のような歸莊のエピソードが語られている。

崑山の歸元恭先生は、狂士なり。家貧なること甚だし。扉は破れて闔《と》づ可からざるに至り、椅は敗れて坐す可からざるに至りて、則ち倶に緯蕭を以て之を縛り、遂に其の匾に書して曰はく、「結繩而治（結繩して治まる）」と。又た除夕に嘗て其の門に署して云はく、「一鎗戳出窮鬼去、雙鈎搭進富神來（一鎗もて窮鬼を戳出し去り、雙鈎もて富

神を搭進し來る）」と、其の不經なること此の類多し。時人呼びて「歸癡」と爲すと云ふ。（『柳南隨筆』巻五）(42)

歸莊のこのような奇矯な言動は、當然人間關係においても摩擦をひきおこす。自らは筆耕でもって生活していながら、依頼人の期待するようなほめ言葉を書かないのである。「與丘顯若書」では、自分の作った壽文が朱致一なる人物に氣に入られず、手ひどい侮蔑の言葉を浴びせられたことを告白しているのだが、歸莊自身はそれでも、

朱家の壽文、命を承けて跋を作すも、弟素《もと》より虛譽すること能はずして、其の實を道ふに過ぎず。但だ措詞の略《ほ》ぼ蘊籍《か》を少くのみ。（「與丘顯若書」）(43)

というのである。

また、あるとき、歸莊が五ヶ月ほど家を留守にして歸ってみると、崑山では歸莊は死んだことになっていて、彼の歸還に皆驚いたという。友人達は歸莊の生還を喜んだというが、それを快く思わぬ人々も現實に存在していたこと、「聞詛」(44)に見られる。

私は先に歸莊を〝狂〟と呼んだが、この狂は『世說新語』などに登場する禮教を白眼視した〝狂〟とは少しく趣きを異にする。歸莊は禮教を白眼視するどころか、禮について嚴しい儒士なのである。ここに歸莊の不幸がある。「諱高祖辨」を著わしては四世の祖まで諱むべきだといい、『水滸傳』や『西廂記』をみては倡亂・誨淫の書と呼び（「誅邪鬼」）、虞山の連中が葬儀に吉服を着ているといっては憤る（「隨筆二十四則」）のである。(45)

とりわけ權門の士が自分を遇するのに禮を以てせざることは我慢ならぬことであった。後年の、汪琬との『震川先

生集』の校定のあり方をめぐっての論爭も、こういった歸莊の性格に起因するのである。

四　『震川先生集』ついに上梓さる

歸起先と錢謙益の死によって梓行が頓挫したままになっていた四十卷本は、助刻者がなかなかみつからないまま歸莊の手元に置かれていたのだが、康熙九年（一六七〇）崑山の縣令として着任した董正位（號は黄洲）が歸莊に五卷分の資金を援助し、これに無錫の縣令吳興祚（字は伯成）をはじめ、嘉定の知縣趙昕などの近隣の士大夫が續々と助刻を申し出て、康熙十年（一六七一）、ついに四十卷本を上梓するはこびとなる。父の昌世と錢謙益が『歸太僕集』を編次してから、實に三十年、歸莊は五十九歲になっていた。彼はこの喜びを詩に賦して公にした。それは今、康熙本の附錄に載せられており、歸有光の文集の刻行の歷史ともいえるので、ここに全文をあげる。

當道明府及遠近士大夫助刻先太僕文集、敬賦五章奉謝、用文章千古事爲韻

在昔盛明世　天未喪斯文。
篤生吾太僕　著作迥軼羣
一時七才子　標榜皆淵雲
其魁卒推服[46]　卓哉紹前聞

當道の明府及び遠近の太僕の文集を助刻するに、敬んで五章を賦して奉謝す、「文章千古の事」を用つて韻と爲す

在昔《むかし》　盛明の世　天未だ斯文を喪ぼさず
篤く吾が太僕を生み　著作迥かに羣を軼す
一時の七才子　標榜するは皆 淵と雲
其の魁　卒に推服す　卓なる哉　前聞を紹ぐ

太僕絶代文　誠繼韓歐陽
越今百餘載　彌覺光燄長
所恨前人謬　刪改不成章。
猶賴元本存　小子櫝而藏

先子於是書　蒐輯已有年
更賴錢宗伯　彙選加重編
巻帙計四十　葉數踰一千。
較勘空勞心　無力使流傳

邑宰董仁侯　無錫吳明府
捐俸鋟遺文　表章我曾祖
諸公因繼之　翕然相鼓舞
盛事慰九原　高義足千古。

文章關氣運　豈復一家事。
茲集得流傳　後學受其賜

太僕　絶代の文　誠に韓・歐陽を繼ぐ
今を越ゆること百餘載　彌いよ覺ゆ　光燄の長きを
恨む所は前人の謬　刪改して章を成さざるを
猶ほ賴《さいは》ひに元本存し　小子　櫝して藏す

先子　是の書に於けるや　蒐輯　已に年有り
更に賴《さいは》ひに錢宗伯　彙選して重編を加ふ
巻帙　四十を計へ　葉數　一千を踰ゆ
較勘　空しく心を勞し　力の流傳せしむる無し

邑宰の董仁侯　無錫の吳明府
俸を捐てて遺文を鋟し　我が曾祖を表章す
諸公　因りて之に繼ぎ　翕然として相ひ鼓舞す
盛事　九原を慰め　高義　千古に足れり

文章は氣運に關わる　豈に復た一家の事ならんや
茲の集　流傳を得　後學　其の賜を受けん

先澤幸不湮　少子差自慰　　先澤幸ひに湮《ほろ》びず　少子　差《やや》自ら慰む
顧藉他人力　尋思終內愧　　顧だ他人の力を藉《か》りしこと　尋思して終に內に愧づ

今康熙本に附載される助刻姓氏の欄には歸氏一族をのぞいて六十九人の名があがっており、毎巻の末には勘訂人としてそれらの人々の名が記されている。この助刻はかなり廣く士大夫に呼びかけたものだったらしい。吳偉業や徐乾學などの名も見える。參考までに徐乾學とその弟元文にあてた助刻を願う手紙を紹介しておこう。

毎巻の末、卽ち勘訂を以て姓名を借重す。今尙ほ七八巻有りて屬する所無し。弟因りて思ふに兩年翁は皆《とも》に當今の宗匠にして、又た義を慕ふこと渴するが若し。若《も》し以て告げずして、書成りて兩年翁の姓氏無くんば、則ち弟の過なり。故に特に以て奉聞し、募刻單及び助刻の姓氏附覽す。若《も》し高誼を蒙り、盛擧に助成するを得れば、豈に弟一人の私感大惠のみならんや。天下の士林も亦た義を誦すること窮り無からん。(「與徐原一・公肅」)(47)

徐乾學は歸莊と同じ崑山の出身であり、康熙九年(一六七〇)、進士に探花の成績で合格している。そこに募刻單を送りつけて助刻を賴み込む歸莊のやり方はいささか強引のそしりを免れまい。今日、歸莊の助刻依賴の手紙はこれを遺すのみであるが、おそらく歸莊はこのような手紙をあちらこちらに書き送ったに違いない。

ところで、この助刻者一覽には歸莊の親友である顧炎武の名は見えていない。これについて佐藤一郎氏は前掲論文の中で、「顧炎武は錢謙益に反對であったから、その好むものには反對の立場を示したのである」という吉川幸次郎博士の言を引いて、顧炎武がそれほど歸有光を尊重していなかったためではないかと推測されている。

顧炎武の歸有光評價については、錢謙益との關係は無視できないものの、先述したように、歸莊の知友達が貧富あるいは援助金の多少を問わずこの助刻者一覽に名を連ねていることからすれば、やはり顧炎武の名だけが見えないのは、なんとも奇妙なことだといわざるを得ない。

論者は、この助刻者一覽に、顧炎武の仇敵葉方恒の名があがっていることに注目したい。葉方恒は、崑山の人で、字を嵋初、號を學亭といい順治十五年（一六五八）の進士であり、歸莊の死後は歸玠を助けて『震川先生集』三十卷『別集』十卷の刻行を完成に導いた人物である。葉方恒の弟方藹・方蔚も助刻者一覽に見えている。清の張穆の『顧亭林先生年譜』は、全祖望の「亭林先生神道表」を引いて、順治十二年、顧炎武が家僕を殺した罪で葉方恒に訴えられ、歸莊は顧炎武を救うべく錢謙益の名刺をもらって助命運動を行ったこと、顧炎武が錢謙益を嫌ってこれを受けなかったことをいう。結局、顧炎武は別のルートで釋放されるのだが、この裁判が決着をみた後も、葉方恒は刺客を雇って顧炎武を追いかけていたらしいことは、歸莊が葉方恒に顧炎武の助命を願った手紙「與葉嵋初」(48)に見えている。この事件は、歸莊、顧炎武が四十三、四歳で、錢謙益の存命中のことではあるが、おそらく顧炎武と葉方恒の間には、その後も何らかの確執が續いていたと思われる。葉方恒が助刻者の一人となったことからすれば、葉方恒は歸莊を敵視したのではないことは明らかであるが、顧炎武の方は、葉方恒が名を連ねている助刻者一覽に、自分の名を連ねるのを肯んぜなかったのではないだろうか。

さて、文集刻行のめどが立ち、數卷分が仕上がったころ、歸莊は長洲の汪琬に新刻本を見せたらしい。あるいは、殘りの部分の助刻を願うつもりだったのかもしれない。ところが、汪琬から返ってきた手紙は、「昨、刻する所の太僕先生集を讀むに、中間頗る抵捂多し」（『堯峯文鈔』卷三十三「與歸元恭書一」）で始まる嚴しい內容のものであった。汪琬は、歸莊の校定のあり方に對し、三箇所の疑義を指摘し、「卷中 此の若き疑義甚だ多く、未だ枚擧し易からず」と批判している。これに對し歸莊は、指摘された三ヶ所のうち一つは汪琬の意見を受け入れたが、他の二つについては反駁を加えている。その後、手紙をやりとりしているうちに、雙方とも感情的になり、事は名譽毀損の問題にまで發展する。

汪琬は「與歸元恭書二」（『堯峯文鈔』巻三十）で、歸莊は從祖が太僕の文を改竄したというが、歸莊もまた太僕の文を改竄しているのだときめつけ、「區區たる一布衣、豈に能く盡く士大夫の口を箝《とざ》さんや」といって、別に考異の書を成すことを宣言した。歸莊は、太僕の文を改竄したという非難と、〝區區たる一布衣〟と侮られたことによほど腹を立てたらしい。早速「再答汪苕文」[49]を出して、この刋刻が完成したあかつきに、舊刻と較べてみればその是非優劣は明らかだと反論し、考異の書を成すという汪琬に對して、「古人に言有り、『善く之を爲し、後人をして汝が拙を笑はしむる勿れ』と」と皮肉な言葉を投げつけている。汪琬は順治八年（一六六一）の進士で、この時は淸の戸部主事だった。傖舍や知友の家に假寓する歸莊とは天と地ほどの隔たりがある。その汪琬を敵にまわして、歸莊は一歩も後へひいていない。汪琬の方も歸有光を慕うこと「僕、太僕に私淑して年有り。寧ろ罪を足下（歸莊）に得るも、罪を太僕に得るを欲せず」（「與歸元恭書」）というほどで、のちに、『歸震川先生年譜』[50]（佚）を著している。汪琬は、崑山本をもとに、『歸詩考異』[51]を成し、ついには、歸莊のいう家藏抄本自體が歸有光の筆授によるものではなく、またその校讎をした人も、歸有光に親しく學を受けた人ではないと（――おそらくこのことは歸莊の一番痛い所であったろう）家藏本そのものを疑問視するようになるのである。[52]

兩者の泥沼化した論爭は、周漢紹と孝章先生（呉縣の金俊明）が仲介者となることでようやくおさまったのである。おそらく汪琬に對しては、大人げのない弱い者いじめという批判も出て來たのであろう。とりわけ、汪琬が不用意に口にした〝區區たる一布衣〟の言葉は京師の士大夫の知るところにまでなった。これに對して汪琬は、「與周漢紹書」

（『堯峯文鈔』巻三十三）の中で、この〝布衣〟というのは蔑稱ではない、歸莊に學がないので誤解したのだと苦しい辯解をしている。近々刊行するといっていた汪琬の考異は、彼らによって上梓がみあわされ、歸莊も考異駁を用意していたが、その矛先をおさめた。しかし、なお汪琬が呉以外の地でそれを刊行するのではと疑い、考異駁の序文（佚）を周漢紹に送りつける[53]など、まことに意氣軒昂たるものがあった。

しかし、歸莊が「刻成るの後、試みに舊刻と相較べて觀よ。是非優劣、當世の學士大夫自ら公論有らん」（「再答汪苕文」）と豪語したこの四十巻本は、歸莊の存命中に完刻をみていない。歸莊が六十一歳で世を去った後、その遺志を受け繼いで『震川先生集』三十巻『別集』十巻を完成させたのは、歸莊が崑山陷落の直後、唯一捜し當てた兄繼登の遺兒、歸玠（字は安蜀）である[54]。康熙本の助刻者一覽の後ろにみえる玠の跋文によると、歸莊が刻したのは十分の七ほどで、その後、困窮していた歸玠に董正位が再び助刻し、さらに葉方恆、徐乾學らが力添えをしたという。歸玠の跋文の日付けは康熙十四年（一六七五）。ここに歸家三代の悲願は遂げられたのである。歸昌世が錢謙益と『歸太僕文集』を編纂してから三十二年、歸莊の死から二年後のことであった。

餘語——重修本『震川先生集』と『大全集』

この歸莊が編次した四十巻本は廣く世に行なわれたようで、『四庫全書』にも通行本としてこの康熙本が採錄されている。今、筆者が目睹することを得た『震川先生集』の版本について記しておこう。

前出の『歸氏世譜』は、崑山の家系圖としては歸玠の代までしかあげていないが、歸玠に顧盧なる息子がいたことは、後述の靜嘉堂文庫が藏する乾隆重修本の封面に、「曾孫莊、元孫玠、五世孫顧盧」とあることで知られる。また、

『歸氏世譜』中の「科名記」によれば、玉峯（崑山）の支族である顧廬は字を禮徵といい、康熙二十二年（一六八三）庠生となり、同三十二年擧人となったという。しかし、この四十巻本の版木は、後には虞山の歸起先の子孫の家に藏されたようである。現在靜嘉堂文庫と國立公文書館內閣文庫に存する乾隆年間重修本には、歸起先の子允哲の曾孫景灝・景洢による乾隆四十八年（一七八三）の跋文があって、自家に藏されていた四十巻本の版木が摩滅したので重修した旨が語られている。

この兩文庫の乾隆重修本のうち內閣文庫藏本の方は後のものと考えられる。靜嘉堂文庫藏本の序文や附錄の歸莊の詩文では錢謙益の名がすべて白抜きのままであるのに對して、內閣文庫藏本の方は、錢謙益の序文は削去され、他は錢謙益の名が登場しないように改竄されている。これより前、乾隆三十四年（一七七三）には、貳臣錢謙益にかかわりある版木はすべて燒き捨てるべしとの詔敕が下されており、『四庫全書』ではこの四十巻本採錄の際、序文、附錄の類は一切削去されているほどである。その結果、歸有光の古文を表彰した錢謙益の功は不當なまでに滅却されてしまったのである。

さて、いったいに淸の康熙年間は文字の獄が苛烈を極め、康熙本は夷・狄・胡・虜などの字がすべて墨釘となっている。嘉慶年間になるとこの禁もいくらか緩んだらしく、起先の子允肅の曾孫にあたる朝煦（號は梅溪または梅圃）がこれらの字を校定、更に遺文を增補して『震川先生大全集』五十六巻を刻した。その內容は『震川大全集』三十巻、『別集』十巻、『補集』八巻、『餘集』八巻であり、これに『先太僕評點史記例意』一巻と『歸震川先生論文章體則』一巻を合わせて、五十八巻とする書目（『郘亭知見傳本書目』や『增訂四庫簡明目錄』）もある。なお、附錄として傳三巻、墓記一巻、壽序答問一巻、墓地碑記一巻を收める。このうち『補集』八巻とは、嘉定の張雲章が輯め、黃平の王檑が康熙四十三年（一七〇四）に刻した『補刋震川先生集』八巻（『續修四庫全書』集部一三五三册所收）である。『餘集』は、歸朝煦の編纂である。『歸氏世譜』が引く歸朝煦の「梅圃老人自述」は、歸莊の功には一切觸れず、專ら宗祖歸起先の功を表彰するのに努めている。この大全集について近人の宗舜年は、『歸震川先生未刻集』二十五卷の跋文に[55]「最も備はれり」と評しており、上海古籍出版社の標點本『震川先生集』も康熙本の主たる校勘資料としている。

この嘉慶の大全集本が刻された後も、四十卷本の方は景灝の子孫によって版が重ねられたらしい。光緒刊本の歸彭福（景灝の曾孫）の跋によると、咸豐十年（一八六〇）の兵火（太平天國の亂）のために毀壞したのを重修したとある。

一方、歸有光や歸莊の故籍である崑山の歸氏の方は窮途の有樣であったことは、歸有光の墓がたびたび他人によって重修されていることからも知られよう。

いったんは、歸莊が子祜・子寧から奪還した歸有光顯彰の功は、皮肉にも歸有光の直系ではない虞山の歸氏の手に歸することになったのである。

註

（1）歸莊の詩文は『歸莊集』（上海古籍出版社　一九八二）によった。また、略歴は同書に附錄としておさめる「歸玄恭先生年譜」を參考にした。なお、歸莊に關する研究としては合山究氏に「歸莊における看花への執念」（『日本中國學會報』三十四集　一九八二年）、藤井良雄氏に「歸莊の文學思想」（九大文學部『文學研究』七十八輯　一九八一年二月）、「歸莊の落花詩」（同、七十九輯　一九八二年三月）がある。

（2）歸莊の自稱した名字、號名は甚だ多い。歸妹、歸乎來、元功、園公、縣弓、鏖鏊鉅人など。

（3）『歸莊集』卷八「先妣秦碩人行述」　我爲汝家婦六十年、初傳家時、僅有田百餘畝。汝大父好客、汝大母好施與。用不給、我則竭蹶以供。中更凶喪及訟事、益不振。至生汝時、家無一畝矣。我每擧子、力不能雇乳母、皆自乳。

（4）張傳元、余梅年著『歸震川年譜』（民國二十五年、上海商務印書館）は、誤って歸莊兄弟を子寧の子である輔世の子としている。本書Ⅰ部第一章に訂正後の「子孫世系表」を擧げておいたので參照されたい。

（5）『歸莊集』卷五「上錢牧齋先生書」　又念先君子平日風流文彩、映望一世、而終身淪落、志不得展。所賴以垂名後世者、惟墓石之文。なお、藤井良雄氏は「歸莊の文學思想」の中でこの書を墓誌銘への禮狀であるとするが、論者は全體の內容からみて依頼狀と判斷する。

（6）『歸莊集』卷五「與某侍郞」　顧今天下能文者不少、莊不願師他人、必以閣下爲歸者有故。閣下之文、莊雖未讀全集、時見一二、則竊歎以爲此歐陽永叔之文也。又見閣下於本朝極推先太僕、先太僕之文、其源固出歐陽氏。然則先太僕師歐陽、閣下師歐陽而尙友先太僕。莊於歐陽、固不敢望。恨生後先太僕且百年、不得親承庭除之誨、猶幸與先太僕繼起而同源如閣下者、得與生同時。而亦屬父之執、且近在數十里之內、非有介紹之難、間關之苦。則舍閣下其誰與歸。藤井良雄氏は「歸莊の文學思想」で、この錢への手紙を、錢が淸の禮部侍郞であった一六四五年後半から四六年前半の間に書かれたものと推定しているが、明の遺民である歸莊が錢を呼ぶのに淸の官名でもってするはずはなく、また、書中に錢が〝父の執に屬して〟いる（亡父ではない）ということや、書中〝莊〟と自稱して、明が滅んでから用いられた〝祚明〟という名をここでは使っていないことなどから、この文はむしろ張傅の死んだ一六四一年以後、明滅亡の一六四四年以前に書かれたものとみるのが妥當であろう。歸莊は、禮部右侍郞が明朝で錢謙益の歷した最高官職であったため、錢を〝侍郞〟と呼んだのである。

（7）『列朝詩集』丁集中「震川先生歸有光」　熙甫爲文、原本六經、而好太史公書、能得其風神脈理。其於六大家、自謂可肩隨歐曾、臨川則不難抗行。

（8）『初學集』卷八十三「題歸太僕文集」參照。

（9）康熙本（四部叢刊本）『震川先生集』卷二十九「順德府几銘」參照。

（10）『歸莊集』卷六「太僕府君讀書几志」　抑余嘗聞府君多藏書、往往有手澤焉。府君捐館時、先王父尙幼、獨無所得。惟有詩經大全・淮南子兩部。此書間有細字標識。先王父嘗指語莊：『此汝曾大父手跡』。莊之猶得識府君手跡、獨賴此耳。近者頗聞友人說、『某家有某書、某家有某書、爲府君手評』。恨無力購之、然謹識之不忘。

（11）『歸莊集』卷八「先王考太學府君權厝誌」參照。

(12)『歸莊集』巻四「書先太僕全集後」　先伯祖某刻於崑山。其人不知文而自用、擅自去取、止刻三百五十餘篇。又妄加刪改。

(13)『歸莊集』巻四「書先太僕全集後」　先君子……語莊兄弟曰、「汝曾祖文章、可繼唐宋八家、顧不盡流傳於世。吾欲以諸刻本與未刻者合而録之、今窮老無力。他日汝輩事也」。藤井良雄氏は、「歸莊の文學思想」でこの部分を錢謙益が歸莊に語った言葉とみなして論を進めているが、前後の文意から考えて、これは歸昌世の言葉である。もし錢謙益の言葉だとすれば、錢が後に歸莊や歸起先と四十巻本を編次した事實と矛盾することになる。

(14) 王執禮校とあるが、巻三と巻十二が周詩、巻十が夏禹錫の校である。

(15) 日本では、尊經閣文庫と東京都立圖書館特別文庫に藏されている。前に「歸子祜歸子寧編王執禮校」とあり、後ろに「萬曆癸酉（元年）男子子祜子寧編次、丙子（四年）浙人翁良瑜梓行・雨金堂」とある。今、兩文庫藏本とも集後にこの翁氏による歸有光の祭文を附す。しかし、尊經閣藏本の方がその巻頭に、子祜の序文と萬曆三年の門生周詩による「歸先生文集小引」を有するのに對して、都立圖書館藏本の方はこれを削り、萬曆十五年の閩人陳奎の序文と萬曆十六年の沔陽の陳文燭の序文を載せている。さらに、雙方とも附録の目録に、行狀・墓誌銘・墓碣・先君述・先君序畧を缺いており、また都立藏本では、墓誌銘の代りとして萬曆十六年の陳文燭による墓表が載せられている。

(16) 康熙本（四部叢刊本）『震川先生集』巻二「龍游翁氏宗譜序」。

(17)『列朝詩集』「歸有光小傳」　熙甫歿、其子子寧輯其遺文、妄加改竄。賈人童《ママ》氏夢熙甫趣之曰、『亟成之、少稽緩塗乚盡矣。』刻既成、賈人爲文祭熙甫、具言所夢。今載集後。

(18)『歸莊集』巻四「書先太僕全集後」　先伯祖某……又妄加刪改。府君見夢於梓人、梓人以爲言乃止。故今書序二體中往往有與藏本異者。

(19)『歸莊集』巻五「再答汪苕文」　夫先從祖之改壞太僕文、見於翁書賈之祭文、□□□之序傳、讀太僕集者皆知之。（□□□は錢謙益。）

(20) 崑山本附録「祭文」　萬曆四年、歳有丙子、二月十有六日、旅人太末翁良瑜、謹以鵝酒香楮之儀、告奠于故太僕丞震川先生歸公之墓曰、……公今則歿、遺稿在笥。僭爲鐫行、冀開來裔。惟公有神、馮夢謂我、我文子鐫、子愼乃可。……今工告完、布行有日。敢訴公靈。

(21) 尊經閣文庫藏崑山本の歸子祜「序文」に、「先君生平所著文、毎脫藁、往往爲門人持去。雖多散軼、然所加意者、未嘗不存於家。在安亭有安亭稿、在都水有都水稿。往歳官邢州、亦嘗自揀選。至於應酬之作、多所刪去。今子祜等少加增、益而又入。」とある。

(22) 『初學集』卷八十三「題歸太僕文集」に、「歸熙甫先生文集、崑山・常熟皆有刻、刻本亦皆不能備。而送陳自然北上序・送蓋邦式序、則宋人馬子才之作、亦誤載焉」とみえる。

(23) この問題を扱った論文は、本書第I部第一章第三節の4-hを參照されたい。

(24) 『歸莊集』卷五「與某叔祖」參照。また、歸扶風が品行に問題のある人物であったことは、『歸莊集』卷五「與扶風弟」によって知られる。

(25) 傳本が少なく、日本では天理大學附屬圖書館古義堂文庫、石川文化事業財團お茶の水圖書館成簣《せいき》堂文庫にのみ存する稀覯本。

(26) 蔣以忠の傳記資料としては、『皇明文海』（闕名輯・京大人文研藏景照本）卷百二十李維楨撰「福建按察司副使蔣公墓表」などがある。また、『增訂四庫簡明目錄標註』（一九六三年 中華書局）には、『蔣以忠校定二十五卷』とみえているが、この本の詳細は不明である。あるいは常熟本「二十卷」を「二十五卷」と誤ったものか。待考。

(27) 常熟本の蔣以忠「序文」には「先生之文、始刻於建州、又刻於玉峯、俱未備。是集得文三百五十篇、列爲二十卷。先生著述甚富。而太學君摭搜之勤、可尚也」とある。

(28) 『歸莊集』卷四「書先太僕全集後」　其後宗人道傳又刻虞山、篇數與崑山本相埒、文則崑山本所無百有餘篇、然頗多錯誤。

(29) 『有學集』卷十九「歸玄恭恆軒集序」　余好佛、玄恭不好佛。余不好酒、而玄恭好酒。余衰老若枯魚乾螢、玄恭骨騰肉飛、急人之難甚于己。兩人若不相爲謀者。玄恭早夜呼憤、思繼述乃祖太僕公之文章、以余爲知太僕也。時時就問于余。論文未竟、輒縱談古今用兵方略如何、戰爭棋局如何、古今人才術志量如何。余隱几側耳、若憑軾巢車以觀戰鬭。不覺欣然移日。

(30) 『有學集』卷十二「贈歸玄恭八十二韻戲效玄恭體」。

(31) 『歸莊集』卷八「祭錢牧齋先生文」。

(32)『明季北略』巻三十二參照。『小腆紀年』巻四には、「又有刑部主事常熟歸起先者、亦授僞防禦使、或曰縣令。」とみえる。

(33) 今、康熙本に収載する「新刊震川先生文集序」と『初學集』巻十六のそれとは若干字句の異同がある。

(34)『歸莊集』巻四「重刻先太僕府君論策跋」　抑論策雖曰應擧之業、然亦存乎其人。以擧業之手作論策、則擧業矣。以古文手作論策、論策亦古文也。……近日牧齋先生重選定府君文集四十巻、論策皆收入各一巻、誠以府君之論策、不同於世人之爲也。諸君子之重刻以便後學、甚盛心也。而府君之文章、亦稍流通於世。嗟夫、安得此四十巻者、一旦盡付之梓、以公之天下乎。近世刻文集者、汗牛充棟、或未必可以傳後。以府君之文集、而力不能使之流傳、是莊之罪也夫。

(35) 註(34)の「重刻先太僕府君論策跋」に「制擧業則艾千子先生推爲三百年來第一」とみえる。

(36)『歸莊集』巻四「書先太僕東園翁傳後」　後太僕晩得一第、而仕不顯。先待詔先博士僅僅登科、皆無祿早世。至於余而歸氏之緒不絶若線。以我先世之多令德而式微如此、則又何也。

(37)『歸莊集』巻四「書先太僕全集後」　今文章如太僕府君、而後之人不使之流傳。不能承父之志、揚祖之美、以副當世之士宗仰愛慕之心、而上答天生人才之意、豈惟得罪於先公。抑亦得罪於當世之士、得罪於天矣。顧莊自知負罪、而壁立磬懸、無可如何。惟有朝夕向家祠叩頭長跪、冀冥漠之哀宥。又自念而無子、孑獨一身、而近日風波、幾不免禍。脫不幸溘先朝露、則此書更誰託哉。此其尤痛心疾首、而不能一刻寬者也。既力不能付梓、且多留副本於世、及人有借鈔者與之、仍刻期見還。此亦不得已之思也。若合鋟以流傳、不知當在何時。則莊之可告無罪於先世、於天、於當世之士、亦不知在何時。嗚呼、可哀也已。

(38)『歸莊集』巻三「吳梅村先生六十壽序」に「府君文集、尚多藏本、後人力不能付梓、先生悼其不盡傳於世、致書海陵季侍御、欲其鋟板流傳」とみえる。

(39)『歸莊集』巻五「與季滄葦侍御書」。

(40)『歸莊集』巻十「雜說」。

(41) 張穆の『顧亭林先生年譜』は『微雲堂雜記』に、「顧寧人與吾友歸元恭同里閈、元恭守鄉曲、而寧人出游四方、所至墾田自給、元恭嘗邀同社諸君子會於影園、余以病不果往。元恭旋歿、余以詩哭之。亦爲文祭之曰『先王道喪、士習懦愞、孔子有言、必爲狂狷、歸奇顧怪、一時之選……』」とあるのを引いて、「歸奇顧怪」はここより出たとしている。

(42) 王應奎『柳南隨筆』卷五　崑山歸元恭先生、狂士也。家甚貧。扉破至不可闔、椅敗至不可坐、則俱以緯蕭縛之、遂書其匾曰『結繩而治』。亦除夕嘗署其門云、『一鎗戳出窮鬼去、雙鈎搭進富神來』。其不經多此類。時人呼爲歸癡云。

(43) 『歸莊集』卷五「與丘顯若書」　朱家壽文、承命作跋、弟素不能虛譽、不過道其實。但措詞略少蘊藉耳。

(44) 『歸莊集』卷十「聞詛」。

(45) 「諱高祖辨」、「誅邪鬼」、「隨筆二十四則」はともに『歸莊集』卷十所收。

(46) 古文辭派後七子の雄、王世貞が晩年歸有光の古文の美を悟り、「歸太僕贊」を作ってその文を贊えたことを指す。今康熙本の附錄に收載されている。

(47) 『歸莊集』卷五「與徐原一公肅」　每卷之末、卽以勘訂借重姓名。今尚有七八卷無所屬。弟因思兩年翁皆當今宗匠、又慕義若渴。若不以告、書成而無兩年翁姓氏、則弟之過也。故特以奉聞、募刻單及助刻姓氏附覽。若蒙高誼、得助成盛擧、豈弟一人之私感大惠。天下士林亦誦義無窮矣。

(48) 『歸莊集』卷五「與葉嵋初」參照。

(49) 『歸莊集』卷五「再答汪苕文」參照。

(50) 四部叢刊本『堯峯文鈔』卷二十五に「歸震川年譜後序」がある。

(51) 『鈍翁前後稾』卷六十二に「重訂歸先生詩集考異」（康熙十四年校定）がある。

(52) 四部叢刊本『堯峯文鈔』卷二十五の「歸詩考異序」には「又竊意其家所藏者、或未必果出於先生之筆授、而其校讎此鈔本之人、亦未必親事先生而習見其讀書爲文者也」とみえる。

(53) 『歸莊集』卷五「與周漢紹」に「但令師爲人有城府、非若僕之疎直伉爽者比、在吳門刻、恐人知之、安知不刻於他處乎。然春秋美蕭魚之會、以信待人而不疑、況僕每爲應兵、若彼之考異刻成、而僕考異駁繼出亦未晚、今姑藏之以待。序文先奉覽」とみえる。

(54) 歸莊が崑山陷落の後、當時五歳であった玠を搜し出して引き取ったことは、「歸氏二烈婦傳」（『歸莊集』卷七）にみえる。

(55) 本書第Ⅱ部第五章「二つの『未稿刻』」を參照されたい。

各種版本の編纂過程を圖示しておく。

版本編纂過程圖

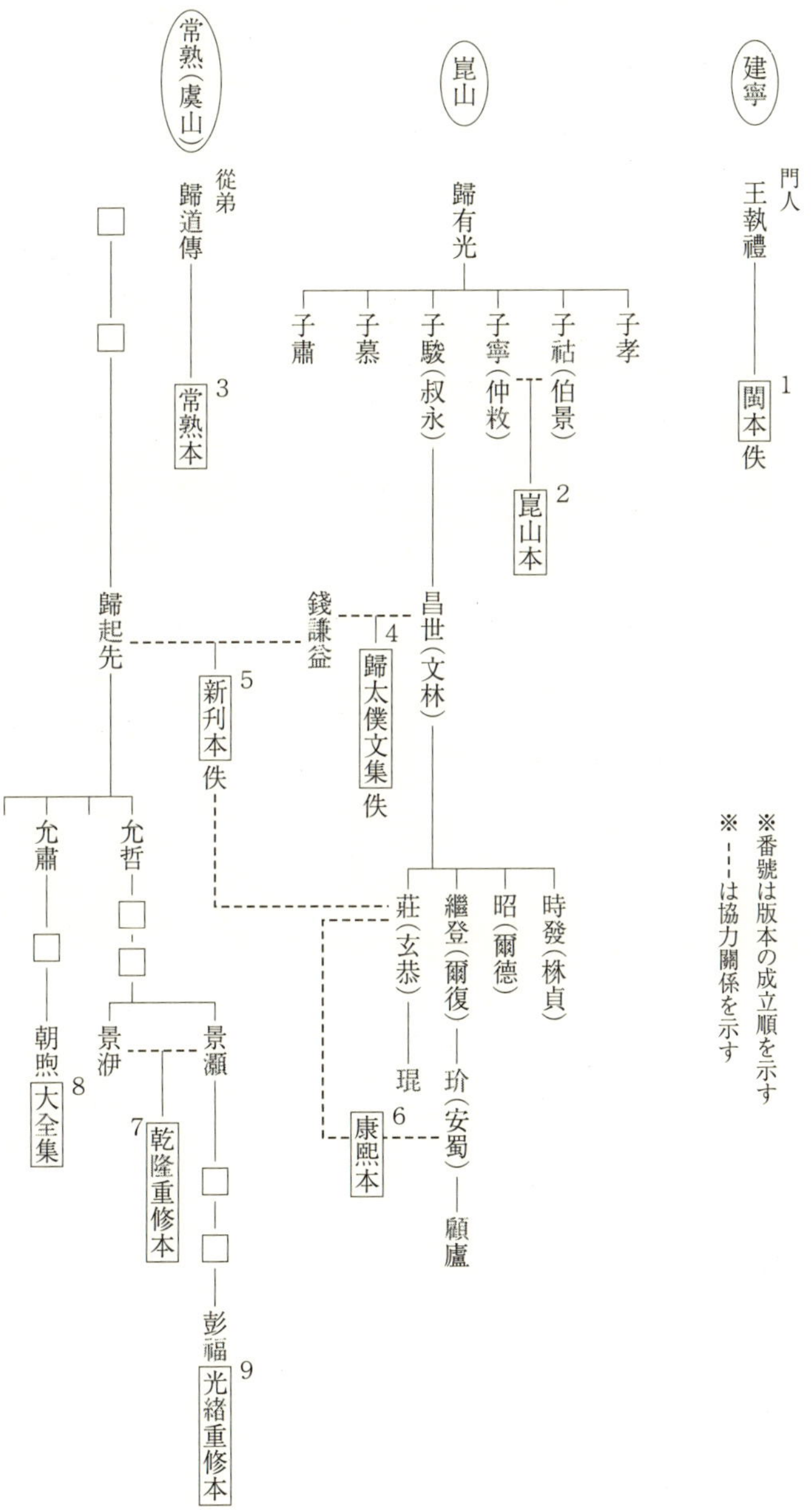

第五章　汪琬の歸有光研究

小　序

汪琬（一六二四～九〇）、字は苕文、侯方域（一六一八～五四）、魏禧（一六二四～八〇）とともに、清初、三大家の一人に數えられる古文家である。順治十二年（一六五五）の進士で、戸部主事を以て致仕したが、康熙十八年（一六七九）、博學鴻儒科に擧げられて『明史』の編纂局に入った。しかし、人と合わず、病氣を理由に六十日でこれを罷めて郷里に歸り、堯峰に隱居している[1]。號は、初め玉遮山樵、のち鈍庵または堯峰。鈍翁とはその尊稱である。文集は『鈍翁前後類稿』六十二卷、『續稿』五十六卷。四部叢刊所收の『堯峯文鈔』五十卷は、死の直前、汪琬が删定校讐した自選集である。

汪琬が歸有光の文を好んだことは、よく知られている。汪琬は、歸有光の郷里崑山からほど近い蘇州府長洲縣の人である。歸有光に傾倒した汪琬は、「歸有光列傳」を書き、『歸震川先生年譜』を編纂し、さらに歸有光の曾孫歸莊（字は玄恭、康熙帝の諱を避ける際は元恭とも書される。一六一三～七三）が刻行した『震川先生集』（康熙本）の校定に異を唱えてこれと論爭、遂に朱子の『韓文考異』に倣った『歸文考異』『歸詩考異』を著している。

しかし、『明史』の編纂局を僅か六十日で罷めたことからも知られるように、汪琬は狷介な性格のもち主で、これ以外にもたびたび人と悶著を起こしていたため、歸莊との論爭も當時の士大夫の揶揄の對象としかならず、上述の書に代表される彼の歸有光研究は、十分な檢討がなされぬまま今日忘れ去られたかの感がある。

汪琬の歸有光研究のうち、『歸詩考異』は『鈍翁前後類稿』に、「歸有光列傳」は『擬明史列傳』中の一篇として『續稿』に收められているが、『歸震川先生年譜』と『歸文考異』は亡佚して傳わらない。ただし、『歸文考異』については、歸莊にあてた書簡二篇と、現在臺灣の國家圖書館が藏する汪琬批校本『歸太僕文集』によってその片鱗を窺うことができる。

本章の目的は、これらの資料をもとに汪琬の歸有光研究を檢討し、その意義を明らかにすることにある。さらに、汪琬が批判した康熙本『震川先生集』について、その版本上の問題點をも考察したい。

一　汪琬の文學觀と歸有光受容

まず、汪琬の文學觀と歸有光文學の受容をみておく必要があろう。

汪琬と同時代の朱子學者陸隴其（一六三〇〜九二）は、『鈍翁類稿』を讀んだ感想を日記に次のように記している。

> 苕文の歸太僕を推重すること至れり。『歸詩考異』を作り、又た『震川年譜』を作る。蓋し其の意中、自ら以て震川の一派に接ぐと爲す。殆ど亦た之に近し。（『三魚堂日記』巻上）(2)

陸隴其は、汪琬が自ら歸有光の後繼を以て任じていたことをいい、かつまた、確かに彼がそれにふさわしい存在であったことを認めている。おそらくこれは、當時の一般的見解だったと思われる。

ところが、汪琬は、世間からそのように評價されることに戸惑いを感じていたらしい。それは、汪琬が友人にあてて自らの『鈍翁類稿』を論じた書簡の口ぶりからも知られる。

今の某《それがし》の文を讀む者、盧陵を祖とすと曰はざれば、卽ち震川を禰とすと曰ふなり。其の未だ某の文を讀まざる者も、亦た附和して云云す。悠悠たる耳食の論、某之を聞くに未だ嘗て心服して首肯せざるなり。（「與梁曰緝論類稾書」(3)）

世間では自分の文のことを歐陽脩でなければ歸有光を祖述したものだといっており、自分の文を讀んだことのない者までそのようにいいはやしている。汪琬はこのことに不滿氣である。なぜか。彼は續ける。

何となれば、凡そ文を爲る者は、其の始めや必ず其の從りて入る所を求め、其の旣《をは》るや必ず其の從りて出づる所を求む。彼の句剽字竊、步趨尺寸して以て言工《たく》みなる者は、皆な能く入るも、能く出でざる者なり。古今の人、相ひ及ばずと雖も、然れども學問の本末は、各おの會心する所と其の得力する所の者と有らざるは莫し。卽《たと》ひ父子兄弟なるも、猶ほ相ひ假借せず、況んや盧陵・震川をや。某の文を以て上は二君子に視ぶれば、其の氣力の厚薄、議論の醇疵、局法の工拙、固より已に大いに相ひ區絕す。其の得力會心の在る所に至りては、以て自ら喩《さと》る可きも、以て人に語る可からず。亦た豈に能く之を驅りて盡く古人に同じうせしめんや。（「同右」(4)）

汪琬は、文を爲るには最初は必ず古人の文を學ぶべきだが、後にはそこから脫却して自らのスタイルを確立しなければならないと主張する。しかもその學び方は物眞似であってはならない。汪琬は、自分の文章の操從法は、歐陽脩や歸有光の比ではないし、得力會心の所については自得していても人に語るものではないとする。そして、古人と全く同じであることなど望まないという。

右の書簡からは、汪琬の歐陽脩や歸有光に對する敬慕と同時に、單に彼らになぞらえたり、彼らを引き合いに出したりすることで自分の文を賞讚しようとする世間への反撥が感じとられる。

それにしても、なぜ、當時の人々は汪琬の文をいうのに歸有光と歐陽脩を引き合いに出したのか。それは、汪琬自身の文學觀と關わりがあるに違いない。

次にあげる汪琬の書簡は、彼の歐陽脩と歸有光に對する評價を端的に示している。

前明二百七十餘年、其の文嘗て屢しば變ず。而して中間最も卓卓として名を知らるる者は、亦た古人を學びて之を得ざるは無し。羅圭峰（玘）は、退之を學ぶ者なり。歸震川は、永叔を學ぶ者なり。王遵巖（愼中）は、子固を學ぶ者なり。方正學（孝孺）・唐荊川（順之）は、二蘇を學ぶ者なり。其の他の楊文貞（士奇）・李文正（東陽）・王文恪（鏊）は、又た永叔・子瞻を學びて未だ至らざる者なり。前賢の古人を學ぶ者は、其の詞を學ぶに非らざるなり。其の開闔呼應、操縱頓挫の法を學びて、焉《これ》に變化を加へ、以て一家を成す者、是れなり。後生の小子、其の說を知らずして、乃ち剽竊模擬を以て之に當らんと欲す。而して古文是に於いてか亡べり。（「答陳靄公書二」）[5]

汪琬は、前明の著名作家をあげて、各作家がどのような文學を繼承したかについて述べている。それが、いずれも唐宋八家と關連づけられていることに注目したい。

清初は、汪琬・侯方域・魏禧等三大家を中心として、唐宋八家文流行の氣運が巻きおこった時期である。汪琬が明人を批評する基準もまた唐宋八家を繼承したかどうかという點にあった。彼は、明の大家と呼ばれる人は、唐宋八家の用字のみならず文章のリズムや操縦法をも學び、そこに變化を加えて一家を成すに至ったのだという。その中で、歸有光は、歐陽脩の文學を學んでそれを會得した人物だと考えられているのである。

この書簡、そして先に擧げた書簡によって、汪琬が眞に提唱したのは、唐宋八家、特に歐陽脩の文學であり、歸有光はその正統的後繼者であると認識されていたことがわかる。

歸有光を論じる際、唐宋八家を引きあいに出すのは、汪琬以前、たとえば錢謙益の『列朝詩集』歸有光小傳などにも見えている。しかし、それは歸有光文學の價値を論ずる場合であって、歸有光文學の源流が歐陽脩にあるとし、兩者の繼承關係を特定したのは、汪琬の獨創である。汪琬には歸有光を己の提唱する歐陽脩文學の系譜の中に組み込むことによって、その地位を高めようとする意圖があったのではなかろうか。本書第Ⅰ部第二章で述べたように、かつて錢謙益は歸有光を自らの反古文辭の先覺者として評價した。汪琬はそれを一歩進めた形で、唐宋八家の正嫡として歸有光を評價したのである。

ただ、文學の規範をどこに求めるかということと、實際の創作で何を手本とするかということは別の次元の問題である。汪琬の文章は、歐陽脩よりも歸有光に近い。唐宋八家をめざした汪琬が實作の上で範をとったのが、明の歸有光だったといえよう。

汪琬に「王烈女傳」（『堯峯文鈔』巻三十五）という作品がある。これは、順治十六年（一六五九）の進士王又旦（字は幼華）の依頼で書かれたもので、盗賊に連れ去られた王又旦の姉が、井戸に身を投げて貞操と家の名譽を守ったことを表彰するものである。汪琬は、この依頼を引き受けるに當って王又旦に手紙を送り、忠孝義烈者の傳記とはどのようにあるべきかを說いた後、次のようにいう。

昔 李習之 盛名を唐に有せり。然《しか》れども獨自《みづか》ら述べて、其の敍する所の「高愍女」「楊烈婦」は班孟堅・蔡伯喈の下に在らずと爲す。近世の歸震川先生、亦た東南の大儒と號するは、尤も沾沾として自ら喜ぶ者なり。惟だ「張氏女子神異記」を作るに在りては、亦た前賢の心を用ふるを窺ひ見る可し。而るに流俗 察せずして、妄りに相ひ推許し、遽かに謂へらく、文章の權、以て死者を褒寵す可くして、幾んど自ら夫子の『春秋』に比《なぞ》らへんと欲すと。亦た夸にして信じ難からずや。琬 才學惷陋にして、李習之・歸震川の列に廁しむれば、必ず當に愧顏し汗下るべし。然れども其の諸人に私淑する者《こと》、殆んど年有り。方に足下の示す所に借りて、以て自ら其の文章を傳へんと欲す。（「答王進士書」(6)）

汪琬は、目標とする烈女傳や節婦傳の作家として、唐の李習之と明の歸有光を擧げている。李習之すなわち李翺は、かつて皇甫湜にあてた手紙の中で、自作の「高愍女碑」と「楊烈婦傳」は、左丘明や司馬遷とまではいかずとも班固や蔡邕には劣るまいと語った(7)。また、歸有光は、忠孝義烈者の傳、とりわけ節婦烈女の傳記を好んだことで知られ、安亭の張貞女のために書いた「書張貞女死事」「張貞女獄事」「貞婦辨」「張氏女子神異記」等の他に、數々の烈婦・節婦傳が傳わっている（本書第Ⅱ部第四章）。これらに「私淑すること年有り」と語る汪琬は、「王烈女傳」の筆を執る際、それらに匹敵するようなものにしたいと切望していた。ならば、汪琬の文集にみられる多くの烈婦傳は、歸有光を意識した結果だといえよう。

汪琬の文集の中に、歸有光の文學を具體的に論じた作品は少ない。しかし、汪琬の文章自體は、歸有光のそれを彷彿とさせるものが多い。特に烈婦傳や兒女のために書いた壙誌の類は、そうである。二人の子の字の由來を述べた「名字二子說」（『堯峯文鈔』巻九）は、歸有光の「二子字說」を意識していよう。また、汪琬の書室を苕華書屋というが、あるいはこれも歸有光の名篇「杏花書屋記」に因んだものかもしれない。そう思わせるほど「苕華書屋記」（『堯峯文鈔』巻二十二）をはじめとする汪琬の記室の文は、歸有光の抒情文に近い。

汪琬が提唱したのは唐宋八家文、特に歐陽脩であったが、實際には汪琬の文學は、歸有光の影響を拔きに語ることはできない。彼の歸有光研究も、こういった歸有光への傾倒に基づくのである。

二　『擬明史列傳』歸有光傳の特徵

汪琬を博學鴻儒科に擧げた陳廷敬は、汪琬の墓誌銘に次のようにいう。

> 明年 詔して試みられ、上 親《みづか》ら其の文を拔き、翰林編修を授け、『明史』を修するに與《あづか》る。先生既に道德の文章を以て己が任と爲し、是に由りて之を側目する者有り、益ます故山に歸らんことを思ふ。史館に在ること六十日、史稾百七十五篇を撰し、門を杜して疾と稱する者《こと》一年、病を以て免ぜられて歸る。（「翰林編修汪先生琬墓誌銘」）[8]

汪琬の史稿百七十五篇[9]すべてが『明史』編纂局に居た僅か六十日の間に成ったとは考えにくい。大半は、出勤拒否をしていた一年の間に書かれたものであろう。それらは、今、『擬明史列傳』二十四巻と題され、『續稿』に收められている。「歸有光列傳」は、その中の一篇である。

汪琬は「列傳」に歸有光の略歴と官銜をひととおり記した後、歸有光の文を評して次のようにいう。

有光の學は、六經に原本し、而して司馬遷の書を好み、其の風神脈理を得たり。故に文を爲りて超然俊逸、古への大家に配す可しと云ふ。(10)

歸有光が六經に原本し、『史記』を好んでその神髓を得たというのは、先行する錢謙益の『列朝詩集』小傳をふまえたいい方であり、王鴻緒の『明史稿』や欽定『明史』の記述と大差ない。(11)ところが汪琬の「歸有光列傳」が他書と大きく異なるのは、次の部分である。

經を治めては、尤も『易』に溦《ふか》くして、「易圖論」二篇を作る。『易』を學ぶ者 皆な之を稱す。(12)

この後、汪琬は、延々七百九十七字に亙って歸有光の「易圖論」上下二篇の要旨を引く。列傳全體は一千六十字であるから、その大半は「易圖論」の内容紹介に費されている勘定になる。

歸有光の「易圖論」上下篇は、宋の邵雍（字は堯夫、謚は康節）の易學に對する微辭である。邵子易學は、象數で以て森羅萬象、この世の治亂興廢を說明しようとするもので、伏羲の易を周易と區別して先天易と呼び、易の八卦を方位にあてはめた「先天易圖」を發明した。そこには道家や釋氏の影響があるといわれており、邵子の友人であった程子は荒唐無稽として採らぬが、朱子はこれを支持し、『易本義』の巻頭に「先天易圖」を載せている。歸有光は「易圖論」上篇で、邵子が『皇極經世書』で唱えた先天の學を、「要するに、其の旨聖人に叛かざるも、然れども以て易を作るの本と爲す可からず(13)」として、「先天易圖」すなわち伏羲の易ではないと批判する。下篇では、圖でもって易を說くのは邵子に始まることを述べ、「吾、夫《か》の儒者敢へて文王の易を以て伏羲の易と爲さずして、乃ち伏羲の易を以て邵子の易と爲すを怪しむ。以て論ぜざる可からず」と結んでいる(14)。

歸有光の文學をいう際、「六經に原本」したことは、ほとんど定冠詞のように使われる表現である。『列朝詩集』小傳をはじめとして、『明史稿』や『明史』も同樣の表現をし、黃宗羲の歸有光に對する批評でもこれが強調されている(15)。歸有光は、明の著名な朱子學者魏校（莊渠先生）に師事した人である。しかしながら、後世、經學の方面で贊揚されることはあまりない。文學が「六經に原本」するといわれることはあっても、經學そのものが推賞されることは少ないのである。たとえば黃宗羲は、歸有光の經學を宋濂と比較して、「震川の學は、畢竟之を掐みて盡くし易し(16)」といい、『明儒學案』に歸有光を採らない。『明史稿』や『明史』にしても、歸有光は文苑傳に配されているのである。歸有光の經學について具體的に論及した汪琬の「歸有光列傳」は極めて特異なものといえる。

さらに、ここで注目したいのは、もし單に歸有光の經學をいうためだけなら、他の作品、たとえば「洪範傳」や「考定武成」であってもよいはずだということである。なぜ汪琬は「易圖論」を選んだのであろうか。

それは汪琬自身の易學と深い關係がある。彼には夥しい量の經解があるが、その中の一つ「八卦方位圖說」には次のようにある。

> 然らば則ち文王四正卦の方位は、本《もと》河圖に法《のつと》る。而るに邵子謂ふ所の伏羲の圖は、則ち本づく所を知らず。此れ先天の學の先儒に非《そし》らるる所以なり。朱子既に邵子を主とし、他日又た康節の伏羲の八卦を說く有るも、穿鑿附會の疑に近し。後の學者、以て從ふ所を審らかにす可し。（「八卦方位圖說二則(17)」）

朱子學者である汪琬は、一般に宋學を擁護するが、邵子の「先天易圖」については、歸有光と同じく批判的な意見を有していたことがわかる。汪琬が「歸有光列傳」に「易圖論」を引いて歸有光の易學を稱えたのは、こういった事情によると考えられよう。

汪琬は、經學の方面でも歸有光を先儒とみなし、それを繼承していたのである。

三　『歸震川先生年譜』の編纂

さて、以上みてきたように、文學と經學の兩側面で歸有光を敬慕していた汪琬には、歸有光研究の方面で數々の著作がある。そのうち『歸震川先生年譜』は比較的早期のものと思われる。ただし、殘念なことに、現在傳わらず、自序のみが彼の文集に見えている。自序にいう。

先生既に歿するの後、其の族弟道傳、遺集二十卷を刻し、其の子子祜・子寧、又た集三十二卷を刻す。二本の去取、多くは同じからざるも、子祜等の刻する所は詩一卷有り、又た行述・墓表・誌銘一卷を附し、道傳の本に視ぶるに稍や備はれり。而るに獨り年譜無し。琬深く之を惜しむ。因りて其の事蹟を畧し、稍や之を次第し、以て高山仰止の義を示さん。（「歸震川先生年譜後序」(18)）

歸有光集の版本で、最もよく行なわれているのは、康熙年間に歸有光の曾孫歸莊が刻行した『震川先生集』（四部叢刋本）であるが、これに言及していない處を見ると、このときはまだ上梓されていなかったのであろう。汪琬は、まず、萬曆年間の二種の刻本から說きおこす。一本は歸有光の子子祜・子寧が崑山で刻した三十二巻本（崑山本）、もう一本は、歸有光の族弟歸道傳が常熟で刻した二十巻本（常熟本）である。二本の收錄する文には出入があり、文字の異同も多い。ただし、常熟本が文のみを錄するのに對し、崑山本は詩一巻を併錄し、附錄として行述、墓表、誌銘の類を收める。[19] このことから汪琬は、崑山本の方を「稍や備はれり」というのである。

そして、唯一年譜が無いのを惜しんだ汪琬は、自ら年譜を爲り、「高山仰止」[20]――歸有光の高德を敬慕する義を明らかにしようとしたのであった。汪琬はいう。

夫れ明の中葉に當りて、士大夫爭ひて古文を言ひ、往往にして史漢の諸書を勦襲し、以て相ひ轅轢し、紛紜として倡和し、東南に徧《あまね》し。此れ先生、妄庸の人 之が巨子と爲るを深く歎ずる所の者なり。是に於いて荒江寂莫の瀕に退處し、獨り其の門人子弟と六藝を講求し、慨然として斯文を以て己が任と爲す。而して遠く游夏の徒を千數百年の上に追はんと欲す。亦た豪傑の士ならずや。（「同右」）[21]

汪琬は、明の中葉に東南――吳の地方を席卷していた古文辭派に言及し、歸有光がその狀況を歎じて、首領を妄庸の巨子と呼んだこと、[22] そして數人の門下生とともに六經の研鑽を積み、子游・子夏の如き文學を己が任としていたことを讃える。また、時流に同調せず、自らの道を守った歸有光に對し、彼は〝豪傑の士〟という言葉を贈っている。

汪琬はこの後に、歸有光が何度も會試に赴いて選に中らず、九回目にようやく進士に及第したことを述べ、歸有光の學識を以てすればもっと早くに進士になってもよかったものをと惜しむ。官界での歸有光は、長興（今の浙江省長興縣）の知縣と、順德府（河北省邢台市）の通判を經て、京師に入覲したところを知己に見出されて南京太僕寺丞を授けられ、そのまま內閣にて制敕を草することになり、纂修世宗實錄を拜命する。そしてこれから高文大作の筆を揮わんとした矢先、長逝してしまう。汪琬は、王錫爵の撰した墓誌銘を引いて次のようにいう。[23]

王文肅公（王錫爵）嘗て稱す、「先生の文は淸廟の瑟の如く、一唱三歎す。人を感ぜしむるに意無きも、懽愉慘惻の思ひは言外に溢る。大雅不羣の者と謂ふ可し」と。竊かに歎じて以て知言と爲せり。（「同右」）[24]

「淸廟の瑟、壹唱して三嘆す」とは『禮記』「樂記」に見える句で、音樂や詩文の美を稱える最高の賞め言葉である。[25]一般に墓誌銘はやや誇張した表現を用いるのが常だが、汪琬は、王錫爵の言葉はすなわち「知言」だと感嘆するのである。

先人の年譜を作成するという行爲には必ず先人に對する憧憬と敬慕の念が含まれる。また、經歷や交友歷を考證するためには、先人の著作すべてに目を通し、周邊資料を搜求する必要がある。汪琬はそういった勞力を惜しまなかったのである。もしこの年譜が殘っていたら、それは最も早い、かつ優れた歸有光の年譜となったはずである。[26]

さて、自序の最後に汪琬は次のようにいっている。

去年夏、琬 同年生に屬して先生の曾孫莊從り其の遺像を寫さんことを乞ふ。而るに今に至るも猶ほ未だ以て復する有らず。當に書を致して之を促すべきも、先づ其の事を此に識し、將に以て譜の右方に附さんとす。（「同右」）[27]

汪琬は年譜に歸有光像を載せようとして、進士同年の友を通じて歸莊に頼んだという。しかし、論者は歸有光の遺像は竟に汪琬の手元に屆かなかったと確信する。なぜなら、歸莊との間に隙を生じたからである。

四　「歸元恭に與ふる書」

康熙十一年（一六七二）、歸莊から新刻の『震川先生集』を贈られた汪琬[28]は、その校定に不滿を抱き、それを歸莊に書き送った。今、この最初の汪琬の手紙は現存しないが[29]、歸莊の「答汪苕文民部書」（『歸莊集』卷五）[30]は、これに對する返書である。ところが、歸莊の返書が屆かぬうちに、汪琬は先の手紙を書き直した形の「與歸元恭書一」（『堯峯文鈔』卷三十三）を出し、さらに知人から歸莊が自分の手紙について怒っていると傳え聞いて、彼に「與歸元恭書二」（同）をつきつけた。

「與歸元恭書一」は、「昨 刻する所の太僕先生集を讀むに、中間頗る牴牾多し」で始まる手嚴しい內容ではあるが、疑義のある三箇條に則して具體的に議論を進めるものだった。

ところが汪琬は、「與歸元恭書二」では一轉して歸莊に對する個人批判を展開する。個人批判とは、歸莊は、崑山本の編者であり自らの大おじにもあたる歸子祜・子寧が歸太僕の文を塗乙《とちゅ》したというが、歸莊自身も歸太僕の文を塗乙しているのだというものである。さらに汪琬は、自分が言わなくても天下後世の士大夫は必ずそのように言うであろうし、區區たる一布衣の歸莊はその口を箝ぐことはできないといい放った。そしてついに、朱子の『韓文考異』や『楚辭辯證』に倣い、『歸文考異』を作ることを宣言したのである。

一方、歸莊は、汪琬からの最初の手紙に對しては、寧《ねんごろ》に謝意を述べて一部分はその批判を受け入れたが、汪琬から「與歸元恭書一」「與歸元恭書二」を立て續けに送られた後は、一變して態度を硬化させ、「再答汪苕文」（『歸莊集』卷五）を出して反擊に出た。歸莊は、まず、「與歸元恭書一」に示されている三箇條の疑義についての議論が、汪琬の最初の手紙の內容と異なっていることを指摘し、自分が汪琬にあてた返書は、最初の手紙に對するものであるのに、最初の手紙を後から書き換えられては立つ瀨がないと恨んでいる。とりわけ歸莊を怒らせたのは〝區區たる一布衣〟という言葉であった。明の遺民である歸莊にすれば、淸に出仕した汪琬からこのように罵られるのは、耐え難いことだったろう。歸莊は、考異の書を作るという汪琬に對し、顏延之が自分より出世した息子竣を戒めた言葉を引いて、「善く之を爲し、後人をして汝が拙を笑はしむる勿れ」と皮肉を投げつけるのである。[31]

歸莊は顧炎武（一六一三～八二）とともに「歸奇顧怪」と稱されるほど奇行で知られ、崑山陷落の際は、義勇軍を率いて淸兵と戰った直情の人である。前章「歸莊による『震川先生集』の編纂出版」で述べたように、遺民の道を選んだ彼にとって、歸有光の新刻本を上梓することは生涯を賭けた悲願であった。そこに橫槍を入れられたのであるから、歸莊が激怒するのも無理はない。

この後、兩者が仲裁者の周旦齡（字は漢初）に送った手紙によると、汪琬は既に『歸詩考異』の稿本を完成し、歸莊の方も『考異駁』を用意していたらしい。『歸詩考異』は『歸文考異』と合わせて『歸文辨誣錄』と改題されたが、仲裁者のとりなしによって梓に附されることなくその後亡佚し、現在『歸詩考異』だけが『重訂歸先生詩集考異』として『鈍翁前後類稿』に收められている。歸莊の『考異駁』は傳わっていない。

この論爭では、世間の同情は歸莊の方に集まったらしい。汪琬は、周旦齡にあてた手紙「與周漢初書」（『堯峯文鈔』卷三十三）の中で、〝區區たる一布衣〟の〝布衣〟は決して蔑稱ではないと苦しい辯明を書き連ね、歸莊は平生文人との交際が廣く、その聲欬氣勢は私を殺すものだと弱氣を見せている。當時江南には多くの遺民が居り、また反淸運動の餘熱冷めやらぬ頃だったことを思えば、汪琬が不用意に使った〝布衣〟の言葉は、遺民達の反感を買ったであろうことは想像に難くない。

汪琬は、周旦齡あての手紙を文集に收錄するに當って、これを公開するのは、自分の手紙を勝手に面白可笑しく改删して宴席の笑い話に仕立てる輩がいるからだといっている(32)。この論爭は、汪琬の性格とも相い俟って、恰好の揶揄の對象とされたのであろう。

汪琬の喧嘩早さは當時有名なことであった。そもそも汪琬が四十六歲の若さで早々と致仕したのも、戶部主事時代、權貴に逆い同僚と相い和せず、任期も明けぬうちに江寧西新倉に貶されたのが氣にくわなかったためである。特に、閻若璩（一六三六～一七〇四）と『儀禮』の喪禮をめぐって爭ったことは有名で、汪琬の死後、閻若璩は『潛邱劄記』卷四上に、「『堯峯文鈔』によると汪琬はかつての自說を改めたらしいが、これは私の說に從ったまでのこと」と得意氣に記している(33)。

また、葉燮（字は星期、號は横山、一六二七～一七〇三）とは、同じ吳の地に住みながら、弟子同士も仲が惡かったという(34)。蔡澄の『雞窗叢話』によれば、この原因は汪琬にあったらしい。嘗て博學鴻儒の薦擧の噂を聞いた葉燮が、汪琬に擧に應じるべきかどうかを相談したところ、汪琬は、「應じなければ名聲はますます高くなる」と答えておいて、自分だけがさっさと擧に應じた。葉燮はそれを恨み、ついに『汪文刺謬』二卷を著したという(35)。

これは『汪文摘謬』という名で十篇だけ刊行されたらしいが、葉燮の自序には、手嚴しい批判が見えている。

> 近者《ちかごろ》、吾が郡の汪君苕文、其の爲る所の文、居然として自ら稱して大家と爲す。僉《みな》其の歐陽子を祖述し、近くは震川歸氏を法《のり》とすと謂ふも、其の全集を閲するに迨びては、處として人をして啞然失笑せしめざる者無し(36)。

さらに王應奎の『柳南隨筆』巻一は、汪琬が「題容安軒記」(『堯峯文鈔』巻三十八)で、自ら姓の上に「子」の字を冠して「子汪子」と稱したことを「僭妄甚だし」として斥けている。[37] また同じ王應奎の『柳南續筆』巻三にも、黄宗羲が汪琬の文を評して、「議す可きもの無し、必ず傳はらず」と言った話が見えている。[38] 汪琬には尊大で人の反感を買いやすいところがあったのであろう。

右にあげたような汪琬に對する同時代人の悪口は枚擧に遑がない。おそらくそのためであろう、汪琬と歸莊の論爭も人々の話柄となりこそすれ、汪琬が歸莊に示した新刻本の校定の疑義が眞劍にとりあげられることはなかった。こういった扱いは現在に至るまで續いており、歸莊との論爭は、汪琬の歸有光への傾倒ぶりを示す事柄としてのみ喧傳されてきたふしがある。

しかし、新刻本すなわち康熙本に對する汪琬の批判は、十分檢討に値する內容をもっている。まして康熙本は現在最も行なわれている版本だけに、今日彼の主張を檢證する意味は大きいように思われる。

そもそも汪琬の學問の深さは、同年の進士で親友でもあった王士禛(一六三四〜一七一一)も認める處であった。『居易錄』巻九は次のようにいう。

同年の長洲の汪鈍翁琬、庚午十二月十三日を以て卒す。汪は狷急にして忤多く、交友の善く終はる者罕なり。予至誠を以て之と交はると雖も、亦た其の齮齕を免かれず。予は終に較《あらそ》はざるなり。海內の交知甚だ多きも、議論に根柢有るに至りては、終に此の君を推す。(『居易錄』巻九)[39]

王士禛もまた汪琬には手こずったらしいのだが、彼は、議論に根柢があるという點では、汪琬を當代隨一と考えていたのである。

さて、以下、汪琬が行った康熙本の校定についての議論を再考してみよう。

まず、汪琬が歸荘に示した三箇條の疑義を簡單にまとめると次のようになる。

① 歸元恭は、歸文「上徐閣老書」に附した按語で、〝閣下〟は〝閣下〟であるべき旨を一百六十餘言も費して論じ、舊刻の非を攻撃しているが、これは明の俗に從えば〝閣下〟でも問題はない。

② 歸文「書張貞女死事」では、常熟本が〝金梳〟に作る處を、元恭は妄りに〝金梭〟に改めている。これは常熟本の〝金梳〟が正しい。

③ 歸文「何氏先塋碑」は本來二篇あって、常熟本は何煃が進士となった時作者に求めたもの、崑山本は何煃が都給事になった時、作者に乞うたもの。元恭はこれを一篇とし、文を常熟本から、銘は崑山本から採るという過ちを犯している。

歸荘は、最後の③については、あっさり自分の非を認めるが、それ以外については反論している。

たとえば、①の〝閣下〟か〝閣下〟かという問題について、歸荘は〝閣老〟とはいうが〝閣下〟とはいわないことを宋版の『韓昌黎集』を引いて傍證する。典據をたどれば、確かに歸荘にも理があろう。

しかしながら、實際には〝閣下〟を〝閣下〟に作るのは、明代では一般的であった。たとえば、明萬曆二十年（一五九二）の進士謝肇淛の『五雜俎』に次のような話がある。

今の人、闉闍を槩《おおむ》ね闉闍に作り、朝廷の東閤を以て、亦た巍然として「東閤」の額を掲げて其の非を覺らざるに至る。……今、若し閤下を稱して閤下と爲さば、世を擧げて之を笑はざる者有らんや。(『五雜俎』地部二)(40)

謝肇淛は、世間では、〝闍〟と〝閤〟を混同してしまっており、むしろ、〝閣下〟などといえば、今の世では笑い者になってしまうと嘆いているのである。既に明代では〝閤下〟よりも〝閣下〟の方が通用していたことがわかる。歸有光は明人であり、おそらく汪琬の主張する通り、〝閣下〟と書することに抵抗は無かったと思われる。事實、この點に關しては、汪琬は陸隴其という贊同者も得ている。汪琬の文集中の「與歸元恭書」を讀んだ彼は、『三魚堂日記』の中で、この箇所を拔粹し、「茗文の說、甚だ是なり」と記しているのである。(41)

汪琬が歸莊に對して行なった個人攻擊は措くとして、以上のように三箇條の疑義のうち①③の二つは汪琬の方に理がある。殘る②については次節で詳しく檢討する。

五　歸文「書張貞女死事」の校定をめぐって

「書張貞女死事」は、安亭の汪家に嫁した張氏が、淫亂な姑にいびられ續けたあげく、姑とその情夫に慘殺された事件を、迫眞の筆致で敍した歸有光渾身の作である。事件は、歸有光が崑山から安亭に越して二年目の嘉靖二十三年(一五四四)五月におこったもので、二度目の會試に失敗して安亭に歸った歸有光はこれを聞き、義憤に燃えて筆を執った。その歸有光文學における意義は、本書Ⅱ部第四章で檢討するとして、この時歸有光は、友人にあてた手紙で次のように語っている。

> 惟だ記事一首のみは、乃ち僕自ら以て必ず傳ふ可き者と爲す。少きより史・漢を好むも、未だ嘗て以て吾が意を發す可き者に遇はず、獨り此の女のみ差《や》や人の意を強うす。（「與李浩卿」）(42)

「書張貞女死事」は彼の自信作だったことがわかる。

張貞女の事件以後、歸有光は好んで烈婦や節婦のために傳や墓誌銘を書くようになり、またそれは、歸有光文學の特徴を形づくっているのだが、「書張貞女死事」はその記念碑的位置にある作品といえよう。日本でもつとに和刻本に收録され、都留春雄氏の譯注や庄司莊一氏の論文もある(43)。ところが、それらはすべて康熙本の〝金梭〟に作っており、汪琬の〝金梳〟說は無視されたかのようである。今しばらくこの二說を檢討してみよう。

まず、康熙本（四部叢刊本）に從い、該當部分をあげる。場面は、汪家の姑が情夫と謀り、張氏の節を奪おうとするところ。

> 惡少中有胡巖、最桀黠、羣黨皆卑下之、從其指使。一日、巖衆言曰、「汪嫗且老、吾等不過利其財、且多飲酒耳。新娘子誠大佳、吾已寢處其姑、其婦寧能走上天乎」。遂入與嫗曰、「小新婦介介不可人意。得與胡郎共寢、即懽然一家、吾等快意行樂、誰復言之者」。嫗亦以爲然、謀遣其子入縣書獄。嫗嘗令貞女織帨、欲以遺所私奴。貞女曰、「奴耳、吾豈爲奴織帨耶」。嫗益惡之。胡巖者四人、登樓縱飲。因共呼貞女飲酒、貞女不應。巖從後攫其金梭。貞女詈且泣。還之、貞女折梭擲地。嫗以己梭與之、又折其梭。遂罷去。頃之、嫗方浴、巖來共浴。浴已、嫗曰、「今

日與新婦宿」。巖入犯貞女。貞女大呼曰、「殺人、殺人」。以杵擊巖、巖怒、走出。貞女入房、自投於地。哭聲竟夜不絕。

　惡少の中に胡巖なるもの有りて、最も桀黠、羣黨皆之に卑下し、其の指使に從ふ。一日、巖 衆言して曰はく、「汪嫗は且つ老いたり、吾等其の財を利し、且つ多く飲酒するに過ぎざるのみ。新娘子は誠に大いに佳し。吾れ已に其の姑と寢處するに、其の婦寧《なん》ぞ能く上天に走らんや」と。遂に入りて嫗に曰はく、「小新婦は介介として人の意を可とせず。胡郎と共に寢ぬるを得ば、卽ち懽然たる一家にして、吾等快意もて行樂するに、誰か復た之を言ふ者ぞ」と。嫗も亦た以て然りと爲し、謀りて其の子を遣りて縣に入りて獄に書せしむ。嫗 嘗て貞女をして帨を織らしめ、以て私する所の奴に遺《おく》らんと欲す。貞女曰はく、「奴なるのみ、吾れ豈に奴の爲に帨を織らんや」と。嫗 益ます之を惡む。胡巖なる者四人、樓に登りて縱ままに飮す。因りて共に貞女を呼びて飲酒せんとするに、貞女應ぜず。巖、後ろ從り其の金梭を攫む。貞女詈り且つ泣く。之を還すに、貞女、梭を折り地に擲つ。嫗 己の梭を以て之に與ふるに、又た其の梭を折る。遂に罷め去る。之を頃くして、嫗 方に浴するに、巖、來りて共に浴す。浴し已《おは》りて、嫗曰はく、「今日、新婦と宿せよ」と。巖 入りて貞女を犯す。貞女大いに呼ばはりて曰はく、「殺人《ひとごろし》、殺人」と。杵を以て巖を擊つ。巖怒り、走り出づ。貞女 房に入り、自ら地に投ず。哭聲竟夜絕えず。

「桀黠」とは凶暴かつ悪賢いこと。桀黠な胡巖と謀った汪家の姑は新婦の夫を「縣に入りて獄に書せしめ」（縣の裁判文書の見習に出し）、新婦を胡巖に差し出そうとしたのである。「帨」は手ぬぐい。「私する所の奴（姑の密通相手の傭奴）」とは、歸有光が本件の裁判について書いた「張貞女獄事」によれば、汪家の傭奴だった王秀という人物である。

「書張貞女死事」は、舊刻本のうち常熟本にのみ收録されており、そこでは〝金梭〟や〝梭〟の字はすべて〝金梳〟〝梳〟に作っている。これを〝金梭〟〝梭〟に改めたのは歸荘で、彼は康熙本に、次のように注記している。

按ずるに〝梭〟、常熟本は〝梳〟に作る。竊かに謂へらく〝金梭〟は必ず是れ帨を織るの〝梭〟にして、髪を櫛《くしけづ》るの〝梳〟に非ざるなり。當に聲相ひ近きを以て訛《あやま》るべきのみ。(44)

汪琬はこれについて疑義を提出し、歸荘はさらに反論している。往復書簡に基づいて兩者の說を整理すると次のようになる。(45)

〔汪琬の說〕〝金梳〟說

吳のどんな富家でも金で〝梭〟を作るとは聞いたことがない。銅や鐵だとしても金屬で、かよわい女性がこれを折ることができないのは明らか。また、帨を織る〝梭〟を攫んだというのでは、やや間のびした感がある。頭の〝梳〟を攫んだとすれば、切迫した勢いがあって、これを峻拒したというのも自然だ。〝金梳〟はおそらく櫛具ではなく、簪のような裝身具の類であろう。

〔歸荘の反論〕〝金梭〟說

古えに金というのは、必ずしも皆な黃金ではない。帨を織る〝梭〟は、材質は木製だが銅の飾りがついており、それで〝金梭〟という。また〝梭〟の字は、上段の帨を織る部分とぴったり合う。婦人が帨を織っているところへ、よそ者がその〝梭〟を攫んだのだ。それを勢いが間のびしているなどといって、頭上の〝梳〟を攫むことなら切迫した感じになるなどとどうしていえよう。古えの〝梳〟は木や象牙でできており、金で作るとは聞いたことがない。〝梳〟を簪の類などというのは、確證もなく、納得できない。

兩者の說を較べると、二人の主張の分岐點は姑が張貞女に帨を織らせようとする一段を、後段の、胡巖等が張貞女を酒席に侍らせようとする場面に續けて讀むかどうかにあることがわかる。汪琬は、この二つの場面を別々の事柄としてとらえている。もし、歸莊のようにこの二段を時間的に續くととらえるならば、張貞女は、姑の私通する傭奴のために帨を織ることを一旦は拒んだものの、しぶしぶ姑の命に從い、機織をしていたことになる。康熙本に從った都留氏の譯注や庄司氏は歸莊と同じ解釋をしている。しかし張貞女が〝梭〟を折った後、姑はすぐに自分の〝梭〟を彼女に渡しており、一臺の機に貞女と姑が別々に〝梭〟を持つのは不自然である。。

ところで汪琬は、後になって「與歸元恭書一」を自分の文集に收錄する際、これに按語をつけ加え、陸少卿師道が歸有光の依頼で作った「張烈婦行」が『列朝詩集』に採錄されており、その中に〝頭上の梳〟に作る句があることを指摘している。今、この詩は『列朝詩集』丁集第八に見える。Ⅱ部第四章で全詩を紹介しておいたが、ここでは一部該當の箇所のみを引用する。

作計告阿姑　爾婦太癡愚　　計を作《めぐ》らして阿姑に告ぐ　「爾が婦は太だ癡愚なり
須令入我計　庶不爾瑕疵　　須らく我が計に入らしめ　庶くは爾を瑕疵とせざるを」と
阿姑卽聽許　卿其善爲謀　　阿姑卽ち聽許し　「卿其れ善く謀《はかりごと》を爲せ」と
謂婦速織帨　吾將遺可兒　　婦に謂ひて「速《いそ》ぎ帨を織れ　吾れ將に可兒に遺らんとす」と

新婦白阿姑　可兒實人奴
妾豈爲奴織　愼勿相輕詒
阿姑慚且怒　誓言同其汙
令子遠書獄　留婦守空帷
登樓飲狂子　接坐共歌呼
酒酣錯履舃　命婦前捧卮
婦怒不肯應　從步去不回
佻達定相侮　起攫頭上梳、
新婦泣且詈　還之意脂韋
梳既汙奴手　豈復可親膚
寸折擲之地　不復顧踟躕
……………（中略）……………
十三學裁衣　十六誦詩書
十七婦道成　十八爲人妻
舉動循禮法　許身秦羅敷

新婦　阿姑に白《まう》す　「可兒は實に人の奴なり
妾　豈に奴が爲に織らんや　愼んで相ひ輕がろしく詒《おく》る勿れ」と
阿姑　慚ぢ且つ怒り　其の汙を同じうせんことを誓言す
子をして遠く獄に書せしめ　婦を留めて空帷を守らしむ
樓に登りて狂子と飲み　坐を接して共に歌呼す
酒酣にして履舃錯《みだ》れ　婦に命じ前《すす》みて卮を捧げしむ
婦怒りて肯て應ぜず　從步《しょうほ》し去りて回らず
佻達定めて相ひ侮し　起ちて攫《つか》む頭上の梳、
新婦　泣き且つ詈り　之を還すは脂韋を意《おも》へばなり
梳既に奴手に汙《けが》れ　豈に復た膚に親しむ可けんや
寸折して之を地に擲ち　復《ふたた》び顧みて踟躕せず
……………（中略）……………
十三にして衣を裁つを學び　十六にして詩書を誦す
十七にして婦道成り　十八にして人の妻と爲る
舉動は禮法に循《のっと》り　身を許すは秦の羅敷

詩は樂府「爲焦仲卿妻作」に倣ったもの。押韻はゆるやかで、平水韻上平聲四支から十灰までの通押。「可兒」はいい人ぐらいの意味。「從步」は「縱步」に同じく、拘束を受けずに歩むこと。「佻達」は「挑達」とも書し、輕薄かつ放縱をいう。「脂韋」は阿諛、ここでは張氏をなだめ、まるめこむことをいうのであろう。「踟躕」は一箇所にとどまることをさす。

この詩では、汪姑が張氏に帨を織らせようとする場面と、登樓縱酒の場面とは、時間的にも空間的にも全く別の事柄として賦されている。そして登樓飲酒の場面で、陪席を拒んだ張氏が攫まれたのは、頭上の〝梳〟となっている。この字は韻字でもあり、もし〝梭〟ならば、下平聲五歌に屬し、押韻にはずれてしまう。さらに張氏の心情からいえば、〝梳〟を還してもらっても、ひとたび惡漢の手によって汚された〝梳〟を身に着けることはできない。つまり、歸文「書張貞女死事」は、汪琬の主張するように、〝金梳〟であってはじめてこれをへし折り地に擲つ女性心理が理解されるのである。常熟本が〝金梳〟に作るのを歸莊が勝手に〝金梭〟に改めたのは、臆斷の非りを免れまい。

實は、すでに清初に在って〝金梳〟說を採っていた例が二つある。一つは薛熙が編纂した明文の總集『明文在』、もう一つは『明史』列女傳の張貞女に關する記述である。『明文在』は巻九十一に「書張貞女死事」を採錄し、そこでは〝金梳〟に作っている。編纂者の薛熙は自らの文集を『依歸集』と名づけるほど歸有光に心醉した人物であり、『鈍翁前後類稿』巻首には、薛熙が汪琬の門下生として作った「鈍翁五十歲像贊」が見えている。薛熙はおそらく汪琬の〝金梳〟說を直接耳にする立場にあったのであろう。ただ、『明文在』は國學基本叢書に收められながらもあまり行なわれておらず、そのため『明文在』が〝金梳〟に作っていることも一般には知られることがなかった。

一方『明史』列女傳の張貞女に關する記述は、明らかに歸有光の「書張貞女死事」を節略したもので[46]、そこでは、「嚴後ろ從り其の梳を攫み、婦梳を折りて地に擲つ」となっている。こうした明確な證據があるにもかかわらず、何故今日に至るまで康熙本の誤りが踏襲されてきたのであろうか。選註本の中には、苦し紛れに〝金梭〟とは梭の形をした髮飾りであると解釋するものもある始末である[47]。その原因は、おそらく汪琬と歸莊の論爭が、單に汪琬の歸有光への傾倒を示すエピソードとしてのみ扱われ、内容についての検討がおろそかになっていたことにあろう。

以上みてきたように、汪琬が歸莊に示した三箇條の疑義は、全て汪琬の説が正しいことが證明された。今日、『歸文考異』は失われて久しいが、もしそれが現存していたとすれば、歸有光研究にすこぶる裨益したであろうことはまちがいない。次節では、汪琬の批校本『歸太僕文集』をもとに、この『歸文考異』の復元を試みたい。

六　汪琬批校本『歸太僕先生集』

臺灣の國家圖書館には汪琬の手校本『歸太僕先生文集』三十二卷（いわゆる崑山本、萬曆十六年重修本）が藏されている。これには汪琬の書室「苕華書屋」の藏書印があり、他本との校勘が汪琬自身の手によって靑墨で書き込まれているほか、處處に按語も附されている。(48)

その卷首、目錄部分の上部餘白には、崑山本に無く常熟本にのみ見える歸文の題名が列擧され、卷一から卷三十一の文集にあたる部分は常熟本との、卷三十二のすなわち詩集には歸莊の新刻本（康熙本）との校勘が施されている。詩集に常熟本との校勘が無いのは、常熟本が文だけを收め、詩を收錄していないためである。全卷に亙る校勘は、殆んど疏漏がないほど緻密なものだが、なかでもとりわけ貴重なのは、校勘の際に汪琬によって書き留められた按語である。たとえば、卷三十二の詩集部分に見える汪琬の按語と汪琬の全集中の『歸詩考異』を比較すれば、一字一句違わぬ箇所さえ存在し、この本に書き込まれた按語が現行の『歸詩考異』のもとになったことは明らかである。

ならば、現在亡佚して傳わらない『歸文考異』は、この汪琬批校本によってある程度再現できるのではなかろうか。左表はその試みである。

もちろん汪琬の書き込んだ按語は左に止まるものではない。しかし、『歸文考異』は、本來歸莊の新刻本に對する考驗の書という性格を有する。そのため、原則として歸莊の校定と意見を異にする箇所のみを抽出しておく。ただし、考證の結論としては歸莊の校定に等しいが、その過程で汪琬の獨創的な見解を示していると思われる按語については、これを採錄した。尙、異體字については校記を省略する。

汪琬歸文按語

崑山本	常熟本	康熙本（四部叢刊）	汪琬按語
卷一洪範傳 ＊固斯世之取則、旣爲斯世之所取則	卷十五 〝固有世之〟下有〝所〟字	卷一 同崑山本	觀下文有〝所〟字、似應從常本。
＊因其從革曲直	〝直〟下有〝而〟字	同崑山本	應從常本。
卷一「大衍解」 亦必揲數之二十四而爲六也	卷二十 〝數〟字作〝四〟	卷一 同崑山本	應從常本。
卷一「天子諸侯無冠禮論」 ＊益以祝雍頌公冠之篇焉、則誣矣、公冠曰、公冠、自爲主、……公冠又曰、	卷十五 〝公冠〟皆作〝公符〟	卷三 同崑山本	按『大戴禮』本作〝公符〟、但以〝符〟字爲冠字解耳。古書不可改、應從常本〝符〟字。下同。
卷一「公子有宗道論」 ＊已自別於正體、無大宗矣	卷十五 〝無〟字作〝爲〟	卷三 同崑山本	應從常本。

＊所以謂之小宗而大宗也	〝之〟下有〝有〟字	同崑山本	應從常本。
＊無大宗、是有無宗也	無〝有〟字	同崑山本	應從常本。
巻一「尚書敍録」	巻二十	巻一	
＊而唐之諸臣	〝之〟字作〝初〟	同崑山本	應從常本。
巻一「孝經敍録」	巻二十	巻一	
＊而司馬溫公指解、猶尊用古文	〝猶〟字作〝獨〟	同崑山本	應從常本。
＊大小戴之記	無〝之〟字	同崑山本	應從常本。
巻二「三途並用議」	巻二十	巻三	
＊此其科貢之源不清也	〝其〟字作〝則〟	同崑山本	應從常本。
＊追三代兩漢之高踪	〝踪〟字作〝跡〟字	同崑山本	按字書無此〝踪〟字.應從常本。
巻三「答顧伯剛書」	巻十六〝伯剛〟作〝東白〟	巻七同崑山本	
＊出門如見大賓	〝出〟上有〝曰〟字	同崑山本	應從常本。
＊賢人所以近於聖人	〝近〟字作〝進〟	同崑山本	應從常本。
巻三「上方參政書」	巻十六〝參政〟作〝大參〟	巻七同崑山本	
＊有司不以其不肖	〝其〟字作〝某〟	同崑山本	應從常本。
巻三「奉熊分司水利集并論今年水災事宜書」	巻六　無〝今年〟二字	巻八同崑山本	
＊近世華亭金生綱領之論、……周生勝國時、以書干行省……尋周生之論	〝金〟字作〝周〟	同崑山本	按下文兩言周生、一曰、勝國時以書干云云、一曰、尋周生之論云云、則〝金〟字以悞。玄恭本亦作〝金生〟、不知何據也。

＊松江源本洪大、故別出而爲婁江東江、今江既細微、則東江之跡滅沒不見、無足怪者	同上	同上	按上文有婁江東江、則此處（〃今〃字之下）宜着〃松〃字、方爲明曉。
＊要亦可謂之詭時達變、得其下策者矣	〃詭〃字作〃順〃、〃達〃字作〃識〃、〃下〃字作〃中〃	同崑山本	〃詭〃常本作〃順〃、應從常本。
卷四「上徐閣老書」	此篇不收	卷六〃閣〃字作〃閣〃、〃閣〃字作〃閣〃（文末有歸莊附記。）	
＊進士歸有光謹再拜獻書少師相公閣下			今按〃閣下〃〃閣〃字、常本亦從門從合、間有從各者、則寫手之訛、一時失于校讎耳。不必辨說數十言以詬厲前人也。又按許氏說文有〃閣〃字無〃閣〃字。故凡史書中東閣黃閣之下、皆從門從合、無作〃閣〃字者。然前明宮禁有東閣文華閣學士、入閣辦事者、有閣老閣下之稱、則皆從門從各、無作〃閣〃者。蓋沿訛已久、雖從俗稱、〃閣〃亦可。至于先生之文、則兩本皆作〃閣〃、本未嘗悞也。
卷八「史論序」	卷一	卷二	
＊東坡所謂暗與人意合者	無〃人〃字	同崑山本	應從常本。
＊濩落無成	〃濩〃字作〃淪〃	同崑山本	淪
卷八「玉巖先生文集序」	卷一	卷二	
＊亦未敢端言之也	〃端〃字作〃顯〃	同崑山本	應從常本。
卷八「戴楚望集序」	卷一	卷二	
＊毗陵唐以德	〃以〃字作〃應〃	同崑山本	毘陵唐〔以〕應德

卷九「龍游翁氏宗譜序」 ＊廢古亡本	卷一 〝亡〟字作〝忘〟	卷二 同崑山本	廢古(亡)忘本
卷十「送吳純甫先生會試序」 ＊爲縣大夫郡邑長者所推重	卷二　卷九〝純甫〟作〝三泉〟 〝長者〟作〝長吏〟	同崑山本	應從常本。
卷十「送何氏二子序」 ＊更滅學破碎之餘	卷二 〝學〟字作〝裂〟	卷九 同崑山本	應從常本。
卷十「送吳郡別駕段侯之京序」 ＊於賦籍兵瑣	卷二 〝瑣〟字作〝戎〟	卷九 同崑山本（文末有歸莊附記。）	今按〝瑣〟字似悞。
卷十一「送張子忠之任南昌序」 ＊爲塞爲義	卷三　無〝之〟字 〝義〟字作〝乂〟	卷十　同崑山本 同崑山本	按〝義〟字悞。
卷十一「送蔣助教序」 ＊移國學於少學	卷二〝助教〟作〝先生助教國學〟 〝於〟字作〝入〟	卷九　同崑山本 同崑山本	今按〝於〟字悞。
卷十二「送孟與時之任成都序」 ＊未有靜之一言爲至	卷三　無〝之〟字、〝都〟下有〝司理〟二字 〝未〟字作〝唯〟	卷十〝送〟下有〝同年〟二字 同崑山本	(未)唯
卷十三「贈張別駕序」	卷二〝別駕〟作〝通判〟	卷十一　同崑山本	

＊邀侯爲一日之懽	無〝爲〟字	同崑山本	應從常本。
卷十八「興安伯世家」	卷二十	卷二十八	
＊援兵懷來、破雄縣	無〝兵〟字	同崑山本	應從常本。
＊用集大成	〝成〟字作〝命〟	同崑山本	應從常本。
＊猶日於大中橋受雇爲人汲水	〝汲〟字作〝擔〟	同崑山本	應從常本。
＊比都督府求爲興安伯嗣	〝嗣〟下有〝者〟字	同崑山本	應從常本。
＊嘉靖癸巳良卒。子勳嗣。乙未勳卒。……贊曰、予至南京、嘗館於興安伯家、興安有兩鐵券、及讀鐵榜板榜。累朝誥命、嗚呼盛矣。是時興安伯良已歿、門第蕭然。所謂世祿之家、蓋名存而實亡矣。天子方隆斷絕之義、國初元勳、以廢起者四五家。當此時、興安伯勳、齎千金入京、以求爲嗣。至質宅於人、吾不知其何以也。	〝讀〟上有〝伏〟字 〝良已歿〟下六十四字作〝興安伯勳死、子幼、門第荒涼、其家文字絕少、因論次其可考者爲世家言〟二十八字	（康熙本贊語、與崑山常熟兩本大異。文末有歸莊附記云、從家藏抄本。）	今按興安伯勳之死、距其父良僅兩年耳。崑常兩本、一云、良歿、興安伯勳齎千金入京、一云、勳死。竟不知先生所謂館於興安伯家者在何年。何牴牾如此、當考年譜。
卷十八「書安南事」	卷二十八	卷四	
＊賊賢害民則罰	無〝賊賢〟二字、〝罰〟字作〝伐〟	同崑山本	應從常本。
卷十九「先妣事畧」	卷八〝畧〟字作〝狀〟	卷二十五同崑山本	
＊孺人中夜覺寢	同上	同上	今按〝覺寢〟、似應作〝寢覺〟。
卷十九「書里涇張氏妾事」	卷十八〝妾〟字作〝婦〟、無〝事〟字（目錄有〝事〟	卷四　同崑山本	今按篇中所云、則張非妾也。應從常本。

	字。）		
巻二十「封中憲大夫興化府知府周公暨配晏恭人行狀」	巻八　無〝中憲大夫〟四字	巻二十五無〝暨配晏恭人〟五字	
＊至今使人有戚戚渭陽之感	〝有〟字在〝戚戚〟之上	同崑山本	應從常本。
巻二十「通議大夫都察院左副都御史李公行狀」	巻八〝通〟上有〝故〟字	巻二十五　同崑山本	
＊建立元祐宮碑亭	〝祐〟字作〝佑〟	同崑山本	〝祐〟悞。
＊頗寫蜀荆之材	〝寫〟字作〝竭〟	同崑山本	〝寫〟〝竭〟。
＊故總督三年	〝總〟字作〝採〟	同崑山本	應從常本。
巻二十「敕封文林郎分宜縣知縣前同州判官許君行狀」	巻八　巻二十五　同崑山本作「許半齋行狀」		巻二十五　同崑山本
＊及官同州沙苑	無〝沙苑〟二字	同崑山本	今按〝沙苑〟二字、當衍。
巻二十四「南陵何氏墓碑」	巻十二作「何氏先塋碑」	巻二十四　同常熟本（歸莊附記云、文辭從常熟本、崑山本有銘辭、仍存于後。）	常本作〝何氏先塋〟、另是一篇。

汪琬歸詩按語

崑山本（卷三十二）	康熙本（別集卷十）	汪琬按語
「遊靈谷寺」 ＊春風吹習習、好鳥鳴喧喧	〝鳴喧喧〟作〝聲緜蠻〟	按孫愐『廣韻』二十七冊、有喧字、註云、二鳥和鳴。不知新本何故改作〝緜蠻〟字。且此詩除首尾外、其餘皆偶對。若以〝緜蠻〟對〝習習〟、似未爲工。蓋校者止見俗韻、未見唐宋韻、故妄改耳。
「和俞質甫夏雨效聯句體三十韻」 ＊窮巷長閉門 高河近通檝	〝檝〟作〝汲〟（歸莊附記云、今改押〝汲〟字、似較穩。）	〝高河近通檝〟〝近〟新本改〝僅〟、〝檝〟改〝汲〟。按此詩前後、倶形容霖雨太甚。若作〝僅通汲〟、則反似旱矣。於通章之意疑倍。（1）
＊悽悽聽晨鳴、濛濛睇宵熠	〝鳴〟作〝鳥〟	按此詩絕似退之「城南聯句」、所謂「效聯句禮」也。朱文公於「城南聯句」〝因飛黏網動、盜啅接彈驚〟之下注云、一體六句、皆賦物而不言其名。今此詩〝悽悽〟〝濛濛〟二句亦然。故〝聽晨鳴〟不言鳥、〝睇宵熠〟不言蟲也。『詩經』〝熠燿宵行〟、〝熠〟、本虛字。若改〝鳴〟作〝鳥〟、則〝熠〟爲何物耶。
＊寒袍故繼綈、瀾篇慵啓笈	同上	又按〝瀾〟字疑當作〝爛〟字。然崑本與新本皆作〝瀾〟、不敢妄改。
「鄆州行寄友人」 ＊原田一望如落鴉、環坐蹣跚草芽、（中略）近聞沂泗嘯聚、鄆州太守坐調兵食愁無計	〝計〟字作〝措〟	按此詩自用〝鴉〟字韻以下至此句、凡四換韻、皆兩句一轉、此則以〝計〟字叶上〝聚〟字也。不知宜何讀。（2）
「余表兄瀫山大參以自在居士墨竹俾予	無〝余〟字	

題詩」跋 ＊坡詩云、老可爲能竹寫眞	〝爲能〟作〝能爲〟	〝爲能〟新本作〝能爲〟。攷東坡集亦然。疑當從新本。
「詠史」 ＊昔在齊威王、選人以治民 惟彼阿大夫、籍籍日有聲 （中略） 安得夢聖人、求之傅岩中	〝民〟字作〝氓〟 〝傅岩中〟作〝傅岩形〟	按此詩用叶韻、集中如此者甚多。攷吳才老『韻補』于十七眞內有「中」字一韻、注云、諸仍切、劉貢父詩話「關中、以中爲烝」。『周易』訟卦「有孚窒、惕中吉、剛來而得中也、終凶、訟不可成也」。〝成〟與〝中〟叶。校者似不知叶韻、故改〝民〟字作〝氓〟字、〝中〟字作〝形〟字耳。然〝氓〟〝民〟義、猶屬兩通。如云〝傅岩形〟、則牽強甚矣。
「邢州敍述三首」 ＊守高稱汲直、曲學陋孫弘 自以支離疏、攘臂于其中	同上	按〝弘〟字亦叶韻。吳才老『韻補』注云、胡公切。陸機詩「懷襲瑰瑋、播植清風、非德莫勤、非道莫弘」云云。如「詠史」中〝中〟〝民〟二韻、則此韻亦當改矣。

（1）現行の康熙本（四部叢刊本）は「高河近通汲」に作っており、汪琬がいうように〝近〟を〝僅〟に作ってはいない。この部分、汪琬の失見か、あるいは初刻の段階で〝僅〟の字に作るものがあったのか不明。待考。

（2）〝不知宜如何讀〟の上、〝如改作措、則無韵矣〟の八字が消去された後がみえる。これについて、吳觀文（注48參照）は次のように説明する。「愚按〝計〟字本與〝聚〟字不叶。元恭改作〝措〟、似與〝聚〟字同部。其爲相叶無疑也。鈍翁既駁之、而復自抹去評語。想亦自知其駁之過也。」なお、汪琬の文集中の『歸詩考異』は、「今按『廣韻』十遇與十二霽不相通、以〝計〟叶〝聚〟、疑崑本誤」。と記すのみである。

歸莊が刻した『震川先生集』四十卷、所謂康熙本は、四部叢刊に収められており、今日最も行なわれている版本である。しかしながら、附錄の墓誌銘に改竄の跡が見えるなど、問題の多い版本であることは、本書の第I部第二章「錢謙益による歸有光の發掘」で述べたとおりである。

たとえば、歸莊は康熙本の校定に際し、崑山本や常熟本の他にもう一本、家藏鈔本と稱するものを用いている。家藏鈔本といえば、代々歸家に傳わるもののように聞こえるが、實はこれは、歸莊の父で歸有光の孫にあたる歸昌世が、崇禎の末に、錢謙益とともに編纂した鈔本『歸太僕文集』を指す。原本は錢謙益の書齋絳雲樓が火災に遭った際に灰燼に歸したが、幸い歸昌世のもとにその寫しがあったという。これは後に、錢謙益と常熟の歸起先（字は裔興）の手によって四十巻に編纂され、刻行が計劃されたが、二人が相次いで亡くなったため、そのうちの三十篇が刻されたにとどまる。錢謙益は先行する諸本の不備を言い、自らが編纂したものこそ歸有光の遺文を捜求し盡した十全の書であると豪語する[49]。しかし、崑山本や常熟本が歸有光の死後二、三年のうちに上梓されたものであるのに對し、歸昌世と錢謙益の『歸太僕文集』が、歸有光の死から數えて七十餘年を經て成ったものだということは、否みようのない事實である[50]。

汪琬は、この所謂家藏鈔本に信をおいていない。彼は「歸詩考異序」（『堯峯文鈔』巻二十五）の中で次のようにいう。

> 又た竊かに意ふ　其の家に藏する所の者は、或ひは未だ必ずしも果たして先生の筆授に出でず、而して其の此の鈔本を校讐するの人も、亦た未だ必ずしも親しく先生に事へて其の書を讀み文を爲るを習見せざる者なり。是に於いて諸家の本、紛紜として錯出し、而して後生の淺學　先生の詩若《も》しくは文を讀む者、幾んど適從する所を知る莫し。（「歸氏考異序」[51]）

錢謙益嫌いで有名な汪琬のことであるから、この言葉には、當然歸莊のみならず錢に對する微辭も含まれていると考えられよう。

それでは、歸莊がこの家藏鈔本を全面的に信賴していたかというと、必ずしもそうとは言えぬ節がある。歸莊は康熙本の校定に際し、家藏鈔本以外の諸本をも併用しており、異同のある版本の中でどれを採用するかは、文によって一定していない。汪琬の「歸詩考異序」は、このことを問題視している。

「歸孝子傳」「徐郡丞惠政記」等の篇の如きは、皆な鈔本を主とせずして、崑山・常熟の兩本を參用す。「上王都御史書」「周憲副行狀」等の篇の如きは、則ち僅僅に鈔本を節畧し、數語の同じからざる者は、篇末に附注す。固り未だ嘗て專ら鈔本を用ひて以て據依と爲さざるなり。(同右)(52)

汪琬は、歸莊のこうした矛盾を突き、校定者たる者は「姑《しばら》く諸本の同異を考し、而して兼ねて之を存し、以て覽者の自擇を待つ」(朱熹「韓文考異序」)(53)べきだと主張している。汪琬は、朱子が『韓文考異』で示したように、諸本の異同をすべて列擧するのを理想とし、臆解を馳せることを固く戒める。

もちろん歸莊とて、重要な箇所では崑山本や常熟本との異同を記しているのだが、如何せん兩本には夥しい量の文字の異同がみとめられ、歸莊が敢えて注記しなかった部分に彼の臆斷が存していることは想像に難くない。

歸莊の康熙本が世に出てからというもの、それ以前の諸本は全く行なわれなくなってしまい、今日に至っている。しかし、康熙本で歸有光を讀む場合には、今少し舊刻本との異同に注意をはらう必要があるのではなかろうか。その際、右表に擧げた汪琬の按語は大變重要な意味をもつ。

以下、論者が檢討したものを少し紹介する。

＊「天子諸侯無冠論」

『大戴禮』公符篇は、篇名及び冒頭「公符自爲主」の部分は〝公符〟に作り、「公符四加玄冕」の箇所では〝公冠〟に作る。康煕本は崑山本に従い、これを混同して全て〝公冠〟にしてしまっている。一方、常熟本は、〝公符〟と〝公冠〟を使い分けており、ここは汪琬のいうように常熟本に據るべきである。

＊「公子有宗道論」

この文は『禮記』大傳篇にもとづく議論であるが、康煕本には誤字や脱字があって、意味が通じにくい。汪琬のいうように、常熟本に従えば論旨もはっきりする。

＊「上方參政書」

この書簡は、歸有光が未だに進士に中らず、下第を繰り返していたころ書かれたものである。康煕本には、「有光讀書して聖人の道を學ぶに年有り。有司其の不肖を以てせずして禮部に貢し、屢しば進みて屢しば詘く」とある。〝其〟よりも汪琬のいうように、常熟本の〝某〟の方が優れていよう。

＊「奉熊分司水利集幷論今年水災事宜書」

康煕本は、先に「近世華亭の金生の綱領の論」といいながら、下文ではこれを「周生の論」と呼んでいる。論旨からいえば「金生の綱領の論」と「周生の論」が別物であるはずは無く、ここは汪琬のいうように、「華亭の金生」は常熟本によって「華亭の周生」と改めねばなるまい。

＊「送何氏二子序」

康煕本では、「而して孔氏の書、滅學破碎を更るの餘、又た復び以て其の全きを得る可からず」となっているが、

〝滅學〟と〝破碎〟は續きにくい。この部分は、常熟本の〝滅裂〟に從うべきだとする汪琬の說が妥當であろう。

＊「書里涇張氏妾事」

本文の內容からすれば、張氏は〝妾〟ではない。汪琬の主張するように、題の〝妾〟は〝婦《つま》〟に作るべきである。現に常熟本では〝婦〟に作っている。

＊「通議大夫都察院左副都御史李公行狀」

本文を讀めば、李公の地方での任務が材木伐採の監督にあったことは明らかである。締めくくりの文で、康熙本が「故に總督の三年」とするのは、明らかに誤りである。汪琬のいうように、常熟本に從って〝採督〟に作るべきである。

論者は、歸莊の校定がすべて誤りで、汪琬の說が必ず正しいなどと主張するつもりはない。どちらとも決しかねる場合も多いのだが、右は、汪琬の說の方が優れている例である。

ところで、これらはいずれも康熙本が崑山本をそのまま踏襲したための誤りだということに注意する必要がある。そもそも康熙本は、崑山本に依據し過ぎる傾向にある。上述したように、歸莊は、汪琬にたしなめられるほど崑山本の非を鳴らし、自らの大伯父にあたる崑山本の編者達を批判する。しかるに實際は、常熟本よりも崑山本の方を重視し、常熟本によって崑山本の誤りを訂正するということをあまりしないのである。これは何故か。

論者は、歸莊が崑山本を攻擊したのは、その校訂が不備だったからというよりも、むしろ個人的な事情——すなわち親族間の不和という問題のためではないかと考えている。すなわち歸有光の子であり崑山本の編者である歸子祜・子寧兄弟は、歸有光の繼妻王孺人の子であるのに對し、歸莊の祖父にあたる子駿は再繼妻費孺人の子、つまり彼らの異母弟にあたる。歸莊の文集に散見される歸子祜・子寧兄弟への微辭、それに加えて康熙本附載の歸有光墓誌銘が墓誌銘の依賴者を「子寧」から「子駿」へと改竄している點（本書第Ⅰ部第二章）などは、歸有光死後の子孫達の不和を裏附けるものである。

七　『歸詩考異』

『四庫全書總目提要』は、『震川文集』の條に次のようにいう。

有光の詩格、殊に長を見ず。汪琬乃ち爲に箋註を作り、王士禎頗る以て譏りを爲す。今、未だ傳本を見ざるは、殆んど當時衆論は與《くみ》せず、卽ち格《はば》まれて行なれざるか。(54)

これによれば、汪琬には、歸有光の詩の箋注本があったことになる。しかし、もしそのようなものがあったとしたら、彼は『歸有光年譜』や『歸詩考異』を作成した際そのことに觸れたはずである。しかるに汪琬の文集のどこにも箋注についての記事は見られない。四庫全書編纂官は何に基づいたのであろうか。
汪琬の親友だった王士禛の『居易錄』卷十九に次のようなくだりがある。

（錢）牧翁、文徵仲（徵明）の詩を稱す。近ごろ同年の汪鈍翁、歸熙甫の詩に注す。人の嗜好、實に解す可からざる者有り。之を一笑に付して可なり。（『居易錄』卷十九）(55)

王士禛は汪琬が歸有光の詩を愛好したことを不可解とする。詩で一家を成した王士禛にとって、お世辞にも上手とはいえぬ歸有光の詩など無價値に等しかったに違いない。ただ、王士禛がいうような汪琬による歸有光の詩注とは、おそらくは『歸詩考異』を指すのであろう。それを四庫全書編纂官が、別に「箋注」が存在したかのように誤解したというのが眞相ではあるまいか。

また、王士禛や四庫全書編纂官は、汪琬が歸詩を偏愛したかのようにいうが、汪琬の立場から言えば、これも誤解である。『歸詩考異』を成した目的は、何も殊更歸詩を推賞することにあったわけではない。歸莊との諍いで間に立ってくれた友人周漢初に對し、彼は次のように述べている。

> 別後、先づ詩集の考異を撰して、已に就れり。謹んで稾本を將て送去す。前賢の文、固り娭笑の怒罵より甚だしき者有れば、元より嫚罵を以て極則と爲すに非ざるなり。僕前札に全集の疑義甚だ多しと云ふは、本《もと》彼をして類に觸れて以て長ぜしめんと欲するのみ。彼、初めより信ぜず。今詩集僅かに四十巻中の一なるに、而も疑ふ所此の如し。其の佗は殆んど見る可し。（「與周漢紹書一」）(56)

汪琬は、嘗て黄庭堅が蘇東坡の文を「嬉笑怒罵、皆な文章と成る」(57)と評したのを踏まえたうえで、新刻本批判の意圖を次のように説明する。「前賢の文は、怒罵（責罵）よりも嬉笑（戯れやからかい）である場合が多い。つまり相手を嫚罵することを最高の規範としていたわけではないのだ。前の書簡で、私が新刻本の全集の疑義を言ったのも、それを他の類例へと及ぼしてもらいたかったに過ぎない」と。「類に觸れて以て長ず」とは『易』の言葉(58)。汪琬のこの書簡には、自己を正當化しようとする嫌いがあるものの、詩集の考異を作ろうとしたその目的を見てとることはできよう。すなわち、汪琬は、『歸詩考異』によって新刻本全體の不備を立證しようとしたのであって、詩人としての歸有光を突出させようとしたわけではないのである。汪琬の「歸詩考異序」には、

全集の考異は、巻帙頗る夥く、遽かに鐫版して以て世に行ふ能はざるも、其の大指は則ち已に此に見ゆと云ふ。(59)

と見えており、全集の考異の一部として『歸詩考異』が存在することは、間違いない。

現在、『歸詩考異』は『重訂歸先生詩集考異全巻』と改題され、『鈍翁前後類稿』に収められている。そこでは、先ず、崑山本の配列に從って詩題を竝べ、康熙本との字句の異同を列擧した後、疑問箇所には按語が附される。次に崑山本に無く康熙本のみに見える詩題を竝べ、そして最後に『列朝詩集』中に見える佚詩の詩題が配されている。つまり『歸詩考異』は圖らずして歸有光の詩の現存目錄ともなっているのである。

さて、『歸詩考異』の康熙本批判の要點は、康熙本が舊刻の詩句を勝手に改め、場合によってはそれが押韻の問題にまで及んでいることにある。以下、これについて二、三檢討を加えてみよう。

最初に取り上げるのは、崑山本、康熙本雙方の第一首目の詩である。（　）内は康熙本である。

遊靈谷寺

晨出東郭門　初日照我顏

春風吹習習　好鳥鳴喧喧(聲縣蠻)

靈谷寺に遊ぶ

晨に出づ　東郭の門　初日　我が顏を照らす

春風　吹くこと習習たり　好鳥　鳴くこと喧喧たり(聲は縣蠻たり)

巖阿見黄屋　登坡尋神山
半日猶山麓　十里長松間
蜿蜒芳草路　寂寞古禪關
畫廊落丹雘　朱戸蝕銅鐶
殿起無梁迥　塔留玩珠攀
蒼鼠戯樹捷　野鹿看人閒
山深靜者愛　日晏未知還

巖阿に黄屋を見　登坡して神山を尋ぬ
半日　猶ほ山麓　十里　長《ひさし》く松間
蜿蜒たり　芳草の路　寂寞たり　古禪の關
畫廊　丹雘落ち　朱戸　銅鐶を蝕む
殿は無梁を起ちて迥かに　塔は玩珠を留めて攀づ
蒼鼠　樹に戯れて捷く　野鹿　人を看て閒かなり
山深くして靜者愛で　日晏《くれ》て未だ還るを知らず。

靈谷寺は、南京の東郊鍾山、別名紫金山にある南朝梁からの古刹。明の太祖朱元璋の陵寢孝陵が造營された際、同じ鍾山内の現在地に移り、靈谷寺の名を賜った。詩中の〝黄屋〟は孝陵の寢廟を指すのであろう。〝無梁〟は洪武年間に建てられた殿の名。もと無量殿と稱したが、梁柱を使わず磚のみで作られているため、俗に無梁殿と呼ばれる。今も靈谷寺内に殘る。〝玩珠〟は塔の名だが、現存しない。五層で塔の頂に琉璃の寶珠があったという。

この詩で問題なのは第四句。崑山本が「好鳥鳴喧喧」であるのに對し、康熙本は「好鳥聲緜蠻」に作っている。汪琬の見解は次の通り。

今按ずるに、『廣韻』二十七刪の內に〝喧〟の字有りて、「二鳥の和鳴なり」と注す。新本何を以て改めて〝緜蠻〟の字に作るかを知らず。又た按ずるに、此の詩は首尾を除くの外、其の中間の十四句、皆な屬對なり。若し改めて〝緜蠻〟に作らば、何を以てか上句と相ひ偶せん。恐らくは原本の穩切なるに如かざるなり。蓋し校者止だ近時の韻譜〝喧〟の字を收めざるを見るのみにして、未だ『廣韻』を見るに及ばず。故に誤りて改むるのみ。疑ふらくは、當に崑本に從ふべし。(60)

ここにいう新本とは歸莊の康熙本を指す。この汪琬の按語を、前掲表に擧げた批校本中の按語と見較べていただきたい。議論の要點はほぼ等しいが、批校本よりも『歸詩考異』の方がやや詳しくなっていることが知られる。さらに『歸詩考異』では次のような考證が加筆される。

又た按ずるに、『詩』毛氏傳に、「緜蠻は小鳥の貌なり」と。薛君章句に又た云ふ、「好《ママ》（文）貌なり」と。長樂の劉氏に至りて始めて「鳥の聲」と訓じ、朱子之に仍る。前賢は傳箋を尊用し、未だ必ずしも輕がろしく易へず。下の〝鳴《ママ》（聲）緜蠻〟の三字、獨り屬對に工みならずと爲すのみならず。(61)

〝鳴喧喧〟を〝聲緜蠻〟に改めたことについて、歸莊は何も注記していない。それに對する汪琬の反論はこうである。「康熙本に從うなら〝緜蠻〟は鳥の聲という解釋になるが、それは後世の長樂の劉氏や朱子の說であり、毛傳や鄭箋は、元來これを小鳥の貌としている。歸有光は傳箋を尊用したはずであるから、〝緜蠻〟を鳥の聲の意に用いたとは考えられない」と。(62)

歸有光の傳箋尊用という點に限っていえば、汪琬の議論は聊か強引の誹りを免れまい。しかし〝吹習習〟に對する句としては〝聲緜蠻〟よりも〝鳴喧喧〟の方が優れていることは確かである。汪琬が推測するように、康熙本の校者は、たとえ舊刻の〝喧〟の字のままでも『廣韻』では韻にかなうということを知らなかったのであろうか。あるいは、知っていて改めたというのなら、それは何に依った結果なのか。萬一〝緜蠻〟に作るテキストが存在したとしても舊刻の韻字を書き改めなければならぬほど、〝聲緜蠻〟がインパクトのある詩語だとは、論者には思えないのである。

次の「和兪質甫夏雨效聯句體三十韻」になると、汪琬の議論はより精密さを増す。長篇詩なので、そのうちの一聯、第三十九、四十句のみを引く。（　）は康熙本。

悽悽聽晨鳴（鳥）　悽悽として晨鳴（鳥）を聽き
濛濛睇宵熠　濛濛として宵熠を睇《み》る

崑山本が〝晨鳴〟に作り、康熙本が〝晨鳥〟に作る問題について、汪琬は次のようにいう。

今按ずるに、此の詩絕《はなは》だ退之の「城南聯句」に似たり。「效聯句體」と謂ふ所なり。朱文公「城南聯句」詩に於いて「飛を囚はれて網に黏りて動き、啅を盜みて彈に接して驚く」の下注に云ふ、「一體六句、皆な物を賦すもその名を言はず」と。今此の詩の〝淒淒《ママ》〟（悽悽）〝濛濛〟の一聯も亦た然り。故に〝聽晨鳴〟は、鳥を言はず。下文の〝睇宵熠〟も、亦た蟲を言はざるなり。豳風「熠燿として宵に行く」の注に「熠燿は明りの定まらぬ貌なり」と。蓋し〝熠〟は本《もと》虛字にして〝鳴〟の字と相ひ對す。若し〝鳴〟を改めて〝鳥〟と作さば、則ち〝熠〟は何物爲らんや。疑ふらくは當に崑本に從ふべし[63]。

『詩經』豳風東山の毛傳は、「熠燿は燐なり、燐は螢火なり」という。汪琬は光の定まらない樣子とする朱子の說を引くが、いずれにせよ〝熠〟は光の狀態をいうのであって、蟲の名前そのものではない(64)。もし康熙本の〝晨鳥〟に従えば、〝宵熠〟の〝熠〟は何物だということになる。この詩が韓愈の聯句詩をふまえていることからしても、物を詠じてしかもその名を言わないという手法を採ったのは明らかである。以上の汪琬の議論、すこぶる正鵠を射ている。

またこの他、汪琬は、歸詩の特徴として叶韻をいう。叶韻とは、宋代頃に唱え始められた押韻についての學說で、古代の韻の規則はゆるやかで、音の響きが同じものは韻に協《かな》っているとみる說である、清代、古代音韻學が發達して古音と今音が異なっていることが證明されてからは否定される傾向にあるが、それまでは一般に支持されていた說である。歸詩の叶韻の一例として次の詩を擧げる。（　）は康熙本。

詠史

昔在齊威王　選人以治民（泯）
惟彼阿大夫　籍籍日有聲
唯此卽墨宰　小人共讒傾
是非竝顚倒　四境交侵兵
安得召左右　阿黨盡爲烹
昔在楚莊王　三年不聽政
膝上置美女　飲酒不曾醒
有鳥止於阜　不蜚亦不鳴
安得任伍擧　一朝霸名成

史を詠ず

昔在り　齊の威王　人を選びて以て民（泯）を治む
惟れ彼の阿大夫　籍籍として日々聲有り
唯だ此れ卽墨の宰　小人共に讒傾す
是非竝びに顚倒し　四境交《こも》ごも侵兵す
安くんぞ得ん　左右を召して　阿の黨盡く烹と爲すを
昔在り　楚の莊王　三年政を聽かず
膝上　美女を置き　飲酒　曾て醒めず
鳥有りて阜に止り　蜚《と》ばず　亦た鳴かず
安くんぞ得ん　伍擧を任じ　一朝にして霸名成るを

昔在帝武丁　三年不出令　　昔在り帝武丁　三年令を出ださず
恭默以思道　殷國未能寧　　恭默して以て道を思い　殷國未だ寧んずる能はず
安得夢聖人　求之傅岩（形）中　　安くにか得ん　聖人を夢み　之を傅岩（形）の中に求むるを

詩は『史記』に見える三つの故事を詠んだもの。齊の威王の時、側近に卽墨大夫を譏し阿大夫を譽める者がいたが、實際に調べてみると卽墨大夫はよく民を治め、阿大夫は苦しめていた。そこで威王は、阿大夫が側近に賄賂を贈ったのだと悟り、阿大夫とそれを譽めた側近を烹殺した（「田敬仲完世家」）。次は、酒色に溺れていた楚の莊王を、伍擧が「小山の上に鳥がいて、三年鳴かず蜚ばずですが、何の鳥でしょう」と諫めた故事（「楚世家」）。最後の故事は、殷の帝武丁は卽位後三年間政治を顧みなかったが、ある時夢で聖人を見、肖像畫を描かせて搜求したところ、傅巖の中に傅説を發見したというもの（「殷本紀」）。この詩は、詠詩の形式を借りて、時局を憂い、世に用いられぬ己れの鬱屈を遣ったものである。

汪琬はこの詩の韻について次のようにいう。

今按ずるに此の詩　亦た叶韻を用ふ。吳才老の『韻補』、〝中〟の字を收めて十七眞の韻に入る。注に云ふ、諸仍の切。劉貢父の詩話に「關中は〝中〟を以て〝烝〟と爲す」と。『周易』訟卦に「有孚窒、惕中吉、剛來而得中也。終凶、訟不可成也」と。〝中〟と〝成〟とは叶ふ云云。（傍點筆者）

又た按ずるに、樂府相和歌雞鳴曲に、「雞鳴高樹巓、狗吠深宮中、蕩子何所之、天下方太平」と。〝中〟は〝平〟

と叶ふなり。此の類 皆な據依有りて、妄りに改む可からず。校者 叶韻を知らざるに似たり。故に誤りて〝民〟の字を改めて〝氓〟に作り、〝中〟の字を〝形〟に作るのみ。然れども〝民〟と〝氓〟は字義猶ほ兩通に屬す。「求之傅巖形」と云ふが如きは、『尚書』説命に〝形〟の字有ると雖も、牽強太だ甚だしく、幾んど語を成さず。又た按ずるに、陳第の『毛詩古音考』は、〝中〟を以て〝眞〟に叶へ、『詩』召旻及び班固の「高祖泗水亭碑文」を引きて證と爲す。茲には具さに錄さず。[65]

康熙本の校者は、右の詠史詩を庚韻・青韻の古詩通押にするため、崑山本の〝民〟を〝氓〟に、〝中〟を〝形〟に改めている。そこで汪琬は、この詩は吳棫（字は才老）の『韻補』に從って叶韻を用いていると指摘、韻字を妄りに改めるやり方を批判した。〝民〟を〝氓〟にするのは、同義だからよいとしても、末句の〝中〟を〝形〟にしてしまうと、意味を成さなくなる。〝形〟にしたのは、『尚書』說命上の「形（肖像畫）を以て天下に旁《あまね》く求めしむ」[66]を牽強附會したためだとする。推測とはいえ、十分首肯できよう。

こういった字句の改竄の理由として、汪琬は、康熙本の校訂者が叶韻の法について無知だったことを擧げている。たとえば歸有光には崑山本にありながら康熙本が刪去した、同じく「詠史」と題する詩があるが、この詩が刪去された理由に關して汪琬は興味深いことを言っている。本來、この「詠史」詩は、崑山本では、先に擧げた「詠史」詩よりも前に置かれている。今、詩は省略し、汪琬の按語だけを示す。

今按ずるに、此の詩 庚・耕・清・青の四韻中の字を以て、叶へて十陽・十一唐の韻に入る。先生固り本づく所有り。『昌黎集』の「此日足可惜一首」の如きも亦た然るなり。新本は『易』『詩』『楚辭』以來の以て韻を叶ふる所の法を知らざるに似たり。故に後の章の「昔在齊威王」の一詩に於いては、則ち誤りて〝民〞〝中〞の二字を改む。而して此の詩 其の改む可からざるを見て、則ち遂に從りて之を刪去す。然らば則ち先生の詩すら猶ほ未だ讀むに易からず。而るに況んや其の文をや。(67)

汪琬は、歸有光が叶韻を用いるのは、基づく所があってのことで、たとえば韓愈詩「此日足可惜一首　贈張籍」(68)などは叶韻の代表的な例だとする。さらに汪琬は、康熙本の校訂者はこういった叶韻の法に疎く、「昔在齊威王」の詠史詩では韻字を勝手に改め、こちらではうまく改められなかったので刪去したのだろうと述べている。

歸有光と叶韻の關係について、汪琬はまた別の按語で次のように強調する。

又た按ずるに、先生の詩文、此の如く叶韻に類する者尙ほ多く、徧く擧ぐるに及ばず。讀者 之を詳らかにせよ。(69)

『歸詩考異』は、康熙本の校者が叶韻を知らずに妄りに字を改めたと攻擊することしきりである。しかし、詩人として名のあった歸莊が、全く叶韻の法に無知であったとは考えにくいのも事實である。叶韻の問題もさることながら、そこには詩人が古人の詩を校訂する際に特有の、添削の誘惑があったのではなかろうか。また、その添削の誘惑は、果たして歸莊だけを想定してよいものか。歸莊は、文字に異同がある場合、自らの意見を注記する法をとっているが、上述の詩の場合には、歸莊の注記はなされていない。また、康熙本は、崑山本の九十一首中、四十五首を刪去して、新たに三十六首（連作は一首とする）を增入するといった大幅な改定を行なっているのだが、奇妙なことに、歸莊はこの事實について何も語っていないのである。こういった刪去增入が、ひとり歸莊の手に成るとは考えにくい所以である。

この問題については、康熙本「和兪質甫夏雨效聯句體三十韻」の「高河近通汲」の句に、次のような歸荘の注記があるのに注目したい。

舊刻は「高河近通楫」に作る。〝楫〟の字は韻に非ず。錢宗伯選ばざるは、當に此の故を以てなるべし。今改めて〝汲〟の字を押とせば、較《や》や穩なるに似たり。(70)

この詩に限って言えば、韻字を改めたのは歸荘だということになろうが、詩の取捨選擇自體は、歸荘以前、既に錢謙益の手によって行なわれていたことが分かる。ならば、今までみてきた韻字の改竄も、あるいは錢謙益と歸昌世が編んだ『歸太僕文集』にまで遡るのかもしれない。汪琬は、總じて歸荘に嚴しいが、康熙本の校訂の失敗は、歸荘ひとりが責めを負うべきものでもあるまい。

小　結

汪琬のために辯護するなら、彼はむしろ歸荘による『震川先生集』の上梓を心待ちにしていたらしい。康熙本の巻首、王崇簡の序文は次のように傳える。

余夙に先生の文に向往す。今、老いたり、讀む能はずと雖も、竊かに其の大全を覽るを得んことを思ふ。間ま汪戸部苕文・計孝廉甫草と論及し、而して惄如たり。(「重刻震川先生全集序」)(71)

王崇簡は汪琬や計甫草とともに全集の無いことを嘆じていたという。計甫草は汪琬の親友で、同じく歸有光に傾倒していた計東のことである。そのエピソードとして次のような話が傳わる。彼は歸有光の嘗ての任地である順德府に至り、歸有光が廳記を書いた遺址を求めたが得られず、役所の廢園で香を焚き涙ながらにその靈に再拜したという。[72]これら同好の士に圍まれていた汪琬は、歸莊が全集を刻行すると知って、喜んだに違いない。だからこそ歸莊もそれを贈ったのである。しかし、全集は汪琬の期待を裏切るものだった。これが彼をして過激な言辭を吐かしめた原因であろう。

汪琬の主張は、言辭の峻烈さ故に同時代の士大夫から默殺され、長い歴史のうちに忘れられつつあった。しかし、歸莊との論爭を今一度檢討してみると、汪琬の議論には根據のあるものだと氣づく。さらに、本章で檢討してきた汪琬批校本の按語、あるいはそれをもとにした『歸詩考異』は、考證の確かさを裏附けるものといえよう。

論者は、汪琬の說がすべて正しいと主張するつもりはない。しかし、近年の研究が、上海古籍出版社が康熙本をもとに印行した標點本[73]を專ら用いていることを考えれば、そのことが歸有光研究に及ぼす影響は大きいといえよう。標點本のみによる歸有光文學研究には警鐘を鳴らしておきたい。

註

（1）鄧之誠の『淸詩紀事初編』（上海古籍出版社　一九八四年新一版）は、汪琬が『明史』編纂局を去った理由は、當時、修明史總裁で姻戚でもあった葉方靄と相い容れなかったためだとする。

（2）陸隴其『三魚堂日記』巻上　茗文之推重歸太僕至矣。作歸詩考異、又作震川年譜。蓋其意中自以爲接震川一派。殆亦近之。

（3）（4）『堯峯文鈔』（四部叢刊本、以下同じ）卷三十二「與梁曰緝論類稾書」　今之讀某文者、不曰祖廬陵、卽曰禰震川也。其未讀某文者、亦附和云云。悠悠耳食之論、某聞之未嘗心服而首肯也。何也、凡爲文者、其始也必求其所從入、其既也必求其所從出。彼句剽字竊、步趨尺寸以言工者、皆能入而不能出者也。古今人雖不相及、然而學問本末、莫不各有所會心、與其所得力者。卽父子兄弟猶不相假借、而況廬陵震川乎。以某之文上視二君子、其氣力之厚薄、議論之醇疵、局法之工拙、固已大相區絕矣。至其得力會心之所在、可以自喩、不可以語人。亦豈能驅之使盡同古人邪。また、本論では『堯峯文鈔』が自選集であることに鑑み、以下原則として引用は『堯峯文鈔』からとし、『文鈔』に無い場合のみ『類稿』『續稿』より引用する。

（5）『堯峯文鈔』卷三十二「答陳靄公書二」　前明二百七十餘年、其文嘗屢變矣。而中間最卓卓知名者、亦無不學於古人而得之。羅圭峰學退之者也。歸震川學永叔者也。王遵巖學子固者也。方正學・唐荊川學二蘇者也。其他楊文貞・李文正・王文恪、又學永叔・子瞻而未至者也。前賢之學於古人者。非學其詞也。學其開闔呼應操縱頓挫之法、而加變化焉、以成一家者是也。後生小子不知其說、乃欲以剽竊模擬當之、而古文於是乎亡矣。

（6）『堯峯文鈔』卷三十二「答王進士書」　昔李習之有盛名於唐。然獨自述其所敍高愍女・楊烈婦爲不在班孟堅・蔡伯喈下。近世歸震川先生、亦號東南大儒、尤沾沾自喜者。惟在作張氏女子神異記、亦可窺見前賢之用心矣。而流俗不察、妄相推許、遽謂文章之權、可以褒寵死者、幾欲自比於夫子之春秋。不亦夸而難信矣乎。琬才學惷陋、使廁於李習之歸震川之列、必當㥏顏汗下。然其私淑諸人者殆有年矣。方欲借足下所示、以自傳其文章。

（7）『李文公集』卷六「答皇甫湜書」　僕文采雖不足以希左丘明・司馬子長、足下視僕敍高愍女・楊烈婦、豈盡出班孟堅・蔡伯喈之下耶。

（8）『碑傳集』卷四十五「翰林編修汪先生琬墓誌銘」　明年詔試、上親拔其文、授翰林編修、與修明史。先生既以道德文章爲己任、由是有側目之者、益思歸故山。在史館六十日、撰史稾百七十五篇、杜門稱疾者一年、以病免而歸。（『清代碑傳全集』上海古籍出版社影印本　一九八七年）

（9）ただし、『續稿』が收める列傳は百二十五篇であり、墓誌銘がいう百七十五篇と矛盾する。

（10）『續稿』卷五十一『擬明史列傳』「歸有光傳」　有光之學、原本六經、而好司馬遷書、得其風神脈理。故爲文超然俊逸、可配古大家云。

(11)『列朝詩集』丁集の歸有光小傳には、「熙甫爲文、原本六經、而好太史公書、能得其風神脈理。其於六大家、自謂可肩隨歐曾、臨川則不難抗行」とあり、王鴻緒の『明史稿』及び欽定『明史』もこれをふまえて、「有光爲古文、原本經術、好太史公書、得其神理」という。

(12)『續稿』卷五十一『擬明史列傳』「歸有光傳」　治經尤邃於易、作易圖論二篇。學易者皆稱之。

(13)康熙本『震川先生集』(四部叢刋本、以下同じ)卷一「易圖論上」　要其旨不叛於聖人、然不可以爲作易之本。

(14)註(13)卷一「易圖論下」　吾怪夫儒者不敢以文王之易爲伏羲之易、而乃以伏羲之易爲邵子之易也。不可以不論。

(15)『明文授讀』卷十四評歸有光　其言爲文以六經爲根本、遷固歐曾爲波瀾。聖人復起、不易斯言。

(16)『明文授讀』卷十一評宋濂　歐蘇之後、非無文章。然得其正統者、虞伯生宋景濂而已。其一時之師友、生平之學力、皆非他人之所能及也。今欲舍景濂、而以震川爲嫡子。震川之學、畢竟挹之易盡。

(17)『堯峯文鈔』卷二「八卦方位圖説二則」其一　然則文王四正卦之方位、本法河圖。而邵子所謂伏羲之圖、則不知所本。此先天之學所以見非先儒也。朱子既主邵子、而他日又有康節說伏羲八卦、近於穿鑿附會之疑。後之學者、可以審所從矣。

(18)『堯峯文鈔』卷二十五「歸震川先生年譜後序」　先生既歿之後、其族弟道傳刻遺集二十卷、其子祜子寧又刻集三十二卷。二本去取多不同、而子祜等所刻有詩一卷、又附行述墓表誌銘一卷、視道傳本稍備。而獨無年譜。琬深惜之。因畧其事蹟、稍次第之、以示高山仰止之義。

(19)崑山本の初刻は萬曆元年～四年であるが、これは萬曆十六年に陳文燭の墓表を加えた形で重修されている。汪琬が、崑山本には墓表が附されているというのは、重修本のことである。尚、版本については、本書第Ⅰ部第四章「歸莊による『震川先生集』の編纂出版」を參照されたい。

(20)「高山仰止」は、『詩經』小雅 車舝に見える句である。

(21)『堯峯文鈔』卷二十五「歸震川先生年譜後序」　夫當明之中葉、士大夫爭言古文、往往勦襲史漢諸書、以相輘轢、紛紜倡和、偏於東南。此先生所深歎於妄庸人爲之巨子者也。於是退處荒江寂莫之瀕、獨與其門人子弟、講求六藝、慨然以斯文爲己任。而欲遠追游夏之徒於千數百年之上。不亦豪傑之士哉。

(22) 歸有光「項思堯文集序」に見える言葉である。錢謙益はこれが原因で王世貞と歸有光が口論し、互いに反目したとするが、それは錢謙益の揑造に過ぎない。詳しくは、本書第Ⅰ部第二章「錢謙益による歸有光の發掘」を參照されたい。

(23) 王錫爵『王文肅公文章』卷八「太僕寺丞熙甫歸先生墓誌銘」　先生於書無所不通、然其大指、必取衷六經。而好太史公書、所爲抒寫懷抱之文、溫潤典麗、如清廟之瑟、一唱三嘆、無意於感人、而懽愉慘惻之思、溢于言語之外、嗟嘆之、淫佚之、自不能已已。……嗚呼、可謂大雅不羣者矣。ただし、この墓誌銘は、唐時升の『三易集』卷十七は「代」としてこれを收めている。

(24) 『堯峯文鈔』卷二十五「歸震川先生年譜後序」　王文肅公嘗稱先生之文、如清廟之瑟、一唱三歎、無意於感人、而懽愉慘惻之思、溢於言外、可謂大雅不羣者。竊歎以爲知言。

(25) 蘇軾が嘗て「答張文潛書」（『經進東坡文集事略』卷四十五）で、弟蘇轍の文を「一唱三歎の聲有り」と稱讚したことは有名である。

(26) 現存する歸有光の年譜は、清乾隆年間に孫岱が編纂し、嘉慶年間に刻されたものが一番古い。張傳元・余梅年の『歸震川年譜』（商務印書館　一九三六年）はこれを敷衍したものである。

(27) 『堯峯文鈔』卷二十五「歸震川先生年譜後序」　去年夏、琬屬同年生、從先生之曾孫莊乞寫其遺像。而至今猶未有以復也。當致書促之、而先識其事於此、將以附於譜之右方。

(28) 康熙本（四部叢刊）『震川先生集』卷首の徐乾學「重刻震川先生全集序」（康熙十四年）によれば、歸莊が死んだ康熙十二年の時點では、この本は完刻をみていなかったらしい。歸莊が汪琬に呈したのは、已刻の一部分かあるいは原稿の段階だったかと思われる。

(29) 趙經達編『汪堯峯先生文集』（又滿樓叢書所收）が、汪琬の歸莊にあてた合計三篇の手紙のうち第二信が失われているというのは、考を失している。歸莊の「再答汪苕文」によれば、汪琬が「與歸元恭書一」や「與歸元恭書二」の以前にも歸莊に手紙を送っていたことは明らかである。失われたのは、汪琬の一番最初の手紙である。

(30) 上海古籍出版社、一九八四年新一版による。以下同じ。

（31）『宋書』卷七十三「顏延之傳」（顏延之）常語竣曰、平生不喜見要人、今不幸見汝。竣起宅、謂曰、善爲之、無令後人笑汝拙也。

（32）『堯峯文鈔』卷三十三「與周漢紹書」附記　此稾久弃篋衍、已不敢出示同人。今聞遠近傳某語以爲笑、甚至從未見某原書、而酒闌燭跋輒有增删字句、借作談資以獻媚者。故復檢此稾付梓。

（33）『潛邱劄記』卷四上「堯峯文鈔」　憶昔與鈍翁辯喪禮、初盛氣詆我、及重刻稾出、盡改以從我。安知此評地下聞此、不亦笑而首肯乎。

（34）錢仲聯主編『清詩紀事』（江蘇古籍出版社、一九八七年）引陳去病『五石脂』。

（35）蔡澄『雞窗叢話』　吳江葉橫山先生、名與鈍翁相埒、且相好。康熙己未、詔開博學鴻儒科。橫山謂鈍翁曰、我二人在所必擧。將應擧乎、抑不應擧乎。鈍翁曰、宜不應則名更高也。橫山信以爲然。後鈍翁竟應擧入翰林、而名益顯。橫山黜之、知爲鈍翁所賣、遂大恚。因將鈍翁所刊類稿、大加指摘、作汪文刺謬二卷、將刊行之。鈍翁懼、介橫山密友復修舊好。

（36）この文は、葉燮の『已畦集』には見えない。趙經達の『汪堯峰先生年譜』は次のようにいう。「案此書、乙卯春長沙葉煥彬先生刻行之、名汪文摘謬、止十篇。橫山自序云、……近者、吾郡汪君苕文、其所爲文、居然自稱爲大家。僉謂其祖述歐陽子、而近法震川歸氏、迨閲其全集、無處不令人啞然失笑者。」

（37）『柳南隨筆』卷一　隱公十一年公羊傳、子沈子曰。注云、子沈子後師明說此意者、沈子稱子冠氏上者、明其爲師也。又大學集注第一行子程子、新安陳氏謂程子上加子字者、倣公羊傳注子沈子之例、乃後學宗師先儒之稱。又列子首篇稱子列子、乃對下文弟子而言、亦所以著其爲師也。故張湛注云、載子于姓上者、首章或是弟子之所記故耳。然則冠子于氏、豈可概用哉。余觀汪鈍翁集中、有題容安軒記一篇、自稱子汪子、亦僭妄甚矣。

（38）『柳南續筆』卷三「茅選唐宋八家」　而餘姚黃太冲評堯峰文、以六字括之、曰、無可議、必不傳。

（39）『居易錄』卷九　同年長洲汪鈍翁琬、以庚午十二月十三日卒。汪狷急多忤、交友罕善終者。雖予以至誠交之、亦不免其齮齕、予終不較也。海內交知甚多、至於議論有根柢、終推此君。

（40）『五雜俎』地部一　今人閨閤槩作閨閣、至以朝廷東閤、亦巍然揭東閣之額、而不覺其非。……今若稱閤下爲閣下、擧世有不笑之者耶。

(41)『三魚堂日記』卷上　又與歸元恭曰、……。按若文說甚是。若歸元恭、所謂知其一不知其二。

(42)康熙本（四部叢刊本）『震川先生集』卷七「與李浩卿書」　惟記事一首、乃僕自以爲必可傳者。少好史漢、未嘗遇可以發吾意者。獨此女差強人意。

(43)和刻本は、村瀨誨輔編、天保八年刊『歸震川文粹』五卷。譯注は、都留春雄氏の譯で『近世散文集』（『中國文明選』10　朝日新聞社　一九七一年）に收められている。論文は、庄司莊一氏の「張貞女の死」（「密教文化」第一〇八號　一九七四年十一月　のち『中國哲史文學逍遙』に收錄　角川書店　一九九三年十一月）など詳しくはI部第一章第三節4-iを參照。

(44)康熙本『震川先生集』卷四「書張貞女死事」歸莊附注　按、梭常熟本作梳。竊謂金梭、必是織帨之梭、非櫛髮之梳也。當以聲相近而訛耳。

(45)註（29）で述べた如く、汪琬の最初の手紙が現存しないため、歸莊の返書中これに對する反論と思われる個所については割愛する。

(46)『明史』卷三百一　列女傳一に「巖從後攫其梳、婦折梳擲地」と見えている。『明史』列傳卷一百七十五列女傳も同文。尙、黃雲眉『明史考證』（中華書局　一九七七）は、この記述が歸文に基づいていることを指摘したうえで、歸莊の〝金梭〟說を斥け、汪琬の〝金梳〟說を支持している。

(47)たとえば、張家英・徐治嫻選注『歸有光散文選集』（百家文藝出版社　一九九五年）や段承校評析『歸震川詩文選』（江蘇古籍出版社　二〇〇二年）などである。

(48)この本には、汪琬の他に、震澤の吳觀文の手によって硃筆の批點が施されている。吳觀文は、字を覲伯といい、雍正五年、知縣によって孝友端方の者として推擧されたが、病を以て辭している。

(49)『牧齋初學集』卷八十三「題歸太僕文集」および『牧齋有學集』卷十六「新刻震川先生集序」參照。

(50)『牧齋初學集』卷八十三「題歸太僕文集」には「癸未中夏」（崇禎十六年、一六四三）の日付が見える。これは歸有光の死（一五七一）から數えて七十二年後にあたる。

(51)『堯峯文鈔』卷二十五「歸詩考異序」又竊意其家所藏者、或未必果出於先生之筆授、而其校讎此鈔本之人、亦未必親事先生、而習見其讀書爲文者也。於是諸家之本、紛紜錯出、而後生淺學讀先生之詩若文者、幾莫知所適從矣。

(52) 註（51）「歸詩考異序」如歸孝子傳・徐郡丞惠政記等篇、皆不主鈔本、而參用崑山・常熟兩本。如上王都御史書・周憲副行狀等篇、則僅僅節署鈔本、數語之不同者、附注於篇末。固未嘗專用鈔本以爲據依也。

(53)『朱文公文集』卷七十六　是以予於此書、姑考諸本之同異而兼存之、以待覽者之自擇。

(54)『四庫全書總目提要』卷一七二　別集二五『震川文集』提要　有光詩格、殊不見長。汪琬乃爲作箋註、王士禎頗以爲譏。今未見傳本、殆當時衆論不與、即格不行歟。

(55)『居易錄』卷十九　牧翁稱文徵仲詩。近同年汪鈍翁注歸熙甫詩。人之嗜好、實有不可解者、付之一笑可矣。

(56)『鈍翁前後類稿』卷二十一「與周漢紹書一」別後、先撰詩集考異、已就。謹將槀本送去。前賢之文、固有娭笑甚怒罵者、元非以嫚罵爲極則也。僕前札云、全集疑義甚多、本欲彼觸類以長耳。彼初不信。今詩集僅四十卷中之一、而所疑如此。其佗殆可見矣。

(57)『豫章黄先生文集』（四部叢刊本）卷四「東坡先生眞贊三首」其一。

(58)『易』繫辭傳上　引而伸之、觸類而長之。

(59)『堯峯文鈔』卷二十五「歸詩考異序」全集考異、卷帙頗夥、不能遽鐫版以行世、而其大指則已見於此云。

(60)(61)『重訂歸先生詩集考異』（『鈍翁前後類稿』卷六十二）「遊靈谷寺」今按廣韻二十七刪內有咱字、注二鳥和鳴。不知新本何以改作緜蠻字。又按此詩除首尾外、其中間十四句、皆屬對。若改作緜蠻、何以與上句相偶。恐不如原本穩切也。蓋校者止見近時韻譜不收咱字、未及見廣韻、故誤改耳。疑當從崑本。又按詩毛氏傳、緜蠻、小鳥貌。薛君章句又云、好貌《ママ》。至長樂劉氏、始訓鳥聲、朱子仍之。前賢尊用傳箋、未必輕易。下鳴《ママ》緜蠻三字、不獨爲屬對不工也。

(62)『詩經』小雅 緜蠻。毛傳は「小鳥貌」といい、『文選』卷十一「景福殿賦」の李善注は『韓詩』薛君章句を引いて「緜蠻、文貌。」という。朱子『詩集傳』は「鳥聲」とする。また、『呂氏家塾讀詩記』には、「長樂劉氏曰、緜蠻、聲也。」とある。長樂の劉氏とは呂祖謙の友人劉世南を指すか。待考。

(63)『重訂歸先生詩集考異』「和兪質甫夏雨效聯句體三十韻」　今按此詩絕似退之城南聯句。所謂效聯句體也。朱文公於城南聯句詩、因飛黏網動、盜啅接彈驚之下注云、一體六句、皆賦物而不言其名。今此詩凄凄《ママ》濛濛一聯亦然。故聽晨鳴、不言鳥。下文睇宵熠、亦不言蟲也。豳風、熠燿宵行注、熠燿、明不定貌。蓋熠本虛字、與鳴字相對。若改鳴作鳥、則熠爲何物耶。疑當從崑本。

(64)『詩經』豳風 東山「熠燿宵行」の毛傳は、「熠燿、燐也。燐、螢火也」という。朱子『詩集傳』は、「熠燿、明不定貌。宵行、蟲名、加蠶。」といい、宵行を蟲の名前とする。淸の段玉裁のように、燐を鬼火と解する向きもあるが、いずれにせよ熠燿は光のありさまであって、物の名ではない。

(65)『重訂歸先生詩集考異』「詠史」　今按此詩亦用叶韻。吳才老韻補、收中字入十七眞韻、注云、諸仍切。劉貢父詩話、關中、以中爲烝。周易訟卦、有孚窒、惕中吉、剛來而得中也。終凶、訟不可成也。中與成叶云云。又按樂府相和歌雞鳴曲、雞鳴高樹巓、狗吠滐宮中、蕩子何所之、天下方太平。中與平叶。此類皆有據依、不可妄改。校者似不知叶韻、故誤改民字作岷、中字作形耳。然民岷字義猶屬兩通。如云求之傳巖形、雖尚書說命有形字、而牽強太甚、幾不成語矣。又按陳第毛詩古音考、以中叶眞、引詩召旻及班固高祖泗水亭碑爲證。茲不具錄。なお、劉貢父詩話は、『中山詩話』のことである。雞鳴曲は『樂府詩集』卷二十八に見える。

(66)『尚書』說命上　王庸作書以誥曰、以台正于四方、惟恐德弗類、茲故弗言、恭默思道、夢帝賚予良弼、其代予言。乃審厥象、俾以形旁求于天下、說築傅巖之野、惟肖、爰立作相、王置諸其左右。

(67)『重訂歸先生詩集考異』「詠史」(「桓桓後將軍」)　今按此詩以庚耕淸靑四韻中字、叶入十陽十一唐韻。先生固有所本。如昌黎集此日足可惜一首、亦然也。新本似不知易詩楚辭以來所以叶韻之法。故於後章昔在齊威王一詩、則誤改民中二字、而此詩見其不可改、則遂從而刪去之。然則先生之詩、猶未易讀、而況其文乎。

(68)『朱文公校昌黎先生集』卷二。

(69)『重訂歸先生詩集考異』「邢州敍述三首」　又按先生詩文、此如類叶韻者尙多。不及偏擧、讀者詳之。

(70)康熙本『震川先生集』別集卷十「和兪質甫夏雨效聯句體三十韻」歸莊附注　舊刻作高河近通楫、楫字非韻。錢宗伯不選、當以此故。今改押汲字、似較穩。

（71）康熙本『震川先生集』巻首　王崇簡撰「重刻震川先生全集序」　余夙向往先生之文。今老矣、雖不能讀、竊思得覽其大全。間與汪戸部苕文計孝廉甫草論及、而愸如也。

（72）汪琬『說玲』　計甫草至順德、追憶歸震川先生嘗佐此郡、有廳記二篇。卽策蹇往求遺址不可得、乃入署旁廢圃中、西向炷瓣香再拜、流涕被面。見者皆以爲狂。僕夫亦匿笑不止、了無怍色。　歸有光の廳記二篇とは、「順德府通判廳記」と「順德府通判廳右記」を指す。後、順德府に歸有光の祠堂が建てられた際、計東はこれに碑記を書いている。

（73）周本淳校點『震川先生集』（上海古籍出版社　一九八一）。

第六章　桐城派の歸有光評價

小　序

本書ではここまで、明末清初に歸有光評價が大きく轉換してきたことを見てきたが、その後の歸有光への高い評價と文學史上の位置づけは、清代に勃興した桐城派によって決定的になったといってもよい。劉聲木の『桐城文學淵源考』は六百四十餘名を著錄しているが、その筆頭に擧げられているのは、歸有光その人である。

桐城派は、清朝最大の文派であり、中國文學史上でもおそらく期間最長にして最大規模の文派である。清朝初期の康煕年間に始まり、五四新文化運動に至るまで、清の古文家と呼ばれる文人はほとんどこの桐城派あるいはその分派である陽湖派や湘鄉派から出ている。「桐城」の名は、開宗とされる方苞や、乾隆・嘉慶年間にその後に續いた姚鼐や劉大櫆が桐城（今の安徽省桐城）の出身であったことに由來する。實際には桐城派の出身地は中國全土に擴がっており、メンバーの文學思想や文學理論は決して一樣ではない。ただし、程朱學を信奉し、古文の正統が、『左傳』や『史記』から唐宋の八大家を經て、歸有光に受け繼がれたとすることではおおむね一致している。このことは姚鼐が『古文辭類纂』を編纂するに當って、明文ではひとり歸有光の文を收錄し、唐宋八大家に準ずる地位を與えたことで決定的になった。

桐城派全體の歷史的變遷と歸有光の繼承については、日本では佐藤一郎氏の『中國文學の傳統と再生――清朝初期から文學革命まで』（研文出版）があり、方苞など桐城派第一期の歸有光繼承について詳述されている。しかし、姚鼐や劉大櫆など第二期以降の歸有光評價については、歸有光に關する彼らの專論が少なく、資料が斷片的だという制約もあって、管見の及ぶところ中國をふくめてこれまでこの問題を扱った論考はほとんどない。

本章では、桐城派の人々の歸有光評價を、時代を追って概觀する。

一　戴名世と方苞の歸有光評價

一般に桐城派の開宗は方苞からだとされるが、この節ではまずその基奠ともなった戴名世の歸有光評價を紹介したい。戴名世の名は劉聲木『桐城淵源考』に著錄されていないものの、近年の桐城派研究では、方苞よりも十五歳年長で、桐城の出である文學者戴名世をその先驅者とみなすことが多く(1)、筆者も彼の歸有光への傾注は、方苞にも大きな影響を及ぼしたと考えるためである。

戴名世（一六五三〜一七一三）は字を田有といい、桐城の人である。康熙四十八年（一七〇九）、五十七歳で進士となり、翰林院編修を授かったが、二年後、南山集事件によって捕えられ、さらにその二年後に刑死している。南山集事件とは、清朝の文字の獄の端緒を啓いたともいうべき事件である(2)。戴名世には進士登第前に刊行された『南山集』という文集があったが、そこに明末の方孝標『滇黔紀聞』にみえる南明の桂王についての記述を引用したことが、「大逆」に相當するとして彈劾されたのである。彼の刑死後、『南山集』は發禁となり、清朝を通じて戴名世の名は禁忌となった。一部には宋潛虛という僞名でその集が傳えられたが、全集『戴南山先生古文全集』が桐城の人張仲沅によって公刊されたのは、清末の光緒二十六〜二十八年（一九〇〇〜〇二）のことである。

南山集事件は、戴名世の生命と歷史上の文名とを一氣に奪い去ったが、皮肉にもこの事件に連坐したことを契機に康熙帝の知遇を得てその文名が高まったのが、方苞（一六六八～一七四九）である。

方苞にとって、戴名世は父の友人であり、若い頃は親しく交わった同鄉の先輩でもあった。方苞は三十九歲で會試で進士の第四名に擧げられたが、(3)四十四歲のときにこの南山集事件に巻き込まれて下獄した。方苞がかつて戴名世の『南山集』の序文を書いたことと、戴名世が『南山集』に方孝標の『滇黔紀聞』を引用する際に、方という姓をあげて名を記さなかったため、方苞のことと誤傳されたという二つの理由による。後者はすぐに事情が判明するのだが、『南山集』に序文を寄せたという事實と、かなりの遠い縁戚で既に物故しているとはいえ、方孝標が方苞の宗族であることは紛れも無い事實で、方苞はこのため一年以上獄に繫がれた。

幸運にも康熙帝が特別に武英殿總管に「戴名世案の內の方苞、學問は天下に聞こえざるは莫し、召して南書房に入るるべし」と硃諭したことで、罪を減じられた。しばらくは家族ともども旗籍に編入させられ、漢軍に隷屬することになったものの、雍正の初め、恩赦によって旗籍から除かれている。彼は、康熙朝、雍正朝、乾隆朝の三朝に仕え、武英殿修書總裁、翰林院侍讀學士、內閣學士兼禮部侍郎という要職を歷任し、七十五歲で引退歸鄉、長壽を得て八十二歲で沒した。

方苞にとって南山集事件は人生最大の危機ではあったが、逆說的にいえばこの事件がなければ方苞が朝廷の要路に在って桐城の文宗を開くこともなかったし、彼の長壽がなければ桐城派がかくも大きい影響力をもつには到らなかったであろう。彼の文學觀や歸有光評價には當然のことながら戴名世あるいは父や兄の世代からの影響がある。

まずは、時代を追って、戴名世の歸有光評價からみてみよう。

戴名世は茅坤の『唐宋八大家文鈔』を精選して弟子に『唐宋八大家文選』を授けたが、その自序「唐宋八大家文選序」には、「少《わか》くして古を好み、尤も八家の文を嗜む」とある。その彼がとりわけ傾注したのは、歸有光であった。次にあげるのは戴名世の「書歸震川文集後」の全文である。

余 古文に從事すること年有り、古人の文を爲る能はずと雖も、而れども竊かに之を知ること衆人に同じからず。最も後に歸震川の書を得て、心に愜《かな》ふ有り、余 之を好む。或ひと余に問ふ有り、「震川の佳處は何《いづ》くにか在る」と。余 心口の間 議せんと擬すること良《や》や久しく、竟に其の然るを言ふ能はず。嗚呼、此れ震川の震川爲る所以にして、而して余 之を知ること獨り深しと爲すかな。震川は『史記』を好み、自ら謂らく子長の神を得たりと。夫れ子長の神は卽ち班固すら且つ知る能はず。吾れ『漢書』を觀るに、其の子長の文字を刪削せる處、皆な子長の旨を失ひ、而後の『史記』を學ぶ者、句句 之を摹《ま》ね、字字 之に擬す。豈に復た『史記』有らんや。震川 獨り其の神を百世の下に得て、以て自ら江海の濱に奮ふ。是の時に當り、王・李の聲名 天下に震動し、震川は幾んど壓する所と爲る。乃ち久しうして其の光 益ます著はれ、而して是非以て明らかなり。然る後に僞者の勢長からず、而して眞者の精氣 人間に照耀し泯沒すべからざるを知るなり。顧だ 今の震川を知る者少なし[4]、而今の震川を爲す者は、其の孤危又た震川に百倍す、以て後の震川を爲す者の知るを俟つのみ。（「書歸震川文集後」）

歸有光に對してはほとんど絶贊といってよいほどの評價である。明末から清初にかけての歸有光文學を好む者の特徴として、己こそが眞の震川を知る者だと自任する傾向が強いことが擧げられる。前章で取りあげてきた黄宗羲然り、汪琬然りである。戴名世もまたこうした一人であったことがわかる。

戴名世が歸有光文學の特徴として強調するのは、「『史記』の神」を受け繼いだことである。これは錢謙益や黄宗羲らがつとに指摘することでもあるが、戴名世のいう「神」とは、「精」や「氣」と一體となった、彼獨特の文學理論である。次にあげる書簡は、戴名世が道家の說を借りて文學理論を展開したものである。

蓋し余昔嘗て道家の書を讀む。凡そ養生の徒、神仙の術に從事し、滅慮絕欲、吐納以て生と爲し、咀嚼以て養と爲す。蓋し其の說三有り、曰はく精、曰はく氣、曰はく神。此の三者は、之を鍊し之を凝し、而して一に渾す、是に於いて形骸より外《はず》れ、雲氣を凌《しの》ぎ、水に入るるも濡れず、火に入るるも爇《や》けず、飄飄乎として風を御して行き、世を遺《す》てて遠擧す。其の言爾《しか》云ふ。余嘗て其の術を學ばんと欲するも從ふ所を知らず、乃ち竊かに其の術を以て之を文章に用ふ。嗚呼、其れ以て此れに加ふる無し。（「答伍張兩生書」[5]）

戴名世は、程朱の學のみを遵奉する後の桐城派とは異なり、道家的なものへの關心も深かったらしい。この「精」と「氣」と「神」を一體化させた文學理論には、どこか明風を感じさせるものがある。彼は、清朝に出仕した人であり、明の遺民とはいえないものの、まぎれもなく明の士風を受け繼いでおり、この文學理論も主情的な趣をもつ。

戴名世は續けて「精」「氣」「神」について次のように說明する。

まず、「精」については、「雅」であり「淸」であること、つまり純正さだと說明する。

古の作者未だ是の術を得ざる者有らざるなり。太史公「五帝本紀」を纂し、「其の言の尤も雅なる者を擇ぶ」とは、此れ精の說《いひ》なり。蔡邕曰はく、「余が心を鍊して太淸に浸す」と。夫れ惟だ雅且つ淸なれば則ち精、精なれば則ち糟粕・煨燼・塵垢・渣滓と凡そ邪僞剽賊とは、皆な刊削して存する靡《な》し、夫れ是くの如きは之れ精を謂ふなり。[6]

次に「物」という言葉で說明されるのは「氣」のことであり、文辭を外に發露する際の氣勢ともいうべきものである。

而して物有りて、陰かに驅りて潛かに之を率い、浩渺の區に出入し、杳靄の際に跌宕す。動くこと風雨の如く、靜かなること山岳の如く、無窮なること天地の如く、不竭なること江河の如し。是の物や、傑然として以て兩間に充塞し、萬有を蓋冒する有り。嗚呼、此れ氣の大いに人に過ぐる者と爲す者は、豈に然るに非ざらんや。(7)

最後に論じられるのは「神」であるが、これは文に內在し、文の根幹を成しているスピリッツをいう。

今夫《か》の語言文字は、文なり、而れども文たる所以に非ざるなり。行墨蹊徑は、文なり、而れども文たる所以に非ざるなり。文の文爲るは、必ず語言の文字の外に出で、行墨蹊徑の先に居る有り。蓋し昔千里馬の牝にして黃なる有り、伯樂九方皋をして之を視しむ。九方皋曰はく、「牡にして驪なり」と。伯樂曰はく、「此れ眞に馬を知る者なり」と。夫れ聲色臭味の以て人の耳目口鼻を娛悅するに足り、而して其の致ること悠然として以て深く、油然として以て感じ、之を尋ぬるに端無くして之を出だすに跡無き者有るに非ずんば、吾れ得て之を言はざるなり。夫れ惟だ得て言ふべからざるは、此れ其の神爲る所以なり。(8)

戴名世は「精」「氣」「神」が渾然と一體になったときにはじめて眞の文が生まれるというのである。とりわけ、「惟だ得て言ふべからざるは、此れ其の神爲る所以なり（「神」は辯じようとして辯じられるものではない）」という議論は、前揭の「書歸震川文集後」に見える、震川の佳處を尋ねられて、言葉で言い表すことができず、それこそが「震川の震川たる所以だ」とした彼の言葉に通底する。戴名世によれば、歸有光は『史記』の眞の「神」を得ているがため、その良さは辯じようとして辯じることができるものではなく、言葉で言い表せない、そのことこそがすなわち歸有光文學なのだという結論になる。堂々めぐりの感のある理屈であり、これを次に紹介する方苞の評論に比べてみると、その主情的な側面がより明らかになる。

　戴名世よりも十五歳年下で、康熙生れの方苞は、歸有光文學をもう少し冷靜かつ理知的に分析している。彼は、戴名世と同じく「書歸震川文集後」と題する文を書き、歸有光文學の長所と短所を論じてみせた。

> 昔 吾が友 王崑繩 震川の文を目して膚庸と爲す。而るに張彝歎則ち曰はく、「是れ直ちに八家の樊を破り、而して司馬氏の奥に據る」と。二君 皆《とも》に知言者なり、蓋し各おの見有るも特だ未だ盡くさざるなり。震川の文は、鄉曲に應酬せし者十に六七、而して又た請者の意に狥《したが》ひ、常を襲い瑣を綴る。大いに俗言に遠からんと欲すと雖も、其の道由る無し。其の親舊及び人の微にして而も語の忌む無きに發する者は、蓋し近古の文に多し。事の天屬に關するに至りては、其の尤も善き者、修飾を俟たずして、情辭幷びに得て覽る者をして惻然として隱有らしむ。其の氣韻は蓋し之を子長に得たり。故に能く法を歐・曾に取り、而して少しく其の形貌を更《あらた》むるのみ。（「書歸震川文集後」[9]）

『史記』の氣韻を得たとする方苞の歸有光評價は戴名世のそれにも通じるが、その一方で方苞は、歸有光には應酬の文が多く、それらの大半は依賴人の意向を受けて書かれた俗言であることを指摘する。具體的には親しい友人親戚や身分が低くて言葉を憚る必要のない者を對象とする贈序や壽序などの近世に生まれた文體である。また、家族をテーマとする文については、情と辭がぴったり合い、讀者に自然と惻隱の情を抱かせるという。

歸有光の應酬文に對する分析としては極めて的を射ており、これを、歸有光文學は「心に愜ふ有る」ものの、「震川の佳處は何くに在る」と尋ねられて「其の然るを言う能はず」、しかもそのこと自體が「震川の震川爲る所以」だという戴名世の理屈に比べると、方苞の評價は主知的ともいえよう。おそらくは、方苞のこの文は戴名世の「書歸震川文集後」を十分意識して書かれたものであろう。

方苞は續ける。

> 孔子〝艮〟の五爻辭に於いて、之を釋して曰く、「言に序有り」と。〝家人〟の象、之を系して曰く、「言に物有り」と。凡そ文の愈いよ久しく傳はりて、未だ此れを越ゆる者有らざるなり。震川の文の所謂序有る者に於いては、蓋し庶幾《ちか》し。而れども物有る者は、則ち寡し。又た其の辭は雅潔と號するも、仍ほ俚に近くして繁に傷ふ者有り。豈に時文に於いて既に其の心力を竭《つく》し、故に兩つながらは精なること能はざるか。抑そも學ぶ所は專ら文を爲るを主とし、故に其の文も亦た是に至りて止まるか。此れ漢自り以前の書も駁有り純有る所以にして、要は後世の文士の能く及ぶ所に非ざるなり。(10)

この主張は方苞の最もよく知られた文學理論――義法に關わるものである。方苞は、「又書貨殖傳後」においてこの「義法」理論を次のように展開させている。

『春秋』の義法を制するは、太史公自り之を發す。而して後の文に深き者も亦た焉《これ》を具ふ。義は卽ち『易』の所謂「言に物有る」なり。法は卽ち『易』の所謂「言に序有る」なり。義以て經と爲し、而して法は之を緯とす、然る後に體を成す文と爲る。（「又書貨殖傳後」）(11)

『易』の家人の卦の象傳には「君子は言に物有り、行ひに恆有るを以てす」とあり、物とは實質的具體的な内容を指す。『易』の艮卦の六五の爻辭には「言に序有れば、悔い亡し」とあり、序とは孔穎達によれば倫序である。外面的な枠組み、すなわち文の技法や體裁である。(12) つまり、義＝「言に物有り」、法＝「言に序有り」であって、方苞によれば、歸有光の文は法（技法や體裁）はあるが義（實質的な内容）に欠けるということになる。

さらに方苞はその原因について、歸有光が時文（制藝）に傾注し、古文に專心することが出來なかったことを擧げ、あるいは文ばかりを學んだがゆえにその程度で終わってしまったのかともいう。方苞「書歸震川文集後」の要旨は、歸有光が長い學業生活の中で制藝に力をとられ、經學を究め、事業を成し遂げることができなかった點をうらみとするものである。

八十二年という方苞の人生の、いつの時點でこの文が書かれたかはわかっていないが、筆者はおそらく進士及第以後、出獄以後と推察する。方苞は三十九歳と晩い登第で、かつ四十四歳から一年以上を獄中に暮らしたものの、晩年は顯達し、まつりごとの要路に在って一代の文宗となった。その奉ずるところは朱子學で、性格は謹嚴をもって鳴った。こうした方苞にとっては六十歳でようやく進士となり、官歴も五年に滿たず、さしたる立業建功も成し遂げることなく生を終えた歸有光の文は、載道の文學としては物足りなさを感じるものであったと想像される。

これを、五十七歳でようやく及第し、その二年後に獄に下った戴名世と比較すれば、戴名世が心情的に歸有光の文に親近感を強く抱き、極端ともいうべき贊辭を加えたことも首肯できよう。方苞の歸有光評價には、どこか文壇の成功者、一代の文宗としての驕りがあるように感じるのは、論者だけであろうか。

ただし、方苞自身、「書歸震川文集後」の最後には、「此れ漢自り以前の書も駁有り純有る所以にして、要は後世の文士の能く及ぶ所に非ざるなり（漢以前の書も純正なものも雜駁なものもあるのであって、要するに後世の人士が到達できるようなものではない）」といっており、歸有光の文學が水準以上のものであることを言い添えている。

そして、この方苞の批評は、桐城派における歸有光評價の基奠ともなったのである。

二　劉大櫆と姚鼐の歸有光評價

劉大櫆（一六九七～一七七九）と姚鼐（一七三一～一八一五）は、乾隆・嘉慶年間に桐城派が隆盛をきわめ、その文派としての地位を確立するのに最も功のあった人物である。

劉大櫆は、字を才甫または耕南、號を海峰といい、若い頃から文名を馳せたが、擧業に躓き、晩年ようやく安徽の黟縣の教諭となったにすぎない。方苞と姚鼐がいずれも進士を得ているのに對し、劉大櫆は不遇の人であった。彼の文學理論は「論文偶記」の「神」と「氣」の說に集約されているが、歸有光評價についてまとまった議論はなく、いくつかの箇所に散見されるにすぎない。

甚だしいかな、文の言ひ難きや。歐・蘇既に沒し、其の明代に在りては、惟だ歸氏煕甫一人のみ。然れども煕甫は進士と爲るを求めて得ず、其の心を八比の時文に勞し、而して其の餘力を以て作りて古文と爲す、故に其の身

を置くこと唐以上に及ばず。然らば則ち、古文の衰は五百餘年なり。（「汪在湘文序」(13)）

これは前節に紹介した方苞の「書歸震川文集後」の批評に近い。ただし、劉大櫆は實作で歸有光の影響を受けている。彼が祖父の側室のために書した「章大家行略」は、歸有光の「先妣事略」に倣ったものである。

ここでは、短編の「下殤子張十二郎壙銘」を紹介しよう。

下殤の子張十二郎名は若昐、康熙癸巳十月二十六日に生まれ、辛丑七月十日に死し、龍眠山の社壇の麓に瘞む。昐九歳にして余に從ひて書を受く。句讀を學びて、甫めて六月餘日にして病み、病未だ旬に及ばずして死す、悲しいかな。昐は性緩にして、毎に髫を垂れ內庭自り徐徐に行き、學舍に至り、北向端に拱立し、長揖して、乃ち坐に就く。又た徐徐に手を以て書册を開き、低聲にて讀み、一句を讀むに、他人に視ぶるに殆んど三四句の者なり。讀み畢はり、或ひは早餐に歸るに、又た徐徐に行くこと來る時の狀の如し。余嘗て其の兄に指して以て笑ひと爲す。一日、日は已に日午に入り、授くる所の書未だ誦する能はず、余之を撻《むちう》つ。嗚呼、余早に其の此くの如きを知らば、之れを督責すること奚《なん》ぞ爲さんや。銘に曰はく、龍眠の山幽且つ阻。惟だ汝の居、汝の兄と與に聚る。式《ああ》相ひ好きこと終古ならん。（「下殤子張十二郎壙銘」(14)）

張十二郎すなわち若昐は、おそらく劉大櫆が塾師を務めていた時の教え子であろう。短い文章の中にこの子供の在りし日の姿や動作が描き出され、この幼児を喪った哀しみが胸にこみあげてくる。こうした描寫は本書の第二部第二章で紹介した歸有光の「寒花葬志」や「女如蘭壙志」を彷彿とさせる。劉大櫆は、實作を通じて歸有光文學を語った人といえよう。

姚鼐は字を姬傳、書齋名に因んで惜抱先生と稱される。乾隆二十八年（一七六三）に進士となり、官は刑部郎中に至り、『四庫全書』の編修をつとめた。乾隆期を代表する知性であり、桐城派の確立に最も功のあった人物である。彼の文學理論の特徵は、「義理」と「文章」と「考證」の三つを一體化させた所謂「三合一」にある。方苞の說いた「義法」理論に、より學術性を加味したものであり、これには朱子學を奉じる姚鼐が漢學派の大本營であった四庫全書編纂事業に編修として參劃し、その漢學派とのせめぎあいの中で誕生させた理論といってもよかろう。本章の目的は姚鼐の文學理論を論じることではないので、詳細は他書に讓り(15)、ここでは歸有光評價のみに注目したい。

一般に姚鼐は方苞の衣鉢を繼いだ人物として理解されているが、こと文學の趣味に及べば、姚鼐と方苞は大きく異なる。それどころか、姚鼐は方苞の歸有光評價に大いに不滿を感じていたらしい。

次は姚鼐が弟子の陳用光（字は碩士）にあてた書簡である。

「震川の論文の深處、望溪は尙ほ未だ見ず」と、此の論甚だ是なり。望溪の得る所は本朝の諸賢に在りては最も深しと爲す、而れども之を古人に較ぶれば則ち淺し。其の太史公の書を閱し、精神の其の大處・遠處・疏淡の處、及び華麗非常の處を包括する能はずして、止だ義法を以て文を論じ、則ち其の一端を得るのみに似たり。（『惜抱先生尺牘』卷五「與陳碩士」(16)）

これによれば、姚鼐は、方苞が「義法」という一知半解の理論でもって文を分析し、歸有光の眞の價値を見出しえなかったと考えていた。

姚鼐には方苞のようにまとまった形で歸有光文學を論じた文はないが、同じく陳用光にあてた書簡で次のように歸有光の文を分析している。

歸震川の、能く不要緊の題に於いて、不要緊の語を説《い》ひ、却て自ら風韻疎淡なり。此れ乃ち是れ太史公に深く會處する有り。（『惜抱先生尺牘』巻六「與陳碩士」[17]）

不要不急の何でもないことをテーマにし、何氣ない言葉を使って語ったものが、あっさりしながらも趣のある文に仕上がっていること、それこそが歸有光が『史記』に學んで會得した境地なのだという。

さらに姚鼐には古今の書を論じた「論書絶句」五首[18]があるが、其の三に歸有光に言及した箇所がある。

雄才或避古人鋒　　雄才或ひは避く古人の鋒
眞脈相傳便繼蹤　　眞脈相い傳へて便ち蹤を繼ぐ
太僕文章宗伯字　　太僕の文章 宗伯の字
正如得髓自南宗　　正に髓を得ること南宗自りするが如し

宗伯は禮部尚書であった董其昌のこと、髓を得るとは、達磨が「諸人或いは吾が皮と骨とを得、惟だ慧可のみ吾が髓を得る」（『指月録』）といったことによる。この詩は姚鼐が書でいえば董其昌、文では歸有光を正統としていたことを示す。

さきに、筆者は姚鼐にはまとまった形で歸有光文學を論じた文はないと述べたが、實は彼のこうした歸有光への傾注ぶりは、彼が編纂した『古文辭類纂』に具現化されている。『古文辭類纂』は明の文としては歸有光のみを採り、他の唐順之、王愼中、茅坤、あるいは黃宗羲が高く評價した明開國の臣宋濂などの文は一篇も收錄していない。姚鼐にとって唐宋八大家以後桐城派以前には歸有光しか存在しないのである。

以下は、『古文辭類纂』七十五卷十三類に採錄された三十二篇の歸文のリストである。

一、論辯……零篇
二、序跋……「漢口志序」、「題張幼于裒文太史卷」、以上二篇
三、奏議……零篇
四、書說……零篇
五、贈序……「周弦齋壽序」、「王母顧孺人六十壽序」、「戴素菴七十壽序」、「顧夫人八十壽序」、「守耕說」、「二石說」、「張雄字說」、「二子字說」、以上八篇
六、詔令……零篇
七、傳狀……「通議大夫都察院左副御史李公行狀」、「歸氏二孝子傳」、「筠溪翁傳」、「陶節婦傳」、「王烈婦傳」、「韋節婦傳」、「先妣事略」、以上七篇
八、碑誌……「亡友方思曾墓表」、「趙汝淵墓誌銘」、「沈貞甫墓誌銘」、「歸府君墓誌銘」、「女二二壙志」、「女如蘭壙志」、「寒花葬志」、以上七篇
九、雜記……「項脊軒記」、「思子亭記」、「見村樓記」、「野鶴軒壁記」、「畏壘亭記」、「吳山圖記」、「長興縣令題名

記」、「遂初堂記」、以上八篇
十、箴銘……零篇
十一、頌贊……零篇
十二、辭賦……零篇
十三、哀祭……零篇

右のリストからわかるのは、姚鼐が歸有光のどのような文を評價したかである。詔令や奏議、書說などを全く採らないのに對し、傳狀、碑誌、雜記、贈序といった身近な人々や家族をテーマにした文を中心に採っていることがわかろう。このリストを本書の一二六～一二七頁に擧げた黄宗羲『明文案』『明文海』『明文授讀』の歸文リストと對照させてみると、姚鼐の歸有光評價の特徵がより明確になる。黄宗羲が文學論を展開させる歸文を採っていたのに對し、姚鼐の歸有光評價はほとんど身邊雜記風のものに限定される傾向にある。そして、このことこそ、淸の桐城派の特徵ともいえるのである。

桐城派の文人が家の中の女性を描くときに意識し、手本としたのは歸有光の文であった。たとえば、桐城派の分派で、劉大櫆に私淑したことで知られる陽湖派の古文家張惠言には「先妣事略」という作品があるが、本書第Ⅱ部第一章で紹介するように、歸有光文學の影響が色濃く感じられる作品となっている。このような例は枚擧に暇がない。

三　張士元と吳德旋の歸有光評價

さて、姚鼐の周邊には、歸有光文學を信奉する弟子たちが集まり、一つのネットワークともいうべきものを形成していたようである。先にあげた陳用光（字は碩士）もその一人であるが、ここでは張士元（一七五五～一八二四）と吳德旋（一七六七～一八四〇）を取りあげて論じることにする。

張士元は、字を翰宜、號を鱸江といい、江蘇震澤の人である。乾隆五十三年（一七八八）の擧人である。進士に及第せず、陳用光らとともに古文の研究に專心した。歸有光を手本としたその古文は姚鼐から激賞された。『嘉樹山房集』二十二巻が傳わるほか、歸有光の文に批評を加えた『震川文鈔』四巻（乾隆六十年自序）がある。(19)『嘉樹山房集』巻九には、姚鼐にあてた書簡「與姚姬傳先生書」「與姚姬傳第二書」「與姚姬傳第三書」が收められており、姚鼐の張士元に對する返書も附されている。

張士元が始めて姚鼐に自作を呈上したときの書簡「與姚姬傳先生書」には、張士元が長びく擧業生活の中で、歸有光文學を心のよりどころにしていることが語られる。

士元再拜して、謹んで書を姬傳先生の執事に上る。士元は震澤の賤士なり。郊野に家居し、少き時より往還寡し。嘗て諸經を讀み、俗に隨ひて擧子の業を爲す。好んで古の文章を觀て、開悟する者有るが若し、之を久しうして遂に三史及び諸子を遍くするも、近代の文に於いては獨り歸熙甫を好む。歲常に外に館するに、燈を篝《た》きて中夜に古人の言中の意味を得て舞踏して已む能はず、間ま亦た學びて之を爲りて以て自ら娛む。會たま禮部の試を以て京師に入り、客居すること數年、應ずる所の者は今世の科、學ぶ所の者は古人の辭にして、屢しば屛黜に遭ふと雖も悔いざるなり。既に仕を得ざれば、則ち歸りて丘園に息《いこ》ひ、其の好む所に從はん。時時簡牘を作る有ること遂に多きも、誠に自ら其の合と否とを知らず。顧だ平日當世の士大夫の文を見ること少なからざるも、恆に心に愜《かな》はざる所有り。而るに獨り執事の文を誦するを喜ぶ。執事の名は天下に滿ち、天下の士　識ると識らざると、皆な奉じて文章の宗と爲す、……近ごろ客館して稍や暇あり、輒ち舊作若干首を錄して呈上す。（「與姚姫傳先生書」(20)）

『嘉樹山房集』のこの書簡のあとには、姚鼐の答書も附されている。そこには、次のようにみえる。

唐宋以後、文を爲る者多し。何を以て獨り歸熙甫を推すか、熙甫の能く北宋の諸賢の外　自ら路徑を開くを以て、故に之を推すなり。（姚鼐「答書」(21)）

この後、張士元の「與姚姫傳第二書」には韓愈以外を評價せず、たとえば班固をやり玉にあげる方苞の峻嚴な文學批評に對する不滿が述べられている。

姚鼐の周邊にはよほど方苞の文學理論に不滿を覺えていた人士が集まったらしく、吳德旋（一七六七～一八四〇）もその一人である。

吳德旋は字を仲倫といい、江蘇宜興の人である。會試に三度失敗したのち、擧業を斷念し、古文に意を盡くした。姚鼐に師事し、陽湖派の領袖張惠言や惲敬とも交遊があった。彼の名を高めたのは弟子の呂璜との問答の記錄『初月樓古文緒論』である。これは桐城派の文統を明らかにした文學批評といえる。

ここでは、歸有光批評に關する數條をあげておこう。

①范蔚宗（范曄『後漢書』）自ら謂ふ、「體大にして思精なるも、事外遠致は無し」と。誠なるかな是の言。事外遠致は、『史記』處處 之れ有り、能く之を繼ぐ者は、『五代史』なり、震川の文なり。[22]

②方望溪は震川に直接す。然れども謹嚴にして妙遠の趣少なし。人家の房屋、門廳・院落・廂廚、一として不備なるは無きも、但だ書齋別業を見ざるが如し。園亭・池沼の若きは、尤も得べからざるなり。[23]

③歸震川は八家に直接す。姚惜抱（鼐）謂らく「其の不要緊の題に於いて、不要緊の語を說《い》ひ、却て自ら風韻疎淡なり。是れ太史公に于いて深く會處する有り」と。此の旨を知らざるべからず。張鱸江（士元）の賞する所の諸篇の如きは、歐・曾の勝處に過ぎざるのみ。寥寥たる短章にして『史記』に逼眞する者有るは、乃ち其の最も高淡の處なり。[24]

①は、歸有光と『史記』との關係を論じたもので、清代にあってはほぼ定論といえるようなものである。②の方は、方苞に對する微辭である。方苞の峻嚴な義法理論は、次世代の桐城派の人士には不評だったようで、方苞の文章は結局のところ歸有光に及ばないというのが嘉慶年間の桐城派の議論の中心だったようである。

③は、姚鼐と張士元の歸有光評價に少しく違いがあったことを論じたものである。先述したように姚鼐は歸有光の身邊雜記風の文を「不要不急の何でもないことをテーマに、何氣ない言葉を使って語ったものが、あっさりしながらも趣のある文に仕上がっていること、それこそが『史記』に學んで會得した境地なのだ」とし、吳德旋もこれに贊同する。そして、張士元の「賞する所の諸篇」は、「歐・曾の勝處に過ぎない」とする。ここでいうところの張士元の「賞

する所の諸篇」とは、張士元が『震川文鈔』四巻に選錄して注を加えた歸文八十八篇を指している。姚鼐が『古文辭類纂』（乾隆四十四年自序）に採錄した三十二篇の歸文と張士元が『震川文鈔』（乾隆六十年自序）が選錄した八十八篇を比較してみると、兩方に共通して採られているのはわずか九篇に過ぎない。『古文辭類纂』が主に家族や郷里の人々をテーマにした作品を多く收錄するのに對して、張士元の『震川文鈔』は、女性家族の死をテーマにしたような、たとえば、「女二二壙志」、「女如蘭壙志」、「寒花葬志」、「先妣事略」のような作品を一切採らないのである。

先の姚鼐と張士元の往復書簡だけを讀むと、兩者は軌を一にしているように見えるが、その說くところ、歸有光評價の內容は異なる。姚鼐の考えに近い吳德旋は、歸有光の抒情的な短篇こそ『史記』の眞に迫る作品だとして、『初月樓古文緒論』で、張士元が採る歸有光の文は歐陽脩や曾鞏の文の特徵にすぎず、張士元は短編の中に抒情を描き出した歸有光文學の獨自性を捉え切れていないと批判するのである。

こうして檢討してくると、一旦、方苞によって否定されたかにみえる戴名世の歸有光評は姚鼐や吳德旋に至って、再び抒情性への注目という形でよみがえったかのようである。

四　曾國藩の歸有光評價

曾國藩（一八一一〜七二）は字を滌生、號を伯涵といい、湖南湘鄉の人である。太平天國の亂の鎭壓によって、一等毅勇侯に封ぜられ、兩江總督となり、同治中興の功臣と讚えられる。諡は文正。若い頃から桐城派の人士と交わり、姚鼐が主張した「義理」「文章」「考證」に、「經濟」を加味し、桐城派の文人的で柔弱な面を打破し、獨自の「湘鄉派」と呼ばれる文宗を開いた。

彼は歸有光文學についても姚鼐とは異なる見解を示している。次は曾國藩が歸有光の文集につけた跋文である。

近世の綴文の士頗る熙甫を稱述し、以て曾南豐・王半山の之を爲すを繼ぐべしと爲す。我自り之を觀るに、同日にして語られず。或ひは又た方苞氏と並擧す、抑そも其の倫に非らざるなり。蓋し古の道を知る者、妄りに人に毀譽を加へず、特だ直を好むのみに非ざるなり。之を内にしては以て誠を立つる無く、之を外にしては以て後世に信あるに足らず、君子焉《こ》れを恥づ。（「書歸震川文集後」[25]）

曾國藩はまず、歸有光の文を曾鞏や王安石と同等に批評することに反對し、方苞とも比べることはできないとする。姚鼐や呉德旋の歸有光評價に異を唱えるものである。

つづいて彼は歸有光の贈序、すなわち應酬の作について論じている。

周の詩に「崧高」・「烝民」諸篇有り、漢に「河梁」の詠有る自り、沿して六朝に及び、餞別の詩は動《や》やもすれば卷帙を累ぬ。是に於いて之が爲に序す者有り。昌黎韓氏は此の體を爲ること特に繁にして、或ひは詩無くして徒だ序有るに至る、駢拇枝指（餘分なもの—論者注）にして、義に於いて已に侈と爲す。熙甫は則ち餞別を必せず、而るに人に贈るに序を以てす。所謂賀序なる者・謝序なる者・壽序なる者有るは、此れ何の說《いひ》ぞや。又た彼の爲る所の抑揚呑吐、情韻匱《つ》きざる者、苟しくも之を裁つに義を以てせば、或ひは皆な以て陳ぜざるべし。芥舟を浮べて以て蹏涔（牛の足跡のみずたまり—論者注）の水を縱送し、復た天下に海濤と曰ふ者有るを憶はざるなり、神か、味か、徒らに詞を費やすのみ。然れども當時頗る茁軋の習を崇び、齊梁の雕琢に假りて、號して力めて周秦を追ふと爲す者、往往にして有り。熙甫一切棄去し、塗飾を事とせず、而して言を選ぶに序あり、刻畫せずして而して以て物情を昭らかにするに足り、古の作者と合符す、而して後來の者取りて焉に則れば、不智と謂うべからざるのみ。[26]

曾國藩は、歸有光が賀序、謝序、壽序といった應酬の作を多く作り、そこに情を込めたが、こうしたものは本來の道からすれば、義を失うものでいたずらに言葉を費やすだけのものにすぎないと斷罪する。ただし、明の當時に在っては、いわゆる古文辭派とよばれる人々もみなこの應酬の作を作ったのであり、それに比べれば歸有光の文にはあっさりしたところに良さがあるという。

最後に曾國藩は、こうした歸有光の文が畢竟高みに到達できなかった理由について、次のように論じている。

「人能く道を宏うするも、命を如何ともする無し」と。(『史記』外戚世家の序―論者注) 藉《も》し熙甫 早《つと》に身を高明の地に置き、聞見廣く情志闊く、師友の以て輔翼するを得れば、詣《いた》る所固り此に竟《をは》らざるかな。[27]

曾國藩は、歸有光がもしももっと早くに科擧に及第して立業建功していれば、見聞も廣まり、志も高く、その古文もより高い次元のものになっただろうというのである。

こうした曾國藩の議論は、本章の第一節であげた方苞の「書歸震川文集後」に酷似していることを指摘しておきたい。清朝の中興の臣として、また湘郷派として、高みにあった曾國藩の目には歸有光文學が狹隘なものに映ったであろうことは想像に難くない。

五　吳敏樹の歸有光評價

このほか、桐城派を標榜してはいなかったが、歸有光に傾注した人物として、湖南巴陵（現在の岳陽）の吳敏樹（一八〇五～一八七三）、字は本深、號は南屛がいる。彼は曾國藩からの幕僚の誘いを峻拒したことでも知られる。吳敏樹の文集『柈湖文集』には「歸震川文別鈔序」および「記鈔本震川文後」が見え、これによれば、彼は『震川文別鈔』二卷を編纂していたらしい。論者はここ數年この本を搜索しているが、未だ目睹し得ない。第六節で後述するように、林琴南もこれを見ずと言っており、おそらくすでに亡佚したものと考えられる。左にあげるのは自序「歸震川文別鈔序」の全文である。

嗚呼、四子書の文興る自り、文章は古に及ばざるも、豈に人才固り然らしめんや。天下能く文章を爲るの士、必ず皆な聰明傑特非常の才有り、而るに是の人者《は》其の少き時自り、固り已に四子書の文を爲るに學び、其の文を爲るの道も、亦た誠に以て自ら其の心を盡くすべき有り、而かも未だ易からざる窮すべきの致有り、乃ち其の心固り猶ほ安んぜず。是に於いて則ち又た時時習ひて傳記・序・論の作を爲り、以て唐宋の能者を追逐し、而して之と後先す。以て一時に名づくに足ると雖も、而して其の氣力も亦た衰減す。此の子 震川歸氏の文を錄し、而して之が爲に三嘆する所以なり。蓋し明朝は始め四子書の文を以て士を取り、而るに其の文盛んなるは莫し。三百年間傳ふる者は數十家、而して震川歸氏之が雄と爲り、而して明の古文を言ふ者、亦た未だ歸氏の如き者有らざるなり。余 歸氏の文を觀るに、遠くは司馬を宗とし、近くは歐曾を跡とし、其の學を爲《おさ》むること大いに精博、而して其の意見亦た絶だ高し。豈に區區として帖括を爲すに甘んずる者ならんや、徒だ場屋に老困するを以て、從遊請業の徒、是れを舍《す》て亦た焉を問ふ者無し、故に其の餘を出して而して遂に一代に絶ゆ。古體の文に至りては、乃ち其の盡くる所の意以て爲す。然れども之を古人に擬さば、猶ほ逮ばざるが若し。借りに歸氏をして明に生まれず、唐の貞元、宋の慶曆の間に出で、其の力を分つ無く、而して一生を窮して以て其の文を成さしむれば、豈に李翺・曾鞏の後に在らんや。抑そも歸氏の不遇を以て、老いて一たび第し、終に小官に沒し、當時の大著、皆な其の手より出づる莫きは、是れ又た傷むべきなり。凡そ八十首を錄して卷二と爲す。蓋し皆な余の私かに喜ぶ所の者にして、而して是を以て去留と爲すに非ざるなり。（「歸震川文別鈔序」）[28]

ここでいう四書の文とは、制義、つまり八股文を指す。自らも擧人どまりで進士となれなかった呉敏樹は、自らの作文の目標として歸有光の文の選本を編纂したものらしい。

呉敏樹は、この『震川文別鈔』二巻の編纂から三年後、都に出たときにこの本を友人に見せたところ文人の間で話題になり、これを契機に梅曾亮（一七八六〜一八五六）の知遇を得た。梅曾亮は字を伯言といい、姚鼐亡き後の桐城派の中心人物である。左の「記鈔本震川文後」は、この梅曾亮との交遊を記したものである。

余 既に歸震川の文を別鈔して之に序し、後三年して甲辰、之を京都に攜ふ。同年の友武陵の楊彝珍性農、余從り借去して閱す。數日して、瑞安の項孝廉傅霖 余に來訪す。蓋し性農從り見る所の此の書ならん、袖して以て來りて其の序目を鈔するを乞ふと云ふ。因りて余の爲に言ふ、「京師の能古文と名づくる者は、江南の梅郎中曾亮 其の人なり」と。又た數日して、余 往きて項君に答ふるに、梅先生適たま來り、因りて其の座に相ひ見《まみ》ゆ。余 是れ自り始めて梅先生を識る。梅先生既に余の此の書を見て、因りて以て朱御史琦・邵舍人懿辰・王戸部錫振に語る、皆な京師の古文學を治むる者なり。諸君皆な來りて余を識るは、皆な此の書を以ての故なり。蓋し古人の文章を觀て、其の尤も喜ぶべき者を錄出し、時に手《と》りて之を讀むは、此れ學者の恆事なり。余の歸氏の文を別鈔せし者も亦た猶ほ是くのごとし、而るに京師の人爭ひて相ひ傳語し以て奇異と爲すは、何ぞや。（「記鈔本震川文後」）(29)

ここで吳敏樹は梅曾亮から桐城派の道統を聞くことになる。

而して今世の古文を言ふは、又た皆な相ひ尙ぶに歸氏を以てす。余 特だ未だ之れを知らざるなり。梅先生 余の爲に言ふ、歸氏の學は、桐城の方靈皋氏自り後、姚姬傳氏 之を得たりと。梅先生は蓋し親しく學を姚氏に受く。而るに其の文を爲るの道亦た各おの異なれり。又た言ふ、王戸部 廣西自り京師に來り、洞庭を過るに、船頭に坐して、鈔する所の歸氏の書を哦《うた》ふに、失手して水中に落つ、嘗に其の處を記憶して之を惜しむ、豈に夫の洞庭の傍、固り亦た私かに歸氏の文を喜び、別鈔して書を爲ること吾子其の人の如き者有るを知らんやと。嗟乎、歸氏の當時に在りては、其の世人に輕重せらるること何如。而るに今に至りて其の名既に盛んにして以て尊し、學者既に皆な其の文を師仰するを知れり。心は誠に好む者に非ずと雖も、猶ほ陽《いつは》りて之に事ふ。而して私かに其の文を喜びて、別鈔して書を爲すこと余が如き者有るは、諸君子 之を視ること林鳥の鳴きて其の類を呼ぶが如きなり。蓋し世は常に已に成るに習ひ、衆慕に風趨す、而るに其の人の時に當りては、未だ忽として且つ笑はずんばあらざるなり。余 是を以て尤も之を歎ず。(30)

擧業の挫折によって世に容れられない自らの苦しみを、歸有光の坎坷の一生と重ね合わせる敍述法は、張士元のそれと酷似する。清代は科擧受驗層が擴大する一方で、多くの萬年擧人が生まれた。こうした文人にとって、四書文（制義）に囚われながらも、一方で古文を成就させた歸有光は一つの目標であったにちがいない。

六　林紓の歸有光評價

清末から民國の時代になると、林譯で人氣を博した林紓（一八五二～一九二四）、字は琴南が出版界で活躍するようになり、桐城派の最後の大家となった。彼は上海商務印書館から『林氏選評名家文集』と題する一連の評注書を出版したが、その一册が「震川集選」に充てられている。次は林紓の自序である。彼は康有爲からの問いかけに對して、自分は吳敏樹と同様、必ずしも桐城派という文派にこだわっているわけではないと辯明する。

吳南屛（吳敏樹―論者注）曾て震川集を選す。余 徧く之を覓むるも得べからず。而して南屛 當時 桐城を學ぶの目有り、實は則ち南屛は震川を師承し、必ずしも桐城に瓣香せざるなり。夫れ文字は安んぞ派有るを得んや。古を學ぶ者は其の精髓を得て、途を取ること坦正、後生 其の軌轍に遵じて趨る、知らざる者遂に目して派と爲す。然らば則ち程朱 孔子に學ぶは、亦た將《は》た之を謂ひて曲阜派と爲さんや。南屛 時流の目して桐城と爲すを惡《にく》み、自ら文を作りて辯白し、極めて曾文正の譏る所と爲る。辛酉（一九二一年）五月、余 康長素（康有爲―論者注）を滬上に晤《み》る、長素曰はく、「足下 奈何に桐城を學ぶや」と。余 笑ひて曰はく、「紓は生平讀書寥寥たりて、左・莊・班・馬・韓・柳・歐・曾より外は敢へて津を問はず。歸震川に于いては則ち其の集を數週し、方・姚二氏は略ぼ寓目を爲すのみ。長素 深く以て然りと爲す。(「震川集選序」)[31]長素 憮然たり。余 因りて『史記』の菁華は頗る震川の擷取する所爲るを論ず。

林紓は續けて歸有光文學の文體ごとの特徴を論じる。

震川の文は、時政に關心するもの多く、「論三區賦役水利書」及び「三途竝用議」は語語切實にして、文人の言に類せず。其の最も人を動かすに足る者は、無過 言情の作にして、是れ『史記』の外戚傳に得たり。敍悲に巧みなるは、自ら是れ震川獨造の處なり。墓銘は歐に近くして韓に近からず、贈序は則ち大いに變化有り、惟だ韓の遒練に及ばざるのみ。曾文正 震川に大題目無きを譏る、余 之を讀むに捧腹す。文正は宰相に官し、震川は知縣に官し、太僕寺丞に轉ず。文正は金陵を收復し、震川は牖下に老死す。村居の人 朝廷の大政を審らかにせざるを責めて、可ならんや。……此の集は全集中の十分の四を得て、壽序は僅かに其の一を錄す。震川 壽序を存すること過多なるは、或ひは其の後人 愛でて釋つるに忍びず、究に亦た震川を病む能はざるなり。辛酉 嘉平閩縣の林紓宣南の煙雲樓に識す。[32]

林紓が特に疑問視するのは、曾國藩の歸有光評である。曾國藩の歸有光への手厳しい批評は、時代的な制約、置かれた立場の違いからくるものだとして、歸有光を擁護するのである。

『林氏選評名家文集 震川集選』が收錄する歸文を計うるに、八十五篇である。林紓はこの評選本を上梓した年に沒しており、右の文章は、歸有光の文學を師承しようとする者の最後の光であった。しかし、五四新文學運動の中で林紓は保守派の舊文人の親玉とされて、その業績は新中國成立後も徹底的な酷評にさらされた(33)。その歸有光研究の功績も忘れられて久しい。『林氏選評名家文集 震川集選』も當時はよく賣れた本だと思われるが、現在、中國でこれを藏する圖書館は極めて少ないのが現狀である。

小結

桐城派は特定の文學理論にしばられた一枚岩の文派とは決していえない。桐城派の勃興で歸有光は明文第一としての地位が確定したかのようにみえるが、その詳細を檢討すると、桐城派の中でも大きな違いがあることがわかる。それは、おおむね二つに分けられる。つまり、歸有光の應酬の作をどのように評價するかと、家庭内の瑣事を中心とした身邊雜記風の文をどのように評價するかである。生涯の大半を老擧子として鄉里に暮らした歸有光の文學の當然の歸結である。それは歸有光文學の局限ともいえるが、しかしまた他の文學や唐宋の文學が決して持ち得なかった特徵でもあるのだ。

清朝でもまたどれほどの人士が歸有光と同じくこの擧業に精神をすり減らしたことだろう。そうした人々にとって歸有光の文は近しいものであったにちがいない。方苞や曾國藩の歸有光評は、筆者には勝者の側の批評に思えてならないのである。

註

（1） 佐藤一郎『中國文章論』（研文出版 一九八八）および『中國文學の傳統と再生——清朝初期から文學革命まで——』（研文出版二〇〇三）、尤信雄『桐城文派學述』（文津出版社 一九八九）、王鎭遠『桐城派』（上海古籍出版社 一九九〇）、賈文昭『桐城派文論選』（中華書局 二〇〇八）などは、戴名世を桐城派の先驅者あるいは創始者の一人として位置づける。ただし、この問題に關しては、王獻永『桐城文派』（中華書局 一九九二）のように、桐城派の反清思想を喧傳せんとして全く政治思想の異なる桐城派にこれを組み入れて論じるのは適切ではなく、戴名世は桐城の人戴名世であって、桐城派の戴名世ではないと主張する向きもある。

（2） この獄の政治背景を、戴名世と方苞の思想から考察した論考として、大谷敏夫「戴名世斷罪事件の政治的背景——戴名世・方苞の學との關連において」（『史林』第六十一卷第四號 一九七八）がある。

（3） ただし、方苞は母の病のため、廷試を受けることなく歸郷している。

（4） 王樹民編校『戴名世集』（中華書局 一九八六）卷十五「書歸震川文集後」 余從事於古文有年矣、雖不能爲古人之文、而竊知之不同於衆人。最後得歸震川之書、有愜於心、余好之。或有問余、「震川佳處何在」。余心口之間擬議良久、竟不能言其然。嗚呼、此震川之所以爲震川、而余知之爲獨深也歟。震川好『史記』、自謂得子長之神。夫子長之神卽班固且不能知。吾觀『漢書』、其於子長文字刪削處、皆失子長旨、而後之學『史記』者、句句而摹之、字字而擬之。豈復有史記乎。震川獨得其神於百世之下、以自奮於江海之濱、當是時、王李聲名震動天下、震川幾爲所壓、乃久而其光益著、而是非以明、然後知僞者之勢不長、而眞者之精氣照耀人間而不可泯沒也。顧今之知震川者少、而今之爲震川者、其孤危又百倍震川、以俟後之爲震川者知耳。

（5）（6）（7）（8） 王樹民編校『戴名世集』（中華書局 一九八六）卷一「答伍張兩生書」 蓋余昔嘗讀道家之書矣。凡養生之徒從事神仙之術、滅慮絕欲、吐納以爲生、咀嚼以爲養、蓋其說有三、曰精、曰氣、曰神。此三者、鍊之、凝之、而渾於一、於是外形骸、淩雲氣、入水不濡、入火不爇、飄飄乎御風而行、遺世而遠擧。其言云爾。余嘗欲學其術而不知所從、乃竊以其術而用之於文章。嗚呼、其無以加於此矣。古之作者未有不得是術者也。太史公纂「五帝本紀」、「擇其言尤雅者」、此精之說也。蔡邕曰、「鍊余心兮浸太清」。夫惟雅且清則精、精則糟粕・煨燼・塵垢・渣滓、與凡邪僞剽賊、皆刋削而靡存、夫如是之謂精也。而有物焉、陰騶而潛率之、出入於浩渺之區、跌宕於杳靄之際、動如風雨、靜如山岳、無窮如天地、不竭如江河、是物也、傑然有以充塞乎兩間、而蓋冒乎萬有。嗚呼、此爲氣之大過人者、豈非然哉。今夫語言文字、文也、而非所以文也。行墨蹊徑、文也、而非所以文也。文之爲文、必有出乎語言文字之外、而居乎行墨蹊徑之先。蓋昔有千里馬牝而黃、伯樂使九方皐視之、九方皐曰、「牡而驪」。伯樂曰、「此眞知馬者矣」。夫非有聲色臭味足以娯悅人之耳目口鼻、而其致悠然以深、油然以感、尋之無端而出之無跡者、吾不得而言之也。夫惟不可得而言、此其所以爲神也。

（9）（10）劉季高校點『方苞集』（上海古籍出版社 一九九三）卷五「書歸震川文集後」昔吾友王崑繩目震川文爲膚庸。而張彝歎則曰、「是直破八家之樊、而據司馬氏之奧矣」。二君皆知言者、蓋各有見而特未盡也。震川之文、鄉曲應酬者十六七、而又徇請者之意、襲常綴瑣、雖欲大遠於俗言、其道無由。其發於親舊及人微而語無忌者、蓋多近古之文。至事關天屬、其尤善者、不俟修飾、而情辭幷得、使覽者惻然有隱、其氣韻蓋得之子長、故能取法於歐曾、而少更其形貌耳。孔子於艮五爻辭、釋之曰、「言有序」。家人之象、系之曰、「言有物」。凡文之愈久而傳、未有越此者也。震川之文於所謂有序者、蓋庶幾矣。而有物者、則寡焉。又其辭號雅潔、仍有近俚而傷於繁者。豈於時文既竭其心力、故不能兩而精與。抑所學專主於爲文、故其文亦至是而止與。此自漢以前之書所以有駁有純、而要非後世文士所能及也。

（11）劉季高校點『方苞集』（上海古籍出版社 一九九三）卷二「又書貨殖傳後」春秋之制義法、自太史公發之、而後之深於文者亦具焉。義卽易之所謂言有物也。法卽易之所謂言有序也。義以爲經、而法緯之、然後爲成體之文。

（12）日本における方苞の文學理論の研究には、橋本循「方望溪」（『藝文』大正九年發表、『中國文學思想管見』所收、朋友書店 一九八二）、青木正兒『清代學術概論』（岩波書店 一九五〇）、佐藤一郎「戴名世・方苞の交遊より見たる桐城派古文の成立」『藝文研究』第十六號 一九六三、のち『中國文章論』研文出版 一九八八所收）淺井邦昭「方苞の「義法」と八股文批評」（『日本中國學會報』第五十三集 二〇〇一）などがある。

（13）吳孟復標點『劉大櫆集』（上海古籍出版社 一九九〇）卷二「汪在湘文序」甚矣、文之難言也。歐・蘇既沒、其在明代、惟歸氏熙甫一人。然熙甫求爲進士而不得、勞其心於八比之時文、而以其餘力作爲古文、故其置身不及唐以上。然則、古文之衰五百餘年矣。

（14）吳孟復標點『劉大櫆集』（上海古籍出版社 一九九〇）卷八「下殤子張十二郎壙銘」下殤子張十二郎名若昐、康熙癸巳十月二十六日生、辛丑七月十日死、瘞龍眠山社壇之麓。昐九歲從余受書、學句讀、甫六月餘日而病、病未及旬而死、悲夫。昐性緩、每垂髫自內庭徐徐行、至學舍、北向端拱立、長揖、乃就坐。又徐徐以手開書册、低聲讀、讀一句、視他人殆三四句者。讀畢、或歸早餐、又徐徐行如來時狀。余嘗指其兄以爲笑。一日、日已入日午、所授書未能誦、余撻之。嗚呼、余早知其如此、而督責之奚爲也。銘曰、龍眠之山兮幽且阻。惟汝之居兮、與汝之兄聚。式相好兮終古。

（15）王達敏『姚鼐與乾嘉學派』（學苑出版社 二〇〇七）を參照されたい。

（16）『惜抱先生尺牘』卷五「與陳碩士」震川論文深處、望溪尚未見、此論甚是。望溪所得在本朝諸賢爲最深、而較之古人則淺。其閲太史公書、似精神不能包括其大處・遠處・疏淡處、及華麗非常處、止以義法論文、則得其一端而已。

（17）『惜抱先生尺牘』卷六「與陳碩士」歸震川能於不要緊之題、說不要緊之語、却自風韻疎淡、此乃是太史公深有會處。

（18）安效永點校『惜抱軒詩集訓纂』卷八（黃山書社 二〇〇一）所收。

（19）上海圖書館藏張鱸江先生手鈔標點本『歸震川先生文鈔』による。

（20）『嘉樹山房集』卷九「與姚姬傳先生書」士元再拜、謹上書姬傳先生執事。士元震澤之賤士也。家居郊野、少時寡與往還。嘗讀諸經、隨俗爲擧子業。好觀古文章、若有開悟者、久之遂遍三史及諸子、而於近代之文獨好歸熙甫。歲常館于外、篝燈中夜得古人言中意味舞踏不能已、間亦學爲之以自娛。會以禮部試入京師、客居數年、所應者今世之科、所學者古人之辭、雖屢遭屏黜不悔也。既不得仕、則歸息丘園、從其所好、時時有作簡牘遂多、誠不自知其合與否、顧平日見當世士大夫之文不少、恆有所不愜于心、而獨喜誦執事之文。執事名滿天下、天下之士識與不識、皆奉爲文章之宗、……近者客館稍暇、輒錄舊作若干首呈上。

（21）『嘉樹山房集』卷九附「答書」唐宋以後、爲文者多矣。何以獨推歸熙甫。以熙甫能於北宋諸賢外、自開路徑、故推之也。

（22）（23）（24）『初月樓古文緒論』①范蔚宗自謂「體大思精、而無事外遠致」。誠哉是言。事外遠致、『史記』處處有之、能繼之者、『五代史』也、震川文也。②方望溪直接震川矣、然謹嚴而少妙遠之趣。如人家房屋門廳院落廂廚、無一不備、但不見書齋別業。若園亭池沼、尤不可得也。③歸震川直接八家。姚惜抱謂其於不要緊之題、說不要緊之語、却自風韻疎淡、是于太史公深有會處、不可不知此旨。如張鱸江所賞諸篇、不過歐・曾勝處而已。有寥寥短章而逼眞『史記』者、乃其最高淡之處也。

(25)(26)(27)『曾文正公文集』卷二「書歸震川文集後」　近世綴文之士、頗稱述熙甫、以爲可繼曾南豐・王半山之爲之。自我觀之、不同日而語矣。或又與方苞氏並擧、抑非其倫也。蓋古之知道者、不妄加毀譽於人、非特好直也。內之無以立誠、外之不足以信後世、君子恥焉。自周詩有「崧高」・「烝民」諸篇、漢有「河梁」之詠、沿及六朝、餞別之詩動累卷帙、於是有爲之序者。昌黎韓氏爲此體特繁、至或無詩而徒有序、駢拇枝指、於義爲已侈矣。熙甫則不必餞別、而贈人以序、有所謂賀序者・謝序者・壽序者、此何說也。又彼所爲抑揚呑吐、情韻不匱者、苟裁之以義、或皆可以不陳。浮芥舟以縱送於蹏涔之水、不復憶天下有曰海濤者也、神乎、味乎、徒詞費耳。然當時頗崇茁軋之習、假齊梁之雕琢、號爲力追周秦者、往往而有。熙甫一切棄去、不事塗飾、而選言有序、不刻畫而足以昭物情、與古作者合符、而後來者取則焉、不可謂不智已。「人能宏道、無如命何」。藉熙甫早置身高明之地、聞見廣而情志闊、得師友以輔翼、所詣固不竟此哉。

(28)『柈湖文集』卷四「歸震川文別鈔序」　嗚呼、自四子書之文興、而文章不及於古、豈人才固使然哉。天下能爲文章之士、必皆有聰明傑特非常之才、而是人者自其少時、固已學爲四子書之文、而其爲文之道、亦誠有可以自盡其心、而有未易可窮之致、乃其心固猶不安。於是則又時時習爲傳記・序・論之作、以追逐唐宋之能者、而與之後先。雖足以名於一時、而其氣力亦衰減矣。此子所以錄震川歸氏之文、而爲之三嘆也。蓋明朝始以四子書之文取士、而其文莫盛焉。三百年間傳者數十家、而震川歸氏爲之雄、而明之言古文者、亦未有如歸氏者也。余觀歸氏之文、遠宗乎司馬、近跡乎歐曾、其爲學大精博、而其意見亦絕高。豈區區甘爲帖括者、徒以老困場屋、而從遊請業之徒、舍是亦無問焉者、故出其餘而遂絕一代矣。至古體之文、乃其所盡意以爲。然擬之古人、猶若不逮。借使歸氏不生於明、而出於唐貞元・宋慶曆之間、無分其力、而窮一生以成其文、豈在李翺・曾鞏之後哉。抑以歸氏之不遇、老而一第、終沒於小官。當時大著、皆莫出於其手、是又可傷也。錄凡八十首爲卷二、蓋皆余之所私喜者、而非以是爲去留也。

(29)(30)『柈湖文集』卷五「記鈔本震川文後」　余既別鈔歸震川之文而序之、後三年甲辰、攜之京師。同年友武陵楊彝珍性農、從余借去閱、數日、瑞安項孝廉傅霖來訪余。蓋從性農所見此書、袖以來而乞鈔其序目云。因爲余言、京師名能古文者、江南梅郎中曾亮其人也。又數日、余往答項君、而梅先生適來、因相見於其座。余自是始識梅先生。梅先生既見余此書、因以語朱御史琦・邵舍人懿辰・王戸部錫振、皆京師治古文學者。諸君皆來識余、皆以此書故。蓋觀古人之文章、而錄出其尤可喜者、時手而讀之、此學者恆事也。余之別鈔歸氏之文者亦猶是、而京師之人爭相傳語以爲奇異、何哉。……而今世言古文、又皆相尙以歸氏。余特未之知也。梅先生爲余言、歸氏之學、自桐城方靈皋氏後、姚姬傳氏得之。梅先生蓋親受學於姚氏、而其爲文之道亦各異。又言王戸部自廣西來京師、過洞庭、坐船頭哦所鈔歸氏書、失手落水中、嘗記憶其處而惜之、豈知夫洞庭之傍、固亦有私喜歸氏之文、別鈔爲書如吾子其人者耶。嗟乎、歸氏之在當時、其輕重於世人何如也。而至於今其名既盛以尊、學者既皆知師仰其文矣。雖心非誠好者、猶陽事之、而有私喜其文別鈔爲書如余者、諸君子視之若林鳥之鳴而呼其類也。蓋世常習於已成、風趨於衆慕、而當其人之時、未有不忽且笑者也。余是以尤歎之。

（31）（32）『林氏選評名家文集 震川集選』（上海商務印書館 一九二四）「震川集選序」 吳南屛曾選震川集。余徧覓之不可得。而南屛當時有學桐城之目、實則南屛師承震川、不必瓣香桐城也。夫文字安得有派。學古者得其精髓、取途坦正、後生遵其軌轍而趨、不知者遂目爲派。然則程朱學孔子、亦將謂之爲曲阜派耶。南屛惡時流之目爲桐城、自作文辯白、極爲曾文正所譏。辛酉五月、余晤康長素於滬上、長素曰、「足下奈何學桐城」。余笑曰、「紓生平讀書寥寥、左・莊・班・馬・韓・柳・歐・曾外不敢問津。于歸震川則數週其集、方・姚二氏略爲寓目而已」。長素憮然。余因論『史記』菁華頗爲震川所擷取。長素深以爲然。震川之文、多關心時政、「論三區賦役水利書」及「三途竝用議」語語切實、不類文人之言。其最足動人者、無過言情之作、是得於史記之外戚傳。巧於敍悲、自是震川獨造之處。墓銘近歐而不近韓、贈序則大有變化、惟不及韓之遒練耳。曾文正譏震川無大題目、余讀之捧腹。文正官宰相、震川官知縣、轉太僕寺丞。文正收復金陵、震川老死牖下。責村居之人不審朝廷大政、可乎。……此集得全集中十分之四、壽序僅錄其一。震川存壽序過多、或其後人愛不忍釋、究亦不能病震川也。辛酉嘉平閩縣林紓識於宣南煙雲樓。

（33）　樽本照雄『林紓冤罪錄』（清末小說研究會 二〇〇八）に詳しい。

Ⅱ　帰有光の古文

第一章 「先妣事略」の系譜

小序

歸有光の「先妣事略」[1]は、清の姚鼐の『古文辭類纂』傳狀類に收錄されて以後、廣範な讀者を獲得し、母を語る古文の傑作とされている。

先妣とは、亡くなった母に對する敬稱である。先妣は、顯妣、皇妣、亡妣、先母、吾母、先太夫人、先夫人ともいい、また、封號にしたがって、先淑人、先恭人、先宜人、先安人、先孺人と稱する場合もある。[2]事略とは、文體でいえば行狀に分類される文であり、本論では、士大夫が自ら亡母の生前の德行を記した文のことを、統一して先妣行狀と呼ぶことにする。

行狀は、元來、諡を審議する際の參考資料であり、官僚の生平の政績を記して史館に報告し、將來の史書編纂に備えるためのものであった。後に、墓誌銘の執筆を依賴する際にこれを添えるようになり、行狀の性格が變化したものの、女性のほとんどの行狀は官僚の政績を記すという本來の趣旨から外れる。そのため、士大夫自撰の先妣行狀を「非古（古に非ず）」の文體とみなし、その存在自體を批判する向きもある。『禮記』曲禮上に「內言は梱を出でず（婦女子の話は家のしきいから外には持ち出さない）」とあり、士大夫が家の中の女性について述べるのは愼むべきこととされたのも、その一因である。

この「非古」の文體である先妣行狀が、文獻の中で始めて登場するのは、北宋である。その後、元を經て、明・清に大いに行われるに至った。では、先妣行狀とはいかなる文體で、どのように生成發展したのか。歸有光の「先妣事略」は、何をもって先妣行狀の傑作と見なされたのか。本章では、歸有光の「先妣事略」を、先妣行狀という古文體の歷史の中でとらえることに主眼を置く。

一　「先妣事略」の抒情性

歸有光は、六十歳で科擧に合格するまでは鄉里崑山からほど近い嘉定で書塾を經營して暮らしており、その作品は、近隣の士大夫との應酬の文や、鄉里や家庭內の出來事をテーマにしたものが大半を占める。

「先妣事略」は、母の死から十七年後、一女の親となった彼が、母を追慕して書いた作品である。次はその冒頭部分である。

先妣周孺人は、弘治元年二月十一日に生まる。年十六にして來歸し、年を踰えて女淑靜を生む。淑靜なる者は大姊なり。期にして有光を生む。又た期にして女子を生みて、一人を殤す。期にして育せざる者一人。又た年を踰えて有尙を生む。妊ること十二月。年を踰えて淑順を生む。一歲にして又た有功を生む。有功の生まるるや、孺人は他子を乳せしに比べて健を加ふ。然れども數しば顰蹙し、諸婢を顧みて曰はく、「吾れ多子の爲に苦しめり」と。老嫗 杯水を以て二螺を盛り、進めて曰はく、「此れを飮まば、後 妊ること數しばならず」と。孺人 之を擧げて盡くすに、喑《いん》して言ふ能はず。(3)

先妣周孺人は、弘治元年二月十一日に生まれ、十六歳で嫁いでこられた。翌年、娘の淑静をお産みになった。淑静とは長姉である。一年して有光を産み、さらに一年して女兒を出産されたが、その子は夭折した。一年してから身ごもったが流產なされた。さらに翌年には有尙をお產みになったが、妊娠は十二箇月に及んだ。翌年淑順を產み、一年してさらに有功をお產みになった。有功が生まれたときには、母上は他の子を產んだときよりお元氣だった。しかし、母上はたびたび眉をしかめて婢たちに、「私は子供が多くて困る」といっておられた。婆やが田螺を二つ入れた飲み物をすすめていった。「これを飲めば今後はあまり妊娠しなくなるでしょう」と。母上は杯を持ってこれを飲み干すと、口もきけない狀態になられたのだ。

この後、幼子を遺して母は亡くなる。

正德八年五月二十三日、孺人卒す。諸兒は家人の泣くを見て、則ち之に隨ひて泣く。然れども猶ほ以爲らく母寢ねたりと。傷ましいかな。是に於いて家人は畫工を延きて畫かしむるに、二子を出して、之に命じて曰はく、「鼻以上は有光を畫け、鼻以下は大姉を畫け」と。二子の母に肖るを以てなり。(4)

正德八年五月二十三日に、母上は亡くなられた。子供たちは家の者が泣いているのを見て、つられて泣いた。けれども、母上は眠っているだけだと思っていた。いたましいことだ。この時、家の者は繪描きを呼んで肖像を描かせたのだが、二人の子を呼び出して、「鼻から上は有光を、鼻から下は一番上の姉を描くように」と命じた。二人が母上に似ていたからだ。

歸有光が母を喪ったのは數えで八歳の時である。よって、この後に語られる母の生前の姿は、幼い時の僅かな思い出と、家族からの傳聞である。

孺人 諱は桂。外曾祖の諱は明、外祖の諱は行、太學生なり。母は何氏。世《よ》呉家橋に居す。縣城を去ること東南三十里、千墩浦由り南し、橋に直《あた》り小港に竝《そ》いて以て東すれば、居人の環聚するありて、盡く周氏なり。外祖と其の三兄、皆な貲《し》を以て雄たり。簡實を敦尙し、人と姁姁《くく》として村中の語を說き、子弟甥姪を見るに、愛せざるは無し。孺人 呉家橋に之《ゆ》けば、則ち木綿を治め、城に入らば則ち緝纑す。燈火熒熒として、毎に夜分に至る。外祖 一日ならずして、人をして問遺せしむ。孺人 米鹽を憂へざるに、乃ち勞苦して夕を謀らざるが若し。冬月 鑪火の炭屑、婢子をして團を爲らしめ、累累として階下に暴《さら》す。室に棄物靡し、家に閒人無し。兒女の大なる者は衣を攀《よ》ぢ、小なる者は乳抱し、手中は紉綴《じんてい》して輟《や》めず、戶內灑然たり。僮奴を遇するに恩有り、箠楚に至ると雖も、皆な後言有るに忍びず。呉家橋 歲ごとに魚蟹餅餌を致し、率《おほむ》ね人人食するを得たり。家中の人 呉家橋の人至るを聞けば、皆な喜ぶ(5)。

母上の諱は桂である。母方の曾祖父の諱は明、祖父の諱は行で、太學生であった。母は何氏である。代々呉家橋に住んでいた。崑山の縣城から東南へ三十里のところである。千墩浦から南に向かい、橋に至ったところで小港に沿って東にいけば、塊まって住んでいる人家があり、みんな周という姓である。祖父と彼の三人の兄たちは、みなとても裕福だった。彼らは素朴で實直なことを大事にしており、人と付き合うのに和やかで土地の言葉で話していた。子弟や甥など目下の者を見て可愛がらないことがなかった。母上は呉家橋に在っては、木綿を紡ぎ、崑山に嫁入ってからは麻絲を縒《よ》った。赤々と燈火をともして、いつも眞夜中に及んだ。祖父は二日にあげず、人を遣わして贈り物を寄越し、母上は生活の心配がないのに、夜が越せないかのように働いた。冬には鉋の炭屑で、婢たちに炭團《タドン》をつくらせ、それがずらりと縁側に干してあった。部屋には廢物はなく、家にぶらぶらしている者はいなかった。子供たちの大きい者は母上の衣をつかみ、小さい者は抱かれて乳をもらい、しかし手の針仕事をやめず、家はさっぱりと片付いていた。奴婢たちに對して情け深く、たとえ笞や棍棒での仕置きを受けても、皆な陰口を言ったりする氣になれなかった。吴家橋は毎年魚や蟹や餅菓子を届けてくれ、殆んどの人々はご相伴にあずかった。家中の人は吴家橋の人が來たと聞けば、皆な喜んだ。

有光七歳にして、從兄の有嘉と學に入る。陰風細雨の毎《たび》に、從兄輒ち留る。有光 意戀戀たるも、留まるを得ざるなり。孺人 中夜 寢より覺め、有光を促して『孝經』を暗誦せしめ、卽《も》し熟讀して一字の齟齬も無くんば、乃ち喜ぶ。孺人 卒し、母の何孺人も亦た卒す。周氏の家 羊狗の痾有りて、舅母卒し、四姨の顧氏に歸ぎしも、又た卒す。死するもの三十人にして定まる。惟だ外祖と二舅のみ存す。(6)

有光は七歳で、從兄の有嘉と一緒に學校に入った。風が吹いたり雨が降ったりすると、從兄は學校に行かずに家に留まった。有光も家を離れたくなかったのだが、家に留まることを許されなかった。孺人は夜中に目覺めると、有光を促して『孝經』を暗誦させ、すらすらと諳じて一字の間違いもなければお喜びになった。母上が亡くなり、祖母の何孺人も亡くなった。周氏の家は傳染病に罹り、おばが亡くなり、顧氏に嫁いだ四番目の母上の妹も亡くなった。死者は三十人に及んでようやくおさまった。ただ祖父と二人のおじだけが生き殘った。

働き者で倹約家だった母、針仕事に餘念のなかった母、『孝經』を暗誦してみせると喜んだ母。富裕だが純朴で優しかった母の實家の人々。彼らはその後、次々と流行病《はやりやまい》に斃れ、祖父と二人の叔父が殘っているだけである。文の最後はこう結ばれている。

　孺人死して十一年、大姉王三接に歸《とつ》ぐ。孺人の聘を許せし所の者なり。十二年して、有光學官の弟子に補せられ、十六年して婦有り。孺人の聘せし所の者なり。期にして女を抱き、之を撫愛し、益ます孺人を念ひ、中夜其の婦と泣く。一二を追惟すれば、彷彿として昨の如きも、餘は則ち茫然たり。世に乃ち母無きの人有るなり。天なるかな。痛ましきかな。(7)

　母が亡くなってから十一年、上の姉が王三接に嫁いだ。母が生前婚約を許可した相手である。十二年して、有光は府學の生員になった。十六年して妻を娶った。母が決めておいてくださった女性だ。一年後に娘が生まれた。この子を可愛がり、ますます母上のことを思うようになった。夜中に妻とともに泣きながら母のことを追憶すれば、まるで昨日のことのように思い出せるのは一つ二つだけで、ほかはぼんやりしている。私のように母の無い者だってこの世にはいるのだ。ああ天よ、むごいことだ。

歸有光には「先妣事略」のほかにも、家庭内の女性をテーマとする「項脊軒志」「世美堂後記」「女二二壙誌」「女如蘭壙誌」「寒花葬誌」などの作品があり、母子の情を描くことに長けた作家として知られている。そしてこのことをとりわけ高く評價したのは、本書第Ⅰ部第三章で述べたように、黄宗羲であった。それは、次に擧げる「一往深情」または「一往情深」という言葉(8)に集約される。

予震川の文の女婦の爲にする者を讀むに、一往深情にして、毎に一二の細事を以て之を見《あら》はし、人をして涕せんと欲せしむ。（『南雷文案』巻八「張節母葉孺人墓誌銘」）(9)

震川の文は、一往情深なり。故に冷淡の中に于いて、自然に轉折して窮り無し。（『明文授讀』巻十四「評歸有光」）(10)

さらに桐城派の始祖方苞も、歸有光文學と肉親の情との關係について「書歸震川文集後」で次のように述べている。

事の天屬に關するに至りては、其の尤も善き者は、修飾を俟たずして、情辭并びに得、覽る者をして惻然として隱有らしむ。其の氣韻は蓋し之を子長に得たり。故に能く法を歐・曾に取りて、而かも少しく其の形貌を更ふるのみ。（『方望溪先生集』巻五「書歸震川文集後」）(11)

こうした評價は、清の桐城派に受け繼がれ、姚鼐は『古文辭類纂』を編纂するに當たって、明文ではひとり歸有光の文を收錄し、唐宋八大家に準ずる地位を與えた。「先妣事略」は、この『古文辭類纂』傳狀類に收錄されて以後、歸有光の代表作として廣範な讀者を獲得するに至ったのである。(12)

一方、「先妣事略」の事略とは、文體でいえば行狀にあたるもので、女性の行狀、とくに士大夫が自ら母の行狀を書くことについては、古くから批判的な意見も存在した。南宋の俞文豹『吹劍錄外集』(13)は次のようにいう。

女の行ひを以て稱さるる者は、既醉詩に「爾に女士を釐《あた》ふ」と曰ひ、注に「女にして士の行ひ有るなり」と云ふ。

漢の『列女傳』材行を捜次し、晉の列女傳 六行を載循し、班姬の『女史箴』に婦行篇有り。然れども古今の婦人を志す者は、止だ碑と曰ひ、誌と曰ひ、未だ嘗て行狀と稱さず。近ごろ鄕人の其の母を志して行狀と曰ふ有り。何の據る所かを知らず(『吹劍錄外集』)。(14)

兪文豹は、古來、女性の德行を稱えたものとして『詩經』大雅「旣醉」や『後漢書』『晉書』の列女傳、班姬『女史箴』婦行篇があるものの、行狀という文體で女性を顯彰することに否定的な立場をとり、士大夫が自ら母の行狀を書くことを批判するのである。このことから分かるのは、先妣行狀が生まれたのは宋代であって、それより以前には、この文體は存在しなかったということである。(15)では、先妣に關する文學はどのように展開してきたのであろうか。次節では、先妣行狀が生まれる以前、つまり宋以前の母を語る文學を概觀する。

二　先妣行狀以前の母を語る文學

先妣に對する哀悼の文學の早い例としては、『世說新語』文學篇に次のような話が見えている。

謝太傅 主簿の陸退に問ふ、「張憑 何を以てか母の誄を作り、父の誄を作らざる」と。退 答へて曰はく、「故より當に是れ丈夫の德は、事行に表はれ、婦人の美は、誄に非ずんば顯はれざればなるべし」と。(『世說新語』文學篇)(16)

謝安の問いかけに對し、陸退は岳父の張憑が母の誄を作ったのは、それ以外では女性の美德を顯彰する手段がなかったからだと答えている。

現在、張憑の誄は傳わらないが、曹植が母を哀悼した「卞太后誄」がのこっている。卞太后が亡くなったのは、太和四年（二三〇）六月である。(17) 曹植はその上表文の中で制作の意圖について、「臣聞くならく、銘は以て德を述べ、誄は尙ほ哀に及ぶと。是を以て諒陰の禮を冒越し、誄一篇を作る」(18)と述べている。諒陰とは喪中であること。曹植が服喪期間にありながら、それを冒してまで母の誄を作ったのは、墓誌銘には表わすことができぬ、子としての哀悼の意を示すためである。ただ、現存する母の誄が「卞太后誄」一篇であることから考えても、服喪期間にあえて母の誄の筆を執るのは、この時代としては極めて異例のことだったと思われる。

このほか、士大夫が亡母の傳記を記したものとして、魏の鍾會が書いた母の傳がある。父の婢妾であった生母張昌蒲の葬に際し、その生前の德行や彼女から受けた訓えについて述べたもので、『三國志』魏書 鍾會傳に裴松之注が「會爲其母傳曰……」、「會時遭所生母喪。其母傳曰……」として引いているため、後世「鍾會母傳」または「生母張夫人傳」と呼ばれている。また、近年、興膳宏氏が梁の蕭繹『金樓子』后妃篇に、蕭繹が生母の忌明けに際して執筆した阮修容の傳があることを發見、これについて論じている。(19)「鍾會母傳」も「阮修容傳」も、これが獨立した傳であったのか、あるいは當時流行していた家傳の一部として執筆されたのかは不明であるが、そこには母の家庭内で果たした役割や子女への教育内容が語られており、士大夫層の家庭内の狀況を垣間見ることができる。

では、こうした母の誄、母の傳記は、後世にどのように受け繼がれていったのだろうか。

唐代では、士大夫が自ら母を哀悼するために用いた文體は、先妣祭文と先妣墓誌銘の二種類である。先妣祭文には、封號の追贈を父母の靈前に報告した初唐の張九齡の「祭二先文」（一作「追贈祭文」）と中唐の元稹の「告贈皇考皇妣文」

がある。また、先妣墓誌銘は、中唐の穆員の「祕書監穆公夫人裴氏玄堂誌」と柳宗元の「先太夫人河東縣太君歸祔誌」の二篇がある。後者は、永州司馬に左遷された柳宗元がかの地で母を亡くし、翌年、柩を長安に歸葬させた際の作で、後世、先妣墓誌銘の手本とされた(20)。士大夫階級の女性として、あるべき婦徳を兼備していたことをいい、息子の左遷で永州という邊境に居住せねばならなかったこと、病に斃れても醫藥備わらず十分な手當てができなかったこと、さらに柩に附き從ってゆくことのできぬ不孝を縷縷述べている。唐代では、文獻として傳わる先妣墓誌銘はこの二篇だけである。しかし、二篇の先妣墓誌銘が、中唐という古文復興運動の時期に登場したことは決して偶然ではない。それは、ちょうど士大夫が自ら亡妻の墓誌銘や祭文を執筆するようになった時期と重なっている(21)。柳宗元には「亡妻弘農楊氏誌」もあり、彼は普通の墓誌銘では決して觸れられることのない妻の身體的障害や流產について言及し、夫しか知りえない妻の家庭內でのエピソードを墓誌銘に折り込んだ。

そもそも士大夫、つまり男性が亡くなった場合、用意される文には、行狀、墓誌銘、神道碑、祭文がある。女性の場合は、基本的には墓誌銘と祭文のみである。墓誌銘は、死者の事蹟を石に刻して墓穴に埋めるもの。祭文は、墓前で讀み上げて死者の魂を弔う文である。このうち墓誌銘は、故人の事績や出自を飾るために、遺族が名文家に執筆を依賴するもので、依賴された側は被葬者の出自を飾り、生平の事蹟について美辭麗句を竝べる。被葬者が女性の場合、政事に關する業績もないことから、敍述は實家がいかに由緒正しい立派な家柄であるかに重點が置かれ、內容は千篇一律に陷りやすい。しかし、士大夫が自ら書いた母や妻のための墓誌銘や祭文には、家族の結婚や就職、病氣や不幸、家の經濟狀態、母や妻の苦勞話など、書き手である士大夫が育ってきた環境、家の中の日常が語られ、讀む者の心を打つ。「內言は梱を出でず」という規範は、哀悼という場合に限ってその枠がはずされるのだ。

この傾向は、宋代にも受け繼がれており、宋の士大夫たちは自らの亡妻や先妣のために積極的に墓誌銘や祭文を書いた。[22] 管見の及ぶところ、宋代の亡妻墓誌銘は四十一篇で、祭文は二十四篇のこっている。さらに、宋代の先妣墓誌銘としては十九篇、先妣を祭る文は二十三篇を確認した。ただ、先妣墓誌銘と亡妻墓誌銘の總數を比べた場合、壓倒的に亡妻墓誌銘の數が勝っている。これは何を意味するのだろうか。

母親は父と同じく上の世代に屬する存在である。子の親に對する服喪期間は三年（二十七箇月）であり、妻の一年とは大きな違いがある。喪中の著述は憚られる。また、一般に既婚女性が亡くなった場合、墓誌銘を含む葬祭の一切をとりしきるのはその夫であって、子は父をさしおいて母の墓誌銘を書くことはできない。祭文であっても、父が存命である場合は「代家君作」と注記した例が多くみられるのはそのためであろう。同じ家の中の女性とはいっても、士大夫が自ら先妣墓誌銘の筆を執る機會は、亡妻墓誌銘の場合よりも少なかったと考えられる。

三　宋における先妣行狀の生成

次頁にあげる「士大夫自撰先妣關連文一覽表」は、明中期までの文學者が亡き母について書いた文を、行狀、碑誌、祭文、その他の四つに分類し、その篇數を示したものである。[23] 一覽表を明中期までとしたのは、このころまでに先妣行狀という文體が士大夫の間で定着したと考えるからである。明季（中期以降〜明末）の文人についての調査結果は、附表に一括してその總數のみを擧げておく。なお、ここでいう明季の文人とは、『京都大學人文科學研究所漢籍分類目錄』に準じ、生年が嘉靖六年（一五二七）以降の者をさす。

一覽表の一番左の段は、行略・行述・行實・述・事略・事狀などのいわゆる「行狀」である。二番目の碑誌とは、墓誌銘・壙誌・壙記・遷葬誌・阡表などである。三番目の「祭文」には焚黃文・告文・祝文を含めている。「その他」

土大夫自撰先妣關連文一覽表（六朝～明中期）

宋・元　1

撰者	行狀	碑誌	祭文	その他	亡妻關連
胡　宿	1				
韓　琦		1			○
李　覯		1			○
范祖禹			1		
程　頤				1	
歐陽修		2	1		○
黃庭堅			1		○
陳師道	1				
陸　佃	1				
李之儀			2		
汪　藻	1		1		
曹　勛			1		
程　俱		1			
劉才邵			1		
張　綱			1		
張　嵲		1			
沈與求			1		○
鄭剛中			2		
朱　熹		1			
周必大		1	1	2	○
呂祖謙		1		1	○
樓　鑰	1			1	
袁　燮		1			
洪　适		1			○
葉　適		1			○
孫應時		1			
陳　亮		1			
眞德秀			1		
洪咨夔			1		

六朝・唐

撰者	行狀	碑誌	祭文	その他	亡妻關連
曹　植				1	
鍾　會				1	
蕭　繹				1	
張九齡			1		
柳宗元		1			○
元　稹			1		○
穆　員		1			
計	0	2	2	3	

注1：先妣には繼母と庶母を含む。
注2：父母合葬および父母合祭の文も含む。
注3：京大人文研漢籍分類目錄に準じ、生年が嘉靖6年以降の者を明季とした。

明　1

撰者	行狀	碑誌	祭文	その他	亡妻關連
宋　濂		1		1	
鄭　眞	1				
劉　嵩		1			○
程　通			1		
練子寧		1			
黄　福			2		
梁本之	1				
陳道潛		1			
楊士奇			1		○
解　縉		2			
陳　繼		1			○
楊　榮	1		1		
羅亨信			1		
柯　暹		1			
林　環		1			
王　直		1	1		○
李　賢			1		○
鄭文康		1			
呂　原	1				
岳　正	1				
張　寧	1		1		○
劉　珝	1				
王　㒜		1	1		
何喬新		1			
吳　寛		1			
黄孔昭			1		
徐　溥	1				○
陳獻章			1		
史　鑑	1				○
謝　鐸			1		○
賀　欽		1			
陸　釴		1			

宋・元　2

撰者	行狀	碑誌	祭文	その他	亡妻關連
釋道璨		1			
陳　宓	1				○
陳元晉		1			
陳耆卿			1		
方大琮		1			○
劉克莊		1	1		○
劉　黻		1			
馬廷鸞		1	1		○
王炎午	1		4		
許月卿	1				
葛謙白			1		
李　庭			1		
王義山		1			
郝　經	1				
劉　壎		1	1		○
王　惲		1			○
袁　桷	1				○
陳　櫟			1		
馬祖常		1			
蒲道源			1		○
盧孫果		1			
王　旭			1		
吳　海			1		
舒　頔			1		
吳　皐			1		
計	10	25	31	5	

明　2

撰者	行狀	碑誌	祭文	その他	亡妻關連
左贊	1		1		○
戴冠		1			
程敏政	1		1		
李東陽			2		
張悅		1	2		
彭敎		1			
陸簡		1			○
文林		2			
夏鍭		1			
丁養浩		1			○
林俊	1	1			
儲巏		1			
黃瓚		1			○
祝允明		1			
邵寶	1	2			
劉忠			1		
顧淸		1	1		○
蔣冕		2			○
羅欽順			4		
汪循	1		2		
金實			1		
楊麒			2		○
費宏	1				
劉春		1	3		
楊廉	1				
王九思	1				○
錢琦		2			
方豪	1				
丁奉		1			○
寇天敘	1				
張璧		3		1	○
方鵬			2		

明　3

撰者	行狀	碑誌	祭文	その他	亡妻關連
許讚		1			
方鳳		1	1		○
何瑭		1			
康海	1				○
張孚敬	1		1		
邊貢	1				
周用			1		○
嚴嵩		1			
劉節		1			
孟洋			1		
陸深	1	1			
崔銑	1				○
胡直	1	1			○
許相卿		1	1		○
朱袞	1				
黃綰		2			○
汪文盛	1				
夏言			4		○
張邦奇		1			○
費寀		1	3	1	○
郭維藩		1			
劉天民	1				
陳九川	1				
沈愷	1		1		○
陳逅	1				
林大輅		1			
戴鱀				1	
張岳			1		
馬駟			1		
汪應軫			1		
陸釴			1		
陸粲		1			○

明　5

撰者	行狀	碑誌	祭文	その他	亡妻關連
王　材	1				○
莫如忠	1				
陸樹聲	1				○
黃　訓			1		
李春芳	1		1		○
侯一元	1	1			
郭應聘	1				
林懋和	1		2		○
兪允文	1				
李攀龍	1		2	1	○
靳學顏		1			
黃鳳翔	1				○
王維楨	1				
沈良才	1				
姜　寶	1				○
魏　文	1				
亢思謙		1			
李萬實		1			
孫　樓	1				
蘿汝芳		1			
萬　恭	1				
孫七成	1				
蔡汝楠	2				
繆一鳳			1		
萬士和	1				
王叔果	1				
劉　鳳	1				
余　寅			1		
張祥鳶	1		1		
吳子玉	1				
曹大章	1				
徐　渭		1	1		○

明　4

撰者	行狀	碑誌	祭文	その他	亡妻關連
王邦瑞			1		
馮　恩	1		1		
李　默	1				○
張時徹		1			○
馬一龍				1	
趙完璧	1				
費懋賢			1		
來汝賢	1				
李開先		1	1		○
可　遷	2		1		
王用賓	1		1		○
徐獻忠		1			
袁　袠	1				
李　愷		1	2		
江以達			2		
蔡雲程			1		
周復俊	1				○
蘇志皐		1			
劉　恕			1		
羅洪先				1	○
潘　潢				1	
金　瑤				1	○
薛應旂			2		○
李　璣	1	1			
趙　統			1		
王雲鳳		1			
尹　臺	1				
歸有光	1				○
陳有年	1				
林庭機			1		○
何　烱		1			
瞿景淳	1				

附表

明季（篇數のみ）

	人數	行狀	碑誌	祭文	その他
計	166	119	22	99	28

明　6

撰者	行狀	碑誌	祭文	その他	亡妻關連
殷士儋	1		4		○
唐汝楫	1				
徐學謨	1				○
郭汝霖	1				○
林大春		1			
朱察卿	2	1	1		○
汪道昆	1				○
屠應埈	1				
張　鹵	1				
嚴　果			5		
江　瓘	1				
張四維	1		4		
計	81	71	92	9	

は、家傳、記、贊、年譜などを含む。嫡母と生母の兩方について作品がある場合もあり、祭文や告文が複數ある者もいる。

右端には自撰の亡妻墓誌銘や亡妻祭文などの文の有無を、○印で附しておいた。ただ、これは、文獻上のすべての亡妻關連の文をリストアップしたものではなく、母に關する作品を有する文學者についてのみ、妻を語った文があるかどうかを示したすぎない。計算によれば、先妣に關する文を書いている者の三割以上が亡妻をテーマにした文も書いていることになる。もちろん、全員が妻に先立たれる經驗をするわけではないが、自らの母を語る者は、自らの妻をも語るという傾向にあることは確認できよう。これについては、稿を改めて論じるつもりであり、ここでは深く立ち入らない。

さて、一覽表によれば、最も早い先妣行狀の例は北宋の胡宿であり、作品名を「李太夫人行狀」という。北宋ではこのほか陳師道と陸佃、南宋では汪藻・樓鑰・陳宓・王炎午・許月卿に作品がある。また、現在、黄庭堅の文集中には見えないものの、元の楊弘道に「題黄魯直書其母安康太君行狀墨跡後」という作品があることから、黄庭堅にも先妣行狀があったことが知られる。これらは、前代には例のない、新しい文體である。また、亡妻については數が少なく、先妣に顯著な文體ともいえる。(24)

ここで、女性の行狀全般について説明しておく必要があろう。行狀は、行略・行實・事略・事狀、あるいは述ともいうが、いずれにせよ、元來、官僚の妻や母のために作られることはなかった。(25)

次にあげる南宋王柏の「答劉復之求行狀」は、恩師劉炎の息子劉朔（復之）から師母すなわち劉炎夫人の行狀の執筆を依頼され、それを斷った書簡である。王柏はまず、行狀という文體の起源と變遷を次のように説明する。

某嘗て謂ふ、行狀の作は、非古なりと。又た嘗て之を考するに、衞公叔文子卒し、其の子 戍 謚を君に請ひて曰はく、「日月時有り、將に葬らんとす、以て其の名を易へんとする所の者を請ふ」と。謚を請ふの詞は、意者 今世の行狀の始めなり。周の士大夫以上は、葬るに必ず謚有り。而して勳德は時に著見し、人の共に知る所にして、其の子の累累の言を待たず。故に謚を請ふの詞は、寂寥にして簡短、數語する能はず。後の士大夫の勳德 盡くは當時に表表たらず、而かも人の子 哀痛の中に自ら述ぶるに難し。遂に屬するに門生故吏を以てし、行事を具述し、以て其の請を狀す。唐自り以來、官の應に謚すべからざるに、亦た行狀を爲る者有り。其の説は、以て將に名世の士に求めて之が誌銘を爲《つく》らしめんと爲す。而して行狀の本意 始めて失す。（『魯齋集』巻七「答劉復之求行狀」）(26)

王柏が行狀を「非古」の文とするのは、子が父の謚を請うための詞として生まれた行狀が、のちに門生やもとの部下によって書かれるようになり、さらに唐以後は、著名人に墓誌銘を求めるためのものとなったことを理由としている。

　彼は、女性の行狀を否定する。

　　夫れ昌黎・廬陵・東坡の三集を觀るに、人の墓に銘すること最も多し。而るに行狀は共に五篇に過ぎずして、而かも婦人は爲らざるなり。又た婦人の行狀を爲らざるの意亦た明らかなるを知る。[27]

王柏は韓愈・歐陽脩・蘇軾に女性の行狀がないのは、女性の行狀が本來存在しないことを彼らが認識していたからだという。

　しかし、現實には、士大夫階級の女性の墓誌銘は必ず作られていたし、墓誌銘を依頼された側には、故人に關する何らかの情報を書き付けた文書も屆けられていたに違いない。たとえば、蘇軾・蘇轍兄弟の母程氏の墓誌銘を執筆した司馬光は、「蘇主簿夫人墓誌銘」の中で墓誌銘を依頼された際のことを次のように記している。

　　二孤の軾・轍哭し且つ言ひて曰はく、「某將に先君の柩を奉じて蜀に終葬せんとす。蜀人の祔や、壟を同じうするも壙を異にす。日者吾母夫人の葬や、未だ之に銘せず。子我の爲に其の壙に銘せよ」と。光固辭するも命を獲ず。因りて曰はく、「夫人の德は、異人の能く知る所に非ざるなり、願はくは其の略を聞かんことを」と。二孤其の事狀を奉じ、拜して以て光に授く。（『溫國文正司馬公集』卷七十六「蘇主簿夫人墓誌銘」[28]）

ここでいう事狀とは、行狀にほかならない。生活圏が家の中に限定されていた女性の墓誌銘が書かれるためには、彼女をよく知る者によって誌された文書が不可欠である。ただ、蘇軾の文集にこの先妣行状（事狀）が収められていないのも事實である。古禮を重んずる者にとって、家庭内の女性の個人的な事柄を自ら公開するのは憚られることであったに違いない。

そのため、母を語るのに家傳という文體を採る士大夫もいる。その早い例は北宋程頤の「先妣上谷郡君家傳」である(29)。上谷郡君とは、母侯氏の封號である。本來、家傳とは、家中の子孫に傳えるためのものであって、教誨家訓の意味あいが強い。敍述の内容は、墓誌や行狀と變わりはないが、あえて家傳というのは、女性のことは公にすべきでないという意識があるからである(30)。

先にあげた宋の先妣行狀の中からも、先妣行狀の作者となることを憚った例が見つかる。陸佃「邊氏夫人行狀」と汪藻「夫人陳氏行狀」のそれぞれの原注には、「借龔深之待制名撰」、「代張珌作」とある。龔深之は陸佃の同僚であり、張珌は汪藻の母陳氏の女婿にあたる人物。息子が他人の名義で執筆するという方法もとられていたのである。では、宋代の先妣行狀は、別集に偶然殘ったものにすぎないのだろうか。

中國文學において、新しいスタイルの文學が定着する過程でしばしば見られるのが、先人の例に倣うという言い回しである。ここで、南宋樓鑰の「亡妣安康郡太夫人行狀」を擧げておこう。樓鑰は末尾に次のように述べている。

不肖の子鑰、省事自り以來、親しく實行を見、格言を聞くこと舊なり。是れ敢へて泣血して具載し、以て少しく哀痛孺慕の誠を伸ぶ。意を贊揚に極めんと欲せざるに非ざるも、苦塊に屏伏し、肝膽潰裂、魂魄紛亂して、盡く始末を究め以て潛德を發《ひら》く能はず。窀穸時有りて、未だ敢へて銘を當世の大賢に求めず。輒ち曾文昭公の亡妣の稱を援き、后山陳公の先夫人の行狀の體に效ひ、敬んで之を石に刋して、以て先君の碑銘に對し、以て子孫に示し、忘るる母からしむ。（『攻媿集』巻八五「亡妣安康郡太夫人行狀」[31]）

樓鑰は、曾肇の案出した亡妣という名稱[32]を用い、陳師道の「先夫人行狀」の體に倣って「亡妣安康郡太夫人行狀」を書いたと明言している。陳師道「先夫人行狀」とは、陳師道が母龐氏を亡父とともに故郷に葬るために書いた文である。樓鑰が陳師道の作品に基づいて先妣行狀を誌したことは、先妣行狀が一つの文學のジャンルとして確立していく上で、重要な意味をもっている。かつて潘岳の「悼亡詩」によって、亡妻を語る詩の扉が開かれたように、母を具體的に語る文體を、宋人は創造したのである。

ただし、論者は王柏や兪文豹の先妣行狀批判からみて、宋代では、先妣行狀はいまだ文體として廣く認知されていなかったのではないかと考えている。憶測の域を出ないが、兪文豹の「近ごろ鄉人の其の母を志して行狀と曰う有り。何の據る所かを知らず」とは、樓鑰の「亡妣安康郡太夫人行狀」に對する當てこすりかもしれない。

四　明における先妣行狀の展開

先妣行狀は、こうした批判をよそに、元を經て明になると飛躍的に増加する。もちろん先妣墓誌銘も増えるのだが、先妣行狀の増え方は急激である。たとえば、表から算出した先妣行狀と墓誌銘の比率は宋・元では「十篇」對「二十五篇」と壓倒的に先妣墓誌銘が優位であったのに對し、明になると表にあげた明中期までで、「八十一篇」對「七十一篇」と逆轉するのである。明季に至っては「百十九篇」對「二十二篇」となり、先妣行狀の方が一般的になる。明代ではしばしばいわゆる古文辭派と唐宋派の違いが問題とされるが、先妣行狀の分布狀況については、その差異は全く認められない。復古を強く主張する古文辭派の別集に「非古」であるはずの先妣行狀が多く見られるのは意外に思われるかも知れない。明の士大夫たちは、自らの母を語るのに、字數に制限があって型が決まっている墓誌銘よりも、先妣行狀というスタイルを好んだものらしい。

先妣行狀は、書かれた狀況や目的によって、三つに分類できる。

まず第一に、墓誌銘を依賴するための資料として書かれる場合である。現存する行狀で最も早い北宋胡宿の「李太夫人行狀」には、末尾に「諸孤相與追記平生狀實、乞銘諸竈、以光幽壤。（諸孤 相い與に平生の狀實を追記し、諸《これ》を竈《はか》に銘して、以て幽壤を光《て》らさんことを乞ふ）」と見える。行狀の末尾に記される決まり文句であり、後世にも蹈襲された。また、明の張寧の「求呂文懿公撰先母丁氏墓誌銘事行狀（呂文懿公に先母丁氏の墓誌銘を撰するを求むる事行の狀）」のように、題に墓誌銘を依賴する相手名を明示した行狀もある。これらは母の墓誌銘を知友に依賴するために書かれたもので、最もオーソドックスなタイプといえる。なお、明代には先考と先妣の合葬墓誌銘が増えるが、それにともなって父母を合體させた行狀も增える傾向にある。

二つめは、先妣行狀が墓誌銘を乞うための文ではなく、それ自體母を顯彰する目的で書かれる場合である。南宋の王柏は前章に引用した「答劉復之求行狀」の續きの部分で、依賴された師母の行狀の執筆を斷る理由の一つとして、次のようにいう。

若し行狀を以てして銘を求むれば、猶ほ說有り。今 先夫人 已に墓銘有りて、乃ち撝堂の門人 其の師の語を述ぶるは、理 已《はなは》だ當れり。又た行狀を爲すが若きは、亦た贅ならずや。……顯親の要は、實に復之の立身行道の、日進日盛に在りて、區區の文に在らざるなり。(33)

この王柏の言から、劉復之は亡母の墓誌銘がすでにありながら、行狀の執筆を依賴していたことがわかる。行狀には墓誌銘を求める以外に、故人の德行を顯彰する目的もあったのである。

　そのことは、明の林俊・陸深・胡直・侯一元らに、同じ母について墓誌銘と行狀の二つを書いている例があることからも知られる。もし、墓誌銘を他者に乞うための行狀であれば、自ら先妣墓誌銘を執筆しているのだから矛盾する。林俊と胡直の先妣行狀の末尾には次のようにある。

俊 嘗て吾が母の事行を傳して以て家訓と爲さんと欲するも、因循して今の凶疚荒迷有り。纘述 次ならず、一を擧げて百漏らす。不孝 何ぞ焉《これ》に加へん。惟だ大君子 評騭し、以て手を藉して言を史氏に求むれば、殞越に勝へず、願幸の至りなり。（林俊『林見素集』巻二十四「吾母安人黃氏事行」(34)）

顧だ自ら養に鹵《おろそ》かにして、又た顯に涼《すくな》きを悲しむ。母の沈脩を如何せん。世に元夫の作者の三不朽を操る有り。將に一言を徼《もと》めて諸《これ》を世世に托さんとし、廼ち含血摭述すること大較《おほむね》右の如し。（胡直『衡廬精舍藏稿』巻二十四「先母周太安人行狀」(35)）

これらは墓誌銘の資料ではなく、それ自體が母の德行を顯彰する傳記として書かれている。彼らが意識しているのは、おそらく節婦傳・烈女傳のたぐいであるが、傳は第三者によって書かれるべきもので、士大夫が自らの母のために節婦傳・烈女傳を作るのは規をこえる行爲である。彼らはいつの日か先妣行狀が他者の目にとまり、傳が作られ、あるいは列女傳の類に採用されることを願ったのであろう。

三つめは、家譜や宗譜の一部として書かれる場合である。明から清にかけて家譜や宗譜の編纂が流行するが、そこには、家系圖のほかに、家傳と稱する個人の傳記が收められる。本來は、一族の中の傑出した人物を子孫に傳えて家訓とするものだが、門外不出というわけでもなく、文學者によっては、別集編纂の際に、「家傳」あるいは「家乘」という體例を設け、そこに先妣行狀を收錄している場合もある。(36) これらは、將來、子孫の榮達によって封號を追贈される際の資料としての性格もある。

ただ、この三つは必ずしも截然と分けられるものではない。先妣行狀は、墓誌銘の資料としての元來の役割を超えて、次第に母の傳記としての性格を有するようになったと思われるからである。

もちろん、行狀という文體である以上、一定の型が遵守されるのはいうまでもない。今、その內容を列擧してみると、①先妣の生年、沒年、享年。②先妣の出自とその家柄。③吾が父とその父祖の官歷。④子や孫の官歷、女子の嫁ぎ先。⑤先妣の女德。⑥先妣から受けた家敎。⑦母を喪った悲痛となる。このうち書き手の力量が出るのは、⑤⑥⑦である。そのため、書き手は、女德についてなるべく多くのエピソードを盛り込もうとする。記述は舅姑への孝、親戚への心配り、側妾との睦まじさ、嫁への配慮、僕婢へのいたわりなど細部にわたり、その結果として、先妣行狀は長編化する傾向にあった。

五　先妣行狀の流行の背景

明に先妣行狀が流行した第一の要因としては、明がとりわけ孝の強調された時代だったということがある。南宋の朱子學の規範が庶民層を含めて社會に浸透したのは明代である。孝の觀念は中國の全王朝を通じてのものだが、明代とくに顯在化し、文學にも大きな影響を及ぼした。たとえば、明代では父母の六十、七十、八十歳といった節目に子が盛大な壽誕の會（誕生會）を催す習俗がひろまった。交遊のある士大夫は、壽詩や壽序を贈り、長壽は有德の結果だとしてその家を稱える。その父母に一面識がなくともおかまいなしで、壽序には子がいかに孝道を發揚したかが綴られる。こうして、明代には壽序という新しい文體が大量に出現するに至り、本書の第Ⅱ部第三章で詳述するように、その中には女性のための壽序も多く含まれる。唐龍『漁石集』巻三「求文述」、費寀『費鍾石文集』巻二一「述老母事實」、馮柯『貞白全書』癸帙「吾母李安人七十求文行述」などのように、壽序や壽詩を依賴するために、子が母の存命中に行狀を作成する場合もあった(37)。

第二に、先述の孝の規範と連動するのだが、母の地位があがったことが擧げられる。それはこの時代、友人の求めに應じて書かれた墓誌銘の大半が「だれそれの母某孺人墓誌銘」に作っていることからも知られる。「だれそれの母某孺人墓誌銘」という言い方はあっても「だれそれの父の墓誌銘」という題は存在しない。まさに、「母は子を以て貴しと爲す」である。實は先妣行狀の中には、側室の女性を對象としたものもある。明代は父母合葬の例が多くみられるが、側室は嫡子を產んだとしても合葬は認められない。庶出の士大夫にとって、先妣行狀は、孝の名分のもとに側室の身分である母を顯彰できる文體でもあった。

第三に、墓誌銘の形骸化が擧げられよう。宋以後、母の墓誌銘を自ら誌す士大夫が增えたとはいえ、基本的に墓誌銘は他者に依賴するものである。しかも、一定の型があり、どれほど筆力があろうとも女性の銘文は似たり寄ったりになりがちである。字數に制限のない先妣行狀という文體は、自らの母について委細漏らさず誌したいという士大夫の欲求に合致していたのだろう。

明末の賀復徴が文を體例別に編纂した『文章辨體彙選』七八〇巻は、抄本しか傳わらず、さほど廣く行われた書物ではないが、行狀には崔詵の「顯妣淑人李氏述」が採られている。[38] 明には、女性の行狀や士大夫が自ら先妣行狀を書くことをタブー視するような雰圍氣は全くない。

六　歸有光と母子の情

歸有光の「先妣事略」は、先妣行狀としては、特異な作品である。まず、長編化の傾向の中に在って、「先妣事略」はむしろ短い方である。たしかに行狀に必要な情報、母の姓名や出自、亡くなった年月日は、漏れなく書いてある。しかし、冒頭の、ふつうなら諱や出自から始まる箇所には、母が死ぬに至った事情が述べられ、諱や出自についての情報は中段にまわされている。

これが執筆されたのは母の死から十七年後のことであり、墓誌銘依頼のための先妣行狀でないことは、明らかである。また、母を顯彰するための文でもなく、家教について縷縷述べるわけでもない。もし母のことを顯彰し、孝心を發露することが目的ならば、母が避妊藥と稱する田螺を飲んで死に至った事情などは、祕して語られなかったはずである。子を產むことが女の重要なつとめとされた時代、「子が多くて困る」といった女德に乖るような母の科白は記されなかったはずである。さらに何よりも、歸有光は、先妣行狀の中で多用される「不肖の子」とか「不孝大罪」、あるいは「孤子泣血して謹狀す」などの常套表現を「先妣事略」に一切用いていない。「先妣事略」の主題は母の顯彰にあるのではなく、母のいない哀しみをいうことにある。多くの先妣行狀が大げさな言辭を連ねて母への哀悼の辭とし、あらゆる女德を陳列して母を顯彰し、自らの孝心を發揚しようとしたのに對して、歸有光の「先妣事略」が描いたのは純粋な母子の情であった。

次にあげる「亡兒翺孫壙誌」は、長男翺孫のための墓誌銘であるが、それは歸有光の妻で翺孫の母である魏氏が、生まれたばかりの子をのこして亡くなる場面から始まっている。

嗚呼。余 生まれて七年にして、先妣 爲に先妻を聘定し、吾が姉を以て王氏に與ふ。一年して先妣 余を棄つ。余晩婚にして、初めて吾が女を擧ぐ。先妣の時の事を談ずる毎に、輒ち夫婦相ひ對して泣く。又た三年して吾が兒を生む。先妻 時に已に病む。然れども甚だ喜び、女婢を呼びて抱きて以て舅氏に見えしむ。死に臨むの夕べ、數しば二兒を言ひ、時時 二指を戟して以て余に示す。痛むべきなり。（「亡兒翺孫壙誌[39]」）

ああ、私が生まれて七年目に、母上は私のために先妻との婚約を決め、姉を王氏に嫁がせる約束をなさった。一年後に母上は私をおいて逝ってしまわれた。私は結婚が晩く、最初に娘を授かり、母上の生前のことを話すたび、夫婦で涙したものだ。それから三年して男兒が生まれた。先妻はその時すでに病氣だったが、大變喜んで、婢を呼んで抱かせ母上の實家に見せに行かせた。臨終の夜には、繰り返し二兒のことをいい、何度も私に向かって指を二本立ててみせた。いたましいものだった。

幼子を殘して死ぬ母の思いが傳わってくる描寫である。

さらに「外姑を祭る文」には、この妻が臨終の床で母を待つ場面が描かれる。

十月庚子、將に絶えんとするの夕べ、侍者に問ひて曰はく、「二鼓なるか」と。戸外の風 淅淅たるを聞きて曰はく、

「天 寒く、風 且《まさ》に作《おこ》らんとす。吾が母 其れ來る能はざるか。吾 其れ待つ能はざるか」と。嗚呼。顚危困頓、臨死垂絶の時、母子の情や何如。（「祭外姑文」）(40)

十月庚子、臨終の夜、妻は「二鼓の時分かしら」と侍者に聞いた。戸外の風のひゅうひゅうという音を聞き、「冷えてきて、風が出たみたい。お母様は間に合わないかも。私はもう待てないかも」といった。ああ、人生の一大事、まさに人が死のうとする時の、母子の情の何と深いことよ。

さらに、歸有光の代表作として知られる「項脊軒志」は、自宅の讀書室である項脊軒にまつわる家族の思い出を書した文だが、そこでも彼は早くに亡くなった母への思いを吐露している。

家に老嫗有り、嘗て此に居す。嫗は先大母の婢なり。二世に乳し、先妣 之を撫すること甚だ厚し。室は西に中閨に連なり、先妣嘗て一たび至る。嫗 毎に予に謂ひて曰はく、「某所は、而の母 茲に立てり」と。嫗又た曰はく、「汝が姊 吾が懷に在りて、呱呱として泣くに、娘《はは》 指を以て門扉を扣きて曰はく、『兒寒きや、食を欲するや』と。吾 板外從り相ひ爲に應答す」と。語未だ畢らずして、余泣き、嫗も亦た泣く。（「項脊軒志」）(41)

家にばあやがいて、かつてこの部屋に住んでいた。ばあやは亡き祖母の婢である。我が家で二代にわたって子育てをし、母上はこれをとても可愛がって大切にしていた。部屋の西側は家族の女部屋になっていて、母上もここを訪れたことがある。ばあやはいつも私に、「そこは、あなた様のお母様がお立ちになっていたところですよ」と言っていた。さらにばあやは、「あなた様のお姉さまが私に抱っこされて、むずかって泣いていたとき、お母様は門扉をコンコンと叩いて、『赤ちゃんは寒いの、お腹が空いたの』とお尋ねになったものです。わたしは扉を隔ててお返事していました」といった。話が終わらないうちに、私は泣き、ばあやも泣いていた。

歸有光が描いた、こうした母子の情、血を分けた肉親への思いは、今日の讀者にとっては、大變近しいものであるが、載道の文學という觀點からみれば、家庭内のことをこまごまと描寫する彼の手法は、あまり高く評價されなかった。歸有光文學の評價が定まるのは、本書の第I部で述べたように、明末清初の錢謙益や黄宗羲を經て、清の桐城派に至ってからである。そして、「先妣事略」は『古文辭類纂』に收入されて以後、多くの讀者を獲得し、實作面でも大きな影響を及ぼしたのである。

桐城派の劉大櫆に私淑したことで知られる陽湖派の古文家張惠言[42]には、歸有光と同題の「先妣事略」という作品がある。二十九歳で寡婦となり、針仕事で一家を支えた母を哀悼した文である。彼は、飢餓にあえいだ幼い日々を赤裸々に語ったあと、三十年前の母の自殺未遂に言及する。

嘗て憶ゆ、惠言 五歳の時、先妣 日夜哭泣すること數十日、忽ち被を蒙りて晝臥す。惠言 牀下に戯れ、以爲らく母は哭に倦みて寝ねたりと。須臾にして族母 至り、乃ち帶を引きて自ら經《くび》るを知る。幸ひにして蘇を得たり。而して先妣疾みしとき、惠言 京師に在り。狀を聞き馳せ歸るも、已に及ばざること五十一日。嗚呼。天 罰を惠言に降すに、獨り之をして父無く母無からしめんや。而るに先妣に于いては、何ぞ其の酷なるや。（『茗柯文二編』巻下「先妣事略」[43]）

むかし、私 惠言が五歳のころ、母上は數十日間晝も夜も泣き通しだったかと思うと、突然晝にふとんを被って寝てしまわれたことがあった。私はベッドの下で遊んでいて、てっきり母上は泣き疲れてお休みになられたのだと思っていた。とそこへ伯母さんがやってきて、母上が帯で首をくくろうとなさったことを知った。幸いに一命を取りとめた。母上が病に倒れられたとき、私は都にいて、知らせを聞いて飛んで歸ったのだが間に合わず、母の死から五十一日が經ってしまっていた。ああ、天が私に降した罰は、ただ父と母とを失うというだけだというのに、それなのに天の母上に對する仕打ちの何と酷いことよ。

この幼子が母の異變に氣づかぬ場面は、歸有光の「先妣事略」を彷彿とさせるもので、歸有光文學の影響が色濃く感じられる。

小結

先妣行狀の起源は、母の墓誌銘を依頼するために、その資料として母の生年や卒年、出自や家敎、生前の德行を記したことにある。しかし、唐以前は、それは「內言は梱を出でず」の儒敎規範や喪中の執筆を忌む慣習によって、文學者の別集の中に收められることはなかった。別集に收められるようになるのは、宋代からである。しかし、宋代には、この新しい文體を「非古」とみなすむきもあり、先妣墓誌銘は認知されても先妣行狀を別集に堂々と收錄した文學者は少數であった。

元を經て明になると、孝の規範が強まり、母の地位が相對的に上昇したこともあって、先妣行狀は先妣墓誌銘とともに流行する。そして、本來、墓誌銘の資料であったはずの先妣行狀は、獨立したものになり、士大夫にとって母を顯彰し、孝心を發揚する文體となる。士大夫は、墓誌銘には書けぬ家庭內の雜事や母の家敎について、詳述するようになる。肉親の思い出を語りたいという內的な欲求は、人類普遍のものであろう。しかしながら、當時の孝や女德の規範のもとで、先妣行狀の內容はパターン化して、委曲詳盡のみに力が注がれるようになる。

そこに登場したのが歸有光の「先妣事略」なのである。この作品は、先妣行狀でありながら「不孝」「不肖の子」といった孝の規範から出た言葉は一切使わず、純粹な母への思いが吐露される。今日の私たちが讀んでも極めて身近に感じられるのはそのためだ。歸有光は、先妣行狀という文體が宿命的に背負うかに見えた孝の規範を、母子の情の世界を描くことでいとも簡單に超越したのである。これが當時の先妣行狀としては極めて異例の內容であったことはいうまでもない。

しかし、論者には、これこそが先妣行狀という新しい文體を生んだ、本來の精神だったと思われるのだ。

註

（1）ここでは康熙本（四部叢刊本）『震川先生集』の標題によった。萬曆元年崑山本も同じ。ただし、萬曆年間刻の常熟本は「先妣事狀」に作る。なお、管見の及ぶところ、「先妣事略」は以下の本に譯註がある。胡懷琛選註『歸有光文』（商務印書館 學生國學叢書 萬有文庫 一九三九）、劉世德選注『明代散文選注』（上海古籍出版社 一九八〇）、方銘『明清散文選析』（天津人民出版社 一九八一）、張家英選註『歸有光散文選註』（上海古籍出版社 一九八五）、北京市高等教育自學考試委員會組編『中國古代文學作品選（金元明部分）』（北京師範大學出版社 一九八七）、黃明註譯『歸有光散文選』（香港三聯書店・上海古籍出版社 一九九一）、胡義成選評『明小品三百篇』（西北大學出版社 一九九二）、郭預衡編選『明清散文精選』（江蘇古籍出版社 一九九二）、張家英・徐治嫻選註『歸有光散文選集』（百花文藝出版社 一九九五）、吳孟復・蔣立甫『古文辭類纂評注』（安徽教育出版社 一九九五）、周明初注釋『新譯明散文選』（臺北三民書局 一九九八）、趙伯陶選注『中國古代十大散文家精品全集 歸有光』（大連出版社 一九九八）、郭預衡選注『歷代文選 明文』（河北教育出版社 二〇〇一）、趙伯陶選注『歸有光文選』（蘇州大學出版社 二

〇〇二）、段承校選注評析『歸震川詩文選』（江蘇古籍出版社　二〇〇二）。日本のものとしては、吉川幸次郎編『中國散文選』（筑摩書房　世界文學體系　一九六五）に都留春雄の譯がある。

（2）　明制は宋に倣い、一品の官僚の母または妻には一品夫人、二品に夫人、三品に淑人、四品に恭人、五品に宜人、六品に安人、七品以下に孺人の封號が與えられる。ただし、宋の政和二年以前は、一品に國夫人、二品に郡夫人、三品から六品に郡君、七品以下では縣君が贈られた。

（3）（4）（5）（6）（7）　康熙本（四部叢刊本）『震川先生集』卷二十五「先妣事略」　先妣周孺人、弘治元年二月十一日生、年十六來歸。踰年生女淑靜。淑靜者、大姊也。期而生有光。又期而生女子殤一人。期而不育者一人。又踰年生有尙、妊十二月。踰年生淑順。一歲又生有功。有功之生也、孺人比乳他子加健。然數顰蹙顧諸婢曰、「吾爲多子苦」。老嫗以杯水盛二螺進曰、「飮此、後妊不數矣」。孺人擧之盡、喑不能言。正德八年五月二十三日、孺人卒。諸兒見家人泣、則隨之泣。然猶以爲母寢也。傷哉。於是家人延畫工畫、出二子、命之曰、「鼻以上畫有光、鼻以下畫大姊」。以二子肖母也。孺人諱桂。外曾祖諱明、外祖諱行、太學生。母何氏。世居吳家橋、去縣城東南三十里。由千墩浦而南、直橋竝小港以東、居人環聚、盡周氏也。外祖與其三兄、皆以貲雄。敦尙簡實、與人姁姁說村中語、見子弟甥姪、無不愛。孺人之吳家橋、則治木綿、入城則緝纑、燈火熒熒、每至夜分。外祖不二日、使人問遺、孺人不憂米鹽、乃勞苦若不謀夕。冬月罏火炭屑、使婢子爲團、累累暴階下。室靡棄物、家無閒人。兒女大者攀衣、小者乳抱、手中紉綴不輟、戶內灑然。遇僮奴有恩、雖至箠楚、皆不忍有後言。吳家橋歲致魚蟹餠餌、率人人得食。家中人聞吳家橋人至、皆喜。有光七歲、與從兄有嘉入學、每陰風細雨、從兄輒留。有光意戀戀、不得留也。孺人中夜覺寢、促有光暗誦孝經、卽熟讀無一字齟齬、乃喜。孺人卒、母何孺人亦卒。周氏家有羊狗之痾、舅母卒、四姨歸顧氏、又卒。死三十人而定、惟外祖與二舅存。孺人死十一年、大姊歸王三接。孺人所許聘者也。十二年、有光補學官弟子。十六年而有婦。孺人所聘者也。期而抱女、撫愛之、益念孺人、中夜與其婦泣。追惟一二、彷彿如昨、餘則茫然矣。世乃有無母之人。天乎。痛哉。

（8）　『世說新語』任誕篇四十二の「一往有深情」に基づく言葉である。

（9）　『南雷文案』卷八「張節母葉孺人墓誌銘」　予讀震川文之爲女婦者、一往深情、每以一二細事見之、使人欲涕。

（10）　『明文授讀』卷十四「評歸有光」　震川之文、一往情深。故于冷淡之中、自然轉折無窮。

（11）『方望溪先生集』巻五　至事關天屬、其尤善者、不俟修飾、而情辭幷得、使覽者惻然有隱。其氣韻蓋得之子長、故能取法於歐・曾、而少更其形貌耳。

（12）明代は歸有光に對する評價はさほど高くはなく、萬曆三十一年刻『今文選』は歸有光の作品を一篇も收録していない。明末になると、天啓三年刻『明文奇賞』に五篇、崇禎四年刻『皇明文徵』に四篇と微增し、清初の黄宗羲に至って『明文案』に三十一篇、『明文海』に二十三篇と、評價が高まる。ただ、「先妣事略」は含まれていない。明文總集の類で最初に「先妣事略」を收録したのは、康熙三十二年刻『明文在』（ただし「先妣事狀」に作る）である。編者の薛熙は汪琬の門下生で、自らの集を『依歸集』と名づけるほど歸有光に傾倒した人物だが、『明文在』は廣く世に行われたとはいい難い。やはり「先妣事略」は『古文辭類纂』に採られて以後、人氣を博したのだと思われる。『古文辭類纂』はこのほか歸有光のいわゆる「女子供」のための作品を多く收録するが、これは日常に古文の材を發見するという桐城派の目標とも一致したためであろう。

（13）兪文豹の生卒年は不詳。ただ『吹劍録外集』巻首に淳祐十年（一二五〇）の序がある。

（14）兪文豹『吹劍録外集』　女以行稱者、「既醉」詩曰「釐爾女士」。注云「女有士行也」。漢『列女傳』搜次材行、晉『列女傳』載循六行、班姫『女史箴』有婦行篇。然古今志婦人者、止曰碑、曰誌、未嘗稱行狀。近有鄉人志其母、曰行狀、不知何所據。

（15）また、清王應奎『柳南隨筆』巻二は、兪文豹『吹劍録』を引いて、「唐叔達の『三易集』に、龔孺人・沈孺人・李孺人及び先妣盧孺人の行狀四篇有り。我其の何に據るかを知らず。叔達は固り博雅の名士なり。而れども此れ恐らくは未だ訓へと爲すべからず」という。唐時升は明季の古文家で、歸有光の流れを汲むいわゆる嘉定四君子の一人。先妣行狀を含む四編の女性行狀の作があることを難じている。王應奎のように、清に至ってもなお女性の行狀に批判的な立場の者も存在したことがわかる。

（16）『世説新語』文學篇八十二　謝太傅問主簿陸退、「張憑何以作母誄、而不作父誄」。退答曰、「故當是丈夫之德、表於事行、婦人之美、非誄不顯」。なお、この部分の「事行」という言葉は、從來、士大夫の仕事や業績というように解釋されている。しかし、論者は、誄という文體との對比から、事行狀すなわち行狀を指すと考えている。

（17）『三國志』魏志明帝紀に「（太和）四年六月戊子太皇太后崩。……秋七月、武宣卞后祔葬於高陵」とある。后妃傳が「五月甍」に作るのは誤り。詳細は趙幼文『曹植集校注』を參照されたい。

(18) 曹植「卞太后誄」　臣聞銘以述德、誄尚及哀。是以冒越諒陰之禮、作誄一篇。

(19) 興膳宏「子が描く母の肖像――『金樓子』皇妃篇について」（『宮澤正順博士古稀記念　東洋――比較文化論集』青史出版　二〇〇三年）。

(20) 宋李昉編『文苑英華』巻九六九 誌三十五 婦人七、元潘昂霄『金石例』巻三歸祔誌式、明王行『墓銘擧例』巻一柳河東參照。

(21) 中原健二「詩人と妻――中唐士大夫意識の一斷面」（『中國文學報』第四十七册　一九九三年）。

(22) 宋代の亡妻と士大夫の文學については、中原健二「夫と妻の間――宋代文人の場合――」（『中華文人の生活』平凡社　一九九四年）を參照されたい。

(23) 調査は『四部叢刊』『文淵閣四庫全書』『四庫全書存目叢書』『續修四庫全書』、および京都大學人文科學研究所所藏の別集（内閣文庫、靜嘉堂文庫、尊經閣文庫、北平圖書館舊藏書などの景照本を含む）によった。博捜を心がけたが、國内外になお未見の書があり、若干の遺漏は免れない。博雅のご指摘を乞う。

(24) 亡妻行狀は、宋では韓琦「錄夫人崔氏事迹與崔殿丞請爲行狀」、宋許景衡「陳孺人述」の二篇、元では袁桷「亡妻鄭氏事狀」一篇、明中期にやや增えて、李攀龍「亡妻徐恭人行狀」など十篇。さらに明末から急增し、清に至って普遍化したようである。

(25) 明徐師曾『文體明辨』に、「按字書云、『述、譔也。纂譔其人之言行以俟考也』。其文與狀同、不曰狀、而曰述、亦別名也。（按ずるに字書に云ふ、『述は譔なり。其の人の言行を纂譔して以て考を俟つなり』と。其の文は狀と同じ。狀と曰はずして述と曰ふは、亦た別名なり）」とある。

(26)(27) 『魯齋集』巻七「答劉復之求行狀」　某嘗謂行狀之作、非古也。又嘗考之、衛公叔文子卒、其子戍請謚於君曰、「日月有時、將葬矣、請所以易其名者」。請謚之詞、意者今世行狀之始也。周士大夫以上、葬必有謚、而勳德著見於時、人所共知、不待其子累累之言。故請謚之詞、寂寥簡短、不能數語。後之士大夫、勳德不盡表表於當時、而人子哀痛之中、難於自述、遂屬以門生故吏、具述行事、以狀其請。自唐以來、有官不應謚、亦爲行狀者、其說以爲將求名世之士爲之誌銘、而行狀之本意始失矣。夫觀昌黎・廬陵・東坡之集、銘人之墓最多、而行狀共不過五篇、而婦人不爲也。又知婦人之不爲行狀之意亦明矣。

(28) 『溫國文正司馬公集』巻七十六「蘇主簿夫人墓誌銘」　二孤軾・轍哭且言曰、某將奉先君之柩終葬於蜀。蜀人之祔也、同壟而異壙。日者吾母夫人之葬也、未之銘。子爲我銘其壙。光固辭不獲命、因曰、夫人之德、非異人所能知也。願聞其略。二孤奉其事狀、拜以授光。

(29) 西上勝「古文と母――歐陽脩「瀧岡阡表」考――」(『日本中國學會報』第五十三集二〇〇一年) 參照。なお、本論では、歐陽脩の「瀧岡阡表」は碑誌に分類している。

(30) 「先妣上谷郡君家傳」は、『宋文鑑』に收錄されて廣範な讀者を獲得した。後世、これに倣って家傳と稱して母を語る者も現れた。たとえば、明の戴鱀『戴中丞遺集』卷六「先妣太宜人家傳」、潘潢『樸溪潘公文集』卷六「先妣淑人家傳」など。

(31) 『攻媿集』卷八十五「亡妣安康郡太夫人行狀」不肖子鑰、自省事以來、親見實行聞格言、舊矣。是敢泣血具載、以少伸哀痛孺慕之誠。非不欲極意贊揚、而屛伏苫塊、肝膽潰裂、魂魄紛亂、不能盡究始末、以發潛德。窀穸有時、未敢求銘于當世大賢。輒援曾文昭公亡妣之稱、效后山陳公先夫人行狀之體、敬刋之石、以對先君之碑銘、以示子孫、使毋忘。

(32) ただし、曾肇の別集『曲阜集』は散逸し、今日の輯佚本には該當する作品はない。

(33) 『魯齋集』卷七「答劉復之求行狀」若以行狀而求銘、猶有說也。今先夫人已有墓銘、乃撝堂之門人述其師之語、理已當矣。若又爲行狀、不亦贅乎。……顯親之要、實在復之立身行道、日進日盛、而不在乎區區之文也。

(34) 林俊『林見素集』卷二十四「吾母安人黃氏事行」俊嘗欲傳吾母事行以爲家訓、因循有今凶疚荒迷。纘述弗次、擧一而百漏、不孝何加焉。惟大君子評隲、以藉手求言史氏、不勝殞越、願幸之至。

(35) 胡直『衡廬精舍藏稿』卷二十四「先母周太安人行狀」顧悲自鹵于養、又涼於顯。如母之沈脩何。世有元夫作者操三不朽。將徼一言、托諸世世、廼含血摭述大較如右。

(36) また、明では萬恭『洞陽子集』や殷士儋『金輿山房稿』のように、特定の卷を「家傳」に充てて、家族の碑誌や行狀を收錄している場合もある。

(37) 存命の者について記した文を行狀と呼ぶのは不適當かもしれないが、他に言葉が見つからないのでこう呼んでおく。

(38) 四庫全書本（卷三八一のみ闕卷）による。

(39) 『震川先生集』卷二二「亡兒䎘孫壙誌」嗚呼。余生七年、先妣爲聘定先妻、而以吾姊與王氏。一年、而先妣棄余。余晩婚、初擧吾女、毎談先妣時事、輒夫婦相對泣。又三年、生吾兒。先妻時已病。然甚喜、呼女婢抱以見舅氏。臨死之夕、數言二兒、時時戟二指以示余。可痛也。

(40)『震川先生集』巻三十「祭外姑文」　十月庚子、將絶之夕、問侍者曰、「二鼓矣」。聞戶外風淅淅曰、「天寒、風且作。吾母其不能來乎。吾其不能待乎」。嗚呼。顚危困頓、臨死垂絶之時、母子之情何如也。

(41)『震川先生集』巻十七「項脊軒志」　家有老嫗、嘗居於此。嫗先大母婢也。乳二世、先妣撫之甚厚。室西連於中閨、先妣嘗一至。嫗毎謂予曰、某所、而母立於茲、嫗又曰、汝姊在吾懷、呱呱而泣、娘以指扣門扉曰、兒寒乎、欲食乎。吾從板外相爲應答。語未畢、余泣、嫗亦泣。

(42)陽湖派の文人と母親の關係については、曹虹『陽湖文派研究』（中華書局　一九九六年）第四章第三節「母教對陽湖派形成的影響」を參照されたい。

(43)『茗柯文二編』巻下「先妣事略」　嘗憶惠言五歳時、先妣日夜哭泣數十日、忽蒙被晝臥。惠言戲牀下、以爲母倦哭而寢也。須臾族母至、乃知引帶自經。幸而得蘇。而先妣疾、惠言在京師。聞狀馳歸、已不及五十一日。嗚呼。天降罰于惠言、獨使之無父無母也耶、而于先妣、何其酷也。

第二章 「寒花葬志」の謎

小序

歸有光の代表作の一つに、「寒花葬志」と題する短篇の墓誌がある。字數にしてわずか百字餘り、寒花という名の婢のために書かれたこの墓誌は、抒情性豐かな、珠玉の短篇と呼ぶにふさわしい名作である。淸代に桐城派の姚鼐が編纂した『古文辭類纂』に採錄されて以來、歸有光の代表作の一つとみなされ、今日中國で出版されている歸有光の文選の類でこれを收錄しないものはない。(1) 我が邦でも、一九五七年の出版以來今なお版を重ねている小川環樹・西田太一郎兩博士の『漢文入門』(岩波全書所收)に、この作品がとりあげられており、このため歸有光の名を「寒花葬志」の作者として記憶する人も多かろう。

しかしながら、この作品の主題や歸有光文學における位置づけについては、若干の混亂があるように思われる。士大夫が婢のために墓誌を書くのは極めて異例のことである。歸有光が婢という身分の低い女性の墓誌を書いたのはなぜか。寒花とは歸有光にとってどういう存在だったのか。また、かほど有名な作品でありながら、明代に刊行された歸有光の文集にこれが編錄されていないのはなぜか。

これらの謎は、「寒花葬志」の創作意圖や主題と大きな關わりがある。本章の目的はこの謎を解明し、「寒花葬志」の歸有光文學における位置づけを明らかにすることにある。

一　「寒花葬志」の抒情性

論を進める都合上、まず作品の全文をあげ、その解釋を附しておく。

婢は魏孺人の媵《よう》なり。嘉靖丁酉五月四日に死し、虚丘に葬る。我に事へて卒はらざるは、命なるかな。婢 初めて媵たりし時、年十歳、雙鬟を垂れ、深綠の布裳を曳く。一日 天寒く、爇火して荸薺を煮て熟し、婢 之を削りて甌に盈たす。予 外より入り、取りて之を食すに、婢 持去して與へず。魏孺人 之を笑ふ。孺人 毎に婢をして几の旁らに倚りて飯せしむ。飯に即くに、目眶冉冉として動く。孺人又た予に指して以て笑ひと爲す。是の時を回思すれば、奄忽として便ち已に十年なり。ああ、悲しむべきのみ。（「寒花葬志」）(3)

婢は魏孺人の媵である。嘉靖十六年（一五三七）五月四日に亡くなり、虚丘に葬った。私に仕えて、それを全うできなかったのは、これも運命か。婢が初めて媵としてやってきた時、彼女は十歳、おさげ髪をわっかに結い、深綠色の木綿のスカートをはいていた。ある寒い日のことだった。婢は火をおこし、くわいを煮、皮を剝いて鉢に盛っていた。私が外から入ってきてちょっとこれをつまもうとしたところ、婢はあっちに持っていってしまい、私にくれなかった。妻はこれを笑った。妻はいつもこの婢に同じテーブルの隅で食事をさせていた。食事になると、婢は目をクリクリさせていたものだ。(2) 妻は私に指差してみせ、これも笑いの種としていた。あのころを思いおこせば、あっという間に十年が經った。ああ、痛ましいことだ。

まず、冒頭でこの婢は歸有光の亡妻魏孺人の媵であったことが示される。媵とは良家の娘が嫁入りする際に實家から伴ってくる腰元である。魏孺人の孺人とは七品以下の官僚の家庭婦人に與えられる稱號。魏孺人は、當時歸有光が私淑していた朱子學者魏校の姪にあたる女性で、歸有光は子供の頃に婚約している。嘉靖七年（一五二八）に歸有光に嫁ぎ一男一女をもうけたが、嘉靖十二年（一五三三）、二十代の若さで世を去った。寒花は、十歳で魏孺人について歸家に入り、女主人に後れること四年、十九歳で亡くなった勘定になる。

この作品は三つのエピソードから成る。まず、寒花が初めて魏孺人について歸家に來た時の服裝。まだほんの子供で、スカートが重たげだったこと。次は、歸家に少しなじんでからであろう。せっかく丁寧に剝いたクワイを歸有光につまみ食いされまいとして夢中で鉢を抱え込む樣子。食べ盛りで、御飯を前にしたときの寒花の目の動き。こういった寒花の邪氣のない仕草を、歸有光は魏孺人とともに笑いながら眺めている。そこに描かれるのは、幸せな家庭生活のひとこまである。寒花の生き生きとした動きや魏孺人の花のような笑顔は、まるで一つの映像であるかのように讀者の腦裏にフラッシュバックされるのである。

歸有光の古文の特徴は、黄宗羲が「一往情深」と評した抒情性にある。この作風は、歸有光の出自や傳記と關係が深い。生地は蘇州からほど近い崑山の生まれである。曾祖父は知縣を務めた人物だが、祖父も父も無官であった。三十二歳の時、南京の鄉試を第二の成績で突破したものの、その後の會試で八度下第を繰り返し、ようやく進士となったのは六十歳の時である。

歸有光は、江南の富と文化が集中する大都會蘇州の近くにありながら、同時代の文徵明（一四七〇～一五五九）や仇英（一四九四～一五六一？）のごとき書畫の才をもたず、徐渭（一五二一～九三）や湯顯祖（一五五〇～一六一六）のごとき戯曲への關わりも薄かった。專ら受驗對策用の書塾を經營し、三年每にやってくる會試には必ず旅費を工面して北京に赴き、度重なる下第に失意を募らせていた。詩作はあまり得手とはいえず、詩人としての評價はさほど高くない。また、儒學者としても、受驗用の朱子學の域を出るものではなく、その經解の文は八股文臭を脱していないとされる。のちに、錢謙益（一五八二～一六六四）によって歸有光は反古文辭派の急先鋒であったかのようにいわれるが、歸有光には文學者がいつの時代にも抱く流行の文學に對する反撥はあったにせよ、それは自己の不遇感の裏返しに過ぎず、のちに古文辭派對唐宋派というように分類されるはっきりした文派意識はなかったと思われる。

ただ、歸有光は、理想とする『史記』の文に近づこうとし、それも『史記』の言葉や文章を單に模倣するのではなく、身邊の事柄を自らの言葉で丁寧に描くことを心がけた。その中でも家庭や女性を描いた作品は、獨特の風格を有し、讀者の心の琴線に觸れて、「一往情深」の名に慚じない。今日風にいうなら、歸有光は私小説を得意とした作家なのである。

家庭を描いた作品群の中でとりわけ印象的なテーマが、家族の死である。亡き母を追悼した「先妣事略」、祖母、母、妻の三代記ともいうべき「項脊軒志」、妻とその母の死を悼んだ「祭外姑文」、長男の死を悼んだ「亡兒䎘孫壙志」と「思子亭記」、娘のための「女如蘭壙志」「女二二壙志」などが擧げられる。「寒花葬志」もその一つに位置づけられよう。

二　「寒花葬志」の主題に關する從來の解釋

さて、この作品の主題について、小川博士は『漢文入門』の中で次のように述べておられる。

……魏孺人は作者の最初の妻で、嫁入ってから四五年後、嘉靖十一《ママ》年に死んだ。作者がこの婢の死をいたんでいるのは、實は又死んだ妻をなげくものに外ならない。「囘思」以下の三句は、その悲歎をも表わすと解すべきであろう。

日本では、小川博士がこのような見方を提出されて以來、「寒花葬志」の主題は魏孺人に對する哀悼だととらえられる傾向にある。[4]

一方、中國にもこのような解釋がある。黄明注釋『歸有光散文選』（香港三聯書店・上海古籍出版社　一九九一）の前言は「寒花葬志」について次のようにいう。

わずか數語で、純眞で可愛い女の子のイメージを描き出している。しかし、歸有光の關心はこの女の子にあるのではなく、彼女の主人である歸有光の妻の魏孺人にある。寒花の死は、さらにまた彼らの新婚時代の生活についての甘い記憶を呼び起こし、彼の妻に對する哀悼の情を呼び起こしたのだ。（黄明注釋『歸有光散文選』前言）[5]

黄明氏は小川博士の說からさらに踏み込んで、作品の主題のみならず、創作意圖もまた魏孺人の追悼にあったのだというのである。

「寒花葬志」には、幾つかの破格がある。まず、婢という極めて身分の低い女性の墓誌であること。寒花の墓誌でありながら、語られるのは魏孺人在りし日の寒花であって、魏孺人亡き後の寒花の様子が描かれていないことなどである。

柳宗元における楊氏、元稹における韋氏、歐陽脩における胥氏の例をもちだすまでもなく、文人にとって若くして亡くなった妻というのは、常に美しい思い出である。(6) 歸有光は、魏孺人の墓誌銘こそ書いていないものの、「祭外姑文」で生前の妻がいかに婦人の德に優れていたかをいい、「亡兒䎘孫壙志」では二兒に心を残しながら逝った妻の臨終の様子が語られる。また、「先妣事略」には、人の親となった歸有光が妻とともに亡き母のことを想って涙する場面が描かれる。そして「項脊軒志」では歸有光の書齋項脊軒をめぐる祖母、母、妻という三人の女性が描かれるのである。とりわけ、その最後の句である、

　庭に枇杷の樹有り。吾が妻、死の年 手づから植うる所なり。今、已に亭亭として蓋の如し。(7)

に込められた魏孺人への思いは、今日なお静かな感動を呼び起こす。「項脊軒志」は、八歳で母を亡くした悲劇に、愛妻の死をだぶらせた傑作である。

さらに、五十四歳の時に書かれた「己未會試雜記」は會試に赴いた際の旅行記であるが、その中で歸有光は魏孺人の夢を見たことを告白する。夢の中で二人は再び夫婦となる約束をしたという。夢から覺めては、下第して歸る故郷には自分を待つ人がいないことを嘆くのである。この時、歸有光は繼室の王氏にも先立たれていた。

このように、歸有光文學において魏孺人が特別な存在であったことなどを考えるならば、小川博士や黄明氏の說も一應首肯できよう。

しかし、この作品が歸有光の男子である歸子祜・子寧兄弟によって編纂された『歸先生文集』三十二卷（崑山本）や族孫歸道傳が編纂した『震川先生文集』二十卷（常熟本）といった、明代の刻本の中に見えないのはどうしたわけであ

三種版本における家族哀悼文の收錄狀況

題名	（明）崑山本	（明）常熟本	（清）康熙本
先妣事畧	○	○	○
項脊軒志	×	○	○
祭外姑文	○	○	○
亡兒䎘孫壙志	○	○	○
思子亭記	×	○	○
女如蘭壙志	×	○	○
女二二壙志	×	○	○
寒花葬志	×	×	○

ろうか。

崑山本と常熟本の成立事情については、本書第Ⅰ部第四章に詳述したが、ここでは兩者の編纂方針の違いについて簡單に觸れておきたい。崑山本の方は、息子の編纂ということもあってか、かなり體裁の整った文集であり、部立ても「經術」から始まり「議」「制誥」「書」へと續く謹嚴なもので、「壽序」などの應酬の文は創作の絕體數からみれば少なめである。それに對し、常熟本は「議」や「論」が少なく、「墓誌銘」や「序」といった應酬文や「記」などの身邊雜記を中心に收錄する。

この傾向は、先程あげた家族の死を悼んだ作品群について、それぞれの版本における收錄狀況を表にしてみると、明らかになる。

表を見ると、明代に編纂された二つの版本のうち、常熟本は家族を追悼した文をほとんど收錄していることがわかる。そうした中、「寒花葬志」が常熟本に收められていないのは奇異といわざるを得まい。黃明氏がいうように「寒花葬志」が魏孺人のために書かれているとしたら、なぜ崑山本のみならず常熟本もこれを收めないのか。このことを明刻版の偶然の遺漏とかたづけてよいものだろうか。

「寒花葬志」は、淸の康熙年間に刻された『震川先生集』に收められ（表右段）、多くの愛讀者をかち得た。これは歸有光の曾孫歸莊が上梓した刻本であり、今日最も行なわれている四部叢刊本でもある。そして、この康熙本のもとになったのは、歸莊の父で歸有光の孫にあたる歸昌世と、明末の文壇の領袖錢謙益とが編纂した『歸太僕集』なのである。これは歸家に藏されていた家藏鈔本を參考に、民間にも廣く搜求した結果だという。ただ、「寒花葬志」は墓誌という性質上、民間に流布していたとは考えられず、百年以上もの間、家藏鈔本の中に埋もれていたことになる。それはなぜであろうか。

三　士大夫の家庭と媵

「寒花葬志」の主題について論じる前に、明確にしておくべきこととして、媵の問題がある。(8) 寒花は魏孺人の媵だったとあるが、これは何を意味するのであろうか。

媵は、古くは『春秋』や『儀禮』にみえる婚姻形態の一つである。周代、天子や諸侯が他國から正室を迎える際、正室となる女性は、同族の未婚女性を媵として伴った。また、士の婚姻においても、妻は同姓の從妹などを伴うのが普通であった。これら媵として嫁した女性は、正夫人が亡くなった場合に繼室となる場合もあり、一般の妾とは區別され、その地位は高かった。

こういった制度は、後世になると、同嫁もしくは陪嫁ともよばれるものに變質する。漢の成帝の寵愛をうけた趙飛燕とその妹、また後漢の獻帝が二人の娘を魏の文帝に嫁がせたこと、五胡十六國の漢の劉聰に召された劉娥と劉英が姉妹であったことなどは、この例である。これらは姉妹で嫁した例で、相手が皇帝という特殊な場合に限られる。

士大夫階級の場合は、媵はかなり昔から異姓の婢となっていたようである。たとえば、『舊唐書』および『新唐書』李迥秀傳には、すでに「媵婢」という言葉が見えている。媵婢は奴隸の身分であり、ここに媵の實質的價値の下落がみられるのである。明・清においては、日常的に貧民の子が周旋屋を通して賣買されており、富貴の家の娘が嫁する際、みめよい少女を購い、媵として伴うのが一般的であった。魏孺人とともに歸家に來た寒花も、こういった階層に屬する媵婢だったとみて間違いない。

　媵婢の務めは女主人に奉仕することにあり、臺所仕事や針仕事もその範疇に含まれる。しかし、單に女主人の身の周りの世話や家庭内勞働を擔當するのであれば、年端もいかぬ少女を媵婢とする必要はない。ここで、媵が本來婚姻形態の一つであったことを想起すべきであろう。明代の女性は纏足であるため、自由に外出することができない。暗い室內で過ごす不健康な生活のためか、平均壽命は決して長くない。加えて、早婚と多產は女性の身體を蝕み、中年に差しかかると夫との同衾を避け、夫のために侍妾を買う妻は賢妻とさえされた。中國の士大夫の家庭は妻妾同居が原則である。嫉妬は女の惡德だとされる社會にあって、妻や妾達は擬似的な姉妹關係を結ぶことによって家庭內の均衡を保とうとする。その際、實家から伴った媵婢は彼女らにとって最も心安い存在であり、年頃を迎えた媵婢は、しばしば妻公認の侍妾として夫に提供される。ただ、媵婢が正式に妾として認知されて部屋を與えられることは稀である。妾が士大夫の家の婦として遇されるのに對し、媵婢は奴婢の身分に過ぎず、その姓すら傳わらない。媵婢は士大夫の家における最下層の性奴隸なのである。

　奴隸である婢には主人が認める雇い人との結婚のほか婚姻の自由はなく、性交涉の相手を選ぶ權利もない。『金瓶梅』では、潘金蓮づきの婢である春梅が西門慶の寵を受け、西門慶亡き後に孤閨をかこつ潘金蓮が西門慶の娘婿陳經濟と密通する際にも、春梅は口封じのため陳經濟との關係を強要される。また、『紅樓夢』の中での賈寶玉とその侍婢襲人との關係、薛蟠と妻夏金桂の婢である寶蟾との關係、さらに『聊齋志異』の中でもこういった例は枚擧に暇がない。

『金瓶梅』や『紅樓夢』は特殊な家を舞臺としたもので、一般の士大夫の家庭とは事情が異なるという見方もあろう。だが、徐渭の場合はどうであろう。彼は歸有光とほぼ同時代の文人であり、所屬する階層も同じといってよい。徐渭の父は、最初の妻との間に二人の男子をもうけたが、妻が亡くなった後、赴任先の雲南で苗氏を娶っている。しかし、徐渭を生んだのは苗氏の媵婢である。徐渭が生まれて百日後に父は亡くなり、苗氏は、貧苦の中、徐渭を實子として育てた。徐渭は苗氏を嫡母と呼び、敬愛を込めてその墓誌銘を書いているが、その實母は彼が十歳の時、家を出され、その姓すらわかっていない。(9) おそらく轉賣されたのであろう。

寒花が女主人の魏孺人と死に別れたのは十五歳の時である。十九歳で亡くなるまで、歸有光の家に留まっていたのはなぜか。「祭外姑文」によれば、魏孺人の生んだ一男一女(10)は、三年間は魏孺人の實家に預けられていたらしい。つまり、寒花が子供の養育のために、歸家に居殘ったとは考えられない。では、單なる下働きであったのか。「寒花葬志」の「事我而不卒、命也夫。（我に事へて卒はらざるは、命なるかな）」の「我に事へる」という言葉は、寒花が媵であったことの本質を暗示しているのではなかろうか。

四　「女如蘭壙志」の謎

これまで、魏孺人の死後、寒花が置かれた立場について推測してきたが、實は歸有光にはこの推測を裏づけるような作品がある。それは、「女如蘭壙志」すなわち如蘭という名の娘のために書かれた墓誌である。百字に滿たぬ短篇なので、その全文を擧げ、解釋を附す。

須浦の先塋の北、纍纍たる者は、故き諸殤の冢なり。坎方に封じて新土有る者は、吾が女如蘭なり。死して之を埋めし者《は》、嘉靖乙未の中秋の日なり。女生れて周を踰え、能く予を呼べり。嗚呼《ああ》、母微にして、而かも之を生むこと又た艱し。予其の母有るを以て、甚だしくは撫を加へず、死に臨みて、乃ち焉《これ》を一抱せり。天果して其の是《か》くの如きを知りて、之を生むは奚爲《なんす》れぞや。（「女如蘭壙志」）(11)

須浦にある先祖の墓の北側に、いくつも連なっているのは、むかし夭折した者の墓である。その最も北にある新しい盛り土は、我が娘如蘭の墓である。亡くなってここに埋葬したのは、嘉靖十四年（一五三五）中秋の日にあたる。娘は生まれて一年を過ぎ、私を呼ぶことができるようになっていた。ああ、母親は卑しい身分の者で、また難産でもあった。私は、母親がいるからという理由であまり可愛がりもせず、死に際になってようやく抱いてやったぐらいだ。天はこんなふうになることを知りながら、どうしてこの子を誕生させたのか。

嘉靖十四年の秋に亡くなった如蘭は、生まれて一年というから、嘉靖十三年（一五三四）の誕生ということになる。如蘭の母親は誰か。その前年の冬、魏孺人は五歳の長女と生まれたばかりの長男翺孫を殘して世を去っており、如蘭の母親たりえない。(12) また、歸有光は最初の妻魏孺人を亡くした後、王氏を繼室に迎えているが、如蘭が誕生した時、王氏はまだ來歸していない。そもそも如蘭の母親は「微」、すなわち卑しい身分だとあり、魏孺人や王氏は對象外であろう。(13)

一方、「女生踰周、能呼予矣（女生まれて周を踰え、能く予を呼べり）」という表現からは、如蘭が歸有光の家で誕生し、養育されていることは明らかである。だとすれば、如蘭の母親が、家庭内の身分の低い女性、すなわち媵婢であったとは考えられないであろうか。魏孺人が亡くなった時、歸有光は二十八歳。十五歳になっていた寒花は、歸有光にとって魏孺人の形代《かたしろ》ではなかったか。さらに「母微、而生之又艱（母は微にして、之を生むこと又艱し）」ということから、さらに想像を逞しくすれば、十六、七歳の寒花の未熟な身體は、難産という結果をもたらし、如蘭を失った悲しみの中で寒花は十九年の薄幸の生涯を閉じたとも考えられる。

「寒花葬志」は、寒花の死因について何も語っていない。しかし、崑山本や常熟本が「寒花葬志」を收錄しなかったのは、こういった媵婢と歸有光の關係を公にすることを憚ったためではなかろうか。論者は第三節で、舊時士大夫の家庭においては、士大夫と媵婢の性交渉が珍しいことではなかったことを述べた。しかし、實際はどうであれ、建前でいえば、士大夫が奴隷の身分の女性と關係することは、禮法上疑義のあることである。文集を編纂する立場からいえば、「寒花葬志」は當時收錄をためらわせる作品だったのではないか。または、崑山本に限っていうならば、繼室王氏の子として生まれた子祜や子寧が、かつて父に寒花という女性や如蘭という娘が存在したことを快く思わなかった可能性もあろう。

前述したように、康熙本は明末に錢謙益と歸昌世が編纂した『歸太僕集』をもとにしている。「寒花葬志」は、彼らによって家藏の稿本の中から發見され、歸有光の全集へと錄入された。それには、花街の名妓柳如是を妻とした風流才子錢謙益の判斷があったのかもしれない。

五　「寒花葬志」が追悼したのは誰か

「寒花葬志」は、寒花の墓誌でありながら、魏孺人在りし日の無邪氣な寒花しか登場しないという構成になっている。なにゆえに魏孺人が亡き後の寒花が語られないのか。このことのもつ意味について考えてみたい。

これまで論じたように、魏孺人亡き後、寒花が歸有光の側に侍っていた可能性は高い。しかし、女主人の庇護のない媵婢の立場は慘めである。王氏が繼室として嫁いで來てからの寒花のそれは、おそらく微妙なものとなったろう。寒花が歸有光に侍っていなかったとしても、この事情は變わらない。王氏にも媵婢はいたであろうし、先妻の媵婢は厄介者として他家に轉嫁（實質的には轉賣）させられるのが普通であろう。寒花が歸家に留まったのは、寒花が歸有光の娘を生んだためではなかったか。

これについては、墓誌にその事が記載されておらず、單なる憶測に過ぎないとする意見もあろう。しかし、媵は妾とは明らかに身分を異にする奴婢である。媵が子供を生んだとしても、それは夫人の子と見なされ、母親として名乘ることは許されない。「寒花葬志」の中の寒花が、天眞爛漫な少女期のことに限られるのは、歸有光がその後の彼女を描くことを周到に回避したためではなかったか。論者はそこに歸有光の寒花に對する無言の哀悼を感じるのである。

媵ならずとも、士大夫が奴婢のために墓誌を書くことは極めて稀なことである。[13] 禮法上または社會倫理上からいっても士大夫が士の身分でない人物をその筆にのせることは異例といわざるを得ない。ましてや女性となると一層少ない。士大夫が妻を追悼するために、媵婢の墓誌を制作するであろうか。亡妻の追悼を主題とするのなら、違う形にするのではないか。歸有光は黄明氏が主張するように魏孺人を追悼するために「寒花葬志」を書いたのでは斷じてない。ただ、寒花の幸福だった頃の姿を思い浮べる時、そこに魏孺人が居たのである。

歸有光は多くの作品の中で、奴婢を登場させている。「女二二壙志」の中で二二の死を歸有光に知らせるのは家奴であり、「先妣事略」には亡き母の言葉を語る老乳母が登場する。生涯の大半を郷里に暮した歸有光にとって、家庭内の奴婢は近しい存在だったといえる。「寒花葬志」の創作意圖を魏孺人の追悼だとしてしまうことは、歸有光の文學の本質を見誤ることになりはしないか。

小　結

中國散文史上、婢に對する哀文が全く存在しないわけではない。[13] しかし、それらはほとんど奴婢の忠勤を讃えるために書かれたものであり、「寒花葬志」のように婢の表情や日常の姿を髣髴とさせるような作品は存在しない。また、妾の死を悼んだ作品はあっても、[14] 媵婢の死を悼んだ作品は、論者の知る限り皆無である。

「寒花葬志」は歸有光文學の抒情性を語るものとして取り上げられてきた。しかし、その抒情文學を生み出した士大夫の家庭について、あるいは彼らの妻妾や奴婢について、一體我々はどれだけのことを知っているだろうか。歸有光に至って、古文はもはや天下國家を論じるものではなくなった。古文は士大夫の日常を語るものへと變容する。この傾向は清の桐城派に至ってますます顯著になり、身邊雜記風の古文の隆盛につながる。そのような風潮の中、歸有光の「寒花葬志」や「女如蘭壙志」「先妣事畧」「項脊軒志」など家庭を舞臺とする作品群が『古文辭類纂』に採録されるのである。

明以降の文學研究では、士大夫の家庭や女性についての研究が缺かせないことを今更ながらに感じている。

附　語

右の小論は一九九八年十月、「歸有光「寒花葬志」の謎」として『日本中國學會創立五十周年記念論文集』（汲古書院）に發表したものである。二〇〇六年には臺灣師範大學中文系の黃明理教授が「如蘭之生母爲寒花説――歸有光兩篇短文的閲讀策略」（『孔孟月刊』第四十四巻第九・十期　民國九十五）を發表されたが、その要旨は小論とほぼ同じである。

ところが、二〇〇七年、復旦大學中國語言文學研究所の鄔國平教授が「如蘭的母親是誰？――歸有光《女如蘭壙志》・《寒花葬志》本事及文獻」（『文藝研究』二〇〇七年第六期）を、山東教育學院中文系の楊峰教授が「略談抄本『震川先生未刻稿』的價値」（『文獻』二〇〇七年十月第四期）を發表、小論を裏づける決定的な證據を呈示された。

すなわち、上海圖書館藏鈔本『歸震川先生未刻稿』に收録されている「寒花葬記」の冒頭部分「婢魏孺人媵也（婢は魏孺人の媵なり）」と「嘉靖丁酉五月四日死、葬虛丘（嘉靖丁酉五月四日に死し、虛丘に葬る）」の間に、「生女如蘭、如蘭死、又生一女、亦死。予嘗寓京師、作如蘭母詩（女如蘭を生み、如蘭死し、又た一女を生むも、亦た死す。予嘗て京師に寓し、「如蘭母」詩を作る）」の二十三字があるというものである。これは、現在最も行なわれている歸荘の康熙本や嘉慶年間の『大全集』には全く見えない佚文である。歸荘が康熙本を編纂した際に、この二十三字を削除した可能性がある。

兩教授の發見によって、如蘭の生母は寒花であること、「寒花葬志」が寒花の哀悼のために書かれた作品であることが、明らかになった。小論も書き改めるべきかとは考えたが、十年前の當時としては大膽な新説で、發表にはかなりの勇氣を要したこと、乏しい資料を驅使しての挑戰だったことを思い、あえて若干の誤植の訂正にとどめ、そのままの形で收録することとした。讀者の寛恕を乞う。

また、『未刻稿』は實はもう一本、臺北の國家圖書館に藏される鈔本があり、上海圖書館藏本と內容が異なるが、これについては本書第Ⅱ部第五章で詳述する。

註

（1）管見の及ぶところ、「寒花葬志」は以下の本に譯註がある。胡懷琛選註『歸有光文』（商務印書館 學生國學叢書 一九三九）、中國人民大學語文系文學史教研究室選註『歴代文選』下（中國青年出版社 一九六三）、劉世德選注『明代散文選注』（上海古籍出版社 一九八〇）、米治國・周惠泉・陳桂英選注『元明清詩文選』（吉林人民出版社 一九八一）、張家英選註『歸有光散文選註』（上海古籍出版社 一九八五）、北京市高等教育自學考試委員會組編『中國古代文學作品選（金元明部分）』（北京師範大學出版社 一九八七）、錢伯城主編『古文觀止新編』（上海古籍出版社 一九八八）、黃明註譯『歸有光散文選』（香港三聯書店・上海古籍出版社 一九九一）、胡義成選評『明小品三百篇』（西北大學出版社 一九九二）、張家英・徐治嫻選註『歸有光散文選集』（百花文藝出版社 一九九五）、夏咸淳選註『明六十家小品文精品』（上海社會科學院出版社 一九九五）、吳孟復・蔣立甫『古文辭類纂評注』（安徽教育出版社 一九九五）、趙伯陶選注『中國古代十大散文家精品全集 歸有光』（大連出版社 一九九八）、周明初注釋『新譯明散文選』（臺北三民書局 一九九八）、郭預衡選注『歴代文選 明文』（河北教育出版社 二〇〇一）、趙伯陶選注『歸有光文選』（蘇州大學出版社 二〇〇一）。日本のものとしては『漢文入門』の外、吉川幸次郎編『中國散文選』（筑摩書房 世界文學體系 一九六五）の都留春雄の譯、前野直彬著『漢文珠玉選上』（平凡社 一九七六）などがある。

（2）康熙本（四部叢刊本）『震川先生集』巻二十二「寒花葬誌」　婢魏孺人媵也。嘉靖丁酉五月四日死、葬虛丘。事我而不卒、命也夫。婢初媵時、年十歲、垂雙鬟、曳深綠布裳。一日天寒、爇火煮荸薺熟、婢削之盈甌、予入自外、取食之、婢持去不與。魏孺人笑之。孺人每令婢倚几旁飯。即飯、目眶冉冉動。孺人又指予以爲笑。回思是時、奄忽便已十年。吁、可悲也已。

（3）「目眶冉冉動」の解釋は諸說紛紛としている。『漢文入門』（小川氏）は「まぶたがたれ下がってくる樣子」と注し、『中國散文選』（都留氏）は「まぶたをピクピク動かした」と譯している。これに對し、中國では、吳孟復・蔣立甫編『古文辭類纂評註』が「冉冉」を「閃動貌」とする以外は、おおむね「慢慢」あるいは「轉動貌」と解する。論者は、この場面を食べ盛りの寒花が御飯の時にみせるうれしそうな目を描寫したものと考えるが、日本語のどの擬態語に相當するのか斷定しかねる。

（4）鷲野正明氏は「歸有光〈項脊軒志〉の〝追記〟制作年について」（「中國古典研究」第二九號 一九八四）の中で、小川博士の說を傍證とし、寒花の死んだ嘉靖十六年こそ〈項脊軒志〉に魏氏のことを追記した年だと結論づけている。

（5）黄明注釋『歸有光散文選』〈前言〉寥寥數筆、勾勒出一個天眞可愛的女孩的形象。然而歸有光所着意的竝不是這個女孩、而是她的主人歸有光的妻子魏孺人。寒花的死、重又勾起了對他們新婚初期生活的甜蜜回憶、勾起了他對妻子的哀悼之情。
（6）柳宗元「亡妻弘農楊氏誌」、元稹「三遣悲懷」「祭亡妻韋氏」、歐陽脩「綠竹堂獨飲」「胥氏夫人墓誌銘」。
（7）『震川先生集』巻十七「項脊軒志」　庭有枇杷樹、吾妻死之年所手植也。今已亭亭如蓋矣。
（8）媵の問題を論じたものは、さほど多くない。管見の及ぶところでは、陳顧遠『中國婚姻史』（商務印書館　一九三六）、蘇冰・魏林『中國婚姻史』（文津出版　一九九四）、褚贛生『奴婢史』（上海文藝出版社　一九九四）、王紹璽『小妾史』（上海文藝出版社　一九九五）、楊筠如「媵」（上海文藝出版社『婦女風俗考』所收　一九九一）などがある。
（9）徐渭「嫡母苗宜人墓誌銘」および『畸譜』による。
（10）張家英・徐治嫻選註『歸有光散文選集』は「祭外姑文」の注釋で、魏孺人の「二孤」は如蘭と翩孫とを指すという。失考である。
（11）『震川先生集』巻二十二「女如蘭壙志」　須浦先塋之北、纍纍者、故諸殤冢也。坎方封有新土者、吾女如蘭也。死而埋之者、嘉靖乙未中秋日也。女生踰周、能呼予矣。嗚呼、母微、而生之又艱。予以其有母也、弗甚加撫、臨死、乃一抱焉。天果知其如是、而生之奚爲也。
（12）微は身分が賤しいこと。歸有光のこの文は、柳宗元『下殤女子墓塼記』に「下殤の女子は長安の善和里に生る。其の始めの名は和娘、……元和五年四月三日永州に死す、凡そ十歳、其の母は微なり、故に父子と爲ること晩し」とあるのを意識していよう。胡懷琛選註『歸有光文』は「微謂衰弱也」と註する。如蘭の母を魏孺人と見誤ったゆえの珍説。
（13）明淸のものとしては、船から墮ちて溺死した婢を祭った宋懋澄の「祭女奴墮水文」「黄河祭亡奴文」、獻身的に働き十七歳の若さで亡くなった母の侍婢を讃えた方苞の「婢音哀辭」がある。
（14）唐では元稹の「葬安氏誌」、沈亞之の「盧金蘭墓誌銘」、宋では蘇軾の「朝雲墓誌銘」、周必大の「芸香誌」、明のものとしては、難産のため十七歳で亡くなった妾を祭った袁中道の「祭亡妾周氏文」がある。

第三章　歸有光の壽序

小序

壽序は明淸時代の民間習俗「壽誕」とともに廣く行なわれた文體である。歸有光によれば、「壽誕」は吳の習俗であり、五十歲以上、十年ごとに盛大に催されたという。壽序や壽詩は、その宴席で壁に張りめぐらされるものである。しかし、壽序は、明の中葉以降に生まれた比較的新しい文體であること、世俗的な應酬のための作であることから、「非古」または「變體」の文學とみなされ、從來、散文研究の分野では等閑視されてきた。

一方、歸有光の文の大半は、鄉里の人々に乞われて與えた應酬の文——送序・壽序である。歸有光の壽序は康熙本『震川先生集』で數えると七十六篇、作品全體の十五・二%、贈送序は六十三篇十二・四%を占めている。[1]

錢謙益『列朝詩集』歸有光小傳は、徐渭が、雨宿りに立ち寄った家の壁間に歸有光の文を見て、今の歐陽脩だと感心した話を載せている。[2]今、この話が基づくところを明らかにし得ないものの、この時徐渭が見た壁間の文とは明らかに壽文を指している。また、淸の姚鼐『古文辭類纂』五 贈送序類に收錄されている壽序四篇はすべて歸有光の作品である。淸代、歸有光は壽序の名手と目されるに至っている。

この分野の研究に先鞭をつけたのは、鷲野正明氏である。氏はかつて「歸有光の壽序——民間習俗に參加する古文」、「壽詩における歸有光の詩解釋——引詩による稱譽と載道の兩立」を發表し、歸有光壽序の文學史上の意義を論じた。[3]

本章では、多くの文人が「非古」あるいは「變體」の文學として蔑みながらもこれを廢することができなかった壽序の實態と、歸有光の壽序が後世に與えた意義について考えたい。

一　壽序の誕生

長壽を祝って酒を酌み交わす「壽誕」の習俗が、いつごろから士大夫の間に廣まったのかは定かではない。おそらくそれは元來血縁者による家中の行事であったものが、一部の權貴たちによって親族以外の者を招待する盛大な祝宴へと發展していったと考えられる。祝宴の陪席者が招待の御禮として頌禱の詩文＝壽辭を獻呈することは自然なことであった。

壽辭文學は大きくわけて三つの形式に分類されよう。

その一つは壽詩であり、おおよそ唐代に始まったと考えられる。『全唐詩』の中には、民間の壽誕の習俗を反映したと思われる作品が幾首か殘っている。

例えば、晩唐詩人羅隱（八三三～九〇九）は簡もしくは荀という姓の縣令の誕生日の酒宴に陪席し、次のような詩を作っている(4)。

簡（一作荀）令生日

祥煙靄靄拂樓臺　祥煙 靄靄として樓臺を拂い
慶緒玄元節後來　慶緒は玄元節の後に來る

已向青陽標四序
便從嵩嶽應三台
龜銜玉柄增年算
鶴舞瓊筵獻壽杯
自顧下儒何以祝
杜天功業濟時才

已に青陽に向かひて四序を標し
便ち嵩嶽に従ひて三台に應ず
龜は玉柄を銜みて年算を增し
鶴は瓊筵に舞ひて壽杯を獻ず
自ら顧《おも》ふ　下儒　何を以てか祝はん
杜天の功業　濟時の才を

被頌者である簡縣令の本名は未詳だが、その誕生日は玄元節（老子の誕生日、二月十五日）の後の春日であったらしい。この詩からは簡縣令が上役で、羅隱はその屬僚もしくは干謁者であったことがわかる。晩唐期において生日の祝宴はすでに血縁者や親屬の集う家慶の行事から、社交生活の一部へと、その意味づけを變えていたのである。宋代になると、誕生祝いとして書畫や杖や壽詩を贈るようになり[5]、壽宴のようすを詠ったと思われる詩も出現する。

壽辭文學の二つ目の形式は、壽詞であり、これは宋代に始まった。劉尊明は「宋代壽詞的文化內蘊與生命主題——兼論中國古代壽辭文學的發展」[6]という論文の中で、宋代の壽詞の總數は二五五四首に達し、その中で作者名が判明している者は約四三一名、數量でいえばこれは『全宋詞』の八分の一弱を占めており、作者數でいえば、三分の一弱にあたると述べている。さらに、劉氏によれば、時代ごとの分布から見れば、北宋の壽詞は一八〇首前後、作者が三十二人であり、そのほかはすべて南宋詞人の詞であるという。南宋は壽辭文學の中でも新しい壽詞という形式が隆盛した時代だといえよう。

三つ目は壽序である。元代に始まり、明清に隆盛を極めた形式である。それまで一部の限られた官僚層の祝宴であった「壽誕」が廣く民間の習俗として定着するのは明代になってからのことである。言うまでもなく、この背景には、明代、生產力が飛躍的に向上し、人々の壽命が延びたことがある。元末の戰亂と飢餓への不安は過去のものとなりつつあった。特に江南地方を中心とした經濟の先進地域においては、生活に餘裕ができて、瀟洒な文人趣味がもてはやされた。富貴の家では五十歲以上になると每年誕生日を祝い、特に十年ごとの節目、六十、七十、八十、九十歲の時には近隣の有力者を招いて盛大な壽誕の酒宴が催された。その際に長壽者を頌禱するために作られたのが壽序である。壽序は本來、壽詞や壽詩集の序文であったが、明では獨立した散文の形式になった。唐が詩、宋が詞の時代とすれば、明は散文の時代である。壽序はそれまでの壽詩にとって代わり、「壽誕」の祝宴に缺かすことのできないものとなった。壽辭文學は壽詩に始まり、壽詞を經て、壽序へと發展してきたのである。

歸有光は鄉里の「壽誕」の習俗について次のように述べている。

吾が崑山の俗は、尤も生辰を以て重しと爲す。五十自り以往、始めて壽を每歲の生辰に爲して事を行ふ。其の旬に及ぶや、則ち以て大事と爲す。親朋相ひ戒めて畢く慶賀を致し、玉帛交錯し、獻酬燕會の盛んなること、其の禮の若《ごと》く然り。能はざる者は、以て恥と爲す。富貴の家は、往往にして四方の人を傾け、又た文字有りて以て其の盛を稱道す。之を前記に考ふるに、吳中の風俗を載すること、未だ嘗て此れに及ばず。何れの時に始まるかを知らず。長老云ふ、之を行ふこと數百年、蓋し今に至りて益ます侈なりと。（「默齋先生六十壽序」(7)）

明代、吳の地方で催されていた盛大な「壽誕」の宴は、富貴の家にとって奢侈を競う場となり、壽序はそこで消費される文學になっていた。

しかも、その現象は呉にとどまらず、全土に廣がっていた。次の壽序は歸有光が嘉靖末年（一五六五）進士に及第した年、北京で書いたものである。同年の進士たちが魏郡の李巳の父母のために壽詩を作り、歸有光がそれに序文をつける形で作成されている。

余 鄕に居りて、吾が郡の風俗を見るに、大率《おほむね》五禮に於いては闊略多し。而るに壽誕に於いては獨り其の禮を重んじ、而して又た多く文辭を謁請して以て之を誇大す。以爲らく 呉の俗の侈靡 特に此くの如しと。而るに京師に至れば、則ち尤も甚だしき有り。而かも余の同年の進士、天下の士皆な此に會するに、其の俗 皆な然るに至る。（「李氏榮壽詩序」）(8)

明の中葉、「壽誕」の習俗は全國に廣まり、特に北京のような大都市ではより華美なものとなっていた。壽詩や壽序の執筆は、士大夫にとってすでに日常的な事柄になっていたのである。このような状況は清末まで續き、かくして明の中葉以降、壽序を執筆しない文學者はほとんどいない。

二　壽序の文學的地位

かくも流行した壽序であるが、その文學的評價は高くはない。歸有光以前は、これが個人の文集に収められることも稀であった。その理由としては、壽序が通俗的で古雅からは程遠いものであったこと、應酬の文であるため内容が阿諛に近いことが擧げられる。

歸有光は壽序を文學にまで高めたとされるが、その歸有光は當時の壽序のレベルについて次のように歎いている。[9]

東吳の俗、號して淫侈と爲す。然れども養生の禮に於いては、未だ能く具はらざるに、獨り壽を爲すに隆んなり。人五十自り以上、旬毎にして加ふ。必ず其の誕の辰に於いて、其の鄉里の親戚を召きて盛會を爲す、又た壽の文有りて、多きこと數十首に至り、之を壁間に張る。而るに來會する者飲酒するのみにして、亦た其の壁間の文を睇《み》ること少なし。故に文は其の佳きを必せず。凡そ橫目二足の徒、皆な爲るべきなり。（「陸思軒壽序」）[10]

「橫目二足の徒」とは目が橫についていて二本の足をもつ、つまり人間のこと、無教養な人であってもの意味である。壽誕の宴席で、客は飲酒に沒頭し、壁に張り巡らされた壽序を讀む者など居ない。壽序はまっとうな文人が手を染めるものではないと認識されていたらしい。

壽序はまた散文史の面からみても、「古體」ではない「變體」の文學である。先に擧げた歸有光の「李氏榮壽詩序」には、壽序という文體が「非古」であることを論じた部分がある。

後世に迨《いた》りて壽節の慶賀は、朝廷に始まり、而して公卿に及ぶ。然れども文を爲りて以て其の壽を稱ふる者は亦た之れ無し。余嘗《つね》に謂ふ、今の壽を爲す者は、蓋し其の世に生くること幾何の年と謂ふに過ぎざるのみ、又た或ひは往往にして其の生平を概して之れを書するは、又た家狀に類し、其の非古にして法とするに足らざるなり。……余の辭に拙と雖も、諸公は謬りて以て能と爲し、而して之れ（壽序—筆者注）を請ひて置かず。凡そ之れを爲ること數十篇、而るに余は終に以爲らく非古にして法とするに足らざるなりと。然りと雖も、亦た以爲らく人の子の情を慰むれば、姑《しばら》く可なりと。（「李氏榮壽詩序」[11]）

壽序という文體を「非古」として嫌いながらも、これを斷りきれなかった歸有光の心情がわかろう。

本書の第Ⅰ部第三章第三節中の「黄宗羲の壽序観」でも既述したところだが、黄宗羲は壽序の文學史的な意義を次のように論じている。

摯仲治（虞）『文章流別集』を撰せしより、其の中の諸體、惟だ序のみ最も寡見の文と爲す。選びし者止だ九篇のみ。唐・宋より下りて、集に序し書に序し、之に送行・宴集を加へ、稍稍《やうやく》煩なり。未だ壽年に因りて作る者有らざるなり。元の程雪樓（文海）・虞伯生（集）・歐陽原功（玄）・柳道傳（貫）・陳衆仲（旅）・兪希魯に至りては、集中に皆壽序有り。亦た文體の一變なり。歸震川作る所の壽序は、百篇を下らず。然れども終に其の變體の古ならざるを以て、之を外集に置く。近日古文の道熄む。而して應酬の免るる能はざる所の者、大概三有り。則ち皆な序なり。其の一は陞遷の賀序にして、時貴の官階に假りて、多くは門客 之を爲る。其の一は時文の序にして、則ち經生の選手 之を爲る。其の一は壽序にして、震川の所謂「横目二足の徒、皆な之を爲る可し」。（『南雷文案』外卷「施恭人六十壽序」[12]）

黄宗羲は、壽序を正統な古文とすることにはためらいがあったと思われる。前掲の「施恭人六十壽序」においても、壽序は變體の古文だと言って、崑山本が歸有光の壽序を外集に置いたのを容認している。また、黄宗羲自身もこれに倣って自身の作った壽序を『南雷文案』の外卷に置き、他の文學者が壽序を文集内卷の〝序〟の體に排列するのと一線を劃したのであった。

壽序が文體の一類と認知されたのは、清初になってからのことである。管見の及ぶところ、別集では、康熙十四年（一六七五）に刊行された『震川先生集』が壽序を他の序類と分かって專門の卷目にまとめたのが最初である。總集では、康熙三十二年（一六九三）に編纂された黄宗羲の『明文海』と薛熙の『明文在』が初めて「壽序」の項目を立てたのを嚆矢とする。(13) それ以前は、壽序は詩文集の序や送序とともに同じ卷目に配されていた。先の歸有光の文集にしても、黄宗羲が「歸震川作る所の壽序は、百篇を下らず。然れども終に其の變體の古ならざるを以て、之を外集に置く」と指摘するように、萬曆年間に編纂された版本では、壽序は集外の別卷に配置されている。清末の陳康祺は「壽序は諛詞にして、前明の歸震川自り始めて文稿に入る」(14) といっているが、これはあくまで清に行われていた康熙本の『震川先生集』を指しており、明代では收錄されるとしてもふつう外集に置くか、あるいは他の贈送序と同じ卷に置かれるかであった。

次は、清の方苞が友人に乞われて友人の母の七十歲の頌禱のために書いた文である。この文の中で方苞は同じ依賴を十年前に受けたときに壽序を「非古」だとして斷わったと言っている。

吾が友胡君錫參、其の母潘夫人の六十の時に於いて、余に其の志節と諸孤に教ふる者を文述して以て壽を爲すを請ふ。余曰はく、「非古なり。暇有らば則ち傳もて以て之を詳らかにせん」と。（「胡母潘夫人七十壽序」(15)）

清になっても壽序の需要は增える一方であったが、それと反比例するかのごとく、文學としての價値は下落していった。

壽序の殆どは依頼によって書かれた應酬文であり、執筆者には相應の潤筆料が支拂われる。當然のことながら、壽序を依頼する側は長壽者への頌禱のみならず、自らの孝心への賞贊を期待する。執筆を依頼された文人側でも被頌者と直接面識がない場合がほとんどで、その人となりを論ずることができない。そのため、依頼者をはじめとする子孫の德行を書き連ね、最後に「このように優れた子孫をお持ちの某はそれにふさわしい仁德を有し、長壽を得た」と結ぶのである。壽序は壽宴の席で家門の隆盛を誇るべく壁一面に張り巡らされる。そこには一門の宗族關係や官歴などが書き連ねられ、被頌者の人德と子孫の孝心を稱揚する千篇一律の美辭麗句が踊っていた。

歸有光の曾孫で明の遺民であった歸莊は壽辭文學の陳腐な表現について次のように言っている。

蓋し今日の所謂壽詩なる者濫なること甚し。凡そ富厚の家、苟しくも男子にして盜を爲さず、婦人にして淫に至らず、子孫の一丁字を識らざるに至らずんば、六七十歳に至らば、必ず一の詩を徵する啓有りて、徧く遠近の從《かつ》て面を識らざる聞名の人に求む。啓中往往にして誣稱妄譽し、盜ならざる者は卽ち李・杜と名を齊しうし、淫ならざる者は卽ち鍾・郝に德を比《なぞら》ふ、略ぼ能く紙筆を執りて鄉里の小兒の語を效《まな》ぶ者は、卽ち屈・宋と駕を方《なら》ぶるなり。而るに詩家は辭する能はず、則ち活套語を作して之れに應ず。甲の爲《ため》に作る者、一言半句を改めて、卽ち乙・丙に移す。（「謝壽詩說」(16)）

壽序が粗製濫造されている狀況を語る歸莊は、この後につづけて、明末清初の文壇の領袖であった錢謙益（一五八二～一六六四）が、さばききれぬほどの壽辭の執筆依頼に對應するため、『胡應麟集』を傍らに置き、手本となりそうなものを選んで少しく言葉を換えて作っていたという話を暴露している。壽詩や壽序はこのように量產されるものであって、これに力を注ぐ者は稀であった。右に引いた文の中で、さらに歸莊は依頼を受けて作った朱家の壽文が相手方に氣に入られず、口を極めて罵られたことを告白している。(17) 壽辭に先方が氣に入らない文言を書くことは憚られたのである。

三　歸有光壽序の特徴

さて、清になると、歸有光文學を愛好する人々の間では、歸有光の壽序は壽序の最高峰と位置づけられるようになる。

次は清の邵齊熊が歸有光の壽序について論じた「震川先生壽序答問」である。邵齊熊は、壽序という文體の正統性を疑問視する者に對して次のように反論する。

> 客に震川先生の文集を論ずる者有りて謂ふ、壽序は乃ち酬應の作にして、疑ふらくは刪るべきが若しと。余 之れに應へて曰く、「……先生の壽序爲るや、一篇に一篇の義を具へ、世教に關はり有る者に非ずんば爲らざるなり。今 試みに其の文を持して人を壽さば、其の吐きて之を棄てざるや尠《すくな》し。故に壽序を以て之を讀まば則ち左し、壽序を以てせずして之を讀まば、則ち固り世教に關はり有るの文なり。既に世教に關はり有るの文爲《た》れば、則ち壽と不壽とは固り論ぜざるなり。且つ壽序は俗體なり、而るに俗に牽《ひ》かれざるは、斯れ其の識の高、才の大、思の精、筆の妙、造化の手に在るに非ずんば、其れ能く是くの如からんや。禹 衣を解きて倮人の國に入るも、其の禹爲るを失はず、仲雍 呉に居りて斷髮文身するも、仲雍爲るを失はず。魯人獵較し、孔子も亦た獵較するも、其の孔子爲るを失はず。震川先生にして壽序を爲るは、寧ぞ獨り震川先生爲るを失はんや。夫れ言 豈に一端なる

のみならんや。客殆んど未だ先生の序を讀まずして、徒だ古へに生日を賀するの文無きを見て、遂に通儒は必ず肯へて爲らずと疑ひて之を去らんと欲し、文の體の世と與に增え、時に因りて變ずるを知らざるなり。古へに駢體の文無し、漢末に至りて則ち萌芽す。古へに墓に誌すの文無し、晉宋に至りて則ち濫觴す。古へに浮屠氏の爲の文無し、六朝に至りて則ち波靡す。古へに生日を賀するの文無し、近代に至りて則ち風行す。既に其の體有らば、何ぞ必ず其の文を爲らざる。爲りて俗を免れざれば、固り不可なり。俗を超え而して又た世教に關はり有らば、奚ぞ爲りて不可ならんや。然りと雖も、先生の識、先生の才、先生の思、先生の筆無くんば、則ち爲らざるや可なり」と。(『隱几山房集』巻二「震川先生壽序答問」(18))

ここでは壽序が應酬の作であることや、變體の文であることはもはや問題視されず、歸有光の壽序は別格扱いになっていることがわかる。

歸有光の書く壽序にはどのような特徴があるのか、後世の人をして壽序を書くのなら歸有光のようにと思わせたものは何だったのだろうか。

まず指摘しておきたいのは、歸有光作品における壓倒的な壽序の多さである。

鷲野正明氏は前掲論文の中で、宋・元・明の代表的文人百二十七人の別集に収められた壽詩および壽序の數を調査し、その一覽表を掲載している。それによれば、壽序および壽詩序を一番多く收録するのは『震川先生集』(康熙本)の七十六篇だという(19)。ただし、この數はあくまで一版本に收録された數に過ぎない。

左は、現存する歸有光の壽序を版本別に調査したものである。第一段が歸莊編『震川先生集』(康熙本)、二段目が歸子祜・子寧編『歸先生文集』(萬曆刻、崑山本)、三段目が歸道傳刻『新刋歸震川先生集』(萬曆刻、常熟本)、最下段は崑山本出版の際に未收入であった作品を集めた二種の『歸震川先生未刻稿』（上海圖書館藏抄本と臺北國家圖書館藏抄本）および『歸震川先生大全集』（嘉慶刻）である。

歸有光現存壽文一覧表（＊印は被頌者が女性であることを示す）

（注1）〔上海未刻稿〕〔臺北未刻稿〕は、それぞれ上海圖書館藏、臺北の國家圖書館藏の『歸震川先生未刻稿』をさす。ただし、未刻とは、崑山本に對する未刻をいう。〔補集〕〔餘集〕は、嘉慶本『歸震川先生大全集』の「補集」「餘集」をさす。

（注2）（注3）ともに贈序であるが、臺北の國家圖書館藏『未刻稿』では篇名を「壽張通參六十序」に作る。

康熙本『震川先生集』巻十、十二〜十四、二十九　計七十七篇	崑山本『歸先生文集』巻二十五、三十一　計三十篇	常熟本『新刊歸震川先生集』巻一〜六、十九　計七十七篇	その他（注1）上海圖書館『未刻稿』、臺北國家圖書館『未刻稿』、『大全集』（「補集」「餘集」）
方御史壽序	壽方御史序	壽改亭方先生序	
御史大夫潘公七十壽序	御史大夫潘公七十壽序	御史大夫潘公壽序	
山齋先生六十壽序	山齋先生六十壽序	周山齋先生六十壽序	
澱山周先生六十壽序		澱山周先生六十序	
默齋先生六十壽序	默齋先生六十壽序	壽孫憲副六十序	
姚安太守秦君六十壽序	姚安太守秦君六十壽序		
福建按察使楊君七十壽序	按察使楊君七十壽序	福建按察使楊君七十壽序	

通政立齋王先生壽序	贈通政立齋王先生序		
同館諸進士再壽立齋王先生序			〔上海未刻稿〕同館諸進士再壽立齋王先生序
少傅陳公六十壽詩序 代		壽少傅陳公六十詩序 代	
顧夫人八十壽序＊	壽顧夫人八十序＊	壽顧夫人八十序＊	
御史大夫潘公夫人曹氏六十壽序＊	壽御史大夫潘公夫人曹氏六十序＊	壽潘夫人曹氏六十序＊	
顧夫人楊氏七十壽序＊	顧夫人楊氏七十壽序＊	顧夫人楊氏七十壽序＊	
丘恭人七十壽序＊	丘恭人七十壽序＊	丘恭人壽序＊	
顧孺人六十壽序＊	顧孺人六十壽序＊	顧孺人六十壽序＊	
夏淑人六十壽序＊		夏淑人六十壽序＊	〔臺北未刻稿〕壽夏淑人六十序＊
朱夫人鄭氏五十壽序＊		朱夫人鄭氏五十壽序＊	
朱夫人鄭氏六十壽序＊		朱夫人鄭氏六十壽序＊	
宋孺人壽序＊		宋孺人壽序＊	
李太淑人八十壽序＊			
許太孺人壽序＊			
太倉州守孫侯母太夫人壽詩序＊			
朱太夫人六十壽序＊	朱太夫人六十壽序＊		
李氏榮壽詩序＊	李氏榮壽詩序＊	李氏榮壽詩序＊	
吏部司務朱君壽序	吏部司務朱君壽序	壽朱司廳序	
顧南巖先生壽序		壽顧南巖先生序	〔上海未刻稿〕壽南巖顧先生七十序

同州通判許半齋壽序		同州通判許半齋壽序	
龔裕州壽序		壽龔裕州序	〔上海未刻稿〕壽龔裕州序
徐封君七十壽序	徐封君七十壽序	徐封君七十壽序	
葛封君六十壽序	葛封君六十壽序	壽葛封君序	
柳州計先生壽序	壽柳州計先生序	壽柳州計先生序	
甯封君八十壽序			
白菴程翁八十壽序	白菴程翁八十壽序	程白菴八十壽序	
張曾菴七十壽序	張曾菴七十壽序	壽張曾菴七十序	
晉其大六十壽序	壽晉其大六十序	壽晉其大六十序	
濬甫魏君五十壽序		壽濬甫魏君五十序	〔臺北未刻稿〕壽魏新涇五十序
周秋汀八十壽序		壽周秋汀序	〔上海未刻稿〕壽周秋汀八十序
周翁七十壽序		壽周翁七十序	〔上海未刻稿〕壽周翁七十序
戴素庵先生七十壽序		戴素庵先生七十壽序	
張翁八十壽序		張翁八十壽序	
孫君六十壽序		孫君六十壽序	〔上海未刻稿〕孫君六十壽序
楊漸齋壽序		壽楊漸齋序	
六母舅後江周翁壽序		六母舅後江周翁壽序	
周弦齋壽序		壽周弦齋序	
前山丘翁壽序		壽前山丘翁序	

戚思吶壽序		戚思吶壽序	〔臺北未刻稿〕壽戚南溪八十序
陸思軒壽序		陸思軒壽序	〔上海未刻稿〕陸思軒六十壽序
東莊孫君七十壽序			
侗庵陸翁八十壽序			
望湖曹翁六十壽序			
錢一齋七十壽序			
夢雲沈先生六十壽序			
碧巖戴翁七十壽序			
杜翁七十壽序			
叔祖存默翁六十壽序			
高州太守欽君壽詩序			
朱母孫太孺人壽序＊	壽朱母孫太孺人序＊	壽朱母孫太孺人序＊	
顧母陸太孺人七十壽序＊	壽顧太孺人陸氏七十序＊	壽顧太孺人陸氏七十序＊	〔餘集〕顧太孺人陸氏七十壽序＊
張母太安人壽序＊		張母太安人壽序＊	
馮宜人六十壽序＊		馮宜人六十序＊	
陸母繆孺人壽序＊		壽陸母繆孺人序＊	
鄭母唐夫人八十壽序＊		鄭母唐夫人八十壽序＊	
張母王孺人壽序＊		壽張母孺人序＊	
王黎獻母楊氏七十壽序＊		壽王黎獻母楊氏七十序＊	〔臺北未刻稿〕壽王母楊氏七十壽序＊

沈母丘氏七十序＊		沈母丘氏七十序＊	
王母顧孺人六十壽序＊		王母顧孺人六十壽序＊	〔臺北未刻稿〕王子敬母六十壽序＊
陳母倪碩人壽序＊		陳母倪碩人壽序＊	
朱碩人壽序＊		壽朱碩人序＊	
朱君顧孺人雙壽序＊	朱君同顧孺人雙壽序＊	朱君同顧孺人雙壽序＊	
徐氏雙壽序＊		徐氏雙壽序＊	
周氏雙壽序＊			〔臺北・上海未刻稿〕周氏雙壽序＊
王氏壽宴序＊	王氏壽宴序＊	度城王氏壽宴序＊	
良士堂壽讌序＊		良士堂壽宴序＊	
狄氏壽讌序＊		狄氏壽讌序＊	〔臺北未刻稿〕狄氏壽讌序＊
唐令人壽詩序＊			
邵氏壽詩序＊			
巡撫都御史翁公壽頌	巡撫都御史翁公壽頌		
贈石川先生序（注2）		贈石川先生序（注3）	〔臺北未刻稿〕壽張通參六十序
	鴻臚序班呉君七十壽序	壽呉方塘序	〔餘集〕鴻臚序班呉君七十壽序
	壽周封君八十序	周封君八十壽序	〔餘集〕周封君八十壽序
	鄢陵梁太夫人八十壽序＊	梁太夫人八十壽序＊	〔餘集〕鄢陵梁太夫人八十壽序＊
	壽陳封君偕華夫人序＊	壽陳封君偕華夫人序＊	〔餘集〕陳封君偕華夫人壽序＊
		壽方古巖先生序	〔臺北未刻稿・餘集〕方古巖九十壽序

		壽大倉王君序	〔上海・餘集〕太倉王君六十壽序
		壽王慕山序	〔餘集〕王慕山壽序
		壽海豐李翁序	〔臺北未刻稿・餘集〕海豐李翁壽序
		張盈隅七十壽序	〔餘集〕張盈隅七十壽序
		金東濱七十壽序	〔餘集〕金東濱七十壽序
		徐翁七十壽序	〔餘集〕徐翁七十壽序
		朱北溪七十壽序	〔餘集〕朱北溪七十壽序
		張懷琴五十壽序	〔餘集〕張懷琴五十壽序
		孫太夫人壽序＊	〔餘集〕孫太夫人壽序＊
		呉母陸碩人壽序＊	〔餘集〕呉母陸碩人壽序＊
		壽顧太夫人序＊	〔餘集〕顧太夫人壽序＊
		壽夏孺人序＊	〔臺北〕壽柴母夏孺人七十序＊
		黄九塘翁壽詩序	〔餘集〕九塘黄翁壽詩序
		詹事陸公壽頌	〔餘集〕詹事陸公壽頌
		顧孺人祝壽詞＊	〔餘集〕顧孺人祝壽詞并序＊
			〔補集〕陽城王封君壽序
			〔補集〕遼州判素亭陸先生壽序
			〔補集〕雲崗李先生八十壽序
			〔補集〕六十老人懷石李君壽序

			〔補集〕中憲大夫西園公暨夫人雙壽序＊
			〔補集〕陳封君雙壽園序＊
			〔補集〕曾氏家慶序＊
			〔補集〕吳橋周氏家慶序＊
			〔補集〕沈氏二太夫人敍＊
			〔補集〕張孺人壽序＊
			〔補集〕朱孺人七十壽序＊
			〔補集〕查母徐夫人六十壽序＊
			〔補集〕皇甫淑人壽序＊
			〔補集〕沈母盛宜人壽序＊
			〔補集〕陳母張孺人七十壽序＊
			〔補集〕李縣丞雙壽詩序＊
			〔餘集〕代叔祖壽顧文康公夫人序＊

右表によれば、現存する歸有光の壽文の總計は一百十五篇にのぼることがわかる。この數は王世貞の一百十六篇に(20)一篇及ばないまでも、おそらくは中國文人の中でも最大規模である。

次に特徴として擧げられるのが、前節でみたように、歸有光の壽序が壽序という文體を借りた文學論になっているということである。それは、當時、文人が量産していた阿諛に滿ちた壽序への批判であった。

さらにもう一つの特徴は、歸有光の壽序の中には女性の長壽者のために書かれたものが多いということである。中國文學の世界では、女性を描いた作品が極端に少ないことは常識となっているが、歸有光の壽序はその例外である。たとえば、前掲の「歸有光壽文一覽表」によれば、康熙本の七十八篇の壽文のうち、三十五篇（夫婦雙壽を含む）は女性の壽誕に獻呈されたものである。また、全體の一百十五篇でみても女性壽序は五十四篇という數になる。女性の壽序はふつう多くても三分の一から四分の一程度であり、歸有光ほど女性壽序の比率が高い作家はみあたらないのである。

女性の壽序の特徴として擧げられるのは、女德の稱揚である。

明代は女德が強調された時代である。纏足の風習が廣まり、「女子無才便是德」の思想によって女子が文藝や學問に攜わる機會は著しく制限された。この時代、一部の例外を除いて、一般士大夫階級の女性が讀むことを許されたのは、劉向の『列女傳』、班昭の『女誡』、宋若華の『女論語』など、女德を奬勵する書物に限られた。また、明代には陸續と女敎書が出版され、永樂帝の皇后である徐皇后が編纂した『內訓』や、女子を啓蒙するため暗誦しやすいように四言を竝べた呂近溪の『女小兒語』、繪入りで讀みやすくした呂坤の『閨範』などが流行した。淸初には王相が『內訓』『女誡』『女論語』の三書に自らの母の訓語『女範捷錄』を加えたものを『女四書』として編次、民國初期に至るまでこれらは中國女性の必讀書であり續けた。

そのため、女性の壽序には定番ともいうべき一定の型があった。寡婦であれば、その守節を稱えるべく、『詩經』鄘風の「柏舟」を引き、母の恩をいうのであれば、邶風の「凱風」の詩句を引用するのが常である。被頌者が擬えられるのは『列女傳』などに登場する女性であり、典據となる書物も限られている。女性の壽序が男性のものより千篇一律に墮しやすい理由もここにある。

しかし、歸有光の壽序には型を守りながらもそこに彼なりの工夫があった。先に述べたように黃宗羲は、文は六經に本づくべきだとし、壽序のような應酬文の執筆を嫌悪したが、友人が母のために依頼した壽序を斷りきれず執筆を引き受けた際、次のような決意を述べている。

應酬の文は、文を知る者の爲らざる所なり。頌禱の詞は、此れ應酬の尤なる者なり。然れども震川の壽序に於ける、之を外集に置くと雖も、竟に廢する能はざる者は何ぞや。顧だ壽序の震川の如くして、而《しか》も應酬を以て之を目す可けんや。（『南雷文案』外卷「張母李夫人六十壽序」）(21)

歸有光が書いた壽序は別格だというのである。また、黄宗羲は歸有光が女性のために書いたものを高く評價していた。

予震川の文の女婦の爲にする者を讀むに、一往深情にして、毎に一二の細事を以て之を見《あらは》し、人をして涕かんと欲せしむ。（『南雷文案』卷八「張節母葉孺人墓誌銘」）(22)

『明文在』は女性の壽序を六篇採錄しているが、そのうち四篇は歸有光の作である。また『古文辭類纂』中の女性の壽序二篇はともに歸有光の壽序である。

鷲野正明氏の前掲論文は、歸有光の壽序に婦人を扱ったものが多い理由として、八歳で母を失い、長じては妻や子に先立たれたという不幸な境遇があることを指摘する。さらに、氏によれば、歸有光の「世乃ち母無きの人有らんや、痛ましいかな」（本書第Ⅱ部第一章「先妣事略」參照）という絶叫には、永久に自分の母の壽誕を果たすことができないという彼の悔恨が讀み取れるとしている。論者は、歸有光の個別事情もさることながら、實際に女性壽序の執筆依頼が多かったのだろうと想像している。

四　女性壽序

さて、ここで明清時代にかくも夥しい女性の壽序が出現した背景を考察しておく必要があろう。

この時代、朝廷には貞女とその家を旌表する制度があり、士大夫の家は家門の榮譽のために自家の女性の婦德を郷村社會にアピールする必要があった。それは文學面では本書第Ⅱ部第四章で論じるように、貞女傳や節婦傳といった女性傳記の流行に結びついた。

陳東原の「二十四史中之婦女一覽表」(23)によれば、『新唐書』の傳に見える女性は五十四人、『宋史』が五十五人であるのに對し、『元史』が百八十七人、『明史』が三百八人と急增している。『元史』は明の洪武年間に編纂されたものであり、列女傳に收められた三百八人の貞女と節婦の記錄は、明の儒官達の思想を反映したものといえる。そして、清朝が『明史』を編纂した時點では、『明實錄』や地方志に著錄された貞女や節婦の傳は夥しい數に達していたのである。貞女傳や節婦傳は明の文人の愛好する所となり、そうした筆墨の力によって女性の家は旌表を受け、史册に名を留めることとなった。ただ、こうした價値觀が多くの女性の悲劇を生んだのも事實である。「貞女」の扁額や牌坊を賜ることを家門の榮譽とする一方、寡婦の再嫁は士大夫の家の恥とみなされ、社會の指彈を受けることになる。果ては婚約者に先立たれた未婚女性が節を守って他に嫁がないという狀況まで出現するに至った。明清時代は女性の地位は低いにもかかわらず、女性の一身上の事情が世間的な評價を受けるという不思議な逆轉現象が生じたのである。この問題については本書第Ⅱ部第四章で論じたので、ここではこれ以上觸れない。

およそ、個人を顯彰する文としては傳以外に行狀・墓誌銘などがあるが、これらはすべて沒後に書されるものである。ところが、壽序は唯一健在の個人を顯彰することのできる文體なのだ。士大夫が自らの孝心を顯示するものとしてもてはやされたのも首肯できよう。また、壽序は母親や祖母の女德を世に知らしめるための道具であり、場合によっては旌表の代わりの役割も果たしていたと考えられる。

中國では傳統的に女性の地位は低いものの、母の地位は高い。しかもその地位は「以子爲貴」という言葉に代表されるように、子の身分によって保障される。たとえば、士大夫階級の女性は命婦制のもとで封號を受けた。すなわち明代では、夫が一品ならば一品夫人、二品は夫人、三品は淑人、四品は恭人、五品は宜人、六品は安人、七品は孺人と稱される(24)。この制度は妻のみに適用されていたわけではない。子孫の地位によって母が封爵を受けることも大いに行われ、その場合は封號の前に「太」の字を加えた。さらに「嫡母在、不封生母、生母未封、不先封其妻」という規定もあった。つまり、嫡母の封爵が最優先ではあったが、嫡母が死亡していた場合、側室の身分である生母が封爵を受けることも可能だった。そして、生母の封爵は士大夫の嫡妻よりも優先されたのである。この規定は宋代の制を蹈襲したもので、清代もこれを引き繼いでいる(25)。

この封號がどのように使用されたのかを、歸有光の壽序で確認してみよう。

1「朱母孫太孺人」　2「顧夫人八十序」　3「邱恭人七十壽序」　4「張母太安人壽序」
5「馮宜人六十壽序」　6「陳母倪碩人壽序」　7「唐令人壽詩序」

たとえば、1は朱君の母親である孫氏を頌禱するものであり、「太孺人」というのは、子の恩によって封じられた稱號であることを意味する。ただし、これらの稱號がすべて實際に朝廷の封爵を受けた稱號であるかどうかは疑問である。すなわち、1〜5の「孺人」「夫人」「恭人」「安人」「宜人」は明代と清代に共通する封號であるが、6の「碩人」と

7の「令人」は宋代の封號で、明清には存在しないものである。これらの稱號のいくつかは、單に婦人に對する尊稱として用いられたものと思われる。このことについて、王士禎は次のように證言している。

> 『楓窗小牘』言ふ、宋の婦人の封號は、夫人自り以下、凡そ八等。侍郎以上の如きは、碩人に封ぜられ、太中大夫以上は令人に封ぜられ、通直郎以上は孺人に封ぜらる。今、皆な之れ無し。碩人・孺人は率ね婦人の通稱爲り。
> （『香祖筆記』巻九）[26]

壽序が士大夫階級のみならず、豪農や豪商の間でも行われていたことを考えれば、女性の稱號の濫用も納得できよう。また、女性の壽序には、子の名を記すのみで、被頌者である母の出自に觸れていないものがある。また、夫の名を書していないものもある。論者はこれらの中には側室の女性の壽序も含まれているのではないかと考えている。清の方苞の壽序には、執筆を依頼した者の生母が側室の身分であることを明言した「李母馬孺人八十壽序」[27]のような作品もある。

側室の地位は本來脆弱である。たとえば、明以後、夫婦合葬の墓誌銘や墓表の題書に妻の姓氏を書すことが頻繁に行われるが[28]、禮法上、側室の姓氏が夫と竝んで題書に書されることは決してない。側室は男子を産んでいる場合に限って、夫の誌銘中にその姓氏が記されるに過ぎないのである。側室が自らの地位を安泰なものにするためには、男子を産み、その子が立身出世を遂げる以外、道はなかった。

一方、男子は庶出であっても公の場で差別されることはなく、能力さえあれば、進士に及第して任官することができた。また、嫡母に男子がない場合は、その子が實質的な跡取になる可能性もある。そのような社會的成功を収めた男子が、生母を顯彰しようとするのは人情である。
　明清時代に女性の壽序が流行した原因の一つには、こうした士大夫の家の内部事情があったと考えられよう。

小　結

　明清時代、女性の壽序は婦德と孝行の奬勵という社會的要請の下で隆盛を極めた。しかし從來、壽序は文學的價値が低いとみなされ、研究の對象とされてこなかった。その中には當時の女性の生活觀や士大夫階級の家庭の實像を知る手がかりが多く殘されている。特に、壽序が從來の散文が扱わなかった家庭婦人を對象としていることの意義は大きい。さらに、抒情にすぐれた女性の壽序の多くが、歸有光によって執筆されていることは、特に強調しておきたい。

註

（1）呂新昌『歸震川及其散文』（文津出版　一九九八）一七六頁。
（2）『列朝詩集』丁集中「歸有光小傳」嘉靖末、山陰諸狀元大綬官翰學、置酒招鄉人徐渭文長、入夜良久乃至。學士問曰、「何遲也」。文長曰、「頃避雨士人家、見壁間懸歸有光文、今之歐陽子也。迴翔雒誦、不能舍去、是以遲耳」。學士命隸卷其軸以來、張燈快讀、相對歎賞、至於達旦。
（3）『日本中國學會報』第三十四集　一九八二、『國士舘大學人文學會紀要』第十六號　一九八四。
（4）潘慧惠校注『羅隱集校注』（杭州：浙江古籍出版社　一九九五）卷十。
（5）『集注分類東坡詩』（四部叢刊本）卷二二「子由生日以檀香觀音像及新合印香銀篆盤爲壽」、「以黃子木拄杖爲子由生日之壽」、「樂全先生生日以鐵拄杖爲壽二首」など。

（6）劉尊明「宋代壽詞的文化內蘊與生命主題―兼論中國古代壽辭文學的發展」『中國文哲研究通訊』一九九三年六月、第三卷第二期、五六―七五頁。

（7）康熙本（四部叢刊本）『震川先生集』卷十二「默齋先生六十壽序」吾崑山之俗、尤以生辰爲重。自五十以往、始爲壽每歲之生辰而行事。其於及旬也、則以爲大事。親朋相戒畢致慶賀、玉帛交錯、獻酬燕會之盛、若其禮然者。不能者、以爲恥。富貴之家、往往傾四方之人、又有文字以稱道其盛。考之前記、載吳中風俗、未嘗及此。不知始於何時。長老云、行之數百年、蓋至于今而益侈矣。

（8）康熙本（四部叢刊本）『震川先生集』卷十二「李氏榮壽詩序」余居鄉、見吾郡風俗、大率於五禮多闊略。而於壽誕獨重其禮、又而多謁請文辭以誇大之。以爲吳俗侈靡特如此。而至京師、則尤有甚焉。而余同年進士、天下之士皆會於此、至其俗皆然。

（9）前野直彬編『中國文學史』（東京大學出版社　一九七五）第七章二〇二頁、佐藤一郎『中國文章論』（研文出版　一九八八）第二章一二一頁參照。

（10）康熙本（四部叢刊本）『震川先生集』卷十三「陸思軒壽序」東吳之俗、號爲淫侈、然於養生之禮、未能具也、獨隆于爲壽。人自五十以上、每旬而加。必於其誕之辰、召其鄉里親戚爲盛會、又有壽之文、多至數十首、張之壁間。而來會者飲酒而已、亦少睇其壁間之文、故文不必其佳。凡橫目二足之徒、皆可爲也。

（11）康熙本（四部叢刊本）『震川先生集』卷十二「李氏榮壽詩序」迨後世壽節慶賀、始於朝廷、而及於公卿、然爲文以稱其壽者亦無之。余嘗謂今之爲壽者、蓋不過謂其生於世幾何年耳、又或往往概其生平而書之、又類於家狀、其非古不足法也。……雖余之拙於辭、諸公謬以爲能、而請之不置。凡爲之者數十篇、而余終以爲非古不足法也。雖然、亦以爲慰人子之情、姑可矣。

（12）『南雷文案』外卷「施恭人六十壽序」自摯仲洽撰『文章流別集』、其中諸體、唯序爲最寡見之文、選者止九篇耳。唐・宋而下、序集序書、加之送行宴集、稍稍煩矣、未有因壽年而作者也。至元程雪樓・虞伯生・歐陽原功・柳道傳・陳衆仲・俞希魯集中皆有壽序、亦文體之一變也。歸震川所作壽序、不下百篇、然終以其變體不古、置之外集。近日古文道熄、而應酬之所不能免者、大概有三、則皆序也。其一陞遷賀序、假時貴之官階、多門客爲之。其一時文序、則經生選手爲之。其一壽序、震川所謂橫目二足之徒、皆可爲之。

(13)『明文海』では卷三一九～三二一を壽序としている。ただし、女性の壽序は卷三二五～三二六の烈女の項目に收入している。『明文在』は卷五三～五五を壽序とする。二十一篇中十三篇が歸有光の壽序である。

(14) 陳康祺『郎潛紀聞初筆』(上海古籍出版社　一九八四) 卷七　一四六頁。

(15)『方苞集』(上海古籍出版社　一九八三) 卷七「胡母潘夫人七十壽序」　吾友胡君錫參於其母潘夫人六十時、請余文述其志節與教諸孤者以壽。余曰、「非古也。有暇則傳以詳之」。

(16)『歸莊集』(上海古籍出版社　一九八四新一版) 卷十「謝壽詩説」蓋今日之所謂壽詩者濫甚矣。凡富厚之家、苟男子不爲盜、婦人不至淫、子孫不至不識一丁字者、至六七十歲、必有一徵詩之啓、徧求於遠近從不識面聞名之人。啓中往往誣稱妄譽、不盜者卽李・杜齊名、不淫者卽鍾・郝比德、略能執紙筆效鄉里小兒語者、卽屈・宋方駕也。而詩家不能辭、則作活套語應之。爲甲作者、改一言半句、卽移於乙・於丙。

(17) 本書第I部第四章一七七頁參照。

(18) 邵齊熊『隱几山房集』卷二「震川先生壽序答問」　客有論震川先生文集者、謂壽序乃酬應之作、疑若可删。余應之曰、「……先生之爲壽序也、一篇具一篇之義、非有關於世教者不爲也。今試持其文壽人、其不吐而棄之也尠矣。故以壽序讀之則左、不以壽序讀之、則固有關世教之文也。旣爲有關世教之文、則壽不壽固不論也。且壽序俗體也、而不牽於俗、斯其識之高・才之大・思之精・筆之妙、非造化在手、其能如是乎。禹解衣而入倮人之國、不失其爲禹、仲雍居吳、斷髮文身、不失爲仲雍。魯人獵較、孔子亦獵較、不失其爲孔子。震川先生而爲壽序、寧獨失爲震川先生乎哉。夫言豈一端而已。客殆未讀先生之序、徒見古無賀生日之文、遂疑通儒必不肯爲而欲去之、不知文之體與世而增、因時而變也。古無駢體之文、至漢末則萌芽矣。古無誌墓之文、至晉宋則濫觴矣。古無爲浮屠氏之文、至六朝則波靡矣。古無賀生日之文、至近代則風行矣。旣有其體、何必不爲其文。爲而不免於俗、固不可。超乎俗而又有關乎世教、奚爲而不可哉。雖然、無先生之識・先生之才・先生之思・先生之筆、則不爲也可」。

(19) 澤田雅弘氏は「歸有光と壽序――鷲野氏の所説に寄せて――」(『大東文化大學漢學會誌』卷二十五號　一九八六) で、鷲野論文の「壽序調査一覽表」の調査方法について問題を提起する。また、鷲野論文がいうように歸有光の壽序が最多であることでもって歸有光が文學上特別の意欲をもって壽序を書き綴ったとはいえないとし、むしろ壽序にみえる歸有光の在地文人としての一面に注目すべきだと主張してる。

(20) 注（19）澤田論文の指摘による。

(21)『南雷文案』外卷「張母李夫人六十壽序」　應酬之文、知文者所不爲者也。頌禱之詞、此應酬之尤者。然震川於壽序、雖置之外集、而竟不能廢者、何也。顧壽序如震川、而可以應酬目之乎。

(22)『南雷文案』卷八「張節母葉孺人墓誌銘」　予讀震川文之爲女婦者、一往深情、每以一二細事見之、使人欲涕。

(23) 陳東原『中國婦女生活史』（上海古籍出版社　一九八二）附錄。

(24) 中華書局本『明史』第六册　卷七二　職官志一　一七三七頁。

(25) 中華書局本『清史稿』第十二册　卷一一四　職官志一　三二七三頁。

(26)『香祖筆記』（上海古籍出版社　一九八二）卷九『楓窗小牘』言宋婦人封號、自夫人以下凡八等。如侍郎以上封碩人、太中大夫以上封令人、通直郎以上封孺人。今皆無之。碩人・孺人率爲婦人之通稱矣。

(27)『方苞集』（上海古籍出版社　一九八三）卷七　二〇七頁。

(28) 李攀龍『滄溟先生集』（上海古籍出版社　一九九二）には、卷二一に江濬と元配郭氏の合葬墓誌銘である「明故中憲大夫陝西按察司副使江君配恭人郭氏合葬墓誌銘」、卷二二には劉桀と元配蕭氏および繼妻陳氏の合葬墓誌銘である「明處士劉公暨蕭孺人繼配陳孺人合葬墓誌銘」が見える。

第四章　歸有光と貞女

小序

明清時代の文獻を讀んでいると、貞節を守るために自死を選ぶ女によく出くわす。自殺の方法として多いのは、首をくくる、金の笄《こうがい》を碎いてのむ、井戸や川に身を投げる、などである。

彼女たちが死に驅り立てられる事情は、大きく分けて二つある。一つは、盜賊や倭寇に貞操を奪われそうになって自殺する場合。もう一つは、亡くなった夫や婚約者に貞節を誓い、死んで「二夫にまみえず」を貫く場合である。

夫が死ぬと、生計を立てる術のない寡婦は、再婚を迫られることが多い。多額の結納を拂って迎えた嫁であれば、舅姑は嫁を他家に再婚させて（實は賣って）元手を取り返そうとする。嫁の實家にしてもその何割かを手にすることができるため、それを默認するのだ。しかし一方で、女は貞節を守るべきだという儒教規範は根強くあり、特に明清にあっては寡婦の再婚は貞節を失うこととして嚴しく糾彈された。そのため、寡婦の中には、夫の葬儀が終わるや否や殉死する者、自分の指を切斷し、それを夫の棺に入れることで貞節を誓う者もいた。こうした女性は貞婦あるいは烈女と呼ばれ、文學者がきそって傳記を書いた。さらに、民を教化する目的で、お上がその家を表彰することも行われた。

今日からみれば、女性にのみ貞操を要求する儒教道德や、死をもって貞節を貫いたことを贊美する節婦傳や烈女傳は、非人道的なものとして糾彈されよう。魯迅や周作人の言説をまつまでもなく、論者もこれを激しく憎むものである。しかし、一方で、歸有光が多くの節婦傳や烈女傳をのこしていること、しかもそれが歸有光文學の特徴の一つであることは、否むことのできぬ事實である。さらに、歸有光の貞女觀・節婦觀は、當時に在ってはかなり特異なものであった。

歸有光の節婦傳や烈女傳が、同時期の他の烈女傳の類に比べて讀者の胸をうつのはなぜか、とくに歸有光が安亭の殺害事件の被害女性張氏の貞烈を讚え、この女性について「書張貞女死事」、「張貞女獄事」、「續書張烈婦事」、「貞婦辨」、「張氏女子神異記」、「祭張貞女文」、「招張貞女辭竝序」など何篇もの作品を殘しているのはなぜか。

本章では、自ら畢生の作とみなしていた「書張貞女死事」を中心に、歸有光の烈女や節婦傳の特徴について考察する。

一　張氏慘殺事件と「書張貞女死事」

1　張氏慘殺事件

嘉靖二十三年（一五四四）、歸有光は二度目の會試に下第して南に歸った。歸郷してしばらくの間は交通事故で痛めた腰の療養のため崑山縣城にとどまっていたが、旱が續き食糧も乏しくなってきたため、家族をつれて安亭に向かうことにした。(1)

安亭は歸有光の鄉里崑山の縣城から東へ二十五キロほど、蘇州府嘉定縣（現在は上海市嘉定區）に屬する小鎭である。繼妻王氏の實家のあるところでもあり、歸有光は三年前からここに居を構えていた。しかし、この年、安亭に入った歸有光を待っていたのは、ある殺人事件についてのニュースだった。地元の民婦張氏が姑とその情夫胡巖に殺されたというもので、胡巖が土地の顔役であることから搜査段階で不正義がまかり通っていることに安亭の人々の怒りは頂點に達していた。張氏の死は下男との姦通を恥じての自殺として處理される氣配が濃厚になっていた。この話を聞いた歸有光は、惡人が法の網をすり拔け、本來無實であるはずの女性が姦淫の汚名を着せられていることに憤慨した。[2]

歸有光は市井の人々の聲を代辯するように張氏を張貞女とよび、彼女の死と裁判に關する不正を告發する作品を執筆しはじめた。作品は先に擧げたように記事、祭文、記、辨など、複數のジャンルにまたがっている。

まず最初に、歸有光の「書張貞女死事」、「張貞女獄事」（以上、康熙本『歸震川先生集』卷四）、「續書張烈婦事」（康熙四十三年刊『補刊震川先生集』卷四）によって、事件のあらましを再構成しておく。[3]

張氏殺人事件は嘉靖二十三年五月十六日の夜に起こった。汪客の家からの出火に驚いて消火に驅けつけた近隣の人々は、家の中で何かに躓いた。見るとなんと張氏の慘殺死體であった。上半身裸身で草履履きの男が外にいた。男は土地の顔役の胡巖である。胡巖は「胡の旦那、こんなことになってどうする？」と尋ねる者を睨みつけて「何があったって？」とすごんでみせた。

亡くなった張氏は嘉定の曹巷に住む張耀の娘で、汪客の子綬[4]の妻である。舅にあたる汪客は年老いて始終酩酊していて家の中のことに目が行き屆かない。その妻で張氏の姑にあたる陸氏[5]はそれに乘じて下男の王秀と通じ、さらに土地のチンピラの胡巖たちと懇ろになって、毎晩どんちゃん騷ぎ。張氏は舅に酒を控えるように言い、夫を通じて姑にチンピラと手を切ってもらうように說得するが聞き入れてもらえない。ある日、姑に入浴のための湯をもって來るように命じられた張氏は裸の男がいるのをみてショックを受け、實家に戻ってしまった。實家では毎日泣いてばかり。しかし、口達者な姑に、「戻ってきたら、わたしたちとは別居させてあげるから」などと說得され、しぶしぶ婚家に歸る。一方、チンピラの親玉の胡巖は小金を貯め込んでいるこの姑といい仲であるが、そろそろこの女にも飽きて、最近では若い張氏に目をつけている。姑も胡巖を繫ぎとめるため、張氏を差し出すつもりでいる。そこで、その夫を縣の役所の獄卒にして追っ拂ってしまった。

ある日、胡巖ら四人のチンピラが汪客の家でまたもやどんちゃん騷ぎを繰り廣げ、張氏に酌をさせようとする。しかし、張氏はいうことをきかない。胡巖が後ろから彼女の金梳⑹を奪うが、あまりに罵るのでこれを返す。張氏はこれをへし折る。そこで姑が自分の金梳を與えるがこれもへし折ってしまった。怒った姑は外から鍵をかけ、胡巖がこれを犯そうとするが激しく泣き喚き、彼女に杵で反擊されて上手くいかない。あんまり泣くので姑は彼女をベッドの脚に縛りあげ、逃げ出さないようにこれを見張った。翌日の夜、チンピラたちはまた醉いに乘じてみんなで張氏を犯そうとする。張氏は「人殺し、人殺し」と泣きわめくが、近隣の人々は、あそこの家の若奥さんはいつもあんな調子だからと、誰も助けに來ない。喚き續ける張氏に怒ったチンピラたちは椎や斧で毆る蹴るの亂暴。張氏は痛みに耐えかねて「いっそのこと刄物で殺して」と叫ぶ。チンピラの一人が頸部を、一人が脇を、一人が陰部を刺した。屍體を運び出して焚こうとしたが、屍體は重くて持ち上げられない。そこでそのまま部屋に火を放ち、證據隱滅を圖ったのである。

2　搜査と裁判

火事場から發見された刀傷のある張氏の慘殺屍體と、惡黨胡巖がその現場にいたことから、事件はスピード解決かと思われたが、そうはならなかった。胡巖はまず、嘉定縣の役所に通報するのに、二つの手を使った。一つは、汪客に張氏は奴僕の王秀と通じて自殺を圖ったと言い含めて役所に報告させること。さらにもう一方で、張氏の父張耀に胡巖の手下である朱旻一人の犯行だと言わせることにしたのだ。張耀の岳父、つまり死んだ女性の母方の祖父にあたる金炳が胡巖の金を受け取り、張耀に朱旻だけを告發するようにと唆したのである。汪客の方は醉いつぶれて縣の役所の門の外で寢入ってしまったので、結局、張耀の訴えが先に役所に到着する。

縣の典史が檢死係を連れて現場檢證にやってきた。現場は野次馬が取り圍んでいる。檢死係は頸部の血だらけの大きな傷穴二つを確認していながら、わざとそこを引き裂いて、傷はないという。すでに胡巖から賄賂を受け取っていたのである。張氏の衣を剝いでみると、肌はみみず腫れ、脇や下半身は刀傷によって血だらけであった。檢死係が金をつかまされ、下男との私通を恥じての自殺として處理されようとしていることに氣づいた群衆は、「冤罪だ」と叫び、檢死係に毆りかかる者もいた。報告をうけた縣知事は、賄賂のことは知っていたが、輕く咎めただけだった。

萬曆三十三年刋『嘉定縣志』によれば、この時の嘉定縣の知事は張重、字は汝任、順義の人で、嘉靖二十年（一五四一）の進士である。張重にとって嘉定は最初の任地であった。(7) 歸有光の「張貞女獄事」は、胡巖逮捕のきっかけは、縣知事が晝寢でみた夢のお告げだったという。金の鎧をつけた神樣が縣知事の夢に現れ、殺人犯は胡巖と胡鐸だと告げ、早く判決を下さなければ汝の心臟を刺すと脅したのだという。胡鐸とは、胡巖の父で發音の似た胡堂のことだと思った縣知事は、汪の家の下女を呼んで訊問し、早速、胡の父子を收監した。

しかし、ここで胡巖に買收された二人の士大夫が登場する。張副使と丘評事である。歸有光は二人の本名については伏せているが、萬曆三十三年刋『嘉定縣志』を閱するに、張副使とは嘉靖八年（一五二九）の進士の張意、字は誠之で、工部主事を經て山東按察副使となったその人と推定される。(8) もう一人の、服喪のために歸鄉中だった丘評事とは、張意と同じく嘉靖八年の進士である丘峻、字は惟陟であろう。(9) 評事とは中央政府の裁判所大理寺の下級裁判官大理評事で、律には詳しい。二人は先輩風を吹かせて縣の役所にしばしば出入りし、新米の縣知事に入れ知恵していたのだ。丘は「女一人を殺して四、五人を罪するのでは、御史への上申が難しい」と縣知事にいう。上役にとがめられるのを心配する新米縣知事に二人は、「雇工人、家長の妻を奸す」という律文によって王秀を罰すれば足りると耳打ちした。そこで縣知事は牢獄の胡巖らの足かせ手かせを解き、十五日後に檢死をやり直して胡巖を釋放することに決めた。

ところが、たまたまこの時縣學に赴いた縣知事は、そこで縣學の諸生たちから大義を通すべしという抗議に遭う。この抗議活動の背後には歸有光の縣學生たちへの働きかけがあった。歸有光は、このとき嘉定の諸生たちにあてた書簡の中で、次のように述べている。

今日の彰善癉惡は、固り有司の事なり、而れども之を發揚して以て有司の及ばざる者を助くるは、亦た諸君子の責なり。聞くならく 貴邑の張侯は、慨然として惡を爲す者の罪を正さんと欲し、且つ將に旌別の典を申明せんとす。衆庶欣欣として望む有り。茲に獄久しく决せず、而して檢驗の官 屢しば出づ。竊かに恐る 元兇 網に漏れ、烈婦の心迹の、以て自ら明かなる無きを。僕の不佞にして、交りを下風に托するを得、夙に諸公の高誼に欽し、以爲らく 以て明白に之を頌言すべき者は、唯だ諸公のみ。竊かに望むらくは、釋菜の都講の餘に、一言を惜しまず、以て烈婦の冤を伸べ、以て東南數千里の旱を救はんことを。唯だ諸公 焉に留意せよ。(「與嘉定諸友書」)(10)

今日、善を表彰し惡を排除するのは、本來お役人の仕事です、しかしこのことを發揚してお役人が及ばないところを助けるのも、みなさんがた君子の責任です。聞くところによると、貴邑の知縣の張公どのは、思い切って惡をなした者の罪を正そうとされ、まさに旌表すべきものとそうではないものを明らかにしようとなさっておられます。百姓《ひゃくせい》はみな喜び、希望もっております。ところが現在、判決がなかなか出ず、検死官がたびたび検死に赴いています。元兇が天網から漏れ、烈婦の心ばえが、明らかにならないのではとひそかに恐れています。僕は不才にもかかわらず、交際を賜り、つとに諸公の高誼を尊敬しており、烈婦のことをはっきりと讃えることができるのは、ただ諸公だけだと思っています。どうか釋菜のときの講義のついでに、一言お口添えいただき、烈婦の無實を晴らし、呉の地方數千里を旱魃からお救いただくことをひそかに願っています。どうか諸公よ、ご一考願います。

縣知事による公正な判決を願う歸有光は、この時、證據として「書張貞女死事」を地元の士大夫たちに送付した。

再び「記事」一首を奉る。前に述ぶる所は頗る踈畧なり、當に此を以て證と爲すべし。此れ皆な之を衆論に得て、一語も粧飾無し、但だ史法に于いて何如なるかを知らざるのみ。少き時より讀書して、古への節義の事を見るに、慨然として歎息し、泣下りて襟を沾さざるは莫し。其の世を異にし、時を同じくするを得ざるを恨む。今者《いま》耳目に著らかなるに至りては、乃ち更《なん》ぞ旁視遲疑して、切己ならざる如《ごと》からんや。（「與殷徐陸三子書」）(11)

再び「記事」一篇を奉ります。以前に述べたものは頗る踈略なものですので、こちらを證據とすべきです。この篇の內容は皆な民衆の話から得たもので、一語も粉飾はありません。ただ史法に照らしてどうかはわかりません。若い時から書を讀み、古えの節義の事を見ると、きまって感動して歎息し、涙で襟を濡らしたものです。そして同じ時代を生きていないことを恨んだものです。今、この耳目に著らかなるものについて、どうしてぐずぐずと傍觀して、自分とは無關係のふりができましょうか。

縣學生の中には、歸有光の「書張貞女死事」を讀んで發憤した者もいたが、歸有光の主張に懷疑的な意見をもつものもいた。歸有光の五歲年長の友人、唐欽虔、字は道虔もその一人であった。

向日 張氏女子の事、一時 人心憤憤たるに因りて、竊かに知愛を恃《たの》み、輒ち書を移して相ひ曉《し》らせ、少しく匹婦の冤を伸べんと欲望す。……吾兄 其の間に疑ひを致す者は、竊かに恐る 先入の言に惑ひ、而して未だ衆人の論を察せざるを。大率《おほむね》 安亭の數百戶、七八十歲の老翁自り、下は三尺の童子に至るまで、烈婦の冤を言ふ。有るひは詳有るひは畧なるも、其の義を守りて死すと謂ふは、一なり。諸兇の惡を言ふに、有るひは詳有るひは畧なるも、其の朋淫殺人を謂ふは、一なり。當時の手を下せし惡少に至りては、主名は自ら在り。明察の官、反覆參訊すれば、其の情實を得る可し。況んや十二歲の女奴を以て佐證と爲し、據りて以て獄を成さば、豈に冤なる者有らんや。夫れ四五の兇人、淫姑を挾みて以て主と爲し、共に一女子を殺すこと、犬豕を屠るが如し。往來蹤跡、口語籍籍、豈に察し難きの獄爲らんや。天道昭然なれば、暗室も屋漏し、誰か人 之を知る無しと謂はんや。（「答唐虔伯書」(12)）

先日、張氏女子の事では、一時に憤りがこみ上げましたため、知友を恃んでまわしぶみを送って知らせ、少しく一婦人の冤を晴らそうとしたのです。……貴兄がこのことに疑いをもっておられるのは、先入觀に惑わされ、大衆の意見をご存じないからではありますまいか。おおよそ安亭の數百戶の村では、七八十歲のお年寄りから、下は三尺の子供に至るまで、烈婦の無實を言っています。詳略はさまざまですが、彼女が義を守って死んだという點では、一致しています。兇人どもの惡行についても詳略はさまざまですが、淫亂な複數犯による殺人という點では、一致しています。あの時、手を下したチンピラについては、名前もはっきりしています。明察なるお上が、繰り返し尋問すれば、事實がつかめるでしょう。まして十二歳の下女を證人として、それで判決を下せば、どうして冤罪など生じましょうや。そもそも四五の兇人が、淫亂な姑を中心として、皆で一女子をまるで犬や豚を屠るかのように殺したのです。行動も裏づけがとれ、證言もたくさんあり、判決が出しにくい事件であろうはずはありません。お天道様が照らしているのですから、うす暗い部屋でも光が漏れて、中の出來事が誰にもわからないということなどありましょうや。

歸有光の疊み掛けるような說得に唐欽虔もついに折れ、縣學での縣知事への抗議に加わることにしたらしい。歸有光が書いた唐欽虔の墓誌銘は、この時の縣知事への働きかけに觸れ、その義俠心を讃えている。

縣中に張烈婦有り、賊の殺す所と爲る。獄未だ明らかならざるに、君は學官の都講に至り、爲に其の所以を具析す。縣は乃ち張氏の小女奴を取りて之に問ひ、其の賊始めて得たり。（「撫州府學訓導唐君墓誌銘」）(13)

縣學で士大夫たちの輿論に觸れた縣知事は自らの判斷を悔い、役所に戻るとすぐに胡巖の取調べを再開した。お白洲に引き出された胡巖らは釋放されるものと思い込んでおり、張副使と丘評事の二人の士大夫も役所の前に座り、釋放されたら胡巖から金を受け取って歸ろうと待ち構えていた。ところが縣知事は胡巖らを縛りあげて顔に朱墨を塗り、安亭引き回しとした。さらに人を遣わして張氏の靈にこの判決を報告、魂を慰撫させた。張副使と丘評事の二人は顔色を變えて逃げ出し、安亭の民はみな快哉を叫んだ。天はこれに感じたのか、ここにきて大雨が降り、三ヶ月續いた旱魃が収束した。

ところが胡巖はまたもや獄卒を抱きこみ、口封じのため獄舎にいる陸氏を殺し、その金を横領した。縣知事は胡巖の仕業と睨んでいたが、獄卒を輕く咎めただけであった。陸氏の屍體は市にさらされ、遺族による引取りが禁じられた。汪客が夜こっそり棺に納めようとしたが、百鬼がこれの邪魔をしたという。

歸有光の「張氏女子神異記」は、この時の怪奇現象について記したものである。

嘉靖甲辰、夏五月、安亭鎮の女子張氏、年十九なり、姑 脅淩して與に亂を爲さしめんとして、從わず。夜 羣賊諸れを室に戕《ころ》す。火を縱《はな》ちて尸を焚く。天 反風して火を滅し、賊共に舁《かつ》ぎて火に投ぜんと欲するも、尸は數石《こく》の重きの如く、能く舁ぐ莫し。前三日、縣に故《もと》と貞烈廟有り、廟旁の人 皷樂の天上從り來り、火 柱中より出で、轟轟として聲有るを聞く。縣宰自ら往きて之を拜む。時に大旱にして、三月雨無し、士大夫 哀祭已《おは》るに、大雨注ぐが如し。賊子 天を籲《よ》びて拜す。拜して忽ち兩腋に血流る。縣宰 姑の尸を壇上に暴《さ》らすを命じ、其の家に禁じて收むるを得ざらしむ。家 夜に之を收めんとするに、雷雹暴《には》かに至り、羣鬼百數、啾啾として共に來りて逐ひ、遂に棄去す。官 檄を奉じて女子を啓視するに及び、時 暑三月を經るも腐らず。僵臥の膚肉は生くるが如く、頸脅の二創孔に血沫有り。仵人 吐舌して、謂らく未だ有らざるなりと。噫、亦た異ならんや。古への傳記の載する忠烈の事を觀るに、多く神奇有り。今日 之を見て、益ます信ず。是に於いて節義は天の護る所なるを知る、然れども之を護りて必ず遭害無からしむ能はざるは、何ぞや、悲しいかな。（「張氏女子神異記」(14)）

嘉靖二十三年、夏五月、安亭鎮の女子張氏、年は十九が、姑に脅かされて淫亂な行爲を強要されたが、言うことをきかなかった。夜、惡黨が彼女を部屋で殺害した。火を放って屍體を焚こうとしたが、風向きが變わって火が消え、悪黨どもがみなでかつぎあげて火に投じようとしたが、屍體は數石《こく》あるかのように重く、もち上げることができなかった。事件の三日前、縣にもとからある貞烈廟の、廟の側の人が、天から鼓樂が降ってきて、柱から火が出て、轟轟と音を立てるのを聞いたという。縣令が自ら赴きこれを拜んだ。そのときは大旱で、三ヶ月間雨が無かったのだが、士大夫の哀祭が終わると、大雨がざあっと降りだした。悪黨が天にむかって叫んで拜したところ、拜し終わってすぐに兩腋から血が流れ出た。縣令はかの姑の屍體を壇上に曝すように命じ、その家の者が遺骸を收容することを禁じた。家の者が夜これを收容しようとすると、急に雷が鳴って雹が降り、百鬼が、むせび泣きながら來てこれを追い拂うので諦めた。お上が令狀によってその女子を檢分すると、暑い季節に三ヶ月經っていたにもかかわらず腐っていなかった。死んでいるのに膚や肉は生きているようで、頸や脅の二つの傷穴には血沫があった。檢死役の小者の驚きようときたら、いまだかつてないほどだった。ああ、これも不思議なことではないか。古えの傳記に載せられている忠烈の事は、神奇な話が多い。今日 これを見て、ますますこれは眞實だとわかった。かくして節義は天のご加護があるということを知ったのだが、しかし、その人が害に遭わないように護ることができないのはどうしてだろうか、悲しいことだ。

「張貞女獄事」によると、縣知事はなおも張副使と丘評事峻の意向を汲む形で、胡巖を主犯ではなく從犯にしようとした。下女を訊問するのだが、周綸のことを椎で張氏を毆った人ですといい、何度尋ねても證言を變えないので、收監している者のうち朱旻だけが釋放された（歸有光によると本當は彼も共犯だったという）。判決が下りても、二人の士大夫は炎天下の中を駈けずり回り、舟の中で謀議をめぐらせていた。丘評事は、大理評事に回ってきたらこの判決をひっくり返してやるぞといい、張副使はなおも胡巖のことを胡公と呼んでいた。

歸有光は「張貞女獄事」の最後で、被害者の身內さえも金で買收されて口を噤む狀況を告發している。たとえば張氏の母方の祖父金炳であるが、父の楷は成化十一年（一四七五）の進士科に第二位の成績で合格したれっきとした士大夫の家柄。事件當日に張氏の慘殺屍體を見ながら金に目がくらみ、張氏の母方はほとんど買收されてしまった。實父の張耀さえもその金に一時は食指を動かしたという。

以上が、歸有光が記錄した張氏慘殺事件のあらましとその後の搜查および判決である。ただし、縣知事張重の優柔不斷ぶりと二人の士大夫の暗躍などを記した「張貞女獄事」は、張重が嘉定を離任したのちの嘉靖二十七年七月に記されたものである。歸有光は張重が嘉定二十四年（一五四五）に離任するにあたって、「送嘉定縣令張侯序」[15]（康熙本『震川先生集』巻十一）を贈っているが、そこではこの新米縣知事についての當たり障りの無い言葉が竝べられており、張氏殺人事件に言及した箇所は皆無である。

二　好事か、史傳か

歸有光は、「書張貞女死事」を自らの畢生の作と考えていたらしい。歸有光は、嘉定の友人李瀚、字は浩卿に對して、次のように宣言している。

今　諸公旣に此くの如く旌揚すれば、則ち此の女　當に天下に暴白すべきこと、誠に大快なり。僕　此の里の人と與に、忽ち天淸日明を見るに、更に亦た復た何事か有らんや。僕　足下と數十年の相知にして、未だ甞て黯黯として居り、默默として處らず。今日 豈に日月を掲げ、聲譽を海濱草野の中に求むるを欲せんや。惟だ「記事」の一首は、乃ち僕 自ら以爲らく必ず傳ふべき者なりと。少くして『史』『漢』を好むも、未だ嘗て以て吾が意を發す可き者に遇はず。獨り此の女のみ差《や》や人の意を強うす。又た耳に聞き目に見、據りて之を書し、稍く其の實を得たり。但だ世人 文を知る者は 絕《はなは》だ少なく、要は以て千百世の後に示さんのみ。（「與李浩卿書」(16)）

今 諸公がこのように旌揚してくださったので、かの女性の無實は天下に明らかとなり、誠に痛快です。わたくしはこの里の人とともに、天淸日明が見られるわけで、これ以上のことなどありましょうや。わたくしは足下とは數十年の知己でして、未だかつてぼんやりと暮らし、だんまりをきめこんだことなどありません。今日 どうして日月を掲げて、海濱草野の中で名聲を希求したりしましょうや。ただ「記事」の一篇だけは、わたくしは必ず後世に傳わるであろうと自分でも思うのです。若い時から『史記』や『漢書』を好んでおりましたが、未だかつて私の思いを發露させるものに出會うことはありませんでした。ただ、この女性のことだけは私の心を搖り動かしたのです。さらに耳で直に聞き、目で直に見て、それによってこれを書き、その眞實をつかんだのです。ただ世の人で文を知る者はとても少ないので、千代百代の後に示したいと思っているのです。

歸有光には「記事」すなわち「書張貞女死事」は必ずや後世に傳わるという自信があった。その理由は二つある。若いころから『史記』や『漢書』のような文を目標にしていたものの、敍すべき對象に出會えなかった歸有光にとって、この張氏の事件は創作意欲を掻き立てられるようなできごとであったこと。もう一つは直接現實の問題に取材し、自らの耳や目によって探索した事實を書したためである。歸有光が自ら後世に殘ると宣言した作品は、この「死事」以外にはなく、彼自身滿足のいく出來であったらしい。

ただし、この作品によって歸有光は、一部の士大夫からは「好事者」として冷笑を浴びることになった。

人至り、初一日に惠むところの書を得て、感激壯厲なり。三復して、浪然として涕を雪ぐ。嗟乎、質甫則ち既に之を知れり、豈に千百世の後を待たんや。……昨 偶たま發憤の一言、不幸にして遂に喜事の名有り。（「答俞質甫書」(17)）

使いの者がやってきて、一日付けの書簡を頂戴し、感激至極です。繰り返し讀み、滂沱の涙です。ああ、質甫にお分かりいただけた以上、どうして千代百代後の知己を待つ必要がありましょうか。……さきごろ發憤のあまり發した一言で、不幸にしてついに好事者と呼ばれることになりました。

俞質甫なる人物の詳細は不明だが、「喜事」（好事）者として世間から冷笑されている中、歸有光が彼からの書簡に感激した様子が窺えよう。地方の言論界において擧人としての待遇しか受けられない歸有光の悲哀が傳わってくる。

さらに、歸有光が張氏を「貞女」と呼んだことについても、地元には異論があった。先に擧げた、唐欽虔あての書簡の中で、彼はこうも述べている。

或ひは又た疑ふ、烈婦の死は、羣兇の威力を以て、其の不汚を保つ能はざればなりと。夫れ烈婦 苟しくも節を失はば、必ず死に至らざらん。誠に死するは、一死自ら之を明らかにするに足れり。今 號して丈夫と爲す者、小小たる利害に、婾阿脂韋し、遂に以て瀾倒す。區區たる婦女、羣汚の中に抗志し、卒に死を以て殉ず、然るに復た云云す。眞に所謂「議論を好みて、人の美を成すを樂《ねが》はざること此くの如き」なり。（「答唐虔伯書」(18)）

或る人はまた、烈婦の死について、悪人どもの暴行によって汚されて貞操を守ることができなかったからではと思っている。そもそも烈婦が貞操を失ったのであれば、死にはしなかったろう。實際に死んでいるのだから、この死でもって潔白であることは明らかである。當節はいっぱしの男といわれる者でも、ぐずぐずなよなよして、ちっぽけな損得にかられ、はては物事を顚倒させる。一介の婦人が、汚れた悪黨の中にあって高い志をかかげ、ついに死をもって義に殉じたというのに、それを云々する。これこそいわゆる「あれこれあげつらって人が美徳を行うのを邪魔立てする」というやつだ。

「議論を好みて、人の美を成すを樂《ねが》はざること、此くの如き」とは、韓愈の「張中丞傳後敍」の「小人の議論を好み、人の美を成すを樂はざること、是くの如き哉」に基づく言葉である。[19]
こうしたあげつらいに答える意味もあったのだろう、歸有光は「貞婦辨」を書いて、張氏を擁護した。

張貞婦の事は、邑宰訊鞫の詳、傅爰の當、昭昭として日月を天下に掲ぐ。或るひと貞婦の未だ烈と爲すを得ざるを疑ふや、曰はく、「其の母氏に遜《に》ぐるや、胡《なん》ぞ自ら絶たずして來歸するや」と。曰はく、「義として夫を絶つ能はざる、妻道有ればなり。志を遂げて而るに倫を亂すは、順に非ざるなり」と。曰はく、「其の來歸するや、胡ぞ卽ち死せざる」と。曰はく、「未だ死に處する所以を得るは、婦道有ればなり。身を潔くして以て汙を明らかにするは、孝に非ざるなり。然れども禮を守りて犯さず、泥滓の中に皭然たり、故に淫姑の悍虐、羣兇の窺闖を以て、五たび月を閲して其の狂狡を逞しうするなり」と。曰はく、「其の之を犯すや、安んぞ其の不汙を保たんや」と。曰はく、「童女の口、滅すべからざるなり。精は日月を貫き、誠は天地を感ぜしむ。故に庶婦一呼すれば、桀夫披靡す。水するに濡るる能はず、火《や》くに爇《や》く能はざるは、蓋し天地鬼神も亦た以て之を相《たす》くる有りて、常理を以て論ずべからざる者なり」と。……貞婦の事は、今日 目見する所の者なり。烈と爲すを得ずと謂ふ者は、東土の數萬口 此の言無きなり。彼の賊地爲る者の言なり。嗚呼、綱常は天地と與に終始す、而るに彼の一人の喙は、貞婦曠世の節を沈埋し、羣兇滔天の罪を解脱せしめんと欲す、吾れ其の何れの心なるかを知らざるなり。貞婦の辨を作る。（「貞婦辨」[20]）

張貞婦の事は、縣令どのの詳しい取調べ、妥當な判決文で、日月を天下に掲げたように明らかになっている。ある者は貞婦は「烈」とは言えないのではないかとし、「實家に逃げ歸ったとき、どうして離縁せずに夫家に戻ったのか」という。ならば言おう、「義として夫と離縁しなかったのは、妻としての道を守ったからである。志を遂げる一方で人倫道徳をかき亂したのでは、順とはいえない」と。「夫家に戻ったとき、どうしてすぐに死なかったのか」というのには、「死ぬいわれがないのは、婦人の道を守っていたからこそである。己の潔白のため姑の汚れを天下に明らかにしたのでは、孝とはいえない。しかし、禮法を守って、汚泥の中で身を清くしていたことが、淫姑を殘虐にさせ、羣兇をつけ入らせ、五ヶ月の間にその狡猾さを増長させたのだ」と言おう。「強姦されて、どうして貞節を保つことができたであろうか」というのには、「童女の口は、塞ぐことができない。貞婦の精は日月を貫き、誠は天地を感應させた。だからこそ庶民の婦人がひとたびさけべば、惡黨もひれ伏したのだ。水に入れても濡れない、火にくべても燒けなかったのは、思うに天地鬼神もまたこれを助けたのであり、常識でもって論じることなどできないのだ」と言おう。……貞婦の事は、今日 自分の目で見ることのできるものである。「烈」とは言えないとするのは、中國の數萬人の口のどこからもこの言は出ていない。かの惡黨どもの言い草である。ああ、綱常というのはいつも天地とともにあるのだ、それなのにかの人の言葉は、貞婦の曠世の節を埋沒させ、羣兇を滔天の罪から脫けさせようとするものである。どんなつもりで言っているのかわからない。それで貞婦の辨を作った。

張氏の死をどのように評價するか、自死ではない死に樣を「貞烈」とするかどうかについては、議論の分かれるところである。當時の一般的な感覺では、守節のために自ら井戸に飛び込んだり、自縊したりするのが「貞烈」である。惨殺事件の被害女性すなわち貞烈というわけではなかった。そのため、歸有光の「書張貞女死事」は、事件の殘虐さとともにいかに張氏が貞節を重んじる女性であったかを強調する内容となっている。

歸有光は孤立無援だったわけではない。このとき、陸師道のように、詩を作って歸有光らの抗議活動を支援しようという人物も現れた。

陸師道は、字を子傳といい、嘉靖十七年（一五三八年）の進士である。事件が起こったとき、母の病を理由に鄉里の長洲に隱遁していた。(21) 長洲は安亭から程近い。陸師道は歸有光の「書張貞女死事」をもとにした、長編詩「張烈婦」を作っている。

陸師道「張烈婦」詩は非常に重要な資料と思われるが、この詩の存在はこれまであまり知られていないようなので、この機會に全詩の書き下しをあげておく。底本としたのは、順治九年毛氏汲古閣刻本である。なお、萬曆三十三年刊『嘉定縣志』卷二十二「文苑」には、同じ詩が「悼張貞婦」という題で載錄されており、文字の異同がある。異同は註(23)～(73)に示しておいた。

まず、序文にはこのようにある。

嘉定の張烈婦、汪生の子に嫁ぐ。汪の母は群悪少と亂れ、烈婦之を恥づ。姑怒り、一人をして烈婦を強亂せしめんことを謀るも、烈婦從はずして、之を殺す。余が友歸熙甫 其の節行を高うし、其の事を紀し、余に詩を作るを請ふ。(22)

詩は樂府「爲焦仲卿妻作」に倣ったもので、途中に「十三學裁衣、十六誦詩書、十七婦道成、十八爲君妻」の囃子のフレーズが入る。押韻はゆるやかで、平水韻上平聲四支から十灰までの通押である。

まず、最初の段は、裕福な商家で貞淑な娘として育てられた張氏が安亭の汪の家に嫁入りしてくる場面である。

抱璧置泥塗　皎然質不泥　　璧を抱きて泥塗に置くも　皎然として質は泥《ほろ》びず
菖蒲九節花　雖死常流芬　　菖蒲　九節の花　死すと雖も常に流芬す
十三學裁衣　十六誦詩書　　十三にして衣を裁つを學び　十六にして詩書を誦す
十七婦道成　十八爲君妻　　十七にして婦道成り　十八にして君が妻と爲る
君家本富貴(23)　家累千金資　　君の家　本と富貴　家に累《かさ》ぬ　千金の資
大艑建高檣　商販名四馳　　大艑は高檣を建て　商販は四馳に名あり
南門安亭里　公姥(24)相共居　　南門の安亭里　公姥相ひ共に居る
升堂見公姥　稱婦好容儀　　堂に升りて公姥に見《まみ》ゆるに　婦を稱へて容儀好しと
置酒大設樂　四座爭喧豗　　置酒して大いに樂を設くるに　四座爭《きそ》ひて喧豗《けんかい》す
黄衫少年子　緣幘侯家奴　　黄衫の少年子　緣幘の侯家の奴

諠浪間調笑　踞坐氣何麁
阿姑召新婦　出見勿遲遲
耳箸瑟瑟鐶㉕　頭簪辟寒犀
歩搖九威鳳㉖　跳脫兩文螭
濃妝勿草草　傅粉更施朱
貴客握瓊玖　待汝繫羅襦
新婦口不言㉗　中心自思惟㉘
少長父母側　不令見男兒
今在舅姑傍㉙　內外豈有殊
赳赳諸少年㉚　何用見妾爲
妝成更却坐　抑首故徘徊
諸客不自得　恨恨各自歸

諠浪 間《ま》ま調笑し　踞坐して氣 何ぞ麁《そ》なる
阿姑 新婦を召して「出でて見《まみ》ゆるに遲遲する勿れ
耳に箸《つ》く 瑟瑟の鐶　頭に簪《かんざ》す 辟寒の犀
歩搖す九威の鳳　跳脫す兩文の螭
濃妝して草草なる勿れ　傅粉して更に朱を施せ
貴客 瓊玖を握り　汝の羅襦を繫《か》くるを待つ」と
新婦 口に言はざるも　中心自ら思惟す
「少しく長ずるに 父母の側　男兒に見《まみ》えしめず
今在る 舅姑の傍　內外 豈に殊なる有らんや
赳赳《きゆうきゆう》たる諸少年　何を用てか妾を見るを爲さん」と
妝成るも更に却坐し　首を抑して 故《ことさら》に徘徊す
諸客 自得せず　恨恨として各自歸る

舅と姑への挨拶を終えた張氏は、婚禮の宴で騒ぐ男たちに氣づく。姑は着飾って出てきてみなに挨拶するように促すが、幼い頃からみだりに男性の前に出るべきではないと教えられてきた張氏はこれに戸惑う。花嫁がなかなか姿を見せないので男たちは仕方なく歸って行った。

　次の段は姑の姦通の現場を見た張氏が、實家に戻ってしまう場面である。

入門不數月　數數見所私(31)
人語何嘈嘈　朋至何施施
出入闈闥間　戚施與籧篨
目成更耳語　無(32)復避尊卑
新婦心內傷　掩面淚雙(33)垂
往昔辭家日　母命一從姑
姑今既若此　稟命將何如
入室問客子　彼人知阿誰
何大無禮節　來共阿姑嬉(34)
客子答新婦　通家卿勿疑
出入有何嫌　卿勿煩言詞
中冓不可道　雄狐來綏綏
阿姑昨入浴　邀客解裙裾
提湯見竝躶　新婦大驚啼
徒跣走歸家　見母一何悲
父母擇婚時　胡(35)不惜門楣
奔奔鶉有偶　彊彊鵲有妃
鬬鬬睢翼竝　翩翩鳦羽齊

門に入りて數月ならずして　數數 私する所を見る
人語 何ぞ嘈嘈たる　朋至ること何ぞ施施たる
闈闥の間に出入す　戚施《せきし》と籧篨《きよじよう》と
目に成り更に耳語し　復た尊卑を避くる無し
新婦 心內傷み　面を掩ひて涙 雙垂す
往昔 家を辭せし日　母命は一に姑に從へと
姑 今既に此くの若きに　稟命 將《は》た何如せん
室に入りて客《かく》の子に問ふに　「彼の人 阿誰なるかを知るや
何ぞ大いに禮節無く　來りて阿姑と共に嬉しむ」と
客の子 新婦に答ふ　「通家なれば卿 疑ふ勿れ
出入 何の嫌ひ有らん　卿 言詞を煩する勿れ」と
中冓（邪淫の話）は道ふ可からず　雄狐來りて綏綏たり
阿姑 昨 入浴し　客を邀へて裙裾を解く
湯を提げて竝びに躶なるを見て　新婦大いに驚啼す
徒跣して走りて家に歸り　母を見ること一に何ぞ悲しき
「父母 婚を擇びし時　胡ぞ門楣を惜しまざる
奔奔として鶉に偶有り　彊彊として鵲に妃有り
鬬鬬として睢翼竝び　翩翩として鳦羽齊ふ

豈無清白門　棄之道路隅
少小聽姆訓　貞節自操持
十三學裁衣　十六誦詩書
十七婦道成　十八爲人妻
擧動循禮法　許身秦羅敷
阿姑既失行　賤妾㊱蒙其汚
願歸供養母　苦辛長不辭
勿令蕭艾叢　一變蘭與芝
勿令瓦礫場㊲　得混瑾與瑜
阿母見女言　槌胸大悲摧
嫁女爲㊳永畢　不意有崎嶇
且住勿遽去　姑應㊴有改圖
阿姑見婦去　含怒來致詞
待汝意不薄　早歸勿趦趄
一聽汝言語　謝客掩重闈㊵
勿使㊶他人言　婦姑有參差
阿女白㊷阿母　我姑意已回
子婦無令人　阿姑誠善慈

豈に清白の門　之を道路の隅に棄つる無からんや
少小より姆訓を聽き　貞節　自ら操持す
十三にして衣を裁つを學び　十六にして詩書を誦す
十七にして婦道成り　十八にして人の妻と爲る
擧動は禮法に循《のっと》り　許身は秦の羅敷《らふ》
阿姑既に行ひを失し　賤妾も其の汚を蒙る
願はくは歸りて母に供養し　苦辛　長《とこし》へに辭さず
蕭艾の叢　蘭と芝とを一變せしむる勿れ
瓦礫の場　瑾と瑜とを得て混ぜしむる勿れ」と
阿母は女に言はれ　胸を槌《う》ちて大いに悲摧す
「女を嫁がすは永畢と爲す　意はざりき　崎嶇有らんとは
且く住《とどま》りて遽かに去る勿れ　姑も應に改圖有るべし」と
阿姑は婦に去られて　怒を含みて來りて詞を致す
「汝を待つこと意薄からず　早歸して趦趄する勿れ
一に汝の言語を聽き　客を謝して重闈を掩はん
他人をして言はしむる勿れ　婦姑に參差有りと」と
阿女　阿母に白ふ　「我が姑　意已に回る
子の婦《よめ》に令人無し　阿姑誠に善慈なり」と

穿我嫁時服　乘我去時車

我に穿《き》す　嫁ぎし時の服　我を乘す　去りし時の車

連日、汪の家で繰り廣げられる姑とチンピラたちの醜態を見て、張氏は夫（汪客の子なので詩中では客子と稱されている）に問いただすが、夫は「あれは家ぐるみのお付き合いだ、うるさくいうな」ととりあってくれない。ある日、姑はチンピラの一人と入浴しようと、張氏に湯を運ばせる。張氏はふたりが裸でいるのに衝撃を受け、その場を逃げ出し實家に歸ってしまう。泣きながら實家の母に胸のうちを訴える。離緣してずっと母の側にお仕えしたいと。實家の母も娘の苦境に心を痛めるが、嫁に行ったばかりですぐに出戻るのもどうかと躊躇する。そこへ姑がやってきて、もし戻ってくれるのなら、今後は張氏の意見を容れて、客人を斷ることにするという。やれうれしやお姑さまは心を入れ替えてくださったと信じた張氏、汪の家に戻ることにした。

次の段では、汪の家に戻った張氏を待ち受けていた姑とチンピラの親玉の謀略が描かれる。

入門謝阿姑　數月太區區
願姑永謝客　恩義兩不虧
低頭語客子　君當謹內治
閉門畜獰犬　愼勿納狂徒
告翁少飲酒　飲酒恐非宜
阿翁聞婦言　沈醉口嗚嗚
客子聞婦言　對母言囁嚅

門に入りて阿姑に謝す「數月太だ區區たり
願はくは姑永く客を謝せば　恩義兩つながら虧《か》けず」と
低頭して客の子に語り「君　當に內治を謹しむべし
門を閉ざして獰犬を畜へ　愼んで狂徒を納るる勿れ」と
翁に告ぐに飲酒を少なくし　飲酒は恐らくは宜に非ずと
阿翁　婦の言を聞きて　沈醉して口に嗚嗚
客の子　婦の言を聞きて　母に對して言ふこと囁嚅

阿姑㊸聞婦言　懊惱㊹與榜苔
狂子聞婦言　咄咄怒且嗤
吾豈爲嫗少　吾豈爲嫗姝㊺
枯楊反生華　艾豭定要猪
所爲酒㊻食謀　金珠資贈遺
彼雄既昏昏　彼雛亦蚩蚩
婦也獨不順㊼　爪爪㊽生怨咨
况婦誠大佳　玉雪爲肌膚
修㊾眉淡楊柳　纖手瑩柔荑
皓齒瓠犀粲　笑臉芙容披
頭上玉燕釵　倭髻㊿綰青絲
腰間金鳳裙　雲霞生履綦
誠復(51)與之狎　豈不少且姝
濁水一同流　姑婦兩不訾
金多得好(52)婦　此生足歡娯
彼自謂獨清　何不汨以泥
彼自謂獨醒　何不醊以釃
作計告阿姑　爾婦太癡愚

阿姑　婦の言を聞きて　懊惱して榜苔を與ふ
狂子　婦の言を聞きて　咄咄として怒り且つ嗤ふ
「吾　豈に嫗の少《わか》きが爲《ため》ならんや　吾　豈に嫗の　姝《みめよき》が爲ならんや
枯楊　反って華を生じ　艾豭定めて猪を要す
爲す所は酒食の謀　金珠　資　贈遺せらる
彼《か》の雄《おとこ》は既に昏昏　彼の雛《むすこ》も亦た蚩蚩たり
婦《よめ》や獨り順ならずして　爪爪として怨咨を生ず
况んや　婦は誠に大いに佳く　玉雪　肌膚と爲る
修眉　楊柳淡く　纖手　柔荑　瑩《かがや》く
皓齒は瓠犀の粲　笑臉は芙容の披
頭上　玉燕の釵　倭髻　綰青の絲
腰間の金鳳の裙　雲霞　履綦に生ず
誠に復た之と狎れれば　豈に少く且つ姝ならざらんや
濁水　一に流れを同じうせば　姑婦　兩つながら不訾
金多くして好婦を得れば　此の生　歡娯するに足る
彼れ自ら獨清を謂ふも　何ぞ汨《しず》むに泥を以てせざる
彼れ自ら獨醒を謂ふも　何ぞ醊《すす》るに釃を以てせざる」と
計を作《めぐ》らして　阿姑に告ぐ　「爾《なんぢ》が婦は太だ癡愚なり

須令入我計　庶不爾瑕疵　　須らく我が計に入らしめ　庶くは爾を瑕疵とせざるを」と
阿姑卽聽許(53)　卿其善爲謀(54)　　阿姑 卽ち聽許し 「卿 其れ善く 謀《はかりごと》を爲せ」と
謂婦速織悅　吾將遺可兒　　婦に謂ひて「速《いそ》ぎ悅を織れ 吾れ將に可兒に遺らんとす」と
新婦白阿姑　可兒實人奴　　新婦 阿姑に白《まう》す 「可兒は實に人の奴なり
妾豈爲奴織　愼勿相輕詒　　妾 豈に奴が爲に織らんや 愼んで相ひ輕がろしく詒《おく》る勿れ」と
阿姑(55)慚且怒　誓言同其汚　　阿姑 慚ぢ且つ怒り 其の汚を同じうせんことを誓言す
令子遠書獄　留婦守空帷　　子をして遠く獄に書せしめ 婦を留めて空帷を守らしむ

汪の家に戻った張氏は姑には妙な客を入れぬよう、夫には家の中をきっちり治めるようにとお願いする。しかし、舅は酔っ拂ったままでむにゃむにゃ言うばかり。姑は腹を立てて張氏を鞭打つ。張氏の頑な態度を聞いたチンピラの親玉に悪心が芽生える。これまでいささかとうの立った姑にたかって酒色と金を貪ってきたが、思えばあの家の父子はうすのろ揃いだ。若くてきれいな張氏をものにすれば姑と嫁御の兩方が思いのままになると。この情夫の考えを知った姑もこれに贊成。まず下男との密通の罪を着せようとして、張氏の夫を縣の牢獄の書記見習いに追っ拂い、張氏の密通の證據にしようと彼女に下男の手ぬぐいを織らせようとする。しかし、張氏は下男のために機を織ることを拒否する。

次はいよいよ張氏の強姦に失敗し、殺人に至る場面である。

登樓飮狂子　接坐共歌(56)呼　　樓に登りて狂子と飮み　坐を接して共に歌呼す

酒酣錯履舄　命婦前捧卮
婦怒不肯應　從(57)步去不回
佻達定(58)相侮　起攫頭上梳
新婦泣且詈　還之意脂韋
梳既汙奴手　豈復可(59)親膚
寸折擲之地　不復顧踟躕
狂子頗自失　阿姑心無涯
召客與共浴　縱客入中(60)閨
羅帷(61)忽自開　直犯千金軀
新婦呼且罵　抗拒力不遺
擧(62)杵奮擊撞　脱走去莫追
自傷潔白身　忍使行露濡
十三學裁衣　十六誦詩書
十七婦道成　十八爲人妻
擧動循禮法　許身秦羅敷(63)
阿姑竟(64)相負　豈復用生爲
早得歸黄泉　我身幸無虧
慟哭自投地　力竭四體墮

酒酣にして履舄錯《みだ》れ　婦に命じ前みて卮を捧げしむ
婦 怒りて肯て應ぜず　從步《しようほ》して去りて回らず
佻達 定めて相ひ侮し　頭上の梳 起ちて攫《つか》む
新婦 泣きて且つ詈り　之を還すは脂韋を意《おも》へばなり
梳 既に奴手に汙《けが》れ　豈に復た膚に親しむ可けんや
寸折して之を地に擲《なげう》ち　復《ふたた》び顧みて踟躕せず
狂子 頗る自失するも　阿姑 心 涯無し
客を召して與に共に浴し　縱ままに客を中閨に入れ
羅帷 忽ち自ら開き　直ちに犯す 千金の軀
新婦呼《さけ》び且つ罵り　抗拒すること力を遺《のこ》さず
杵を擧げて奮擊して撞ち　脱走して去るに追ふ莫し
自ら傷む 潔白の身　行露に濡らしむに忍びんや
十三にして衣を裁つを學び　十六にして詩書を誦す
十七にして婦道成り　十八にして人の妻と爲る
擧動は禮法に循《のつと》り　身を許すは秦の羅敷《らふ》
阿姑 竟に相ひ負《そむ》き　豈に復た生を用て爲さんや
早に黄泉に歸するを得れば　我が身は幸いに無虧ならん
慟哭して自ら地に投じ　力竭きて四體墮す

綿綿氣欲絶　冥冥神已離
綿綿として氣絶えんと欲し　冥冥として神 已に離る

阿姑因作念　此可使人知
阿姑因りて作念す　此れ人をして知らしむ可けんや

不如滅其口　快意勝決疽
其の口を滅するに如かず　快意は決疽に勝る

爲食召諸少　縶縛加羈縻
食を爲りて諸少を召し　縶縛して羈縻を加ふ

前行操[65]雙斧　後行袖金椎
前《さき》に行ふに雙斧を操り　後に行ふに金椎を袖《ふる》ふ

翕霍[66]斧交下　縱擊椎[67]竝揮
翕霍として斧交ごも下り　縱ままに擊と椎を竝びに揮ふ

[68]婦痛願卽死　不願更須臾
婦痛みて卽死を願ひ　更に須臾するを願はず

奴何不剸刄　使我頸不殊
「奴 何ぞ剸刄ず　我が頸をして不殊せしめざる」と

可憐金石貞　竟死椎斧餘
憐む可し 金石の貞　竟に死す 椎斧の餘

飄風東南來　縱火將焚屍
飄風 東南より來り　火を縱ちて將に屍を焚かんとするに

皇天爲反風　屍重不可移
皇天 爲に反風し　屍重く移す可からず

夫の留守中にチンピラはまたもやってきて大宴會。張氏に酌をさせようとするが張氏は怒ってその場を去ろうとする。酒に乗じたチンピラは彼女にからんで頭のかんざしを攫んだ。張氏が罵るので仕方なくこれを返すが、チンピラの手に汚れてしまったかんざし、どうして再び身につけられよう。かんざしをへし折ってしまう。姑はまたもやチンピラの親玉と入浴し、これを張氏の部屋に招き入れる。泣き喚き、激しく抵抗する張氏、杵を振り回してこれを擊退した。部屋で慟哭する張氏に、姑はこのまま生かしておいては危ないと考え、チンピラたちを呼んで張氏を縛り上げ、斧や槌で張氏を毆らせる。痛みのあまり、張氏はいっそのこと刺し殺してと叫ぶ。惡人たちは證據を消すため火を放ち、彼女の死體を燒こうとする。死體は重く持ちあがらない。そこへ不思議な風が吹いてきて、火も消えてしまった。
最後の段、惡事が暴かれ、惡人たちが牢屋に入る場面である。

鄰里覺相報　官府爲窮治
鄰里 覺りて相ひ報じ 官府 爲に窮治す

阿姑始自悔　回罵諸屠沽
阿姑 始めて自ら悔い 回りて罵る 諸屠沽

我家何負若　陷我於罪羅
「我が家 何ぞ若を負《たの》まんや 我を罪羅に陷らしむ」と

相攜入囹圄　不得辭刑誅
相ひ攜へて囹圄に入り 刑誅を辭するを得ず

縣門大道邊　赫赫烈婦(69)祠
縣門 大道の邊 赫赫たり 烈婦の祠

先是三日前　祠中出靈威
是れより先 三日前 祠中 靈威出づ

鼓聲夜闐闐　烈火炎炎飛(70)
鼓聲 夜闐闐たりて 烈火 炎炎として飛ぶ

婦死三日後　仿佛廟中趨
婦死して三日の後 仿佛たり 廟中の趨

高行合祀典　有司表門閭
高行す 合祀の典 有司 門閭を表す

俎豆禮常(71)嚴　青史(72)名不渝
俎豆 禮は常に嚴にして 青史に名は渝びず

垂誡(73)後世人　完名當若茲
誡を垂る 後世の人 名を完うすること當に茲《か》くの若かるべし

事件は村に知れ渡り、お上のお裁きでみな牢獄へ。姑はチンピラの親玉を罵り、内輪もめだそうな。それにしてもこの事件の三日前、縣の大通りの烈婦祠で、不思議なことが起きたそうな。鼓の音が天から降ってきて、火の玉が飛んだとか。張氏が死んだ三日後に、張氏の靈は烈婦祠に入ったそうな。お上から烈婦と表彰された張氏、その合祀の儀式が嚴肅にとりおこなわれた。永く青史に名を留めることになった張氏、後世への模範となるにちがいない。

三　旌表の後に

歸有光の「書張貞女死事」と陸師道の「張烈婦」は、世論とお上を動かしたらしく、『世宗實錄』によれば、嘉靖二十五年（一五四六）七月、朝廷は張氏に對して旌表を賜った。

烈婦張氏を旌表す。張氏は、蘇州嘉定縣の民汪綬の妻なり。姑の陸氏縱淫、張の諫正を恚《い》み、乃ち私する所と與に執へて之を殺し、火を擧げて其の室を焚き、其の屍を滅して得ざらしめんと欲す。獄成りて、巡按御史王言 以聞し、有司に詔して爲に祠を建てしめ、賜りて「哀貞」と爲す。（『世宗實錄』巻三一三）(74)

ところが、歸有光の努力によるこの旌表は、公的には當時の縣令であった張重の功績となってしまった。張意が縣令の治世を讚えるために書いた「張侯去思碑」には、次のようにある。

順義の張侯は、嘉定の三年の政を宰し、採訪の使と成る、……其の他の奸を發《あば》きて擿伏す、安亭の張烈婦氏の若きは、其の姑の淫を嫉《にく》むや、數惡の男子の殺す所と爲り、事は幾んど白する能はざるに、侯 小女奴を逮《とら》へて之を鞠し、歷歷として群賊を得て、而して之を法に正す。厥の後 御史の王公 烈婦の節を嘉《よみ》し、之が爲に朝に請ふに之を旌表するを以てす、嗟《ああ》、夫れ循良の難きことや久し。（「張侯去思碑」）(75)

張意は既述したように、歸有光が「張副使」と呼び、かの事件の隱蔽工作をした張本人である。彼は張氏が「哀貞」の旌表をうけることになった後は、突然變心して張氏自殺説を放棄し、殺人事件の被害者の「烈婦」であることを追認するのである。そしてこの功が最初から縣令張重のものであったかのように書きとめたのである。

歸有光が「張貞女獄事」を書したのは嘉靖二十七年で、二十五年の張氏旌表の後である。すでに解決濟みの事件であるにもかかわらず、歸有光が「獄事」を記した動機はどこにあったのだろうか。

「獄事」は、二轉三轉する事件の捜査と裁判の背後で暗躍する士大夫の醜さを描くことに主眼が置かれており、士大夫たちを痛烈に批判したものである。歸有光は、「獄事」を書す前年の嘉靖二十六年、四十二歳で挑戰した三度目の會試にまたもや下第した。「老學子」に向けられる地元出身の進士や士大夫の視線は冷ややかなものであったに違いない。

さらに、歸有光は郷紳たちがこの判決を覆すことをおそれてもいた。

このことを考える上で興味深いのは、清の汪琬が自らの作品「烈婦周氏墓表」（『堯峯文鈔』巻二十）に付け加えた附記の内容である。

本書の第Ⅰ部第五章で論じたように、汪琬は清初の三大古文家の一人で、歸有光に私淑していた。汪琬は、「昔 李習之 盛名を唐に有せり、然れども獨自《みづか》ら述べて、其の敍する所の「高愍女」「楊烈婦」は班孟堅・蔡伯喈の下に在らずと爲す。近世の歸震川先生、亦た東南の大儒と號するは、尤も沾沾として自ら喜ぶ者にして、……琬は才學惷陋にして、李習之・歸震川の列に厠しめば、必ず當に㥏顔し汗下るべし。然れども其の諸の人に私淑する者殆んど年有り」(76)というほど、歸有光の烈女傳・節婦傳を好んでいた。「烈婦周氏墓表」は歸有光の「書張貞女死事」を意識して書かれている。

洞庭の周之球の娘壽英は同じ村の蔡瓊藻に嫁いだが、夫は心の病に罹っており、婚家で鬱鬱とした日々を送っていた。そこに凶暴な夫の兄の瓊滋から關係を迫らる。姑に訴えたが聽き入れられず、瓊滋はこれをいいことにますます壽英に關係を迫るようになり、追い詰められた彼女はついに自害したというものである。村人は最初お上にこのことを訴えようとしたが、たまたま周之球が留守であったため、夫の家が村人を買收してしまった。のちに、瓊滋はある晩發狂し、妻と娘を刺殺し、自ら命を絶ったという。ベッドの下に隠れていた下女の話によれば、夜中に赤い衣を着た女性が現れ、瓊滋をそのように仕向けたとのことであった。赤い衣は、父が歸鄉後、壽英を棺に納め葬ったときの服裝だったという。

汪琬はこの墓表を書いた一年後、これに次のような附記を書している。

> 是の事や、諸《こ》れを周氏に訪ねて信じ、諸れを周氏の親故に訪ねて信じ、予の洞庭に游ぶに及び諸れを傖夫に訪ねて又た信ず。顧だ　予　此の表を作りて一年、始め蔡旅平なる者有りて何人なるかを知らざるに、自ら瓊滋の父と稱し、其の族黨の勢力を挾みて娓娓として瓊滋の爲に辨じ、且つ予を懀して此の文を刪らしめんとす、是れ則ち凶人の幸にして、烈婦の大不幸なり。猶ほ鬼神有るに、其の遂に悍然として忌憚無きこと此くの如きか。昔　歸震川「張貞女死事」を書し、又た其の「獄事」を書し、又た「貞婦辨」又た「與嘉定諸友書」「與李浩卿」及び「殷徐陸三子書」有りて、殆んど數千言に啻《とど》まらず、丁寧反覆して置かず。予　始め其の煩を疑ふも、今由り之を觀れば、豈に已むを得んや、豈に已むを得んや。康熙十七年四月己丑、鈍翁記す。（「烈婦周氏墓表」）(77)

この事は、私は周氏から聞いて眞實だと確信し、周氏の親戚友人に聞いて訪ねて確信した。洞庭湖に行ったときに運送の人夫に聞いてさらに確信を強めた。しかし、私はこの墓表を作って一年後、最初、蔡旅平というのが誰なのか知らなかったのだが、自ら瓊滋の父と稱する者がやってきて、その一族の勢力を振りかざして瓊滋の辯護をし、かつ私にこの文を削除するようにと脅した。これは悪人にとっては幸いかもしれぬが、烈婦にとっては大不幸である。鬼神というものがあるのに、それをこれほど憚らないものなのか。昔 歸震川は「張貞女死事」を書し、さらに「獄事」を書し、さらにまた「貞婦辨」や「與嘉定諸友書」「與李浩卿」及び「殷徐陸三子書」など、作品は數千言にとどまらず、丁寧に何度も反覆してやめなかった。私は最初、冗煩だと思っていたのだが、今の立場からこれを觀れば、已むを得ないことだった。已むを得ないことだったのだ。康熙十七年四月己丑、鈍翁記す。

附記は、さらに姑の姓やベッドの下に隠れていた小婢の名、賂を受けた村人の名を暴露している。(78) 汪琬は當初、歸有光が張氏の事件について繰り返し論じていることを冗漫だと思っていたが、自ら烈婦の夫の一族から妨害を受けたことにより、歸有光がなぜこれほどまでに張氏のことを記し續けたか、その理由がわかったのである。

張氏は貞女として旌表を受けたとはいえ、いつまたこの判決がひっくりかえるかもしれない。丘評事は大理寺でこの判決を覆してみせると豪語していた。「書張貞女獄事」の最後には、張氏の母方の祖父は士大夫の家柄であるにもかかわらず胡巖からの賂を受け取り、慘殺死體を見なかったことにしてしまったことが書されている。身内ですらそのような狀態であるから、歸有光はいつ何時再び張氏の名が汚されることになるやも知れぬと懼れたのであろう。

ところが、あろうことか、歸有光の死から間もなく、萬曆元年〜四年（一五七三〜七六）に刊行された歸子祜・子寧編次の崑山本には、張氏の事件をめぐる一連の作品は、一篇も收載されていない。嘉定の友人たちにあてた書簡すらない。そのため、崑山本を讀む限りでは、この事件自體が存在しなかったかのようである。

それゆえであろうか、その三十年後、萬曆三十三年刊の『嘉定縣志』では、張氏の死因は自殺へと書き換えられている。

汪綬の妻張氏、安亭の人。綬の母老いて淫、私する所の客臥內に出入りし、晝夜を避けず。張氏之を惡み、數しば忿懟生じ、卒に自ら經死す。嘉靖二十五年、有司に詔して祠を立て之を祀らしめ、額を「哀貞」と賜ふ。（萬曆三十三年刊『嘉定縣志』卷十三　列女）(79)

また、先にあげた陸師道の詩については、卷二十二「文苑」にこの詩を採錄しながら、題下に次のような注をつけている。ここでは張氏の死因は不明とされ、殺人説は完全に否定されている。

貞婦は嚼然の節有りて死し、時に狀能く明らかにする莫きなり。淫する者之を殺すと謂ふは則ち誣なり。顧だ其の詞旨は悲傷激烈にして、讀者之が爲に流涕す、故に之を存す。（萬曆三十三年刊『嘉定縣志』卷二十二　文苑「悼張貞婦詩」題下注）(80)

つまり、嘉定の士大夫によって編纂された萬曆三十三年刊『嘉定縣志』は、張氏殺害說を否定、その死因を姑の淫亂惡行を苦にした自殺としたのである。張意や丘峻の後裔を含む地元の鄉紳の意向が反映されたと考えられよう。朝廷から一旦下賜された「哀貞」の旌表が取り消されることはなかったにしろ、歸有光が「死事」や「獄事」で糾彈した不正義は再び息を吹き返したのである。(81)

四　歸有光の貞女觀

この張氏遭難をめぐる一連の作品は、その後の歸有光の文學にも大きな影響を與えることになった。これをきっかけとして、歸有光のもとには節婦に關する多くの原稿依賴が舞い込むようになったのである。

歸有光は、倭寇の被害者となった女性の傳記の中で次のように述べている。

> 余　海濱に長生し、足跡は天下に及ばず。然れども見る所の鄉曲の女子の其の夫に死する者、數十人。皆な其の事を得て之を紀述す。然れども天下嘗《つね》に變有り、大吏の死するは、僅かに一二を見るのみ。天地の氣は、豈に獨り女婦に偏らんや。（「王烈婦墓碣」）(82)
>
> 私は海邊で生まれ育ち、天下を見て回ったわけではない。しかし、鄉里で出會った夫に殉じた女性は、數十人に上る。すべてその事跡を調べて記述した。しかし、むかし天下が變った際、大吏で死んだのは、僅かに一二人である。天地の氣は、ただ女婦にだけ偏っているのではなかろうか。

さらに、歸有光は友人の唐欽虔に與えた書簡において、次のようなことを言っている。

> 今　號して丈夫と爲す者、媕阿脂韋し、小小たる利害に、遂に以て瀾倒す。……天地の正氣は、淪沒して幾んど盡き、僅僅《わづ》かに婦女の間に見ゆるのみ。吾が輩は宜しく之を培植し、之を昌大ならしむべく、宜しく之を沮抑し、

之を銷鑠せしむべからず。（「答唐虔伯書」[83]）

當今はいっぱしの男といわれる者でも、ぐずぐずなよなよして、ちっぽけな損得にかられ、はては物事を顚倒させる。……天地の正氣は、淪沒してほとんど盡きてしまったかのようで、僅かに婦女の間に見えるだけとなっている。われらはこれを培養し、これを隆盛させるべきであって、停滯させたり、溶解させたりするべきではない。

歸有光は、官僚たちが節義のために身を挺することがなくなった現在、天地の正氣が見られるのは女性のみであるというのである。

では、歸有光は貞節のために死ぬ女性を全面的に支持していたのであろうか。實は、歸有光は當時の一般的な貞女觀については批判的な考えを有していた。

その一つは、婚約者が死去した場合、女性が未婚のままで獨身を貫くことへの反對意見である。

女《むすめ》の未だ人に嫁せざるに、或ひは其の夫の爲に死す、又た終身改適せざる者有るは、禮に非ざるなり。夫れ女子の未だ身を以て人に許すの道有らざるなり。未だ嫁せずして其の夫の爲に死し、且つ改適せざる者は、是れ身を以て人に許すなり。男女 相ひ名を知らず、婚姻の禮は、父母 之を主る。父母 在らざれば、伯父世母 之を主り、伯父世母無くんば、族の長者 之を主る。男女 自ら相ひ婚姻するの禮無く、厚く別して廉恥の防を重んずる所以なり。女子室に在れば、唯だ其の父母のみ之が爲に人に聘せらるを許し、而して己の與《あずか》る所無くんば、女道に純なるのみ。六禮既に備わり、壻 親御授綏し、母 之を門に送り、共に牢合巹し、而る後に夫婦と爲る。苟しくも一禮備はらず、壻 親迎せず、父母の命無くんば、女 自ら往かざるなり。猶ほ奔と爲すがごときのみ。女 未だ嫁せざるに其の夫の爲に死し且つ改適せざるは、是れ六禮具はらず、壻 親迎せず、父母の命無くして奔る者にして、禮に非ざるなり。陰陽配偶するは、天地の大義なり。天下未だ生れて偶者無く、終身適がざること有らず、是れ陰陽の氣に乖り、而して天地の和を傷ふなり。（「貞女論」）[84]

女がまだ嫁いでいないのに、夫の爲に死んだり、また終身ほかに嫁ごうとしない者があるのは、禮にかなっていない。そもそも娘には自ら身を他人に委ねるという道はない。まだ嫁いでいないのに、夫の爲に死んだり、またほかに嫁がないというのは、身を他人に委ねていることになる。男女は互いに見知らず、婚姻の禮は、父母がつかさどるものだ。父母がいなければ、伯父や伯母がこれをつかさどり、伯父や伯母もいなければ一族の長老がこれをつかさどる。男女には自分で婚姻するという禮は無い、男女の別をはっきりし廉恥の防を重んずるためである。娘が未婚であれば、ただその父母だけが婚姻の申し込みを受けることができるのであって、自らがあずかるところのものではなく、女道に忠實であるべきだ。六禮が既に備わり、壻が親迎に來れば、母はそれを門で見送り、ともに結婚の盃をかわし、しかる後に夫婦となるのである。もしも一禮でも備わらず、たとえば壻が親迎に來ないとか、父母の命ではないというのなら、女は自分からは往かないものである。それは私奔ということになる。まだ嫁いでいないのに、夫の爲に死んだり、またほかに嫁がないというのは、六禮も具わらず、壻も親迎せず、父母の命も無く、私奔する者であり、禮にかなっていない。陰陽の配偶は、天地の大義である。天下にはこの世に生れて配偶者がいないとか、終身適がないものがあるが、これは陰陽の氣に乖るもので、天地の和を傷う行爲である。

「烈婦は二夫を更えず」「一に從いて終わる」というが、明代にあってはいまだ正式に結婚しなくとも婚約していただけで、「夫」とみなし、婚約者の男性が夭折したのに殉じたり、他所へ嫁ぐのを拒んだりする風潮があり、實際にお上がそれを旌表することもあった。『宣宗實錄』卷六十五には宣德五年夏四月の次のような記事が見える。

朱善眞は、錦衣衛の校衛朱旺の女なり、校衛の丁貴に許嫁するに、貴は疾を以て卒す。善眞號慟して已まず、父母之を止めて曰はく、「汝は年少にして、別に適《とつ》ぐべし、何ぞ苦しむこと乃ち爾るや」と。女曰はく、「身は既に丁氏に許さる、卽ち其の婦なり、寧ろ死すとも圖を改めず」と。遂に自ら經《くびくく》れり。事聞こえ、其の門に旌して「貞烈」と曰ふ。(『宣宗實錄』卷六十五)(85)

朱善眞は、錦衣衛の校衛朱旺の娘である。校衛である丁貴と婚約していたが、貴は疾で亡くなった。善眞は慟哭してやまず、父母は彼女をとめて、「お前は年も若いので、他所へ嫁ぐことができる、なぜこれほどまでに苦しむのか」とたずねた。女がいうには、「既にこの身は丁氏と婚約していますので、その妻です、死んでも意思を改めません」と。かくて首をくくった。このことがお上に報告され、その門に「貞烈」と旌表された。

歸有光の文集には婚約者に殉じた女子についての傳記はなく、彼はこの類の貞女傳を書かなかったと思われる。また、歸有光は嘉靖二十七年の冬に十六歳の長男の子孝を失くしており、年齡から考えてすでに婚約者がいたと考えられるが、その相手が獨身を貫こうとしたとしたら、それを思いとどまらせたに違いない。

歸有光はまた、夫が亡くなった後、女性がすぐに殉死することをもてはやす風潮には賛成していない。歸有光の節婦傳には、殉死を選ばず、むしろ節を守って嫁として母として生きた女性の苦難を描いたものが多い。

夫不幸にして死し、而して夫の子在れば、獨ぞ以て死すべけんや。就使《たとひ》子無きも、苟しくも依る者有れば、亦た死の可なる無きなり。能く其の節を全うし、以て天道に順ずるを要すのみ。（「貞節婦季氏墓表」(86)）

夫が不幸にして死に、夫の子が遺されていれば、どうして死んでよかろうか。もしも子が無くとも、頼りが必要な者がいれば、これも死んでよいはずはない。肝要なのはその節を全うし、天道に順ずることにあるのだ。

次に紹介する歸有光の「陶節婦傳」は、こうした歸有光の貞婦観が如實にあらわれた作品だといえる。

陶節婦、方氏は、崑山の人にして、陶子舸《とうしか》の妻なり。陶氏に嫁ぎて期年、而して子舸死す。婦は悲哀して自《みずか》ら經《くびくく》らんと欲す。或ひと責むるに、姑の在《いま》すを以てす。因《よ》りて俛默《ふもく》すること久しうし、遂に復た死を言はず。而して姑に事《つか》ふること日び謹む。姑も亦た寡居し、同に一室に處り、夜は則ち衾を同じうして寢ね、姑婦相ひ憐むこと甚だし。然れども其の夫に死せんことを欲し、一日も忘るる能はざるなり。（「陶節婦傳」(87)）

陶節婦方氏は、崑山の人で、陶子舸の妻である。陶氏に嫁いで、一年後に子舸が亡くなった。のこされた妻は悲しみ首をくくろうとした。ある人が、姑が健在なのにとこれを戒めたら、しばらく默って首を垂れていたが、もう二度と死を口にしなくなり、姑に毎日よく仕えた。姑も寡婦であり、ともに同じ部屋で暮らし、夜は同じ布團で寢て、姑と嫁は互いにいたわりあった。しかし、夫に殉じたいという思いは、一日も忘れることができなかった。

しかし、義弟の態度は冷たかった。

時に夫の弟、西山に之《ゆ》きて石を買ひ、獨り子絅の穴のみを爲らんと議す。婦卽《ただ》ちに自ら磚《せん》を買い、其の旁《かたわ》らに穴す。(88)

亡夫の弟は西山に行って墓石を買い、ただ子絅の墓穴だけを造営しようとした。寡婦はすぐにレンガを買い、その傍らに自分の墓穴をつくった。

亡夫の弟が兄の墓を造るに際し、墓穴を一つしか造らなかったのは、子供もいない方氏は将來再婚することになると判斷したからであろう。それから九年、姑が赤痢を患った。

已にして姑は痢を病むこと六十日、晝夜、側《かたは》らを去らず。時尚お秋暑にして、穢《きた》なきこと聞《か》ぐべからず。常に中裙《ちゅうくん》と廁牏《しとう》を取りて、自ら之れを浣洒《かんさい》す。家人 顧みて吐くもの有り。(89)

姑が赤痢を患って六十日、晝夜看病に明け暮れた。殘暑の嚴しいころで、その汚物は嗅ぐに堪えぬほどの臭さだったが、いつも下着と便器を手ずから洗った。これをみて吐く家人もいた。

しかし、介護の甲斐なく、姑はとうとう亡くなってしまう。その葬儀の晩のことである。自室に戻った陶節婦は、夫が死んでから九年の間ずっと胸に祕めていた計劃を決行する。

金を屑《くだ》きて水に和《ま》ぜ、之れを服するも死せず。井に投ぜんと欲するも、井口隘《せま》く、下《くだ》る能はず。夜二鼓、小婢を呼び隨行せしめ、舍の西に至りて、婢を紿《あざむ》きて還らしめ、自ら水に投ず。水淺くして、乍《たちま》ち沉み乍ち浮く。……家人 其の屍を得るに、面の水に沒するを以て、色生けるが如し。兩手に茭《まこも》の根を持ち、牢《かた》きこと甚だしく、解くべからざるなり。婦は年十八にして子駉に嫁ぎ、十九にして夫を喪ふ。姑に事ふること九年、而して其の姑と同日に死す。卒して之を清水灣に葬る、縣の南千墩浦の上《ほと》りに在り。(90)

金を砕いて水に混ぜて飲んだが死ねない。井戸に身を投げようとしたが、井戸の口が狭いので身體が入らない。夜の十一時ごろ、下女を呼んで家の西側まで一緒に行き、下女を先に歸らせてから入水した。水が淺く、身體は浮いたり沈んだりした。……しばらくして、陶節婦の水死體が引揚げられた。それは、顏面が水につかっていたため、まるで生きているかのようであり、兩手にまこもの根を握り締め、固くてはずせなかった。陶節婦は十八で子駉に嫁ぎ、十九で夫を喪った。姑に事うること九年、その姑と同じ日に死んだ。亡くなって清水灣に葬られた、縣の南にある千墩浦のほとりである。

纏足の女性は遠くまで歩くことができず、入水といっても淺瀨で決行するしかない。まこもの根を固くつかんでいたのは水が淺いところで確實に溺死するためであった。右のくだりはまるで水屍體を前にしているかのような描寫である。

贊に曰く、婦は夫に從ふを以て義と爲す。假に節婦をして子駉に隨ひて死するを遂げしむるも、世は猶ほ將《も》つて之を賢とす。獨だ濡忍して以て其の母の終はるを俟《ま》つは、其れ誠に孝なり、之を古人に槩するに何ぞ媿ぢんや。(91)

贊にいう、つまは夫に從うことを義とする。かりに節婦が子䘏に殉じて死を遂げていたとしても、世間は彼女のことを賢婦だというだろう。それなのに我慢して母が亡くなるまで待ったのは、誠に孝である。これを古人と比べてみても何の遜色があろう。

歸有光の規準からいえば、嫁が子の養育や老親の介護を放棄して夫に殉ずることや、未婚女性が婚約者の死に殉じたり、生涯他に嫁がぬことを誓ったりすることは、貞女でも節婦でもなかったのである。その時、その立場の節義を貫くことこそが肝要だと考えていた。

小　結

明末清初、黃宗羲が『明文海』に「書張貞女死事」を収錄し、さらに『明史』列女傳がこれを抄略の形で載錄して以後、この作品は歸有光の代表作と見なされるようになる。ある意味では、「書張貞女死事」について後世に傳わるべき作だと豪語した彼の預言どおりになったといえよう。

歸有光はこれ以外にも「張貞女獄事」、「續書張烈婦事」、「貞婦辨」、「張氏女子神異記」、「祭張貞女文」、「招張貞女辭竝序」といった張氏慘殺事件にまつわる作品を多く遺した。それらはすべて、不正義への強烈な義憤をきっかけとしており、張氏に姦通の罪を着せようとする勢力との戰いの下で執筆された。

『史記』を愛する歸有光は、列傳に描かれた人間の生き樣、死に樣に強く引かれていたが、明という泰平の時期に在っては、そのような硬骨漢にめぐりあう機會もない。それどころか己の富貴や榮達のために汲々とし、節義のために命を懸けることを忘れた士大夫への失望の念は強かった。「天地の正氣」が士の間で失われた今、これを見ることができるのは女性の行事だけだと彼は考えていた。合山究氏は、「明末ごろから女性の節烈を強く稱贊し、男性の忠節心の缺如を嚴しく批判するといった、男女の優劣を轉倒したような表現が目立つようになってきた」(92)と指摘されるが、おそらくその先鞭をつけたのは歸有光の張貞女をめぐる一連の作品であろう。

歸有光は、この事件の後、鄉里の友人に依頼された寡婦の傳記や墓誌銘、烈女の傳記などを多く執筆するようになる。いずれも、その女性の生き樣、死に樣を活寫したもので、臨場感あふれる敍述となっている。その原點は「書張貞女死事」にあるといえよう。

註

（1）康熙本（四部叢刊本、以下同じ）『震川先生集』卷七「與嘉定諸友書」に「僕爲奔車所傷、苦腰痛、久臥城中。比因亢旱、家人乏食、扶曳到安亭」とあるのによる。

（2）康熙本『震川先生集』卷七「與李浩卿書」に「向日紛紛只爲元兇漏網、烈婦受誣、此千古之恨。以此發憤、更不思及其他」とある。

（3）本田濟・都留春雄『近世散文集』（朝日新聞社　中國文明選第十　一九七一）には、「書張貞女死事」および「書張貞女獄事」の譯注が収められている。なお、庄司莊一「張貞女の死——明代の士大夫歸有光と民衆」（高野山大學『密教文化』第一〇八號　一九七四）、「歸有光逸事——張女事件をめぐって」（『加賀博士退官記念中國文史哲學論集』一九七九）にも、事件の推移が紹介されている。庄司論文はともに『中國哲史文學逍遙』（角川書店　一九九三）に収められている。また、台灣ではこれに關する專論として、黃明理「論歸有光的張貞女敍述」（台北師範大學『國文學報』第三十五期　二〇〇四）がある。

（4）（5）歸有光の文集中には張氏の夫、および姑の名は見えない。『世宗實錄』卷三一三の記事（注（85））に基づく。

（6）　康熙本『震川先生集』は「金梭」に作るが、「金梭」が歸莊の校訂ミスであることは、すでに本書の第Ⅰ部第五章で述べたとおりである。

（7）　萬曆三十三年刊『嘉定縣志』（『中國方志叢書』第四二一號）卷九職官上 官師表に、「張重、直隸順義人、辛丑（嘉靖二十年）の進士、（嘉靖）二十年任、陞兵部主事」とある。

（8）（9）　萬曆三十三年刊『嘉定縣志』（『中國方志叢書』第四二一號）卷十選擧考　科貢表には、嘉靖八年の進士として張意と丘峻の二人の名が擧がっており、それぞれ「張意、字誠之、授工部主事、終山東按察司副使」、「丘峻、字は惟陟、授大理評事、終寺正」とある。

（10）　康熙本『震川先生集』卷七「與嘉定諸友書」　今日彰善癉惡、固有司之事、而發揚之以助有司之不及者、亦諸君子之責也。聞貴邑張侯、慨然欲正爲惡者之罪、且將申明旌別之典。衆庶欣欣有望。茲者獄久不決、而檢驗之官屢出。竊恐元兇漏網、而烈婦之心迹、無以自明。僕之不佞、得托交於下風、夙欽諸公之高誼、以爲可以明白頌言之者、唯諸公而已。竊望於釋菜都講之餘、不恤一言、以伸烈婦之冤、以救東南數千里之旱。唯諸公留意焉。ただし、本書Ⅱ部第五章に紹介する二つの鈔本『歸震川先生未刻稿』は、ともに「恤」を「惜」に作る。今、未刻稿に從う。

（11）　康熙本『震川先生集』卷七「與殷徐陸三子書」　再奉記事一首。前所述頗踈畧、當以此爲證。此皆得之衆論、無一語粧飾、但不知于史法何如耳。少時讀書、見古節義事、莫不慨然歎息、泣下沾襟、恨其異世、不得同時。至於今者著于耳目、乃更旁視遲疑、如不切已。

（12）　康熙本『震川先生集』卷七「答唐虔伯書」　向日張氏女子事、因一時人心憤憤、竊恃知愛、輒移書相曉、欲望少伸匹婦之冤。……吾兄致疑於其間者、竊恐惑於先入之言、而未察於衆人之論。大率安亭數百戶、自七八十歲老翁、下至三尺童子、言烈婦之冤、有詳有畧、其謂守義而死、一也。言諸兇之惡、有詳有畧、其謂朋淫殺人、一也。至於當時下手惡少、主名自在。明察之官、反覆參訊、可得其情實。况以十二歲女奴爲佐證、據以成獄、豈有冤者？　夫四五兇人、挾淫姑以爲主、共殺一女子、如屠犬豕。往來蹤跡、口語籍籍、豈爲難察之獄？　天道昭然、暗室屋漏、誰謂無人知之哉？

（13）　康熙本『震川先生集』卷十八「撫州府學訓導唐君墓誌銘」　縣中有張烈婦、爲賊所殺、獄未明、君至學官都講、爲具析其所以。

縣乃取張氏小女奴問之、其賊始得。或怵以利害、不動也。

(14) 康熙本『震川先生集』卷十六「張氏女子神異記」　嘉靖甲辰、夏五月、安亭鎭女子張氏年十九、姑脅淩與爲亂、不從。夜羣賊戕諸室。縱火焚尸、天反風滅火、賊共舁欲投火、尸如數石重、莫能舁。前三日、縣故有貞烈廟、廟旁人聞鼓樂從天上來、火出柱中、轟轟有聲。縣宰自往拜之。時大旱、三月無雨、士大夫哀祭已、大雨如注。賊子籲天拜、拜忽兩腋血流。縣宰命暴姑尸壇上、禁其家不得收。家夜收之、雷雹暴至、羣鬼百數、啾啾共來逐、遂棄去。及官奉檄啓視女子、時經暑三月不腐。僵卧膚肉如生、頸脅二創孔有血沫。仵人吐舌、謂未有也。噫、亦異哉。觀古傳記載忠烈事、多有神奇。今日見之、益信。於是知節義天所護、然不能護之使必無遭害、何也、悲夫。

(15) 萬曆三十三年刊『嘉定縣志』（『中國方志叢書』第四二一號）卷九職官上　官師表には、張重の後任として張守直　なる人物が擧げられており、そこには「字時擧、直隷遵化人、甲辰進士、二十四年任、陞吏部主事、終刑部尚書」と見える。張重は二十四年に離任していることがわかる。

(16) 康熙本『震川先生集』卷七「與李浩卿書」　今諸公旣如此旌揚、則此女當暴白於天下、誠大快也。僕與此里之人、忽見天清日明。更亦復有何事哉。僕與足下數十年相知、未嘗不黯黯而居、默默而處。今日豈欲揭日月、求聲譽於海濱草野之中。惟記事一首、乃僕自以爲必可傳者。少好史漢、未嘗遇可以發吾意者。獨此女差強人意。又耳聞目見、據而書之、稍得其實。但世人知文者絶少、要以示千百世之後耳。

(17) 康熙本『震川先生集』卷七「答兪質甫書」　人至、得初一日所惠書、感激壯厲。三復、浪然雪涕。嗟乎、質甫則旣知之矣、豈待于千百世之後耶。……昨偶發憤一言、不幸遂有喜事之名。

(18) 康熙本『震川先生集』卷七「答唐虔伯書」　或又疑烈婦之死、以羣兇之威力、不能保其不汚。夫烈婦苟失節矣、必不至於死、誠死矣、一死自足以明之。今號爲丈夫者、婞阿脂韋、小小利害、遂以瀾倒。區區婦女、抗志於羣汚之中、卒以死殉、然復云云、眞所謂「好議論不樂成人之美如此」。

(19) 韓愈のこの言は、『論語』顔淵「君子成人之美、不成人之惡、小人反是」にもとづく。

(20) 康熙本『震川先生集』卷四「貞婦辨」　張貞婦之事、邑宰訊鞫之詳、傅爰之當、昭昭揭日月于天下矣。或疑貞婦之未得爲烈也、曰、「其遜于母氏也、胡不自絕而來歸也」。曰、「義不能絕于夫也。有妻道焉。遂志而亂倫、非順也。」曰、「其來歸也、胡不卽死」。曰、「未得所以處死也、有婦道焉。潔身以明汙、非孝也。然而守禮不犯、皭然于泥滓之中、故以淫姑之悍虐、羣兇之窺闖、五閱月而逞其狂狡也」。曰、「其犯之也、安保其不汙也」。曰、「童女之口、不可滅也。精貫日月、誠感天地、故庶婦一呼、桀夫披靡。水不能濡、火不能爇、蓋天地鬼神亦有以相之、不可以常理論者」。……貞婦之事、今日所目見者也。謂不得爲烈者、東土數萬口無此言也。彼爲賊地者之言也。嗚呼、綱常與天地終始、而彼一人之喙。欲沈埋貞婦曠世之節、解脫羣兇滔天之罪、吾不知其何心也。作貞婦辨。

(21)『列朝詩集』丁集卷八「陸少卿師道」に、「師道、字子傳、長洲人、嘉靖戊戌進士、授工部主事、改禮部儀制。以母病告歸侍養、年尚未三十也。杜門却掃二十五年。嘉靖末、用薦起南祠部、遷膳部郎、改尙寶司少卿。穆廟初、病不任拜起、予告歸。貧益甚、至鬻衣以給饘粥。又六年而卒」とある。

(22)『列朝詩集』丁集卷八所收「張烈婦」題注「嘉定張烈婦、嫁汪生之子、汪之母與群惡少亂、烈婦耻之。姑怒、謀令一人強亂烈婦、烈婦不從、殺之。余友歸熙甫高其節行、紀其事、請余作詩」。

(23)「貴」、萬曆三十三年刋『嘉定縣志』作「賈」。

(24)「姥」、萬曆三十三年刋『嘉定縣志』作「姑」。

(25)「耳箸瑟瑟環」、萬曆三十三年刋『嘉定縣志』作「耳着明月璫」。

(26)「跳」、萬曆三十三年刋『嘉定縣志』作「條」。

(27)「言」、萬曆三十三年刋『嘉定縣志』作「信」。

(28)「惟」、萬曆三十三年刋『嘉定縣志』作「之」。

(29)「傍」、萬曆三十三年刋『嘉定縣志』作「旁」。

(30)「用」、萬曆三十三年刋『嘉定縣志』作「以」。

(31)「入門不數月、數數見所私」、萬曆三十三年刋『嘉定縣志』無此二句。

(32)「無」、萬曆三十三年刋『嘉定縣志』作「豈」。

(33)「雙」、萬曆三十三年刋『嘉定縣志』作「偸」。

(34)「姑嬉」、萬曆三十三年刋『嘉定縣志』作「母居」。

(35)「胡」、萬曆三十三年刋『嘉定縣志』作「何」。

(36)「妾」、萬曆三十三年刋『嘉定縣志』作「子」。

(37)「場」、萬曆三十三年刋『嘉定縣志』作「質」。

(38)「爲」、萬曆三十三年刋『嘉定縣志』作「謂」。

(39)「姑應」、萬曆三十三年刋『嘉定縣志』作「汝姑」。

(40)「闈」、萬曆三十三年刋『嘉定縣志』作「閨」。

(41)「使」、萬曆三十三年刋『嘉定縣志』作「令」。

(42)「白」、萬曆三十三年刋『嘉定縣志』作「辭」。

(43)「姑」、萬暦三十三年刊『嘉定縣志』作「母」。
(44)「惱」、萬暦三十三年刊『嘉定縣志』作「憹」。
(45)「吾豈爲嫗少、吾豈爲嫗姝」、萬暦三十三年刊『嘉定縣志』無此二句。
(46)「酒」、萬暦三十三年刊『嘉定縣志』作「口」。
(47)「順」、萬暦三十三年刊『嘉定縣志』作「塡」。
(48)「爪爪」、萬暦三十三年刊『嘉定縣志』作「介介」。
(49)「修」、萬暦三十三年刊『嘉定縣志』作「脩」。
(50)「鬌」、萬暦三十三年刊『嘉定縣志』作「墮」。
(51)「復」、萬暦三十三年刊『嘉定縣志』作「得」。
(52)「好」、萬暦三十三年刊『嘉定縣志』作「美」。
(53)「許」、萬暦三十三年刊『嘉定縣志』作「計」。
(54)「謀」、萬暦三十三年刊『嘉定縣志』作「謨」。
(55)「姑」、萬暦三十三年刊『嘉定縣志』作「母」。
(56)「歌」、萬暦三十三年刊『嘉定縣志』作「懽」。
(57)「從」、萬暦三十三年刊『嘉定縣志』作「促」。
(58)「定」、萬暦三十三年刊『嘉定縣志』作「走」。
(59)「復可」、萬暦三十三年刊『嘉定縣志』作「可復」。
(60)「中」、萬暦三十三年刊『嘉定縣志』作「重」。
(61)「帷」、萬暦三十三年刊『嘉定縣志』作「裙」。
(62)「杵」、萬暦三十三年刊『嘉定縣志』作「仵」。
(63)「十三學裁衣、十六誦詩書、十七婦道成、十八爲人妻、擧動循禮法、許身秦羅敷」、萬暦三十三年刊『嘉定縣志』無此六句。
(64)「竟」、萬暦三十三年刊『嘉定縣志』作「既」。
(65)「操」、萬暦三十三年刊『嘉定縣志』作「持」。
(66)「霍」、萬暦三十三年刊『嘉定縣志』作「然」。
(67)「椎」、萬暦三十三年刊『嘉定縣志』作「推」。
(68)「婦」、萬暦三十三年刊『嘉定縣志』作「負」。
(69)「婦」、萬暦三十三年刊『嘉定縣志』作「女」。
(70)「炎飛」、萬暦三十三年刊『嘉定縣志』作「飛炎」。
(71)「常」、萬暦三十三年刊『嘉定縣志』作「帝」。
(72)「青史」、萬暦三十三年刊『嘉定縣志』作「史書」。
(73)「誡」、萬暦三十三年刊『嘉定縣志』作「戒」。
(74)『世宗實錄』卷三一三　嘉靖二十五年七月丁丑、旌表烈婦張氏。張氏、蘇州嘉定縣民汪綬妻也。姑陸氏縱淫、恚張諫正、乃與所私執殺之、擧火焚其室、欲滅其屍而不得。獄成、巡按御史王言以聞、詔有司爲建祠、賜爲「哀貞」。
(75)康熙十二年刊『嘉定縣志』卷二十三　芸文　張意「張侯去思碑」　順義張侯、宰嘉定之三年政、成採訪之使、……其他發奸摘伏、若安亭張烈婦氏、嫉其姑之淫也、爲數惡男子所殺、事幾不能白、侯逮小女奴鞫之、歷歷得群賊、而正之法、厥後御史王公嘉烈婦之節、爲之請于朝以旌表之、嗟、夫循良之難久矣。

(76)『堯峯文鈔』卷三十二「荅王進士書」　昔李習之有盛名於唐、然獨自述其所敍高愍女楊烈婦爲不在班孟堅蔡伯喈下。近世歸震川先生亦號東南大儒、尤沾沾自喜者、……琬才學惷陋、使厠於李習之歸震川之列、必當愧顏汗下、然其私淑諸人者殆有年矣。

(77)『堯峯文鈔』卷二十「烈婦周氏墓表」　是事也、訪諸周氏而信、訪諸周氏之親故而信、及予游洞庭訪諸傖夫而又信、顧予作此表一年矣。始有蔡旅平者不知何人、自稱瓊滋之父、挾其族黨勢力娓娓爲瓊滋辨、且愶予使删此文、是則凶人之幸、而烈婦之大不幸也。猶有鬼神、其遂悍然無忌憚如此乎。昔歸震川「書張貞女死事」又「書其獄事」又有「貞婦辨」又「與嘉定諸友書」「與李浩卿」及「殷徐陸三子書」殆不啻數千言、丁寧反覆、不置。予始疑其煩、由今觀之、豈得已哉。豈得已哉。康熙十七年四月己丑。鈍翁記。

(78)『堯峯文鈔』卷二十「烈婦周氏墓表」に「壽英之姑姓陸氏、床下小婢名貞秀。篇中言納賄止其事者、指其里人有私息議單是也。詳見旅平所與予書中、旅平字文若年已邁矣。其不敢與周氏辨、而顧嘵嘵予側。蓋有居中慫臾以悞之者、始予之爲此表也、僅以存烈婦而已、初不欲斥其舅姑名氏、旅平既以自言、則予不能爲之諱矣、次日又記」とある。

(79)萬曆三十三年刋『嘉定縣志』（『中國方志叢書』第四二一號）卷十三　列女　汪綬妻張氏、安亭人。綬母老而淫、所私客出入臥內、不避晝夜。張氏惡之、數生忿懟、卒自經死。嘉靖二十五年、詔有司立祠祀之、賜額「哀貞」。

(80)萬曆三十三年刋『嘉定縣志』（『中國方志叢書』第四二一號）卷二十二　文苑「悼張貞婦」題下注「貞婦有嚼然之節而死、時狀莫能明也。謂淫者殺之則誣矣。顧其詞旨悲傷激烈、讀者爲之流涕、故存之」。

(81)ただし、『明史』列女傳に歸有光の「書張貞女死事」を節略した記事が採錄されて以降の『嘉定縣志』では、すべて姑たちによる謀殺說が採られている。

(82)康熙本『震川先生集』卷二十四「王烈婦墓碣」　余生長海濱、足跡不及於天下。然所見鄉曲之女子死其夫者、數十人。皆得其事而紀述之。然天下嘗有變矣、大吏之死、僅一二見。天地之氣、豈獨偏於女婦。

(83)康熙本『震川先生集』卷七「荅唐虔伯書」　今號爲丈夫者、婾阿脂韋、小小利害、遂以瀾倒。……天地正氣、淪沒幾盡、僅僅見於婦女之間。吾輩宜培植之、使之昌大、不宜沮抑之、使之銷鑠。此等關係世道不淺。

(84)康熙本『震川先生集』卷三「貞女論」　女未嫁人、而或爲其夫死、又有終身不改適者、非禮也。夫女子未有以身許人之道也。

未嫁而爲其夫死、且不改適者、是以身許人也。男女不相知名、婚姻之禮、父母主之。父母不在、伯父世母主之、無伯父世母族之長者主之。男女無自相婚姻之禮、所以厚別而重廉恥之防也。女子在室、唯其父母爲之許聘於人也。而已無所與、純乎女道而已矣。六禮既備、壻親御授綏、母送之門、共牢合巹、而後爲夫婦。苟一禮不備、壻不親迎、無父母之命、女不自往也。猶爲奔而已、女未嫁而爲其夫死且不改適、是六禮不具。壻不親迎、無父母之命而奔者也、非禮也。陰陽配偶、天地之大義也。天下未有生而無偶者、終身不適。是乖陰陽之氣、而傷天地之和也。

(85)『宣宗實錄』卷六十五「宣德五年夏四月癸酉……朱善眞、錦衣衛校衛朱旺女、許嫁校衛丁貴、貴以疾卒、善眞號慟不已、父母止之曰、「汝年少、可別適、何苦乃爾?」女曰、「身既許丁氏、卽其婦也、寧死不改圖」。遂自經。事聞、旌其門曰「貞烈」。

(86)康熙本『歸震川先生集』卷二十三「貞節婦季氏墓表」夫不幸而死、而夫之子在、獨可以死乎。就使無子、苟有依者、亦無死可也。要於能全其節、以順天道而已矣。

(87)(88)(89)(90)(91)康熙本『震川先生集』卷二十七「陶節婦傳」陶節婦、方氏、崑山人、陶子舸之妻。歸陶氏期年、而子舸死。婦悲哀欲自經。或責以姑在、因俛默久之、遂不復言死。而事姑日謹、姑亦寡居、同處一室、夜則同衾而寢、姑婦相憐甚。然欲死其夫、不能一日忘也。……時夫弟之西山買石、議獨爲子舸穴。婦卽自買磚、穴其旁。已而姑病痢、六十餘日、晝夜不去側。時尚秋暑、穢不可聞。常取中裙厠牏、自浣洒之。……屑金和水服之、不死。欲投井、井口隘、不能下。夜二鼓、呼小婢隨行至舍西、紿婢還、自投水。水淺、乍沉乍浮。月明中、婢從草間望見之。既死、家人得其屍、以面沒水、色如生。兩手持茭根、牢甚不可解也。婦年十八嫁子舸、十九喪夫。事姑九年、而與其姑同日死。卒葬之清水灣、在縣南千墩浦上。贊曰、婦以從夫爲義。假令節婦遂隨子舸死、而世猶將賢之。獨濡忍以俟其母之終、其誠孝、槩之于古人何媿哉。

(92)合山究『明清時代の女性と文學』第二篇第五章「貳臣の節婦烈女の傳記にあらわれた男性批判」(汲古書院 二〇〇六)參照。

第五章　二つの『未刻稿』

小　序

歸有光文集の編纂刻行の歷史については、本書第Ⅰ部第四章「歸莊による『震川先生集』の編纂出版」で述べたが、實はこれ以外の重要な鈔本として、『歸震川先生未刻稿』二十五卷（以下、『未刻稿』）がある。

鈔本『未刻稿』は現在、二本が確認されており、一本は上海圖書館（以下、上海鈔本と略稱）に、もう一本は臺灣の臺北にある國家圖書館、舊名國立中央圖書館（臺北鈔本）に藏されている。二〇〇七年、復旦大學中國語言文學研究所の鄔國平教授と山東大學教育學院の楊峰教授が、上海圖書館藏の鈔本『未刻稿』の中に通行本の「寒花葬志」にはみえぬ二十三字の佚文があるのを發見したことにより、鈔本『未刻稿』の資料的價値が再認識された（鄔國平「如蘭的母親是誰?——歸有光《女如蘭壙志》・《寒花葬志》本事及文獻」『文藝研究』二〇〇七年第六期、楊峰「略談抄本『歸震川先生未刻稿』的價值」『文獻』二〇〇七年第四期）。

二十三字の「寒花葬志」佚文の意義は本書第Ⅱ部第二章「「寒花葬志」の謎」の附記に書したので、ここでは繰り返さないが、上海鈔本は、「寒花葬志」の一つの謎——寒花は歸有光にとって何者かを解き明かしてくれるのと同時に、論者にもう一つの謎をもたらすことになった。すなわち、上海鈔本にあるという「寒花葬志」が、臺北鈔本『未刻稿』にはないのである。臺北鈔本に脫漏があるのだろうか、それとも二つの『未刻稿』は別物なのだろうか。

二〇〇八年秋、上海圖書館にてマイクロフィルムから焼き付けた臺北鈔本と上海鈔本とを對照させる作業を行った。上海圖書館の該鈔本はまだマイクロ化されておらず、限られた出張日程では、詳しい字句の異同まで作業を進めることはできなかったが、目次や收錄作品などについてはひととおりの調査を終えた。これはその報告である。

一　編刻の歷史と未刻稿

鈔本『未刻稿』の「未刻」とは、明版『歸太僕先生集』三十二卷、いわゆる崑山本に對する未刻の意である。崑山本とは、歸有光歿後その子歸子祜（字は伯景）・子寧（字は仲枚）兄弟が遺文を編纂し、浙江の書賈翁良瑜雨金堂から刻された、現存する歸有光の文集の中では最も古い刻本である。『未刻稿』はそのとき梓に付されなかった歸氏家藏の遺文を集めたものである。

崑山本には大きく分けて、萬曆元年（一五七三）～四年（一五七六）に刻された初刻本と、萬曆十五年（一五八七）の陳奎の序と、萬曆十六年（一五八八）の陳文燭の墓表と序文を有する重修本がある。明代にはこれ以外に萬曆二年の蔣以忠の序を有する『新刋震川先生文集』二十卷があり、常熟の虞山に住む歸有光の從弟歸道傳（字宗魯・號は泰巖）が刻したことから、常熟本と呼ばれている。崑山本は後年、歸有光の曾孫の歸莊（字は玄恭、康熙帝の諱を避けて清代は元恭と書される）からは、子寧らが歸有光の文を勝手に改竄して成った粗雜な版本だと批判されている。

先伯祖某……又た妄りに刪改を加ふ。府君　夢に梓人に見《あら》はれ、梓人　言を爲すを以て乃ち止む。故に今　書序の二體中往往にして藏本と異なる者有り。（歸莊「書先太僕全集後」）(1)

歸荘の父歸昌世と歸有光の文集を編纂したことのある銭謙益もまた、子寧による改竄の話を『列朝詩集』歸有光小傳に引いている。

熙甫（歸有光）歿し、其の子子寧、其の遺文を輯め、妄りに改竄を加ふ。賈人童氏（翁氏の誤り―論者注）、熙甫の之に趣《うなが》して、「亟《はや》く之を成せ、少しく稽緩なれば塗《と》乚《ちゅ》し盡くさん」と曰ふを夢む。刻 既に成り、賈人 文を爲りて熙甫を祭り、具《つぶ》さに夢みし所を言ふ。今、集後に載す。（銭謙益『列朝詩集』歸有光小傳）(2)

この話は廣く喧傳されたようで、康熙年間に『震川先生集』三十巻『別集』十巻を編次刻行したのちは、崑山本はほとんど行われなくなった。たとえば、『四庫全書』は康熙本を著録して崑山本を存目に置いているが、四庫全書編纂官は崑山本の提要に次のようにいう。

「震川文集初本三十二巻」（安徽巡撫採進本）　明 歸有光の撰。……是の編 其の子子祐（祜の誤り―論者注）・子寧の輯むる所爲り。前に萬曆三年の周詩の序有り、所謂崑山本なる者は是れなり。其の中 漏略尙ほ多く、故に其の曾孫荘又た裒輯して四十巻と爲す、而して有光の文始めて全し。相ひ傳ふ 子寧 父の書を改竄するに、有光 夢に賈人童姓に見はる、其の事 信ずるに足らずと雖も、而して字句の訛舛は、誠に荘の指摘する所の如き者有り。末に載す「行述」一篇、子祐の作る所にして、又た「序略」一篇、子寧の作る所なり。（『四庫全書總目提要』集部 巻一七八集部三一 別集類存目五）(3)

四庫全書編纂官はさすがに歸有光が書賈の夢の中で息子による改竄を訴えるという話は採らないものの、『四庫提要』の右の記述は明らかに錢謙益や歸莊の文を下敷きにしている。こうして崑山本は粗雜な版本であるというイメージが清代に定着していったのである。しかし、第Ⅰ部第四章で既述したように、崑山本批判の背景には、歸有光の子孫間の不和という問題もあったらしく、歸莊の言葉は、少し割り引いて考える必要がある。そもそも、歸莊が康熙本を上梓したのは、崑山本が明末には重刻不能になっていたためである。

崑山本が重刻不能になった原因は、歸有光の子孫の經濟的困窮にあった。崑山本の版木は明末から清初にかけて質入れされて人手に渡り、その間に版木が失われた。歸有光に傾注した錢謙益はその孫歸昌世とともに新たに『歸太僕文集』を編纂してこれを絳雲樓に藏したが、のち火災で燒失、幸い副本が歸莊のもとにあったので歸莊はこれをもとに康熙本を編纂したという。歸莊がしばしば校勘の附記で言及する「家藏鈔本」とはこれを指しており、本章でいう『未刻稿』ではない。

なお、歸莊の康熙本は、清代何度も版を重ねたが、嘉慶年間になると、虞山七世の族孫である歸朝煦が（號は梅溪または梅圃）が康熙本の四十卷を校定、更に遺文を增補して『歸震川先生大全集』を刻した。增補されたのは、『補集』八卷と『餘集』八卷、および『先太僕評點史記例意』一卷、『歸震川先生論文章體則』一卷である。『補集』は王欞が康熙四十三年に刻した補遺『補刊震川先生集』八卷であり、『餘集』は歸朝煦が各種抄本から編纂したものだという。

二　二つの『未刻稿』

さて、上海圖書館藏の『未刻稿』と臺北の國家圖書館の『未刻稿』であるが、ともに二十五巻、九行二十字、筆跡も一致しており、同一人物の手になる鈔本であることは間違いない。しかし、奇妙なことに二本は收錄作品を異にしている。收錄作品の異同は第三節で述べるとして、ここでは二つの鈔本を對比させながら、概略を紹介する。

①　書名について

上海鈔本：全四册。題簽を缺くが、毎巻の巻端に「歸震川先生未刻稿」とあることから、上海圖書館の書目には『歸震川先生未刻稿』として著錄されている。巻末に歸子寧の「先太僕世美堂稿跋」を有する。

臺北鈔本：全六册。毎巻の巻端に「歸震川先生未刻集」とあることから、『國立中央圖書館善本書目』には『歸震川先生未刻集』という名で著錄されている。第一册の封面に直接「仲敉先生原本　蒙泉精舍藏　世美堂未刻稿」と書されている。蒙泉精舍は清の呉以淳、字は雲甫の室名。巻首には「歸震川先生未刻集巻首」として、王爵尊の「墓誌銘」、陳文燭の「序」、さらに歸子寧の跋が「先太僕世美堂未刻稿跋」として收載されている。

②　編纂者について

上海鈔本：毎巻の巻端に「呉郡歸有光著　孫男濟世集」とあり、歸有光の孫によって編纂されたものだとわかる。孫岱の『歸有光年譜』には、「濟世」の名は見えないものの、歸有光の孫の世代は「經世」「名世」「輔世」「善世」「昌世」「奉世」など、すべて「世」の字がつくことから、「濟世」も孫の一人と思われる。
臺北鈔本：毎巻の巻端に「吳郡歸有光著」とあるものの、「孫男濟世集」の五字は全く見えない。

③　鈔本の成立時期について

上海鈔本・臺北鈔本とも康熙帝の諱である「玄」、乾隆帝の諱の「弘」を忌避しないことから、二本は少なくとも康熙以前の鈔本である。さらに、上海鈔本には後述するように董說による康熙十五年（一六七六）の跋語があり、これより以前に寫されたものであることはまちがいない。

④流傳について

上海鈔本：清の諸錦（一六八六〜一七六九）の藏書印である「錦」朱文方印、「諸草廬印」白文方印があり、そのほか、晩清の賀瑗の藏書印、「善化賀瑗鑒藏之章」朱文方印、「善化賀學蓬父祕笈書畫之章」朱文方印、近人の王禮培の「禮培私印」を有する。
臺北鈔本：清代の嚴蔚（字は豹文、または豹人、室名は二酉齋）の「二酉齋藏書」朱文長方印、「嚴蔚豹人」白文方印、吳以淳の「雲甫」朱文方印と朱文長方印、「吳以淳印」白文方印、「蒙泉精舍」白文方印、「蒙泉學厂」朱文方印、鄧邦述の「正闇校錄」白文方印、「羣碧樓印」朱文方印、近人の宗舜年「耿吾」朱文方印などが確認される。また「葆元書屋」朱文方印および「習巖」朱文方印もある。葆元の室名をもつ文人は清の長州の彭紹益と、常熟の嚴士熕の二人であるが、いずれかは不明。「習巖」についても未詳。

⑤批校と書跋

上海鈔本：巻末に董説（字は南潛）康熙十五年（一六七六）の跋文、巻中に評語を有する。

董説の跋

丙辰（康熙十五年）初夏、鴻侍、呉門從り東石澗に返り、崑山の新刻歸先生集脫稿一巻を得たり。新刻は詩の字の異同を以て、大いに議を一時に負ふ。金孝老 爲に衆口を調し、乃ち刻を竟《を》ふるを得たり。余は尙ほ未だ全本を獲ざるなり。秋に水村に至り、靈珏來侍し、偶たま書船中に及び、新たに震川遺稿を得る。卽ち索めて看れば、二三篇は已に新刻に見ゆ。巻中に一二の小記文の甚だ奇なる有り、王元美を罵り得たるのみ。九月廿五日病中、日影 書面に在殘す。漏霜 南潛 書して珏に示す。（上海鈔本　董説「跋」）[4]

ここでいう「崑山の新刻」とは、歸莊が刻した康熙本を指している。「詩の字の異同を以て大いに議を一時に負う」とは、歸有光の詩の校定をめぐる歸莊と汪琬の論爭をいい、孝章先生（呉縣の金俊明）らのとりなしによってようやく汪琬が矛先をおさめた一件をさす（詳細は本書第Ⅰ部第五章を參照）。「金孝老」とは金俊明（一六〇二～七五）のことであろう。「書船」とは書賈の船で、江南では書籍はこの書船によって流通していた。董説はそこでこの鈔本を買い求めた。そのときすでに入手していた歸莊の康熙本の一巻分のみとこれとを對照させてみると、そのうちの二三篇はすでに康熙本に収入されていたのだという。董説はこの跋文を書した時點で、康熙本の全秩を入手していなかったので、『未刻稿』の篇が康熙本に収入されたかどうかの校勘はできなかったことになる。

臺北鈔本：巻中に呉以淳の手批が散見される。書跋は全部で三篇。巻首の光緒三十四年（一九〇八）鄧邦述の跋、巻一の詩解「文王之什」の後に道光十八年（一八三八）の呉以淳の跋、巻末の戊辰（民國十七年、一九二八）宗舜年の跋である。以下、臺北鈔本の三つの跋文を時代順に紹介する。

○巻一　詩解「文王之什」後の呉以淳の道光十八年（一八三八）跋

右　震川先生の詩解數十通、大抵は和易近情にして、微言を千載の上に得たり、其の體は歐陽子の『詩本義』と正に同じ、但だ詳略異なるのみ。考ふるに先生「王子敬に與ふる小柬」に云ふ、「庚戌の秋、山妻　毛詩を學ばんと欲し、從りて大義を問ふ。爲に「文王の什」を書す」と。則ち先生の詩解は恐らくは是に止《とど》まれり、之をして遂に完せしむれば、固り注學の明白淵懿なる者ならん。先生は明の武宗正徳元年に生まる。「庚戌」なる者は、世宗の嘉靖廿九年なり、是の年　先生　會試に第せず、都門自り家に抵《いた》るに、王孺人　酒を具へて相ひ慰勞し、鹿門に採藥するの約有り、語は先生の爲る所の「世美堂記」に詳らかなり。明年に孺人没す、故に書も亦た是に止まれり。噫《ああ》、西蜀の佳人、死して長卿の文翰を寶とし、南朝の嫠婦、終に德父の書を傳ふ。孺人の若きは、則ち先生の孟光なり。苟しくも亡びざらしむれば、其の必ず能く當時の著述を發揮する者なり。孺人は婉娩にして大義に通ず。吾が里の安亭江上の人、先生に適《とつ》ぎて繼配と爲る、今に至るまで里中の人猶ほ能く其の大略を言ふと云ふ。時に道光十八年夏六月九日、後學呉以淳識す。（臺北鈔本　呉以淳「跋」）(5)

呉以淳の跋は、「文王之什」をめぐる歸有光とその繼妻王孺人とのエピソードを傳えている。呉以淳は、歸有光の王子敬あての手紙（康熙本『別集』巻七「與王子敬書四首」其三）に、妻王氏が毛詩を學びたいというので、詩の「文王之什」

大義を書したとあるのが、この『未刻稿』に見える詩解「文王之什」である。嘉靖二十九年の下第のときの王孺人との會話は、本書第I部第一章の第一節に引用した「世美堂後記」に詳しい。呉以淳は歸有光にとっての「孟光」（糟糠の妻）であった賢夫人王氏の才徳を讃え、嘉定縣安亭鎭からこのような女性が出たことを郷里の人々が誇らしげに語っていることを傳えている。この「文王之什」は康熙本はもちろんのこと、廣く遺文を捜求して成ったとされる大全集本にも收録されておらず（「篇目一覧表」を參照）、歸朝煦がこの鈔本を目睹していなかったことは間違いない。

○巻首　鄧邦述の光緒三十四年（一九〇八）の跋

震川先生文集、明刻本は皆な全たからず。卽ち傳ふる所の崑山・常熟の兩刻本なる者 是れなり。康熙の間、元恭先生始めて四十巻を輯刻す。內 正集卅巻、別集十巻。四庫は卽ち據りて以て著録す。嘉慶の時に至りて又た大全集五十八巻を刻す、則ち十八巻を増せり。余の篋中僅かに一明刻本、一四十巻本のみにして、未だ嘉慶の年刻せし所の增加若何なるかを見ず。今年九月、呉中の友 此の鈔本を出だして眎《しめ》さる。呉雲甫の藏する所爲り。其の世美堂未刻稾と署して云ふ者は、卽ち明刻本に對して言ふなり。雲甫は已に目錄に於いて校を今刻に取り、其の未刻に標識せし者は十の四五に及ばず。然れども雲甫は道光年間に題し、其の見る所も亦た康熙四十巻本なり。元恭 是の集を刻せし時 本は選輯の書に係はり、凡例に其の外二百餘首、則ち名づけて餘集と爲し、而して家に藏すと云ふ有り。此の本の未刻の諸作、豈に元恭未だ以て選に入れざらんや。大全の刻、或ひは當に備録して遺す無かるべし。惜むらくは何の時か始めて一對勘を得るかを知らざるのみ。之を要するに此の鈔本は先生の次子仲敉の手定する所爲り。固り首尾完善にして、極めて爲に寶とすべし。先生は世の盛名を負ひ、上は韓・柳八家の傳に接し、下は姚・方諸子の派を啓く。一鱗片爪も、固り割棄すべからざる者有り。使《も》し大全集業已《すで》に補刊せるも、猶ほ當に此の舊觀を存し、以て學者に餉すべし。若し尙ほ一二の未盡刋の文有れば、則ち世の鴻祕爲ること、固り又た言を待たず。光緒戊申十月　羣碧樓主人正闇記す。（臺北鈔本　鄧邦述「跋」）(6)

鄧邦述は、この跋を書いた時點で『大全集』との校勘を果たしてはいないものの、この本は歸子寧の手定であり、歸有光文學の舊觀を傳えるものとして貴重だという。

もう一つの宗舜年の跋は、『大全集』の編者歸朝煦の從玄孫にあたる歸英侯なる人物が、二つの『未刻稿』によって『大全集補遺』を編纂したという話を傳えている。

○巻末　宗舜年の民國十七年（一九二八）の跋

震川集は、家に其の書有り、世美堂稿の名の若きは、則ち承學の士も之を知る者鮮《すくな》し。刻本は常熟の歸梅圃の刋する所の大全集を以て最も備はると爲す。妹夫英侯は梅圃の從元孫爲りて、銳意　震川の遺文を補輯す。余を介して正盦に假りて此の本を校して歸すを請ひ、以て大全集に校し、未刻の文八十篇を得たり。是れより先、太倉の王紫翔未刻稿を藏す、亦た假りて錄するを得たり。兩本同じ者四十一篇、王の本無き所の者卅九篇。豈に惟だ梅圃先生の知らざる所のみならんや、卽ち蒙叟　遺集を校定せし時、恐らくは亦た未見ならん。眞の祕笈なり。英侯　兩鈔本及び佚文の他書に見ゆる者を將て、彙輯して大全集補遺と爲し之を刋行す。正盦　借瓻して吝まざると英侯の善く先志を承《つ》ぐとは、皆な晩近の難き所なり。戊辰夏五月上元　宗舜年敬んで識す、時に蘇州飮馬橋の北方の宅に寓す。（臺北鈔本　宗舜年「跋」）(7)

宗舜年の跋文によれば、虞山の歸英侯は正畬（鄧邦述）から鈔本を借りた以外に、太倉の王祖畬、次は紫翔からも未刻稿を借りて『大全集補遺』を成したという。現在、『大全集補遺』なるものの傳存は確認できないが、王祖畬の「未刻稿」については若干の考證が可能である。論者は、潘景鄭『著硯樓書跋』に著録されている「鈔本震川先生未刻稿四巻」がそれではないかと考えている。潘景鄭は民國二十五（一九三六）の跋文に次のようにいう。

鈔本震川先生未刻稿四巻、之を歸氏の後裔に得たり。末に光緒八年（一八八二）鎭洋の王祖畬の跋有りて云ふ、「偶たま友人の處に於いて、虞山の某氏藏する所の『震川先生未刻稿』を假り得て以て歸す。玄恭 凡例に云ふ、崑山本は三百五十篇、常熟本は篇數略や少し、而るに崑刻の無き所の者、殆ど半ばなり、未刻の藏本又た二百餘首と。錢牧齋先生 已刻未刻の諸本を合せて、總て選ぶ者五百九十餘首。此の未刻稿は適たま二百餘の數に符す、卽ち玄恭の云ふ所の未刻藏稿なり。因りて大全集中の未刻の者を檢し、之を錄出し、釐めて四巻と爲す」云云と。此の本 蓋し王氏の本從り傳錄する者にして、文爲るもの八十八首、詩爲るもの四十六首、予 取りて諸本に校するに、盡くは王氏の言ふ所の如からざるもの有り。其の文の已に別集・餘集に見る者、都て二十二首、詩八首、然れども汰して之を存するに、百餘首を得べし、拾遺補闕、猶ほ書を成すべきなり。（『著硯樓書跋』(8)）

これによれば、まず鎭洋（太倉）の王祖畬が、虞山の某氏が藏していた『未刻稿』を假りて、大全集（嘉慶刻の大全集ではなく、おそらくここでは康熙本を指す）に刻出されていない文八十八首、詩四十六首を錄出して四巻とした。潘景鄭が入手したのはそれを傳寫したものである。潘景鄭は歸氏の後裔から得たと言っていることから、あるいは宗舜年の跋に見える歸英侯が傳寫した本である可能性もあろう。この『未刻稿』四巻は、詩篇を收錄していたことがわかっているので、現在の上海鈔本とは別物であることは確かである。

しかし、殘念なことに四卷本は虞山の某氏が藏していた『未刻稿』そのままではない。そのため、今となっては虞山の某氏藏の『震川先生未刻稿』がどの系統に屬するのか、果たして現在の上海鈔本や臺北鈔本のように崑山の歸子寧の末裔から出たものであったのかどうかを確かめる術はない。

三　二つの『未刻稿』の篇目一覽

次は、上海鈔本と臺北鈔本の篇目を比較したものである。便宜上、臺北鈔本の篇目をもとに上海鈔本の篇目の卷内での順番を換えている。下段は康熙本または大全集本（『補集』・『餘集』）への收録狀況である。

歸有光『未刻稿』篇目一覽表

上海圖書館藏『未刻稿』	臺北國家圖書館藏『未刻稿』	康熙本・大全集本の收録卷	收録時の篇名（上と異同のあるもの）
卷之一〔經術〕	卷之一〔經術〕		
考定武成	考定武成	康熙本卷一	
文王之什	文王之什		
文王	文王	未收録	
大明	大明	未收録	
綿	綿	未收録	

棫樸	棫樸	未收錄	
旱麓	旱麓	未收錄	
思齊	思齊	未收錄	
靈臺	靈臺	未收錄	
下武	下武	未收錄	
文王有聲	文王有聲	未收錄	
巻之二	巻之二		
〔宋史贊論〕	〔宋史贊論〕		
章獻劉皇后	章獻劉皇后	康熙本別集巻五	
郭皇后	郭皇后	康熙本別集巻五	
慈聖曹皇后	慈聖曹皇后	康熙本別集巻五	
宣仁高皇后	宣仁高皇后	康熙本別集巻五	
欽聖向皇后	欽聖向皇后	康熙本別集巻五	
昭慈孟皇后	昭慈孟皇后	康熙本別集巻五	
韋太后	韋太后	康熙本別集巻五	
楊皇后	楊皇后	康熙本別集巻五	
皇后總論	皇后總論	康熙本別集巻五	
〔諸王論贊〕	〔諸王論贊〕		
魏悼王	魏悼王	康熙本別集巻五	
楚榮憲王	楚榮憲王	康熙本別集巻五	

趙子崧	趙子崧	康熙本別集巻五	
不悳	不悳	康熙本別集巻五	
諸王總論	諸王總論	康熙本別集巻五	
公主	公主	康熙本別集巻五	
〔史贊論〕	〔史贊論〕		
範質　王溥　魏仁浦	範質　王溥　魏仁浦	康熙本別集巻五	
石守信	石守信	康熙本別集巻五	
侯益趙贊	侯益趙贊	康熙本別集巻五	
王全斌	王全斌	康熙本別集巻五	
趙普	趙普	康熙本別集巻五	
盧多遜	盧多遜	康熙本別集巻五	
張齊賢	張齊賢	康熙本別集巻五	
巻之三〔論〕	巻之三〔論〕		
立志論	立志論	『補集』巻一	
譜記附	譜記附	康熙本巻十七	家譜記
巻之四〔序〕	巻之四〔序〕		
荀子序錄	荀子序錄	康熙本巻一	荀子敍錄
尚書別解序		康熙本巻二	
漢口志序		康熙本巻二	

歸氏復姓譜序		『補集』巻二	
會文序	會文序	康熙本巻二	
群居課試錄序		康熙本巻二	
	桂軒詩集序	『餘集』巻一	
	雍里先生文集序	康熙本巻二	
	沈次谷先生詩序	康熙本巻二	
	東萊王解元四書義序	康熙本巻二	王梅芳時義序
巻之五	巻之五		
〔序〕	〔序〕		
陟臺圖詠序	陟臺圖詠序	康熙本巻二	
三邑鳴琴詩序	三邑鳴琴詩序	『補集』巻二	
綸寵延光圖序	綸寵延光圖序	康熙本巻二	
〔引〕	〔引〕		
草庵紀遊詩引	草庵紀遊詩引		臺北鈔本に「沈石田先生之作」と注記
呉民謠引	呉民謠引	『補集』巻二	
都水藁引	都水藁引	康熙本巻二	
巻之六〔題〕	巻之六〔題〕		
題王氏舊譜後	題王氏舊譜後	康熙本巻五	
題素庵巻		未收錄	

題二高圖巻	題二高圖巻	『餘集』巻一	
題徐元懋印史後		『補集』巻四	
題冢盧巢燕集		康熙本巻五	
	題星槎勝覽	康熙本巻五	
	題瀛涯勝覽	康熙本巻五	
	題文太史書後	康熙本巻五	
	題金陵紀遊巻後	『補集』巻四	
	題張幼于哀文太史巻	康熙本巻五	
〔跋〕	〔跋〕		
跋桂海虞衡	跋桂海虞衡	『補集』巻四	跋桂海虞衡志
跋小學古事	跋小學古事	康熙本巻五	
	跋坦上風雅	『補集』巻四	
	戴楚望詩集跋	康熙本巻二	戴楚望後詩集序
巻之七〔敍〕	巻之七〔敍〕		
送崑山縣令楊侯序	送崑山縣令楊侯序	康熙本巻九	送縣大夫陽侯序
送國子監助教徐先生序		康熙本巻十一	
送邑侯任父母入覲		未收錄	
送貫泉張先生序		未收錄	
送西川子北上序		未收錄	
送南田鮑侯序		未收錄	

送昆山縣令朱君內召序	送崑山縣令朱君內召序	康熙本卷十一	送崑山縣令朱侯序
送嘉定縣令序		康熙本卷十一	
送郡守王侯任陝西兵備副使序		『餘集』卷二	
送攝令蒲君還府序		康熙本卷十一	
	送王汝康會試序	康熙本卷九	
	送許子雲之任分宜序	康熙本卷十	
	送陸嗣孫之任武康序	康熙本卷十	
	送王子敬還吳奉太夫人任建寧序	康熙本卷十	
	送陳自然北上序		臺北鈔本に「此非太僕作」と注記
卷之八〔敍〕	卷之八〔敍〕		
	贈蓋邦式序		臺北鈔本に「宋人馬子才文」と注記
贈司訓袁先生督學旌奬序	贈司訓袁先生督學旌奬序	康熙本卷十一	司訓袁君督學旌奬序
贈司儀楊君序	贈司儀楊君序	康熙本卷十一	
贈吏科給事中劉侯序	贈吏科給事中劉侯序	康熙本卷十	贈給事中劉侯北上序　代作
贈醫士張雲崖序		康熙本卷十一	贈醫士張雲厓序
曾氏家慶序		『補集』卷三	
	贈善提寺坤上人序	康熙本卷十一	
卷之九〔說〕	卷之九〔說〕		
周時化字說		康熙本卷三	

懷竹說 東隅說	懷竹說 養吾說 守耕說	康熙本巻三 康熙本巻三 『餘集』巻一 康熙本巻三
巻之十〔記〕 項脊軒記 野鶴軒壁記 雙鶴軒記 雪竹軒記 繼川記	巻之十〔記〕 項脊軒記 野鶴軒壁記 臥石亭記 滄浪亭記 本庵記	康熙本巻十七 康熙本巻十五 康熙本巻十五 康熙本巻十五 『餘集』巻四 康熙本巻十五 康熙本巻十五 康熙本巻十五
巻之十一〔記〕 容春堂記 錫胤堂記 卅有堂記	巻之十一〔記〕 容春堂記 錫胤堂記 保聖寺安隱堂記 汝州新建三官廟記	康熙本巻十五 『餘集』巻四 康熙本巻十五 康熙本巻十五 康熙本巻十五

卷之十二〔記〕	卷之十二〔記〕		
昆山縣新倉興造記		康熙本卷十六	
安亭鎮楊主簿德政碑記		康熙本卷二十四	
松雲庵楊主簿墓田碑	松雪庵楊主簿墓田碑記	康熙本卷十六	
卷之十三〔記〕			
遊海題名記	游海題名記	康熙本別集卷六	
太倉孫太守三院旌奬記	太倉孫太守三院旌奬學記	『補集』卷二	
卷之十四〔銘〕	卷之十三〔銘〕		
書齋銘	書齋銘	康熙本卷二十九	
清泉銘		康熙本卷二十九	
勿齋銘		『餘集』卷四	
几銘		康熙本卷二十九	
順德府几銘		康熙本卷二十九	
太行石銘		康熙本卷二十九	
太行小石		康熙本卷二十九	右の「太行石銘」に合併
卷之十五〔弔辭〕	卷之十四〔弔辭〕		

吊何氏婦文	弔何氏婦人	康熙本卷三十	
〔招貞女辭〕			
招張貞女辭		康熙本卷三十	
〔祭文〕	〔祭文〕		
祭妻祖父母文	祭妻祖父母文	康熙本卷三十	
祭張貞婦文	祭張貞婦文	康熙卷三十	
祭顧文康公文		『補集』卷六	
祭唐虔伯文		康熙卷三十	
祭雍裏顧方伯文		康熙卷三十	
祭居守齋文		康熙卷三十	
祭陳□□文		未收錄	
	祭縣令鮑侯妻文	『餘集』卷五	祭鮑縣令夫人文
	祭王安人文	『補集』卷六	
	祭外祖外祖母母舅舅母文	『餘集』卷五	
卷之十六〔行狀〕	卷十五〔行狀〕		
李府君行狀		康熙本卷二十五	李南樓行狀
魏誠甫行狀	魏誠甫行狀	康熙本卷二十五	
〔壙誌〕			
南雲翁生壙誌		康熙本卷二十二	
姚生壙誌		康熙本卷二十二	

巻之十七			
〔誌〕	〔壙誌〕		
伯妣徐孺人權厝誌			
女如蘭壙誌	女如蘭壙誌	康熙本巻二十二	
女二二壙誌	女二二壙誌	康熙本巻二十二	
〔葬記附〕			
寒花葬記		康熙本巻二十二	寒花葬志
巻之十八〔墓誌銘〕	巻之十六〔墓誌銘〕		
李君廷佩墓誌銘		康熙本巻十九	李君墓誌銘
明故例授蘇州衛千戸所正千戸陳君墓誌銘	明故例授蘇州衛千戸所正千戸陳君墓誌銘	康熙本巻十八	
朱肖卿墓誌銘		康熙本巻十九	
潘用中墓誌銘		康熙本巻二十	
	季母陶氏墓誌銘	康熙本巻二十一	季母陶碩人墓誌銘
	張克明墓誌銘	康熙本巻二十	
	陸子誠墓誌銘	康熙本巻二十	
	例授昭勇將軍成山指揮使李君墓誌銘	康熙本巻十八	
	陸孺人墓誌銘	康熙本巻二十一	

	龔母秦孺人墓碣	康熙本巻二十一	
	〔墓碣〕		
	石川張公二夫人氏鈕孺人墓碣	康熙本巻二十四	張通參次室鈕孺人墓碣
	〔墓表〕		
	呉秀甫先生墓表	『補集』巻五	呉秀父先生墓表
	巻之十七〔傳〕		
	鹿野翁傳	康熙本巻二十六	
	僧扶宗傳	未收録	
	巻之十八〔贊〕		
	自生堂贊	『補集』巻一	
巻之十九〔書〕	巻之十九〔書〕		
與嘉定諸友書	與嘉定縣諸友書	康熙本巻七	
與唐虔伯	與唐虔伯	康熙本巻七	與唐虔伯書
與殷徐陸三子	與殷徐陸三子	康熙本巻七	與殷徐陸三子書
與李浩卿	與李浩卿	康熙本巻七	與李浩卿書
與　欽甫	與　欽甫柬	康熙本別集巻七	與沈欽甫九首　其五
與林內翰	與林內翰	『餘集』巻六	
與宣仲濟	與宣仲濟	康熙本巻七	與宣仲濟書
與徐子檢		康熙本別集巻七	
又		未收録	

又	未収録	
與傅體元	未収録	
與葉子寅	未収録	
又	未収録	
與徐子檢	未収録	
又	未収録	
又	未収録	
又	未収録	
與欽甫	未収録	
巻之二十〔東〕		
喪子後與欽甫	未収録	
又	未収録	
又	未収録	
又	未収録	
悼亡報人小帖	未収録	
又	未収録	
又	未収録	
又	未収録	
又	未収録	
又	未収録	

又		未收錄	
又		未收錄	
又		未收錄	
又		未收錄	
又		未收錄	
巻之二十一〔書〕			
示廟中諸生		康熙本別集卷八	
與李浩卿		『餘集』卷六	復李浩鄕
示子子帖		未收錄	
又		未收錄	
又		未收錄	
與管虎泉		康熙本別集卷八	
與欽甫		康熙本別集卷七	與沈敬甫十八首　其二
巻之二十二〔書〕	巻之二十〔書〕		
與江陰鄭祖欽	與江陰鄭祖欽	未收錄	
與聶華亭	與聶華亭	未收錄	
與鄞縣陳尹		未收錄	
與黃尚書	與黃尚書	未收錄	
與上海姜尹		未收錄	

答徐太史		未收錄
答蕭山李尹		未收錄
與錢塘令舒念亭		未收錄
答吳都禦史		未收錄
與臨安同年陸推府	與臨安同年陸推府	未收錄
與溧陽史玉翁	與溧陽史玉翁	未收錄
與陸惕庵	與陸惕庵	未收錄
與長洲周尹		未收錄
與王同知汝平	與王同知汝平	未收錄
與孟與時	與孟與時	未收錄
與王建寧子敬	與王建寧	康熙本別集卷七　一部を收錄
與周金華胤昌	與周金華胤昌	未收錄
與王梧江	與王梧江	未收錄
與陳吉父	與陳吉父	未收錄
與子建	與子建	未收錄
與戴進士與政		未收錄
與周澱山		未收錄
與王敬齋		未收錄
	與徐龍灣	『餘集』卷七
	答周與言	未收錄
	回湖州府問長興縣土俗書	康熙本別集卷九

	與張華川	未收錄	
	與余變區	未收錄	
卷之二十三〔書〕	卷之二十一〔書〕		
與錢□□書	與錢□□書	未收錄	
與馮樵谷	與馮樵谷	未收錄	
與李秀才	與李秀才	未收錄	
與吳縣丞	與吳縣丞	未收錄	
與王子敬	與王子敬	未收錄	
與王建寧	與王建寧	未收錄	
寄西亭中尉	寄西亭中尉	未收錄	
與徐憲副	與徐憲副	未收錄	
與戴編修	與戴編修	未收錄	
與許檢討	與許檢討	未收錄	
與顧少卿	與顧少卿	未收錄	
與湖州諸縣同年	與湖州諸縣同年	未收錄	
與吳刑部	與吳刑部	未收錄	
與蕭行人	與蕭行人	未收錄	
家書	家書	未收錄	
與蔣臨川	與蔣臨川	未收錄	
與顧戸部	與顧戸部	未收錄	

與張禦史	與張禦史	未收録	
又	又	未收録	
與範祠部	與範祠部	未收録	
與呉縣丞	與呉縣丞	未收録	
又	又	未收録	
與孟光祿	與孟光祿	未收録	
與蔡趙州	與蔡趙州	未收録	
巻之二十四〔壽序〕	巻二十二〔壽序〕		
周氏雙壽序	周氏雙壽序	康熙本巻十四	
壽周翁七十序		康熙本巻十三	周翁七十壽序
陸思軒六十壽序		康熙本巻十三	陸思軒壽序
壽南巖顧先生七十序		康熙本巻十三	顧南巖先生壽序
壽龔裕州序		康熙本巻十三	龔裕州壽序
壽周秋汀八十序		康熙本巻十三	周秋汀八十壽序
同館諸進士再壽立齋王先生序		康熙本巻十二	
太倉王君六十壽序		『餘集』巻三	
孫君六十壽序		康熙本巻十三	
	壽方古巖七十序	『餘集』巻三	方古巖七十壽序
	狄氏壽燕序	康熙本巻十四	
	張通參六十序	康熙本巻十	贈石川先生序

	壽戚南溪八十序	康熙本卷十三	戚思吶壽序
	壽魏新涇五十序	康熙本卷十三	濬甫魏君五十壽序
	卷二十三〔壽序〕		
	海豐李翁壽序	『餘集』卷三	
	壽王母楊氏七十序	康熙本卷十四	王黎獻母楊氏七十壽序
	壽夏淑人六十序	康熙本卷十二	夏淑人六十壽序
	壽柴母夏孺人七十序	未收錄	
	王子敬母六十壽序	康熙本卷十四	王母顧孺人六十壽序
卷之二十五〔雜著〕	卷二十四〔雜著〕		
貞婦辯		康熙本卷四	
喪子偈聯		未收錄	
〔悼亡疏偈〕			
首七道場疏		未收錄	
三七道場疏		未收錄	
五七道場疏		未收錄	
七七道場疏		未收錄	
于蘭盆會疏		未收錄	
血盆勝會疏		未收錄	
血盆偈一首		未收錄	

奉安觀世音疏		未收錄	
又		未收錄	
聖像敎寺阿彌陀佛閣募緣疏	崑山縣聖像敎寺阿彌陀佛閣募緣疏	未收錄	
能仁寺重修募緣疏		未收錄	
能仁寺建梓童貞君祠募緣疏		未收錄	
	張氏女子神異記	康熙本卷十六	
	張貞女死事	康熙本卷四	書張貞女死事
	郭義官事	康熙本卷四	書郭義官事
	送恤刑會審獄因因文册揭帖	康熙本別集卷九	
	復出里遞告示	康熙本別集卷九	長興縣篇審告示
	卷之二十五〔詩〕		
	〔古詩五言〕		
	夜行澱山湖	『餘集』卷八	
	甫里送妹	康熙本別集卷十	
	京邸有懷	康熙本別集卷十	
	淮陰侯廟	康熙本別集卷十	
	露筋祠	未收錄	
	下第次彭城	未收錄	
	千葉石榴結實	未收錄	
	東房夾竹桃二首	康熙本別集卷十	

安亭許師別字守易	未收録	
里師姚叟	未收録	
同年朱天澤與予自浙西入…	未收録	
吁嗟一首、寄鄞兪秀才	未收録	
〔古詩七言〕		
蔣臨川同年	未收録	
〔律詩五言〕		
遊澱山湖	未收録	
桃花口	『餘集』巻八	
揚州待同郡諸友不至	未收録	
除夕泊召伯湖	『餘集』巻八	
宿遷	『餘集』巻八	
白楊河道中	未收録	
寄別嘉禾鍾進士	未收録	
別嘉禾陸椽	未收録	
馳駟	康熙本別集巻十	馳驛
甲寅十月紀事	康熙本別集巻十	
寓漕湖錢氏	未收録	
野次	『餘集』巻八	
〔律詩七言〕		
繚絲燈次西涯韻	未收録	

次前韻	未收錄	
又次前韻	康熙本卷十	
再次前韻	未收錄	
同舟次兪宜黃韻幷柬太學	未收錄	
〔絶句五言〕		
丹徒道中	未收錄	
〔絶句七言〕		
閶門登舟五弟攜二子…	『餘集』卷八	
丹陽舟中夢覺	未收錄	
高郵湖爲新纜…	未收錄	
桃源與王子敬坐舟中	『餘集』卷八	
陽城漁父	未收錄	
光福山二首	康熙本別集卷十	其二のみ收錄
海上紀事十七首	康熙本別集卷十	海上紀事十四首
頌任公四首	康熙本別集卷十	
題周冕贈任公四首	未收錄	
夷亭丘翁飲酒	未收錄	
清明還安亭憶王翁不至	未收錄	
隆慶元年　上幸…	康熙本別集卷十	
次韻贈蔡趙州	未收錄	
途中贈王仙君一絶句	未收錄	

	舟中偶題三絶句　呈兪陸二君	未收録	
	因兪宜黄寄示…　絶句二首	未收録	
	聊城夜泊	『餘集』巻八	
	三月十五日蘇溪舟中	未收録	
	濟州和兪宜黄登太白樓	未收録	
	彭城顧戸部夜飲謝別	未收録	
	陸啓明問命	未收録	
	夜泊宿遷有感	未收録	
	〔賦〕		
	水崖草堂賦	康熙本別集巻十	

右の一覧表からわかるのは、以下のことである。

①上海鈔本と臺北鈔本の篇目には大きな異同がある。巻一～三は同じであるが、巻四以降に違いが見られる。

②上海鈔本が疏文を多く收録するのに對し、臺北鈔本にはこれがなく、逆に上海鈔本にない詩を收録している。

③疏文と詩を中心に、康熙本にも大全集にも未收録の作品がある。

二本はともに補いあって、歸有光の佚文の流傳に大きな意義をもつ。しかし、それにしても筆跡を同じうする鈔本でありながら、二本のこのような差異は何を意味するのであろうか。次節では、二つの鈔本に收められている歸子寧「先太僕世美堂稿跋」を検討しながら、この問題を考えてみたい。

四　歸子寧「先太僕世美堂稿跋」

上海圖書館藏の『未刻稿』と臺北の國家圖書館の『未刻稿』は、ともに歸子寧の跋文を收録している。上海鈔本では巻末に「先太僕世美堂稿跋」、臺北鈔本では巻首に「先太僕世美堂未刻稿跋」と題され収められている。長文ではあるが、崑山本刻行の經緯を傳えるものとして貴重な史料であるため、ここに全文をあげておく。上海鈔本を引き、〔　〕内に臺北鈔本との校勘を示しておく。

壬申の歳〔臺北鈔本〝壬申之歳〟上有〝隆慶二年〟四字〕、先君の遺文を校閲し、編みて三十巻と爲し、附するに王京兆子敬の撰次せし先君の行狀と、不肖の作る所の「序略」及び「愍道賦」等の篇を以て、別に一巻と爲す。後同年の沔陽の陳大理玉叔復た之が爲に序す。時に書賈翁良瑜適たま至り、先君の文を刻さんことを欲す。遂に之を梓に付し、世に盛行す。然れども尚ほ未だ編刻せざる者有り、皆な錯雜すること甚だしく、不肖一一校理し、其の年次を編し〔〝皆錯雜之甚不肖一一校理編其年次〟、臺北鈔本作〝檢〟字〕之を彙集して、仍ほ之に目して世美堂稿と爲すと云ふ。蓋し嘉靖十九年庚子の歳自り、先君　安亭江〔臺北鈔本無〝江〟字〕の上《ほと》りに讀書し、四方より來りて學ぶ者甚だ衆し。率ね多くは第に登り、仕へて通顯に至る。時に先君出づること罕にして、諸生は經を執りて問難し、其の疑義は輒ち亡兄子孝をして傳示し、或ひは之を書に筆せしむ。時に亡兄纔かに十齡なるのみ。倭夷の喪亂に及び、經義の諸作幷びに藏する所の圖書　皆な已に失去す。曩時　先君　受徒し、他所に舘し、與に鄧尉山中に讀書するに及び、多くの著作せる所は、皆な門人の得る所と爲る。不肖年十餘、頗《いささ》か文義を知るに逮び、先君脫稿すれば、輒ち命じて之を更錄す、皆な世美堂に在りて編緝す。此の堂は先君嘗て之が記を爲る。蓋し先妣の曾大父王翁致謙の創する所なり。曾孫某郎は不肖の母舅なり、官物を逋して之を人に鬻ぐを以て、將に拆毀に就かんとするに、先母忍びず、頓に黍離の悲有り、而して先君も亦た其の閒靜にして俗囂を避くべきなるを以て、遂に假貸して以て鬻者に償し、更に其の値を加へて以て母舅に與ふ。母舅 讁戍に坐し、獄に繫がれしこと二十餘年に及び、先君力めて之が爲に扶救す。不肖又た復び假貸して以て之を全濟す、故に遣に卽かずして幷びに釋《ゆる》しを得たり。旣に釋さるるも、其の子若孫遂に其の操戈の謀を恣ままにし、百方躋陷す。其の三世に比《およ》びては、殆んど寧日無く、另に置きし所の田宅を幷せて悉く攘奪と爲り、孑然として遺《のこ》すもの靡きに至る。先母の辛勤拮据を痛念し、不肖 身を以て之が爲に捍蔽する者三十餘年、而して生平の心力と夫の功名の事業は、皆な此に灰滅す。乃ち先君の施すに吹枯生死の恩を以てするに、反って報ゆるに殞首覆宗の禍を以てす。其の害亦た烈しきかな。不肖 死を效《いた》して以て守るも、卒に奸謀に墮つるは、先妣の意と不肖の本心とに非ざるなり。夫の堂の何ぞ戀しき、乃ち先君の文 此《ここ》より出で、而して編輯も亦た此に於いて〔臺北鈔本〝於〟作〝與〟〕す、故を以て先君 嘗て之に目して世美堂稿と爲す。今〔臺北鈔本〝今〟下有〝集〟〕此の後稿、能く此を以て之に目して、遽かに之を去るに忍びざらんや。夫れ以て其の居處を思ひ、其の笑語と夫の誦讀及び門人の講習〔臺北鈔本〝習〟字作〝疾〟〕とを思ふに、爰然として堂構は竟に梟獍豺狼の窟と爲る、此れを書すに寧ぞ遺憾無からんや。嗚呼、堂は則ち已《やん》ぬるかな。先君の文、翁賈 梓して以て貿易して富を致す。當時來りて求むる者甚だ衆し、不肖 皆な重價を以て翁に與へて以て應じ、今 其の板遂に展轉して主を易《か》ふ。壬午の歲〔臺北鈔本〝壬午之歲〟上有〝萬曆十年〟四字〕、翁 留都に於いて又た先君の柬劄を刻さんと欲し、不肖 盡く柬を以て付すも、乃ち刻されず、而して顧莒州の取り去るところと爲ると云ふ、恨むべきなり。先君の遺文、不肖 旣に力の梓に付す無し、刻せんと欲すと云ふ者有らば、輒ち吝《おし》まずして之を與ふ。然れども毎に刻せずして而して其の原本と併せて返さず、不肖の以て深く悔いて及ぶ無き所なり。不肖 嘗て先君の順徳府に任ずるに隨ひ、署中に先君の時義及び古文各四冊を錄し、亦た略ぼ備はれり。一日 夏九範來り、云ふ、「顧光世 先君の遺文を遍刻せんと欲す」と。借り去りて、今 且に三十年ならんとす。九範 已に世を謝す。顧君嘗て危疾有り、既に絶えんとして復た甦る。云ふ、「逮せられて陰府に至り、歸先生に見ゆ、同に列坐する者幾人、皆な峩冠す。某《それがし》 階下に至るに、先生云はく、「此れ吾が文を刻せんと欲する者なり、其の刻の完するを俟ちて可なり」と。遂に釋しを得て還る」と。人の之に戯むる者有りて曰はく、「歸先生の文終に刻成らず。留まりて顧君と與に長年の計を作さん」と。一笑を發すべし。向來 先君の文は別刻なる者有り、其の眞贋問錯、校閱舛誤にして、文理或ひは通ぜざる有るに至る。茲に復た假雜にして怪しむべき者有り、又た辯ぜざるべからず。不肖男子寧 頓首百拜し謹んで書す。（上海鈔本卷末 歸子寧「先太僕世美堂稿跋」(9)）

冒頭箇所、臺北鈔本が「隆慶二年」に作るのは、「隆慶六年」（歸有光沒年）の誤りであり、鈔寫した者が「六」を「二」と誤ったのであろう。この子寧の跋文からは以下のことがわかる。

①歸子寧が歸有光の沒後、遺文を三十卷に編定し、行狀を門人の王執禮（次は子敬）に依頼し、自ら書いた「序略」及び「愍道賦」等を附錄として準備していたこと、またのちに歸有光同年の進士陳文燭（字は玉叔）が序文を寄せてくれたこと、そのとき書賈翁良瑜がきて、これを刻したいというので高額な値段でそれを與えたこと、この『未刻稿』はそのとき梓に付さなかったものであること。なお、附言すれば、子寧の「序略」及び「愍道賦」や陳文燭の序文は萬曆十六年の重修本に收入されているが、王子敬の行狀は今に傳わらない。

②その後、翁良瑜はその刻行によって儲けたが、歸子寧はといえば、母方のおじの官物橫領事件とその息子王若孫

の非行の後始末に弄走して經濟的にも精神的にも疲弊し、自らの舉業や仕進の道も閉ざされてしまったこと。
③「世美堂稿」とは、本來、安亭講學時期の歸有光の文を集めたものであり、この未刻稿の名稱ではなかったが、子寧の世美堂への鄉愁からこれを「世美堂稿」と名づけるに至ったこと。
④歸有光の遺文を刻したいという者には惜しまずにこれを貸し與えたが、いずれも刻はならず、それどころか原本も失われてしまったこと。たとえば、翁良瑜に貸し與えた尺牘集も、顧光世に持ち去られてしまったこと、夏九範に渡した時文集四册、古文集四册も三十年前に貸したままになっていて、夏九範は世を去ってしまったこと。顧光世は危篤で生死の境をさまよっているとき、あの世で歸有光がこの人は私の文集を刻行しようとしている人だと言ってくれたので、こちらの世に戻ってこれたという。
⑤子寧の目から見れば、別刻（おそらく常熟本を指す）は內容粗雜で校定もなっていないこと。

歸子寧の跋文は、歸有光死後の萬曆から崇禎の初めごろにかけての歸有光文集の流傳狀況を考える上で重要である。特に歸有光の子孫の經濟的苦境は、おそらくはその子たちをして『未刻稿』の「切り賣り」にも似た狀況に陷れたに違いない。この「切り賣り」の結果、複數の鈔本が誕生したと考えられるのである。上海鈔本と臺北鈔本が同一人物の筆跡でありながら、異なる篇目になっているのは、そのためではないかと思われる。

小　結

二つの『未刻稿』に共通するものとしては歸有光の詩解「文王之序」を有していること、歸子寧の跋文が收められていることがあげられる。また、それぞれの特徴としては、上海鈔本は王孺人の死を悼む作品や長男子孝の死の悲痛を訴えた書簡を有するのに對し、臺北鈔本は佚詩を多く收める。二つの鈔本は、相俟って子寧が編纂した『世美堂未刻稿』の本來の姿を彷彿とさせるものになっている。

二つの鈔本は歸有光研究の新境地を拓く重要な資料といえる。しかし、一方は上海、一方は臺北と空間的に離れたところにあり、二本を比較校閲するのは難かしい。影印本の出版を切に願ってやまない。

註

（1）『歸莊集』（上海古籍出版社　一九八二）卷四「書先太僕全集後」　先伯祖某……又妄加删改。府君見夢於梓人、梓人以爲言乃止。故今書序二體中往往有與藏本異者。

（2）『列朝詩集』「小傳」　熙甫歿、其子子寧輯其遺文、妄加改竄。賈人童氏夢熙甫趣之曰、『亟成之、少稽緩塗乚盡矣。』刻既成、賈人爲文祭熙甫、具言所夢。今載集後。

（3）『四庫全書總目提要』集部　卷一七八集部三一別集類存目五「震川文集初本三十二卷」（安徽巡撫採進本）　明歸有光撰。……是編爲其子子祜・子寧所輯。前有萬歷三年周詩序、所謂崑山本者是也。其中漏略尚多、故其曾孫莊又裒輯爲四十卷、而有光之文始全。相傳子寧改竄父書、有光見夢於賈人童姓、其事雖不足信、而字句之訛舛、誠有如莊所指摘者。末載「行述」一篇、子祜所作、又「序略」一篇、子寧所作也。

（4）上海藏鈔本『未刻稿』卷末　董說「跋」　丙辰初夏、鴻侍、從吳門返東石澗、得崑山新刻歸先生集脫稿一卷。新刻以詩字異同、大負議於一時、金孝老爲調衆口、乃得竟刻。余尙未獲全本也。秋至水村、靈珏來侍、偶及書船中、新得震川遺稿。卽索看、有二三篇已見新刻。卷中有一二小記文甚奇、罵得王元美耳。九月廿五日病中、日影在殘書面。漏霜南潛書示珏。

（5）臺北鈔本『未刻稿』卷一末　吳以淳「跋」　右震川先生詩解數十通、大抵和易近情、得微言於千載之上、其體與歐陽子『詩本義』正同、但詳略異耳。考先生「與王子敬小柬」云、「庚戌秋、山妻欲學毛詩、從問大義、爲書文王之什」。則先生詩解恐止於是、使遂完之、固注學之明白淵懿者也。先生生於明武宗正德元年、庚戌者、世宗之嘉靖廿九年也、是年先生會試不第、自都門抵家、王孺人具酒相慰勞、有採藥鹿門之約、語詳先生所爲「世美堂記。」閨房問難、卽其時也、明年而孺人沒矣、故書亦止是。噫、酉蜀佳人、死寶長卿文翰、南朝嫠婦、終傳德父之書、若孺人、則先生之孟光也、使苟不亡、其必能發揮當時之著述者矣。孺人婉娩通大義、吾里之安亭江上人、適先生爲繼配、至今里中人猶能言其大略云。時道光十八年夏六月九日、後學吳以淳識。

（6）　臺北鈔本『未刻稿』卷首　鄧邦述「跋」　震川先生文集、明刻本皆不全。卽所傳崑山・常熟兩刻本者是也。康熙間、元恭先生始輯刻四十卷。內正集卅卷別集十卷。四庫卽據以著錄。至嘉慶時又刻大全集五十八卷、則增十八卷矣。余篋中僅一明刻本、一四十卷本、未見嘉慶年所刻增加若何。今年九月、吳中友出此鈔本見眎。爲吳雲甫所藏。其署世美堂未刻藁云者、卽對明刻本而言。雲甫已於目錄取校今刻、標識其未刻者不及十之四五。然雲甫題於道光年間、其所見亦康熙四十卷本也。元恭刻是集時本係選輯之書、凡例有云其外二百餘首、則名爲餘集、而藏於家。此本未刻諸作、豈元恭未以入選耶。大全之刻、或當備錄無遺。惜不知何時始得一對勘耳。要之此鈔本爲先生次子仲敉所手定。固首尾完善、極爲可寶。先生負世盛名、上接韓・柳八家之傳、下啓姚・方諸子之派。一鱗片爪、固有不可割棄者。使大全集業已補刋、猶當存此舊觀、以餉學者。若尙有一二未盡刋之文、則爲世之鴻祕、固又不待言矣。光緒戊申十月羣碧樓主人正闇記。

（7）　臺北鈔本『未刻稿』卷末　宗舜年「跋」　震川集、家有其書、若世美堂稿之名、則承學之士知之者鮮矣。刻本以常熟歸梅圃所刋大全集爲最備。妹夫英矦爲梅圃從元孫、銳意補輯震川遺文。介余請於正盦假校此本歸、以校大全集、得未刻文八十篇。先是、太倉王紫翔藏未刻稿、亦得假錄。兩本同者四十一篇、王本所無者卅九篇。豈惟梅圃先生所不知、卽蒙叟校定遺集時、恐亦未見。眞祕笈矣。英矦將兩鈔本及佚文之見於他書者、彙輯爲大全集補遺刋行之。正盦之借瓻不吝、與英矦之善承先志、皆晚近所難也。戊辰夏五月上元宗舜年敬識、時寓蘇州飮馬橋北方宅。

（8）　潘景鄭『著硯樓書跋』（古典文學出版社　一九五七）　鈔本震川先生未刻稿四卷、得之歸氏後裔。末有光緒八年鎭洋王祖畬跋云、「偶於友人處、假得虞山某氏所藏『震川先生未刻稿』以歸。玄恭凡例云、崑山本三百五十篇、常熟本篇數略少、而崑刻所無者、殆半、未刻藏本又二百餘首。錢牧齋先生合已刻未刻諸本、總選者五百九十餘首。此未刻稿適符二百餘之數、卽玄恭所云未刻藏稿也。因檢大全集中未刻者、錄出之、釐爲四卷」云云。此本蓋從王氏本傳錄者、爲文八十八首、爲詩四十六首、予取校諸本、有不盡如王氏所言。其文已見別集・餘集者、都二十二首、詩八首、然汰而存之、可得百餘首、拾遺補闕、猶可成書也。

（9）上海鈔本卷末　歸子寧「先太僕世美堂稿跋」　壬申之歳〔臺北鈔本〝壬申之歳〟上有〝隆慶二年〟四字〕、校閱先君遺文、編爲三十卷、附以王京兆子敬撰次先君行狀、與不肖所作序略及愍道賦等篇、別爲一卷。後同年沔陽陳大理玉叔復爲之序。時有書賈翁良瑜適至、欲刻先君文。遂付梓之、盛行於世。然尚有未編刻者、皆錯雜之甚、不肖一一校理、編其年次〔〝皆錯雜之甚不肖一一校理編其年次〟、臺北鈔本作〝檢〟字〕而彙集之、仍目之爲世美堂稿云。蓋自嘉靖十九年庚子歳、先君讀書安亭江〔臺北鈔本無〝江〟字〕上、四方來學者甚衆、率多登第、仕至通顯。時先君罕出、諸生執經問難、其疑義輒令亡兄子孝傳示、或筆之於書。時亡兄纔十齡耳。及倭夷喪亂、經義諸作幷所藏圖書皆已失去。曩時先君受徒、及舘於他所、與讀書鄧尉山中、多所著作、皆爲門人所得。逮不肖年十餘、頗知文義、先君脫稿、輒命更錄之、皆在世美堂編緝。此堂先君嘗爲之記、蓋先妣之曾大父王翁致謙所創。曾孫某郎不肖之母舅也、以逋官物鬻之於人、將就拆毀、先母不忍、頓有黍離之悲、而先君亦以其閒靜可避俗囂、遂假貸以償鬻者、更加其值以與母舅。及母舅坐謫戍、繫獄二十餘年、先君力爲之扶救、不肖又復假貸以全濟之、故不卽遺而幷得釋。既釋、而其子若孫遂恣其操戈之謀、百方擠陷。比其三世、殆無寧日、幷所另置田宅悉爲攘奪、至於孑然靡遺。痛念先母之辛勤拮据、而不肖以身爲之捍蔽者三十餘年、而生平之心力與夫功名事業、皆灰滅於此。乃先君施以吹枯生死之恩、而反報以殞首覆宗之禍。其害亦烈矣。不肖效死以守而卒墮奸謀、非先妣之意與不肖之本心也。夫堂何戀也、乃先君文出於此、而編輯亦於〔臺北鈔本〝於〟作〝與〟〕此、以故先君嘗目之爲世美堂稿矣。今〔臺北鈔本〝今〟下有〝集〟〕此後稿、能不以此目之、忍遽去之耶。夫以思其居處、思其笑語、與夫誦讀及門人之講習〔臺北鈔本〝習〟字作〝疾〟〕、爰然堂構竟爲梟獍豺狼之窟、書此寧無遺憾乎。嗚呼、堂則已矣。先君之文、翁賈梓以貿易致富。當時來求者甚衆、不肖皆以重價與翁以應。今其板遂展轉易主。壬午之歳〔臺北鈔本〝壬午之歳〟上有〝萬曆十年〟四字〕、翁於留都又欲刻先君柬劄、不肖盡以柬付、乃不見刻、而云爲顧莒州取去、可恨也。先君遺文、不肖既無力付梓、有云欲刻者、輒不吝與之。然每不刻而併其原本不返、不肖之所以深悔而無及也。不肖嘗隨先君之任順德府、署中錄先君時義及古文各四冊、亦略備矣。一日夏九範來、云、顧光世欲遍刻先君遺文。借去、今且三十年。九範已謝世。顧君嘗有危疾、既絕而復甦。云、被逮至陰府、見歸先生、同列坐者幾人、皆褎冠。某至階下、先生云、此欲刻吾文者、俟其刻完可也。遂得釋還。人有戲之者曰、歸先生文終刻不成矣。留與顧君作長年計也。可發一笑。向來先君文有別刻者、其眞贗間錯、校閱舛誤、至文理或有不通、玆復有假雜可怪者、又不可不辯。不肖男子寧頓首百拜謹書。

あとがき

はじまりは「寒花葬志」だった。

私は二十九歳の時に大學に戻った。まだ社會人入學という言葉もない時代のことである。心意氣は盛んだったが、數周後れでスタートした大學院では、自分の無知を思い知らされる日々だった。一から勉強し直そうと入門書を買った。小川環樹・西田太一郎博士の『漢文入門』（岩波書店）である。

「寒花葬志」はその中に收録されていた一篇である。一讀してとりこになった。わずか百十二字、四百字詰原稿用紙に直すと四分の一にしかならない文字の中に込められたリリシズム。漢文にこのような抒情の世界があること、女性や家庭を描寫の對象とする文學があることを始めて知ったのである。大學院に入學する際に提出した研究テーマ（唐詩研究）はどこかに吹き飛んだ。

さっそく歸有光に關する資料を集め、まず四部叢刊本『震川先生集』の序文から讀みはじめた（書物は序文から讀むものだと思っていたのである）。よくわからない。どうやら別の版本につけられた序文が混在しているらしいのだ。そこで『震川先生集』の成立について調べるため、漢籍所藏機關に通い始めた。貴重書を閲覽するときの筆記用具は鉛筆という基本ルールすら知らなかったので、ずいぶんあちこちで叱られた。

このとき書いた「歸莊と『震川文集』」は、翌年、立命館大學中國藝文研究會の「學林」第十四・十五合併號『白川靜博士傘壽記念論集』に掲載させていただいた。本書に收めた三篇の論文は、「學林」に掲載されたものである。大學院生に發表の場を與えてくださった同研究會に心より感謝している。

さて、こうして始まった歸有光とのつきあいは、私を中國女性史研究に誘った。一見、歸有光と女性史は無縁のように思われるかも知れない。しかし、私は「寒花葬志」の冒頭部分「婢は魏孺人の媵《よう》なり」が最初から氣になっていた。「媵」とはどういう立場の女性なのか、なぜ歸有光は婢の身分である「媵」のために墓誌を書いたのか。また、歸有光は亡母や夭折した娘のために文を書いているが、それは中國文學史全體の中でどのような意味をもつのか。

當時は中國女性史といえば婦女解放史を意味し、前近代の中國女性について論じたものは皆無に等しかった。また中國文學研究の分野でも、悼亡詩以外、散文研究の分野で女性や家庭を描く作品に着目した論文は少なく、研究はすべてにおいて手探りだった。

「歸有光「寒花葬志」の謎」は、一九九八年『日本中國學會創立五十周年記念論文集』に發表したものである。「媵」についての歷史的變遷や明代の女性生活を考察したうえで、寒花は歸有光の「女如蘭壙志」に登場する如蘭の生母ではないかと推定した。私なりに女性史の研究を進めてたどりついた結論である。最初、「寒花は如蘭の生母なり」と題していたが、ある人から直截的で品のないタイトルだといわれて考え直した。「よくそんなことを思いつくなあ」とも言われた。私としては大眞面目な研究のつもりだったのだが、女こどものことを云々するのは下世話で、研究の王道ではないという見方があることに氣づかされた。

それからしばらく歸有光を離れて女性史や宋代文學の研究に沒頭した時期がある。ところが、二〇〇七年六月、臺北で臺灣師範大學國文系の研究會に參加したときのことである。同大學の黃明理教授からいただいた歸有光關連の抜き刷りの中に、「如蘭之生母爲寒花說――歸有光兩篇短文的閱讀策略」（『孔孟月刊』第四十四卷第九・十期 二〇〇六）があるのに氣づいた。私が以前つけようとしていたタイトルである。黃教授も私が謹呈した「歸有光「寒花葬志」の謎」

に仰天していた。黄教授はこの論文を發表した後、周圍から「浪漫小說みたいだ」とずいぶん冷やかされたらしい。黄教授は書に明るく、趣味は豆本づくり。六×四センチの豆本に小さな字で『史記』刺客列傳を書きこんだ新作をみせていただいた。刺客列傳に登場するような偉丈夫なのに、飛行機が怖くて一度も乘ったことがないそうである。黄教授と歸有光のことを語りたいと思えば、私が臺灣に行くしかないのである。私たちは「寒花葬志」について互いの理論を檢討し、同じ結論を得た。そして私は、時代と場所は違っても、同じ文を讀んで同じことを考えている研究者がいるのだと、大いに意を強くした。

さらに翌年、私は中國の學術誌『文藝研究』に發表された鄔國平教授（復旦大學中國語言文學研究所）の、「如蘭的母親是誰？——歸有光《女如蘭壙志》・《寒花葬志》本事及文獻」（二〇〇七年第六期）を目にした。鄔教授はこの論文で、上海圖書館藏鈔本『歸震川先生未刻稿』の「寒花葬記」に「女如蘭を生む」という言葉を含む佚文があることを紹介されている（本書第二部第二章附記參照）。決定的な證據である。鄔教授はこの文を脱稿の後、神戸外國語大學に滯在しているときに、私が十年前に發表した論文を偶然知り、驚かれたそうである。私に連絡をとろうとされたそうだが、私はちょうどそのとき臺灣に居て不在だった。私が鄔教授の論文を知ったのは二〇〇八年になってからである。私は鄔教授の新發見に興奮したが、同時に次の謎に直面した。——臺灣の國家圖書館藏の『歸震川先生未刻稿』に、この「寒花葬記」が收録されていないのはどうしたわけかと。

二〇〇八年十月末、私は上海に鄔教授を訪問した。鄔教授は五十代半ば、文人的雰圍氣を漂わせた生粹の上海人である。今年一月、臺灣の三民書局から『新譯歸有光選』を出版されるということで、ここ數年、歸有光研究に取り組んでおられるそうである。私たちは上海圖書館で二つの『未刻稿』を對照校勘し、朝から晩まで歸有光のことを、そして寒花のことを、話し合った。歸有光の某文の某箇所をどのように解釋するか、歸有光は時文の名手だと言われながらなぜ會試で八度も下第したのか、王世貞との關係はどうだったのか、二つの鈔本『未刻稿』はどちらが古いのか。私たちはまるで熱に浮かされたかのように一日中語り續けた。歸有光のことを語る鄔教授の目は、まるで少年のように輝いていた。夕食には復旦大學の楊明敎授も加わったが、食卓の話題もずっと歸有光だった。楊明先生は、二人の歸有光の話を聽いていると、こちらまで興奮してくると傍で笑っておられた。

日本に暮らしていると、歸有光について人と話す機會などほとんどない。中國や臺灣では國語の敎科書に作品が採られていることもあって、歸有光を知らない人は少ない。しかし、日本では明文自體があまり讀まれず、明文學といえば小說というイメージが強く、歸有光の名はほとんど一般に知られていない。黃明理敎授や鄔國平敎授とのひとときは、私にとって至福の時だった。五百年前に生きたこの文人は、私たちを童心に歸らせる何かをもっているのだ。

「寒花葬志」から始まった私の歸有光研究も、今年で二十年目を迎えた。途中、女性史や宋代文學に進んでいたが、この論文集を書き終えて、ようやく原點に戻ってきたような氣がしている。今讀み返すと、中には若書きの文もあり、面映いのだが、かつて發表した論文については已むを得ぬ加筆や訂正を除いて大幅に書き改めることはしなかった。若書きには若書きなりに文の勢いがあると思ったからである。

本書の出版を引き受けて下さった汲古書院の石坂叡志社長と、書き下ろしの筆が滯りがちな私を勵まし續けてくれた編集者の小林詔子氏に深く感謝する。

私は今でも、二十年前、筧文生先生に「唐詩はやめて、歸有光を研究することにしました」と傳えに行ったときの先生の複雑な表情を覺えている。學部を卒業して六年後、突然やってきて大學院を受驗すると言い出し、今度は勝手に研究テーマを變更したのである。つくづく身勝手な學生である。自分自身が大學の敎壇に立つようになってそのことに氣づく迂闊も情けない。先生は結局何もおっしゃられず、しばらくして、京都府立大學の松村昂先生を紹介してくださった。以後、私は週一回府立大學で始まった松村ゼミに通うことになった。ここで私は松村昂先生から明代詩文研究について多くのことを學んだ。

それでもこの身勝手な學生は、歸有光について何かを發見するたびに筧先生の研究室や自宅へ押しかけ、一人で興奮していろいろまくし立てていたような氣がする。さぞ迷惑なことだったろうが、筧文生先生はいつも默って聴いてくださった。一九九四年三月、博士論文『明末清初の文壇に於ける歸有光評價の位相』によって課程博士號を得ることができたのは、ひとえに先生のご指導の賜物である。

この書を恩師筧文生先生に捧げたい。

二〇〇九年一月十日

野村鮎子

論文初出一覽

第Ⅰ部　歸有光評價の轉換

第一章　明の文學狀況と歸有光

書き下ろし

第二章　錢謙益による歸有光の發掘

原題「錢謙益の歸有光評價をめぐる諸問題」一九九二年十月一日

（「日本中國學會報」第四十四集、一八七―二〇一頁、日本中國學會編）

第三章　黃宗羲の歸有光評價

原題「黃宗羲の歸有光評價をめぐって」一九九一年十一月十日

（「學林」第十七號、四四―八一頁、中國藝文研究會編）

第四章　歸莊による『震川先生集』の編纂出版

原題「歸莊と『震川文集』」一九九〇年七月二十日

（「學林」第十四・十五合併號『白川靜博士傘壽記念論集』、二三三―二五九頁、中國藝文研究會編）

第五章　汪琬の歸有光研究

原題「汪琬の歸有光研究とその意義（上）（下）」一九九四年七月二十日、一九九五年三月二十日

（「學林」第二十一號 九五―一一八頁、「學林」第二十二號　九〇―一一三頁、中國藝文研究會編）

第六章　桐城派の歸有光評價

書き下ろし

第Ⅱ部　歸有光の古文

第一章　「先妣事略」の系譜

原題「歸有光「先妣事略」の系譜――母を語る古文體の生成と發展」二〇〇三年十月

（『日本中國學會報』第五十五集、一三七―一五一頁、日本中國學會編）

第二章　「寒花葬志」の謎

原題「歸有光「寒花葬志」の謎」一九九八年十月十日

（『日本中國學會創立五十周年記念論文集』、九三七―九五一頁、汲古書院）

第三章　歸有光の壽序

一部、「明清女性壽序考」二〇〇二年十月を改編

（張宏生編『明清文學與性別研究』、一九―三三頁、江蘇古籍出版社）

第四章　歸有光と貞女

書き下ろし

第五章　二つの『未刻稿』

書き下ろし

歸有光略年譜

皇帝	紀年干支	西暦	年齢	事跡	他の文人の動向	時事（　）は日本
武宗	正德元 丙寅	1506	1	十二月二十四日、崑山縣宣化里（今の江蘇省崑山市）に生まれる。父は歸正、母は周桂。		
	正德2 丁卯	1507	2		唐順之生まれる。	
	正德3 戊辰	1508	3	高祖の歸璿沒す。	王守仁、貴州龍場にて頓悟＝陽明學の誕生。	
	正德4 己巳	1509	4		王愼中生まれる。	
	正德5 庚午	1510	5	弟有尙生まれる。		宦官の劉瑾誅される。
	正德6 辛未	1511	6	妹淑順生まれる。		
	正德7 壬申	1512	7	弟有功生まれる。	茅坤生まれる。	

	正徳8 癸酉	1513	8	母周氏没す。		
	正徳9 甲戌	1514	9			
	正徳10 乙亥	1515	10			
	正徳11 丙子	1516	11			
	正徳12 丁丑	1517	12			
	正徳13 戊寅	1518	13			
	正徳14 己卯	1519	14	童子試に應じ、梁遺石先生に賞讚される。		寧王宸濠反し、王守仁これを平定。
	正徳15 庚辰	1520	15			
	正徳16 辛巳	1521	16			三月、武宗没し、世宗即位。「大禮の議」おこる。
世宗	嘉靖元 壬午	1522	17		何景明（三十九歳）没す。	
	嘉靖2	1523	18	姉の淑静十九歳で王三接に嫁ぐ。		

癸未					
嘉靖3 甲申	1524	19	學官の弟子に補せられる。		
嘉靖4 乙酉	1525	20	春、提學盧公の試驗で、第一位の成績で蘇州府學の生員に補せらる。秋、應天府（南京）の郷試に應じ、下第。		
嘉靖5 丙戌	1526	21		王愼中・趙時春、進士及第。王世貞生れる。	
嘉靖6 丁亥	1527	22		李贄生れる。	
嘉靖7 戊子	1528	23	二度目の應天府の郷試、下第。魏庠の娘で魏校のめい魏氏を娶る。		
嘉靖8 己丑	1529	24	長女誕生。	唐順之、進士及第。王守仁（五十八歳）沒す。	
嘉靖9 庚寅	1530	25			
嘉靖10 辛卯	1531	26	三度目の應天府の郷試、下第。		
嘉靖11 壬辰	1532	27			
嘉靖12	1533	28	長子子孝（翽孫）誕生。		

癸巳			冬、魏氏没す。		
嘉靖13 甲午	1534	29	四度目の應天府の郷試、下第。如蘭誕生。		
嘉靖14 乙未	1535	30	繼妻王氏を娶る。中秋、如蘭夭折。		
嘉靖15 丙申	1536	31			
嘉靖16 丁酉	1537	32	南京の國子監に入學。五度目の應天府の郷試、下第。五月、寒花没す。		
嘉靖17 戊戌	1538	33			
嘉靖18 己亥	1539	34	次子子祜誕生。三月、娘二二夭折。		
嘉靖19 庚子	1540	35	應天府（南京）の郷試を第二位の成績で及第。擧人となる。	古文辭前七子の一人康海（六十六歳）没す。	「一條鞭法」施行はじまる。
嘉靖20 辛丑	1541	36	一度目の會試に下第。安亭に居を移す。		（種子島に鐵砲傳來。）
嘉靖21 壬寅	1542	37	三子子寧誕生。		
嘉靖22	1543	38		魏校（六十一歳）没す。	

癸卯					
嘉靖23 甲辰	1544	39	二度目の會試に下第。		
嘉靖24 乙巳	1545	40			
嘉靖25 丙午	1546	41	『三吳水利錄』を完成させる。元配魏氏の母顧氏沒す。		
嘉靖26 丁未	1547	42	三度目の會試（主考は張治）に下第。	王世貞、進士及第。	
嘉靖27 戊申	1548	43	冬、長子子孝夭折。		
嘉靖28 己酉	1549	44	思子亭を築く。		ザビエル、日本に來航。
嘉靖29 庚戌	1550	45	四度目の會試（主考は張治）に下第。	古文辭後七子の梁有譽・徐中行・吳國倫、後五子の余曰德・魏裳ら進士及第。張治（六十三歳）沒す。湯顯祖生まれる。	アルタン汗、北京を攻める。
嘉靖30 辛亥	1551	46	五月、繼妻王氏沒す。元配魏氏の父魏庠沒す。		
嘉靖31	1552	47	再繼妻費氏を娶る。		倭寇、浙江の台州や黃巖な

壬子					どを侵す。
嘉靖32 癸丑	1553	48	五度目の會試に下第。崑山に倭寇襲來。		汪直の率いる倭寇、襲來。このころから、倭寇猖獗を極める。
嘉靖33 甲寅	1554	49	倭寇、崑山および嘉定に來襲。四子子駿誕生。		
嘉靖34 乙卯	1555	50		董其昌生まれる。	
嘉靖35 丙辰	1556	51	六度目の會試に下第。		
嘉靖36 丁巳	1557	52			胡宗憲、汪直を征討。
嘉靖37 戊午	1558	53			
嘉靖38 己未	1559	54	七度目の會試に下第。	王愼中（五十一歳）、文徵明（九十歳）、楊愼（七十二歳）沒す。	
嘉靖39 庚申	1560	55		唐順之（五十四歳）沒す。袁宗道生まれる。	（桶狭間の合戰）
嘉靖40 辛酉	1561	56			

	嘉靖41	壬戌	1562	57	八度目の會試に下第。四月、父歸正沒す。		
	嘉靖42	癸亥	1563	58	五子子慕誕生。		
	嘉靖43	甲子	1564	59			
	嘉靖44	乙丑	1565	60	會試に及第、殿試三甲第一四二名の成績で進士となる。長興知縣に除せられる。		
	嘉靖45	丙寅	1566	61	六子子蕭誕生。二月、長興知縣（浙江省）として赴任。	梁有譽（四十五歳）沒す。	十二月、世宗沒し、穆宗卽位。
穆宗	隆慶元	丁卯	1567	62			
	隆慶2	戊辰	1568	63	四月、北京に赴いた後、歸郷、六月、順德府（河北省邢台）通判を拝命。	袁宏道生まれる。	（織田信長入京。）
	隆慶3	己巳	1569	64	三月、崑山を發ち、順德府通判として赴任。冬、萬壽節のため入覲。		
	隆慶4	庚午	1570	65	九月、南京大僕寺丞となり、そのまま北京にて掌內閣制敕房に留められ、纂修世宗實錄を授かる。	袁中道生まれる。	
	隆慶5		1571	66	正月十三日、北京にて病死。		明、アルタン汗と和議。

	辛未					
神宗	萬暦3 乙亥	1575		崑山縣迎薫門内の金潼港に葬られる。		

著者紹介

野村　鮎子（のむら・あゆこ）

1959年、熊本市生まれ。

立命館大學大學院文學研究科博士課程後期課程東洋文學思想專攻修了。龍谷大學經濟學部助教授を經て、2001年奈良女子大學文學部助教授、2006年より教授。

〔主な著書〕

『四庫提要北宋五十家研究』（共著　汲古書院 2000）
『四庫提要南宋五十家研究』（共著　汲古書院 2006）
『ジェンダーからみた中國の家と女』（共著　東方書店 2004）
『中國女性史入門——女たちの今と昔』（共著　人文書院 2005）
『台灣女性史入門』（共著　人文書院 2008）

歸有光文學の位相

平成二十一年二月二十七日　發行

著　者　野村鮎子
發行者　石坂叡志
整版印刷　中台整版　モリモト印刷

發行所　汲古書院
〒102-0072　東京都千代田區飯田橋二―五―四
電　話〇三（三二六五）九七六四
FAX〇三（三二二二）一八四五

ISBN978-4-7629-2862-8　C3098

KYUKO-SHOIN, Co.,Ltd.　Tokyo